Sabine Kornbichler
Die Todesbotschaft

PIPER

Zu diesem Buch

Das Leben der jungen Künstlerin Finja Benthien könnte nicht besser laufen – bis ihre Schwester Amelie anruft und ihr vom Tod zweier Freunde berichtet. Ein Verkehrsunfall mit Fahrerflucht. Finja, die den beiden Toten ebenfalls sehr nahestand, reist zur Beerdigung in ihre alte Heimat. Doch irgendetwas an der Geschichte stimmt ganz und gar nicht. Durch einen Zufall entdeckt sie unter dem Scheibenwischer am Auto ihres Vaters einen Brief, der eine Todesanzeige enthält – von einer noch lebenden Person! Finjas Vater führt mit drei Partnern eine Detektei, die sich auf Wirtschaftskriminalität spezialisiert hat. Könnte einer seiner Fälle mit den Todesfällen zu tun haben? In was für Machenschaften ist ihr Vater verwickelt? Und kann ein weiterer »Unfall« verhindert werden?

Sabine Kornbichler, geboren 1957, wuchs an der Nordsee auf und arbeitete in einer Frankfurter PR-Agentur, bevor sie sich ganz dem Schreiben widmete. Schon ihr Debüt war ein großer Erfolg, ihr Kriminalroman »Das Verstummen der Krähe« wurde für den Friedrich-Glauser-Preis nominiert. Sabine Kornbichler lebt und arbeitet als Autorin in der Nähe von München.

Sabine Kornbichler

DIE TODES BOTSCHAFT

Kriminalroman

PIPER

Mehr über unsere Autoren und Bücher:
www.piper.de

Wenn Ihnen dieser Kriminalroman gefallen hat, schreiben Sie uns unter Nennung des Titels »Die Todesbotschaft« an *empfehlungen@piper.de*, und wir empfehlen Ihnen gerne vergleichbare Bücher.

Von Sabine Kornbichler liegen im Piper Verlag vor:
Kristina-Mahlo-Reihe:
Band 1: Das Verstummen der Krähe
Band 2: Die Stimme des Vergessens
Band 3: Das böse Kind

Klaras Haus
Majas Buch
Annas Entscheidung
Im Angesicht der Schuld
Gefährliche Täuschung
Der letzte Gast
Das Richterspiel
Die Todesbotschaft
Wie aus dem Nichts

MIX
Papier aus verantwortungsvollen Quellen
FSC® C083411
FSC
www.fsc.org

Originalausgabe
ISBN 978-3-492-23203-6
1. Auflage Juli 2019
2. Auflage Mai 2021

Erstausgabe: Knaur Verlag, München 2010
Umschlaggestaltung: FAVORITBUERO, München
Umschlagabbildung: Yolande de Kort/Trevillion Images
Satz: Knaur Verlag, Verlagsgruppe Droemer Knaur
Gesetzt aus der Stempel Garamond
Druck und Bindung: CPI books GmbH, Leck
Printed in the EU

Für Anke Vogel

Wir werden Ihnen helfen, die Wirklichkeit zu akzeptieren, wie sie ist«, sagte er mit ruhiger Stimme. »Damit Sie irgendwann aufhören können, sich in Träume zu flüchten. Ganz kleine Schritte genügen. Jeder davon wird ein großer Erfolg sein. Sie haben Zeit. Innerhalb dieser Mauern drängt Sie niemand. Hier sind Sie geschützt. Und Sie geben das Tempo vor.«

Gesa versuchte, sich durch den Nebel zu kämpfen, um Doktor Radolf klar sehen zu können. Sein Gesicht hob sich vom Weiß des Kittels ab. Es war ein freundliches Gesicht, eines, dem selbst die Schatten unter den Augen nichts von seiner Helligkeit nehmen konnten. Sie versuchte, sein Alter zu schätzen. Wenn es ihr gelang, war das doch ein Zeichen, oder? Ein Zeichen dafür, dass ihr Kopf wieder funktionierte. Sie strengte sich an, damit ihr nichts entging, nicht die kleinste Falte, die ihr einen Hinweis liefern konnte. Schließlich atmete sie mit einem leisen Stöhnen aus und wagte sich an eine Einschätzung. Ihr Arzt sah älter aus als Alexander. War er vierzig? Oder doch eher fünfundvierzig? Gesa traute sich nicht, ihn zu fragen. Sie musste richtigliegen, ihm beweisen, dass es ihr besserging. Sie durfte es nicht verderben.

»Worüber möchten Sie heute sprechen, Gesa?« Seine Stimme war voller Wärme, als gebe es tief in ihm ein unerschöpfliches Kraftwerk.

»Wie erinnert man sich?«, fragte sie.

»Indem man die Angst überwindet. Die Angst vor dem, was geschehen ist.«

Gesa sah auf ihre Nägel, die brüchig geworden waren vom vielen Kauen. Vor dem, was geschehen ist, wiederholte sie seine Worte in Gedanken und sehnte sich das Spiel aus Kindertagen herbei. Ich sehe was, was du nicht siehst, und das ist blau. Warum konnte er ihr nicht wenigstens einen kleinen Hinweis geben? Dann hätte sie eine Chance. Sie hob den Blick von ihren Fingern und sah an ihm vorbei durch das Fenster in seinem Rücken. Der Wind fuhr in die Blätter der ausladenden Buche. Sie stellte sich vor, wie sie raschelten.

»Gesa?«, holte Doktor Radolf sie in sein Zimmer zurück.

Sie versuchte, aufrecht zu sitzen, sich nicht hängenzu lassen. »Wie überwindet man die Angst?«

»Indem man sich ihr langsam nähert. Auf Umwegen.«

Sie runzelte die Stirn und versuchte, sich einen solchen Umweg auszumalen. Aber es wollte ihr nicht gelingen. Sie hatte noch nie einen Umweg eingeschlagen.

»Manchmal hilft es, einen großen Bogen zu machen, auf einen Hochsitz zu steigen und durch ein Fernglas zu schauen. Vielleicht zeigt sich dann in weiter Ferne die Angst auf einer Lichtung. Man kann sie betrachten, ohne Gefahr zu laufen, von ihr gepackt zu werden.« Er neigte den Kopf ein wenig und betrachtete sie. Sein Blick schien sie einzuladen, ihn auf diesen Ausflug zu begleiten. »Wenn Sie mögen, Gesa, leiste ich Ihnen auf diesem Hochsitz Gesellschaft.«

»Man braucht viel Geduld, um dort zu sitzen und zu warten«, meinte sie leise. »Es könnte sein, dass sich auf der Lichtung nichts bewegt.«

»Vielleicht nicht beim ersten und möglicherweise auch nicht beim zweiten Mal. Aber irgendwann wird sich dort

etwas bewegen. Ganz sicher, Gesa.« Sein Lächeln war voller Zuversicht und Wärme.

Sie hätte diese Wärme gerne in jedem Moment gespürt, wäre ihm am liebsten wie ein Schatten durch seinen Tag gefolgt. Solange bis die Schwester ihr die Tablette gab, die sie ins Nichts gleiten ließ. In dieses Nichts, das dem Grübeln für kurze Zeit ein Ende setzte.

1

Unten im Hof hielten die Spatzen ein Palaver ab, als gelte es, einen Lautstärkerekord zu brechen – und das ausgerechnet um Viertel vor sieben am Samstagmorgen. Eigentlich liebte ich diese gefiederten Spitzbuben. Nach einer durchtanzten Nacht wünschte ich mir hingegen nur, der Kater aus dem Erdgeschoss würde sich kurz im Hof blicken lassen. Aber vermutlich lag er faul auf der Fensterbank und erholte sich von seinen nächtlichen Streifzügen.

Genervt schlug ich die Decke zurück und setzte mich auf. Fast augenblicklich begann es, in meinem Kopf zu hämmern. Während ich mich mit einem Stöhnen vorsichtig zurücksinken ließ, bereute ich jeden einzelnen Cocktail, den ich getrunken hatte. Sie hatten fruchtig ausgesehen und auch so geschmeckt. Ich versuchte, mich zu erinnern, wie viele ich getrunken hatte, gab es jedoch schnell auf. Der Schmerz in meinem Kopf machte selbst simpelste Additionen unmöglich.

Ich ließ ein paar Minuten verstreichen und versuchte dann noch einmal, mich aufzusetzen. Langsamer diesmal. Als meine Füße den Boden berührten, hatte das Hämmern bereits wieder meine Schläfen erreicht. Im Schneckentempo bewegte ich mich durchs Zimmer. Das Knarren der Holzdielen schien so laut wie noch nie, es tat mir in den Ohren weh. Im Flur nahm ich meine Sonnenbrille aus dem Bücherregal und setzte sie auf, bevor ich mich in die lichtdurchflutete Küche wagte, um zwei Kopfschmerztabletten aufzulösen. Mit dem Glas in der Hand schlich ich zurück ins Schlafzimmer, schloss das Fenster und kroch unter die Decke.

In kleinen Schlucken trank ich die nach Orangen schmeckende Flüssigkeit und wünschte mir nichts sehnlicher, als dass sie Turboteilchen enthielt, die mit dem Schmerz kurzen Prozess machten. Während ich noch darüber nachdachte, musste ich eingeschlafen sein, denn als ich das nächste Mal auf den Wecker schaute, war es kurz nach eins. Die Sonnenbrille war von meiner Nase gerutscht und lag neben mir auf dem Kopfkissen. Vorsichtig reckte ich die Arme hinter den Kopf und gähnte. Dann stand ich auf, öffnete die dunkelblauen Vorhänge einen Spalt und blinzelte in den Hochsommerhimmel.

Über Nacht war der Juli in den August übergegangen, und ich hatte beschlossen, mir eine kreative Auszeit zu gönnen, nachdem ich im vergangenen Dreivierteljahr fast ohne Pause gearbeitet hatte. Und das nicht etwa im eigenen Atelier wie viele meiner Künstlerkollegen. Im Gegensatz zu ihnen ging ich zu den Menschen nach Hause oder in ihre Büros und malte meine Motive auf die Innenwände. Diese fremden Wände inspirierten mich weit mehr, als es einer Leinwand je gelingen würde.

Jetzt würde ich mich zwei Monate lang durch die Tage treiben lassen, ohne ihnen eine Struktur oder eine Richtung vorzugeben. Allein die Vorstellung tat gut. Mit ausgebreiteten Armen ließ ich mich zurück aufs Bett fallen. Mein Blick wanderte über die Decke zu den Wänden. Es faszinierte mich, den Einfluss von Licht auf Farben zu studieren. Die Wand am Kopfende meines Bettes war nicht einfach nur dunkelrot, sie hatte viele Nuancen – je nachdem, wie das Licht im Raum beschaffen war. Das Gleiche galt für die gegenüberliegende Wand, die ein früherer

Kommilitone von der Kunsthochschule für mich mit einer Unterwasserlandschaft bemalt hatte. Auf dem Meeresgrund, umgeben von Seegras, waren ein alter orangefarbener VW-Käfer zu sehen, ein Eisenbahnwaggon, über und über mit Graffiti bemalt, und ein verrostetes Fahrrad, das an einem Schiffscontainer lehnte. Dazwischen schwammen Fische und Seeschlangen.

Die meisten, denen ich das Bild gezeigt hatte, fanden es bedrückend. Aber das war es nicht nur, denn die Meerestiere wussten, den Müll zu nutzen. Die Mikroorganismen, die sich darauf angesiedelt hatten, dienten als Nahrungsquelle, die Hohlräume als Schutz. Für mich war es Sinnbild für das Überleben unter widrigen Umständen.

Mit einem Gähnen stand ich auf, trottete ins Bad und stellte mich minutenlang unter die Dusche. Erst als der gesamte Raum von heißem Dampf erfüllt und der Spiegel beschlagen war, drehte ich den Temperaturregler in die entgegengesetzte Richtung. Das kalte Wasser vertrieb den letzten Rest von Müdigkeit. Einen Song von Amy Macdonald summend trocknete ich mich ab, zog ein leichtes Sommerkleid an und schlang ein Handtuch um den Kopf.

Schließlich machte ich mir einen Kaffee, öffnete beide Flügel des Küchenfensters und lehnte mich in den Rahmen. Es war völlig windstill an diesem Tag, die Mittagshitze hatte längst den Innenhof erobert und eine Sonnenanbeterin aus dem Vorderhaus angelockt. In einem verwitterten Liegestuhl vor sich hin dösend verscheuchte sie halbherzig eine Fliege. Während ich das Handtuch vom Kopf zog und meine noch feuchten schulterlangen Haare schüttelte, begann mein Magen zu knurren.

Ich schnappte mir Portemonnaie, Flip-Flops und Schlüssel, zog die Wohnungstür hinter mir ins Schloss und lief barfuß die ausgetretenen Holzstufen hinunter. Im Treppenhaus begegnete mir der Student, der seit kurzem über mir wohnte. In jeder Hand einen Bierkasten prophezeite er mir eine ebenso lautstarke wie lange Nacht und meinte, es kämen auch einige seiner Hetero-Freunde, für die eine so hübsche Blondine wie ich sicherlich das Highlight des Abends bedeutete. Ob ich nicht auch kommen wolle? Ich schüttelte den Kopf und antwortete lachend, dass ich als vierunddreißigjährige Dunkelblonde mit braunen Augen nicht unbedingt in dieses Raster passte.

Am Fuß der Treppe schlüpfte ich in die Flip-Flops und lief über den kühlen Steinfußboden, dem die Jahrzehnte so manche Welle abgefordert hatten. Als ich den Hof durchquerte, winkte ich im Vorbeigehen der Sonnenanbeterin zu.

Durch den Flur des Vorderhauses gelangte ich schließlich auf die Straße, die fast menschenleer dalag. Einen Moment lang hielt ich inne und ließ meinen Blick über die Häuserfassaden mit ihren bunt bepflanzten, schmiedeeisernen Balkonen wandern. Es war ein friedlicher Anblick.

Hundert Meter von meinem Haus entfernt bog ich an der Kreuzung nach links, bis ich auf die Bergmannstraße stieß. Diese trubelige Straße mit ihren vielen kleinen Läden, den Straßencafés und der Markthalle hatte es nicht nur mir angetan. Nicht selten bewarben sich vierzig Leute um eine Wohnung. Deshalb empfand ich meine jeden Tag aufs Neue als ein großes Glück. Hinterhaus, vierter Stock ohne Aufzug, zwei Zimmer, eines davon mit einem kleinen Balkon, Küche, Bad, hohe Decken, altes Fischgrätparkett. Und das mitten in Kreuzberg. Mein Vater hatte mir dieses Glück zum Geschenk gemacht – als Vorschuss auf mein Erbe.

Schräg gegenüber der Markthalle ergatterte ich vor dem Barcomi's einen freien Platz. Ich bestellte Milchkaffee und Muffins und beobachtete die Menschen um mich herum. Einige schienen genau wie ich gerade erst aufgestanden zu sein, andere hatten Einkaufstüten und Kinderwagen abgestellt und gönnten sich eine Pause.

Nachdem ich den ersten Muffin verdrückt hatte, schaltete ich mein Handy ein, um die Nachrichten abzuhören. Am vergangenen Montag hatte mir ein Richard Stahmer auf die Mailbox gesprochen und um Rückruf gebeten. Er sei durch Zufall auf meiner Homepage gelandet, und meine Bilder hätten ihn auf ganz unerwartete Weise gefangen genommen. Sie würden ihn einfach nicht mehr loslassen. Jetzt wolle er mich engagieren, um eine seiner Wände zu bemalen. Ich hatte ihn gleich am nächsten Tag angerufen und ihm gesagt, seine Wand würde sich mindestens ein halbes Jahr lang gedulden müssen, da ich bis ins kommende Jahr hinein ausgebucht sei. Ob ich sein Bild nicht vorziehen könne? Er brauche dringend einen Lichtblick. Ich hatte abgelehnt. Aber so standhaft ich war, als so hartnäckig erwies er sich. Tagtäglich waren weitere Nachrichten von ihm eingetrudelt, die ich jedoch nicht mehr beantwortet hatte. Ob er eine Vorstellung davon hatte, wie häufig Interessenten sich auf genau diese Weise vorzudrängeln versuchten?

Mit seiner neuesten Nachricht erlangte er allerdings eine Alleinstellung. Von sechzehn bis siebzehn Uhr würde er auf der Bank gegenüber dem Eissalon tanne B. an der Markthalle in Kreuzberg sitzen und auf mich warten. Sein Erkennungszeichen sei eine türkisfarbene Sonnenbrille, deren Fassung an die Form eines Schmetterlings erinnere. Wenn ich ein Herz hätte, würde ich ihn nicht unnötig lange in diesem lächerlichen Aufzug dort ausharren lassen.

Von mir aus hätte er im Kostüm eines Zitronenfalters dort sitzen können, ohne mein Mitleid zu erregen. Was mich bewog, trotzdem dorthin zu gehen, war eine Mischung aus Neugier und dem Wunsch, das Gesicht zu dieser klangvollen Stimme zu sehen.

Bereits um kurz vor vier bezog ich Posten vor dem Eissalon, der lediglich aus einer Theke in der Außenmauer der Markthalle und einem Sammelsurium von Stühlen für Groß und Klein bestand. Für meinen Geschmack gab es in ganz Berlin kein besseres Eis als das von tanne B. Ich hatte meine Sonnenbrille aufgesetzt, löffelte Mangoeis aus einem Becher und hörte Coldplay über den iPod. Dabei ließ ich meinen Blick immer wieder unauffällig zu der Bank gegenüber wandern. Bisher saß dort nur eine junge Mutter, die es sichtlich genoss, ihr Eis in Ruhe essen zu können, während ihr Kind im Buggy schlief.

Ich war so versunken in diesen Anblick, dass ich zusammenzuckte und herumfuhr, als mir jemand auf die Schulter tippte. Ich zog die Stöpsel des iPods aus den Ohren und sah den Mann fragend an.

»Würden Sie kurz darauf aufpassen?« Er zeigte auf einen Laptop auf dem Stuhl hinter mir. Ohne meine Antwort abzuwarten, reihte er sich in die Schlange vor der Theke.

Die junge Mutter hatte inzwischen Gesellschaft bekommen. Zwei Teenager hatten sich neben ihr breitgemacht und schienen für nichts anderes Augen zu haben als für ihre Handys. Ich sah auf die Uhr: kurz nach vier – von Richard Stahmer mit Schmetterlingsbrille war weit und breit nichts zu sehen.

»Hier, bitte«, sagte der Laptopbesitzer und hielt mir eine Waffel mit einer Kugel Eis hin. »Cherry Mania, ich hoffe, Sie mögen es.«

Cherry Mania war neben Mango meine Lieblingssorte. Mit einem Lächeln nahm ich die Waffel entgegen und betrachtete den Mann, der sich neben mir niederließ, etwas genauer. Er trug Jeans und T-Shirt, war gut einen Kopf größer als ich, kräftig gebaut und sonnengebräunt. Seine blonden Haare waren streichholzkurz geschnitten, die untere Gesichtshälfte von einem Dreitagebart überzogen und seine Augen hinter einer Sonnenbrille verborgen. Leider nicht einmal annäherungsweise in Form eines Schmetterlings.

»Meine Augen sind blau mit bernsteinfarbenen Sprenkeln. Und Ihre?«

»Braun. Ohne Sprenkel.«

»Und was haben Sie da gerade gehört?« Mit dem Eislöffel zeigte er auf den iPod.

»Coldplay. Zufrieden?«

Er lachte. »Erst wenn ich Ihre Telefonnummer bekommen habe.«

Ich ließ einen Moment verstreichen, bevor ich darauf einging. »Wenn ich mich nicht täusche, haben Sie die bereits. Sie sind doch Richard Stahmer, oder etwa nicht?«

Er lehnte sich zurück, legte lachend den Kopf in den Nacken und sah gleich darauf wieder zu mir. »Was hat mich verraten?«

»Ihre Stimme. Genauer gesagt dieser Hauch eines norddeutschen Dialekts.« Ich biss ein Stück von der Waffel ab.

»Und ich dachte, den hätte ich längst abgelegt.«

»Sie dachten auch, ich stünde auf türkisfarbene Schmetterlingsbrillen.«

Er schüttelte den Kopf. »Eigentlich war es eher der Versuch, Sie neugierig zu machen. Und allem Anschein nach ist mir das gelungen.«

»Wie haben Sie mich erkannt?«, fragte ich.

»Das Foto auf Ihrer Homepage.« Er beugte sich vor, stützte die Ellbogen auf die Knie und sein Kinn auf die gefalteten Hände. »Was muss ich tun, um Sie für meine Wand zu begeistern?«

»Abwarten«, antwortete ich. Das leichte Bedauern, das ich dabei empfand, versuchte ich, aus meinem Tonfall herauszuhalten.

»Das geht nicht. Ein halbes Jahr ist viel zu lang.«

»Und ich habe Zusagen gegeben, die ich erst einmal erfüllen muss. Außerdem habe ich gerade Urlaub.«

»Fahren Sie weg?«

Kaum hatte ich nein gesagt, wusste ich, dass es besser gewesen wäre zu flunkern.

»Wunderbar!« Er setzte sich wieder aufrecht hin. »Ich mache Ihnen einen Vorschlag. Sie kommen nächste Woche bei mir vorbei, werfen einen ausgiebigen Blick auf meine Wand und lassen sich von ihr inspirieren.« Anstatt weiterzureden sah er mich an, als habe er die Relativitätstheorie widerlegt und könne deshalb mit Fug und Recht auf meinen Begeisterungssturm zählen. Als der ausblieb, legte er nach. »Oder ich lade Sie am Montag zum Frühstück zu mir ein, Sie bringen ganz unverbindlich Ihre Farben mit und ...«

Er stockte. »Sie sind ein harter Brocken, Finja Benthien, habe ich recht?«

Ich nickte.

»Möchten Sie noch ein Eis? Oder soll ich mir tatsächlich so eine Sonnenbrille kaufen, um Ihnen zu beweisen, wie sehr ich mir ein Bild von Ihnen wünsche?«

»Wenn Sie es sich so sehr wünschen, warum können Sie dann nicht darauf warten?«

Während er in den Himmel sah, atmete er tief durch. »Wegen des Lichts. In einem halben Jahr wird es ein völlig anderes sein.«

Konzentriert zeichnete ich mit dem Bleistift Planquadrate auf Richard Stahmers drei Meter fünfzig hohe Esszimmerwand. Diese Einteilungen würden mir später helfen, die Skizze, die er ausgesucht hatte, auf die große Fläche zu übertragen.

Noch in der Eisdiele hatte ich ihm spontan zugesagt. Der Frage, welcher Teufel mich dabei geritten hatte, wollte ich lieber nicht so genau auf den Grund gehen. Im Augenblick zählte nur, dass ich es bisher keine Sekunde lang bereut hatte, meine geplante Auszeit kurzerhand halbiert zu haben. Und das lag sicher nur vordergründig an der Atmosphäre dieses lichtdurchfluteten, minimalistisch eingerichteten Raumes, der Teil einer Kreuzberger Wohnung war – ungefähr einen Kilometer Luftlinie von meiner entfernt.

Dominiert wurde das Zimmer von einem antiken Refektoriumstisch, an dem locker zehn Leute essen konnten. Allerdings hätte Richard Stahmer dann für die Bücher und Zeitschriften, die sich darauf stapelten, einen anderen Platz finden müssen.

Bevor ich mit meiner Arbeit begonnen hatte, hatte ich einen schnellen Blick auf die Bücher geworfen, eine bunte Mischung aus Klassikern, zeitgenössischer Literatur, Bildbänden und Kunstausstellungskatalogen. Er hatte meinen Blick bemerkt und mir erklärt, seine Bücherregale im Arbeitszimmer würden aus allen Nähten platzen und der Tisch diene quasi als Ausweichquartier, bis er ein neues Regal angeschafft habe.

Während ich auf der Leiter balancierend Linien mit dem Bleistift zog, saß mein neuer Auftraggeber auf einem Stuhl, den er sich ans Fenster gezogen hatte, und sah mir von dort aus zu.

»Warum haben Sie sich ausgerechnet für diese Skizze entschieden?« Diese Frage stellte ich jedem, der sich aus meiner Skizzenmappe ein Motiv auswählte. In seinem Fall interessierte mich die Antwort ganz besonders.

»Weil es einen mit den eigenen voyeuristischen Anteilen konfrontiert«, antwortete er nach kurzem Zögern.

Richard Stahmer hatte es die makellose Fassade eines Jahrhundertwendehauses mit seinen neun Fenstern angetan. Eines davon war mit dunklen Gardinen verhangen und verwehrte dem Betrachter den Blick in das dahinterliegende Zimmer. In alle anderen Fenster konnte man mehr oder weniger gut hineinsehen. Manche Räume waren bis in den letzten Winkel ausgeleuchtet, andere lagen im Dämmerlicht. Nicht immer waren es die Bewohner, die ihre Geschichten erzählten, manchmal waren es einfach nur die Möbel, die eine einsame, beängstigende oder in Routine erstarrte Welt zeigten. Anblicke, die den Betrachter wie elektrisiert zurückweichen ließen, oder bei denen er sich wünschte, in das Bild hineinkriechen zu können und sich dort für immer einzurichten.

Richard Stahmer hatte die Skizze zur Hand genommen und betrachtete sie. »Ich glaube, jeder Mensch, der abends im Dunkeln durch die Straßen läuft, wirft gerne einen Blick in die erleuchteten Fenster. Sie haben etwas Anheimelndes, zumindest geht es mir immer so. Gleichzeitig frage ich mich bei solchen Gelegenheiten, wo die Grenze zum Voyeurismus verläuft.«

»Vielleicht an dem Punkt, an dem man stehen bleibt, um genauer hinzusehen.«

Er stand auf, öffnete die Balkontür und setzte sich wieder. »Was hat Sie zu diesem Motiv inspiriert?«

»Das Thema Voyeurismus auf der einen Seite. Auf der anderen die Überzeugung, dass sich hinter einer schönen Fassade so ziemlich alles verbergen kann – von der heilen Welt bis zur Hölle.«

»Gibt es überhaupt so etwas wie eine heile Welt?« Richard Stahmer neigte den Kopf zur Seite und sah mich skeptisch an.

Ich setzte mich auf die oberste Stufe der Leiter. »Heil im Sinne von ungetrübt sicher nicht. Aber heil im Sinne von ausgeglichen ganz bestimmt.«

»Wenn sich die guten und die schwierigen Phasen die Waage halten«, meinte er mit einem Lächeln.

»Das ist eine Menge, finden Sie nicht?«

Er sah mich an und ließ sich Zeit mit seiner nächsten Frage. »Wie alt sind Sie?«

»Vierunddreißig«, antwortete ich. »Und Sie?«

»Neununddreißig. Hält sich die Waage bei Ihnen im Gleichgewicht?«

»Ich glaube schon.«

»Warum sind Sie dann Künstlerin geworden? Heißt es nicht, der Weg in die Kunst beschreibe einen Selbstheilungsversuch?«

Ich musste lachen. »Mein Weg in die Kunst beschreibt eher einen Durchsetzungsprozess. Meine Eltern waren damals nicht gerade begeistert von meinen Plänen. Sie hätten es lieber gesehen, wenn ich mich für so etwas Solides wie Jura interessiert hätte. Zum Glück hat meine Schwester diesen Weg eingeschlagen und die Familienehre gerettet.«

»Entschuldigen Sie meine Neugier. Aber als ich Sie gegoogelt habe, bin ich auch immer wieder über den Namen Alexander Benthien gestolpert. Sind Sie zufällig mit ihm verwandt?«

»Wie kommen Sie darauf?«

»In Ihrer Biographie steht, dass Sie vom Tegernsee stammen. Und über ihn weiß ich, dass er dort wohnt.« Als er meinen irritierten Blick sah, setzte er zu einer Erklärung an. »Ich bin freier Wirtschaftsjournalist und habe vor Jahren einmal etwas über *BGS&R* geschrieben. Alexander Benthien ist einer der vier Partner dieser Detektei. Ich hätte damals gerne ein Interview mit ihm geführt, es hat sich jedoch leider nicht ergeben. Hin oder her …« Er gestikulierte mit beiden Händen und zog eine Grimasse, als mache er sich über sich selbst lustig. »Da ich immer wieder feststelle, wie klein die Welt ist, dachte ich, es wäre doch durchaus möglich, dass Sie …«

»Er ist mein Vater«, unterbrach ich ihn. »Und er warnt mich immer wieder vor Journalisten.« Ich ersparte ihm die ausführliche Version, die von scheinbar harmlosen Ködern handelte, mit denen Enthüllungsjournalisten angeblich versuchten, an Informationen zu gelangen. Wenn ich meinem Vater Glauben schenkte, war ihnen ausschließlich an skandalträchtigem Material gelegen. Und so etwas werde er keinesfalls unterstützen. Da er jeglichen Kontakt mit diesen Leuten ablehne, sei nicht auszuschließen, dass sie irgendwann versuchen würden, über Familienmitglieder an ihn heranzukommen. Ich hielt das eher für eine berufsbedingte Paranoia.

»Ich bin Wirtschaftsjournalist und kein Enthüllungsjournalist«, betonte Richard Stahmer. »Außerdem gibt es günstigere Möglichkeiten, an Informationen zu gelangen, als ein Bild in Auftrag zu geben.«

Wieder nahm er meine Skizze zur Hand und betrachtete sie eine Weile, bis er zu mir aufsah. »Was hätten Sie getan, wenn es Ihnen nicht gelungen wäre, sich mit Ihren Bildern durchzusetzen?«

»Ich hätte mich darauf konzentriert, Kunst zu unterrichten. Haben Sie eine Ahnung, wie leicht sich die Kreativität von Kindern zuschütten lässt mit so blödsinnigen Vorgaben, wie nach landläufiger Meinung eine Zitrone auszusehen hat oder ein Esel? Dabei ist es so wichtig, sie experimentieren und ihre eigene Ausdrucksform finden zu lassen.«

»Hat man Ihnen diese Freiheit gelassen?«, fragte er.

Ich musste nicht lange über eine Antwort nachdenken und nickte. »Ja.« Dass es eher aus Desinteresse denn aus Überzeugung geschehen war, verschwieg ich. Meine Eltern hatten mit meinen Ambitionen nichts anzufangen gewusst. Nur Elly, meine Kinderfrau, hatte dafür gesorgt, dass ich alle Utensilien bekam, um malen zu können.

Er stand auf und legte die Skizze auf den Tisch. »Mögen Sie auch einen Kaffee?«

»Gerne.« Als ich ihn gleich darauf in der Küche hantieren hörte, kramte ich eine Zigarette aus meiner Tasche und trat hinaus auf den kleinen Balkon. Während ich den Rauch inhalierte, wanderte mein Blick über die Fassaden des Innenhofes, die bisher noch nicht saniert worden waren und sich dadurch einen morbiden Charme bewahrt hatten. Ich blinzelte gegen die Sonne an, der auch an diesem Vormittag keine einzige Wolke am Himmel Gesellschaft leistete. Es war erst halb elf, aber bereits so warm, dass es nicht mehr lange dauern würde, bis der Asphalt auf den Straßen glühte.

Nachdem ich mich vergewissert hatte, dass Richard Stahmer noch in der Küche war, spiegelte ich mich einen Moment lang in der Scheibe der Balkontür. Ich hatte meine Haare zu Zöpfen geflochten, trug ein weißes Blusentop zu einer schwarzen Caprihose und lilafarbene Ballerinas. Dieses Outfit war das Ergebnis von fast zehnminütiger Unschlüssigkeit. Normalerweise griff ich mir etwas aus dem Schrank und verließ mich darauf, dass es passte. An diesem Morgen hatte jedoch einfach nichts passen wollen. Ich schnitt mir selbst eine Grimasse und fragte mich im selben Moment, worauf die Arbeit bei Richard Stahmer hinauslaufen würde.

»Hier … bitte.«

Ich hatte ihn nicht kommen hören und fühlte mich unsinnigerweise ertappt. Zum Glück wurde ich nicht auch noch rot.

In jeder Hand einen Becher blieb er im Rahmen der Balkontür stehen. Einen Moment lang sah er mich regungslos an, dann kam er zwei Schritte näher und reichte mir einen der Becher.

»Danke.« Ich versuchte, an dem Kaffee zu nippen, aber er war noch zu heiß. »Wie lange wohnen Sie schon hier?«, fragte ich.

»Ewigkeiten.« Er rechnete nach. »Acht Jahre.«

»Unsere Wohnungen sind gar nicht so weit voneinander entfernt«, meinte ich, »und trotzdem sind wir uns noch nie über den Weg gelaufen.«

Sein Lachen wirkte fröhlich, fast übermütig. »Vielleicht sind wir das und haben es nur nicht bemerkt.«

Ich sah ihm in die Augen. Diese bernsteinfarbenen Sprenkel gab es darin tatsächlich. Und sie hatten die Kraft, mich in ihren Bann zu ziehen. Ich wandte mich ab und gab vor, das Graffiti an einer der Hauswände in Augenschein zu nehmen.

Von einer Sekunde auf die andere wurde er wieder ernst, als er mich fragte, ob ich mir des Risikos bewusst sei, auf das ich mich bei meiner Arbeit einließe.

»Weil ich zu fremden Menschen in ihre Wohnungen gehe?« Ich schüttelte den Kopf. »Bisher hat es nicht einmal den Hauch einer brenzligen Situation gegeben.«

»Das macht das Ganze nicht ungefährlicher.«

»Haben Sie vor, mir etwas anzutun?«

»Womit bekäme ich es dann zu tun? Mit Judo, Pfefferspray oder mit Ihrem Vater?«

Ich nahm einen Schluck Kaffee. »Sie haben die Wahl.«

»Sie beherrschen tatsächlich Judo?«

»Beherrschen ist ein bisschen hoch gegriffen, aber ich kann mich ganz gut selbst verteidigen.« Da es mir in der Sonne zu heiß wurde, schlug ich vor, wieder hineinzugehen. Während ich mir einen der Esszimmerstühle heranzog, stapelte er ein paar Bildbände aufeinander und setzte sich auf die frei gewordene Fläche auf dem Esstisch.

»Hätte ich mir eigentlich auch denken können«, meinte er, während er wie ein Kind die Beine baumeln ließ und an mir vorbeisah, als müsse er seine Gedanken ordnen. »Wissen Sie, was ich mich schon damals gefragt habe, als ich über *BGS&R* geschrieben habe, und was ich Ihren Vater gerne gefragt hätte? Was macht eigentlich einen richtig guten Detektiv aus?«

»Oje«, seufzte ich. »Das lässt sich nicht mit zwei Sätzen beantworten.« Ich stellte den Kaffeebecher in eine Lücke zwischen zwei Bücherstapel und richtete meinen Blick nach innen.

»Ein guter Detektiv sollte eine hohe soziale Kompetenz besitzen. Und er muss ein wirklich guter Schauspieler sein, um sich in jedem sozialen Gefüge selbstverständlich bewegen zu können.«

»Sie meinen, er muss den Mitarbeiter aus der Poststelle genauso gut mimen können wie den Geschäftsmann auf dem Golfplatz?«

Ich nickte. »Haben Sie eine Vorstellung davon, wie schnell jemand als Fremdkörper auffällt, wenn er ein bestimmtes Umfeld nicht absolut verinnerlicht hat und es nach außen verkörpert? Menschen haben gute Sensoren dafür, wenn etwas nicht stimmt. Ganz besonders, wenn sie misstrauisch sind. Dann überprüfen sie nämlich auch gerne mal die Legende, die ihnen ein Detektiv auftischt.«

»Das heißt, wenn er da nicht akribisch ist und das Ganze bis ins letzte Detail durchdacht hat, fliegt er auf.« Richard Stahmer schnippte mit den Fingern und sah einem imaginären Etwas hinterher, das sich in Staub aufgelöst zu haben schien. »Ich vermute mal, es gehört auch ein gutes psychologisches Gespür dazu.«

»Wenn nötig, muss so jemand ein Vertrauensverhältnis zu dem Menschen aufbauen, den er ausspionieren soll. Da geht es dann nicht zuletzt darum, dessen wunden Punkt herauszufinden. Angeblich vergessen Menschen, wenn man diesen Punkt berührt, ihre Vorsicht und tappen in Fallen.« In einem Anflug von Frösteln zog ich die Schultern hoch. Ich fragte mich, wie leicht ich über meine wunden Punkte zu manipulieren war. »Na ja, so viel dazu.

Und dann gibt es da natürlich noch das weite Feld der Observationen und Recherchen im Hintergrund.«

»Tun sich Ihr Vater und seine Partner eigentlich schwer mit dem Ruf dieser Branche? Ich meine, da tummeln sich jede Menge schwarzer Schafe, die sich keinen Deut um Gesetze scheren und die davon überzeugt sind, dass Moral etwas sei, das der Auftraggeber zu verantworten habe. Ihre Aufgabe sei es lediglich, Kriminelle zu überführen – Betrüger, Diebe, Wirtschaftsspione, Schwarzarbeiter.«

»Schwarze Schafe finden Sie überall. In Ihrem Metier ist das sicher nicht anders. Mein Vater ist Realist, und als solcher ist er sich bewusst, womit Kollegen in der Branche zum Teil ihr Geld verdienen. Aber ihm und seinen Partnern ist es gelungen, die Schatten, die so etwas wirft, von *BGS&R* fernzuhalten. Die Detektei genießt einen hervorragenden Ruf«, sagte ich mit unverhohlenem Stolz in der Stimme, während ich mit dem Zeigefinger über den Rand eines Ausstellungskatalogs strich. »Was beweist, dass sich auch mit einer weißen Weste Geld verdienen lässt.«

Er hob die Augenbrauen. »Viel Geld?«

Ich hätte nicht sagen können, wie er das machte, aber er brachte mich mit einer Frage zum Lachen, mit der andere mich in die Flucht getrieben hätten. Vielleicht lag es daran, dass ich dahinter ganz andere Fragen vermutete. Solche, auf die ich gerne eine Antwort gefunden hätte. Ich schmunzelte. »Viel Geld.«

Richard Stahmer forschte in meinem Gesicht, als versuche er, unter hunderten imaginärer Sommersprossen eine ganz bestimmte zu finden. »Und da hat es Sie nicht gereizt, in seine Fußstapfen zu treten?«

Ich hielt seinem Blick stand und schüttelte den Kopf. »Ich finde es viel spannender, eigene Spuren zu hinterlassen.«

Er sah auf seine Füße. Einen Augenblick lang schien er

völlig in ihren Anblick versunken zu sein. »In Ihrer Wohnung … haben Sie da die Wände auch selbst bemalt?«

»Das wäre langweilig. Ich habe einen ehemaligen Kommilitonen gebeten, sich auf einer meiner Wände zu verewigen.«

»Und teilen Sie Ihre Wände mit jemandem?« Die Frage klang ganz beiläufig. Er sah mich dabei nicht an. Als ich nicht antwortete, löste er den Blick von seinen Schuhen. »Die Frage war zu persönlich, verstehe.« Er legte eine Hand aufs Herz und machte eine winzige Verbeugung, als wolle er um Entschuldigung bitten. Dann neigte er den Kopf und grinste. »Es hilft nichts. Vielleicht ist es eine Berufskrankheit, mag sein, aber ich bin einfach neugierig. Leben Sie allein?«

»Und Sie?«

Er atmete hörbar aus. »Wie gut, dass wir das geklärt haben. Haben Sie eine Idee, wie es jetzt weitergeht?«

Unruhig rutschte ich auf meinem Stuhl herum. Schließlich stand ich auf. »Mir ist klar, dass dies der völlig falsche Moment ist, aber …« Ich schluckte. »Ich muss mal.«

»Das hast du tatsächlich gesagt?«, fragte meine Freundin wenige Stunden später, während sie sich mit einem Fächer Luft zufächelte. »Ich muss mal??« Eva-Marias Augen waren hinter einer Sonnenbrille verborgen, das Zucken ihrer Lippen sprach jedoch Bände.

Wir saßen im Schatten eines Baumes in einer kleinen, verborgenen Bucht an der Krummen Lanke. Das Ufer des Sees war an diesem heißen Spätnachmittag immer noch so stark frequentiert, dass unser abgeschiedener Platz einem Glücksfall gleichkam. Das laute Stimmengewirr hielt sich hier im Hintergrund. Als Eva-Maria einen glucksenden Laut von sich gab, war es um mich geschehen, und ich prustete los.

»Wie hat er reagiert?«, fragte sie, als wir uns beide wieder gefangen hatten.

»Na wie wohl? Er hat mir den Weg beschrieben. Als ich von der Toilette zurückkam, hat er zum Glück telefoniert.« Mit vorsichtigen Bewegungen vertrieb ich eine Wespe, die vor meinem Gesicht herumschwirrte. »Irgendwie ist mir dieser Mann ein Rätsel. Zeitweise hatte ich das Gefühl, er flirtet mit mir. Und dann wieder wirkte er eher verschlossen.«

»Vielleicht hat ihn sein Interesse an dir selbst überrascht. Sollte er eine Freundin haben, würde das sein zwiespältiges Verhalten erklären.«

Ich zog die Knie an und legte das Kinn darauf. »So etwas ist mir lange nicht mehr passiert«, meinte ich versonnen. »Er hat irgendetwas, das mich ...«

»Anmacht?«

»Das auch«, antwortete ich lachend.

Eva-Maria ließ sich auf ihre Decke zurückfallen und streckte die Beine aus. »Beneidenswert.« Ihr Seufzer sprach Bände. Ihre letzte Beziehung lag zwei Jahre zurück.

Meine war vor einem halben Jahr in die Brüche gegangen, da ich ständig das Gefühl gehabt hatte, das Tempo drosseln zu müssen, während es ihm nicht schnell genug hatte gehen können. Als wir uns trennten, waren wir beide erleichtert gewesen.

Ich verscheuchte diese Erinnerung und betrachtete Eva-Maria. Ihr perlmuttfarbenes Lipgloss passte wunderbar zu den mit Henna gefärbten kurzen Locken und ihrer elfenbeinfarbenen Haut – dem Ergebnis konsequenter Aufenthalte im Schatten. Sie war Mitte vierzig und der festen Überzeugung, in ihrem Alter jedes Sonnenbad mit unzähligen Runzeln bezahlen zu müssen. Außerdem falle es ihr leichter, auf ein Sonnenbad als auf Schokolade zu verzichten. Wenn sie sich schon mit Größe vierzig abfinden müsse, wolle sie dieses Schlankheitsdefizit wenigstens mit vornehmer Blässe ausgleichen. Das war Eva-Marias unverwechselbare Art, mit ihrer Attraktivität zu kokettieren.

Als wir uns vor acht Jahren kennenlernten, gehörte sie längst zu den Gutverdienern unter den Restauratoren, während ich gerade am Anfang meiner künstlerischen Karriere stand. Nachdem sie eines meiner Bilder in einer kleinen Berliner Galerie entdeckt hatte, hatte sie mich angerufen und damit beauftragt, eine Wand ihres Arbeitszimmers zu bemalen. Während meiner mehrwöchigen Arbeit in ihrer Wohnung hatten wir uns angefreundet.

Ich zupfte ein paar Grashalme aus und ließ sie auf meine nackten Füße rieseln. »Weißt du noch, als ich damals das Bild für dich gemalt habe? Du hast mich tagelang beobachtet. Dabei hast du immer so getan, als würdest du dich völlig auf deine Arbeit konzentrieren, hast schnell weggesehen, wenn ich mich umgedreht habe. Irgendetwas an der Art von diesem Richard Stahmer hat mich heute daran erinnert.«

Sie setzte sich auf und zog die Brauen zusammen, so dass über der Nasenwurzel eine Falte entstand.

»Nein, nicht was du jetzt denkst«, winkte ich ab. »Der hat mich nicht heimlich beobachtet. Das war schon alles ganz offen. Aber genau wie bei dir hatte ich das Gefühl, dass er etwas über mich herausfinden wollte.«

»Ich wollte damals einfach wissen, wen ich da in meine vier Wände lasse. Ich kannte dich schließlich nicht. Vielleicht ist er auch einfach nur vorsichtig.«

Unschlüssig hob ich die Schultern und ließ sie wieder fallen. »Ich hatte nicht das Gefühl, dass es ihm darum ging. Er machte sich eher Sorgen um mich. Er meinte, ich würde bei meiner Arbeit ein ziemliches Risiko eingehen.«

»Das tust du ja auch. Wenn du dich wenigstens vorher über die Leute informieren würdest.«

»Etwa mit Hilfe von Google?«, fragte ich spöttisch. Eva-Maria verabscheute dieses Unternehmen und bezeichnete es als gefährlichen Datenkraken.

Aber sie ließ sich nicht provozieren, ihr Ton blieb völlig gelassen. »Es gibt genügend Suchmaschinen, die nicht alles über dich speichern, was ihnen in die Finger gerät, und die aus deinen Suchbefehlen kein Profil anlegen, bei dem dir gelinde gesagt Hören und Sehen vergehen würde, wenn du es denn überhaupt jemals zu Gesicht bekämst.«

Bei diesem Thema drifteten unsere Meinungen regelmäßig auseinander. »Die Menschen haben die Wahl. Du bist doch das beste Beispiel dafür, dass man sich all dem verweigern kann, wenn einem daran gelegen ist. Wenn ich Eva-Maria Toberg in eine Suchmaschine eingebe, erfahre ich lediglich, dass du fünfundvierzig bist, in Berlin lebst und dir als Restauratorin alter Meister einen Namen gemacht hast. Es existiert nicht einmal ein Foto von dir im Netz.«

»Gut so«, meinte sie zufrieden. »Ich glaube, ich werde nie begreifen, wie Leute im Internet ihr Innerstes nach außen kehren und die Überzeugung vertreten, sie hätten schließlich nichts zu verbergen. Dabei geht es gar nicht darum, etwas zu verbergen, sondern darum, etwas zu schützen, nämlich die Privatsphäre.«

»Wenn es nach dir ginge, würde die wie Fort Knox gesichert.«

»Ganz genau«, meinte sie mit einem schelmischen Grinsen, zog die Beine an und stand mit einem Schwung auf den Füßen. »Kommst du mit ins Wasser?«

Ich nickte und folgte ihr zum Seeufer. Während Eva-Maria mit kräftigen Zügen losschwamm, machte ich nur ein paar halbherzige Schwimmzüge, bis ich mich auf den Rücken drehte und aus halb geschlossenen Augen das Getümmel um uns herum betrachtete. An einem Tag wie diesem würde es noch Stunden dauern, bis sich die Wasseroberfläche glättete und Ruhe einkehrte.

Meine Gedanken drifteten zum Tegernsee, an dem ich aufgewachsen war. Von dem Grundstück, auf dem mein Elternhaus stand, führte ein Bootssteg ein gutes Stück in den See hinein. Meine Schwester Amelie und ich hatten mit unseren Freunden ganze Sommer dort verbracht.

Amelie war drei Jahre jünger als ich und seit einem Jahr mit Adrian verheiratet. Sie hatte sozusagen innerhalb der *Familie* geheiratet, womit ich sie hin und wieder aufzog. Adrian war ein Sohn von Carl Graszhoff, einem der drei Partner meines Vaters. Anstatt sich in die Welt aufzumachen, war Amelie lieber gar nicht erst fortgegangen, sondern hatte in München studiert und dort auch ihren ersten Job angenommen. Ich hingegen hatte direkt nach dem Abitur die Koffer gepackt.

An diesem Morgen hatte Amelie mir eine Mail geschickt, dass sie eine Überraschung für mich habe. Sie wollte mich am Abend anrufen.

»Hey, wo bist du gerade mit deinen Gedanken? Etwa wieder bei diesem Richard Stahmer?«, fragte Eva-Maria, die Anstalten machte, ans Ufer zurückzuschwimmen.

»Nein, bei Amelie. Ich glaube, sie ist schwanger.«

»Freust du dich nicht?«

»Doch, natürlich, sie hat sich ja nichts sehnlicher gewünscht. Aber irgendwie bin ich immer davon ausgegangen, dass ihre Ehe mit Adrian eher etwas Vorübergehendes ist. Sie ist in dieser Beziehung der Motor, und ich weiß nicht, ob sie sich damit auf Dauer zufriedengeben wird. Adrian kann meinem Vater einfach nicht das Wasser reichen.« Kaum war der Satz heraus, hätte ich mir am liebsten die Hand vor den Mund geschlagen. »Oh Gott, Eva, das war nicht ich, die das gesagt hat, oder?« Wir waren am Ufer angekommen und trockneten uns ab. Ich musste über mich selbst lachen. »Solltest du jemals bereit sein, mich an den Tegernsee zu begleiten, werde ich dir meinen Vater endlich mal vorstellen. Dann wirst du wissen, was ich meine.«

Sie stimmte in mein Lachen ein. »Ich und Berlin verlassen? Vergiss es. Nicht einmal für den großen Alexander Benthien.«

»Habe ich eigentlich schon mal erwähnt, dass er nur eins siebzig groß ist?«

»Hast du. Du hast aber auch gesagt, dass das vergessen ist, sobald er den Raum betritt.«

Doktor Radolf stellte immer wieder die gleichen Fragen. Nur waren sie jedes Mal ein wenig anders verpackt. Wenn Gesa das erkannte, atmete sie innerlich auf. Sie nahm es als Beweis, dass Teile ihres Gehirns funktionierten. Und sie begriff, dass ihr Arzt sie keinesfalls zu Antworten drängen wollte. Er nahm sich Zeit für sie. Und er ließ ihr Zeit.

Sie spürte, dass es ihm wichtig war, ihr die Angst zu nehmen und ihr Vertrauen zu gewinnen. In ihren Augen war er wie ein gütiger Vater. Wenn ihr aus Verzweiflung die Tränen übers Gesicht liefen, versicherte er ihr geduldig, dass die Antworten auf seine Fragen nicht verloren seien. Sie schlummerten lediglich unter einer Oberfläche, die sie im Augenblick noch nicht durchdringen konnte. Aber irgendwann würde diese Oberfläche nachgeben und durchlässiger werden. Und dann würden Erinnerungsfetzen auftauchen.

»Wo ist meine Erinnerung jetzt?«, fragte Gesa.

»In Ihrem Unterbewusstsein«, antwortete er mit ruhiger Stimme. »Es hält sie zurück, um Sie zu beschützen.« Sein Lächeln umhüllte sie mit Wärme und mit einer Ge-

wissheit, an der er sie ganz offensichtlich gerne hätte teilhaben lassen. »Ihr Unterbewusstsein ist klug, Gesa. Es weiß, dass es noch zu früh für Sie ist, sich den Tatsachen zu stellen. Für den Moment wären Sie damit vermutlich überfordert. Und damit wäre nichts gewonnen.«

»Aber wenn die Antworten in mir drin sind«, insistierte Gesa ein ums andere Mal, »dann müsste ich doch etwas von ihnen spüren. Wenn das, was geschehen ist, so beängstigend ist, dass ich mich nicht mehr daran erinnern kann, warum fühle ich das nicht wenigstens? Wie einen Traum, den ich nicht mehr greifen kann, von dem ich aber weiß, dass er da war.«

»Sie fühlen ja etwas, Gesa, Sie fühlen die Angst.«

Die Angst vor dem, was sie hierhergebracht hatte. Ja, die spürte sie. In jeder Minute, in jeder Sekunde.

Ihr Arzt lehnte sich zurück, als könne er ihr damit etwas von seiner Gelassenheit abgeben. »Ihr Unterbewusstsein verschont Sie so lange, bis Sie stark genug sind.«

Einen Moment lang ließ sie seine Worte im Raum stehen, bis sie sich an die Frage herantraute, die ihr unter den Nägeln brannte. »Wenn ich stark genug bin, Doktor Radolf, darf ich dann mein Kind wiedersehen?«

Er beugte sich vor und stützte die Unterarme auf dem Tisch ab. »Was fühlen Sie, wenn Sie an Ihr Kind denken, Gesa?« Seine Miene verriet ihr nicht, was er von ihr hören wollte.

Sie knetete ihre Finger, um dem Schmerz in ihrer Brust etwas entgegenzusetzen. »Ich vermisse sie so sehr. Sie ist noch so klein, so verletzlich. Wie soll sie begreifen, dass ich plötzlich nicht mehr für sie da bin? Sie braucht doch ihre Mutter. Können Sie das verstehen?« Sie forschte in seinem Gesicht nach einer Antwort.

»Sorgen Sie sich nicht, Gesa. Ihr Baby befindet sich in guter Obhut. Es wird ihm nichts geschehen.«

Ihr Blick wanderte zum Fenster hinaus. Sie sah die Blätter in den Bäumen. Sie gehörten zu einem anderen Leben. »Haben Sie Kinder, Doktor Radolf?«

Er nickte. »Ich habe einen Sohn.«

2

Es war weit nach Mitternacht, als ich nach Hause kam. Amelie hatte mehrere Nachrichten auf meinem Anrufbeantworter hinterlassen, alle mit dem gleichen Wortlaut: Ich solle sie in jedem Fall noch zurückrufen, egal, wie spät es sei. Sie müsse mir dringend etwas erzählen. Ihre Stimme klang eher bedrückt, überhaupt nicht so, als sei sie schwanger und würde sich wie verrückt freuen. Also hatte ich mich getäuscht. Der Gedanke versetzte mir einen Stich.

Einen Moment lang war ich versucht, ihre Nummer zu wählen, beschloss dann jedoch, bis zum Morgen zu warten. Amelie und Adrian würden längst schlafen. Um neun Uhr war ich mit Richard Stahmer verabredet, der mich in seine Wohnung lassen würde, um sich dann zu einem Termin aufzumachen. Auch wenn wir uns nur kurz sehen würden, wollte ich ihm ohne Augenringe und Grauschleier auf der Haut gegenübertreten.

Als ich nach einer ausgiebigen Gesichtspflege endlich im Bett lag, ging ich in Gedanken meinen Kleiderschrank durch und versuchte, für den nächsten Morgen eine Vorauswahl zu treffen. Diese Überlegungen waren ähnlich effektiv wie das Schäfchenzählen, ich schlief augenblicklich ein.

Bis mich das Klingeln des Telefons aus dem Tiefschlaf riss. In der nächtlichen Stille hatte es etwas Bedrohliches. Ich setzte mich auf, schaltete das Licht ein und sah auf den

Wecker. Zehn nach drei. Der Anrufbeantworter sprang an. »Finja, wo bist du denn nur?«, hörte ich die Stimme meiner Schwester aus dem Nebenzimmer. »Warum meldest du dich nicht?« Amelie weinte ganz offensichtlich.

Mit einem Satz sprang ich aus dem Bett und lief auf der Suche nach dem Mobilteil ins Wohnzimmer. Mein Blick irrte umher, bis ich es am Boden neben dem Sitzsack entdeckte. »Amelie?«, rief ich in den Hörer.

»Oh, Finja, endlich! Es ist so entsetzlich. Es ...« Das Schluchzen hinderte sie daran weiterzusprechen.

Nach diesem Kaltstart machte mein Kreislauf schlapp. Ich ließ mich in den Sitzsack fallen und versuchte, gleichmäßig ein- und auszuatmen und mich gleichzeitig auf die Geräusche zu konzentrieren, die durchs Telefon zu mir drangen. Ich konnte mich nicht erinnern, wann Amelie zuletzt so geweint hatte. »Was ist so entsetzlich?«, fragte ich mit einem bangen Gefühl. Meine Schwester neigte nicht zu Übertreibungen.

»Es geht um Hubert und Cornelia.« Sie schneuzte sich die Nase.

Hubert war Adrians jüngerer Bruder, Cornelia die Mutter der beiden. Trotz der schwülen Hitze, die selbst in der Nacht nicht weichen wollte, überzog eine Gänsehaut meine Arme. »Was ist mit den beiden?«, fragte ich.

»Sie hatten heute Nachmittag einen Unfall. Sie sind beide tot, Finja. Verstehst du? Carl hat uns benachrichtigt. Wir sind gleich zu ihm gefahren. Wenn du ihn im Augenblick sehen könntest, würdest du Adrians Vater nicht wiedererkennen. Er sitzt nur da, hält Fotos der beiden an sich gepresst und starrt vor sich hin. Er sieht aus, als sei alles Leben aus ihm gewichen.« Ihr Schluchzen war in ein leises Wimmern übergegangen.

Etwas in mir weigerte sich zu glauben, dass diese beiden Menschen nicht mehr da sein sollten. Hubert war erst einunddreißig, seine Mutter war im April sechzig geworden. Sie hatte mich zu ihrem Fest eingeladen, aber ich hatte abgesagt. Ich war in der Endphase eines Bildes gewesen und hatte meine Arbeit nicht für mehrere Tage unterbrechen wollen. »Wie ist das nur passiert?«, fragte ich erschüttert.

»Ihr Wagen wurde aus einer Kurve getragen und ist frontal gegen einen Baum geprallt.«

Meiner Phantasie reichten diese paar Stichworte, um in Bruchteilen von Sekunden vor meinem inneren Auge ein beklemmendes Szenario auferstehen zu lassen. Ich sah ein Knäuel aus verformten Blechteilen und zerquetschten Körpern, während der Baum nur ein paar tiefe Kerben abbekommen hatte.

»Finja, bist du noch dran?«, fragte Amelie.

Ich zog die Knie an und senkte den Kopf darauf. »Ja, ich bin noch dran«, antwortete ich tief in Gedanken. Hubert war ein bedachtsamer, fast gemütlicher Fahrer gewesen. So jemand fuhr doch nicht gegen einen Baum. Selbst wenn ihm ein Reifen geplatzt wäre oder die Bremsen versagt hätten, hätte er seinen Wagen ohne größere Schäden zum Stehen bringen können. »Ich begreife das nicht«, sagte ich leise.

»Ein Bauer, der auf dem Feld an der Straße beim Heumachen war, soll einen Wagen gesehen haben, der die beiden rasend schnell überholt und dann geschnitten hat.« Ihrer Stimme war das viele Weinen anzuhören. Sie klang rauh und mitgenommen. »Gleich darauf seien sie gegen den Baum geprallt. Und der Raser habe sich einfach aus dem Staub gemacht.«

»Fahrerflucht?« Ich schloss die Augen. Die Tränen fanden trotzdem ihren Weg.

Einen Moment lang war es völlig still in der Leitung, bis Amelie weitersprach. »Hätte Hubert am Steuer gesessen, hätten die beiden ein solches Manöver vielleicht schadlos überstanden. Aber Cornelia ist gefahren. Hubert hatte wegen des Föhns starke Kopfschmerzen, wollte aber trotzdem unbedingt in München einen Termin wahrnehmen.« Sie stockte. »Cornelia wäre sich selbst untreu geworden, hätte sie ihren Sohn in diesem Zustand ans Steuer gelassen. Du kennst sie, Finja, sie ist … ich meine, sie war …«

Eine der liebevollsten Glucken, die man sich überhaupt vorstellen konnte. Für ihre Söhne und ihren Mann hätte sie alles getan. Aufopferungsvoll hatte ich sie einmal genannt. Und sie hatte mir geantwortet, diese drei Männer seien ihr ganzes Glück. Sie werde alles tun, damit dieses Glück nicht getrübt werde.

»Steht schon fest, wann die Beerdigung sein wird?«, fragte ich.

»Am Freitag um elf Uhr. Die beiden werden im Familiengrab auf dem Bergfriedhof beigesetzt.« Einen Moment lang war nur ihr Atmen zu hören. »Adrian und ich haben Cornelia und Carl am Samstag besucht und ihnen erzählt, dass sie Großeltern werden. Carl hat rumgebrummelt, das werde ja auch Zeit. Und Cornelia hat gestrahlt und uns abwechselnd abgeküsst. Und einen Tag später ist sie tot und wird ihr Enkelkind nie zu Gesicht bekommen.«

Also hatte ich mich doch nicht getäuscht. Das war es gewesen, was sie mir hatte erzählen wollen, bevor die schlimme Nachricht die freudige überholt hatte. »Es ist der völlig falsche Moment«, sagte ich leise, »aber ich freue mich für dich. Und für Adrian natürlich auch. In welchem Monat bist du?«

»Zwölfte Woche. Ich wollte erst sicher sein, dass es auch bleibt.«

Im Stillen betete ich, dass dieses kleine Wesen ähnlich stabil wie seine Mutter war und es in den nächsten Monaten tatsächlich dort blieb, wo es war.

»Mit dem Baby ist alles in Ordnung«, sagte sie, als hätte

ich meine Gedanken laut ausgesprochen. Ein wenig klang der Satz wie eine Beschwörungsformel. »Zur Beerdigung wirst du doch kommen, Finja, oder?«, wechselte Amelie schnell das Thema. »Ich meine, nachdem du an Cornelias Geburtstag schon etwas Besseres vorhattest. Sie hätte sich so gefreut, dich zu sehen.«

Ich musste tief durchatmen und mich beherrschen, um nicht einen Streit vom Zaun zu brechen. Amelie, der Sonnenschein der Familie, konnte hin und wieder Pfeile abschießen, die genau ins Ziel trafen. Sie war nicht bewusst boshaft. Vielmehr lag es daran, dass unsere Mutter sie maßlos verwöhnt und ihr die Zickenallüren nie ausgetrieben hatte. Als sie Adrian heiratete, war mir der Gedanke gekommen, sie wolle einfach nur ihre Beute nicht loslassen, da sie ihn bereits als Kind fest im Griff gehabt hatte. Der Tag, an dem ich das angedeutet hatte, war mir noch gut in Erinnerung. Als Retourkutsche hatte sie mir vorgehalten, ich sei nur eifersüchtig, da ich nicht bei ihm hätte landen können. Aber das sei auch kein Wunder, schließlich habe Adrian ein Faible für selbstbewusste Frauen.

Was die Vorlieben meines Schwagers betraf, hatte Amelie sich getäuscht. Sie waren längst nicht so einseitig, wie sie glaubte. Aber mit meinem Selbstbewusstsein hatte sie richtiggelegen. Es war erst mit den Jahren gewachsen, während sie ihres bereits mit der Muttermilch aufgesogen hatte. Im Gegensatz zu mir war sie stets die kleine Prinzessin gewesen, die die Augen unserer Mutter zum Leuchten bringen konnte. Mir war das nur bei unserem Vater gelungen. Er hatte keinen Unterschied zwischen seinen Töchtern gemacht. Unsere Mutter hingegen konnte noch immer die Temperatur ihres Blicks in der Geschwindigkeit wechseln, in der sie zwischen ihren Töchtern hin- und hersah.

Lange Zeit war ich mir wie ein Kuckuckskind vorgekommen, wie ein Wesen, das dieser Mutter im wahrsten Sinne des Wortes fremd war. Aber Amelies und mein Spiegelbild hatten solche Überlegungen Lügen gestraft. Wir sahen uns viel zu ähnlich, um aus verschiedenen Nestern zu stammen. Die dunkelblonden Haare hatten wir von unserer Mutter, die braunen Augen von unserem Vater. Außerdem bildeten sich in unseren Wangen die gleichen Grübchen, wenn wir lachten.

Trotz alledem hatte ich immer das Gefühl gehabt, sie würde mich im Grunde ihres Herzens ablehnen und mir dies auf ganz subtile Weise zu verstehen geben – mit materieller Großzügigkeit und einer als Toleranz verpackten Gleichgültigkeit. Wann immer ich ihr das vorgeworfen hatte, war ich auf völliges Unverständnis gestoßen. Ich hätte doch alles bekommen, weit mehr als andere Kinder. Wie ich da überhaupt von mangelnder Zuneigung reden könne?

Ohne meinen Vater und meine Kinderfrau wäre es ziemlich traurig um mich bestellt gewesen. Es hatte Zeiten gegeben, da hatte ich Amelie für die Liebe, die sie von unserer Mutter im Überfluss bekam, gehasst. Und so hatte ich versucht, ihr an anderer Stelle etwas zu nehmen. Indem ich mit ihren jeweiligen Freunden schlief. Auch mit Adrian. Es war ein Geheimnis, das er nie preisgegeben hatte, und das Hubert, der uns damals erwischt hatte, jetzt mit in sein Grab nehmen würde.

Auch ich hatte geschwiegen. Irgendetwas hatte mich immer davor zurückschrecken lassen, ihr die Wahrheit ins Gesicht zu sagen. Ob es nun aus Sorge war, dadurch könne zwischen uns etwas unwiederbringlich zu Bruch gehen, oder aus einem Gefühl von Macht, das aus dem heimlichen Hintergehen erwuchs, hätte ich immer noch nicht zu sagen gewusst. Vielleicht war es weder das eine noch das andere, sondern eine Mischung aus beidem.

Amelie und ich hatten unser Telefonat längst beendet,

als mich diese Gedanken umtrieben. Im Nachhinein kam es mir vor, als hätte ich mich deshalb so sehr darauf konzentriert, um den Unfall auf Distanz zu halten. Aber das war unmöglich. Er entwickelte eine Kraft, der ich mich schließlich nicht mehr widersetzen konnte.

Hubert und Cornelia hatten zu meinem Leben gehört, sie waren Teil meiner Kindheit und Jugend. Als ich Cornelias Geburtstagseinladung abgesagt hatte, hatte ich mir fest vorgenommen, stattdessen zu ihrem Siebzigsten zu fahren. Es war diese Gewissheit, noch viel Zeit zu haben – zahllose Gelegenheiten, um zusammenkommen zu können. Nicht nur diese Gewissheit hatte der Tod der beiden zerstört.

Nachdem ich mir einen Flug Berlin – München gebucht hatte, war ich zurück ins Bett gegangen. Erst hatte ich geglaubt, kein Auge zutun zu können, gegen Morgen war ich jedoch so fest eingeschlafen, dass ich den Wecker überhörte. Um halb neun schreckte ich hoch und war von einer Sekunde auf die andere hellwach. Ich stand auf, setzte einen Kaffee auf und ging unter die Dusche. Egal, was ich tat – immer wieder stiegen mir Tränen in die Augen.

In ein großes Badetuch gewickelt rief ich Richard Stahmer an und sagte unsere Verabredung ab. Ich müsse zu einer Beerdigung an den Tegernsee und wisse noch nicht genau, wann ich zurück sei. Ich würde mich bei ihm melden. Er klang sehr mitfühlend und meinte, ich solle mir keine Sorgen wegen meiner Arbeit machen. Seine Wand werde mir nicht davonlaufen.

Mein nächster Anruf galt Eva-Maria. Als ich ihr erzählte, was geschehen war, bot sie sofort ihre Hilfe an. Sie versprach, meine Blumen zu gießen und nach meiner Post zu sehen. Und wenn ich jemanden zum Reden bräuchte, solle ich sie anrufen – egal zu welcher Tages- oder Nachtzeit.

Nachdem ich aufgelegt hatte, zog ich mich an, packte für die nächsten Tage eine Tasche, goss die Pflanzen in der Küche und auf dem Balkon und legte den Postkastenschlüssel für Eva-Maria auf den Küchentisch. Schließlich suchte ich in den Bücherregalen im Flur nach einem Buch, mit dem ich mich auf der Reise würde ablenken können. Bis mir bewusst wurde, dass es Unsinn war. So lud ich mir aus dem Internet Songs von Bob Dylan auf meinen iPod. Cornelia hatte ihn verehrt.

Als ich drei Stunden später im Flugzeug saß und unter mir die Alpen dahinglitten, dachte ich an die vielen Bergwanderungen, an denen auch Hubert und seine Mutter teilgenommen hatten. *BGS&R* – diese vier Buchstaben bedeuteten nicht nur eine Partnerschaft der Männer in der Detektei. Zumindest die ersten drei standen auch für eine Freundschaft zwischen den Müttern, die sich bei den Kindern fortgesetzt hatte. Der vierte der Partner, Tobias Rech, hatte keine Familie. Nichtsdestotrotz gehörte er dazu und wurde ganz selbstverständlich zu allen Festen eingeladen. Er machte sich jedoch häufig rar, was ihm aber niemand übelzunehmen schien. Wer ihn kannte, wusste, dass er ein ausgemachter Einzelgänger war.

Beim Landeanflug auf München sah ich aus dem Fenster. Meine Augen waren blind vor Tränen. Die Frau auf dem Nebenplatz drückte meine Hand und meinte, ich solle keine Angst haben, wir würden ganz bestimmt sicher landen. Dieser wunderbar sonnige Tag sei doch viel zu schön, um zu sterben.

Am Tag zuvor hatte die Sonne auch geschienen, aber sie hatte weder Hubert noch seine Mutter beschützen können. Ich nickte der Frau zu, trocknete meine Tränen und gab vor, erleichtert zu sein, als die Räder hart aufsetzten und der Pilot die Maschine abbremste.

Nachdem ich mir einen Leihwagen gemietet hatte,

machte ich mich auf den Weg zum Tegernsee. Amelie hatte mir eine SMS geschickt, dass sie und Adrian vorübergehend zu seinem Vater gezogen seien, damit er nicht allein sei. Außerdem wollten sie ihm bei den Beerdigungsvorbereitungen helfen. Ich simste zurück, dass ich am Nachmittag dort vorbeikommen würde.

So blieb mir genügend Zeit für einen Abstecher nach Osterwarngau, wo Elly, meine ehemalige Kinderfrau, mit ihrem Mann lebte. Ich verließ die Autobahn an der Ausfahrt Holzkirchen und fädelte mich in den dichten Verkehr ein. Die Hauptstraße, die zum Tegernsee führte, war ein Nadelöhr, das die Autokolonnen häufig zum Stehen brachte. Aber ich hatte Glück und kam bis zum Abzweig nach Osterwarngau einigermaßen zügig voran. Von da an begegneten mir nur noch wenige Autos. Ich fuhr langsam und ließ meinen Blick über die hügelige Landschaft gleiten, an deren Horizont sich die Berge erhoben. Die Kühe auf den Weiden links und rechts der kleinen Landstraße hatten sich schattige Plätze unter den Bäumen gesucht und dösten in der drückenden Hitze vor sich hin.

Als ich ein paar Minuten später in die von Birken gesäumte Straße bog, hoffte ich, Elly würde zu Hause sein. Telefonisch hatte ich sie nicht erreichen können. Im Sommer verbrachte sie die meiste Zeit in ihrem Garten, der ihr ganzer Stolz war. Kurz bevor die Straße in einen Forstweg überging, wendete ich und parkte in der Einfahrt. Anstatt eines Zauns hatte Elly zur Straße hin Büsche gepflanzt, die in allen erdenklichen Farben blühten und dem alten Holzhaus mit seinen grünen Fensterläden genau den richtigen Rahmen verliehen.

Ich öffnete das hüfthohe Tor, wandte mich nach rechts und folgte einem schmalen Weg durch den Vorgarten hinters Haus. Dort hielt ich nach Elly Ausschau, bis ich sie völlig verschwitzt neben einem Rhododendron entdeckte.

Sie war gerade dabei, verwelkte Blütenstände abzuknipsen.

»Elly«, rief ich aus ein paar Metern Entfernung, um sie nicht zu erschrecken.

Als sie sich aufrichtete, fasste sie sich kurz ins Kreuz, um ihren Rücken zu stützen. »Finja ...« Mit dem Zeigefinger strich sie sich eine feuchte Strähne aus dem Gesicht und sah mich so beiläufig an, als käme ich jeden Nachmittag um diese Zeit vorbei. Schließlich zog sie ein Taschentuch unter ihrer Dirndl-Schürze hervor und tupfte sich damit den Schweiß aus dem Dekolleté.

In meinen Augen gab es niemanden, dem ein Dirndl so gut stand wie Elly. Sie wiederum war der Überzeugung, nichts kleide eine Frau besser. Deshalb fiel der Blick, mit dem sie mein Outfit unter die Lupe nahm, auch eher missbilligend aus.

»In einem Dirndl würde ich in Berlin viel zu sehr auffallen«, sagte ich mit einem entwaffnenden Lächeln.

»Und hier macht dir das Auffällige nichts?« Sie schwang ihren Zeigefinger in Richtung meines Baumwollunterkleids mit Lochspitzenborte, zu dem ich Römersandalen trug. »Du siehst aus, als hättest du dich in den verstaubten Truhen meiner Großmutter bedient. Und dazu diese Schuhe ...«

Ich ging zu ihr, legte meine Arme um ihren verschwitzten Hals und drückte ihr einen Kuss auf die Wange. »Ich freue mich riesig, dich zu sehen, Elly. Ich habe dich vermisst.«

Sie drückte mich fest an sich. »Ich dich auch, meine Kleine. Ich dich auch. Von Weihnachten bis jetzt war viel zu lang.« Sie schob mich zur Gartenbank und drückte mich hinein. »Warte einen Moment, ich hole uns etwas zu trinken.«

Während sie im Haus verschwand, betrachtete ich das

Blütenmeer, das Elly mit Sicherheit mehrere Stunden Zeit am Tag und Unmengen von Wasser kostete. Es war eine Pracht. Genau das sagte ich ihr, als sie mit einer Karaffe Eistee und Gläsern um die Hausecke kam.

Sie blieb stehen und deutete mit dem Kopf hinauf zu den Balkonkästen. »Aber Petunien tue ich mir im nächsten Jahr nicht mehr an. Die sind mir zu schwierig.«

»Dabei magst du doch die schwierigen Fälle.«

Sie stellte die Gläser auf den Tisch und füllte sie. Dann ließ sie sich mit einem leisen Stöhnen neben mir auf der Bank nieder. Elly war fünfundsechzig und bis auf ihre leidigen Rückenbeschwerden ziemlich fit für ihr Alter. Sie war noch echt blond, hatte ihre Haut über Jahre der Sonne ausgesetzt, um im Gegenzug unzählige Falten zu ernten, und hielt ihr Gewicht mit eiserner Disziplin. Diese Disziplin reichte sogar für ihren sieben Jahre älteren Mann Ingo, der ohne ihr wachsames Auge und ihren Daumen auf Brotkasten und Kühlschrank inzwischen mit Sicherheit aus dem Leim gegangen wäre.

»Wo ist dein Mann?«, fragte ich.

»Er ist mit dem Hund der Nachbarn hinauf in den Wald. Die Bewegung tut ihm gut.« Sie lehnte sich zurück und betrachtete mich in aller Seelenruhe. Obwohl ihr die Sonne direkt ins Gesicht schien, musste sie nicht einmal blinzeln. »Müde schaust du aus«, stellte sie fest.

»Ich hab nicht viel geschlafen heute Nacht.«

Elly nickte. »Schreckliche Sache, ich hab davon gehört. Traurig! Für den Carl Graszhoff wird es nicht einfach werden. Männer in seinem Alter tun sich schwer ohne ihre Frauen. Der Ingo käme ohne mich gar nicht zurecht. Hat deine Schwester erzählt, wie es passiert ist?«

»Cornelia hat wohl die Kontrolle über den Wagen verloren, als sie von einem anderen Fahrzeug überholt wurden, das sie geschnitten hat.«

Sie blies Luft durch die Nase. »In der Haut des Fahrers möchte ich jetzt nicht stecken.«

»Er ist einfach weitergefahren.«

Elly schüttelte den Kopf und machte ein Gesicht, als hätte sie einen üblen Geschmack auf der Zunge. »Diese Raserei hat so überhandgenommen. Manchmal denke ich, es ist ein Wunder, dass nicht noch mehr passiert. Die Leute fahren so rücksichtslos. Womöglich war der Fahrer auch noch betrunken. Das sind mir die Schlimmsten. Reden sich hinterher auf Alkohol raus. Als wäre der ganz gegen ihren Willen in sie hineingeflossen.«

Ellys Stimme war Balsam für mich. Sie war tief und warm und hatte etwas Beruhigendes, gleichgültig, was sie sagte. Ich lehnte den Kopf gegen die von der Sonne aufgeheizte Hauswand und schloss die Augen. Nach einer Weile öffnete ich sie wieder und sagte: »Amelie ist schwanger.«

»Auch das noch!«, kam Ellys Reaktion prompt.

Das Haus der Graszhoffs lag in Holz, einem am Hang gelegenen Ortsteil von Bad Wiessee. Eine meterhohe, dichte Fichtenhecke verbarg das Anwesen vor den Augen neugieriger Passanten.

Ich parkte meinen Wagen am Straßenrand und lief die paar Meter bis zum Tor. Kaum hatte ich geklingelt, nahmen mich zwei Kameras ins Visier. Dieses Procedere war mir von meinem Elternhaus nur allzu vertraut. Und dennoch hatte ich mich nie daran gewöhnen können.

Der Türöffner summte, und das Tor schwang wie von Geisterhand auf, um sich hinter mir sofort wieder zu schließen. Ein von Stockrosen eingerahmter Kopfsteinpflasterweg führte hinauf zum Haus. Cornelias Lieblingsblumen blühten in allen Farben und reichten mir fast bis zur Schulter. Ich blieb kurz stehen und strich über die Blüten, bevor ich auf das Haus zuging. Es war ein in hellen

Erdtönen gehaltenes Landhaus mit taubenblauen Fensterläden.

Die Haustür stand offen, es war jedoch niemand zu sehen. Drinnen empfingen mich angenehme Kühle und der Duft von Weihrauch. Schmale Streifen von Sonnenlicht fielen durch die geschlossenen Fensterläden. Ich trat in die Halle und gab der Tür mit dem Fuß einen leichten Stoß, so dass sie hinter mir ins Schloss fiel. Ich horchte. Aus einem der hinteren Zimmer im Erdgeschoss waren Männerstimmen zu hören.

Gerade wollte ich den Stimmen folgen, als mich das Klack-Klack hoher Absätze auf dem Holzboden zurückhielt. Amelie kam in einem schwarzen Wickelkleid auf mich zu. Wenige Schritte vor mir blieb sie stehen und sah mich wortlos an, bis wir einander in die Arme nahmen. Ihre Tränen tropften in meinen Nacken. Ich spürte ihren kleinen festen Bauch und ihre Brüste, die voller geworden waren. Sie hielt sich an mir fest, bis sie schließlich einen Schritt zurücktrat und sich die Nase schneuzte.

Meine Schwester trug einen schwarzen Seidenschal, der ihre Haare aus der Stirn hielt und ihre klaren Gesichtszüge betonte. Die vergangenen vierundzwanzig Stunden hatten rötliche Flecken auf ihrer Haut hinterlassen.

»Hast du überhaupt schlafen können?«, fragte ich sie.

Sie schüttelte den Kopf. »Dabei habe ich die ganze Zeit das Gefühl, als würde ich jeden Augenblick im Stehen einnicken. Sobald ich mich jedoch hinlege, klopft mein Herz wie verrückt. Aber das ist nichts im Vergleich dazu, wie es Adrian und Carl geht. Die beiden sind völlig fertig. Um Carl mache ich mir richtig Sorgen.«

»Ist der Pfarrer da?«, fragte ich.

»Nein, zwei Männer von der Polizei. Meinst du wegen des Weihrauchs? Ich habe Räucherstäbchen aufgestellt. Dieser Duft soll gut gegen depressive Verstimmungen sein – auch wenn ich mir eigentlich nicht vorstellen kann, dass er gegen Carls Zustand auch nur das Geringste auszurichten vermag. Aber schaden wird es ihm auch nicht«, meinte sie mit einem Schulterzucken, das so verhalten war, als laste die Trauer wie Blei auf jeder ihrer Bewegungen.

»Und dir wird nicht schlecht von dem Geruch?«

»Mir ist speiübel.« Amelie nahm meine Hand und zog mich hinter sich her. »Lass uns in die Bibliothek gehen. Du kannst mir helfen, die Umschläge der Traueranzeigen zu beschriften, wenn du magst.« Sie klang, als sei sie mit ihren Gedanken ganz woanders.

»Es ist so schlimm!«, sagte ich leise, als sie die Tür hinter uns geschlossen hatte.

Amelie ging zu einer kleinen Sitzgruppe mit Beistelltischen, ließ sich in einen der Ledersessel sinken und sah sich in der Bibliothek um, die ein wenig an eine alte Studierstube erinnerte. Ich folgte ihrem Blick über die Wände, die bis zur Decke mit Büchern bedeckt waren. Außer der Sitzgruppe standen im Raum verteilt noch zwei quadratische Biedermeiertische mit den passenden Stühlen. An dem vor dem Fenster hatten wir früher oft gespielt. Die Holzkästen mit den Spielen standen immer noch aufeinandergestapelt auf dem grünen Filztuch.

»Dieses ganze Haus ist in all seinen liebevollen Details so sehr von Cornelia geprägt. Und dann steigt sie gestern mit ihrem Sohn ins Auto und kommt nicht mehr heim. In der Küche liegt ein aufgeschlagenes Kochbuch, auf einem Zettel hat sie sich Notizen gemacht, was sie noch einkaufen musste. Daneben liegt ihre Lesebrille.« Amelie strich mit den Fingern über ihre Knie, bis ihre Hände wieder zur Ruhe kamen und sie aufsah. »Auch oben unterm Dach in Huberts Wohnung sieht es aus wie immer: Als habe eine Bombe eingeschlagen. Überall auf dem Boden sind Bücher mit gelben Merkzetteln, vollgeschriebene Kladden und

Sitzkissen verteilt. Hatte ich dir erzählt, dass er angefangen hat, Philosophie zu studieren?« Sie wartete meine Antwort nicht ab, sondern sprach weiter, als habe sie Sorge, ihre Gedanken gingen verloren, wenn sie sie nicht aussprach. »Nach Geschichte und Politik wäre das sein drittes Studium gewesen. Er hat sich mit Wissen vollgestopft wie andere mit Drogen.« Sie sah mich mit großen Augen an. »Man könnte meinen, er habe tief drinnen gespürt, dass ihm nicht so viel Zeit bleiben würde wie anderen.« Sie zog eines der Stoffbänder in die Länge, mit denen ihr Kleid gewickelt war. »Aber das ist natürlich Blödsinn. Letztlich läuft es darauf hinaus, dass Menschen versuchen, einen tieferen Sinn in solch schlimmen Ereignissen zu entdecken. Als habe es für Hubert einen Lebensplan gegeben, der nun vollendet ist. Dabei ist es so, dass dieser Unfall Hubert einen Strich durch all seine Pläne gemacht hat.« Sie sah sich suchend um, stand auf und holte von der Fensterbank Zigaretten und Aschenbecher. Sie hielt mir beides hin. »Könntest du bitte eine Zigarette rauchen? Ich habe vor drei Monaten damit aufgehört, aber ich muss jetzt wenigstens mal daran schnuppern.«

Ich fingerte eine Zigarette aus der Schachtel, zündete sie an und blies den Rauch über Amelie hinweg. Diese Bilder, die Amelie beschrieben hatte, kamen mir vor wie Standbilder eines Films, der angehalten worden war. Nur ließ sich das Leben nicht wieder mit der Playtaste in Bewegung setzen. Nach einem letzten tiefen Zug drückte ich die Zigarette im Aschenbecher aus und stand auf.

Amelie nahm es als Startzeichen, um hinüber zu dem Tisch zu gehen, auf dem sich schwarz umrandete Briefumschläge und mehrere Adressbücher stapelten. »Magst du mir dabei helfen?«, fragte sie.

Ich nickte und ließ mich von ihr instruieren, die Adressen mit jedem der Adressbücher abzugleichen und jeweils abzuhaken, damit wir Doppelungen vermieden. Während ich einen Umschlag nach dem nächsten beschriftete, wurden die Erinnerungen an die Zeit unserer Kindheit übermächtig. Ich legte den Stift beiseite und sah aus dem Fenster in den Garten mit seinen prachtvollen alten Linden und Eichen, um die herum Cornelia hier und da Holzbänke hatte bauen lassen. In dem starken, ausladenden Geäst zweier Eichen hatte jeweils ein Baumhaus seinen Platz gefunden. Es waren schiefe, abenteuerlich anmutende Bauten, deren Aussehen über ihre Stabilität hinwegtäuschte, die Phantasie eines Kindes jedoch auf eine wunderbare Reise schickte. Eines dieser Häuser konnte ich vom Tisch aus sehen. Bei seinem Anblick wurde mir warm ums Herz.

»Ich habe Hubert und Adrian immer so sehr um die Baumhäuser beneidet«, sagte ich. »Für mich allein hätte Mutter sogar eines bauen lassen, aber dann hättest auch du hinaufklettern können. Und um dich war sie immer besorgt.« Ich runzelte die Brauen und nahm den Stift wieder zur Hand. »Hätte sie herausgefunden, dass du hier ständig die Bäume hinaufgeklettert bist, hätte sie unsere Ausflüge in den Graszhoffschen Garten mit Sicherheit unterbunden.«

»Dich hat sie eben für die Sportlichere von uns beiden gehalten.«

Sekundenlang schloss ich die Augen, sparte mir jedoch einen Kommentar. Amelie hatte schon immer einfache Erklärungen als Grund für unsere unterschiedliche Behandlung vorgezogen. Dagegen war im Prinzip auch nichts einzuwenden, wären diese Erklärungen plausibel gewesen. Als sich zwei Hände auf meine Schultern legten, fuhr ich erschreckt herum und sah mich meinem Schwager gegenüber, der seine Hände in einer entschuldigenden Geste ausbreitete.

»Ich dachte, du hättest mich gehört«, meinte Adrian,

der genau wie seine Frau Schwarz trug. In seinem Fall waren es Polohemd und Jeans.

»Ich war so tief in Gedanken«, sagte ich, während ich aufstand, um ihn in den Arm zu nehmen.

Er legte den Kopf auf meine Schulter. Das Atmen schien ihm schwerzufallen. Schließlich richtete er sich wieder auf, trat einen Schritt zurück und hielt meine Hände. »Danke, dass du gleich gekommen bist, Finja.« Adrian sah blass und übernächtigt aus. Obwohl er selbst am Rand seiner Kräfte zu sein schien, stand ihm die Sorge um Amelie ins Gesicht geschrieben.

Meine Schwester begegnete seinem Blick und versuchte, ihren Mann in stummer Zwiesprache zu beruhigen. Was ihr auch gelang.

Adrian machte eine kleine Bewegung mit dem Oberkörper Richtung Tür. Er war bereits wieder auf dem Sprung. »Ich muss wieder zu Vater. Er ...«

Ich legte die Hand auf seinen Arm und schob ihn gleichzeitig zum Tisch. »Du verschnaufst hier mal ein paar Minuten. Ich gehe zu deinem Vater. Wo ist er?«

»In seinem Arbeitszimmer.« Es hing ein Aber in der Luft, das sich jedoch schnell auflöste, als Adrian sich mit einem Seufzer setzte. Im Hinausgehen sah ich noch, wie er die Ellbogen auf dem Tisch abstützte und den Kopf in den Händen verbarg.

In der Halle hatte jemand Fenster und Läden weit geöffnet und mit der Nachmittagssonne auch die Wärme hereingelassen. Ich hielt kurz inne und ließ den Blick über die beiden Sitzbänke, eine bemalte Bauerntruhe und den Bauernschrank, der als Garderobe diente, wandern. Auch hier hatte Cornelia eine anheimelnde Atmosphäre geschaffen.

Schließlich ging ich weiter zu Carls Arbeitszimmer und klopfte. Als von drinnen keine Antwort kam, öffnete ich die Tür. Adrians Vater saß an seinem wuchtigen Schreibtisch und starrte in ein fast bis zum Rand gefülltes Glas, das er mit beiden Händen festhielt. Daneben stand eine Whiskeyflasche auf der ledernen Schreibunterlage. Selbst als ich mich leise räusperte, bemerkte er mich nicht. Voller Mitgefühl betrachtete ich den Siebzigjährigen, für den es nie den Hauch eines Zweifels gegeben hatte, dass er vor seiner Frau sterben würde. Er hatte einmal zu mir gesagt, diese Vorstellung empfinde er als eine große Beruhigung. Seit unserer letzten Begegnung hatten sich seine früh ergrauten Haare gelichtet. Seine Krawatte war gelöst, der oberste Hemdknopf geöffnet, als habe er um Luft ringen müssen. Seine Gesichtszüge schienen erstarrt in dem Schock, den er erlitten hatte.

Ich räusperte mich noch einmal, dieses Mal lauter. »Carl?«

Er rührte sich nicht. Gerade wollte ich wieder gehen, da hob er den Kopf und sah mich an, als sei ich ein Geist. Er gab einen Laut von sich, der tief aus seinem Inneren kam und einem unbeschreiblichen Schmerz Ausdruck verlieh. Ich setzte mich ihm gegenüber an den Schreibtisch. In der Hoffnung, seinen Griff um das Glas etwas lockern zu können, strich ich sanft über seine Hände. Ich wollte ihm sagen, wie leid es mir tat, wie traurig ich war. Aber ich spürte, dass nichts von alldem ihn erreichen würde. Der Unfall hatte ihm mehr abgefordert, als er verkraften konnte. So blieb ich einfach bei ihm sitzen und hielt seine Hände, die sich nach einer Weile von dem Glas lösten.

»Sie hat mir den Whiskey immer verboten. Sei nicht gut für mein Herz. Deshalb habe ich ihn im Tresor versteckt. Abends, wenn sie schon nach oben gegangen war …« Er starrte an mir vorbei auf etwas, das sich meinen Blicken entzog. »Manchmal hat sie dort in dem Sessel gesessen und gestrickt …«

Vermutlich gab es im Umfeld der Familie Graszhoff niemanden, der von Cornelia nicht schon einmal mit einem Paar selbstgestrickter Wollsocken beschenkt worden war. Ich besaß gleich mehrere, die ich im Winter im Bett anzog, wenn mich meine eiskalten Füße nicht einschlafen ließen.

Er löste seine Hände aus meinen, nahm das Glas, verschüttete dabei einen Teil und leerte den Rest in einem Zug. »Ich habe immer gehofft, ich würde vor ihr sterben. Deshalb habe ich gut für sie vorgesorgt. Ihr sollte es an nichts fehlen.« Mit dem Handrücken wischte er sich über den Mund. »Es ist eine verkehrte Welt, wenn die Frauen vor den Männern sterben.« Beim letzten Satz klang seine Stimme anklagend, während sein Blick durch den Raum irrte, bis er versuchte, sich an mir festzuhalten.

Ich erkannte darin, was er nicht aussprechen konnte: *Es ist eine verkehrte Welt, wenn die Kinder vor ihren Eltern sterben.* Carl konnte über Cornelia reden, den Tod seines Sohnes auszusprechen, überstieg seine Kraft.

»Was soll das Ganze jetzt noch?«, fragte er. »Wofür?«

Für Adrian und Amelie und sein Enkelkind, formulierte ich im Stillen. Ich hoffte, diese Antwort würde sich ihm selbst irgendwann erschließen.

Zu dritt hatten wir Hunderte von Traueranzeigen in die beschrifteten Umschläge geschoben. Adrian würde sie gleich am nächsten Morgen zur Post bringen. Nachdem Amelie sich hingelegt und Carl in seinem Whiskey-Rausch endlich eine vorübergehende Betäubung gefunden hatte, saß ich mit Adrian noch eine Weile auf der Terrasse. Es war ein sternenklarer Abend. Wir schauten hinunter auf die scheinbar glatte Oberfläche des Sees und das Lichterspiel darauf.

»Als würden sich die Sterne im See spiegeln«, wiederholte Adrian die Worte, die seine Mutter in solchen Momenten fast ehrfürchtig ausgesprochen hatte.

Mir gingen all die Kommentare durch den Kopf, die sie dafür stets geerntet hatte – von *unverbesserliche Romantikerin* bis *Kalenderblattkitsch*.

Adrian holte neben mir tief Luft. Das Ausatmen klang wie ein Stöhnen. Ich sah ihn an. Normalerweise trug er Gel in seinem dunklen Haar, mit dem er die Locken glättete, die er von seiner Mutter geerbt hatte und die ihn für seine vierunddreißig Jahre jungenhaft aussehen ließen. Von ihr hatte er auch die schlanke Statur, die feinen Gesichtszüge und die graugrünen Augen. Beruflich war Adrian vor zwei Jahren in die Fußstapfen seines Vaters getreten und bei *BGS&R* eingestiegen. Dort hatte er damit begonnen, die Erbensuche auszubauen – einen Bereich, der bis dahin eher vernachlässigt worden war.

»Was hat die Polizei gesagt?«, fragte ich in die Stille hinein.

»Die beiden Beamten haben die Aussage des Bauern bestätigt. Mutters Auto ist von einem anderen mit einem ziemlich heftigen Manöver von der Straße abgedrängt worden.«

»Ich werde nie begreifen, wieso man seine Aggressionen ausgerechnet am Steuer abreagieren muss. Diese Leute sind so hirnlos. Ich glaube, die machen sich keine Sekunde lang klar, was sie damit anrichten können.«

»Der Spurenlage nach zu urteilen, könne es sich auch um ein gezieltes Manöver gehandelt haben, meinten die Beamten. Aber das halte ich für ausgemachten Blödsinn. Meinem Vater haben sie damit den Rest gegeben. Schon als sie das nur andeuteten, ist sein Gesicht vor Aufregung dunkelrot angelaufen. Er ließ sich kaum noch beruhigen, und ich hatte den Eindruck, sein Herz würde jeden Moment stillstehen.«

»Gezieltes Manöver?«, wiederholte ich seine Worte. »Warum sollte denn jemand so etwas absichtlich tun?« Es war eine rein rhetorische Frage, denn ich war mit Adrian einer Meinung. Allein die Vorstellung war absurd.

»Sie haben sich danach erkundigt, wer ein Interesse am Tod der beiden haben könne.«

»Das klingt nach Sommerloch bei der Polizei«, meinte ich aus tiefster Seele und nippte an meinem Rotwein.

»Mutter und Hubert sind heute obduziert worden.«

Ich stellte mein Glas so hart auf den Tisch, dass ich sekundenlang befürchtete, es würde zerbrechen. »Warum denn das?«, fragte ich.

»Weil es wegen dieses anderen Fahrzeugs einen Anfangsverdacht gibt. Sie halten alles zwischen fahrlässiger Tötung und Mord für denkbar.«

Ohne Doktor Radolf wäre dieser Ort ein Ort des Schreckens für Gesa gewesen. Auf dem Flur begegneten ihr Gestalten, die sich wie Marionetten fortbewegten. Mit kleinen Schritten und starren Mienen. Das liege an den Medikamenten, hatte Doktor Radolf ihr erklärt. Es seien andere als die, die sie bekomme. Ihre dienten nur der Beruhigung. Sie hatte ihn angesehen und die Frage, die ihr auf der Zunge lag, in sich hineingefressen. Wenn sie sich nicht erinnerte – würde sie dann auch irgendwann diese anderen Tabletten bekommen? Würde sie schließlich eine von den Marionetten werden? Sie hatte Angst, so zu enden. So starr und abwesend. Deshalb wich sie ihnen aus, als hätten sie eine ansteckende Krankheit. Nur mit einer Drogensüchtigen, die etwa in ihrem Alter war, wechselte sie hin und wieder ein paar Worte. Nichts Persönliches, nur Beiläufiges – wie das Mittagessen geschmeckt hatte oder wie lang die Minuten sich zogen, bis es am Abend endlich das Schlafmittel gab.

Vierzehn unendliche Tage war sie jetzt hier. Die meiste Zeit hatte sie damit zugebracht, auf die Uhr an der Wand zu starren, als könne sie dadurch den Zeiger zwingen, sich schneller zu bewegen. Damit sie schneller zurückkonnte zu ihrem Kind.

Gesa klopfte an Doktor Radolfs Tür und öffnete sie, nachdem er herein *gerufen hatte. Er stand am Fenster und drehte sich so langsam zu ihr um, als halte ihn etwas zurück. Vielleicht ein Bild, das er sich einzuprägen versuchte, oder ein Gedanke, den er bis zum Ende verfolgen wollte. Mit einer einladenden Geste bot er ihr einen Stuhl an. Kaum saß sie, warf er einen Blick in ihre Patientenakte. Am liebsten hätte Gesa die Blätter zerrissen, um die Fetzen zu etwas Neuem zusammenzusetzen. Etwas, das einen Sinn ergab. Und das nicht bedrohlich war.*

Der Arzt forschte in ihrem Gesicht. Dann stützte er das Kinn auf seine gefalteten Hände und runzelte die Stirn. Er wirkte ein wenig ratlos, als benötige er ihre Hilfe bei der Lösung eines Problems. »Gesa«, setzte er an, »eine Mitarbeiterin hat mir erzählt, dass Sie gestern im Schwesternzimmer entdeckt wurden, allein. Können Sie mir sagen, was Sie dort wollten?«

»Telefonieren. Ich wollte ...« Tränen tropften ihr auf die Hände.

»Wirklich nur telefonieren, Gesa?«

Seine Frage irritierte sie. Sie grub ihre abgebissenen Nägel in die Handinnenflächen und wartete, worauf er hinauswollte. Aber auch Doktor Radolf schien zu warten. »Was hätte ich denn sonst dort ...?« Sie neigte den Kopf und biss sich auf die Lippen.

»Manchmal suchen Patienten dort nach Hilfsmitteln, um sich das Leben zu nehmen. In solchen Momenten

können sie an nichts anderes denken, können sich nicht vorstellen, dass ihr Leben auch wieder ein anderes sein wird.« Er machte eine kleine Pause. »Gesa, können Sie sich an solche Momente erinnern? Kennen Sie dieses Gefühl, wenn sich alles verengt und es nur noch einen einzigen Ausweg zu geben scheint? Wenn man glaubt, dieser Ausweg fühle sich besser an als das Leben?«

Sie wollte alles richtig machen, deshalb antwortete sie nicht gleich, sondern hörte in sich hinein. »Nein«, sagte sie schließlich. »Ich möchte leben ... mit meinem Kind. Ich möchte ...« Das Ende des Satzes war ihr entwischt, bevor sie es zu fassen bekam. Es fiel ihr zunehmend schwerer, sich zu konzentrieren. Sie nahm all ihre Kraft zusammen. »Ich möchte so gerne nach Hause.«

3

Adrian versuchte, mich zum Bleiben zu bewegen. Ich könne genauso gut bei ihnen übernachten, anstatt jetzt noch nach Rottach-Egern aufzubrechen. Es war kurz nach zwei, und ihm fielen fast die Augen zu. Die drei Gläser Rotwein, die er getrunken hatte, forderten ihren Tribut. Ich nahm ihn in den Arm, gab ihm einen Kuss auf die Wange und versprach, am nächsten Tag wiederzukommen.

Zehn Minuten später parkte ich den Leihwagen an der Uferstraße und gab am Tor den Code für die Alarmanlage ein. Unter den wachsamen Linsen der Kameras lief ich über den Kies die Auffahrt entlang auf mein Elternhaus zu, das sich im Lichtschein der Bewegungsmelder aus der Dunkelheit erhob. Beim Bau des Hauses, einer modernen bayerischen Landhausvilla, waren ausschließlich alte Holzbalken verwendet worden. Um den gesamten ersten Stock führte ein Holzbalkon herum. Die typischen Geranienkästen suchte man dort jedoch vergebens. So wie Cornelia der Graszhoffschen Villa ihren Stempel aufgedrückt hatte, trug unsere die Handschrift meiner Mutter. Leicht unterkühlt und streng. So wie der Garten mit seinen zurechtgestutzten Buchsbäumen, Rhododendren und Hortensien. Hätten sich Stockrosensamen hierherverirrt, wären sie eliminiert worden, sobald ein grüner Schössling seine Spitzen durch die Erde ans Licht geschoben hätte.

Ich hielt mein Gesicht in die kühle Brise, die vom See herüberzog, und ging auf die Haustür zu. Auch hier tippte ich den Code für die Alarmanlage ein. Jedes Mal, wenn ich das tat, fragte ich mich aufs Neue, wie man mit so viel Elektronik leben mochte. Mein Vater verteidigte sie als ganz normale Sicherheitsvorkehrung, bei meiner Mutter hatte sie ein Gefühl ständiger Bedrohung heraufbeschworen. Sie konnte nicht mehr schlafen, wenn die Alarmanlage nicht eingeschaltet war. Ich dachte an meine Wohnungstür in Berlin, eine wunderschöne alte Holztür mit bunten Bleiglasfenstern. Vermutlich brauchte es kaum Kraft, um sie aufzudrücken. Trotzdem kam es für mich nicht in Frage, sie gegen eine Sicherheitstür auszutauschen.

Als ich in der Eingangshalle das Licht einschaltete, hätte ich vor Schreck fast laut aufgeschrien. Nur ein paar Meter von mir entfernt stand eine kleine Gruppe lebensgroßer Figuren – jeweils mit einem Handy in der Hand, das sie ans Ohr hielten. Bei meinem letzten Besuch hatten dort noch zwei kopulierende Esel gestanden. Meine Mutter sammelte Kunst – bevorzugt Skulpturen, aber auch Bilder. Nur meine kamen für sie nicht in Frage. Ganz im Gegensatz zu meinem Vater, der sich eine Wand in seinem Arbeitszimmer von mir hatte bemalen lassen.

Ich lief durch die Halle, die wie ein Museum für moderne Kunst anmutete, in die Küche, in der elfenbeinfarbener Hochglanzlack und Granitstein vorherrschten. Aus dem Kühlschrank holte ich mir eine Flasche Wasser, bevor ich das Licht löschte, meine Sandalen auszog und die Holztreppe hinauf ins Dachgeschoss lief. Ich wusste genau, welche Stufen an welchen Stellen knarrten. Amelie und ich hatten früher einen Wettbewerb daraus gemacht: Gewonnen hatte, wer völlig geräuschlos die Treppe hinauf- und wieder herunterkam. Wir waren beide gut darin gewesen. Und ich war es immer noch, wie ich feststellte, als ich im Dachgeschoss angekommen war, ohne ein Knarren zu verursachen.

Dankbar registrierte ich, dass jemand das Fenster zum Lüften geöffnet hatte. Ohne Licht zu machen, stellte ich meine Tasche ab und kramte eine Zigarette daraus hervor. Auf der Fensterbank sitzend sah ich auf den See, der leise glucksende Geräusche von sich gab. Ich blies den Rauch in die feuchte Nachtluft und fragte mich, wie ich nach diesem Tag einschlafen sollte. Todmüde und gleichzeitig überdreht dachte ich an das, was die Polizeibeamten zu Adrian und seinem Vater gesagt haben sollten. Fahrlässige Tötung konnte ich mir gerade noch vorstellen. Aber wer hätte es darauf abgesehen haben sollen, Hubert und Cornelia umzubringen?

Diese Frage trieb mich auch noch um, als ich längst im Bett lag. Die einzig vernünftige Antwort erschien mir die, dass die Beamten im Übereifer ihr Lehrbuch heruntergerattert hatten – keine Möglichkeit ausschließen, für alles offen sein. Dass sie damit der Familie einen Bärendienst erwiesen hatten, war ihnen mit Sicherheit nicht bewusst gewesen. Ich dachte an Carl, den die Wirklichkeit erbarmungslos einholen würde, wenn er am Morgen aus seinem Rausch aufwachte. In den nächsten Tagen würden Amelie und Adrian noch um ihn sein. Danach würde es einsam werden in dem großen Haus.

»Nein!« Mein Schrei war ohrenbetäubend. Mit klopfendem Herzen setzte ich mich auf und lehnte mich gegen das Kopfende des Bettes. Einen Moment lang meinte ich noch, den Schrei in meiner Kehle spüren zu können, bis mir bewusst wurde, dass ich nur geträumt hatte. Ein Mann hatte am Treppengeländer eines Hauses gestanden und die Arme über das Geländer hinweg nach vorne gestreckt. Anstatt Fingern hatte er Fäden, an denen wie Marionetten eine Frau und ein Kind hingen. Ich stand am Fuß der Treppe, sah zu ihm hinauf und hörte ihn sagen: »Was soll das Ganze jetzt noch?« Dann schüttelte er seine Hände so lange, bis sich die Fäden lösten und die Frau und ihr Kind in die Tiefe stürzten. Ich sah sie fallen, hörte den Aufprall. Als ich den Blick hob, waren ihm bereits neue Fäden gewachsen. Dieses Mal hingen zwei Kinder an ihnen. Mein Schrei hatte diesem Horror ein Ende gesetzt.

Es war kurz nach sechs, im Haus war noch alles still, und ich spürte immer noch den Nachgeschmack dieses Traumes. Ich sah mich in dem Zimmer um, das ich vor ein paar Jahren aus einer Laune heraus noch einmal neu eingerichtet hatte und das sich für mich wie ein Nest inmitten dieses riesigen Hauses anfühlte. Dominiert wurde es von einem kreisrunden Bettkasten, um den herum drei Filzwürfel in unterschiedlichen Größen und Farben standen. Außerdem gab es noch einen Sitzsack und einen Einbauschrank.

Da ich ohnehin nicht wieder einschlafen konnte, zog ich einen Badeanzug an und holte ein Handtuch aus dem Bad. Ich lief die Treppen hinunter ins Wohnzimmer. Die Fenster dieses langgestreckten Raumes, der mit seinen Bildern und Plastiken jeden Kunstliebhaber neidisch werden ließ, gaben den Blick auf den See frei. Drei Sitzgruppen, die eine Farbskala von hellen bis dunklen Erdtönen abdeckten, waren auf den See ausgerichtet.

Ich öffnete eine der Terrassentüren und lief über die Holzbohlen auf den englischen Rasen. In meinen Augen kam es eher einer Vergewaltigung der Natur gleich, dass sich zwischen den Grashalmen weder Kleeblätter noch Gänseblümchen hielten. Meine Mutter wertete es als Erfolg ihrer strikten Vorgaben an den Gärtner. Genauso wie die durchweg zu Formen zurechtgestutzten Büsche.

Über das feuchte Gras ging ich zum Bootssteg und setzte mich. Während ich die Beine über den Rand baumeln ließ, genoss ich die Stille des frühen Morgens, die nur vom

Gezwitscher der Vögel durchbrochen wurde. Ich dachte an die Spatzen in meinem Berliner Hinterhof. Und ich dachte an Richard Stahmer, in dessen Wohnung eine Wand auf mich wartete.

Als ich mich schließlich ins Wasser gleiten ließ, schnappte ich nach Luft. Nach ein paar kräftigen Schwimmzügen spürte ich die Kälte jedoch nicht mehr. Ich schwamm ein ganzes Stück hinaus, bis ich mich auf den Rücken drehte und mit geschlossenen Augen treiben ließ.

Erst war das Geräusch nur ganz leise, dann hörte ich deutlich, dass ein anderer Schwimmer in der Nähe war. Ich öffnete die Augen, suchte die Wasseroberfläche ab und erkannte an der Art, wie er mir zuwinkte, meinen Vater. Vom Frühjahr bis in den Herbst hinein schwamm er jeden Morgen eine halbe Stunde im See, bevor er nach München ins Büro aufbrach. Mit seinen neunundsechzig Jahren dachte er genauso wenig wie seine drei Partner ans Aufhören. Vermutlich würde man alle vier irgendwann aus ihren Büros hinaustragen müssen.

»Guten Morgen, Finja«, begrüßte er mich. Es war nicht leicht, meinem Vater ein Lächeln zu entlocken. Wenn es gelang, war es wunderbar.

Ich erwiderte es. »Guten Morgen.«

»Wer zuerst zurück am Steg ist?«, forderte er mich zum Wettschwimmen heraus.

Ich winkte ab. »Gegen dich habe ich keine Chance.«

»Gegen mich alten Mann?« Er sagte es in einem Ton, der seine Worte Lügen strafte. Bisher hatte ihm sein Alter nicht allzu viel anhaben können. Er war schlank und durchtrainiert und begegnete vermutlich immer noch jedem kulinarischen oder alkoholischen Exzess am Tag darauf mit eiserner Disziplin. Und er war ein Wettkämpfer. Deshalb konnte er auch nicht einfach nur neben mir herschwimmen, sondern zog mit kräftigen Zügen an mir vorbei. In einen Bademantel gehüllt wartete er am Steg, als auch ich endlich dort ankam und aus dem Wasser stieg.

Er reichte mir das Badetuch. »Zieh dir schnell etwas Trockenes an, dann können wir noch zusammen frühstücken, bevor ich losmuss.«

Als wir Richtung Haus gingen, wurde mir bewusst, wie ungewohnt es immer noch für mich war, meinen Vater an einem Stock gehen zu sehen. Vor eineinhalb Jahren hatte nach einem Skiunfall sein linkes Fußgelenk wegen eines Trümmerbruchs versteift werden müssen. Er hatte so gut wie kein Wort darüber verloren, obwohl der Verlauf mit großen Schmerzen verbunden gewesen sein musste.

Während wir die Treppe hinaufstiegen, zeigte ich auf die Figuren in der Halle. »Die Dinger sind besser als jede Alarmanlage. Im Dunkeln bekommt bei deren Anblick doch jeder Einbrecher einen Herzinfarkt.«

»Die Dinger, wie du sie nennst, waren teurer als unsere Alarmanlage. Als ich die Rechnung sah, war ich mir sicher, die Galerie hätte das Komma an die falsche Stelle gesetzt. Deine Mutter meinte jedoch nur, ich sei ein Banause.« Er winkte mir über die Schulter hinweg zu und verschwand Richtung Bad.

Ich lief eine Treppe höher. Nachdem ich geduscht hatte, machte ich einen Abstecher in die Küche, um Helga Reichelt, die Haushälterin meiner Eltern, zu begrüßen. Die mollige Mittvierzigerin aus Egern schien sich genau wie Elly im Dirndl am wohlsten zu fühlen. Im Gegensatz zu meiner ehemaligen Kinderfrau war sie jedoch am frühen Morgen eher wortkarg. Mehr als ein »Guten Morgen, Finja« war ihr nicht zu entlocken.

Auf der Terrasse setzte ich mich an den gedeckten Tisch unter die ausgefahrene Markise und warf einen Blick in die Tageszeitung, die neben dem Teller meines Vaters lag. Ich hatte noch nicht einmal die Schlagzeilen überflogen, als ich seine Schritte auf dem Wohnzimmerparkett hörte. Ich wandte mich um und sah ihn auf mich zukommen. Er trug einen hellgrauen Sommeranzug, der so perfekt saß, dass es sich um eine Maßanfertigung handeln musste. Seine dunklen kurz geschorenen Haare zeigten immer noch keinen einzigen Anflug von Grau. Ich war mir sicher, er ließ sie färben. Er war eitel, und er stand dazu.

Im Hinsetzen strich er mir über die noch nassen Haare. Während er sich ein Brötchen aus dem Korb nahm, es aufschnitt und eine der Hälften mit Frischkäse bestrich, schenkte ich uns Kaffee ein und löffelte Milchschaum darauf.

»Schön, dass du so rechtzeitig gekommen bist.« Er betrachtete das Brötchen in seiner Hand und legte es zurück auf den Teller. Es war, als hätte er versucht, die morgendliche Routine aufrechtzuerhalten, um dann an den Punkt zu kommen, an dem es nicht mehr möglich war. Der Tod von Cornelia und Hubert ließ es nicht zu. Er lehnte sich zurück und sah auf den See. Seine Kiefermuskeln bewegten sich unaufhörlich. »Ich hätte mir einen anderen Grund für deinen Besuch gewünscht«, sagte er und strich sich dabei mit Daumen und Zeigefinger von außen nach innen über die Augen.

Ich stellte die Kaffeetasse zurück auf den Unterteller. »Wenn ich an den Straßen diese Kreuze sehe«, sagte ich leise, »bin ich einen Moment lang betroffen, aber eben nur einen Moment. Doch plötzlich trifft es jemanden, der dir nahestand, den du gut kanntest. Und dann ist alles anders.« Ich wischte mir die Tränen aus den Augenwinkeln. »Es fällt mir so schwer, mir vorzustellen, dass ich die beiden nie wiedersehen werde.«

Mein Vater nahm meine Hand und drückte sie.

»Carl geht es nicht gut«, fuhr ich fort, nachdem ich mir mit der anderen die Nase geschneuzt hatte. »Adrian und Amelie machen sich große Sorgen um ihn.«

»Ich weiß.« Mit dem Daumen schob er seinen Teller zur Tischmitte.

»Weißt du, was die Polizei vermutet?«

»Wenn du mich fragst, ist das Unsinn. Cornelia war leider noch nie eine gute Fahrerin. Hubert hätte selbst mit Kopfschmerzen besser reagiert. Aber sie musste ihre Jungs ja immer in Watte packen.«

Obwohl er mit dieser Art vermutlich seine Gefühle in Schach zu halten versuchte, versetzten mir solche Worte einen Stich. »Es war nicht Cornelias Schuld! Ein Bauer hat beobachtet, dass ein anderer Wagen …«

»Ich gebe ihr nicht die Schuld«, schnitt er mir das Wort ab. »Aber ich hüte mich davor, diesen Unfall in die Nähe eines Verbrechens zu rücken. Versteh mich bitte richtig, Finja, ich will die Sache nicht bagatellisieren, dafür ist sie viel zu schlimm. Wenn jedoch Verschwörungstheorien erst einmal in der Welt sind, haben sie Sitzfleisch. Und es findet sich dann immer jemand, der sie nur allzu gerne weiterspinnt. Für Carl und Adrian ist es tragisch. Aber letztlich passieren jeden Tag Unfälle. Diesmal hat es die beiden getroffen, morgen ist jemand anderes dran. Die Kreuze, von denen du gesprochen hast, erzählen von nichts anderem.« Einen Moment lang presste er die Lippen aufeinander und blies Luft durch die Nase. »Wo immer ein solcher Unfall geschieht, suchen die Menschen nach Erklärungen. Weil es erträglicher ist, jemandem die Schuld geben zu können, anstatt ein unberechenbares Schicksal am Werk zu sehen. Aber hier gibt es keinen Schuldigen, sondern lediglich die äußerst ungünstige Konstellation aus einer unsicheren Fahrerin und einem rücksichtslosen Raser.« Seine Stimme wurde hart. »Möge er in der Hölle schmoren!«

»Ich dachte, die Hölle sei etwas für gläubige Katholiken.«

Allem Anschein nach erleichtert über diesen kleinen Schlenker nahm er einen Schluck Kaffee und wischte sich anschließend mit der Serviette über den Mund. »Genauso wie die Beichte.«

Ich runzelte die Stirn. »Warum betonst du das so?«

Er sah mich an und schmunzelte. »Ich glaube, du warst damals zehn oder elf, da habe ich mal einen Zettel entdeckt, den du zur Beichte mitgenommen hast. Es handelte sich um eine Auflistung wirklich interessanter und ausgefallener Sünden. Ich bin übrigens heute noch überzeugt davon, dass du keine einzige davon begangen hast.«

»Ich habe nie einsehen können, wieso ich dem Mann hinter dem Gitter etwas von mir erzählen sollte. Das waren schließlich meine Geheimnisse. Also habe ich mir Sünden ausgedacht, ein paar Ave-Marias dafür aufgebrummt bekommen, und die Sache war erledigt.«

»Lass das nicht deine Mutter hören.«

»Du meinst, sie beichtet tatsächlich die Wahrheit?« In dem Fall hätte ich gerne mal den Platz mit dem Priester getauscht und ihr all die Fragen gestellt, die mir schon lange auf der Seele brannten und auf die sie mir bisher nie eine Antwort gegeben hatte.

»Sie glaubt an die Absolution«, meinte mein Vater lakonisch.

Ich drückte den Rücken durch. »Und was ist dann mit der Wiedergutmachung? Beim ernsthaften Beichten geht es doch auch darum und nicht nur um das Sündenbekenntnis, um Reue und Vergebung.«

Es war, als würde in diesem Augenblick ein Schatten über sein Gesicht huschen. Als hätte er sich an etwas erinnert, diese Erinnerung jedoch sofort wieder verworfen.

»Was ist?«, fragte ich. »Woran hast du gerade gedacht?«

Er nahm den letzten Schluck Kaffee aus seiner Tasse

und erhob sich. »Ich halte Wiedergutmachung für eine Illusion. Auch wenn du die Einzelteile dessen, was du zerstört hast, wieder zusammenfügen kannst, wirst du nie den Originalzustand wiederherstellen können. Und etwas, das für immer zerstört oder verloren ist, lässt sich erst recht nicht ersetzen.« Mein Vater gab mir einen Kuss auf den Scheitel und verabschiedete sich bis zum Abend. Er sei spät dran und müsse sich beeilen.

Ich blieb noch eine ganze Weile sitzen und dachte über das, was er gesagt hatte, nach. Wenn es bei Wiedergutmachung tatsächlich allein darum ging, Scherben möglichst nahtlos zusammenzufügen oder Ersatz zu beschaffen, war sie womöglich wirklich nur eine Illusion. Aber ging es dabei nicht viel eher darum, sich seiner Verantwortung zu stellen und vielleicht einem angeschlagenen Weltbild einen versöhnlichen Aspekt hinzuzufügen?

Eine Stunde später ruderten Amelie und ich in unserem alten Holzboot auf den See hinaus, während Carl und Adrian einen Termin mit dem Bestatter wahrnahmen. Meine Schwester hatte ihre Haare zu einem lockeren Knoten gebunden. Sie trug eine dieser riesigen Mickey-Mouse-Sonnenbrillen und ein enges schwarzes Minikleid mit Spaghettiträgern.

Anfangs war sie noch völlig überdreht, bis sie sich nach einer Weile Zeit nahm, um zwischen den einzelnen Sätzen Luft zu holen. Als sie Spekulationen darüber anstellte, wie das Unfallauto und die Leichen ausgesehen haben mussten, bat ich sie, das Thema zu wechseln und mir stattdessen ein Ultraschallfoto ihres Kindes zu zeigen. Sie zog es aus einem Täschchen, das neben ihr auf der Holzbank lag, und warf einen langen Blick darauf, bis sie es in die Höhe hielt. Ich hob die Ruder aus dem Wasser und betrachtete dieses winzige Etwas, das in ein paar Monaten das Leben meiner Schwester und meines Schwagers auf den Kopf stellen würde.

Nachdem sie das Bild wieder in die Tasche geschoben hatte, hielt sie mir ein Paar kunterbunte Minisöckchen vor die Nase und erzählte, Cornelia habe sie noch am selben Tag gestrickt, als sie und Carl von der Schwangerschaft erfahren hätten. »Carl hat sich ein wenig über sie lustig gemacht, als sie uns die Söckchen gab. Er meinte, wir sollten schon mal eine Truhe anschaffen. Bis zur Geburt sei sie sicherlich voll mit diesen Dingern.« Amelie betrachtete die kleinen Teile und schüttelte den Kopf. »Und jetzt ...?«

Jetzt kamen auch mir schon wieder die Tränen. Ich ließ die Ruder zurück ins Wasser gleiten und konzentrierte mich mit aller Macht auf das Boot, das uns nach zwanzig Jahren immer noch gute Dienste leistete. Amelie und ich waren die Einzigen, die es benutzten. Für unseren Vater, der gemeinsam mit seinen drei Partnern von *BGS&R* und einem Steuermann während Studienzeiten sehr erfolgreich die Mannschaft eines Vierers gestellt hatte, kam es weder als Fortbewegungsmittel noch als Sportgerät in Frage. Wenn sein Blick überhaupt einmal darauffiel, schien er sich zu fragen, wie es das Ding überhaupt in seine Nähe geschafft hatte. Als würde man jemandem, der einmal ein Rennpferd geritten hatte, einen Ackergaul vor die Tür stellen. Wäre es nach ihm gegangen, wären wir schon als Kinder in seine Fußstapfen getreten und hätten mit dem Rudern als Leistungssport begonnen – mit Disziplin, Ehrgeiz und Ausdauer, wie er uns zu predigen pflegte. Dass es diesen drei Worten gelingen würde, uns in die Flucht zu schlagen, hatte er völlig unterschätzt. Bei dem Gedanken daran musste ich lächeln.

Ein wenig außer Atem vom Rudern machte ich eine Pause. Ich hielt mein Gesicht in die leichte Brise und schloss die Augen.

»Wie lange willst du es noch in Berlin aushalten?«, fragte Amelie.

»Sehr lange. Ich liebe diese Stadt! Ihr Brodeln, ihre Inhomogenität, ihren …«

»Bist du verliebt?«, unterbrach sie mich.

Ich öffnete die Augen. »Wie kommst du denn darauf?«

»Weil deine Beschreibung so schwärmerisch klingt.«

»Für Berlin lässt es sich ja auch schwärmen«, wich ich aus.

Sie grinste. »Verstehe.«

Ich deutete auf ihren kleinen Bauch, der in dem engen Kleid nicht zu übersehen war. »Weißt du, was es wird?«

»Das ist uns beiden egal. Ich hoffe, dir auch, du wirst nämlich Patentante.«

»Nimm lieber jemanden, der in eurer Nähe lebt. Warum fragst du nicht Kerstin?« Kerstin Schormann war Amelies beste Freundin und die Tochter von Johannes Schormann, dem dritten im Partnerbunde.

»Sie werde ich in jedem Fall auch fragen. Aber ich möchte auch dich.«

»Wie sollen denn euer Kind und ich eine Beziehung aufbauen? Ich bin doch viel zu selten hier.«

»Dann kommst du in Zukunft eben öfter. Du weißt, du kannst immer bei uns in München wohnen.«

»Wie wirst du es mit deinem Job halten, wenn das Baby da ist?«, fragte ich, um sie von dem Patinnenthema abzubringen.

Sie lehnte sich im Boot zurück und pflügte mit einer Hand durchs Wasser. »Paps hat mir vorgeschlagen, in die Detektei einzusteigen.«

Ich sah sie erstaunt an. Amelie war vor zwei Jahren in einer renommierten Münchener Anwaltskanzlei untergekommen. Sie hatte sich gegen weit über hundert andere Bewerber durchgesetzt und ihren Erfolg ausgiebig gefeiert.

»Ich werde dort aufhören«, meinte sie, als habe sie meine Gedanken gelesen. »Das Spektrum, das mir die Arbeit bei *BGS&R* bietet, ist einfach interessanter.«

»Ist es, weil Adrian dort arbeitet?«, fragte ich.

»Ich würde es auch tun, wenn er nicht dort wäre.« Sie lachte. »Paps hat es schlau angestellt. Seit geraumer Zeit gibt er mir immer wieder Material zum Lesen, schildert mir Fälle und bittet mich um meine Meinung. Das alles finde ich um einiges spannender als das, was ich in der Kanzlei auf den Tisch bekomme.« Amelie ließ den Blick über den See schweifen. »Die Wirtschaftskriminalität hat ein solches Ausmaß angenommen, dass die Polizei überhaupt nicht mehr hinterherkommt. Die zuständigen Dezernate sind personell völlig unterbesetzt, und den Mitarbeitern fehlt häufig das Expertenwissen. Da sitzen eben keine erfahrenen Informatiker, Betriebswirte, Steuerberater und Wirtschaftsprüfer. Das hat sich inzwischen auch bis zu den Unternehmen herumgesprochen. Also wenden sie sich an Detekteien wie *BGS&R*. Den meisten Firmen sind private Ermittler auch deshalb lieber, weil sie auf diese Weise die Oberherrschaft behalten. Sie können dann immer noch entscheiden, wie mit den Ermittlungsergebnissen verfahren wird – ob sie den Täter anzeigen oder die Sache intern regeln.«

»Intern regeln?«, hakte ich in einem Ton nach, als hätte ich sie falsch verstanden.

»Eine Abfindung zu zahlen, wird häufig als effektiver angesehen, als sich mit Gerichtsprozessen und möglicherweise noch mit Medien herumzuschlagen. Den Unternehmen geht es auch um ihr Bild in der Öffentlichkeit.«

Ich konnte kaum glauben, was Amelie da sagte. »Das heißt, jemand, der mit krimineller Energie seinen Arbeitgeber schädigt, wird dafür auch noch bezahlt? Der macht beim nächsten Unternehmen doch gleich weiter.«

Meine Schwester zuckte die Schultern. »Das kann auch passieren, wenn so jemand vor Gericht kommt. Glaub nur nicht, dass Richter und Staatsanwälte genau durchschauen, was da läuft. Clevere Wirtschaftskriminelle wissen ziemlich gut, wie sie sich aus der Affäre ziehen können. Und genau da hat sich für *BGS&R* eine Lücke aufgetan. In der Detektei gibt es inzwischen jede Menge Experten mit Spezialwissen – von IT bis zur Beweissicherung. Was Paps und die Partner da auf die Beine gestellt haben, ist beeindruckend. Sie liefern ein gesamtes Ermittlungsverfahren aus privater Hand, also die Beweise, um Anklage zu erheben und für eine Verurteilung zu sorgen – vorausgesetzt, das beauftragende Unternehmen erklärt sich bereit, diesen Weg mitzugehen.« Sie streckte die Arme aus und legte sie links und rechts auf den Bootsrand. »Die Detektei genießt inzwischen sowohl bei der Kripo als auch bei der Staatsanwaltschaft einen hervorragenden Ruf.«

»Und was genau wirst du dort machen?«, fragte ich.

»Ich werde erst einmal für die Background-Checks zuständig sein. Dabei werden ausgefeilte Profile über Leute erstellt, die sich in sicherheitsempfindlichen Bereichen bewerben, also zum Beispiel in der Rüstungsindustrie. Oder …«

»Was bedeutet ausgefeilte Profile?«, unterbrach ich sie. Die beiden Worte reichten aus, um bei mir einen inneren Widerstand aufzubauen.

»Ach, Finja, guck mich nicht so an, als wäre ich eine Schwerverbrecherin. Ein ausgefeiltes Profil ist nichts anderes als die Versicherung, dass du dir aus einem Korb voller Eier nicht ausgerechnet ein faules aussuchst.«

»Und wer garantiert, dass ein solches Profil nur dazu da ist, um einen Bewerber richtig einschätzen zu können? Ich meine, so etwas kannst du doch genauso gut nutzen, um einen Konkurrenten aus dem Feld zu schlagen, oder wenn du …« Ich zog die Schultern hoch, weil ich trotz der Sonne auf meiner Haut fröstelte.

Zwischen Amelies Brauen entstand eine tiefe Falte. »Bei *BGS&R* handelt es sich nicht um irgendeine anrüchige Klitsche«, entgegnete sie mit einer gewissen Schärfe in der Stimme. »Da wird selbstverständlich sehr genau hingesehen, ob der Auftraggeber auch tatsächlich ein berechtigtes Interesse vorzuweisen hat und nicht schutzwürdige Interessen der Zielperson überwiegen. Du kannst nicht dorthin kommen, einen Namen in den Raum stellen und sagen, du willst alles über denjenigen wissen.« Sie drückte den Rücken durch und streckte in einer winzigen Bewegung ihr Kinn vor.

Vermutlich ließen sich bei jedem Menschen solche kleinen, für ihn typischen Bewegungen entdecken – vorausgesetzt, man sah genau hin und kannte denjenigen gut. Bei meiner Schwester bedeutete dieses fast unmerkliche Vorrecken des Kinns die Vorstufe zu einer Kampfansage. Bei mir manifestierte sich dieser Zustand eher im Tonfall. »Wenn also dieses berechtigte Interesse besteht, dann habe ich damit das Recht, alles über einen anderen zu erfahren, meinst du das? Hast du dir mal ausgemalt, wie es wäre, wenn jemand alles über dich in Erfahrung brächte? Ich finde die Vorstellung absolut gruselig. Und dass solche Profile missbraucht werden, kannst du nie hundertprozentig ausschließen.«

»Es gibt keine hundertprozentige Sicherheit, Finja, nirgends. Es hat sie nie gegeben, und es wird sie nie geben.« Amelies Stimme wurde leise. »Und auch Grauzonen wird es immer geben. Genauso wie deinen realitätsblinden Idealismus.«

Wir waren am Ufer angekommen, ließen uns beide aus dem Boot gleiten und zogen es an Land. Die Blicke, mit denen wir uns maßen, hätten jeden Außenstehenden dazu veranlasst, einen großen Bogen um uns zu machen.

»Was bitte meinst du mit realitätsblindem Idealismus?« Ich hatte meine Flip-Flops aus dem Boot geholt und sie über die Füße gezogen.

»Etwas, das du dir in deinem Beruf durchaus leisten kannst, das in meinem jedoch ein K.-o.-Kriterium ist.«

Während Amelie barfuß aufs Haus zumarschierte, stand ich völlig perplex am Ufer. Bis ich mich endlich in Bewegung setzte und ihr wütend hinterherlief. In meinem Kopf braute sich ein Gewitter von Worten zusammen, das sich entladen musste. Allerdings kam es nicht dazu. Meine Mutter kam mir durch die Terrassentür entgegen.

Wie immer war alles an ihr perfekt, angefangen bei den dunkelblonden kinnlangen Haaren, die so aussahen, als käme sie gerade vom Friseur, bis hin zu dem dezenten Make-up, das ihre blauen Augen ebenso unterstrich wie ihren fein gezeichneten Mund, um den herum sich bislang nur wenige Falten gebildet hatten. Sie trug ein ärmelloses graues Seidenkleid und eine hauchdünne schwarze Stola darüber, dazu schwarze hochhackige Sandalen. Ihre Fußnägel waren in einem Cremeton lackiert.

»Guten Morgen, Finja«, begrüßte sie mich, während ihr Blick fahrig über mich hinwegglitt. »Weißt du, was mit Amelie los ist? Sie ist eben mit einem Gesicht an mir vorbeigestürmt, als ginge die Welt unter. Hat sie dir etwas gesagt? Ist es wegen des Unfalls?« Ohne meine Antwort abzuwarten, setzte sie sich an den Frühstückstisch. »Mit so etwas hat wirklich niemand rechnen können«, sagte sie wie zu sich selbst, nahm die Serviette von ihrem Teller und breitete sie auf dem Schoß aus. »Komm, setz dich doch einen Moment zu mir. Oder hast du schon gefrühstückt?«

Ich setzte mich ihr gegenüber, nahm ein Croissant und bestrich es halbherzig mit Butter und Marmelade. Mein Appetit hielt sich in Grenzen. »Ich habe schon mit Paps heute Morgen einen Kaffee getrunken.«

Meine Mutter goss sich grünen Tee ein und füllte Melonenstücke aus einer großen in eine kleine Schale. Viel mehr würde sie nicht zu sich nehmen. Sie hielt so streng Diät, dass sie mit ihren dreiundsechzig Jahren immer noch in Größe sechsunddreißig passte. »Ich hoffe, Amelie steckt das alles gut weg. Nicht auszudenken, was …« Sie ließ das Ende des Satzes in der Luft hängen. »Zum Glück haben Cornelia und Hubert nicht leiden müssen.«

»Der Tod der beiden hat Carl völlig den Boden unter den Füßen weggezogen«, sagte ich leise.

Ihr Blick verhärtete sich in einer Geschwindigkeit, als sei ein Schalter umgelegt worden. »Machen wir uns nichts vor, Finja. Ein Mann erholt sich viel schneller von so etwas als eine Frau.«

»Nicht Carl, er …«

»Du wirst sehen«, fiel sie mir ins Wort, »in einem halben Jahr bringt ihm eine andere seine heiße Milch mit Honig ans Bett.« Meine Mutter redete wie eine Frau, die ihren Mann in regelmäßigen Abständen mit einer Geliebten teilen musste.

War das so? Betrog mein Vater sie? Ich verbrachte viel zu wenig Zeit mit meinen Eltern, um mir ein Urteil darüber erlauben zu können. »Carl hat mir erzählt, wie viel es ihm bedeutete, wenn Cornelia in seinem Zimmer saß und strickte, während er arbeitete.«

»Diese Strick-Manie«, meinte sie mit einem Kopfschütteln und zog ihre Stola enger um die Schultern, als friere sie. »Was das angeht, bin ich aus Cornelia nie ganz schlau geworden. Als ich sie kennenlernte, wirkte diese Strickerei wie eine wirkliche Leidenschaft. Aber mit den Jahren bekam sie etwas Exzentrisches, irgendwie Bemühtes. Als wolle sie sich damit Carls ewiger Treue versichern. Es war ja unübersehbar, wie beruhigend das Geräusch dieser Nadeln auf ihn wirkte.« Meine Mutter hielt einen Moment inne, um sich ein Stück Melone in den Mund zu schieben. »Für die meisten Männer bist du austauschbar, Finja. Deshalb wird es auch nicht allzu lange dauern, bis Carl eine Neue findet. Und sie wird mit Sicherheit jünger als Cornelia sein.«

Mir kam die Galle hoch. Cornelia war noch nicht einmal drei Tage tot, und meine Mutter regelte gedanklich bereits ihre Nachfolge. »Das ist ein Klischee.«

»Ja, da gebe ich dir recht.« Es klang fast so, als freue sie sich über dieses Stichwort. »Und dieses Klischee wird da draußen Tag für Tag gelebt. Es ist Realität.« Sie trank einen Schluck Tee und stellte die Tasse geräuschlos zurück auf den Unterteller.

Ich war kurz davor, auf den Tisch zu hauen. Trug ich an diesem Tag irgendein Mal auf der Stirn, das mich als realitätsfern kennzeichnete? Oder das dazu aufforderte, den eigenen Frust an mir auszulassen? Ich atmete tief durch, um meine Wut gar nicht erst wieder hochkochen zu lassen. Das, was ich am allerwenigsten brauchte, war eine Auseinandersetzung mit meiner Mutter. In dem Versuch, mich abzulenken, ließ ich den Blick zum gegenüberliegenden Ufer wandern. Dort lag das Tegernseer Schloss. Cornelia hatte es geliebt, in Bad Wiessee eines der Ausflugsboote zu besteigen und im Bräustüberl oder im Biergarten zu Mittag zu essen. Das war ihre Definition von Luxus gewesen. Das viele Geld, das Carl verdiente, hatte weder an ihren Grundeinstellungen noch an ihren Gewohnheiten etwas geändert. Wichtig war für sie stets nur gewesen, dass es ihrem Mann und ihren Jungs gutging. »Sie hätte nicht gewollt, dass Carl allein bleibt«, sagte ich nach einer Weile.

»Ich habe sie immer beneidet. Um ihre Art zu lieben. Ohne irgendetwas dafür einzufordern. Sie war damit zufrieden. Verstehst du das?« Meine Mutter wischte sich über die von mir abgewandte Wange. Ihre Tränen konnte sie vor mir verbergen, das Zittern in ihrer Stimme nicht. »Sie hat überhaupt nichts aus sich gemacht.« Es klang wie ein Vorwurf. »Sah immer aus wie ein Hausmütterchen. Dabei hätte sie …«

»Es hat ihr nichts bedeutet.« Cornelia hatte alle Anlässe gemieden, die sie gezwungen hätten, sich herauszuputzen. Es war ihr zu mühsam gewesen. »Dafür meine Energie verschwenden?«, hatte sie mich einmal lächelnd gefragt.

»Und Carl hat es seltsamerweise auch nichts bedeutet. Als wäre er blind.« Meine Mutter faltete ihre Serviette zusammen und sah mich an. Schließlich straffte sie die Schultern. »Hast du etwas Angemessenes für die Beerdigung anzuziehen? Sonst fahre ich mit dir nach München, und wir kaufen etwas. Was meinst du?«

»Nicht nötig, Mutter, danke. Ich habe etwas dabei.«

Auch am Donnerstag zeigte sich keine einzige Wolke am Himmel. Da es in der Nacht kaum abgekühlt hatte, stieg die Temperatur bereits am Vormittag auf achtundzwanzig Grad. Nach dem Ausschlafen hatte ich Amelie angerufen, um mich wieder mit ihr zu vertragen und ihr meine Hilfe anzubieten. Aber es war bereits alles Nötige für die Beerdigung vorbereitet. Meine Schwester würde einen Ruhetag einlegen und sich für den kommenden Tag wappnen.

Ich tat das, indem ich eine Erinnerung an Cornelia zuließ, die ich aus Scham über viele Jahre hinweg tief vergraben hatte. Es war kurz nach meinem dreiundzwanzigsten Geburtstag gewesen, und ich war für die Osterfeiertage an den Tegernsee gekommen. Am Karfreitag hatten Adrian und ich in dem hinteren der Baumhäuser im Graszhoffschen Garten Amelie betrogen. Am nächsten Tag, einem sonnigen Apriltag, hatte seine Mutter mich auf eine Wanderung zur Schwarzentenn-Alm mitgenommen. Eine Stunde lang waren wir abseits des Wanderweges mit nackten Füßen durchs Gras gelaufen, waren durch den Bergbach gewatet und hatten dabei über Musik und mein Kunststudium geredet. Draußen vor der Almhütte hatten wir schließlich Spinatknödel gegessen und einträchtig unsere Gesichter in die Sonne gehalten. Auf dem Rückweg hatten wir viel miteinander gelacht. Dieses Lachen hatte noch in ihrem Gesicht gestanden, als sie sagte: »Du bist eine sehr liebenswerte junge Frau, Finja. Tief in ihrem Herzen weiß deine Mutter das. Dafür, dass sie es dir nicht zeigen kann, solltest du jedoch nicht deine Schwester bestrafen.« Mit keinem einzigen Wort hatte sie Adrian erwähnt. Trotzdem hatte ich keine Sekunde lang daran gezweifelt, dass sie alles wusste.

Gedankenversunken ging ich diesen Weg noch einmal und verabschiedete mich von der Frau, die mir stets auf liebevoll mütterliche Weise begegnet war. Und die mir eine ihrer Maximen mit auf den Weg gegeben hatte, die mir jetzt wieder in den Sinn kam: »Du kommst nicht durch dein Leben, ohne andere zu verletzen. Wer das glaubt, macht sich etwas vor. Wenn es allerdings geschieht, sollte es allein dem Versuch dienen, dich zu schützen.«

Kurz bevor ich den Parkplatz erreichte, blieb ich stehen, schloss sekundenlang die Augen und stellte mir vor, sie ginge noch einmal ein kleines Stück des Weges neben mir. So schön diese Vorstellung war, so sehr schmerzte sie auch. Tränenüberströmt erreichte ich schließlich meinen Wagen. Während ich mir die Nase schneuzte, klingelte mein Handy. Ich versuchte, normal zu klingen, als ich mich meldete.

»Weinen Sie?«, fragte Richard Stahmer.

Als ich seine Stimme hörte, wurde mir bewusst, wie nah Traurigkeit und Freude manchmal beieinanderlagen. »Was tun denn Sie, wenn Menschen sterben, die Ihnen etwas bedeutet haben?«

»Ich betrinke mich«, antwortete er. »Kann ich Ihnen irgendwie helfen?«

»Nein … danke. Es ist aber nett, dass Sie fragen. Morgen ist die Beerdigung, und Samstag oder Sonntag fliege ich zurück nach Berlin.«

»Das wäre meine nächste Frage gewesen. Sehe ich Sie dann nächste Woche?«

»Montagmorgen, neun Uhr?«

»Ich werde neben der Klingel warten.«

Dieser Satz ging mir durch den Kopf, als ich am Freitag mit meinen Eltern auf dem Weg nach Bad Wiessee zur Beerdigung war. Mit nur sechs Worten war es Richard Stahmer gelungen, eine kleine Insel zu schaffen, auf der ich für einen Moment alles hatte vergessen können.

Auf diese Insel hätte ich mich gerne geflüchtet, als meine Mutter einen Disput mit meinem Vater vom Zaun brach, weil er das Radio einschaltete, um die Nachrichten zu hören. Er sei pietätlos, ob er nicht wenigstens an diesem Tag darauf verzichten könne. Sie solle es mal nicht übertreiben mit ihrer Pietät, bekam sie zur Antwort. Durch den Verzicht auf die Nachrichten würden die beiden auch nicht wieder lebendig. In solchen Momenten tat sie mir leid.

Es fiel mir schwer, meine Ohren gegen die Meldungen über Mindestlöhne, Opel und irgendein Kartell zu verschließen. »Ich finde, Mutter hat recht«, sagte ich schließlich von der Rückbank.

»Bitte, Finja! Ich möchte das hören.« Erbarmungslos drehte er das Radio lauter.

Es folgte der Bericht über eine internationale Unternehmensgruppe. Die in München und Zürich residierende Firma Carstens plane die Übernahme von *Drehse Biotech*. Der Aufsichtsratsvorsitzende Thomas H. Niemeyer habe sich dazu jedoch auf Anfrage nicht äußern wollen.

»Thomas Niemeyer – das ist doch …«, begann ich, um von meinem Vater augenblicklich wieder zum Schweigen gebracht zu werden. Innerlich stöhnte ich auf und sah aus dem Fenster, während die Nachrichtensprecherin über einen Discounter berichtete, der seine Mitarbeiter von einer Detektei hatte überwachen lassen. Die Gespräche der Leute im Personalraum seien abgehört und selbst auf den Toiletten wären sie von versteckten Kameras gefilmt worden. Als er das Radio endlich ausschaltete, atmeten meine Mutter und ich hörbar auf.

»Bekommt ihr solche Anfragen auch manchmal?«, sprach ich ihn auf die letzte Meldung an.

»Die gehören zum Tagesgeschäft«, antwortete er. »Die Fälle, die bekannt werden, sind nur die Spitze des Eisbergs. In den Medien entsteht allerdings oft ein falsches Bild. Da geht es nur noch um die bösen Arbeitgeber, die ihre untadeligen Mitarbeiter ausspionieren. In den Augen der Öffentlichkeit ist dieser Mitarbeiter selbst dann noch untadelig, wenn er aus dem Betrieb ein Pfund Kaffee mitgehen lässt. Wegen solcher Bagatellen dürfe doch niemandem fristlos gekündigt werden, heißt es dann schnell. Wo denn da die Verhältnismäßigkeit bleibe? Ein …«

»Die Frage finde ich berechtigt«, wandte ich ein. »Natürlich kannst du immer argumentieren, Diebstahl sei Diebstahl, aber bei einem Pfund Kaffee könnte man doch erst einmal mit einer Abmahnung beginnen.«

Mein Vater winkte ab. »Erstens kannst du davon ausgehen, dass es in der Regel nicht bei einem Pfund bleibt. Es gibt Unternehmen, die haben einen so hohen Kaffeeverbrauch pro Mitarbeiter, dass eigentlich alle längst an Koffeinvergiftung gestorben sein müssten. Also kannst du darauf wetten, dass einige Mitarbeiter mit dem Firmenkaffee ihren Privatbedarf decken. Dazu kommt rollenweise Toilettenpapier, Kopierpapier und so weiter. Aber es gibt noch einen weiteren Punkt. Wenn du in einem Fall von derartig klarer Beweislage tatsächlich die Möglichkeit hast, jemandem zu kündigen, warum solltest du es nicht tun? Versuche mal, jemanden wegen mangelnder Leistung loszuwerden. Da ist es sehr viel schwieriger mit den Beweisen. Solange unser Kündigungsrecht die Belange von Arbeitgebern und Arbeitnehmern nicht ausgewogen berücksichtigt, werden eben solche Bagatell-Kündigungsgründe vorgeschoben, wenn man einen Faulenzer nicht anders loswerden kann.«

»Aber ihr installiert keine Kameras auf Toiletten, oder?«

Mein Vater sah mich durch den Rückspiegel an. »Wir prüfen sehr genau, welche Aufträge wir annehmen und welche wir ablehnen. Aber wir müssen auch wirtschaftlich denken, wenn wir am Ende des Monats unsere Mitarbeiter bezahlen wollen. Übertriebene Moral ist da kein guter Ratgeber.« Er nahm die Frage, die mir ins Gesicht geschrieben stand, auf. »Keine Sorge, alles weitestgehend im legalen Rahmen. Wir haben schließlich einen Ruf zu verlieren. Wenn ein Kunde mit überhöhten Vorstellungen zu uns kommt, bringen wir ihn sanft auf den Boden der Realität, sprich des Machbaren.«

Während mein Vater in Bad Wiessee am Fuß des Bergfriedhofs einen Parkplatz suchte, überlegte ich, was genau er damit gemeint hatte: weitestgehend im legalen Rahmen. Weitestgehend war ein dehnbarer Begriff. War ich tatsächlich eine so realitätsblinde Idealistin?

Wir stiegen aus und folgten den schwarz gekleideten Menschen, die sich, je weiter sie sich der Kirche Mariä Himmelfahrt näherten, zu einem Strom formierten. Meine Eltern hatten mich in die Mitte genommen.

»Vorhin in den Nachrichten ... ging es da um euren früheren Steuermann?«, fragte ich meinen Vater.

Meine Mutter kam ihm mit einer Antwort zuvor. »Thomas H. Niemeyer.« Mit der Art, wie sie das H betonte, reihte sie ihn nicht nur nahtlos in die Riege der von ihr belächelten Emporkömmlinge ein – sie schien mich gleichzeitig vor dieser Spezies warnen zu wollen. »Zu Ruderzeiten hatte er sich das H noch nicht zugelegt. Das tauchte erst auf, als er sich die Erbin eines Familien-Imperiums geangelt hatte. Von Ehrgeiz besessen, aber ein kluger Stratege, das muss man ihm lassen. Er wollte an die Spitze und hat es ja allem Anschein nach auch geschafft. Hast du eigentlich mal wieder etwas von ihm gehört?« Sie sah meinen Vater von der Seite an.

»Schon lange nicht mehr.« Beiläufig nickte er jemandem zu, den er kannte.

»Schade. Seine Frau, diese Ruth Carstens-Niemeyer, hat sich zu einer bekannten Kunstsammlerin und Mäzenin gemausert. Erst kürzlich habe ich im Feuilleton etwas über sie gelesen. Du hast vielleicht schon von ihr gehört, Finja. So jemanden kennenzulernen, könnte hilfreich für dich sein.«

»Finja macht ihren Weg auch ohne eine solche Unterstützung«, sagte mein Vater. Er klang ärgerlich.

»Es war nur ein Vorschlag.« Sie senkte den Blick und strich sich am Eingang zur Kirche den Rock ihres Kostüms glatt.

*

Drei Wochen ohne ihr Kind. Es war noch so klein, da waren einundzwanzig Tage eine Ewigkeit. Gesa fragte sich, wer es im Arm hielt, wenn es weinte. Wie viel es gewachsen war. Wie es jetzt aussah. Sie besaß nicht einmal ein Foto. Ein paar Mal hatte sie Doktor Radolf gebeten, ihr eines zu besorgen. Er hatte ihr versichert, sich darum bemüht zu haben – leider erfolglos.

Also hatte Gesa ihr Kind aus der Erinnerung gezeichnet.

Es war anstrengend gewesen, und sie hatte mehrere Anläufe dazu gebraucht. Ihr schien es, als habe sie jede Leichtigkeit verloren seit jener Nacht. Ihre schwache Konzentration machte ihr immer wieder einen Strich durch die Rechnung. Bis die Zeichnung so weit war, dass sie sich traute, sie Doktor Radolf zu zeigen.

»Sehen Sie«, sagte sie bei ihrem nächsten Treffen und schob ihm das Blatt über den Tisch.

Er nahm es, setzte seine Lesebrille auf und tastete sich mit Blicken über das Papier. Nach einer Weile legte er die Brille zur Seite und betrachtete Gesa, als wolle er etwas herausfinden, das sich nicht in Worte fassen ließ. »Das ist eine sehr schöne Zeichnung«, meinte er, als sie auf ihrem Stuhl unruhig wurde. »Mit vielen liebevollen Details.«

Sie atmete auf und versuchte zu lächeln.

»Haben Sie sich das Kind gewünscht, Gesa?«, fragte Doktor Radolf.

Sie runzelte die Stirn und sah auf ihre Finger, weil sie dabei besser denken konnte. Gewünscht? Dieses Wort kam ihr vor wie eine Erwartung, die sie nicht erfüllen konnte. Wie Schuhe, die jemand für sie hinstellte, die ihr jedoch viel zu groß waren. Es hatte sie erschreckt, als sie begriff, dass sie schwanger war. Aber nur in den ersten Tagen, dann hatte sie sich gefreut. Ein Kind von ihm – das war das Zeichen, auf das sie so sehr gehofft hatte. Das Zeichen, dass sich doch noch alles zum Guten wenden würde. »Ich hatte darauf gehofft«, beantwortete sie Doktor Radolfs Frage mit einiger Verzögerung.

Er fuhr mit den Fingern über den Rand des Blattes. Er tat es vorsichtig, so als wisse er, wie viel ihr das Bild bedeutete. »Wie würden Sie Ihre Schwangerschaft beschreiben?«

»Lang.« Zum ersten Mal, seitdem sie hier war, lächelte sie spontan.

Er begegnete ihrem Lächeln mit einem Schmunzeln.

»Wenn Sie an diese Zeit zurückdenken, Gesa, gab es da vielleicht Probleme? Etwas, das Sie über Gebühr belastet hat?«

»Am Anfang war mir häufig übel. Aber nach ein paar Wochen war das vorbei.« Sie zuckte die Achseln, als sie seinen abwartenden Blick registrierte.

»Wie ich erfahren habe, sind Ihre Eltern vor vier Jahren bei einem Lawinenunglück ums Leben gekommen«, fuhr er leise fort. »Das muss ein sehr schmerzhafter Einschnitt in Ihrem Leben gewesen sein.«

Vergeblich versuchte Gesa, die Erinnerungen, die auf sie einstürmten, zurückzudrängen. Man hatte ihr gesagt, ihre Eltern hätten nicht gelitten, die Kälte unter dem Schnee hätte sie müde werden und einschlafen lassen. Sie hätten nichts gespürt.

»Was geht Ihnen gerade durch den Kopf?«

Sie schlang die Arme um den Oberkörper und versuchte, seinem forschenden Blick auszuweichen.

»Wenn eine Last zu schwer wird, Gesa, kann es helfen, sie auf mehrere Schultern zu verteilen«, sagte er in die Stille hinein.

»Unser Hausarzt hat mir erklärt, sie hätten nichts davon gemerkt. Aber dann … auf der Beerdigung … da hörte ich jemanden sagen, Ersticken sei das Schlimmste.« Das Schluchzen kam aus einer Tiefe, in die sie sich lange nicht vorgewagt hatte. »Es sei ein fürchterlicher Tod. Ein Tod, den man niemandem wünsche.« Gesa wischte sich mit dem Handrücken übers Gesicht. »Ich habe mich nicht getraut, jemanden danach zu fragen.«

Mit einer für seine Verhältnisse fast ruckartigen Bewegung beugte er sich vor. In seiner Miene spielte sich etwas ab, das sie nicht zu deuten wusste. Es hatte sich nur kurz gezeigt, um gleich wieder zu verschwinden. »Sie werden sehr schnell eingeschlafen und dann bewusstlos geworden sein.« So wie er es sagte, klang es nicht nach dem Versuch, sie zu beruhigen. Es klang nach Wahrheit.

In diesem Moment hätte Gesa am liebsten die Arme um ihn geschlungen und sich von ihm festhalten lassen. »Ich vermisse meine Eltern so sehr«, flüsterte sie.

»Haben Sie nach dem Unglück bei jemandem Geborgenheit und Fürsorge gefunden? Gibt es jemanden, an den Sie sich mit den kleinen Sorgen und Nöten des Alltags wenden können?«

»Ich bin da draußen nicht allein, falls Sie das meinen«, beeilte sie sich zu sagen. »Sie können mich ruhig gehen lassen.« Bitte, bitte … betete sie.

Doch er schien nicht bereit, darauf einzugehen. »Gesa, ich möchte Sie noch etwas fragen: Gab es während Ihrer Schwangerschaft etwas, das die Beziehung zum Vater Ihres Kindes gestört hat?«

Sie sah ihn erstaunt an. »Gestört? Nein. Er hat sich gefreut!«

4

Die Kirchenbänke waren bis auf den letzten Platz besetzt. Meine Eltern und ich saßen vorne links in der ersten Reihe neben Amelie und Adrian. Die beiden hatten Carl in ihre Mitte genommen. Gleich zu Beginn des Trauergottesdienstes hatte meine Schwester mir zugeflüstert, dass Carl betrunken sei. Während der folgenden Stunde saß er zusammengesunken auf der Bank und schüttelte nur hin und wieder den Kopf, wobei er lautlos die Lippen bewegte.

Ich versuchte, mir vorzustellen, was in diesem Moment in ihm vorging. Er würde all die wohlmeinenden Sätze über seine Frau und seinen Sohn hören, die dazu gedacht waren, die beiden für die Trauernden noch einmal lebendig werden zu lassen und Trost zu spenden. Und doch würde ihn kein einziges dieser Worte wirklich erreichen. Sie waren wie eine Handvoll Federn, die in eine Waagschale gelegt wurden, um es mit dem Gewicht eines Betonklotzes aufzunehmen.

Als nach der Trauerpredigt die Orgel einsetzte und hier und da ein Schluchzen übertönte, fixierte ich den Aufsatz des Hochaltars mit Marias Aufnahme in den Himmel. Von Engeln zum Himmel geleitet zu werden, das wünschte ich Cornelia und Hubert. Es war eine friedliche Vorstellung, die mich in ihrem Bann hielt, während die Trauergemeinde ein paar Minuten später an den Särgen Abschied nahm.

Da die anschließende Beerdigung nur im engsten Familien- und Freundeskreis stattfinden sollte, blieben wir sitzen, bis die Kirche sich geleert hatte. Als ich meinen Eltern zum Ausgang folgte, hörte ich hinter mir Amelies aufgebrachte Stimme.

»Carl, bitte! Steh auf und komm mit uns.« Es gelang ihr nur mit Mühe, ihre Lautstärke zu drosseln.

Wir drehten uns um. Adrian stand wie angewurzelt im Kirchengang, während Amelie versuchte, Carl am Arm hochzuziehen. Er lehnte sich jedoch zur entgegengesetzten Seite und gab sich alle Mühe, ihr seinen Arm zu entziehen. Als sein lautes Rülpsen durch das Kirchenschiff hallte, gab sie auf und lief tränenüberströmt an uns vorbei. Adrian schien sich immer noch nicht rühren zu können und starrte auf seinen Vater. Erst als meine Mutter zu ihm ging und ihm auftrug, sich um seine Frau zu kümmern, setzte er sich in Bewegung.

Mein Vater legte Carl eine Hand auf die Schulter. »Reiß dich zusammen!«, fuhr er seinen Freund an.

Doch Carl schien ganz woanders zu sein. »Ich bringe dieses Schwein um«, lallte er. »Ich bringe …«

»Carl«, sagte meine Mutter leise, setzte sich neben ihn und umschloss mit beiden Händen seine geballte Faust. »Willst du den beiden diese letzte Ehre verwehren?« Sie sah ihn von der Seite an. Eine ganze Weile blieb sie so neben ihm sitzen. Dann stand sie auf und zog ihn mit sich. »Komm … bitte.«

Wie ein Kind, das an die Hand genommen wird, folgte ihr Carl. Wir hatten die Tür noch nicht ganz erreicht, als er sich schweißüberströmt gegen die Mauer sinken ließ.

»Ich kann nicht …« Die Worte kamen wie ein Gurgeln aus ihm heraus.

Meine Mutter nahm ein Papiertaschentuch, befeuchtete es im Weihwasserbecken und legte es ihm auf die Stirn. »Jetzt wird es gehen!«

Carl war anzusehen, dass es ihn mehr Kraft gekostet hätte, sich ihrer Entschlossenheit zu widersetzen. Also fügte er sich und verließ gemeinsam mit uns die Kirche. Die schwüle Hitze, die uns draußen empfing, war schon für uns eine Tortur, Carl brachte sie noch näher an einen Zusammenbruch. Schwer atmend quälte er sich an liebevoll bepflanzten Gräbern vorbei den Hügel hinauf.

Am Graszhoffschen Grab wartete bereits die kleine Gruppe aus Familie und Freunden. Die meisten hatten ihre Augen hinter dunklen Sonnenbrillen verborgen, einige fächelten sich Luft zu. Während die Särge nacheinander in die Tiefe gelassen wurden, hielt ich mich am Anblick der bewaldeten Hänge im Hintergrund fest. Einen Moment lang schien die Zeit stillzustehen. Es war ein Flirren in der Luft, das selbst die Vögel für Sekunden verstummen und mich das Atmen vergessen ließ.

»Ich werde dieses Schwein umbringen.« Carls Stimme hatte etwas von einem Donnergrollen, das unaufhaltsam näher kam. »So wahr mir Gott helfe. Ich werde dieses Schwein umbringen. Und wenn es das Letzte ist, was ich tue.« Mit geballten Fäusten sah er anklagend in den Himmel. Schweiß rann in Bächen über sein Gesicht.

Amelie und Adrian, die links und rechts von ihm standen, sahen sich hilfesuchend an. Da trat meine Mutter auf ihn zu, löste seine Finger, schob ihm den Griff der kleinen Schaufel in die Hand und streute mit ihm Sand auf die Särge. Schließlich gab sie ihm einen weißen Blumenstrauß. Carl schluchzte, als er die Blumen betrachtete und sie schließlich dem Sand folgen ließ. Meine Mutter legte ihm den Arm um die Schultern und zog ihn ein paar Schritte vom Grab fort.

Nach Amelie und Adrian warf ich einen Wiesenblumenstrauß und eine Handvoll Sand ins Grab. Dann ging ich zu Carl und beugte mich nah zu ihm. »Es tut mir so leid, Carl«, flüsterte ich. Sanft strich ich ihm über den Arm und machte Platz für meinen Vater.

Als ich den Blick hob, entdeckte ich Elly, die auf einer der nahe gelegenen Bänke saß. Sie winkte mich zu sich herüber. Fast erleichtert, dem offenen Grab den Rücken kehren zu können, ging ich zu meiner früheren Kinderfrau und setzte mich neben sie.

Elly verschränkte ihre Finger in meine. »Von all den Frauen, die bei euch ein- und ausgegangen sind, war sie mit Abstand die netteste«, sagte sie in einem Ton, als spreche sie von der Ungerechtigkeit, dass es nicht eine getroffen habe, um die es weniger schade gewesen wäre. »Sie war sich nie für etwas zu fein, hat keinen Unterschied zwischen den Menschen gemacht.« Elly entzog mir ihre Hand, um sich den Rücken zu stützen. »Dieses lange Sitzen ist nichts für mich. Begleitest du mich zum Auto?« Ohne meine Antwort abzuwarten, erhob sie sich.

Auf dem Weg den Hügel hinunter kommentierte sie die Bepflanzungen der Gräber, an denen wir vorbeikamen. Dankbar für diese Ablenkung folgte ich ihren Ausführungen, bis wir von Johannes Schormann, Partner der Detektei und Vater von Amelies bester Freundin Kerstin, überholt wurden.

»Hallo, Johannes«, begrüßte ich den vierschrötigen Mann mit der weißen Haarmähne. Wie sportlich er einmal gewesen war, sah man ihm schon lange nicht mehr an.

Der Siebzigjährige schien mich jedoch nicht gehört zu haben, er lief grußlos weiter. Erst Tobias Rech, dem vierten der Partner, der ihn mit schnellen Schritten einholte, gelang es, Johannes' Aufmerksamkeit zu erlangen. Dazu berührte er nur leicht dessen Arm. Selbst von hinten hätten die beiden unterschiedlicher nicht aussehen können. Neben Johannes wirkte Tobias noch asketischer und hagerer, als er es ohnehin schon war. Früher hatte ich mich ein wenig vor ihm gefürchtet, da er in einer eigenen Welt zu leben schien, die kaum von jemandem betreten werden durfte – schon gar nicht von einem Kind.

Erst als Erwachsene hatte ich über die Malerei einen Zugang zu ihm gefunden. Vor ein paar Jahren hatte er sich eine Wand seines Schlafzimmers von mir bemalen lassen. Bedingung war gewesen, dass er das Sujet vorgeben durfte. Zunächst wollte ich nicht darauf eingehen, hatte mich dann jedoch von ihm überreden lassen, da er quasi zur Familie gehörte. Die Vorlage, die er mir gegeben hatte, zeigte eine zarte blonde Frau, deren weiße Schwesterntracht ihre Zerbrechlichkeit unterstrich. Sie war jung, vielleicht Mitte zwanzig, saß rauchend an einem Tisch und blätterte in einem Magazin. Als ich ihn fragte, wer die Frau sei, hatte er geantwortet, das Foto sei ihm durch Zufall in die Hände gefallen. Und er wolle sie tatsächlich auf seine Schlafzimmerwand bannen?, hatte ich nachgehakt. Das seien die harmlosen erotischen Phantasien eines ewigen Junggesellen, meinte er lakonisch. Als ich das Bild fertiggestellt und ihm die gestochene Schärfe des Fotos verliehen hatte, war ich großzügig dafür entlohnt worden.

Am Parkplatz angekommen, verabschiedete ich mich von Elly und hielt nach meinen Eltern Ausschau. Ich sah sie mit Carl, Amelie und Adrian in langsamem Tempo den Hügel herunterkommen. Als hinter mir Männerstimmen laut wurden, wandte ich mich um. Zwischen Johannes und Tobias war offensichtlich ein Streit entbrannt, dem sich Letzterer dadurch entzog, dass er in sein Auto stieg und die Türen verriegelte. Als Johannes die Fahrertür aufzureißen versuchte und es ihm nicht gelang, schlug er mit der flachen Hand auf das Autodach und schrie: »Du hast gut reden, du hast ja nichts zu verlieren.«

Mit versteinerter Miene ließ Tobias den Motor an und fuhr los, ohne seinen Partner noch eines Blickes zu würdigen. Sekundenlang sah Johannes ihm hinterher, bis er schließlich zu seinem Auto ging, sich hineinsetzte und gleich darauf wieder ausstieg. Ich beobachtete, wie er unter dem Scheibenwischer einen Umschlag hervorholte, ihn aufriss und eine Briefkarte herauszog. Während er sie las, schwankte er plötzlich, seine Knie schienen ihm den Dienst zu verweigern. Einen Moment lang sah es so aus, als würde er in sich zusammensacken. Während ich auf ihn zurannte, lehnte er sich gegen das Auto, löste mit einer Hand den Knoten seiner Krawatte und öffnete den obersten Hemdknopf.

»Johannes, kann ich dir helfen?«

Er sah durch mich hindurch, schüttelte den Kopf und schob die Karte in die Tasche seines Sakkos. »Nein, es ist nichts.«

»Soll ich Kerstin suchen?«, fragte ich. Am Grab hatte ich seine Tochter noch gesehen, sie konnte also nicht weit sein.

Wieder schüttelte er den Kopf, diesmal ärgerlich. »Mach nicht aus einer Mücke einen Elefanten«, herrschte er mich an. »Ich bin nur mit dem Fuß umgeknickt, nichts weiter.«

War er nicht, dachte ich und wollte ihm den Rücken kehren, als Kerstin angelaufen kam.

»Was ist denn los?«, fragte sie ihn. »Geht es dir nicht gut? Du bist ja weiß wie die Wand. Ist es wegen der Hitze? Oder bist du wieder unterzuckert?« Kerstin, einen Meter achtzig groß und vollschlank, war die Personifizierung eines Vollweibs. Selbst in ihrem schwarzen Anzug sah sie aus wie das blühende Leben – glänzende braune Haare, die sie an diesem Tag offen trug, und eine kerngesunde Gesichtsfarbe.

Während Johannes ein Stück Traubenzucker aus der Hosentasche zog, drückte sie mir links und rechts einen Kuss auf die Wange. »Ohne seine Sekretärin und mich läge er auch längst auf diesem Hügel«, flüsterte sie mir ins Ohr. Dann trat sie einen Schritt zurück und sagte: »Schade, dass du so bald schon wieder fliegst. Ich hätte dir so gerne noch meine neueste Errungenschaft vorgeführt.«

Von Amelie wusste ich, dass Kerstin ihrer Pferdezucht eine junge Stute hinzugefügt hatte. Viele unterstellten der Neunundzwanzigjährigen, diese Zucht nur mit dem Geld ihres Vaters betreiben zu können. Dabei hatte er nur die Anschubfinanzierung geleistet. Kerstin war seit Jahren so erfolgreich, dass sie ihm das Geld längst zurückgezahlt hatte.

»Du kommst doch auch noch mit zu den Graszhoffs, oder?«, fragte sie in meine Gedanken hinein. »Dann kann ich dir wenigstens von Robina erzählen.« Sie drückte meine Hand, legte den Arm um die Schultern ihres Vaters und schob ihn um sein Auto herum auf den Beifahrersitz. Nicht ohne noch einmal zu winken, setzte sie sich ans Steuer und fuhr los.

Die Hitze war inzwischen genauso unerträglich geworden wie mein Durst. Ich sehnte mich nach kühlen Getränken und ähnlich temperierten Räumen. Nach einem kurzen Blick auf meine Eltern, die sich gerade von Carl verabschiedeten, lief ich voraus zum Auto. Wäre der Wagen meines Vaters vorwärts eingeparkt gewesen, wäre mir der Umschlag unter dem Frontscheibenwischer nicht aufgefallen. So aber stach er mir sofort ins Auge. Ich hatte ihn kaum unter dem Wischblatt hervorgezogen, als mein Vater meinen Namen rief. Die Schärfe in seinem Ton ließ mich erschreckt zusammenfahren. Ich wandte mich um und sah ihm irritiert entgegen, während er seinen Schritt beschleunigte und meine Mutter hinter sich zurückließ.

Dicht vor mir blieb er stehen und schien nur Augen für diesen Brief zu haben. Ehe ich es mich versah, riss er mir den Umschlag aus der Hand und steckte ihn ein. Gleich darauf öffnete er die hintere Wagentür. »Steig bitte ein, Finja!«

Ich sah hilfesuchend zu meiner Mutter, die im Begriff war, vorne Platz zu nehmen. In ihrem Blick spiegelte sich unverkennbar mein eigenes Befremden. Sie hob die Schultern und ließ sie wieder fallen.

Kaum hatte mein Vater den Motor gestartet, fand ich meine Sprache wieder. »Was war das denn eben?«, fragte ich. »Warum ...?«

»Du weißt, dass ich es nicht mag, wenn jemand meine Post öffnet«, fiel er mir ins Wort.

Die Situation kam mir so absurd vor, dass ich mich beherrschen musste, nicht zu lachen. »Erstens bin ich deine Tochter und nicht irgendjemand, und zweitens hatte ich gar nicht vor, den Brief zu öffnen. Ich hätte ihn dir gegeben.«

Mit gespreizten Fingern fuhr er sich über den Kopf und atmete hörbar aus. »Entschuldige, Finja, diese Beerdigung hat mir einfach zugesetzt.« Er klang völlig erschöpft.

Unsere Blicke kreuzten sich im Rückspiegel, bis ich den Kopf drehte und zum Fenster hinaussah. »Johannes hatte auch einen Brief unter dem Scheibenwischer. Als er ihn gelesen hat, ist ihm schwindelig geworden und er musste sich am Auto abstützen.«

»Bei seinem Übergewicht ist das kein Wunder«, meldete sich meine Mutter zu Wort. »Er müsste endlich mal zur Kur und abspecken.«

»Als ich ihm helfen wollte, hat er behauptet, er sei mit dem Fuß umgeknickt.«

Von schräg hinten sah ich, wie meine Mutter ihre Augenbrauen hob. Ihr Ton war spöttisch, als sie sagte: »Würdest du gegenüber einer jungen Frau zugeben, dass deine Fettpolster dir zu schaffen machen? Da würdest du das Problem doch auch lieber auf den Fuß verlagern, oder?«

»Besser hätte ich es nicht ausdrücken können«, pflichtete mein Vater ihr bei. Er schien erleichtert über diese Wendung.

»Warum hinterlassen Leute Trauerbriefe auf Windschutzscheiben?«, fragte ich, obwohl es mich weit mehr interessierte, warum sowohl Johannes als auch mein Vater so seltsam reagiert hatten.

»Von wem war denn der Brief überhaupt?« Meine Mutter sah meinen Vater fragend von der Seite an.

Anstatt ihr zu antworten, drückte er auf die Hupe, um den Fahrer vor ihm zu einem zügigeren Tempo aufzufordern. »Mein Gott«, schimpfte er, als es ihm nicht gelang, »ich frage mich, warum diese Touristen nicht einfach zu Fuß gehen, da kämen sie genauso schnell voran.«

Im Haus der Graszhoffs wurden in unzähligen Gesprächen Erinnerungen an Cornelia und Hubert ausgetauscht. Das Stimmengewirr war wie ein letztes Aufbäumen, bevor wieder Stille einkehren würde. Und Einsamkeit. Wenn ich an Carl dachte, wurde mir das Herz schwer. Ich wollte ihn noch einmal allein sprechen, um ihm zu sagen, wie viel besonders Cornelia mir bedeutet hatte. Da ich ihn auf der Terrasse nicht entdecken konnte, durchquerte ich das Wohnzimmer und lief durch die Halle in den Seitenflur, der zu seinem Arbeitszimmer führte. Ich hatte gerade die Hand erhoben, um anzuklopfen, als ich stockte. Drinnen redete jemand. Wenn ich mich nicht täuschte, war es Johannes' Stimme. Eigentlich hätte ich auf dem Absatz kehrtmachen und später wiederkommen sollen. Stattdessen trat ich noch näher an die Tür heran.

Von klein auf war Amelie und mir eingeimpft worden, niemals, unter gar keinen Umständen an fremden Türen zu lauschen. Das strikte Verbot hatte jedoch erst recht unser Interesse geweckt. Allerdings hatten wir schnell festgestellt, dass es weitaus spannendere Spiele gab. Ich hätte nicht zu sagen gewusst, wann ich zuletzt mein Ohr an eine Tür gelegt hatte. Die Gelegenheit, die sich in diesem Moment bot, würde mir hingegen noch lange in Erinnerung bleiben.

»Wir hätten den ersten Brief nicht als üblen Scherz abtun dürfen«, sagte Johannes. »Ein solcher Fehler darf sich keinesfalls wiederholen.«

Das Geräusch, das folgte, wurde vermutlich von einer Faust verursacht, die mit Wucht auf einem Tisch landete und Gegenstände zum Klirren brachte. »Fehler nennst du das?«, brüllte Carl, der inzwischen wieder nüchtern zu sein schien. »Meine Frau und mein Sohn sind tot. Wer immer hinter diesen Briefen steckt, hat die beiden umgebracht.«

»Willst du, dass dich da draußen alle hören?«, herrschte Tobias ihn an, um gleich darauf zu fragen, ob Carl der Polizei etwas von den Briefen gesagt habe. Carls Nein fiel deutlich leiser aus. Ich musste mich anstrengen, um ihn zu verstehen. Er sagte, er habe diese Information noch zurückgehalten, da er sich erst mit seinen Partnern habe beraten wollen. Als sei dies das Stichwort gewesen, teilten sich die Männer in zwei Lager. Auf der einen Seite Tobias und mein Vater, auf der anderen Carl und Johannes.

»Es sind reine Vermutungen, die ihr hier anstellt«, sagte mein Vater. »Es gibt keinen einzigen Beweis für ein Verbrechen. Viel wahrscheinlicher ist doch, dass es sich um ein zufälliges Zusammentreffen handelt.«

»Das sehe ich genauso«, meinte Tobias. »Würde es diese Briefe nicht geben, würdet auch ihr in dem Unfall das sehen, was er war: ein tragisches Unglück. Nichtsdestotrotz muss Schluss sein mit den Briefen. Ich werde mal einen meiner Leute darauf ansetzen. Vielleicht ...«

»Das ... ist ... kein ... Zufall«, unterbrach ihn Carl mit gedrosselter Lautstärke. »Irgendjemand muss ...«

»Was machst du da, Finja?«

Ich schrak zusammen, drehte mich zu Kerstin um und legte meinen Finger an die Lippen. »Pst! Nicht so laut!« Als mein Blick auf ihre nackten Füße fiel, war mir klar, warum ich sie nicht hatte kommen hören.

»Ich habe dich überall gesucht …« Sie sah von mir zur Tür. »Was …?«

»Das erkläre ich dir später.« Ich schob sie ein Stück zurück. »Gib mir fünf Minuten, dann treffen wir uns auf der Terrasse, ja?«

Sie wirkte skeptisch, ließ sich aber schließlich überreden und verschwand Richtung Halle. Augenblicklich legte ich wieder das Ohr an die Tür. Bei dem Durcheinander der Stimmen ließ sich nichts Konkretes heraushören, bis Johannes sich durchsetzte und die anderen drei verstummen ließ.

»Tobias«, sagte er, »gibt es irgendetwas, das wir wissen sollten? Hast du möglicherweise gerade etwas Brisantes am Laufen?«

»Nichts, was über das übliche Tagesgeschäft hinausginge«, antwortete Tobias.

»Einmal angenommen, bei den Briefen handelt es sich entgegen eurer Meinung nicht um einen makabren Scherz, sondern tatsächlich um eine Drohung – wer würde sie in die Tat umsetzen? Fällt euch da irgendjemand ein?«

Sekundenlang war nichts zu hören. Ich stellte mir vor, dass sie sich ratlos ansahen, und fragte mich gleich darauf, von welcher Art Drohung Johannes überhaupt sprach. Von der Drohung, Hubert und Cornelia umzubringen? Trotz der Hitze, die durch die weit geöffneten Türen auch vom Inneren des Hauses Besitz ergriffen hatte, bekam ich eine Gänsehaut.

»Und was war das mit dem Brand?«, fragte Johannes weiter.

Als ich schnelle Schritte auf dem Parkett hörte, trat ich einen Schritt von der Tür zurück.

»Hier bist du«, sagte Amelie nur Sekunden später und musterte mich aufmerksam. »Hast du etwa an Carls Tür gelauscht?«

In dieser so offensichtlichen Situation hätte es keinen Zweck gehabt, meine Schwester anzulügen. Ich fühlte mich ertappt, und genau das würde sich in meiner Miene abzeichnen. »Nicht gerade die feine englische Art«, versuchte ich, einen leichten Ton anzuschlagen. »Aber wie soll ich sonst herausfinden, ob er endlich in einen Tiefschlaf gefallen ist und seinen Rausch ausschläft?« Ich nahm sie bei der Hand und zog sie hinter mir her.

»Und? Schnarcht er da drinnen?«, fragte sie.

»Schnarchen ist gar kein Ausdruck.«

Am Abend braute sich über den Bergen ein schweres Gewitter zusammen, in dessen Verlauf auf einer Alm mehrere Kühe vom Blitz erschlagen werden sollten. Vom Fenster meines Zimmers aus sah ich, wie Blitze die Dunkelheit zerschnitten, und hörte kurz darauf ein Donnergrollen, das sich durchs Tal wälzte. Während sich Regenmassen in den heftigen Wind mischten, wurden Äste und Blätter durch die Luft geschleudert, und die Oberfläche des Sees wurde aufgewühlt.

In der einen Hand eine Zigarette, in der anderen mein Handy telefonierte ich mit Eva-Maria und erzählte ihr von der Beerdigung. Immer noch irritiert beschrieb ich ihr die seltsamen Begebenheiten auf dem Friedhof und die anschließende Auseinandersetzung in Carls Arbeitszimmer. Eva-Maria hörte sich alles geduldig an und meinte schließlich, zwei so traurige Todesfälle würden alles auf den Kopf stellen, da könne man nicht unbedingt logische oder nachvollziehbare Verhaltensweisen erwarten. Ich solle das

Ganze nicht überbewerten. Menschen würden eben unterschiedlich auf so etwas reagieren. Die vier Partner hätten vielleicht einfach nur nach einem Ventil für ihre Erschütterung gesucht. Was sie sagte, klang vernünftig, dennoch sperrte sich etwas in mir, das Ganze damit abzutun. Und das war es auch, was mich dazu bewegte, ein paar Tage länger zu bleiben. Eva-Maria versprach, sich weiter um meine Post und die Blumen zu kümmern.

Blieb mir noch, meine Arbeit bei Richard Stahmer um eine Woche zu verschieben. Als ich seine Nummer wählte und sich sofort die Mailbox einschaltete, war ich enttäuscht, ihn nicht persönlich sprechen zu können. Ich gab mir Mühe, meine Stimme neutral klingen zu lassen, sagte unsere Verabredung für den kommenden Montag ab und bat ihn, sich noch um eine weitere Woche zu gedulden.

Kaum hatte ich die Verbindung unterbrochen, hörte ich meine Eltern nach Hause kommen. Ich warf das Handy aufs Bett, zog eine dünne, lange Wickeljacke über T-Shirt und Leggings und lief die Treppe hinunter. Meine Mutter, die völlig erschöpft von diesem Tag war, kündigte an, gleich schlafen zu gehen, während mein Vater mich überredete, noch ein Glas mit ihm zu trinken. Er lehnte seinen Stock gegen einen der beiden schwarzen Corbusierstühle in der Halle und legte Sakko und Krawatte über die Lehne. Er würde aus der Küche eine Flasche Wein holen, ich solle schon mal in die Bibliothek vorgehen.

Mit einem zustimmenden Lächeln setzte ich mich in Bewegung und lauschte auf seine Schritte, die sich Richtung Küche entfernten. Dann schlich ich die paar Meter zurück und durchsuchte mit klopfendem Herzen seine Sakkotaschen nach dem Brief. Bis auf sein Blackberry und ein Salbeibonbon waren die Taschen leer.

Vor Aufregung und schlechtem Gewissen schoss mir das Blut ins Gesicht und ließ meine Wangen glühen. Auf die Schritte meines Vaters lauschend lief ich in die Bibliothek. Nachdem ich die Downlights gedimmt hatte, setzte ich mich in einen der Clubsessel und atmete gegen meinen aufgeregten Puls an. Noch nie in meinem Leben hatte ich die Taschen eines anderen Menschen durchsucht. Obwohl Lauschen auch nicht viel besser war, fügte ich im Stillen hinzu und versuchte, diese Gedanken möglichst schnell zu verdrängen. Als hätte ich sie noch nie zuvor gesehen, betrachtete ich die weißen Regalwände, die von einem italienischen Designer stammten und bis auf den letzten Zentimeter mit Büchern vollgestellt waren. Mein Vater, der zwar kaum Zeit zum Lesen hatte, interessierte sich leidenschaftlich für Zeitgeschichte und Politik, während meine Mutter über die Jahre eine beachtliche Sammlung von Bildbänden zu den Themen Kunst, Garten, Design und Lifestyle zusammengetragen hatte. Das, was an belletristischer Literatur dazwischen Platz gefunden hatte, stammte von Amelie und mir.

Als ich das leise Klirren von Glas hörte, stand ich auf, nahm meinem Vater das Tablett ab und stellte es auf einen Beistelltisch. Er goss uns Weißwein ein, reichte mir ein Glas und setzte sich in den Sessel mir gegenüber. Er ließ den Kopf gegen die Lehne sinken, schloss die Augen und atmete hörbar aus. Einen Moment lang sah es so aus, als wären all seine Gesichtsmuskeln erschlafft. Die Erschöpfung war ihm mit einem Mal deutlich anzusehen.

»Was für ein anstrengender und trauriger Tag«, meinte er nach einer Weile und trank einen Schluck. »Ich weiß nicht, wann mich zuletzt etwas so sehr mitgenommen hat.«

»Hast du deshalb vorhin auf dem Friedhof so seltsam reagiert, Paps?«

Er hob die Augenbrauen, als verstehe er nicht, worauf ich hinauswollte.

»Dieser Brief …«

»Was ist damit?«, fragte er leichthin.

»Hat Johannes dir eigentlich erzählt, dass er auch so einen unter der Windschutzscheibe hatte?«

Mein Vater sah mich mit einem gutmütig-spöttischen Lächeln an. »Ich glaube, wenn wir uns über unsere Post austauschen würden, hätten wir viel zu tun. Meinst du nicht?« Er schwenkte den Wein in seinem Glas.

»Und von wem war nun dein Brief?«, ließ ich nicht locker.

Mit einem Räuspern beugte er sich vor, stellte sein Glas auf einen Beistelltisch und runzelte die Brauen. »Du warst ungefähr acht Jahre alt, da hast du dich fürchterlich aufgeregt, als du ein Schneckenhaus mit einer Schnecke darin in deinem Badezimmer entdeckt hattest. Du hast laut geschrien, sie gehöre nicht dorthin …«

»Amelie hatte mir die Schnecke ins Waschbecken gesetzt«, unterbrach ich ihn.

Er musterte mich mit einem vielsagenden Blick. »Was ich damit sagen will, ist, dass man manchmal Dingen eine Bedeutung beimisst, die sie nicht verdienen.« Er legte den Kopf schief. »Aber damit du das Thema mal abhaken kannst: Der Absender des Kondolenzschreibens wollte sich das Porto sparen. Du kennst ihn nicht. Zufrieden?« Er rieb sich die Hände und ließ sich zurück gegen die Lehne sinken.

»Nicht ganz«, beeilte ich mich zu sagen. »Ich verstehe nicht, warum du Beileidsbekundungen bekommst, wo doch Carls Angehörige gestorben sind. Findest du das nicht ungewöhnlich?«

»Ganz im Gegenteil. In den Augen mancher Menschen gehört sich das sogar so. Schließlich bin ich einer von Carls engsten Freunden.« Er schwieg einen Moment, während sein Blick auf mir ruhte. »Aber jetzt Schluss mit diesem

Thema. Erzähl mir lieber etwas von dir. Wie willst du deine kreative Auszeit gestalten?«

Ich brauchte einen Moment, um meinen inneren Widerstand aufzulösen und diesem Wechsel zu folgen. »Erst einmal gar nicht. Ich habe meine Pläne kurzfristig über den Haufen geworfen und doch noch einen Auftrag angenommen. Eigentlich wollte ich nicht, aber dann habe ich mich breitschlagen lassen.« Mit wenigen Worten beschrieb ich ihm das Motiv für Richard Stahmers Esszimmerwand. Dabei hätte ich viel lieber etwas von meinem neuen Auftraggeber erzählt.

»Du machst dich«, sagte er mit einem stolzen Unterton und erhob sich. »Ich weiß nicht, was mit dir ist, aber ich muss jetzt schlafen gehen.« Er griff seinen Stock, kam auf mich zu und strich über meine Wange. »Gute Nacht. Schlaf gut, meine Große.«

Das Gewitter hatte der Hitze das Drückende genommen, sie jedoch mit Feuchtigkeit aufgeladen. Als ich in Rottach-Egern losfuhr, schaltete ich die Klimaanlage ein und drehte sie auf Maximum.

Nachdem sich am Tag der Beerdigung keine Gelegenheit mehr ergeben hatte, miteinander zu sprechen, hatte Kerstin am Vormittag angerufen und mich zu sich eingeladen. Sie teilte sich mit ihrem Vater ein abgelegenes, wunderschön restauriertes Bauernhaus zwischen Ostin und Eben und betrieb dort auch ihre Pferdezucht. Während ich an einigen noch bewirtschafteten Höfen und sich weit hinziehenden, hügeligen Wiesen vorbeifuhr, spielten sie auf Bayern 3 einen Song von Amy Macdonald. Ich drehte die Musik so laut, dass die Bässe in den Ohren schmerzten, und sang selbstvergessen mit. Nach den vergangenen Tagen kam es der Befreiung von einem Brustpanzer gleich.

Zwischen Holzzäunen hindurch, die die Pferdeweiden

begrenzten, fuhr ich auf das Haus der Schormanns zu. Es war eines der für das Tegernseer Tal typischen Bauernhäuser, weiß, mit einem tief gezogenen Dach und Geranienkästen an den umlaufenden Holzbalkonen.

Kerstin hatte mich kommen hören. In braunen Reithosen und einem lilafarbenen Tanktop kam sie aus dem Haus gelaufen, umfing mich mit ihren kräftigen Armen und drückte mich. »Ich freue mich riesig, dass du es doch noch geschafft hast!« Sie nahm meine Hand und zog mich hinter sich her Richtung Paddock, wo die Pferde im Schatten der Bäume vor sich hin dösten und mit dem Schweif lästige Fliegen vertrieben. Wir lehnten uns gegen den Zaun und sahen hinüber zu den Tieren. Kerstin strich sich ein paar Haarsträhnen, die sich aus ihrem Zopf gelöst hatten, aus dem verschwitzten Gesicht.

»Siehst du die Fuchsstute ganz rechts? Das ist Robina.« Bei dem Stolz in Kerstins Stimme hätte man meinen können, sie selbst habe die Stute zur Welt gebracht. »Und? Was sagst du? Ist sie nicht ein Prachtexemplar?«

»Ohne jeden Zweifel!«, antwortete ich im Brustton der Überzeugung und brach gleichzeitig mit Kerstin in Lachen aus. Ich hatte noch immer keine Ahnung von Pferden.

Sie legte den Arm um meine Schultern. »Komm mit, wir setzen uns in den Garten.«

»Ist dein Vater auch zu Hause?«

»Nein, er ist nach München gefahren. Er hat irgendeinen Termin, anstatt sich wenigstens am Wochenende mal Ruhe zu gönnen. Aber wenn ich so etwas sage, schaltet er auf Durchzug.«

Der Garten war eine bunt blühende Wiese, auf der Apfel- und Mirabellenbäume standen. Unter einem weinroten Sonnenschirm hatte Kerstin einen Holztisch gedeckt. In der Mitte entdeckte ich einen Apfelkuchen, der mir sofort das Wasser im Mund zusammenlaufen ließ.

»Hast du den selbst gebacken?«, fragte ich, während ich mich setzte, nach der Kuchenschaufel griff und mir ein Stück nahm.

»Wozu seine Energie verschwenden, wenn es wunderbare Backmischungen gibt«, antwortete sie mit einem Grinsen, um sich gleich darauf selbst ein Stück auf den Teller zu laden.

Während ich mich mit der einen Hand über den Kuchen hermachte und mit der anderen zwei Wespen verscheuchte, erzählte Kerstin, wie sie die Fuchsstute gefunden und einen weiteren Interessenten überboten hatte. »Im kommenden Jahr werde ich sie decken lassen. Vorausgesetzt, ich finde einen passenden Hengst, einen, der noch auf natürliche Weise decken darf.«

»Wie denn sonst?«, fragte ich mit vollem Mund.

»Mit künstlicher Befruchtung. Das ist heute üblich.«

»Das heißt, die dürfen gar nicht mehr richtig?«

Sie schüttelte den Kopf und füllte uns Eistee in Gläser.

»Wie schade.«

Wir sahen uns an und grinsten. Inmitten dieser Idylle schien eine eigene Realität zu existieren. Gestern hatten wir noch einen unserer Jugendfreunde und dessen Mutter begraben. Heute schien das Leben auf diesem Hof völlig unbeeinträchtigt davon weiterzugehen.

Durstig trank ich das Glas mit dem Eistee leer. »Als du mich gestern an Carls Zimmertür erwischt hast, habe ich übrigens gelauscht«, sagte ich. »Im Nachhinein schäme ich mich fast dafür, aber ...«

Kerstin winkte ab. »Wahrscheinlich war es wieder eine dieser konspirativen Sitzungen, oder? Ganz wichtig. Ganz geheim. Ich hab mir schon so etwas gedacht.« Sie hob einen Apfel vom Boden auf und suchte ihn nach Wurmstichen ab. »Mein Vater hat mich mal beim Lauschen erwischt. An das Donnerwetter erinnere ich mich heute noch. Seitdem mache ich einen Bogen um sein Arbeitszimmer, wenn die vier zusammenhocken. Meine Mutter warnt mich immer wieder und meint, die Partner stünden ständig mit einem Bein im Gefängnis. Ich soll dich übrigens herzlich von ihr grüßen, wir haben vorhin gerade telefoniert.«

Kerstins Mutter hatte sich kurz nach dem zwanzigsten Geburtstag ihrer Tochter von ihrem Mann getrennt und war seitdem nie wieder auf dem Hof gewesen. Kerstin hatte damals beschlossen, bei ihrem Vater zu bleiben. Ich war mir sicher, die Pferde waren das Zünglein an der Waage gewesen.

»Wie geht es deiner Mutter?«, fragte ich.

»Gut. Seit ein paar Monaten hat sie einen neuen Lebensgefährten. Sie scheint wirklich glücklich zu sein.«

»Was meint sie damit, die vier stünden mit einem Bein im Gefängnis?«

Kerstin zog eine Miene, als sei die Sache es eigentlich nicht wert, noch weitere Worte darüber zu verlieren. »Sie sagt oft so etwas, das nehme ich schon gar nicht mehr ernst. Wenn du mich fragst, ist das die Retourkutsche dafür, dass Vater sie damals hat beschatten lassen und so ihr Verhältnis mit ihrem Zahnarzt ans Licht kam.«

»Und du bist sicher, das ist nur so dahingesagt?«, hakte ich nach.

»Ach herrje, Finja, was ist in dieser Hinsicht schon sicher? Seien wir nicht naiv. So viel Geld verdienst du nicht, wenn du immer schön brav auf der legalen Seite bleibst.« Sie öffnete ihre Spange, kämmte die Haare mit den Fingern und arrangierte ihren Zopf neu.

Ich beobachtete sie dabei und konnte nicht glauben, dass sie etwas so Ungeheuerliches in einer Weise dahersagte, als liege es ganz selbstverständlich auf der Hand. »Weißt du, was du da behauptest?«

»Lass dich davon doch nicht so herunterziehen. Unsere Väter haben zu verantworten, was sie tun, nicht du oder ich. Ich wünschte nur, Amelie würde die Finger davon lassen. Aber ich glaube, die Vorstellung, auch mal ein wenig an den Stellschrauben der Macht zu drehen, reizt sie.«

In diesem Moment kam ich mir vor, als hätte ich während einer Filmvorführung kurz den Raum verlassen und bis zu meiner Rückkehr einen ganz entscheidenden Teil verpasst. »Wenn du wirklich überzeugt bist, unsere Väter kämen auf illegale Weise zu ihrem Geld, wie kannst du dann hier so einträchtig mit deinem Vater leben?«

»Jeder Schwarzarbeiter in diesem Land kommt illegal an sein Geld. Sollten sich deshalb deren Kinder reihenweise von ihnen lossagen?« Kerstin war fünf Jahre jünger als ich und redete in einem Ton mit mir, als habe ich in diesem Leben noch viel zu lernen.

»Das ist ein Totschlagargument«, konterte ich ärgerlich, »und das weißt du auch.«

Sekundenlang betrachtete sie mich schweigend. Schließlich sagte sie: »Ich habe meinem Vater viel zu verdanken. Und das werde ich nicht einfach unter den Teppich kehren. Gleichgültig, was er tut.«

»Was tut er denn?«

Sie zuckte die Achseln. »Ich will es gar nicht wissen.«

Aber ich wollte es wissen. »Nach der Beerdigung gestern klemmte am Auto deines Vaters ein Brief, der ihn offensichtlich so schockierte, dass er zusammenzubrechen drohte. Ein gestandener Mann wie er.«

Kerstins Blick blieb völlig gelassen. »Dieser gestandene Mann wird im November siebzig, hat Übergewicht, einen hohen Blutdruck, ist chronisch überarbeitet und hatte gerade zwei Menschen zu Grabe getragen, die ihm nicht gleichgültig waren. Was erwartest du da? Zumal es ungefähr dreißig Grad im Schatten waren. Ich war froh, als ich ihn endlich heil nach Hause verfrachtet hatte.«

»Hat er dir vielleicht von dem Brief erzählt?«

Sie schüttelte den Kopf.

»Er hat ihn in die linke Tasche seines Sakkos geschoben. Möglicherweise ist er noch drin …«

Sie sah mich an, als sei mir die Hitze zu Kopf gestiegen. »Wenn du an Türen lauschst, Finja, ist das deine Sache, aber erwarte nicht von mir, dass ich in den Sachen meines Vaters herumwühle. Und überhaupt: Was gehen dich Briefe an, die an ihn gerichtet sind?«

»Mein Vater hat auch so einen bekommen. Und er hat gelogen, als ich ihn danach fragte.«

»Dann wird er seine Gründe dafür haben«, meinte Kerstin lakonisch.

Gesa hatte lange darüber nachgedacht, ob sie Doktor Radolf vertrauen konnte. Sie hatte mit sich gerungen. Vielleicht würde er ihr einen Strick daraus drehen. Andererseits musste sie mit jemandem darüber reden. Dieser Satz brachte sie fast um ihren Verstand. In jeder wachen Minute grübelte sie und fragte sich, ob es stimmte, was sie gehört hatte. Wieder und wieder horchte sie in sich hinein, ob es dort einen Widerhall gab. Aber die Stimme, die in ihrem Inneren laut wurde, erzählte nichts vom Tod, nur etwas von Liebe.

Sie liebte ihr Kind. Vom ersten Tag an war es so gewesen. Sie hatte es im Arm gehalten, es herumgetragen, damit es einschlief, hatte es gestreichelt, die winzigen Finger berührt und die Luft angehalten, um es nicht zu wecken.

Doktor Radolf sah ihr entgegen, als sie sich ihm gegenübersetzte. Er begrüßte sie und betrachtete sie in aller

Ruhe. Als müsse er sich erst selbst einen Eindruck von ihrem Zustand verschaffen, bevor er sie fragte. Auch Gesa betrachtete ihn. Sie wollte herausfinden, in welcher Verfassung er war. War er müde, überarbeitet oder fahrig, würde sie die Stunde verstreichen lassen und über etwas anderes reden.

»Wollen Sie mich nicht an Ihren Gedanken teilhaben lassen, Gesa?«, fragte er mit einem Lächeln, das ihn zu ihrem Verbündeten machte.

Sie fasste sich ein Herz und formulierte ihre Sätze zunächst im Kopf. »Bevor ich hierherkam«, begann sie schließlich stockend, »da sagte jemand …« Ihr Herz klopfte so stark, als wolle es sie warnen. Sie runzelte die Stirn und sah zu Boden. Der Mut verließ sie.

»Gesa, erinnern Sie sich, was ich Ihnen beim letzten Mal gesagt habe? Dass es helfen kann, eine Last auf mehrere Schultern zu verteilen?«

Ohne ihn anzusehen, nickte sie. »Jemand sagte, ich hätte versucht, mein Baby zu töten.« Den Blick immer noch zu Boden gerichtet, wartete sie, dass Doktor Radolf darauf einging, dass er ihr die Last abnahm, ihr versicherte, dieser Satz sei Unsinn. Aber auch er schien zu warten. »Das stimmt nicht, oder?«, fragte sie nach einer fast unerträglichen Ewigkeit. Ihre Stimme war nur noch ein Flüstern. »Das kann nicht stimmen. Das ist doch völlig ausgeschlossen. Oder?«

»Warum meinen Sie, es sei ausgeschlossen, Gesa?«

»Weil ich mein Kind liebe.« Sie hob den Blick und forschte in seinem Gesicht, ob sie darin Abscheu erkannte. Aber er sah aus wie immer, genauso müde und genauso verständnisvoll.

»Für manche Mutter ist genau das der Grund, ihr Kind zu töten«, sagte er. »Sie versucht dadurch, es vor Unheil zu beschützen. Gab es denn ein Unheil, vor dem Sie Ihr Kind

hätten beschützen wollen, Gesa?« Er stützte das Kinn auf die gefalteten Hände und legte den Kopf schief.

»Ein Unheil?«, wiederholte sie seine Worte und versuchte, die Wand einzureißen, die sie von ihrer Erinnerung trennte. Aber sie war glatt und fest. Es gab nicht einmal ein kleines Loch, an dem sie hätte ansetzen können. Verzweifelt schüttelte sie den Kopf. »Ich kann mich nicht erinnern.« Dieser Satz war wie ein Lufthauch, der einen Moment lang zwischen ihnen schwebte, bevor er sich in nichts auflöste. Genau wie ihre Hoffnung.

5

Der steile Weg durch den Wald führte über Baumwurzeln und Geröll. Nach einer halben Stunde war ich so außer Atem, dass wir eine Pause einlegen mussten. Gegen die gewaltige Wurzel eines umgestürzten Baumes gelehnt trank ich die Flasche Wasser leer, die ich in meinem Rucksack mitgenommen hatte. Ich würde sie in null Komma nichts wieder ausgeschwitzt haben.

Der Regen, der in der Nacht gefallen war, brachte den Wald zum Dampfen. Zum Glück drang die Sonne nicht durch die Blätter. Sonst wäre es unerträglich gewesen.

Amelie hatte Kerstin und mich zu einer Wanderung zur Königsalm überredet, um so der bleiernen Traurigkeit zu entkommen. Ich hatte versucht, mich damit herauszureden, dass am Sonntag viel zu viele Menschen dorthin unterwegs sein würden. Aber dieses Argument hatte meine Schwester nicht gelten lassen.

Die meisten würden den Versorgungsweg zur Alm dem weit anstrengenderen Aufstieg durch den Wald vorziehen. Wir würden also weitgehend allein dort sein. Und sie hatte recht behalten. Außer uns war dort an diesem Vormittag nur noch ein älteres, überaus sportliches Ehepaar unterwegs.

Meine Schwester schien ihre Schwangerschaft nicht zu beeinträchtigen. Sie lief immer ein paar Meter voraus, während Kerstin hinter mir ging, mich antrieb wie eines ihrer Pferde und sich über die Idioten aufregte, die ihren Müll in die Landschaft warfen.

Nach zwei Dritteln des Weges versperrte ein umgestürzter Baum den Pfad. Während Amelie und ich uns bückten, um darunter hindurchzukommen, hievte Kerstin sich hoch und balancierte auf dem Stamm.

»Komm da runter«, schimpfte ich. »Das ist viel zu gefährlich. Willst du dir das Genick brechen?«

Aber ich erntete nur ihren Spott. »Angsthase!« Konzentriert setzte sie einen Fuß vor den anderen, wendete und tat wieder ein paar Schritte. »Probier es doch auch mal, Finja. Das trainiert deinen Gleichgewichtssinn.«

»Ich bin im Gleichgewicht.« Zur Sicherheit schob ich Amelie vor mir her, damit sie nicht auf die Idee kam, es ihrer Freundin gleichzutun. Wir hatten erst wenige Meter zurückgelegt, als Kerstin wieder aufschloss.

Dort, wo die Serpentinen in einen Querweg übergingen, lichtete sich der Wald, und wir passierten eine Stelle, an der ein Sturm erheblichen Kahlschlag zurückgelassen hatte. Zu unserer Rechten ging es steil bergab.

Ich konzentrierte mich auf den Weg, um nicht über eine der Baumwurzeln zu stolpern und abzurutschen. Nach eineinhalb Stunden verließen wir den Wald und liefen schließlich zwischen Jungkühen hindurch über die Geißalm.

»Na klasse«, fluchte Amelie neben mir. Sie war in einen Kuhfladen getreten und rümpfte die Nase.

»Das bringt Glück«, sagte ich und sah dabei zu, wie sie versuchte, die weiche Masse am Gras abzustreifen.

»Na, wenn das so ist ...« Kerstin nahm Anlauf und sprang laut johlend von einem Kuhfladen zum nächsten. Schließlich blieb sie stehen und betrachtete zufrieden das Ergebnis.

»Du bist und bleibst ein Ferkel«, sagte Amelie im Vorbeigehen zu ihr.

Ich zog meine Digitalkamera aus dem Rucksack und

fotografierte Kerstin in ihren eingesauten Stiefeln, wie sie hingebungsvoll einer Jungkuh die Stirn kraulte.

Das Geläut der Kuhglocken begleitete uns weiter bergauf bis zu einem Bach. Dort zogen wir Stiefel und Strümpfe aus und folgten im Wasser ein Stück dem Bachlauf, bis wir zur Königsalm abbogen, wo wir uns wenig später einen Platz im Schatten sicherten. Es saßen schon etliche Wanderer um die Holztische herum. Bevor Kerstin sich in die Schlange vor der Küche stellte, um uns eine Brotzeit zu besorgen, schnappte sie sich meine Kamera, drückte sie einem der Wanderer in die Hand und bat ihn, von uns dreien ein Foto zu schießen. Wie auf Kommando schmissen wir uns in Pose und ließen uns mehrmals von ihm ablichten.

Als wir endlich unsere Brotzeit vor uns hatten, biss ich hungrig in mein Käsebrot. Nach der zweistündigen Anstrengung hätte es besser nicht schmecken können. Ich ließ meinen Blick über die anderen Tische wandern, lehnte mich dann zurück und betrachtete meine Schwester.

»Warum siehst du mich so an?«, wollte sie wissen.

»Ich frage mich immer noch, was dich bewogen hat, deinen Job in der Kanzlei zu kündigen und in die Detektei einzutreten.«

»Ich sage nur Stellschrauben der Macht«, meinte Kerstin trocken und schob sich den Rest ihres Salamibrotes in den Mund.

»Stellschrauben der Macht, so ein Blödsinn. Über den einfachsten Grund macht ihr beide euch überhaupt keine Gedanken, was? Wer soll denn die Detektei eines Tages übernehmen? Die Partner sind längst im Pensionsalter. Auch wenn derzeit noch keiner von ihnen bereit ist, kürzerzutreten – der Zeitpunkt kommt unweigerlich. Und dann? Tobias hat keine Kinder, du, Kerstin, hast nur deine Pferde im Kopf, und du«, dabei fixierte sie mich, »du würdest dort nur hinkommen, um die Wände zu bemalen.

Paps hat mich doch nicht ohne Grund gedrängt, Jura zu studieren. Eine Wirtschaftsdetektei dieses Kalibers kannst du nicht ohne solch eine solide Basis führen.«

»Aber du musst auch Ahnung von der Materie haben, musst dich mit Wirtschaft auskennen, musst Bilanzen lesen können …«

»Dafür ist Adrian zuständig«, fiel sie mir ins Wort. »Außerdem bin ich lernfähig.«

»Du willst gemeinsam mit Adrian die großen vier ersetzen?« Kerstin klang skeptisch. »Ich traue euch beiden ja viel zu, aber seien wir doch realistisch: Das System, das sie über Jahrzehnte aufgebaut haben, wird sich nicht so einfach übernehmen lassen.«

Amelie ließ sich nicht beirren. Sie war der Überzeugung, die Detektei sei ein Unternehmen wie jedes andere. Und wie jedes andere müsse es die Nachfolge regeln. »Was stellt ihr euch denn vor?«, fragte sie schließlich und sah aufmerksam zwischen uns hin und her.

Ich hatte mir noch gar keine Gedanken darüber gemacht, was aus der Detektei einmal würde. Und Kerstin war dafür, sie zu gegebener Zeit an die Konkurrenz zu verkaufen. Was Amelie zornig werden ließ. Nur über ihre Leiche würde die Detektei später einmal veräußert.

Ich hatte die Geister gerufen, als ich das Thema auf den Tisch brachte, und jetzt ließen sie sich nicht wieder verscheuchen. Amelie bereitete die Diskussion so schlechte Laune, dass sie vorzeitig zum Aufbruch blies und durch nichts umzustimmen war. Sie lief Kerstin und mir ein ganzes Stück voraus, bis wir sie endlich eingeholt hatten.

»Sollte eine von euch das Wort Schwangerschaftshormone auch nur in den Mund nehmen, platze ich!« Amelies Drohung entlud die Atmosphäre schlagartig und ließ uns alle drei in schallendes Gelächter ausbrechen.

Mit deutlich gedrosseltem Tempo setzten wir den Rückweg fort und unterhielten uns über unverfänglichere Themen. Kerstin beklagte ihr Single-Schicksal, das ihr von entscheidungsschwachen Männern aufgezwungen wurde. Ich berichtete von einem durchaus interessanten Mann, den ich hoffentlich bald wiedersehen würde. Und Amelie erzählte von den Diskussionen mit Adrian, der sie zu überreden versuchte, nach der Geburt des Kindes beruflich erst einmal eine Pause einzulegen.

»Oje, ich muss pinkeln, meine Blase platzt jeden Moment«, stöhnte Kerstin und unterbrach damit Amelies Empörung über Adrians ihrer Meinung nach völlig überholte Vorstellungen. Wir hatten gerade die Stelle mit den Sturmschäden passiert und tauchten wieder tiefer in den Wald. »Geht schon mal vor, ich hole euch wieder ein.«

»Wo willst du denn hier pinkeln?«, fragte ich, mich einmal um die eigene Achse drehend. Links von uns ging es steil bergab, rechts von uns steil bergauf.

»Außer uns ist doch niemand hier. Ich hocke mich mitten auf den Weg. Und jetzt ab mit euch!« Kerstin grinste und scheuchte uns davon wie zwei Hühner.

Amelie und ich liefen allein weiter, bis meine Schwester nach ein paar Minuten so abrupt stehen blieb, dass ich fast in sie hineingelaufen wäre. Sie wandte sich zu mir um und sah mich hilfesuchend an. Tränen liefen über ihr Gesicht. Sie stammelte, sie fühle sich so gespalten. Einerseits sei sie froh, nach der vergangenen Woche einen unbeschwerten Tag zu verbringen, andererseits finde sie es bedrückend, dass das Leben einfach so weiterginge, nur eben ohne Hubert und Cornelia. Die beiden seien gerade mal eine Woche tot.

Wohl wissend, wovon sie sprach, nahm ich sie in den Arm und legte meine Wange an ihre. Mir ging es ähnlich. Als ich am Morgen aufgewacht war, hatte ich mich fast geschämt, so tief und fest geschlafen zu haben. Wir lehnten uns gegen den Hang, und ich kramte Papiertaschentücher aus meinem Rucksack.

»Wie kommt Adrian damit klar?«, fragte ich.

»Gar nicht«, antwortete sie, nachdem sie sich die Nase geschneuzt hatte. »Er ist wie ein Schatten seiner selbst.«

»Bleibt ihr noch bei Carl?«

Sie schüttelte den Kopf. »Ich habe gestern das Haus auf den Kopf gestellt und alle Whiskeyflaschen ausgegossen. Das verzeiht er mir nicht. Wir packen nachher und fahren nach München zurück.«

Ich sah den Weg hinauf, den wir gekommen waren, und hielt nach Kerstin Ausschau. »Sag mal, müsste sie nicht längst hier sein?«

Amelie folgte meinem Blick und zuckte die Schultern. »Sie wird schon kommen.«

Doch mich hatte ein seltsames Gefühl beschlichen. »Ich gehe mal nachsehen.«

»Kerstin ist schon groß«, versuchte meine Schwester, mich zurückzuhalten.

Aber ich winkte ab und lief weiter bergauf. Ich erinnerte mich noch genau an die Stelle, an der wir uns getrennt hatten. Wie sich zeigte, war es ein ganzes Stück bis dorthin. Als ich ankam und Kerstin nirgends entdecken konnte, rief ich nach ihr.

»Hey, Kerstin, das ist nicht lustig. Wo immer du dich versteckst, komm raus! Sofort!« Ich stellte mich an den Rand des Weges, sah in die Tiefe und suchte den Hang ab. Dann lief ich noch ein Stück weiter bergauf.

Amelie stieß zu mir und meinte, Kerstin würde sich sicher einen ihrer derben Scherze mit uns erlauben. Sie folgte meinen Blicken. »Sie ist wie eine Gämse.« So, wie sie es sagte, klang es eher wie eine Selbstberuhigung. »Wäre sie da irgendwo runtergestürzt, hätten wir sie schreien gehört.«

Trotzdem liefen wir den Weg Schritt für Schritt wieder bergab, ohne dabei unsere Blicke vom Abhang zu lösen.

»Da«, hauchte Amelie plötzlich. »Siehst du da nicht auch etwas Pinkfarbenes?« Ihr Zeigefinger wies in die Tiefe.

Ich sah sofort, was sie meinte, und betete, dass nicht Kerstins T-Shirt dieses Etwas war, das dort zwischen den Büschen hervorstach. Mein Herz klopfte so stark, dass ich es bis in den Hals spürte. Ich schrie, Kerstin solle mit dem Unsinn aufhören und uns nicht einen solchen Schrecken versetzen. Während der endlosen Sekunden, die wir da standen und warteten, redete ich mir ein, dass sie nie und nimmer beim Pinkeln den Hang hinuntergestürzt sein konnte. Das war einfach unmöglich. Was dort unten lag, war mit Sicherheit eine Plastiktüte.

»Wir müssen etwas tun«, weinte Amelie und krallte ihre Finger in meinen Oberarm. »Finja, du musst da runter und nachsehen.« Sie zog mich zum Rand des Weges und schrie den Namen ihrer Freundin. Aber nichts rührte sich.

»Du bleibst hier! Hörst du?«

Sie nickte.

Vorsichtig begann ich, den Abhang hinunterzuklettern. Ich hielt mich an Baumwurzeln fest, rutschte ein paar Meter tiefer, bis ich wieder eine Wurzel zu fassen bekam. Es schien ewig zu dauern, bis ich die Stelle erreichte. Den Anblick, der sich mir dort bot, sollte ich nie vergessen. Er brannte sich im Bruchteil einer Sekunde in mein Gehirn.

Kerstin hing mit blutig geschürften Armen über einem Baumstamm, der ihren Sturz offensichtlich gestoppt hatte. Ihre Hose musste an irgendetwas Spitzem hängengeblieben sein, sie hatte einen langen Riss, der sich in der Haut darunter fortsetzte. Es kam mir vor, als sei ich in eine Zeitschleife geraten, die alles verlangsamte. Ich sah in ihr zerkratztes, blutiges Gesicht und in ihre halb geschlossenen

Augen. Am schlimmsten aber war ihr Kopf. Er hing in einem Winkel zur Seite, der selbst für eine Laiin wie mich jede Hoffnung zunichtemachte.

Ich kniete mich neben sie, hielt mich mit der einen Hand an dem Baumstamm fest und fasste mit der anderen unter ihren Kopf. Er schien so leicht zu sein. »Kerstin …«, flüsterte ich. »Bitte …«

»Finja«, rief meine Schwester von oben. Ihre Stimme war voll von Angst. »Was ist denn da unten? Hast du Kerstin gefunden?«

»Ruf die Bergwacht an, Amelie! Hörst du? Die Bergwacht. Jemand muss herkommen und …«

»Was ist mit Kerstin?«

»Bitte … ruf an! Schnell!«

Fünf Tage später wurde Kerstin auf dem Ringbergfriedhof in Kreuth beerdigt. Als wir um ihr Grab standen, sah ich sie wieder im Wald liegen, mit blutiger, aufgerissener Haut und abgewinkeltem Kopf. Dabei war sie kurz zuvor noch voller Lebensfreude auf einem Baumstamm balanciert, um ihren Gleichgewichtssinn zu demonstrieren. Und ausgerechnet sie sollte in die Tiefe gestürzt sein und sich das Genick gebrochen haben? Einfach so? Das wollte mir nicht in den Kopf. Kerstin hatte sich mitten auf den Weg hocken wollen. Selbst wenn jemand gekommen wäre, hätte sie sich nicht am Abhang in einen Busch zurückgezogen, sondern wäre eher ein kleines Stück den Berg hinaufgeklettert. Auch da gab es Gebüsch, hinter dem sie sich hätte verbergen können. Aber es war müßig, über eine solche Möglichkeit nachzudenken. Die Frage, was in diesen zehn Minuten geschehen war, ließ mir keine Ruhe.

Nachdem Kerstins Leichnam abtransportiert worden war, hatten wir noch einmal mit den Leuten von der Bergwacht gesprochen, der Polizei den Ablauf geschildert und waren schließlich gemeinsam zu Kerstins Vater gefahren. Amelie hatte darauf bestanden mitzukommen. Auf der Fahrt dorthin hatte mein Handy geklingelt. Ich hatte Richard Stahmers Nummer erkannt, mich jedoch nicht in der Lage gefühlt, mit ihm zu sprechen. Seine Nachricht, dass es ihm schwerfalle, sich noch um eine weitere Woche zu gedulden, war auf der Mailbox gelandet.

Und dann war der Moment gekommen, in dem wir Johannes hatten sagen müssen, dass seine Tochter tödlich verunglückt war. In seinem Gesicht hatte sich ein Schmerz abgezeichnet, als würde ihm jemand ohne Betäubung den Brustkorb öffnen und das Herz herausreißen. Er hatte nach Luft gerungen, war in die Knie gegangen und laut schluchzend auf dem Boden zusammengebrochen.

Jetzt stand Johannes – gestützt von meinem Vater und Tobias – mit hängenden Schultern an Kerstins offenem Grab. Tränen liefen in einem unaufhörlichen Strom über sein Gesicht und tropften auf sein schwarzes Sakko. Carl hatte sich entschuldigt, es wäre über seine Kräfte gegangen, an der Beerdigung teilzunehmen.

Immer wieder schaute ich zu Amelie. Ich machte mir Sorgen um sie. Zwar hatte sie bisher alles tapfer überstanden, dennoch war ich mir sicher, dass die Ereignisse ihre Spuren hinterlassen würden. Meine Mutter hatte sie bekniet, sich um des Babys willen zu schonen. Aber Amelie war nicht davon abzubringen gewesen, ihre Freundin zu Grabe zu tragen. Sie und Kerstin waren wie Pech und Schwefel gewesen.

Adrian hatte den Arm um seine Frau gelegt. Dabei machte er den Eindruck, als bräuchte er selbst jemanden, der ihn in den Arm nahm. Er suchte meinen Blick und hielt sich sekundenlang daran fest, bis er wieder auf das Erdloch in unserer Mitte starrte. Plötzlich drückte jemand meine Hand. Elly nickte mir mit Tränen in den Augen zu.

Zehn Minuten später warf ich Blumen und Sand auf Kerstins Sarg, verabschiedete mich von Elly, die es eilig hatte, da sie ihren Mann noch zum Arzt fahren musste, und lief ziellos über den Friedhof. Ich brauchte Bewegung. Aus der Ferne warf ich immer wieder einen Blick auf die Gruppe der Trauernden, um mich schließlich abzuwenden und Richtung Parkplatz zu gehen. Es war eine leise Ahnung, die mich dorthin zog und der ich mich nicht entziehen konnte.

Schon von weitem sah ich den Umschlag auf der Windschutzscheibe meines Vaters. Ich beschleunigte den Schritt und vergewisserte mich, dass mich niemand beobachtete, als ich ihn unter dem Wischblatt hervorzog. Auch dieses Mal handelte es sich um ein schwarz umrandetes Kuvert. Es war zugeklebt und maschinell an Alexander Benthien adressiert, ein Absender war nicht vermerkt. Weder das Briefgeheimnis noch das drohende Donnerwetter meines Vaters konnten in diesem Moment etwas gegen das drängende Bedürfnis ausrichten, endlich herauszufinden, was es mit den Briefen auf sich hatte.

Nach einem letzten Blick Richtung Grab riss ich den Umschlag kurzerhand auf und zog die Karte heraus. Was sich wie eine Todesanzeige las, war dennoch etwas völlig anderes. Etwas, das nur einem kranken Hirn entstammen konnte.

Beim ersten Mal überflog ich den Text nur fassungslos, bis ich ihn wieder und wieder Wort für Wort las. Einmal sogar laut. Wer dachte sich so etwas aus und brachte es dann auch noch zu Papier? Angezeigt wurde der Tod meiner Schwester. »Am 16. August dieses Jahres verstarb Amelie Graszhoff, geborene Benthien, im Alter von nur einunddreißig Jahren an den Folgen eines tragischen Unglücks. Sie hinterlässt ihren Ehemann Adrian Graszhoff, ihre Eltern Alexander und Freia Benthien sowie ihre Halbschwester Finja.«

Der 16. August – das war übermorgen, Sonntag. Ich las den Text noch einmal und stolperte über ein Wort, das mir längst ins Auge hätte stechen müssen: ihre Halbschwester Finja. Amelie und ich waren keine Halbschwestern. Was sollte das? Völlig durcheinander starrte ich auf dieses Papier und fragte mich, warum jemand so etwas tat. Ich musste an die Auseinandersetzung der Partner denken. Zumindest Carl und Johannes hatten in den Briefen eine Drohung gesehen. Fast hätte ich die Karte fallen lassen.

Ehe ich es mich versah, wurde sie mir samt Umschlag mit einer schnellen Bewegung aus der Hand gerissen. Vor Schreck schrie ich auf und machte einen Satz zur Seite.

Nach außen hin gelassen schob mein Vater den Brief in seine Sakkotasche. »Möchtest du mit uns zurückfahren?«, fragte er in völlig belanglosem Ton.

»Weißt du, was das ist?«, fragte ich ihn immer noch fassungslos.

»Vermutlich irgendetwas Geschmackloses. Möchtest du nun mitfahren oder nicht?«

Meine Mutter näherte sich uns, befand sich aber noch außer Hörweite. Trotzdem senkte ich meine Stimme. »Das ist eine Todesanzeige. Darin geht es um Amelie. Und …«

»Dann hatte ich ja recht damit, dass es sich um etwas Geschmackloses handelt«, schnitt er mir das Wort ab. »So, und jetzt steig bitte ein.«

Er hielt erst mir die Autotür auf, dann öffnete er die Beifahrertür für meine Mutter. Kaum saß er selbst im Auto, erntete ich durch den Rückspiegel einen wütenden Blick, so dass ich nicht wagte, den Mund aufzumachen. So blieb ich allein mit meiner Verwirrung und all den Fragen, die mir auf der Zunge lagen. Ich versuchte, das alles einzuordnen, konnte mich jedoch kaum konzentrieren, da meine Mutter nichts Besseres zu tun hatte, als sich über das unpassende Outfit von Johannes' Exfrau zu mokieren.

Obwohl ich längst begriffen hatte, dass das ihre Art war, Emotionen zu überdecken, wären mir ihre Tränen lieber gewesen.

Ich nahm mir vor, zu Hause mit meinem Vater zu sprechen. Vor unserer Einfahrt hielt er jedoch an und sagte, er habe noch etwas Dringendes zu erledigen. Während meine Mutter sofort ausstieg, blieb ich sitzen.

»Ich muss mit dir reden«, sagte ich.

»Nicht jetzt. Steig bitte aus, Finja.«

»Damit du zu einer dieser konspirativen Sitzungen mit deinen Partnern fahren kannst? Damit ihr euch einmal mehr die Köpfe darüber heißreden könnt, was diese Briefe zu bedeuten haben? Ob sie nun üble Scherze oder ernstzunehmende Drohungen sind? Ich habe euch nach Huberts und Cornelias Beerdigung belauscht.« Ich war froh, dass es heraus war. »Drei Menschen sind tot! Wie kann man denn da überhaupt noch einen Scherz in Betracht ziehen? Kerstin ...«

»Beruhige dich«, unterbrach er mich scharf. »Du weißt nicht, wovon du redest!«

»Doch, das weiß ich sehr wohl«, sagte ich und brach in Schluchzen aus. »Wie es zu Cornelias und Huberts Unfall gekommen ist, kann ich nicht beurteilen. Ich kann aber sehr wohl beurteilen, dass Kerstin nicht einfach in die Tiefe gestürzt ist und sich das Genick gebrochen hat.« Ich wischte mir die Tränen aus dem Gesicht.

Er wandte sich in seinem Sitz zu mir um und sah mich abwartend an. »Beruhigst du dich jetzt bitte?« Er reichte mir ein Taschentuch.

»Kerstin hat nicht geschrien. Wäre sie einfach nur abgerutscht, hätte sie ganz sicher geschrien. Begreifst du das nicht?«

»Ihr werdet sie nicht gehört haben.«

Was war nur mit meinem Vater los? Ich verstand ihn

nicht mehr. Er wusste so gut wie ich, dass wir sie im Wald hätten hören müssen. »Warum steht in dieser Todesanzeige, ich sei Amelies Halbschwester?«

»Allein daran solltest du erkennen, um was für einen Unsinn es sich handelt.«

Ich weiß nicht, wie lange ich noch vor dem Tor stehen blieb, als er längst abgefahren war. Ich kam mir verloren vor. Und ich hatte Angst. Fürchterliche Angst. Etwas zutiefst Bedrohliches war hier im Gange. Innerhalb von acht Tagen waren drei Menschen eines nicht natürlichen Todes gestorben. Und der vierte Mensch, so stand es in dem Brief, sollte in zwei Tagen umkommen.

Ich sah meinen Vater erst kurz vor dem Abendessen wieder. Meine Mutter und ich saßen auf der Terrasse und warteten auf ihn, als wir seinen Wagen vorfahren hörten. Ich lief ins Haus, durchquerte eilig Wohnzimmer und Halle und öffnete ihm die Tür. Er war jedoch so tief in Gedanken, dass er mich erst wahrnahm, als er ein paar Schritte von mir entfernt den Kopf hob.

»Finja …« Es klang erschöpft, wie die Bitte, ich möge ihm einen Moment Ruhe gönnen.

Seinen Wunsch ignorierend versperrte ich ihm den Weg. »Paps, wir müssen unbedingt über diese Todesanzeige sprechen. Ich kann nicht einfach so darüber hinweggehen, als gebe es sie nicht. Hast du sie gelesen?«

Vermutlich aus Sorge, meine Mutter könne uns hören, zog er mich von der Tür fort und senkte die Stimme. »Selbstverständlich habe ich diesen Schmutz gelesen. Und genauso selbstverständlich habe ich ihn dem Müll übereignet. Da gehört er nämlich hin.«

»Aber ich …«

»Hör zu«, fiel er mir ins Wort, »in unserem Geschäft wird in letzter Zeit mit deutlich härteren Bandagen gekämpft. Da kommt es dann leider Gottes auch vor, dass sich uns übelgesinnte Konkurrenten mit geschmacklosen Aktionen hervortun. Das ist jedoch nichts, worüber du dir den Kopf zerbrechen solltest.«

Er konnte mir viel erzählen, aber dass etwas so Alltägliches wie Konkurrenzdruck für eine solch widerwärtige Todesbotschaft verantwortlich sein sollte, glaubte ich keine Sekunde lang. »Selbst wenn es stimmt, was du sagst, ist es ein Fall für die Polizei. Wenn du dort nichts über diesen Brief erzählst, werde ich es tun. Was stand überhaupt in den anderen Briefen? Ging es da um Kerstins Tod?« Meine Stimme zitterte.

Er kniff die Augen zusammen und schüttelte den Kopf, als habe ich von zwei möglichen Wegen ausgerechnet den gewählt, der mich in eine Sackgasse führen würde. Und das, obwohl ein Schild gut sichtbar darauf hingewiesen hatte. »Es steht dir selbstverständlich frei, Finja, dich an die Polizei zu wenden. Allerdings wirst du damit rechnen müssen, dass man dir nicht glauben wird. Dein Wort wird gegen meines stehen. Und ich genieße bei Polizei und Justiz seit Jahren einen unangefochten guten Ruf. Die Arbeit, die *BGS&R* leistet, wird dort hoch geschätzt.« Sein gelassener Tonfall verlieh seinen Worten ein noch größeres Gewicht.

Ich starrte ihn an und erkannte, wie ernst es ihm damit war. Er würde von seinem Standpunkt nicht einen Millimeter abweichen. »Ist dir Amelies Leben so wenig wert?«, schrie ich ihn an. »Willst du zulassen, dass auch sie einem Unfall zum Opfer fällt wie die anderen?« Wie ungeheuerlich dieser Gedanke war, begriff ich erst, als ich ihn ausgesprochen hatte. Und ich begriff, dass ich meinen Vater nicht erreichte.

Er hörte, was ich sagte, aber es schien ihn nicht zu berühren. Er machte den Eindruck eines Menschen, der sich inmitten einer Katastrophe jede Emotion verbot, um funktionsfähig zu bleiben. »Wollen wir hinausgehen?«, fragte er. »Ich nehme an, deine Mutter wartet bereits.« Er legte den Arm um meine Schultern und zog mich mit sich.

Als wir auf der Terrasse ankamen, schob er mich zu meinem Stuhl und begrüßte meine Mutter. In ihrer Miene zeichnete sich eine Mischung aus Erleichterung und Verunsicherung ab. Ich betrachtete sie und fragte mich, was in ihr vorging. Zwei der Partner ihres Mannes hatten innerhalb von nur acht Tagen ein Kind verloren. Machte ihr das keine Angst? Ich war fast verrückt vor Angst, seitdem ich Amelies Todesanzeige gelesen hatte.

Doch meine Mutter schien beschlossen zu haben, ihre Sorge damit zuzuschütten, dass sie uns einen wortreichen Vortrag über die Schwierigkeit hielt, wirklich gut abgehangenes Roastbeef zu bekommen. Das, was auf unseren Tellern zubereitet war, genüge bei weitem nicht ihren Ansprüchen – obwohl es ihr bei einem Münchener Metzger als Spitzenqualität verkauft worden sei. Als mein Vater sie fragte, warum sie nicht in Rottach-Egern zu ihrem Stamm-Metzger gegangen sei, blendete ich mich gedanklich aus. Da ich beim besten Willen nichts herunterbekommen konnte, entschuldigte ich mich und floh in mein Zimmer.

Oben angekommen öffnete ich leise das Fenster, das über der Terrasse lag. Ich konnte meine Eltern nicht sehen, da die Markise ausgefahren war, aber ich konnte sie reden hören. An der Belanglosigkeit der Themen hatte sich offensichtlich nichts geändert. Ich zündete mir eine Zigarette an und blies den Rauch ins Freie, als über dem See die Lichter eines Feuerwerks aufblitzten. Bad Wiessee feierte sein Seefest. Angesichts der Schönheit der bunten Lichter am Himmel kamen mir schon wieder die Tränen. Cornelia, Hubert und Kerstin würden all das nie mehr zu Gesicht bekommen. Ich stellte sie mir in ihren Särgen vor, ein paar Meter unter der Erde, und weinte nur noch heftiger.

Plötzlich stand mein Vater im Zimmer. Ich hatte ihn nicht kommen hören. Auf seinen Stock gestützt, sah er mich wortlos an. Einen Moment lang wirkte er fast hilflos. Bis er die Schultern straffte, auf mich zukam und seinen freien Arm fest um mich legte. »Fahr zurück nach Berlin«, sagte er nach einer Weile. »Du kannst hier nichts tun.«

»Ich kann auf Amelie aufpassen.«

»Auf Amelie wird aufgepasst, glaub mir.«

»Hat auch jemand auf Kerstin aufgepasst, bevor sie starb? Auf Hubert und Cornelia? Und sind sie trotzdem gestorben?«

Er schob mich ein Stück von sich und sah mich eindringlich an. »Finja, vertraust du mir?«

Das Schlimme war, ich wusste es nicht mehr. »Bist du mein Vater?«, fragte ich.

Er lächelte. »Darauf kannst du dich verlassen.«

»Ich meine, bist du auch mein biologischer Vater? Oder ist Mutter vielleicht vergewaltigt worden?«

»Wie kommst du denn auf die Idee?«

»Dann hätte ich zumindest endlich mal eine Erklärung für ihre Distanz mir gegenüber.«

Er strich mir eine Haarsträhne aus dem Gesicht. »Das habe ich dir schon so oft erklärt: Deine Geburt war langwierig und sehr schmerzhaft für sie. Dieses Trauma hat sie nie überwunden. Ich wünschte, es wäre anders gekommen, meine Große. Aber ich habe leider nicht alles in der Hand.« Er gab mir einen Kuss und verabschiedete sich mit den Worten, es liege noch einiges auf seinem Schreibtisch, das keinen Aufschub dulde.

Nachdem er mein Zimmer verlassen hatte, wartete ich einen Moment, um schließlich die Tür zu öffnen und zu horchen. Als das Klacken seines Stockes in der Halle zu hören war, schlich ich ein Stockwerk tiefer in sein Ankleidezimmer und suchte nach dem schwarzen Anzug, den er auf der Beerdigung getragen hatte. Da mehrere schwarze dort hingen und für mich alle gleich aussahen, durchsuchte ich sie kurzerhand alle nach der Todesanzeige. Als ich sie nicht fand, zog ich vorsichtig die Wäscheschubladen auf, um mich schließlich in seinem Schlafzimmer umzusehen.

Nur zu gerne hätte ich mein Tun damit gerechtfertigt, dass der Zweck die Mittel heilige. Aber ich hielt diesen Satz schon lange für falsch und wollte ihn auch jetzt nicht für mich gelten lassen. Was ich hier tat, ließ sich durch nichts rechtfertigen. Und dennoch konnte ich nicht davon lassen. Ich suchte sogar zwischen den Seiten der Bücher auf seinem Nachttisch. Vergeblich. Blieb noch der Abfallkorb in seinem Badezimmer. Aber auch hier fand ich die Anzeige nicht. Wäre ich auf dem Parkplatz des Friedhofs wachsamer gewesen, hätte er sie mir nicht entreißen können, und ich hätte jetzt etwas in der Hand. Etwas, das ich zur Polizei bringen oder Adrian zeigen konnte. Etwas, das bewies, dass im Kreise der Partner etwas Schreckliches im Gange war.

Als ich sein Schlafzimmer verließ und gerade wieder hinauf in mein Zimmer gehen wollte, hörte ich unten das Handy meines Vaters klingeln. Er meldete sich sofort, musste also auf den Anruf gewartet haben. »Tobias! Gut, dass du anrufst«, hörte ich ihn sagen, dann folgte das Geräusch einer sich schließenden Tür. So schnell und so leise wie möglich lief ich die Treppe hinunter vorbei an den lebensgroßen Figuren über den kühlen Boden der Halle. Nur Sekunden später postierte ich mich vor der Tür seines Arbeitszimmers und drückte mein Ohr dagegen.

»Ich weiß, dass wir darüber bereits geredet haben«, sagte mein Vater ungehalten, um dann sekundenlang zu schweigen. »Das ist mir alles bewusst. Aber deine Abteilung ist die einzige, die uns wirklich gefährlich werden kann. Im offiziellen Teil ist nichts, was irgendwie außergewöhnlich wäre. Carl, Johannes und ich sind heute alles noch einmal durchgegangen. Wir haben derzeit ganz normales Tagesgeschäft. Nichts, worüber einer von uns etwas in der Zeitung lesen möchte, aber auch nichts, was einem von uns gefährlich werden könnte. Bleibst also nur du.« Wieder hörte er zu, was am anderen Ende der Leitung gesagt wurde. »Tobias, ich verstehe deinen Standpunkt. Dennoch ersuche ich dich, alles noch einmal zu überprüfen. Auch wenn es weiter zurückliegt. Du musst etwas übersehen haben.« Wieder trat Stille ein. »Ich weiß, dass auch wir es bei weitem nicht nur mit den weißen Westen zu tun haben. Aber um das durchzuziehen, was hier gerade geschieht, braucht es eine gewaltige Portion an krimineller Energie. Tobias, ich beknie dich: Geh noch einmal mit der Lupe durch deine Akten. Und zwar schnell. Wir haben keine Zeit zu verlieren.«

*

Doktor Radolf erinnerte sie an ihren Vater. Gesa konnte die Tränen nicht zurückhalten. Die Trauer um ihre Eltern vermischte sich mit der um ihr Kind. Warum verlor sie alles, was sie liebte? Auch den Vater ihres Kindes hatte sie verloren. Sie musste ihn verloren haben, denn er kam nie, um sie zu besuchen.

Wenn sie sich doch nur an das erinnern könnte, was vor ihrer letzten Begegnung geschehen war. Sie hörte seine Worte, als er ihr sagte, was sie in jener Nacht versucht hatte. Dass er ihr Kind in letzter Minute gerettet hätte. Vor ihr. Sie hatte ihn vor Augen, seinen erschütterten Blick. Seinen Abscheu. Wenn sie doch nur wüsste, wie es dazu ge-

kommen war. Wenn sie es ihm hätte erklären können. Dann ... vielleicht ... mit etwas Glück ... Sie verschränkte ihre Finger, bis sie schmerzten.

»Gesa, was beschäftigt Sie gerade?« Doktor Radolf sah sie in einer Weise an, als könne sie ihm alles anvertrauen. Sein Blick war stets wie eine Einladung, die man annehmen konnte, wenn man es wollte. Die aber auch jederzeit wieder ausgesprochen werden würde, wenn man ablehnte.

»Ich habe mein Gedächtnis verloren«, antwortete sie.

»Zum Glück nur zum Teil. Sie erinnern sich doch, was davor und danach geschah, oder?«

Sie nickte.

»Wollen wir dann heute vielleicht über Ihre letzte Erinnerung vor diesem Ereignis sprechen?«

Gesa strengte sich an. Es war nicht leicht, den Nebel zu durchdringen. Sie runzelte die Stirn. »Wo soll ich denn anfangen?«

Doktor Radolf lächelte. »Vielleicht damit, was Sie an diesem Tag anhatten.«

Es bedurfte nur dieses Stichworts, um ihr das Kleid in all seinen Details vor Augen zu führen. »Ich hatte mein Lieblingskleid angezogen.« Noch einmal spürte sie die Aufregung, die sie empfunden hatte, als er es ihr schenkte. »Es ist so ein Etuikleid, wissen Sie? Wie ein A geschnitten, braun mit cremefarbenen Grafiken. Dazu hatte ich hohe Korksandalen an. Kurz bevor ich schwanger wurde, hatte ich beides von ihm bekommen. Das Kleid passte mir endlich wieder. Ich war so stolz.« Die Erinnerung ließ ihre Augen leuchten, bis der Glanz von einem Moment auf den anderen erlosch. »Als wir uns trafen, war er anders als sonst. Er berührte mich nicht. Jeden Schritt, den ich auf ihn zuging, schien er von mir zurückzutreten. Und dann sagte er diesen Satz ...« Gesa holte Luft. »Diesen Satz ...«

Doktor Radolf hielt ihrem flehenden Blick stand. Und

er nickte, so wie man einem Kind zunickt, damit es sich traut, von der Mauer zu hüpfen – im Vertrauen darauf, aufgefangen zu werden.

Sie entspannte ihre zusammengepressten Lippen. »Er sagte, wir müssten uns trennen. Seine Frau hätte das mit uns herausgefunden. Als hätte ich es verraten. Verstehen Sie das, Doktor Radolf? Ich hätte nie etwas verraten. Ich habe doch immer gelogen, wenn sie mich fragte, wer der Vater meines Kindes sei. Ich habe ihn angefleht, habe vorgeschlagen, mit ihm fortzugehen, mit ihm und unserem Kind. Aber er hat nur den Kopf geschüttelt. Und dann hat er sich umgedreht und ist gegangen.« Ihr Schluchzen hinderte sie daran, weiterzureden.

Doktor Radolf reichte ihr Papiertücher. »Das muss Ihnen sehr weh getan haben, Gesa.«

»Es war entsetzlich«, sagte sie nach einer Weile.

»Was haben Sie dann getan? Können Sie sich daran erinnern?«

»Ich wollte unbedingt noch einmal mit ihm reden. Aber er kam erst am Abend zurück. Und da setzte er sich sofort mit uns an den Abendbrottisch. Mit meiner Schwester und mir. Ich musste so tun, als wäre nichts. Dabei habe ich die ganze Zeit über innerlich gezittert.« Gesa nahm sich ein weiteres Papiertaschentuch und wischte sich damit über die Augen. »Ich habe den ganzen Abend über auf Kohlen gesessen. Ich hoffte, meine Schwester würde vor ihm schlafen gehen, aber sie blieb bei ihm sitzen. Bis er auf die Uhr sah und meinte, er habe noch etwas zu erledigen, wir sollten nicht auf ihn warten.« Gesa atmete so schwer, als drücke ein festes Band ihren Brustkorb zusammen. Sie sah zum Fenster hinaus und verlor sich in ihren Erinnerungen.

»Was ist dann passiert?«

Sie hob die Schultern und ließ sie nur langsam wieder sinken. »Bevor er das Haus verließ, habe ich ihn abgefan-

gen und gebeten, mit mir zu reden, es sich noch einmal zu überlegen, schließlich hätten wir ein Kind. Doch er hat nur den Kopf geschüttelt und die Tür hinter sich ins Schloss gezogen.« Gesa kaute auf der Unterlippe und rutschte auf ihrem Stuhl herum. Dabei sah sie Doktor Radolf mit großen Augen an, prüfte, ob er ihr immer noch vorbehaltlos folgte. »Ganz plötzlich hatte ich Angst, es gebe da eine andere Frau, ich meine außer meiner Schwester und mir. Also bin ich ihm gefolgt. Er ist zum Bootshaus gegangen. Aber es waren nur seine Freunde, mit denen er sich traf. Sie stritten sich. Eigentlich wollte ich gleich wieder gehen, aber dann bin ich doch geblieben, habe mich an die Wand des Bootshauses gelehnt und gewartet. Als sie nicht aufhörten, sich zu streiten, wurde ich wütend. Für seine Freunde hatte er Zeit, und was war mit mir? Für mich ging es um meine große Liebe, um den Vater meines Kindes. Und die Männer da drinnen interessierten sich nur für irgendwelche Tabus. Einer von ihnen sagte immer wieder, es gebe Tabus, die man nicht brechen dürfe.« Sie ließ die Hände kraftlos auf die Knie sinken. »Schließlich habe ich es nicht mehr ausgehalten und habe an die Tür geklopft. Kurz darauf öffnete er die Tür und sagte, ich solle nach Hause gehen und dort auf ihn warten. Er würde gleich nachkommen.« Das Leuchten kehrte zurück in Gesas Augen. Sie beugte sich vor, als sei sie im Begriff, Doktor Radolf ihren größten Schatz anzuvertrauen. »Er hat gelächelt, als er das sagte. Verstehen Sie?« Sie ließ ihre Worte einen Moment im Raum stehen. »Da wusste ich, es würde alles wieder gut.«

6

Die halbe Nacht lang hatte ich darüber nachgedacht, mich über den Kopf meines Vaters hinweg an die Polizei zu wenden und um Schutz für meine Schwester zu bitten. Immerhin hatte ich ihre Todesanzeige in Händen gehalten. Das ließ sich nicht einfach so vom Tisch wischen. Doch wenn mein Vater es tatsächlich abstritt und mich als überspannt darstellte, wäre damit nichts gewonnen.

In meiner Ratlosigkeit rief ich gegen Morgen Eva-Maria an. Sie litt unter Schlaflosigkeit und war meistens schon früh wach. Erst klang ihre Stimme noch verschlafen, als ich ihr jedoch von dem Brief erzählte, war sie plötzlich hellwach und meinte, manche Menschen hätten wirklich vor nichts Respekt.

»Ein Trittbrettfahrer, wenn du mich fragst.« Der Abscheu, der in ihrem Resümee mitschwang, war unüberhörbar. »Da macht sich jemand diese Unfälle zunutze, um deinem Vater eins auszuwischen.«

»Und wenn es gar keine Unfälle waren? Wenn die drei nun umgebracht wurden?«

»Um Gottes willen, Finja, lass dich von diesem perversen Schreiben nicht dermaßen ins Bockshorn jagen. Genau das beabsichtigt der Absender doch nur. So viel wie möglich Angst verbreiten, dann hat er sein Ziel erreicht. Überleg mal: Es ist doch viel wahrscheinlicher, dass es Unfälle waren, als dass sich ein Mörder nach und nach die Angehörigen der Partner vorknöpft.«

»Aber als mein Vater vorhin mit Tobias telefoniert hat, ging es die ganze Zeit um irgendetwas, was ihnen gefährlich werden könnte und mit Tobias' Abteilung zu tun habe.«

Eva-Maria unterdrückte ein Gähnen. »Weißt du, was ich glaube, was da gerade mit dir geschieht? Du bist übersensibilisiert. Sich in so kurzer Zeit von drei Menschen verabschieden zu müssen, würde jeden ...«

»Nein, Eva, bitte glaub mir, ich reime mir da nicht einfach irgendetwas zusammen. Ich habe gesehen, wie Johannes fast zusammengebrochen ist, als er den Brief gelesen hat. Er war völlig fertig. Und danach habe ich belauscht, wie er zu den anderen sagte, sie hätten den ersten Brief nicht als üblen Scherz abtun dürfen. Also hatte es allem Anschein nach schon einen Brief gegeben, bevor Cornelia und Hubert verunglückten. Und jetzt ist Kerstin tot. Verstehst du nicht? Ich habe solche Angst, dass Amelies Todesanzeige eben nicht von einem Trittbrettfahrer stammt.«

Eva-Maria seufzte und schwieg einen Moment. »Dann bleibt nur, dass du noch einmal mit deinem Vater sprichst«, sagte sie schließlich. »Und wenn das zu nichts führt, kannst du immer noch zur Polizei gehen.« Ihrem skeptischen Tonfall nach zu urteilen, schien sie sich davon jedoch so gut wie keinen Erfolg zu versprechen.

»Du glaubst, das mit der Polizei könne ich mir sparen, stimmt's?«

»Na ja, wenn ich ehrlich bin, hast du nichts in der Hand. Du kannst keinen einzigen Beweis vorlegen, der deinen Verdacht untermauern könnte.«

»Aber ich kann auch nicht einfach abwarten und nichts tun. Im schlimmsten Fall handelt es sich bei dem Brief wirklich um eine Drohung.«

»Meinst du nicht, das würde dein Vater wissen? Er lässt doch seine Tochter nicht ins Messer laufen. Das kann ich mir einfach nicht vorstellen.«

Allmählich spürte ich meine Übermüdung, meine Gedanken begannen, sich im Kreis zu drehen. Ich dankte Eva-Maria für ihr Ohr und ihre Geduld und versprach, mich bald wieder zu melden. Kaum hatten wir das Gespräch beendet, fiel mir ein, dass ich ihr noch von der Sache mit der Halbschwester hatte erzählen wollen. Ganz kurz erwog ich, noch einmal anzurufen, beschloss dann aber, es ihr beim nächsten Mal zu erzählen.

Ich musste dringend schlafen, um wieder einen klaren Gedanken fassen zu können. Als ich mich eine halbe Stunde später immer noch von einer Seite auf die andere wälzte, gab ich auf, zog Jeans und T-Shirt an und schlang mir einen Pulli um die Schultern. Ich schlich die Treppe hinunter und holte mir aus der Küche eine Flasche Mineralwasser. Dann deaktivierte ich die Alarmanlage und öffnete leise die Terrassentür.

Durch das feuchte Gras lief ich hinunter zum Seeufer und blieb einen Moment lang dort stehen, um die stille Wasseroberfläche zu betrachten. Sie hatte etwas so Friedliches, als würde der See noch schlafen. Nach ein paar Minuten begann ich, passende Steine zu suchen, um sie zu einer sich nach oben verjüngenden Figur aufeinanderzuschichten und auszubalancieren. Es brauchte seine Zeit, bis ein Steinmännchen entstand, das die Bezeichnung auch verdiente und nicht beim nächsten kräftigen Windstoß umkippen würde. Die dafür notwendige Konzentration ließ keinen anderen Gedanken zu. Schließlich setzte ich mich daneben, zog die Knie an und schlang die Arme darum. Ich fühlte mich erschöpft wie nach einer langen Wanderung, aber genauso entspannt. Es dauerte jedoch nicht lange, bis all die ungeklärten Fragen wieder auftauchten. Als wären sie luftgefüllte Bälle, die von unsichtbarer Hand für kurze Zeit unter die Oberfläche gezogen worden waren, um sie dann alle wieder gleichzeitig loszulassen.

Sah ich tatsächlich Gespenster, und waren die Todesfälle ausschließlich dem Zufall anzulasten? Ich wusste, was ich gesehen und gehört hatte – aber zog ich vielleicht die falschen Schlüsse daraus, wie Eva-Maria meinte?

»Guten Morgen«, hörte ich meinen Vater hinter mir rufen. In einen Bademantel gehüllt kam er barfuß über den Kies auf mich zu und ließ sich mit einem leisen Stöhnen neben mir nieder. Er war eine halbe Stunde früher als sonst.

»Konntest du auch nicht schlafen?«, fragte ich.

Er runzelte die Stirn und sah auf den See hinaus. »Das Schwimmen macht den Kopf klar.«

Und einen klaren Kopf würde er brauchen. Sollte es das heißen? »Dieser Brief, den ich gelesen habe und den du als Spinnerei abtust – was ist, wenn er ernst gemeint ist? Warum können wir nicht Anzeige gegen unbekannt erstatten?«

»Weil nichts dabei herauskäme, Finja, glaub mir. Es ist nur verschwendete Energie. Der Brief wurde weder mit der Hand noch mit der Schreibmaschine geschrieben, sondern schlichtweg ausgedruckt.«

»Ich habe aber mal gelesen, dass heutzutage viele Drucker das Papier beim Ausdrucken mit einem Raster von mit dem bloßen Auge nicht erkennbaren Punkten versehen, die unter anderem die Seriennummer des Druckers enthalten. Darüber könnte man doch den Besitzer finden.«

»Soweit ich weiß, gilt das nur für Farbdrucker. Außerdem habe ich das Schreiben vernichtet.«

»Vielleicht waren Fingerabdrücke darauf …«

»Finja«, unterbrach er mich, legte seine Hand auf meinen Arm und sah mich eindringlich an. »Meinst du wirklich, ich würde das Risiko eingehen, dass einer von euch beiden etwas geschieht? Für den höchst unwahrscheinlichen Fall, dass es sich bei der Todesanzeige um keine Spinnerei handelt, sind Tag und Nacht Sicherheitsleute zu

Amelies Schutz abgestellt. Ihr wird nichts passieren. Du kannst dich also beruhigt ins nächste Flugzeug setzen und nach Berlin zurückkehren.« Er neigte den Kopf und wartete, dass seine Worte Wirkung zeigten.

»Und es gibt niemanden, dem ihr möglicherweise durch eure Arbeit auf die Füße getreten seid und der sich jetzt an euch rächen will?«

»Wir treten ständig jemandem auf die Füße, das lässt sich gar nicht vermeiden. Aber wir haben es mit Wirtschaftskriminellen zu tun, nicht mit Mördern.« Sich mit den Händen abstützend kam er auf die Füße. »So, und jetzt werde ich eine Runde schwimmen. Was ist mit dir?«

Ich schüttelte den Kopf. »Ich glaube, ich werde meine Sachen packen, noch einen Abstecher bei Amelie machen und dann tatsächlich den Heimweg antreten. Sehen wir uns gleich noch beim Frühstück?«

»Na klar.« Er lächelte und gab mir einen Kuss auf die Wange.

Auf dem Weg nach München fuhr ich bei Elly vorbei, aber sie war nicht da. Ich hätte sie gerne gefragt, ob ihr jemals das Gerücht zu Ohren gekommen sei, Amelie und ich könnten Halbschwestern sein. Zwar hatte mein Vater diese Behauptung als lachhaft vom Tisch gewischt, trotzdem rumorte sie noch in mir. Nicht weil ich ihm misstraute, sondern weil sie mir so einleuchtend erschien. Plausibler hätte sich die Frage, warum meine Mutter bei Amelie und mir von jeher mit zweierlei Maß gemessen hatte, nicht beantworten lassen.

Amelie freute sich, als ich vor ihrer Tür stand und verkündete, ich wolle das Wochenende bei ihr und Adrian verbringen, bevor ich am Montagmorgen in aller Herrgottsfrühe nach Berlin zurückfliegen würde. Sie nahm mir meine Tasche ab und trug sie ins Gästezimmer, das genauso wie der Rest der großzügigen Vierzimmerwohnung im gemütlichen Landhausstil eingerichtet war. Nachdem wir gemeinsam mein Bett bezogen hatten, schmiedete sie Pläne, was wir alles würden unternehmen können. Sie müsse hinaus, um auf andere Gedanken zu kommen und nicht ständig an Kerstin, Hubert und Cornelia zu denken. Es sei kaum noch auszuhalten. Immerzu würden ihr die Tränen laufen.

Adrian war froh, seine Frau nicht sich allein überlassen zu müssen. Er hatte seinem Vater versprochen, nach Holz zu kommen und ihm bei dem anstehenden Schriftverkehr zu helfen. Ich trug meinem Schwager auf, mir ein paar Samenkapseln von Cornelias Stockrosen mitzubringen. Im nächsten Frühjahr wollte ich sie in einem Topf aussäen und mir eine Erinnerung an seine Mutter heranzüchten. Mit etwas Glück würden die Pflänzchen dann im Sommer blühen.

Während Amelie und ich erst zwei Ausstellungen besuchten, uns anschließend in mehreren Geschäften Schwangerschaftsmode anschauten und uns schließlich auf der Türkenstraße ins Café Paolo setzten, hielt ich fast automatisch immer wieder Ausschau nach den Sicherheitsleuten meines Vaters. Unauffällig, damit Amelie nichts davon mitbekam. Es sah jedoch niemand so aus, als würde er sich auch nur einen Deut für uns interessieren. Ich beruhigte mich damit, dass die Leute schlechte Arbeit geleistet hätten, wären sie mir tatsächlich aufgefallen.

Den Abend verbrachten wir mit Adrian im Restaurant Kaisergarten. Wir hatten draußen einen der letzten Tische ergattert und tauchten in das Stimmengewirr um uns herum ein. Amelie hatte unser Ausflug sichtlich gutgetan, bei Adrian dauerte es, bis er den Tag mit seinem Vater hinter sich lassen und sich an unserem Gespräch beteiligen konnte. Kurz bevor wir aufbrachen, griff er in die Tasche seiner

Jeans und holte ein Papiertaschentuch daraus hervor, in das er eine Handvoll Samenkapseln gewickelt hatte. Ich lächelte ihn dankbar an und verwahrte den Schatz in meiner Tasche.

Als wir kurz vor Mitternacht zu Fuß durch die Schwabinger Straßen zurück zur Wohnung der beiden gingen, kam mir die Bedrohung, die der Brief heraufbeschworen hatte, fast unwirklich vor. Amelie hatte sich bei uns beiden eingehakt und meinte, sie sei sich nicht ganz sicher, aber möglicherweise hätte sie an diesem Abend zum ersten Mal Bewegungen ihres Babys gespürt. Im Licht der Straßenlaterne war ihr Lächeln zu sehen. Es spiegelte eine ungeheure Erleichterung. Nach den Ereignissen der vergangenen vierzehn Tage hatte sie sich offensichtlich doch größere Sorgen um ihr ungeborenes Kind gemacht, als sie hatte durchblicken lassen.

Eigentlich hätte es mich nicht gewundert, wenn ich in dieser Nacht von Alpträumen heimgesucht worden wäre, aber ich schlief traumlos bis zum nächsten Morgen. Es war Sonntag, der 16. August, und ich hatte mir vorgenommen, alles daranzusetzen, dass Amelie das Haus nicht verließ. Beim Frühstück gab ich vor, mir am Abend den Magen verdorben zu haben, und bat sie, mit mir zu Hause zu bleiben. Es war ein hartes Stück Arbeit, da ein außergewöhnlich schöner Tag heraufgezogen war und der Wetterbericht für die kommende Woche ein Tief angekündigt hatte. Amelie fügte sich am Ende, holte ein Vornamenbuch, las Adrian und mir daraus vor und inspizierte kurz darauf gemeinsam mit mir ihren Kleiderschrank auf der Suche nach Outfits, die sie über die kommenden Monate retten würden. Schließlich beschrieb sie mir, wie sie das künftige Kinderzimmer, das jetzt noch als Gästezimmer fungierte, einrichten wollte.

Als sie am Nachmittag von Müdigkeit übermannt wurde und sich hinlegte, nahm ich Adrian beiseite und erzählte ihm im Flüsterton von dem Brief. Ich hatte lange darüber nachgedacht, ob ich es wagen sollte, und mich dann dafür entschieden. Er würde Amelie nichts verraten, da war ich mir sicher.

Er saß neben mir auf dem Sofa. Seine dunklen Locken waren wie so oft mit Gel geglättet. Das schwarze Polohemd über der schwarzen Jeans ließ ihn noch schlanker wirken, als er es ohnehin schon war. Er räusperte sich. »Ich weiß«, meinte er schließlich mit noch immer belegter Stimme. »Dein Vater hat mir davon erzählt.« Er fuhr sich mit einer Hand übers Gesicht und schüttelte den Kopf. »Ich hätte es nicht für möglich gehalten, auf was für geschmacklose Ideen Leute kommen.«

»Dein Vater glaubt, dass deine Mutter und dein Bruder umgebracht wurden. Ich habe gehört, wie er es zu seinen Partnern gesagt hat.«

Adrian gab ein vielsagendes Stöhnen von sich und schien sekundenlang zu überlegen, ob er überhaupt darauf eingehen sollte. »Finja, mein Vater hat sich da in etwas verrannt. Er kann einfach die Tatsache nicht akzeptieren, dass er die beiden durch einen schnöden Unfall verloren hat. Als wäre es auch nur einen Deut leichter, wenn sie umgebracht worden wären. Entschuldige, wenn ich mich so aufrege. Aber seine Reaktion kommt mir wie eine seltsame Art von Hochmut vor. Als wären Unfälle nur bei anderen möglich – aber bitte schön nicht bei seinen Angehörigen. Und da kann ich nur entgegenhalten: Warum nicht meine Mutter und mein Bruder? An dem Tag hatten sie eben das Pech.« Er legte die Stirn in Falten und fuhr immer wieder mit den Handballen über die Oberschenkel. »Es ist doch schon so alles schwer genug. Ich verstehe nicht, warum er da auch noch …« Das Ende des Satzes blieb ungesagt.

Ich stand auf, ging zum geöffneten Fenster und lehnte

mich gegen die Fensterbank. Die Sonne brannte auf meinen Rücken. »Hat die Polizei irgendetwas herausgefunden?«, fragte ich. »Es soll doch diesen Anfangsverdacht gegeben haben. Was ist eigentlich dabei herausgekommen?«

Adrian winkte ab. »Die Ermittlungen haben zu rein gar nichts geführt, die Akte ist geschlossen worden.«

»Aber der Unfall ist doch gerade mal zwei Wochen her.«

Er sah mich mit einem Ausdruck an, als sehe er das gleiche Unwetter heraufziehen, dem er an anderer Stelle gerade erst entkommen war. »Finja, bitte, blas nicht in das gleiche Horn. Mit irgendwelchen abstrusen Verschwörungstheorien ist niemandem gedient. Und tue mir einen Gefallen und setze Amelie nicht einen solchen Floh ins Ohr. Bisher ist sie zum Glück immun gegen diesen Unsinn.«

»Und was ist mit Kerstin?«

Adrians Gesichtsausdruck signalisierte, dass es ihm reichte, trotzdem ging er auf meine Frage ein. »Ich schätze, ihr ist ihre eigene Waghalsigkeit zum Verhängnis geworden. Amelie hat mir von ihrer Aktion auf dem Baumstamm erzählt.«

»Dort, wo sie abgestürzt ist, gab es aber keinen querliegenden Baumstamm.« Ich ging zurück zum Sofa und setzte mich wieder neben ihn.

Doch er wich meinem unnachgiebigen Blick aus und schüttelte nur abwehrend den Kopf.

»Warum ziehst du nicht wenigstens eine andere Möglichkeit in Betracht«, insistierte ich. »Ich sehe ja ein, dass selbst diese Ballung von Unfällen nicht gegen einen Zufall spricht, aber …«

Mit einem Ruck stand Adrian auf und schnitt mir mit einer unmissverständlichen Handbewegung das Wort ab. »Schluss jetzt, Finja, bitte. Du machst alles nur noch schlimmer.«

An diesem Punkt gab ich beschämt auf. Vielleicht war ich wirklich überspannt und malte den Teufel an die Wand.

Auch wenn ich inzwischen fast bereit war, mich der Mehrheitsmeinung zu fügen, ließ ich mich nicht davon abbringen, auch den Spätnachmittag und Abend mit Amelie in der Wohnung zu verbringen. Adrian war noch einmal zu seinem Vater gefahren, und meine Schwester und ich probierten ein neues Kochrezept aus, über dessen nicht ganz gelungenes Ergebnis wir uns schließlich mit mäßigem Appetit hermachten. Nach dem Essen sahen wir uns gemeinsam Fotos von Kerstin an. Sie in die Kamera lächeln zu sehen, tat unglaublich weh, und doch waren wir froh, dass es diese Bilder überhaupt gab. Nur an die von unserer Wanderung zur Königsalm trauten wir uns noch nicht heran. Der richtige Zeitpunkt dafür würde irgendwann kommen.

»Versprichst du mir etwas?«, fragte Amelie, bevor sie gegen elf Uhr schlafen ging. »Wirst du bis zur Geburt unseres Babys eine der Kinderzimmerwände mit einer Märchengeschichte bemalen?«

»Schneewittchen oder Das tapfere Schneiderlein?«

»Das überlasse ich dir«, antwortete sie mit einem Lächeln, drückte mir einen Kuss auf die Wange und verschwand im Schlafzimmer.

Eine halbe Stunde später wollte auch ich gerade zu Bett gehen, als Adrian erschöpft von dem Besuch bei seinem Vater zurückkehrte. Er habe versucht, ein ernsthaftes Gespräch über Alkohol mit ihm zu führen, irgendwann jedoch eingesehen, dass es sinnlos sei. Sein Vater habe sich ganz offensichtlich für diese Form der Trauerbewältigung entschieden, und es sei nicht an ihm, dem alten Mann die Flasche mit Gewalt zu entreißen.

Ich leistete ihm noch eine Stunde bei einem Glas Weißwein Gesellschaft, bis mir fast die Augen zufielen. Es war nach Mitternacht, als ich ihre Schlafzimmertür öffnete, um mich zu vergewissern, dass mit Amelie alles in Ordnung war. Im Schein des Lichts, das vom Flur auf ihr Gesicht fiel, sah sie rosig aus. Ihr Bauch hob und senkte sich unter der Decke im gleichmäßigen Rhythmus ihres Atems. Sie so zu sehen, beruhigte mich ungemein. Mein Blick fiel auf den Nachttisch, auf dem die winzigen Söckchen lagen, die Cornelia kurz vor ihrem Tod für das Baby gestrickt hatte. Ich hatte Tränen in den Augen, als ich die Tür leise wieder schloss und Richtung Gästezimmer ging. Ich empfand es als eine Erlösung, dass Amelies vermeintlicher Todestag ohne besondere Vorkommnisse ins Land gezogen war.

In aller Herrgottsfrühe war ich am Montagmorgen aufgestanden und hatte mich in die erste Maschine nach Berlin gesetzt, um es rechtzeitig zu meiner Verabredung mit Richard Stahmer zu schaffen. Es war ein unruhiger Flug mit vielen Turbulenzen, aber davon nahm ich kaum etwas wahr. Noch immer kreisten meine Gedanken um die zurückliegenden zwei Wochen. Mir wurde bewusst, wie sehr die drei Todesfälle mein Urteilsvermögen getrübt hatten.

Als ich mit zehnminütiger Verspätung vor Richard Stahmers Haus ankam, fühlte ich mich wie jemand, der während einer Schrecksekunde die Luft angehalten hatte, um schließlich ganz tief ein- und langsam wieder auszuatmen. Erleichtert und fast ein wenig beschwingt lief ich die Treppen bis zu seiner Wohnung hinauf.

Mit dem Handy am Ohr öffnete er mir die Tür, formte mit den Lippen ein stummes Hallo und gestikulierte, ich solle ins Esszimmer vorausgehen, bevor er den Flur entlang in die entgegengesetzte Richtung ging. Ich sah ihm hinterher, wie er barfuß in seinen an den Säumen ausgefransten Jeans und einem verwaschenen T-Shirt, das irgendwann einmal weinrot gewesen sein musste, einen Fuß vor den anderen setzte, als balanciere er auf einem Schwebebalken.

Im Vorbeigehen warf ich einen Blick in den von einem Barockrahmen gehaltenen großen Spiegel, der an der Flurwand lehnte. Da ich an diesem Tag erst noch die Planquadrate fertigstellen musste, bevor ich am Dienstag mit Farben arbeiten würde, trug ich ein buntgeblümtes Minikleid über einer engen Jeans. Meine Haare fielen offen auf die Schultern. Ich stellte die Leiter auf und setzte mit Blick auf die Skizze den Bleistift dort an, wo ich vor zwei Wochen aufgehört hatte.

»Ich habe Sie vermisst, Frau Benthien«, sagte Richard Stahmer von der Tür her.

In meinem Bauch machte sich so eine Art Strömungsgefühl bemerkbar. Außerdem merkte ich, wie ich rot anlief. In einem inneren Monolog hielt ich mir einen Vortrag, dass jeder Mensch Vermissen ganz individuell definierte, es also so gut wie gar nichts bedeuten musste, und er vielleicht einfach nur versuchte, freundlich zu sein oder sich originell zu geben. Mit dem Rücken zu ihm zog ich weiter meine Linien.

»Frau Benthien? Haben Sie gehört, was ich gesagt habe?«

»Klar und deutlich.«

»In einem Winkel meiner Seele hatte ich ehrlich gesagt gehofft, Sie hätten mich auch ein kleines bisschen vermisst.« Er spielte mit seiner Stimme wie auf einer Klaviatur.

»Vermisst man nicht nur, was einem ans Herz gewachsen ist?«

»Es soll Leute geben, die fallen sich bereits nach noch kürzerer Zeit beim Wiedersehen in die Arme, weil sie das Gefühl haben, sie hätten endlich das passende Gegenstück entdeckt. Nicht dass ich damit auf Sie und mich anspielen würde, ich meine das nur mal so ganz allgemein ...«

Nach den zurückliegenden Tagen tat mir das leichte Geplänkel mit ihm gut. Es fühlte sich an wie Federball auf einer Blumenwiese. »Beneiden Sie solche Leute?«, fragte ich.

»Irgendwie schon, Sie etwa nicht?«

Ich musste lachen. »Wenn ich ehrlich bin, glaube ich eher, dass ...«

»Stopp«, rief er in einem dramatischen Tonfall, um dann die Stimme zu senken. »Ich glaube, ich möchte mir meine Illusionen bewahren.«

Ich drehte mich um und setzte mich auf die oberste Stufe der Leiter. »Sind Sie ein Romantiker?«

»Falls es Sie beruhigt.«

»Wirke ich irgendwie beunruhigt?«

»Nein ... leider nicht. Dabei würde ich Sie so gerne beunruhigen.« Er hielt meinen Blick fest.

Sekundenlang fühlte ich mich wie hypnotisiert, bis ich mich von diesem Blick losriss und auf den Bleistift in meiner Hand sah.

»Jetzt überlegen Sie gerade, wie Sie aus dieser Nummer wieder rauskommen, stimmt's?« Er klang auf eine Weise amüsiert, als reiche er mir seine Hand, um mir über eine Hürde zu helfen.

Ich hob den Kopf. »Kaffee wäre eine gute Idee. Ich musste heute Morgen ziemlich früh aufstehen.«

Als hätte es nur dieses Stichworts bedurft, marschierte er in die Küche. Ich zündete mir derweil eine Zigarette an und stellte mich trotz des Nieselregens auf seinen Balkon. Den Rücken gegen die Hauswand gelehnt, schloss ich die Augen und inhalierte den Rauch. Meine Phantasie machte sich selbständig und malte mir Szenarien aus, die meinen Puls beschleunigten. Als Richard Stahmer plötzlich wie aus dem Nichts neben mir stand, schrak ich zusammen.

»Das müssen ein paar traurige Tage für Sie gewesen sein«, sagte er plötzlich ganz ernst und reichte mir einen Becher mit Kaffee.

»Wie kommen Sie darauf?«

»Ich habe die Todesanzeigen gelesen.«

Natürlich, darauf hätte ich selbst kommen können.

»Was waren das für tragische Unglücksfälle?«, fragte er.

»Ein Autounfall und ein Bergunfall«, antwortete ich einsilbig.

»Und dabei sind gleich drei Menschen aus Ihrem näheren Umfeld ums Leben gekommen?« Er deutete meinen abweisenden Gesichtsausdruck richtig. »Entschuldigung. Das war unsensibel von mir. Ich habe mir nur Gedanken gemacht.«

»Was für Gedanken?« Ich drückte die Zigarette aus und verschränkte die Arme vor der Brust.

Er sah mich unverwandt an und schien einen Moment lang nicht zu wissen, wie er seine Antwort formulieren sollte. »Na ja, ich finde eine solche Häufung schon ungewöhnlich. Zumal es jeweils Angehörige der Partner von *BGS&R* getroffen hat.«

Mit einem Mal war die Angst wieder da. »Was wollen Sie damit sagen?«

»Es ist mir einfach nur aufgefallen.«

Ich wandte den Blick ab und deutete auf meine Uhr. »Wenn ich heute noch mit den Vorbereitungen fertig werden will, muss ich jetzt weitermachen.«

Er trat einen Schritt zur Seite, um mich ins Zimmer zu lassen. Kaum stand ich wieder auf der Leiter, schloss er die Balkontür und setzte sich so auf den Esszimmertisch, dass er mir bei der Arbeit zusehen konnte.

»Und es waren tatsächlich Unfälle?«, fragte er nach minutenlangem Schweigen.

Noch immer nah am Wasser gebaut, war ich kurz davor,

in Tränen auszubrechen. »Ja«, antwortete ich knapp und versuchte, mich auf die Wand zu konzentrieren.

»Ich hatte schon befürchtet, da sei irgendetwas im Gange.«

»Nur der Zufall«, beeilte ich mich zu sagen. »Und der ist schlimm genug. Falls Sie also dahinter Material für eine heiße Story vermuten, muss ich Sie enttäuschen.«

Er gab einen Unmutslaut von sich. »Wird man automatisch so misstrauisch, wenn man als Tochter eines Detektivs aufwächst?«

Ich wandte mich zu ihm um. »Und was ist mit Ihnen? Ist Ihnen das Fragen und Recherchieren so sehr in Fleisch und Blut übergegangen, dass …«

»Schon verstanden«, fiel er mir ins Wort und hob die Hände, als wolle er sich ergeben. »Es tut mir leid. Und Sie haben recht, es ist wirklich eine Berufskrankheit. Ich werde mich bessern, okay?« Er stand auf, blieb dicht vor mir stehen und sah mich mit einem Blick an, der kein bisschen schuldbewusst war.

Der Duft seines Aftershaves hatte etwas unglaublich Verlockendes. Irgendwie passte er zu den bernsteinfarbenen Sprenkeln in seinen Augen. Ich riss mich zusammen und wich in einer kleinen Bewegung vor ihm zurück. Ich hätte nicht zu sagen gewusst, was mich zurückhielt. Vielleicht war es einfach der Moment, der mir der falsche zu sein schien.

Sein Lächeln hätte mich fast schwankend gemacht. »Geduld war noch nie meine Stärke. Ihre aber schon, oder?«

Eva-Marias Wohnung mit Blick auf den Lietzensee hatte etwas von einem Nest. Alles wirkte weich und warm, die Farben ebenso wie die Stoffe. In ihrem dunkelgrünen Sofa mit den zahllosen Kissen versank man, sobald man sich darauf niederließ. Die Wände waren zur Hälfte vollgestellt mit alten Bücherschränken und Kommoden. Dazwischen hingen Schwarz-Weiß-Fotografien der unterschiedlichsten Künstler.

In eine Sofaecke gekuschelt nippte ich an einem Glas Johannisbeersaftschorle, nachdem ich meiner Freundin mehrfach versichert hatte, keinen Hunger zu haben und nur auf einen Sprung vorbeigekommen zu sein. Ich wollte früh schlafen gehen.

»Unser Telefonat am Freitagmorgen ist mir noch eine ganze Weile nachgegangen«, meinte Eva-Maria, die mit seitlich angewinkelten Beinen in ihrem Sessel saß und sich mit einer Hand durch die roten Locken fuhr.

»Ich bin so froh, dass dieser Spuk vorbei ist und Amelie nichts passiert ist. Sie wird übrigens demnächst in die Detektei eintreten«, wechselte ich das Thema, da ich diesen verdammten Brief nur noch vergessen wollte.

»Um fortan im Leben anderer Leute herumzuschnüffeln?«, fragte Eva-Maria erstaunt. »Darauf hat sie tatsächlich Lust? Ich an ihrer Stelle würde lieber in einer Anwaltskanzlei bleiben, anstatt in ein Gewerbe zu wechseln, das immer öfter im Zusammenhang mit irgendwelchen Bespitzelungsskandalen durch die Medien geistert.«

Ich dachte an den Vortrag, den mein Vater mir zu dem Thema gehalten hatte. Er hatte die Medienberichte als Spitze eines Eisbergs bezeichnet.

»Finja?«

Eva-Maria wedelte vor meinen Augen herum.

»Was hast du gesagt?«

»Ich habe gefragt, ob die Detektei deines Vaters möglicherweise auch in solche Machenschaften verwickelt ist. Vielleicht versucht jemand, der Opfer einer Bespitzelungsaktion geworden ist, sich an ihm und seinen Partnern zu rächen und schreibt deswegen solche Briefe.«

»Für ganz ausgeschlossen halte ich es nicht«, antwortete ich mit einiger Verzögerung. »Hättest du mich das Gleiche allerdings noch vor ein paar Wochen gefragt, hätte ich es weit von mir gewiesen.«

»Ich weiß.« Eva-Maria lächelte. »Wann immer ich dich gefragt habe, was die bei *BGS&R* so treiben, hast du deren Fahne ziemlich hochgehalten. Was hat deine Meinung geändert?«

»Als neulich in den Nachrichten etwas über einen Discounter berichtet wurde, der seine Mitarbeiter hat ausspionieren lassen, und ich nachfragte, meinte mein Vater ziemlich kryptisch, sie würden sich weitestgehend im legalen Rahmen bewegen. In einem ähnlichen Zusammenhang hat mich Amelie übrigens als realitätsblinde Idealistin bezeichnet.«

»Was nichts anderes heißt, als dass sie ihre Zielpersonen nicht ausschließlich mit legalen Mitteln bespitzeln.«

»Wenn ich ehrlich bin, möchte ich das gar nicht so genau wissen.«

»Weil sonst das Bild deines Vaters angekratzt würde?«, fragte sie vorsichtig.

»Mach dir einfach selbst ein Bild von ihm.«

»Du weißt doch: Mich bekommen keine zehn Pferde von Berlin weg.«

»Dann werde ich ihn dir vorstellen, wenn er das nächste Mal in der Stadt ist.«

»Besser nicht«, winkte Eva-Maria ab. »Er hat ganz bestimmt keine Lust, sich einen meiner Vorträge über Persönlichkeitsrechte und Datenschutz anzuhören.«

Es war kurz nach dreiundzwanzig Uhr, als das Klingeln des Telefons mich aus dem Schlaf hochschrecken ließ. Wer immer mit mir sprechen wollte, würde sich bis zum nächsten Morgen gedulden müssen. Während ich mich auf die andere Seite drehte, wünschte ich, ich hätte den Anrufbeantworter leise gestellt oder wenigstens die Schlafzimmertür geschlossen. Im nächsten Moment war ich hellwach, sprang mit einem Satz aus dem Bett und rannte zum Telefon.

»Adrian?«, schrie ich in die Leitung. »Bist du noch dran?«

»Finja …« Sekundenlang war nur sein Schluchzen zu hören.

»Ist etwas mit Amelie?« Noch während ich die Frage stellte, hatte ich das Gefühl, von einer eiskalten Welle gepackt und unter Wasser gedrückt zu werden.

»Ich war bei meinem Vater, es ging ihm nicht gut. Und dann …«

»Was ist mit ihm?« Ich hielt die Luft an.

»Er hatte einen Zusammenbruch. Sein Arzt musste kommen.«

Mein Herz klopfte bis zum Hals. »Das ist nicht alles, oder?« Am liebsten hätte ich aufgelegt. Ich wollte die Antwort nicht hören.

»Bei uns wurde eingebrochen, Finja. Ich meine in unsere Münchener Wohnung. Während ich draußen bei meinem Vater war. Amelie kam aus der Kanzlei zurück und muss sie überrascht haben.« Seine Worte kamen abgehackt.

Verzweifelt versuchte ich diesen einen Moment, in dem ich noch nicht wusste, was geschehen war, in die Länge zu ziehen, um Amelie damit am Leben zu halten.

»Sie ist tot.« Er sprach ganz leise, trotzdem schien jedes einzelne Wort durch die Leitung zu hämmern.

Der Schmerz war übermächtig. Ich ging in die Knie und stützte mich am Boden ab.

»Sie hatte keine Chance. Sie haben ihr …«

»Nein … nicht! Ich will das nicht hören.« Ich wollte nicht noch ein Bild in meinem Kopf, das sich für immer dort eingrub. Ein Strom von Tränen lief mir übers Gesicht, als wäre eine Staumauer gesprengt worden.

»Ich habe heute Morgen aufgeatmet, verstehst du?«, stammelte Adrian. »Obwohl ich diese Todesanzeige überhaupt nicht ernst genommen hatte. Ich hielt sie für das Kettenrasseln eines Perversen, der den Tod von Mutter, Hubert und Kerstin benutzt hat, um aus welchem Grund auch immer unseren Vätern eins auszuwischen. Ich habe mir nicht vorstellen können, dass …«, sagte er mit erstickter Stimme. »Warum habe ich nicht auf dich gehört?« Das letzte Wort ging in einem Wimmern unter.

Ich presste eine Hand gegen meinen Magen. »Heute Morgen war ich mir doch auch ganz sicher, es sei nur ein Spuk gewesen. Ich hatte immer dieses Datum vor Augen, den 16. August.« Wie hatten wir nur annehmen können, jemand, der bereit war, ein Leben zu zerstören, würde sich an ein Datum halten? »Wissen es meine Eltern schon?«, fragte ich.

»Ich wollte zuerst dich anrufen.«

»Wo bist du jetzt?«

»Zu Hause in unserem Arbeitszimmer. In der Wohnung wimmelt es von Polizei. Ich rufe deinen Vater gleich an.« Einen Moment war Stille in der Leitung. »Was geschieht hier nur, Finja? Erst die Unfälle und jetzt Amelie. Vier Menschen sind tot. Das muss doch alles irgendwie zusammenhängen.«

»Sag das der Polizei. Hörst du? Du musst es sagen!«

Nicht einmal eine Stunde später saß ich am Steuer meines Wagens und raste durch die Nacht. Unmengen von Adrenalin und ein unbeschreiblicher Schmerz hielten mich hellwach. Vor meinem inneren Auge lief ein Film ab, der sich nicht anhalten ließ. Dass mir nichts passierte, war allein einem Wunder zu verdanken.

Ich war gerade erst an Potsdam vorbeigefahren, als mein Vater auf meinem Handy anrief. Seine Stimme klang blechern. Stockend erzählte er von Adrians Anruf. Und von meiner Mutter, die einen Schock erlitten und vom Notarzt eine Beruhigungsspritze erhalten hatte. Amelies Name fiel kein einziges Mal. Als würde er an den Rand eines Abgrunds katapultiert, wenn er ihn in den Mund nahm.

Als ihm bewusst wurde, dass ich auf dem Weg zum Tegernsee war, versuchte er, mich zum Umkehren zu überreden. Es sei viel zu gefährlich, in einem solchen Zustand Auto zu fahren. Ich solle die Frühmaschine nach München nehmen, er würde mich vom Flughafen abholen. Aber ich musste irgendetwas tun, ich konnte nicht zu Hause sitzen und abwarten, dass die Dämmerung anbrach. Nach mehreren Anläufen sah er ein, dass ich nicht umzustimmen war.

»Finja«, sagte er schließlich, »wir müssen noch über eine wichtige Sache reden. Morgen werden Leute von der Kripo zu uns kommen, um uns zu befragen. Ich bitte dich, diesen Brief nicht zu erwähnen.«

»Was?«

»Es ist mir ernst damit, verstehst du?«

»Nein, ich verstehe nicht! Ganz im Gegenteil. Wer immer den Brief verfasst hat, ist für den Tod meiner Schwester verantwortlich. Und du verlangst von mir, nichts darüber zu sagen? Da mache ich nicht mit. Und Adrian mit Sicherheit auch nicht.«

Doch ich hatte die Rechnung ohne meinen Vater gemacht. »Ich habe Adrian bereits entsprechend instruiert«, sagte er im Tonfall eines Menschen, der seine Hausaufgaben gemacht hat.

»Und darauf soll er sich eingelassen haben?«, fragte ich. »Das glaube ich nicht. Seine Frau wird umgebracht, und er soll kein Interesse daran haben, dass der Mörder gefasst wird? Seine Mutter und sein Bruder ...«

»Unsere eigenen Leute werden in der Sache ermitteln.«

»Die Leute, die sich normalerweise mit Wirtschaftsdelikten befassen?« Einen Moment lang hielt ich es für möglich, dass der Tod meiner Schwester seinen Verstand getrübt hatte.

»Wir haben ermittlungserfahrene Mitarbeiter, die ...«

»Ich will, dass die Polizei sich darum kümmert!«

»Und ich will, dass keine Fehler gemacht werden.«

Ich gab einen Laut von mir, der meine ganze Erschütterung zum Ausdruck brachte. Leise sagte ich: »Du hast bereits einen Fehler gemacht, Paps, einen ganz schwerwiegenden sogar. Du hast den Brief für eine leere Drohung gehalten.«

Jetzt war es heraus. Und ich fühlte mich keinen Deut besser dadurch. Hätte ich mich über alle Beschwichtigungsversuche hinweggesetzt und wäre zur Polizei gegangen, würde meine Schwester vielleicht noch leben. Vielleicht. Dieses Wort hatte ein Gewicht, das mir den Hals zuschnürte.

»Finja ...«

Doch ich konnte nicht aufhören zu wüten. »Wenn deine ermittlungserfahrenen Mitarbeiter genauso gut sind wie die Leute, die du zu Amelies Schutz abgestellt hast, werden wir nie erfahren, wer das getan hat. Willst du das?«, schrie ich in mein Handy. »Wer wird als Nächster dran sein? Adrian oder ich?«

»Finja«, machte er einen weiteren Versuch, mich zu beruhigen. »Ich habe gerade eine meiner Töchter verloren. Ich möchte nicht, dass dir auch noch etwas passiert. Lass uns weiter darüber reden, wenn du hier bist. Und versprich mir, vorsichtig zu fahren.«

Ohne ein weiteres Wort drückte ich die Taste mit dem roten Hörer darauf.

Um halb sieben in der Früh schaltete ich auf der Straße vor meinem Elternhaus den Motor aus und blieb noch einen

Moment sitzen, um mich zu wappnen. Als wäre das überhaupt möglich. Dann stieg ich mit einem bleiernen Gefühl in den Beinen aus, nahm meine Tasche von der Rückbank und trat durch das Tor, das sich langsam vor mir auftat.

In der Nacht hatte es geregnet. Erde und Gras waren noch feucht. Mein Blick wanderte zu den geschlossenen Fensterläden. Bis auf das aufgeregte Gezwitscher der Amseln und meine Schritte auf dem Kiesweg war es völlig still. Fast wäre ich auf eine Schnecke getreten, die mit ihrem Haus unterwegs war. Ich bückte mich und setzte sie unter eine Buchsbaumkugel. »Das ist ein Freiflug der Finja Airways«, flüsterte ich die Worte, die Amelie immer gesagt hatte, wenn sie mich bei einer dieser Rettungsaktionen beobachtet hatte.

Ich stellte meine Reisetasche vor der Eingangstür ab, ging ums Haus herum und setzte mich auf die Terrasse. Obwohl sich mein Magen immer noch zusammenkrampfte, zündete ich mir eine Zigarette an und sah auf den See. In den frühen Morgenstunden hatte er mich schon immer am stärksten beeindruckt. Als könne sich seine Schönheit erst dann richtig entfalten, wenn er sich unbeobachtet fühlte.

Eine Bewegung in meinem Augenwinkel ließ mich aufschrecken. Ich entdeckte meinen Vater, der in seinen Bademantel gehüllt mit dem Rücken zu mir auf dem Bootssteg stand und genau wie ich auf den See hinaussah. Mein erster Gedanke war, ob er nicht einmal an dem Morgen, nachdem seine Tochter ermordet worden war, auf seine Routine verzichten konnte. Doch irgendetwas in seiner Haltung machte diesen Gedanken zunichte. Ich drückte die Zigarette aus und ging zu ihm.

»Ich wollte schwimmen«, sagte er tonlos, »wie jeden Morgen. Aber als ich hier stand, war ich mir sicher, wie ein Stein im Wasser unterzugehen. So müssen sich Carl und Johannes fühlen.«

»Wie geht es Mutter?«, fragte ich.

»Sie schläft. Die Beruhigungsmittel wirken zum Glück noch.« Er bewegte den Kopf hin und her. »Ich vermute, sie wird es nicht ohne Hilfe schaffen. Kannst du sie später in den Jägerwinkel bringen? Ich habe einiges zu erledigen.«

»Was?«

Zum ersten Mal sah er mich an. Es kam mir jedoch vor, als sehe er durch mich hindurch. Sein fahles, eingefallenes Gesicht erschreckte mich – als hätte ihn diese Nacht Jahre seines Lebens gekostet.

»Was musst du erledigen?«, fragte ich noch einmal. »Hast du einen Termin bei der Polizei?«

»Am Nachmittag kommen zwei Beamte hierher. Ich verlasse mich auf dich, Finja, hörst du?«

Tränen traten mir in die Augen. »Amelie …«

Mit einer unmissverständlichen Handbewegung schnitt er mir das Wort ab. »Deine Schwester wurde das Opfer von brutalen Einbrechern. Das ist alles, was wir wissen.«

»Nein! Wir wissen viel mehr, wir …«

Er streckte eine Hand aus und legte sie mir auf die Schulter. »Ich rate dir dringend, dich bei allem, was du tust, vorher zu fragen, welchen Schaden du damit anrichten könntest.«

»Kann es sein«, fragte ich, während ich mich mit einem Ruck aus seinem Griff befreite, »dass du dir selbst diese Frage erst gestellt hast, als es zu spät war?«

*

Während Doktor Radolf sich die Hände am Waschbecken wusch, sah Gesa aus dem Fenster. Sie beobachtete eine schwarze Krähe, die völlig regungslos auf dem Ast einer Kastanie saß. Bis sie sich von dem Ast abstieß, die Flügel ausbreitete und zu Boden segelte.

Doktor Radolf war ihrem sehnsüchtigen Blick gefolgt. »Irgendwann werden Sie uns verlassen und auch wieder Ihre Flügel ausbreiten, Gesa.«

»Irgendwann ist ein schreckliches Wort, es hat kein Ende«, sagte sie leise.

»Es hat Hoffnung.« Er klang, als würde er ihr etwas Kostbares zum Geschenk machen. »Bei unserer letzten Begegnung haben Sie mir von einem Traum erzählt. Darin ging es um Tabus …«

»Es war kein Traum«, unterbrach sie ihn. »Ich war wirklich dort. Ich habe Ihnen doch mein Kleid beschrieben und …«

In einer beschwichtigenden Geste bewegte er die Hände auf und ab. »Es gibt Momente, da können wir Traum und Wirklichkeit nicht genau unterscheiden. Manchmal verschwimmt auch beides ineinander. Und …«

»Aber ich kann es unterscheiden, glauben Sie mir, ich kann mich nur nicht mehr erinnern, was genau danach geschah.«

Sein Blick ruhte auf ihr, aber er sprach nicht. »Ich mache Ihnen einen Vorschlag, Gesa. Ob nun Traum oder Wirklichkeit lassen wir einmal beiseite. Ich würde mich gerne mit Ihnen über Tabus unterhalten.«

Vor Anspannung presste sie die Oberarme eng gegen den Körper. Die Stirn in Falten gelegt schob sie den Kopf ein wenig vor.

»Wie würden Sie ein Tabu definieren?«, fragte er.

Sie dachte nach. »Als etwas, das man nicht tut, das verboten ist.«

»Sie haben gesagt, einer der Männer in Ihrem …« Er stockte und schien sich selbst zu korrigieren. »Sie sagten, einer der Männer in dem Bootshaus habe gesagt, es gebe Tabus, die man nicht brechen dürfe. Was würde geschehen, wenn man ein Tabu bricht, Gesa?«

Sie hob die Schultern und ließ sie langsam sinken. »Man würde bestraft?«

»Glauben Sie, Gesa, dass es ein Tabu ist, sein Kind zu töten?«

»Keine Mutter tötet ihr Kind. Mütter beschützen ihre Kinder.« Während sie atemlos sprach, schüttelte sie den Kopf, als ginge es darum, ein Unheil abzuwenden. Tränen füllten ihre Augenwinkel und tropften auf ihre Hände. »Mütter beschützen doch ihre Kinder.«

»Ja, da gebe ich Ihnen recht. Mütter beschützen ihre Kinder. Manchmal glauben sie aber auch, ihre Kinder vor dem Leben beschützen zu müssen. Vor dem, was ihnen das Leben antun könnte. Manche Mütter wählen dann für sich selbst und ihr Kind den Tod.« Er ließ seine Worte einen Moment lang im Raum stehen, bevor er fortfuhr: »Können Sie sich eine Situation vorstellen, in der Sie selbst so handeln würden?«

Gesas Körper fühlte sich bleischwer an. Sie meinte, nie wieder von diesem Stuhl aufstehen zu können. »Niemals … nein! Nicht mein Baby.« Ihr Atem ging stoßweise. »Geht es ihm gut, Doktor Radolf?«

»Ja«, beeilte er sich zu sagen. »Ihrem Kind geht es gut.« Er bekräftigte seine Antwort mit einem langen Blick. »Warum, glauben Sie, haben Sie sich mit Tabus beschäftigt? Haben Sie mit einer Entscheidung gerungen?«

»Es war dieser Mann. Nur ihm ging es um ein Tabu.«

»Und um welches? Können Sie mir das sagen?«

»Um den Beichtstuhl.«

Doktor Radolf legte seine Hände aneinander, als wolle er beten. Über die Fingerspitzen hinweg sah er sie an. »Gab es etwas, Gesa, das Sie hätten beichten wollen?«

Sie starrte vor sich hin. »Das hätte an meiner Situation nichts geändert.«

7

Während der Fahrt zur Privatklinik Jägerwinkel in Bad Wiessee sprach meine Mutter kein Wort. Mit gesenktem Kopf saß sie neben mir, die Augen geschlossen, den Mund leicht geöffnet. Hätte ich es nicht besser gewusst, hätte ich gemeint, sie schliefe. Aber dafür zeigte ihr Körper zu viel Spannung. In ihm schien es zu brodeln, als stehe etwas kurz vor seinem Ausbruch.

Diese Spannung übertrug sich auf mich und schürte ein Unbehagen, in das sich Angst mischte. Während der gesamten Fahrt war ich darauf gefasst, meine Mutter würde die Frage in Worte fassen, die an diesem Vormittag in ihrem Blick gestanden hatte: »Warum Amelie und nicht du?«

Ich war in ihr Schlafzimmer gegangen, hatte ihre Hand genommen und darübergestrichen. Immer wieder, bis sie den Kopf gewandt und mich angesehen hatte. Es war der Blick eines zutiefst verstörten Menschen gewesen, der die Welt als ungerecht empfand und der drohte, an dieser Ungerechtigkeit zu zerbrechen.

Roboterartig war sie mit meiner Hilfe aufgestanden, hatte geduscht und sich ein schwarzes Kleid und dazu passende Schuhe angezogen, um schließlich mit abgewandtem Blick auf dem Bett zu sitzen, während ich ihre Tasche packte. Kurz bevor wir abfuhren, wurde Elly von ihrem Mann vor unserem Haus abgesetzt, um uns in die Klinik zu begleiten. In ein schwarzes Dirndl gekleidet führte sie meine Mutter zum Auto, setzte sie hinein und schnallte sie an, bevor sie hinter ihr Platz nahm.

Für mein Empfinden war es Elly hoch anzurechnen, dass sie sich sofort nach meinem Anruf aufgemacht hatte. Ich war mir sicher, es geschah aus der Überzeugung heraus, dass so etwas Entsetzliches wie der Mord an Amelie einen Ausnahmezustand heraufbeschworen hatte, in dem es keine Rolle spielte, wer wen wann verletzt hatte. Denn meine Mutter hatte es meiner Kinderfrau von jeher nicht leichtgemacht. Wann immer Elly sich mehr als über das notwenige Maß hinaus um Amelie gekümmert hatte, war sie von meiner Mutter auf den Platz an meiner Seite verwiesen worden. Elly war für mich zuständig, meine Mutter für Amelie – eine ganz klare Trennung, an der nicht zu rütteln war. Während der Pubertät hatte ich es einmal auf den Punkt gebracht: In den Augen meiner Mutter schienen Elly und ich Menschen zweiter Klasse zu sein. Ich war Elly stets dankbar gewesen, dass sie ihren Groll über diese Verletzungen nie an mir ausgelassen hatte, sondern nach außen hin gelassen damit umgegangen war.

Während ich in der Empfangshalle der Privatklinik Jägerwinkel, die wie der Eingangsbereich eines geschmackvoll gestalteten Fünfsternehotels anmutete, die Formalitäten erledigte, ließ sich meine Mutter von Elly in ihr Zimmer begleiten. Sie hatte sich noch am Empfang von mir verabschiedet.

Übernächtigt und völlig erschöpft ließ ich mich in einen der tiefen Sessel sinken und wartete, dass Elly herunterkam. Die beruhigende Atmosphäre dieser Halle umhüllte mich wie ein wärmendes Tuch. Meine Gedanken wanderten zu Amelie. Es war seltsam: Ich wusste, dass ich traurig war, doch meine Gefühle schienen wie in Watte gepackt. Ich kam nicht an sie heran.

Als mein Handy klingelte, erkannte ich Richard Stahmers Nummer. Nicht eine Sekunde lang hatte ich daran gedacht, ihm abzusagen. Als hätte mein Leben in Berlin seit der vergangenen Nacht nicht mehr existiert. Bevor ich dazu kam, mich zu entschuldigen, sagte er, er habe sich Sorgen um mich gemacht. Wir hätten uns doch für neun Uhr verabredet. Ich nahm mich zusammen, um ihn meine Erschütterung nicht spüren zu lassen, und erklärte ihm, mir sei eine dringende persönliche Angelegenheit dazwischengekommen. Deshalb könne ich weder an diesem noch an einem der nächsten Tage vorbeikommen. Ich versprach, mich zu melden, und beendete das Gespräch. Kaum hatte ich das Handy wieder in meiner Tasche verstaut, stieg Elly aus dem Aufzug.

Sie breitete die Arme aus und umschlang mich. Elly brauchte keine Worte, um zu trösten. Eine Weile standen wir so da, bis wir uns voneinander lösten und langsam zum Auto gingen.

»Danke, dass du uns begleitet hast«, sagte ich, nachdem ich mich aus der Parklücke gefädelt hatte. »Jemand ohne deine christliche Gesinnung hätte das nicht für meine Mutter getan.«

Elly gab ein Schnaufen von sich. »Ich wünschte, mein Glaube an einen gerechten und gütigen Gott wäre noch genauso stark ausgeprägt wie diese Gesinnung. Inzwischen glaube ich eher an einen erschöpften Gott, einen, der vor den Menschen kapituliert hat. Was ich nachvollziehen könnte, wenn ich höre, was diese Bestien Amelie angetan haben.« Sie schluckte, als sei ihr übel. »Ihr die Kehle …«

Mit einer Vollbremsung brachte ich das Auto zum Stehen und übergab mich am Straßenrand. Während ich gegen das Bild anwürgte, das sich in Sekundenschnelle vor meinem inneren Auge breitgemacht hatte, strich Elly mir über den Rücken.

»Sie haben es dir nicht gesagt?«, fragte sie erschüttert.

»Ich wollte es nicht wissen.« Ich lehnte mich gegen eine Straßenlaterne und wischte mir den Mund ab.

Elly nahm mich in den Arm und hielt mich, bis ich fähig war, unsere Fahrt fortzusetzen. Erst vor der Einfahrt ihres Hauses in Osterwarngau brach ich mein Schweigen.

»Weißt du, wie oft ich Amelie als Kind den Tod gewünscht habe, weil ich ihr die Liebe unserer Mutter geneidet habe?«, fragte ich, ohne sie anzusehen.

Elly betrachtete mich von der Seite und legte ihre Hand auf meine. »Jedes Kind wünscht irgendwann irgendwem den Tod. Das gehört dazu. Bedenklich wird es erst, wenn dieser Wunsch mit den Jahren nicht verblasst.« Sie fasste mein Kinn und drehte meinen Kopf so, dass ich sie ansehen musste. »Finja, deine Schwester ist tot, weil da draußen ein Mörder herumläuft. Nicht, weil du es dir vor einer Ewigkeit einmal gewünscht hast.« Sie zog ein Papiertaschentuch aus ihrer Dirndl-Schürze und reichte es mir.

»Kannst du dir vorstellen, warum mich jemand als Amelies Halbschwester bezeichnet?«

Elly sah mich an, als habe sie sich verhört. »Halbschwester, sagst du? Da muss jemand etwas in den falschen Hals bekommen haben.«

Im ganzen Haus war es gespenstig still, alle waren ausgeflogen. Die Haushälterin meiner Eltern hatte die Nachricht von Amelies Tod so sehr mitgenommen, dass sie sich gleich nach ihrem Erscheinen am Morgen mit einem Weinkrampf bis zum nächsten Tag entschuldigt hatte. Und mein Vater hatte mir auf der Herfahrt eine SMS geschickt, er würde erst kurz vor dem Termin mit der Kriminalpolizei nach Hause kommen.

Ziellos lief ich durch die Räume und wusste nicht, wohin mit mir. Es gab nichts, was ich hätte tun können. Und nichts, was dazu geeignet gewesen wäre, mich vom Grübeln abzuhalten. Der Gedanke an die Todesanzeige brachte mich fast um den Verstand. Wäre ich damit zur Polizei gegangen, würde meine Schwester vielleicht noch leben. Ich biss mir heftig auf die Lippen. Warum nur hatte ich mich darauf verlassen, dass mein Vater mit seinen Vermutungen richtiglag? Warum hatte ich es mir so einfach gemacht?

Ein Gedanke schob sich in den Vordergrund, der mich die ruhelose Wanderung durchs Erdgeschoss abrupt abbrechen ließ. Hatte mein Vater den Brief wirklich vernichtet? Und wenn nicht? Dann würde ich mit etwas Glück für das Gespräch mit der Polizei etwas in der Hand halten.

Ohne Zeit zu verlieren, ging ich ins Arbeitszimmer meines Vaters und sah mich um. In diesem Raum, in dem die Gegenstände entweder aus Chrom, Glas oder dunkelbraunem Leder waren, herrschte eine klare, maskuline Atmosphäre – alles war funktional und spiegelte eine gewisse Ordnungsliebe wider.

Vor Jahren hatte ich die Wand gegenüber seinem Schreibtisch bemalen dürfen. Das Ergebnis war das Bild von vier Männern, die ein Ruderboot trugen und sich damit gegen den Sturm stemmten. Ihre Köpfe waren nicht zu sehen, die Körper allerdings so ausdrucksstark und realitätsgetreu, dass er und seine Partner unschwer darin zu erkennen waren.

Als Erstes durchsuchte ich den Schreibtisch und die beiden darunterstehenden Rollcontainer. Danach nahm ich mir die Sideboards links und rechts der Zimmertür vor sowie den kniehohen quadratischen Tisch inmitten der Vierer-Sitzgruppe mit den Freischwingersesseln. Ich wurde jedoch nicht fündig.

Ich wandte mich dem zwei Meter fünfzig mal drei Meter messenden abstrakten Ölgemälde eines belgischen Künstlers zu, das an der Wand hinter seinem Schreibtisch hing. Dahinter verborgen lag ein in die Wand eingelassener Raum, in dem ein Erwachsener gerade so stehen konnte. Betätigte man einen Schalter im unteren linken Rand des Rahmens, bewegte sich das Bild wie von Zauberhand nach links und gab eine Öffnung preis.

Von mir hatte mein Vater nie erfahren, dass wir ihn als Kinder einmal dabei beobachtet hatten, wie er dieses Versteck öffnete. Und ich hoffte, dass Amelie ebenfalls dichtgehalten hatte. Natürlich hatten wir den Mechanismus damals selbst einmal ausprobiert – nur um festzustellen, dass in dem Raum lediglich Unmengen von Ordnern aufbewahrt wurden. Damit war unser Interesse schnell erloschen.

Zweiundzwanzig Jahre waren seitdem vergangen, eine Zeit mit immensen technischen Fortschritten. Mein Vater hatte vielleicht nicht nur die Alarmanlage des Hauses so einstellen lassen, dass er jedes Mal per SMS informiert wurde, wenn jemand das Haus betrat oder verließ, sondern auch den Tresorraum mit einer solchen Kontrolle versehen. Selbst auf die Gefahr hin, dass er mich erwischte, musste ich es wagen.

Mir blieb nicht mehr allzu viel Zeit, bis mein Vater nach Hause kam. Ich ging in die Knie und tastete nach dem Schalter. Lautlos bewegte sich das Bild zur Seite und gab schließlich den Blick in den kleinen Raum frei.

Zu den Ordnern von damals hatten sich Berge von Datenträgern gesellt, alle fein säuberlich in den Regalen gestapelt. Konzentriert suchte ich nach dem Umschlag. Wenn, würde er sichtbar obenauf in einem der Regale liegen. In einem solchen Raum musste man nichts verstecken. Leider auch hier Fehlanzeige. Enttäuscht beeilte ich mich, den Mechanismus zum Schließen in Gang zu setzen.

Als das Bild wieder an Ort und Stelle war, atmete ich auf und ließ mich in den Schreibtischstuhl fallen. Auch wenn sich meine Hemmungen, in den Sachen meines Vaters zu wühlen, mittlerweile in Grenzen hielten, fühlte ich mich alles andere als gut dabei. Es war, als hätte ich für nichts und wieder nichts eine unsichtbare Schranke durchbrochen und wäre auf Terrain geraten, für das ich überhaupt nicht gerüstet war.

Je länger ich darüber nachdachte, desto sicherer war ich mir, dass der Brief noch existierte. Wenn ich mir darüber hinaus vergegenwärtigte, dass mein Vater vorhatte, seine eigenen Leute ermitteln zu lassen, würde er den Brief vermutlich im Büro verwahren. Im Ergebnis war das für mich gleichbedeutend, als habe er ihn vernichtet.

Ich erhob mich aus dem Drehstuhl und sah mich noch einmal um, ob auch alles unverändert an Ort und Stelle war. Als ich gerade die Tür hinter mir ins Schloss zog, hörte ich meinen Vater in der Halle mit jemandem reden. Obwohl ich seinen Blicken verborgen war, fühlte ich mich ertappt. Ich huschte ich in die Küche, nahm eine Flasche Apfelsaft aus dem Kühlschrank und hielt sie wie ein Alibi vor mich. Dabei lauschte ich auf die Stimmen.

Allem Anschein nach sprach mein Vater mit zwei Kriminalbeamten. Sie schlugen vor, auch meine Mutter und mich zu der Befragung hinzuzubitten, was mein Vater mit den Worten quittierte, beide Frauen hätten einen Nervenzusammenbruch erlitten und seien nicht in der Verfassung für ein Gespräch.

Ich wartete ab, bis er sie in sein Arbeitszimmer gelotst hatte, um dann zwei Stufen auf einmal nehmend die Treppe hochzustürmen. In ausgefransten Jeans und Wickelbluse würde ich neben meinem üblicherweise in Maßanzüge aus feinstem Zwirn gekleideten Vater vielleicht nicht die Wirkung erzielen, auf die ich es abgesehen hatte. In

Windeseile durchsuchte ich den Kleiderschrank meiner Mutter, nahm einen schmal geschnittenen schwarzen Hosenanzug vom Bügel und zog ihn an. Im Bad kämmte ich meine Haare streng nach hinten, um sie mit einer Hornspange zusammenzufassen. Zehn Minuten später drückte ich mit pochendem Puls die Türklinke zum Arbeitszimmer hinunter. Den drohenden Blick meines Vaters ignorierend begrüßte ich die beiden Kripobeamten und setzte mich in den noch freien Ledersessel.

»Ich nehme an, wir haben alles Notwendige besprochen, meine Herren«, sagte mein Vater, stand auf und stützte sich mit einer Hand auf seiner Sessellehne ab. »Sollten sich noch Fragen ergeben, erreichen Sie mich jederzeit auf meinem Handy. Meine Karte haben Sie ja.«

Die beiden Männer machten jedoch keine Anstalten, sich zu erheben.

»Haben Ihre Untersuchungen schon irgendetwas ergeben?«, fragte ich. »Gibt es irgendwelche Spuren, die …?«

»Finja, dazu ist es noch viel zu früh«, unterbrach mich mein Vater.

Ich hielt meinen Blick auf die beiden Beamten gerichtet und gab ihnen zu verstehen, dass ich mir von ihnen eine Antwort erhoffte.

»Ihr Vater hat recht«, sagte der Ältere von ihnen.

»Hat er Ihnen von der Todesanzeige erzählt?«

»Finja, ich schlage vor, du legst dich wieder hin.« Der Tonfall meines Vaters war die reinste Fürsorge. »Ich verabschiede die Herren und komme dann gleich zu dir.«

»Hat er Ihnen von der Todesanzeige erzählt?«, insistierte ich und sah zwischen den Beamten hin und her. »Also nicht. Dann tue ich es: Nach der Beerdigung von Kerstin Schormann klemmte an der Windschutzscheibe unseres Wagens eine Todesanzeige. Sie war ausgestellt auf meine

Schwester Amelie. Ihr Tod war auf vergangenen Sonntag datiert.«

Mein Vater ließ sich mit einem sehr beredten Stöhnen zurück in den Sessel sinken und schüttelte den Kopf.

Ich ließ mich dadurch nicht beirren. »Meine Schwester ist die vierte Tote in unserem Umfeld innerhalb von zwei Wochen. Alle Toten sind Angehörige der Partner von *BGS&R*. Wer da noch an Zufälle glaubt, stellt sich blind.« Ich redete schnell und vergaß zwischendrin, Luft zu holen. »Irgendetwas äußerst Bedrohliches ist hier im Gange. Sie müssen etwas tun, bevor es noch jemanden trifft.« In diesem Moment richtete sich meine gesamte Hoffnung auf die zwei Männer von der Kripo. »Fragen Sie meinen Vater nach der Todesanzeige.«

Der Ältere der beiden wandte sich an meinen Vater. »Können Sie uns dazu etwas sagen?«, fragte er.

»Sehen Sie es meiner Tochter nach«, sagte er in einem besorgten Tonfall. »Amelies Tod hat sie zutiefst getroffen. Wir alle sind völlig erschüttert davon. Jeder Einzelne von uns verzweifelt an dem Versuch, eine Erklärung für dieses entsetzliche Verbrechen zu finden.«

Jetzt verfluchte ich die Schauspielkunst eines guten Detektivs, die ich erst vor kurzem Richard Stahmer gegenüber so gelobt hatte. Es war meinem Vater ein Leichtes, mich als Opfer meiner Trauer darzustellen. Mit seinem um Verständnis bittenden Blick versuchte er, die beiden Männer zu sich ins Boot zu holen.

»Meine Tochter Finja ist Künstlerin, müssen Sie wissen. Hochsensibel und mit einer beneidenswerten Phantasie ausgestattet. Dieses Talent ist in einer Situation wie der gegenwärtigen allerdings kontraproduktiv. Es verleitet dazu, die Geschehnisse umzudeuten, im Geiste mit Erklärungen zu jonglieren. Finja konnte das schon als Kind sehr gut. Sie hat um ein Ereignis herum ungemein kreative Geschichten entwickelt, die dem Ganzen oft einen völlig anderen Anstrich verliehen. Was ich sagen will, ist, und meine Tochter möge mir das verzeihen, Finja versteigt sich da gerade in etwas, das nicht der Realität entspricht.« Er sah mich voller Mitgefühl an. »Deine Verdächtigungen entbehren jeder Grundlage. Da draußen ist kein Killer unterwegs.« Er betonte das Wort, als sei es einem Horrorfilm entlehnt.

»Wollen Sie damit sagen, dass es eine solche Todesanzeige nicht gibt?«, vergewisserte sich der Beamte.

»Das, worauf Finja anspielt, war keine Todesanzeige, sondern ein Kondolenzschreiben, das an meine Tochter Amelie adressiert und unter meinem Scheibenwischer deponiert war. Sie müssen wissen, Kerstin Schormann und Amelie waren eng befreundet. Und da wollte wohl jemand meiner jüngeren Tochter sein Beileid ausdrücken.«

»Haben Sie den Brief geöffnet?«, fragte der jüngere Beamte.

»Selbstverständlich nicht. Ich habe ihn Amelie gegeben.«

»Das stimmt nicht«, brach es aus mir heraus. »Warum sagst du so etwas?«

Für einen Moment ließ der Beamte seinen Blick auf mir ruhen. Seiner Miene war nicht zu entnehmen, was in ihm vorging. »Was ist mit den anderen Todesfällen, die Ihre Tochter erwähnt hat?«

»Allesamt Unfälle. Die haben mit dem Verbrechen an meiner Tochter nicht das Geringste zu tun. Es handelt sich lediglich um ein tragisches Zusammentreffen von Todesfällen. Zugegeben: ein äußerst ungewöhnliches Zusammentreffen, aber …«

»Bei dem Unfall von Cornelia und Hubert wird gegen unbekannt ermittelt«, fiel ich meinem Vater ins Wort.

»Die Ermittlungen wurden zwischenzeitlich eingestellt.« Er tat so, als bringe er geduldig immer wieder die Realität ins Spiel.

Ich wandte den Kopf ab, um mir die Tränen aus den Augenwinkeln zu wischen. Je mehr ich die Fassung verlor, desto überzeugender würde mein Vater wirken. »Ich glaube einfach nicht«, sagte ich mit brüchiger Stimme, »dass Kerstin Schormann sich ihren Genickbruch tatsächlich erst bei dem Sturz zugezogen hat. Sie war zwar groß und nicht gerade ein Leichtgewicht, aber sie war überaus sportlich.« Ich sah zwischen beiden Beamten hin und her.

»Sie meinen, jemand bringt nach und nach Mitglieder Ihrer Familien um?«, fasste der Jüngere zusammen und gab sich dabei Mühe, neutral zu klingen.

Ich nickte. »Im Fall meiner Schwester sogar mit Ankündigung.« Ich sah meinen Vater an. »Fragen Sie ihn. Die Anzeige war für ihn bestimmt, auch wenn er das bestreitet. Am besten sprechen Sie auch noch mit Johannes Schormann. An seiner Windschutzscheibe steckte ebenfalls ein Umschlag. Vielleicht befand sich auch darin eine Todesanzeige.«

Mein Vater stieß einen Unmutslaut aus. »So, Finja, ich denke, es reicht jetzt. Wir haben die Herren lange genug aufgehalten.«

Der ältere Beamte schüttelte den Kopf und lehnte sich in seinem Sessel zurück. »Mich interessiert schon, was Ihre Tochter da anklingen lässt, Herr Benthien. Können Sie sich zu diesem Verdacht äußern? Werden Sie und Ihre Partner vielleicht erpresst? Oder gibt es möglicherweise jemanden in Ihrem privaten oder beruflichen Umfeld, der sich an Ihnen rächen will?«

In den Sekunden, bevor mein Vater antwortete, hätte man eine Stecknadel zu Boden fallen hören. »Mutter und Sohn Graszhoff sind einem dieser rücksichtslosen Raser zum Opfer gefallen. Ihnen muss ich nicht sagen, wie viele davon Tag für Tag auf unseren Straßen unterwegs sind. Kerstin Schormann ist leider Gottes ihr Leichtsinn zum

Verhängnis geworden. Und meine Tochter Amelie wurde auf grausame Weise getötet.« Er ließ seine Worte einen Moment lang wirken, bevor er fortfuhr. »Gemeinsam ist diesen völlig unterschiedlichen Ereignissen nur ihr zeitnahes Auftreten. Und die Tatsache, dass es sich um Angehörige der Partner von *BGS&R* handelt. Wer daraus eine Verschwörungstheorie basteln will, dem ist nicht zu helfen.«

Offensichtlich war der Kripomann nicht so leicht zu überzeugen. Zumindest ansatzweise war es mir gelungen, Zweifel bei ihm zu schüren. »Herr Benthien, sollte etwas an dem dran sein, was Ihre Tochter sagt, können wir Ihnen nur helfen, wenn Sie offen mit uns reden. Das sollten Sie eigentlich wissen. Wenn es also doch noch etwas dazu zu sagen gibt ...?«

Mein Vater schüttelte den Kopf, als sei er zu müde, um seine Antwort in Worte zu fassen. Er stand auf und nahm seinen Stock. »Niemand wird hier erpresst. Und niemand will sich rächen. Das Einzige, was es dazu noch zu sagen gibt, ist: Finden Sie die Mörder meiner Tochter, und führen Sie sie einer gerechten Strafe zu.« Er machte eine Handbewegung, mit der er die Männer einlud, ihm zur Tür zu folgen. »Ich begleite Sie hinaus.«

»Eine Frage habe ich noch«, hielt ihn der Ältere zurück. »*BGS&R* ist eine der Großen unter den Wirtschaftsdetekteien, soweit ich weiß. Jeder Buchstabe steht für einen der Partner, nehme ich mal an?«

Mein Vater nickte und zählte die vier Namen auf.

»Ist es möglicherweise zwischen den Partnern zum Streit gekommen?«

»Wir sind seit Jahrzehnten sehr gut miteinander befreundet. Und wir sind ein hervorragendes Team, das sich mehr als bewährt hat. Freunde, die zu Partnern geworden sind, wenn Sie so wollen. Natürlich gibt es auch bei uns

Meinungsverschiedenheiten, die bleiben nicht aus. Aber so etwas nehmen wir in der Regel sportlich.«

»Die Partner haben während ihrer Studienzeit gemeinsam einen Vierer gerudert«, setzte ich fast automatisch zu einer Erklärung an. »Sie waren eine sehr gute Mannschaft.«

Mein Vater machte eine wegwerfende Geste. »Das ist Schnee von gestern.«

»Nicht so ganz«, meinte der jüngere Beamte und zeigte auf mein Bild, das die gesamte Wand einnahm. »Das soll doch bestimmt diese Vierermannschaft darstellen, oder?«

»Finja hat es gemalt«, antwortete mein Vater nicht ohne Stolz.

Der Beamte sah von dem Bild zu mir und wieder zu dem Bild, als käme er bei dessen Betrachtung zu dem Schluss, dass ich tatsächlich die leicht verwirrte Künstlerin war, als die mein Vater mich hinzustellen versuchte.

»Vielleicht fragen Sie sich, warum die Männer sich gegen den Sturm stemmen«, beeilte ich mich zu sagen. »Als Amelie und ich Kinder waren, war einer der Leitsprüche unseres Vaters, man müsse sich quälen, sonst erreiche man weder im Rudern noch im Leben etwas. Er hat vergeblich versucht, uns für diesen Sport zu begeistern. Aber für mich war das nichts. Und meine Schwester wollte, wenn überhaupt, nur die Position des Steuermanns einnehmen.«

»Weil der nicht rudern muss?«, fragte der Beamte mit einem Schmunzeln.

»Nein, weil der den Kurs vorgibt.«

Er sah zu meinem Vater. »Wer von Ihnen hat denn in Ihrem Vierer den Kurs bestimmt?«

Mein Vater signalisierte durch Gesichtsausdruck und Körperhaltung, dass es im Moment Wichtigeres als diese Frage gab, und blieb eine Antwort schuldig.

»Sie hatten einen Vierer mit Steuermann«, erklärte ich.

»Ich habe Thomas Niemeyer nur deshalb nicht mit auf mein Bild genommen, weil sich die Mannschaft damals aufgelöst hat und er mit der Detektei nichts zu tun hat.«

Während mein Vater mich ausdruckslos betrachtete, klingelte sein Handy. Er meldete sich und bat den Anrufer um einen Moment Geduld, um kurz jemanden zu verabschieden. Nachdem er beiden Beamten die Hand gereicht hatte, entschuldigte er sich mit einem wichtigen Telefonat.

Während ich die Kripomänner zur Tür begleitete, kündigten sie an, dass ich in den nächsten Tagen für eine Befragung im Kommissariat erscheinen müsse.

»Bitte«, sagte ich zum Abschied, »glauben Sie mir: Ich habe diese Todesanzeige in der Hand gehalten.«

»Was genau hat denn darin gestanden?«, fragte der Ältere.

Die Details hatten sich in mein Gedächtnis gebrannt. Ich konnte sie problemlos wiedergeben. Während ich das tat, zeichnete sich in den Mienen der Beamten Skepsis ab. »Ich habe keine Wahnvorstellungen«, beteuerte ich. »Ich weiß, was ich gesehen habe.«

Noch bevor mein Vater sein Telefonat beendet hatte, schnappte ich mir meine Tasche und verließ das Haus. Ich war so unglaublich wütend auf ihn. Voller aufgestauter Emotionen setzte ich mich ins Auto und fuhr nach Holz, um mit Adrian zu sprechen. Die Wohnung in München war bis zum Abschluss der Spurensicherung versiegelt worden. Außerdem musste er sich um seinen Vater kümmern.

Vor dem Tor der Graszhoffs schaltete ich den Motor aus und rief Eva-Maria an, die versucht hatte, mich zu erreichen, während ich das Arbeitszimmer meines Vaters durchsuchte. Im Nachhinein kam es mir wie ein Wunder vor, dass sie aus dem Schwall meiner Worte überhaupt schlau wurde. Völlig entsetzt über Amelies Tod war sie sekundenlang sprachlos. Dann riet sie mir, so schnell wie möglich nach Berlin zurückzukehren. Um diesen See herum sei in den vergangenen Wochen zu viel geschehen. In ihren Tonfall mischten sich Angst und Sorge um mich. Ich versuchte, mich davon nicht anstecken zu lassen und versprach, mich bald wieder zu melden.

Über das Kopfsteinpflaster ging ich auf das Haus zu und strich mit den Fingern an den Stockrosen entlang. An dem Abend, als Adrian mir die Samenkapseln mitgebracht hatte, hatte Amelie zum ersten Mal die Bewegungen ihres Babys gespürt. Ich konnte nicht weitergehen und blieb mitten auf dem Weg stehen, als sei mir die Orientierung abhandengekommen. Bis Adrian von der Tür her meinen Namen rief. Ich hob den Kopf und sah ihn an. Er wirkte ebenso verloren wie ich. Seine Augen waren verquollen. Einen Fuß vor den anderen setzend ging ich auf ihn zu und blieb dicht vor ihm stehen. Fast gleichzeitig hoben wir unsere Arme, um uns aneinander festzuhalten. Das Zittern seines Körpers setzte sich in meinem fort. Minutenlang standen wir so, ohne ein einziges Wort zu sagen.

»Wo ist dein Vater?«, fragte ich, nachdem wir hineingegangen waren.

»Er sitzt in der Küche und trinkt. Geh ruhig zu ihm. Auf mich ist er gerade nicht gut zu sprechen. Dabei habe ich noch nicht einmal versucht, ihm den Whiskey wegzunehmen. Ich wollte nur, dass er duscht.« In einer erschöpften Geste hob mein Schwager die Hände, ließ sich dann auf eine der Holzbänke fallen und weinte. Als ich mich zu ihm setzen wollte, bat er mich, ihn einen Moment allein zu lassen.

Ich lief auf Zehenspitzen in die Küche. Vom Türrahmen aus betrachtete ich Carl, der die Unterarme auf dem Küchentisch abgestützt hatte und in das halbvolle Glas in seinen Händen starrte. Seit der Beerdigung seiner Frau und seines Sohnes vor elf Tagen musste er mehrere Kilos abgenommen haben. Warum Adrian ihn zum Duschen hatte überreden wollen, war nicht nur optisch offensichtlich. Ich ging zu ihm und legte ihm die Hand auf die Schulter. »Hallo, Carl.«

Er hob den Kopf und sah mich schwer atmend an. »Amelie …« Es klang, als sehe er einen Geist.

»Nein, Finja.« Ich zog mir einen Stuhl heran und setzte mich neben ihn. »Hat mein Vater dir Amelies Todesanzeige gezeigt? Oder hat er mit dir darüber gesprochen?«

Anstatt zu antworten, starrte er mich an. Es war nicht einmal zu erkennen, ob er mich überhaupt verstanden hatte.

Trotzdem musste ich es versuchen. »Gibt es jemanden, der euch erpresst? Will sich vielleicht jemand an euch rächen?« Ich wartete, aber er reagierte nicht. »Wenn du etwas weißt, Carl, musst du es der Polizei sagen. Sonst sterben möglicherweise noch mehr Menschen.«

»Es hat keinen Sinn«, sagte Adrian von der Tür her. »Ich habe ihn all das auch schon gefragt. Aber er weiß nichts. Er ist genauso ratlos wie du und ich.«

»Er weiß von den Briefen. Da bin ich mir ganz sicher.«

Der Geruch nach Schweiß und Alkohol war kaum auszuhalten. Adrian ging zum Fenster und ließ frische Luft herein.

»Wenn er allerdings so weitertrinkt, wird er seine Erinnerungen ersäufen«, sagte ich leise. »Kannst du nicht seinen Arzt kommen lassen? Vielleicht kann der etwas ausrichten.«

»Der einzige Mensch, der wirklich etwas bei ihm hatte ausrichten können, ist tot.«

Der Himmel hatte sich im Lauf des Nachmittags zu einer grauen Masse verdichtet. Trotzdem stach das Licht, das er hindurchließ, in meinen Augen. Ohne Sonnenbrille hielt ich es nicht aus. Vielleicht lag es aber auch daran, dass all meine Nerven völlig überreizt waren.

Ich überraschte Elly inmitten ihrer Blumenbeete. Sie hatte das schwarze Dirndl vom Vormittag gegen die Gartenversion gewechselt. Als sie sich zu mir umdrehte, betrachtete sie mich in einer Weise, als müsse sie sich erst an diesen ungewohnten Anblick gewöhnen.

Ich trug immer noch den Hosenanzug meiner Mutter. Wenn stimmte, dass Kleider Leute machten, waren meine die falschen gewesen. Den Behauptungen meines Vaters hatten sie nichts entgegensetzen können. Ich zog die Anzugjacke aus und legte sie über die Lehne der Gartenbank.

»Hast du Durst?«, fragte Elly.

Ich schüttelte den Kopf.

»Ich aber. Warte einen Augenblick, ich bin gleich wieder da.«

Was Düfte anging, begegneten mir an diesem Nachmittag Extreme – erst Carls Mief und dann Ellys Blütenmeer. Dessen Duft war unerträglich schön. Genauso wie die Farben, die mir selbst durch meine Sonnenbrille betrachtet wie ein Rausch erschienen. Ich schloss für einen Moment die Augen.

Das Klimpern von Eiswürfeln in einer Glaskaraffe kündigte Ellys Rückkehr an. Sie stellte das Tablett auf den Tisch und füllte jeder von uns ein Glas mit Wasser. Dann setzte sie sich neben mich. »Sobald du etwas getrunken hast, sagst du mir, was du auf dem Herzen hast.«

Ich griff nach dem Glas, nahm einen kleinen Schluck und stellte es zurück auf den Tisch. »Elly, du kannst es mir ehrlich sagen, wenn an der Sache mit der Halbschwester etwas dran ist. Weißt du irgendetwas darüber?«

Sie wandte den Kopf in eine andere Richtung. »Ich hab dir doch schon gesagt …«

»Seit ich denken kann, frage ich mich, warum meine Mutter mich mit einem anderen Blick ansieht. Ich finde, ich bin langsam alt genug für die Wahrheit.«

Ihr kaum hörbares Stöhnen schien zum Ausdruck zu bringen, was sie nicht sagen wollte: Dass sie es immer gewusst hatte, dass es eines Tages so hatte kommen müssen. »Manchmal ist es besser, die Dinge ruhen zu lassen, Finja«, machte sie einen letzten schwachen Versuch.

»Erklär es mir, bitte!«

Sie zog die Schultern hoch, als friere sie. »Ich bin erst kurz nach dieser Sache in euren Haushalt gekommen. Und so richtig weiß ich gar nicht, was damals geschehen ist. Willst du nicht lieber deinen Vater danach fragen?«

»Nach welcher Sache?«

»Nach der Sache mit deiner leiblichen Mutter. Sie hat dich bei deinen Eltern gelassen, als du ein halbes Jahr alt warst.«

»Das heißt, die beiden sind gar nicht meine leiblichen Eltern?«, fragte ich völlig perplex. Einen Moment lang kam es mir vor, als habe Elly mir einen Eimer mit eiskaltem Wasser über den Kopf geschüttet.

»Alexander Benthien ist dein leiblicher Vater.« Elly schien Kämpfe mit sich auszufechten. Und sie fühlte sich ganz offensichtlich mehr als unwohl. Zwischen Daumen und Zeigefinger knetete sie die Haut ihres leichten Doppelkinns – bei ihr ein Zeichen großer Nervosität. »Finja, ich habe versprochen, nie Gebrauch von meinem Wissen zu machen. Daran habe ich mich bisher immer gehalten.«

»Wer ist meine Mutter?«

Elly presste die Lippen zusammen und atmete hörbar ein und aus. Schließlich fasste sie einen Entschluss, stand auf und forderte mich auf, mitzukommen. Im Auto gab sie mir als Fahrtziel Rottach-Egern an und blickte stur auf die Straße.

»Lebt sie etwa auch in Rottach-Egern?«, fragte ich ungläubig. »Oder willst du mich zu meinem Vater bringen?«

»Ich komme in Teufels Küche, Finja, ist dir das klar?«

»Weil ich meine Mutter kennenlernen möchte?«

Aber es war nichts weiter aus ihr herauszubekommen. Lediglich wenn ich irgendwo abbiegen musste, machte sie den Mund auf. Auf diese Weise dirigierte sie mich zum Alten Friedhof. Als mir klar wurde, wo wir hielten, hätte ich mir fast an die Stirn gefasst. Wie hatte ich auch nur eine Sekunde lang annehmen können, meine leibliche Mutter lebe in Rottach-Egern, in dem Ort, in dem ich aufgewachsen war?

Wortlos stiegen wir aus. Während ich Elly folgte, hatte ich das Gefühl, mich nach Amelies grausamem Tod geradewegs dem nächsten Abgrund zu nähern. Als wir vor einem schlichten Grab mit einem verwitterten Holzkreuz stehen blieben, heftete sich mein Blick auf die Inschrift. Mehrmals hintereinander flüsterte ich den Namen der Toten, wie um mich zu vergewissern, dass ich keiner Täuschung erlag: Gesa Minke. In meinem Kopf flogen die Gedanken durcheinander wie Blätter, die von einem Windstoß aufgewirbelt wurden. Minke war der Mädchenname meiner Mutter. Ich starrte auf Geburts- und Todesdatum. Die Frau, die hier lag und meine leibliche Mutter gewesen sein sollte, war nur fünfundzwanzig Jahre alt geworden. Blitzschnell rechnete ich nach: Zum Zeitpunkt ihres Todes war ich sieben Jahre alt gewesen.

»Erklärst du mir das?«, bat ich Elly, ohne sie anzusehen. Meine Stimme hatte alle Kraft verloren.

Sie bückte sich und zupfte Knöterichranken aus der kleinen Buchsbaumhecke, die das Grab umrandete und die einzige Bepflanzung war. »Ich weiß selbst so gut wie nichts. Nur dass sie die jüngere Schwester deiner Mutter war.«

»Die jüngere Schwester meiner Mutter?«, brach es aus mir heraus. »Das muss ein Irrtum sein. Meine Mutter hatte gar keine Schwester.« Ich hob den Kopf und sah Elly in die Augen. Was ich darin las, fühlte sich an wie ein weiterer Schlag in die Magengrube. »Verstehe, sie hatte eine Schwester.« Es schien mir fast unmöglich, in dem ganzen Wirrwarr eine Ordnung zu erkennen. »Was ist mit meinem Vater? War der zuerst mit meiner leiblichen Mutter zusammen?«

»Das musst du ihn fragen.«

Ich betrachtete das Grab. Es sah aus wie jene Gräber, die von einer Gärtnerei betreut werden: gepflegt, jedoch ohne liebevolle Details. Offensichtlich war weder meinem Vater noch meiner Mutter daran gelegen. Sie hatten noch nicht einmal für einen Grabstein gesorgt. Das Holzkreuz sah aus wie ein Provisorium, das man vergessen hatte zu ersetzen.

Ich fragte mich, wie lange meine Eltern noch hatten warten wollen, um mir von der Frau zu erzählen, die hier begraben war. Hatten sie abwarten wollen, bis ich eines Tages vielleicht heiratete und dabei meine Geburtsurkunde zu Gesicht bekam? Oder hatten sie tatsächlich gehofft, ungeschoren davonzukommen?

»Können wir gehen?«, fragte Elly, der ihr Unbehagen deutlich anzumerken war. Ohne meine Antwort abzuwarten, kehrte sie dem Grab den Rücken.

Ich warf einen letzten Blick darauf und lief dann hinter ihr her. »Elly, wie alt war ich genau, als du meine Kinderfrau wurdest?«, fragte ich, als ich sie eingeholt hatte.

»Ein halbes Jahr.«

»Vorhin hast du gesagt, meine leibliche Mutter hätte mich genau in dem Alter bei meinen Eltern gelassen. Zu dem Zeitpunkt waren die beiden längst verheiratet. Also muss mein Vater mit seiner Schwägerin ein Verhältnis gehabt haben. Richtig?«

Elly gab einen Laut von sich, der einem Grunzen sehr nahe kam.

In mir braute sich eine gehörige Wut zusammen. »Stellt sich die Frage, warum sie mich die sechseinhalb Jahre bis zu ihrem Tod nie besucht hat. Warum sie mich nicht bei sich behalten hat, anstatt mich ihrer Schwester zu überlassen. Oder war das vielleicht so eine Leihmuttergeschichte?« Kaum hatte ich den Gedanken ausgesprochen, verwarf ich ihn auch schon wieder. »Nein, Unsinn, wozu eine Leihmutter, wenn man selbst Kinder in die Welt setzen kann.« Ich löste die Spange, die meinen Zopf hielt, und fuhr mir durch die Haare, bevor ich die Autotür aufschloss.

Elly ließ sich mit einem Stöhnen in den Sitz fallen und tupfte sich den Schweiß aus dem Dekolleté. Sie machte ein Gesicht, als würde ihr gerade erst so richtig bewusst, was sie getan hatte.

»Hast du meine leibliche Mutter damals kennengelernt?«, fragte ich, als ich mich in den fließenden Verkehr einfädelte.

»Nein.«

»Hast du sie wenigstens zu Gesicht bekommen? War sie vielleicht mal zu Besuch da, und ich erinnere mich nur nicht daran, weil ich noch zu klein war?«

»Ach, Finja, ich habe dir doch schon gesagt, dass es manchmal besser ist, die Dinge ruhen zu lassen.«

»Siehst du das?«, flüsterte ich und starrte in den Rückspiegel.

»Was ist?« Elly sah nach hinten.

»Den silbernen Golf hinter uns habe ich auf der Fahrt zum Friedhof schon bemerkt.«

»Davon gibt es ja auch nicht nur einen«, meinte sie. Ihre Erleichterung über den abrupten Themenwechsel war ihr anzuhören.

»Aber es gibt nur einen mit diesem Kennzeichen und zwei Männern darin.« Ich fuhr noch ein paar hundert Meter weiter, bog in Gmund auf die Hauptstraße, die aus dem Tal hinausführte, und hielt kurz hinter der Kreuzung halb auf dem Bürgersteig. Einige Autofahrer kommentierten mein Manöver mit einem lauten Hupen. Die beiden Insassen des silbernen Golfs würdigten mich jedoch keines Blickes, als sie an uns vorbeifuhren. Während der fünf Minuten, die wir im Wagen warteten, erklärte mir Elly, meine Nerven seien überreizt, was in Anbetracht der schrecklichen Ereignisse auch kein Wunder sei.

Auf ihr Geheiß hin ließ ich den Motor wieder an und fuhr weiter. Überzeugt war ich trotzdem nicht. »Sollten sie noch einmal in meiner Nähe auftauchen, rufe ich die Polizei«, sagte ich und achtete, bis wir in Osterwarngau ankamen, sowohl auf die Autos, die uns folgten, als auch auf die, die uns vorausfuhren. Den Golf konnte ich zum Glück nicht entdecken. Vielleicht lagen meine Nerven tatsächlich blank.

Bisher hatte Doktor Radolf mittwochs nie Zeit für sie gehabt. Sie hatten sich immer nur an Dienstagen und Donnerstagen gesehen. Gesa saß angespannt vor seinem Schreibtisch. Es musste etwas zu bedeuten haben, dass er sie außer der Reihe zu sich rief. Aber anstatt ihn zu fragen, biss sie auf ihrer rissigen Unterlippe herum. Solange sie den Grund nicht kannte, konnte sie hoffen. Vielleicht durfte sie ihr Baby sehen. Endlich – nach so unerträglich langer Zeit. Selbstverständlich würden sie Finja nicht allein mit ihr lassen. Aber das spielte keine Rolle. Sie wollte sie nur im Arm halten, sich vergewissern, dass es ihr gutging. Ihr sagen, dass alles wieder gut würde.

»Wie geht es Ihnen heute, Gesa?«, fragte Doktor Radolf in ihre Gedanken hinein.

»Gut, sehr gut! Ich denke die ganze Zeit über an mein Baby. Können Sie sich vorstellen, wie schwer es ist, hier zu sein, anstatt …« Sie drängte die Tränen zurück, sie durfte jetzt nicht weinen.

Er nickte. »Sie werden nicht mehr lange hier sein, Gesa. Ich habe mich dafür ausgesprochen, Sie in der kommenden Woche zu entlassen. Sie haben sich gut stabilisiert.« Er schien zu warten, welche Wirkung seine Worte auf sie ausübten.

Gesa traute sich nicht zu atmen und hielt die Luft an. Sie forschte in seinem Gesicht, ob dessen Ausdruck hielt, was er ihr da gerade versprochen zu haben schien. »Wirklich?«, brachte sie schließlich kaum hörbar heraus.

»Wirklich«, antwortete er mit einem Lächeln. Er beugte sich vor und senkte die Stimme. »Gesa, ich will gar keinen Hehl daraus machen, dass ich darauf gehofft hatte, Ihre Erinnerung an das Ereignis in jener Nacht würde zurückkehren. Aber das lässt sich nicht erzwingen. Ich denke, es braucht noch viel mehr Zeit. Nach Ihrer Entlassung können Sie jederzeit zu mir kommen und mit mir reden, falls irgendetwas Sie belastet oder Sie anfangen, sich zu erinnern. Ich möchte, dass Sie das wissen.«

Sie nickte. »Sie haben gesagt, ich würde nicht mehr lange hier sein … wie lange …?« Sie hob die Schultern, als versuche sie gleichzeitig, sich für ihre Ungeduld zu entschuldigen.

»Was halten Sie davon, wenn wir Ende nächster Woche ins Auge fassen?«

Was sie davon hielt? Auf einmal hätte sie Purzelbäume

schlagen können. Nur ein paar Tage noch, und sie würde Finja wiedersehen. »Viel.« Dieses Wort war nur ein Hauch, deshalb wiederholte sie es. »Viel!«

Doktor Radolf straffte die Schultern. »Dann würde ich sagen, dass es für heute genügt. Sie haben nämlich Besuch.«

Gesa sah ihn überrascht an. In all den Wochen war niemand gekommen, um sie zu besuchen. Ihre Frage stand ihr ins Gesicht geschrieben.

»Alexander Benthien. Er wartet im Garten auf Sie.«

Also hatte er ihr verziehen. Einen Moment lang wusste sie nicht, wohin mit ihrer Aufregung. Es war, als würde ihr Inneres kopfstehen, als würden sich all ihre Ängste auflösen. Ihr Atem ging so schnell, als sei sie gerannt. Gesa strahlte Doktor Radolf an. Sie wollte die Skepsis aus seinem Blick verscheuchen, wollte, dass er sich mit ihr freute. Alexander war endlich gekommen.

»Möchten Sie, dass ich Sie bei diesem Treffen unterstütze, Gesa?«, fragte er.

Sie lächelte. »Unterstützen? Nein. Danke, Doktor Radolf.« Es hielt sie nichts mehr auf ihrem Stuhl, sie sprang auf. »Darf ich gehen?«

Ihr Arzt ließ einen Moment verstreichen, bevor er antwortete: »Ja, selbstverständlich. Sie wissen, wo Sie mich finden, sollten Sie doch noch …«

Gesa winkte ab. »Machen Sie sich keine Sorgen, Doktor Radolf. Jetzt wird alles gut.« Sie verabschiedete sich von ihm, machte auf dem Absatz kehrt und rannte in ihr Zimmer. Dort kämmte sie sich die Haare und borgte sich von ihrer Zimmernachbarin die Schminke aus. Ihre Finger zitterten jedoch so sehr, dass sie ihr helfen musste, den Lidstrich zu ziehen.

Schließlich sprang Gesa mit klopfendem Herzen die Treppe hinunter. Ihre Vorstellung von dem Treffen mit dem Mann, den sie liebte, hätte einen Saal füllen können. Ob er Finja dabeihatte? Trotz allem, was geschehen war und woran sie sich immer noch nicht erinnern konnte, wusste er, wie viel ihr das Kind bedeutete. Bestimmt hatte er sie dabei …

8

Während ich auf mein Elternhaus zuging, betrachtete ich die elektronischen Augen, die mich auf meinem Weg verfolgten. Niemand konnte zur Haustür gelangen, ohne von einer der Kameras erfasst zu werden. Dennoch war ich sicher, dass diese Technik Amelies Leben nicht hätte retten können. Kameras mochten vielleicht Gelegenheitseinbrecher abschrecken. Profis, die ein klares Ziel verfolgten, war es ein Leichtes, Alternativen zu schaffen. Der Tod von Cornelia, Hubert und Kerstin bewies es.

Ich hatte gehofft, mein Vater wäre zu Hause, aber sein Auto stand nicht in der Garage. Die Fragen, die ich ihm stellen wollte, waren mehr als drängend. Sie verursachten einen Schmerz, der sich zu der Trauer um Amelie gesellte, als wäre sie allein noch nicht genug.

Nachdem ich den Hosenanzug meiner Mutter gegen Wickelkleid und Leggings gewechselt hatte, rauchte ich auf der Terrasse eine Zigarette nach der anderen, bis mir übel davon wurde und ich Herzrasen bekam. Vielleicht kam es aber auch von der Erschöpfung nach einer schlaflosen Nacht und einem unendlich langen Tag, der immer noch nicht zu Ende war.

Als ich zum Bootssteg lief, kam zwischen den Wolken gerade die Abendsonne hervor und tauchte den See in ein friedliches Licht. Ich griff nach dem Tau, zog unser Ruderboot an den Steg und kletterte hinein. Mit aufgestellten Füßen auf der Bank liegend, überließ ich mich mit geschlossenen Augen dem Schaukeln des Bootes. Eigentlich hätte ich vor Müdigkeit augenblicklich einschlafen müssen. Stattdessen wanderten meine Gedanken zu Gesa Minke. Es tat weh, dass meine Eltern mir all die Jahre so etwas Entscheidendes verschwiegen hatten. Ich erinnerte mich an die Zeit, als es mich brennend interessiert hatte, Familienfotos zu betrachten, so wie ich es von meinen Freunden kannte. Aber in unserem Haus waren seit jeher überhaupt nur ganz wenige Fotos zu sehen gewesen. Im Schlafzimmer meines Vaters hing eines, das ihn und seine Partner in ihrem Vierer zeigte. Im Wohnzimmer erinnerte eines in einem großen Silberrahmen an die Eltern meiner Mutter, die bei einem Lawinenunglück ums Leben gekommen waren. Und dann gab es natürlich noch Fotos von Amelie auf dem Nachttisch meiner Mutter.

Wann immer ich weitere Fotos von meinen Großeltern hatte sehen wollen, hatte meine Mutter behauptet, keine zu besitzen. Jetzt wusste ich, warum. Vermutlich wären nicht allzu viele übrig geblieben, hätte sie aus einem Album all jene entfernt, die meine Großeltern mit ihren beiden Töchtern zeigten. Über eine Tante – meine leibliche Mutter – war nie ein Wort gefallen.

Von der Seite meines Vaters hatte es ein paar wenige Fotos gegeben, die mir seine Mutter einmal bei einem ihrer Besuche stolz gezeigt hatte. Sie hatte ihren Mann früh verloren und ihren einzigen Sohn unter großen Mühen allein großgezogen. Als Verkäuferin in einem Damenoberbekleidungsgeschäft waren ihr keine großen Sprünge möglich gewesen, trotzdem hatte sie stets zufrieden gewirkt. Mit meiner statusbetonten Mutter und ihr waren sich allerdings Welten begegnet, die eigentlich keinerlei Berührungspunkte hatten. Vielleicht war das der Grund gewesen, warum die Besuche meiner Großmutter schließlich immer seltener geworden waren, bis sie vor ein paar

Jahren auf ihre leise, zurückhaltende Weise gestorben war.

Die Stimme meines Vaters drang in meine Gedanken. »Finja?«, schallte es bis zu mir.

Ich setzte mich in dem schwankenden Boot auf und sah ihn mit einem Tablett auf der Terrasse stehen und nach mir Ausschau halten. »Ich komme«, rief ich und kletterte auf den Steg.

Als ich auf der Terrasse ankam, hatte er bereits Weißwein in zwei Gläser gegossen und Wasser dazugestellt. »Trinkst du ein Glas mit mir?«, fragte er anstelle einer Begrüßung.

Ich begegnete seinem erschöpften Blick und nickte. An diesem Abend war ihm sein Alter anzusehen. Seine Falten wirkten tiefer, die Ringe unter den Augen dunkler. Trotzdem war die Kraft zu spüren, die bei ihm nie zu versiegen schien. Sie hatte mir als Kind große Sicherheit gegeben und mit der Geborgenheit, die ich in Ellys Armen gefunden hatte, ein starkes Fundament gebildet. In diesem Augenblick fragte ich mich jedoch, ob es etwas gab, das sie bis in die Grundfesten zu erschüttern vermochte.

Als hätten wir eine stille Vereinbarung getroffen, erwähnte keiner von uns das Gespräch mit den Kripobeamten. Stattdessen erzählte ich ihm von dem silbernen Golf, von dem ich glaubte, verfolgt worden zu sein.

»Das waren unsere Leute.« Er zog sich einen Stuhl heran und legte seine Füße darauf. »Sie sind zu deinem Schutz abgeordnet.«

Es brauchte einen Moment, bis ich begriff, was er da gerade gesagt hatte. Der Schreck verursachte mir eine Gänsehaut. Ich versuchte, sie zu vertreiben, indem ich kräftig über meine Arme rieb. »So wie bei Amelie?«

Einen Moment lang sah er mich regungslos an. »Diejenigen, die auf sie aufpassen sollten, wurden abgelenkt.« Er nahm einen so großen Schluck aus seinem Glas, als ließe sich diese folgenschwere Schlappe damit herunterspülen.

»Abgelenkt?«, fragte ich fassungslos. Das Wort schien so unglaublich banal. »Hast du nicht immer behauptet, gute Bewacher würde man nicht bemerken? Wenn die, die Amelie bewacht haben, genauso schlecht waren wie …«

»Gute Observanten entdeckst du nicht«, fiel er mir ins Wort. »Die beiden, die dir heute gefolgt sind, sollten gesehen werden. Zu deinem Schutz.«

Die Gänsehaut arbeitete sich meinen Nacken hinauf. »Bedeutet das, es gibt eine Todesanzeige, die auch meinen Tod ankündigt?«

»Nein«, antwortete mein Vater mit Nachdruck. »Du hast mein Wort: Es gibt nichts dergleichen.«

»Wenn es niemanden gibt, der mein Leben bedroht, von wem sollten die beiden dann gesehen werden?«

»Nimm es als eine Art ungezieltes Kettenrasseln, mehr ist es nicht.«

Diese Antwort war nicht unbedingt dazu angetan, mich zu beruhigen. Ich wechselte das Thema. »Haben deine Leute dir berichtet, dass ich heute Nachmittag das Grab meiner Mutter besucht habe?«

Er fuhr sich mit beiden Händen übers Gesicht und legte den Kopf in den Nacken. Dann sah er mich eine ganze Weile stumm an, bis er eine Hand ausstreckte und über meine Finger strich. »Ach, Finja, das ist alles so lange her, und ich hätte es dir gerne erspart. Dieses ganze Gerede über die eigenen Wurzeln ist ein einziger Bullshit, wenn du mich fragst. Es kommt doch immer nur darauf an, was du selbst aus deinem Leben machst. Das allein macht dich doch letztendlich aus.«

»Es kommt auch darauf an zu verstehen. Zum Beispiel, warum meine leibliche Mutter mich abgegeben hat.«

Selbst jetzt noch schien er mit sich zu ringen, wie viel er

preisgeben sollte. Er sah auf den See hinaus. »Gesa, deine leibliche Mutter lebte nach dem Tod deiner Großeltern bei uns. Sie war sechzehn, als sie verunglückten, und es schien am sinnvollsten, dass sie zu uns zog. Hätte ich geahnt, dass sie sich in mich verlieben würde, hätte ich mit Sicherheit nach einer anderen Lösung gesucht. In meinen Augen war sie fast noch ein Kind. Allerdings hat sich dieses Kind dann rasend schnell zu einer sehr attraktiven jungen Dame entwickelt. Und ich habe nicht rechtzeitig die Notbremse gezogen, um mich ihren Reizen zu entziehen.« Er griff nach seinem Stock, um ihn wieder und wieder durch die Finger gleiten und auf den Terrassenboden sausen zu lassen.

Ich machte eine abwehrende Handbewegung. »Bitte ... das macht mich nur noch nervöser.«

Er lehnte den Stock gegen seinen Stuhl und versuchte, den Faden wieder aufzunehmen. »Ohne es beschönigen zu wollen: Ich hatte eine kurze Affäre mit ihr. Für mich kam gar nichts anderes in Frage, schließlich war ich mit Freia verheiratet. Und ich nahm an, dass ihr das klar war. Als Gesa schwanger wurde, habe ich – das muss ich leider zugeben – versucht, sie zu einer Abtreibung zu bewegen. Aber diese Lösung kam für sie nicht in Frage. Sie wollte dich unbedingt. Vielleicht, weil sie glaubte, mit dir einen Trumpf in der Hand zu haben, damit ich doch noch meine Frau verließ, um sie zu heiraten. Ich kann ihr das nicht einmal verdenken, Finja. Sie war siebzehn, als sie schwanger wurde, und sie hatte eine völlig verklärte Vorstellung von Ehe und Kindern.« Er atmete tief durch und bewegte seinen Unterkiefer hin und her, als müsse er ihn entspannen. »Also kam die ganze Sache heraus. Dass Freia nicht gerade erfreut war, muss ich wohl nicht sonderlich herausstreichen. Zumal wir zum damaligen Zeitpunkt schon einige Jahre verheiratet waren und sie bislang nicht schwanger geworden war. Es muss sie viel Kraft gekostet haben, ihre kleine Schwester und deren stetig wachsenden Bauch um sich zu haben. Aber sie hat es gemeistert.« Es klang, als bewundere er sie noch heute dafür. »Letztlich war sie die Stabilere der beiden Schwestern. Vielleicht war Gesa auch einfach zu jung gewesen, um ein Kind zu bekommen. Was ich damit sagen will, ist, dass deine leibliche Mutter zunehmend labiler wurde. Wir nahmen an, es läge an der Schwangerschaft und würde sich nach deiner Geburt geben. Aber es wurde eher schlimmer. Ihr Zustand steigerte sich bis in einen Wahn. Sie beharrte darauf, dass sie, du und ich zusammengehörten und nichts uns trennen durfte. Sie weigerte sich, unsere Affäre als beendet anzusehen, und tat so, als bestehe sie fort. Für Freia war es eine sehr schlimme Zeit. Dass sie durchgehalten hat, rechne ich ihr noch heute hoch an. Sie hat immer wieder Gespräche mit ihrer Schwester geführt, um sie zur Vernunft zu bewegen. Aber vermutlich hätte es keiner von uns verhindern können.«

»Was verhindern?«, fragte ich, als er nicht weitersprach.

»Du warst längst auf der Welt, und ich hatte klare Verhältnisse geschaffen. Aber Gesa wollte die Trennung nicht akzeptieren. Bei jeder sich bietenden Gelegenheit versuchte sie, mich davon zu überzeugen, dass ich mit der falschen Frau verheiratet war. Das wurde zu einer fixen Idee. Bis ich ihr noch einmal mit aller Deutlichkeit klipp und klar gesagt habe, dass ich Freia nie verlassen würde. Und dafür musste sie mich bestrafen.«

»Indem sie mich bei euch zurückließ?«

Er schüttelte den Kopf. »Indem sie versuchte, dich und sich selbst umzubringen. Wäre ich nicht rechtzeitig nach Hause gekommen, säßest du jetzt nicht hier.«

Sekundenlang war ich mir nicht sicher, ob ich das wirklich hören wollte. Bislang hatte ich es nur mit einer Mutter zu tun gehabt, die mich nicht so hatte lieben können, wie ich es mir gewünscht hatte. Und nun sollte ich sie eintauschen gegen eine, die mich hatte umbringen wollen? Meine Magengrube fühlte sich an, als hätte jemand Säure hineingeschüttet. »Wie hat sie es gemacht?«, fragte ich schließlich kaum hörbar.

Mein Vater zögerte, er schien sich mit Recht zu fragen, wie viel er mir zumuten konnte. Ob er sich im Klaren darüber war, dass es in all den Jahren geeignetere Momente gegeben hätte als den Tag nach dem Mord an meiner Schwester?

»Sie hat dir ein Kissen aufs Gesicht gedrückt«, sagte er leise. »Du warst gerade mal ein halbes Jahr alt. Es ist ein Wunder, dass du das überlebt hast. Ein paar Sekunden später hätte sie ihr Ziel erreicht.«

Ein Kissen, hallte es in mir nach. Die Vorstellung war grauenvoll. Sie schien so monströs, dass ich sie kaum mit mir in Verbindung bringen konnte. »Ist sie im Gefängnis gestorben?«

Mein Vater schüttelte mit Nachdruck den Kopf. »Ich habe schon damals mehr davon gehalten, die Dinge selbst in die Hand zu nehmen. Ein befreundeter Arzt hat für die Einweisung in eine Klinik gesorgt. Dort hat sie einige Wochen zugebracht – bis sie sich stabilisiert hatte und draußen wieder einigermaßen lebensfähig war. Während ihres Klinikaufenthalts muss sie wohl begriffen haben, dass sie in die Affäre mit mir zu viel hineininterpretiert hat. Als sie entlassen wurde, hat sie mich um Geld für einen Neuanfang gebeten.« Er zog die Brauen zusammen. »Bei diesem Neuanfang kamst du jedoch nicht vor, Finja. Sie ist auf Nimmerwiedersehen verschwunden, ohne dich noch einmal zu besuchen. Sie hat dich einfach bei uns zurückgelassen. Und so hat Freia dich als ihr Kind angenommen.«

»Vermeintlich«, fasste ich meine vierunddreißig Jahre währende Erfahrung mit ihr in ein Wort. Ich dachte an all die Verletzungen und Enttäuschungen, die ich so lange mit mir herumgeschleppt hatte. Und an die unzähligen Lügen. Und doch spürte ich einen Hauch von Erlösung. Weil ich endlich eine Erklärung dafür bekommen hatte.

»Wie ist Gesa gestorben?«, fragte ich.

»Es konnte nie geklärt werden, ob es ein Suizid oder ein Unfall war. Allem Anschein nach hat sie im Bett geraucht und einen Brand verursacht, bei dem sie ums Leben kam.«

»Existiert irgendwo noch ein Foto von ihr?«

Er schüttelte den Kopf.

Meine Gedanken wanderten zu meiner Mutter, die eigentlich meine Tante war und nur ein paar Kilometer entfernt im Jägerwinkel vor sich hin dämmerte. Nun verstand ich ihren Blick am Morgen nach Amelies Tod. Sie hatte mit dem Schicksal gehadert, das ihr die Tochter anstatt der Nichte genommen hatte.

In Gedanken versunken starrte mein Vater in sein Glas. Er schien mich vergessen zu haben. Die Anspannung, die seine Körperhaltung ausstrahlte, war nichts im Vergleich zu dem, was in mir wütete. Ich musste hier raus, allein sein, atmen. Ich leerte mein Weinglas und stand auf. »Wer immer diese Todesanzeige aufgesetzt hat«, sagte ich, »kennt unsere Familienverhältnisse besser als ich.«

Die Dämmerung hatte längst eingesetzt und umhüllte mich wie ein Mantel. Auf meinem Weg am See entlang begegnete ich einzelnen Spaziergängern, aber zum Glück war niemand dabei, den ich kannte. Übers Wasser wehte eine frische Brise, mit der ich meine Lungen füllte. Ein, aus, ein, aus. Ausschließlich darauf konzentrierte ich mich. Atmen, um nicht zu denken. Sobald das Denken einsetzte, wurde ich von Bildern überschwemmt: Amelie in einem dunklen, kalten Fach in der Rechtsmedizin. Gesa, meine leibliche Mutter, wie sie ihrem Baby ein Kissen aufs Gesicht drückte. Ich versuchte, diese Bilder durch andere zu ersetzen, aber sie waren übermächtig.

»Frau Benthien?«

Ich schrie auf.

»Entschuldigen Sie«, sagte Richard Stahmer, »ich wollte Sie nicht erschrecken.«

»Was tun Sie hier?« Die Angst war so plötzlich da, als hätte ich nur einmal kurz mit den Fingern geschnippt. Ich sah mich nach allen Seiten um. Wo waren die Leute, die mein Vater zu meinem Schutz abbestellt hatte? »Ich will sofort wissen, was Sie hier machen«, sagte ich hysterisch und bereitete mich innerlich darauf vor, jeden Moment loszusprinten. Richard Stahmer in seiner Berliner Wohnung war eine Sache. Sein plötzliches Auftauchen am Tegernsee eine andere.

Meine Angst schien ihn betroffen zu machen. Mit einer beschwichtigenden Geste trat er zwei Schritte zurück. »Ich weiß, es klingt verrückt, aber als Sie heute Vormittag anriefen, klangen sie völlig geschockt, als wäre etwas ganz Entsetzliches passiert. Also habe ich angefangen zu recherchieren und bin schließlich auf die Nachricht gestoßen, dass gestern in München eine Amelie Graszhoff umgebracht wurde. Wie ich schließlich herausfand, war sie Ihre Schwester.«

»Warum tun Sie das?«, fragte ich schwach. »Das geht Sie doch überhaupt nichts an.«

»Nennen Sie es einen beruflichen Reflex. Es …«

»Und dann sind Sie ins nächste Flugzeug gestiegen?« Um einen größeren Abstand zwischen uns zu schaffen, wich ich einen großen Schritt zurück und gab ihm zu verstehen, dass er nur nicht versuchen sollte, ihn wieder zu verringern.

»Nicht allein daraufhin. Ich habe für morgen in München einen geschäftlichen Termin vereinbart, der längst überfällig war.« Er hob die Schultern und ließ sie fallen, während er hörbar ausatmete. »Ich weiß, es war eine blödsinnige Idee. Wir kennen uns kaum und …« Mit beiden Händen fuhr er sich durch die blonden Haare.

»Sie hätten mich anrufen können, anstatt mir hier aufzulauern. Es gibt schließlich Handys.« Der Schreck saß mir immer noch in den Gliedern.

»Ich habe es versucht, aber es schaltete sich nur die Mailbox ein. Also bin ich in Ihre Straße gefahren. Und da kamen Sie gerade aus dem Tor gelaufen …«

»Woher wissen Sie, wo meine Eltern wohnen? Ich meine, wo sie genau wohnen?«

»Das herauszufinden war nicht so schwer.«

Ich sah zu Boden und schob mit einem Fuß Kieselsteine hin und her. Konnte ich ihm all das glauben, oder wollte ich es nur?

»Wenn ich nun schon einmal hier bin, darf ich Sie dann ein Stück am See entlangbegleiten?«, fragte er.

»Eigentlich bin ich hierhergegangen, um allein zu sein.«

»Verstehe.« Unschlüssig trat er von einem Fuß auf den anderen. »Dann sehen wir uns in Berlin?«

Ich nickte und wartete, welche Richtung er einschlug, um in die entgegengesetzte weiterzugehen. Als ich sein Zögern wahrnahm, wurde ich schwankend. »Wir können uns auch einen Moment dorthin setzen.« Ich zeigte auf eine Bank, die unter einer Laterne stand. »Vorausgesetzt, Sie stellen mir keine Fragen.«

»Es ist schwer, ein Gespräch ganz ohne Fragen zu führen«, meinte er mit einem leisen Lachen. »Insbesondere für einen Journalisten.«

Dieses Lachen katapultierte mich wieder in seine Wohnung, in diese andere Welt, die es zum Glück immer noch gab. Ich muss fort von diesem See, dachte ich, zurück nach

Berlin. Nach Amelies Beerdigung würde ich abreisen. Und darauf hoffen, dass es mir gelang, all das, was geschehen war, in kleinen Schritten zu verarbeiten.

»Sind Sie nächste Woche in Berlin?«, fragte ich Richard Stahmer.

»Ich dachte, wir wollten ein Gespräch ohne Fragen führen.« Er schlug ein Bein über das andere und ließ seinen Blick über den See schweifen, in dem sich die Abendlichter spiegelten. »Obwohl ich jede Menge Fragen an Sie hätte. Zum Beispiel die, ob Sie sich vorstellen können, mich irgendwann Richard zu nennen.«

»Kann ich.« Ich hielt mein Gesicht in den Wind und wünschte mir, die Straßenlaterne würde wie von Geisterhand ausgeschaltet. In diesem Moment sehnte ich mich nach nichts mehr als nach Dunkelheit. Als könnte mit dem Licht auch die Vergangenheit ausgeschaltet werden. Ich sprang auf und lief über die Steine zum Ufer. Fort vom Licht und der Erinnerung. Es dauerte nicht lange, bis Richard Stahmer neben mir auftauchte. Einen Augenblick lang gewann die Angst wieder die Oberhand. Das wenige, das ich von ihm wusste, reichte nicht, um mich in Sicherheit zu wiegen.

»Und was muss ich tun, damit Sie mich Richard nennen?«, nahm er den Faden wieder auf.

Ich war kurz davor, von einem unvorstellbaren Schmerz gepackt zu werden. Die Tränen schienen hinter meinen Augen zu lauern. Als bräuchte es nicht mehr viel, und sie würden ausgespuckt wie Lava aus einem Vulkan. Konnte man verträcnen, so wie man verblutete?

Er trat hinter mich und legte die Arme um mich. Aber ich ertrug keine Nähe. Nicht jetzt. Ich fuhr in seinen Armen herum, zog ihn wortlos mit mir in den Schatten eines Bootshauses, drückte ihn hinunter in den Kies und kniete mich über ihn. Die Steinchen bohrten sich durch die Leggings in meine Knie. Ich fingerte an dem Gürtel seiner Hose herum, während er seine Hände unter mein Kleid schob. Dabei schienen wir völlig unterschiedliche Vorstellungen von Geschwindigkeit zu haben. Mir konnte es nicht schnell genug gehen, er hingegen versuchte, das Ganze zu entschleunigen. Als er etwas sagen wollte, legte ich ihm die Hand auf den Mund. Ich wollte nicht reden, sondern nur etwas spüren, das es mit diesem unfassbaren Schmerz aufnehmen konnte. Nur um schließlich festzustellen, dass schneller Sex nichts dagegen auszurichten vermochte – dass nichts diesen Schmerz auslöschen konnte, nicht einmal für ein paar Minuten. Atemlos löste ich mich von ihm, setzte mich auf und kehrte ihm den Rücken zu.

»Ich weiß, ich soll keine Fragen stellen«, hörte ich seine Stimme hinter mir. »Trotzdem würde ich gerne wissen, was dich veranlasst zu glauben, ich sei dein Feind.«

Ich zog meine Leggings hoch und das Kleid darüber. Ohne mich noch einmal umzudrehen, stand ich auf und lief davon. Meine Schritte wurden immer schneller, bis ich rannte. Als ich vor meinem Elternhaus ankam, gab ich mit zitternden Fingern den Code ein und verfluchte diese verdammten Bewegungsmelder, die mich bis in den Garten verfolgten und dort jeden Winkel ausleuchteten. Ich verkroch mich hinter einem Rhododendron und grub mich wie ein Tier in die Erde. Es dauerte nicht lange, bis die Tränen kamen.

Nachdem ich die halbe Nacht im Garten verbracht hatte, stellte ich mich gegen vier Uhr am Morgen unter die Dusche und ließ Unmengen heißes Wasser über mich laufen. Schließlich zog ich Schlafanzughose und T-Shirt an und legte mich auf mein Bett. Ich war hundemüde, konnte jedoch nicht einschlafen. Als wäre mir die Fähigkeit dazu abhandengekommen. Sobald ich die Augen schloss, wurde ich überschwemmt von Gedankenfetzen. Ich stand wieder auf und schaltete das Licht ein. Vielleicht gab es etwas, das in meinem Kopf wenigstens vorübergehend für Ruhe sorgen würde. Ich öffnete die Tür der kleinen Abseite und suchte das halbhohe Regal, in dem sich noch meine Jugendbücher stapelten, nach einer dunkelgrünen Schachtel ab. Ich fand sie ganz links, öffnete sie und betrachtete erleichtert die bunten Kreidestücke. Dann begann ich, die Wand hinter meinem Bett zu bemalen. Das Bild, das dort entstand, zeigte einen großen See, an dessen Ufer eine Kiste stand. Darin waren mein Schmerz und meine Trauer verwahrt. Der Schlüssel zu dieser Kiste schwamm auf der Wasseroberfläche. Wie ein Gewächs, das ohne Wasser verdorrte. Kaum hatte ich die Kreide zurück in den Kasten gelegt, fiel ich in einen todesähnlichen Schlaf, aus dem ich erst gegen Mittag erwachte.

Mein Vater sei im Büro, richtete mir Helga Reichelt aus, die ihre Arbeit wieder aufgenommen hatte. Alles, was sie über Amelie sagte, war lieb gemeint, für mich in dem Moment jedoch zu viel. Nachdem ich einen Kaffee getrunken hatte, verließ ich fluchtartig das Haus und stieg in mein Auto, nicht ohne mich vorher suchend nach meinen Beschützern umzusehen. Der silberne Golf parkte nur wenige Meter entfernt. Die Männer winkten mir zu.

Auf dem Weg nach Osterwarngau zu Elly meldete mein Handy eine SMS, die ich an der nächsten Ampel las. Richard schrieb: *Ich bin noch bis heute Nachmittag in München. Hast du Lust auf einen Kaffee?* Ohne lange darüber nachzudenken, simste ich zurück: *Wir sehen uns in Berlin.*

Kurze Zeit später parkte ich vor Ellys Haus und lief auf der Suche nach ihr in den Garten. Die durchgehende Wolkendecke färbte zwar auch an diesem Tag den Himmel grau und hatte das Thermometer um ein paar Grad fallen lassen, aber nichts davon würde Elly von ihren Pflanzen fernhalten. Trotzdem fand ich sie nicht. Ich wandte mich zur Haustür und öffnete sie nach einem kurzen Klopfen, um gleich darauf im Flur nach ihr zu rufen. Es dauerte nur Sekunden, da kam sie mit einem durchdringenden »Pst!« die Treppe herunter.

»Ingo schläft, es ist Mittagsruhe«, meinte sie flüsternd und schob mich durch die Tür vors Haus. Allem Anschein nach hatte sie ebenfalls geschlafen.

»Entschuldige, Elly, aber ich muss einfach noch mal mit dir reden.«

Sie zog mich nach hinten in den Garten zur Holzbank und setzte sich neben mich. »Es ist wegen dieser Sache, nicht wahr?« Mit zwei Fingern befestigte sie eine Strähne ihres blonden Haars mit einer Spange.

Ich nickte und ließ den Blick über die Blütenpracht schweifen, die von Insekten umsummt wurde. Es fiel mir schwer, meine Gedanken zu ordnen. »Mein Vater hat mir gestern Abend erzählt, was damals geschehen ist«, begann ich. »Aber etwas will mir nicht in den Kopf, je länger ich darüber nachdenke. Wieso hat niemals irgendjemand mir gegenüber auch nur die leiseste Andeutung gemacht? Da versucht eine Frau, ihr Kind umzubringen, das dann von ihrer Schwester als eigenes angenommen wird, und keiner spricht darüber? Nicht einmal von Mitschülern bin ich darauf angesprochen worden. Und glaub mir, Elly, Kinder tragen alles, was ihnen zu Hause zu Ohren kommt und Klassenkameraden betrifft, in die Schule. Wenn du mich fragst, grenzt das an ein Wunder.«

»Soweit ich weiß, ist die Sache nie über den Kreis der Familie und engen Freunde hinaus bekannt geworden. Allem Anschein nach konnte dein Vater alles ganz schnell vertuschen. Ich selbst habe auch nur durch eine meiner Cousinen davon erfahren, die damals als Küchenhilfe in der Nervenklinik arbeitete, in die Gesa Minke eingeliefert worden war. Dort kursierte das Gerücht, deine leibliche Mutter sei über den Tod ihrer Eltern und die gescheiterte Affäre mit deinem Vater verrückt und zu einer Gefahr für ihr Kind geworden. Die offizielle Version lautete, sie sei aufgrund ihres Alters überfordert gewesen und habe das Baby ihrer bis dahin kinderlosen Schwester anvertraut. Für alle Beteiligten das Beste, so die einhellige Meinung. Jedenfalls habe ich das so einmal von Cornelia Graszhoff gehört.«

»Mein Vater sagt, Gesa habe mir ein Kissen aufs Gesicht gedrückt, um sich dafür zu rächen, dass er sich von ihr getrennt hatte.«

»Wahrscheinlich ist die Wahrheit eine Mixtur aus allem. Du solltest dir das Ganze nicht so sehr zu Herzen nehmen. Es ist lange her.« Elly strich die Schürze ihres Dirndls glatt.

»Das war doch keine Bagatelle, Elly, wie konnten danach denn alle einfach zur Tagesordnung übergehen? Ich meine, da versucht eine Frau, ihr Baby und sich selbst umzubringen. Als das misslingt, wird sie weggesperrt, und das Baby kommt kurzerhand zur Schwester, weil die sich schon lange ein Kind wünscht. Das klingt so bestechend einfach. Dumm ist nur, dass die menschliche Seele nicht so einfach gestrickt ist. Hat sich denn niemand Gedanken darüber gemacht, was es für eine Frau bedeutet, ein Kind anzunehmen, das aus einer Affäre ihres Mannes stammt?«

»Du warst ja gleichzeitig ihre Nichte, das solltest du dabei nicht vergessen. Man kann deiner Mutter so einiges vorwerfen, aber nicht, dass sie es nicht versucht hätte. Sie muss damals tatsächlich geglaubt haben, sie könne es schaffen und all das ausblenden – dich als ihr Baby ansehen. Aber dann müssen sich die Gedanken verselbständigt haben und in eine ungute Richtung abgedriftet sein: Sollte sie sich jahrelang ein Kind gewünscht haben, nur um dann eines aus der Affäre ihres Mannes mit ihrer Schwester zu bekommen? Wofür sollte sie auf diese Weise bestraft werden? Je stärker sie sich schließlich von dir zurückzog, desto mehr hast du geschrien. So habe ich es mir zumindest erklärt, als ich in euren Haushalt geholt wurde und ein wenig über die Hintergründe erfuhr.«

»Warum hast du mir nie die Wahrheit gesagt, Elly? Ich habe doch oft genug gefragt.«

»Es hätte nichts geändert.«

Ich sah sie an, als hätte ich mich verhört. »Es hätte sehr wohl etwas geändert. Ich hätte wenigstens verstanden, warum sie mir gegenüber immer auf Distanz blieb. Du hättest dich auf meine Seite stellen müssen, auch wenn du das Versprechen, das du meinem Vater gegeben hast, damit gebrochen hättest.« Ich stand auf und knickte den Stengel einer Rose um, die gerade aufgeblüht war. Hinter mir hörte ich Elly Luft holen. »Du warst nie preußisch. Du hast mir beigebracht, die Regeln zu hinterfragen. Warum dann dieser Kadavergehorsam meinem Vater gegenüber? Er hätte dir nie und nimmer gekündigt, das weißt du.«

Elly schwieg und nestelte weiter an ihrer Schürze herum. »Meine Arbeit hätte er nicht gekündigt. Das nicht. Aber vielleicht das Haus hier. Und wohin hätten wir dann gehen sollen? Wir haben beide nicht genug verdient, um uns so ein Haus leisten zu können.«

»Das Haus gehört meinem Vater?«

Sie nickte. »Wir wohnen hier mietfrei. Aber das Wohlwollen deines Vaters gibt es nicht umsonst. Ich bete, dass er keine Schwierigkeiten macht, weil ich mit dir zum Friedhof gefahren bin.«

Ich legte die abgeknickte Rose auf den Tisch und setzte mich wieder neben sie. »Ich denke, er hat im Moment andere Sorgen. Am Freitag wird Amelie beerdigt. In aller Stille. Das ist Adrians ausdrücklicher Wunsch.«

Elly schob sich ein Kissen in den Rücken und lehnte sich zurück. Einen Moment lang schloss sie die Augen. Dann öffnete sie sie wieder und fuhr mit dem Fingernagel durch eine Rille in der Armlehne. »Damals, als das mit deiner leiblichen Mutter passierte, war es ähnlich. Da gab es auch ein Verbrechen, das alles andere überschattete. Vielleicht konnte dein Vater die Sache deshalb so schnell unter den Teppich kehren.« Sie stand auf, füllte Wasser in einen Tonuntersetzer und legte die Blüte hinein.

»Was für ein Verbrechen?«, fragte ich.

Mit einem leisen Stöhnen stemmte Elly die Fäuste in die Lendenwirbelsäule und verharrte sekundenlang so, bis sie sich wieder neben mir niederließ. »Mathilde, die Verlobte von Tobias Rech, ist damals einem Sexualverbrecher zum Opfer gefallen. Er hat sie vergewaltigt und dabei mit einem Würgehalsband für Hunde erdrosselt.« Sie sah auf ihre Unterarme, die von einer Gänsehaut überzogen waren. »In den Jahren danach hat es noch zwei weitere Frauen auf die gleiche Weise erwischt. Den Täter hat man nie gefasst, jedenfalls habe ich nichts davon mitbekommen. Dem Tobias Rech hat es fast den Verstand geraubt. Bevor das geschah, soll er ein ganz lebenslustiger Mensch gewesen sein. Aber obwohl seine Freunde alles getan haben, um ihn zu stützen, hat er sich nie so ganz davon erholt und hat sich mehr und mehr zum Einzelgänger entwickelt.«

»Weißt du etwas über diese Mathilde?«, fragte ich. »Wie sah sie aus?«

Elly dachte nach. »Ich bin ja erst eine ganze Weile nach diesem abscheulichen Verbrechen in euren Haushalt gekommen, insofern habe ich sie nie leibhaftig zu Gesicht bekommen, sondern nur Fotos von ihr in der Zeitung gesehen. Wenn ich mich recht entsinne, war sie Krankenschwester. Und sehr hübsch.«

Gestochen scharf hatte ich das Bild vor Augen, das ich

an Tobias' Schlafzimmerwand gemalt hatte: eine blonde junge Frau in weißer Schwesterntracht, die rauchend an einem Tisch saß und in einem Magazin blätterte.

»Es soll einige Männer gegeben haben«, fuhr Elly fort, »die ein Auge auf sie geworfen hatten. Mit einem soll sie sogar schon verlobt gewesen sein, bevor sie sich dann für Tobias Rech entschieden hat. Es war einer aus der Rudermannschaft.«

»Einer von den Partnern?«, fragte ich verblüfft.

Sie schüttelte den Kopf. »Nein ... es gab doch da noch einen, der ...«

»Ach, du meinst Thomas Niemeyer, den ehemaligen Steuermann.«

Elly schaute sich um, ob uns auch niemand belauschte. »An den Namen erinnere ich mich nicht. Ich weiß nur noch, dass er sehr gut aussah. Der hätte mir gefallen können«, sagte sie im Flüsterton und rollte die Augen. »In meinen ersten Wochen in eurem Haushalt ging er ja bei deinen Eltern noch ein und aus. Später hab ich ihn dann leider nicht mehr gesehen.« Sie wischte mit der Hand über den Tisch, als würden dort Brotkrumen liegen. Aber es war wohl eher die Erinnerung an eine Schwärmerei. Sie zog die Hand zurück und ließ sie in den Schoß fallen. »Und dann habe ich ja auch ziemlich bald Ingo kennengelernt.«

Gesa hätte ihn aus hundert Metern Entfernung in einer Menschenmenge erkannt. Als sie ihn im Schatten einer Buche entdeckte, überschlug sich ihr Herz. Sekundenlang blieb sie stehen, um Luft zu holen. Sie war lange nicht mehr gerannt. Dass er Finja nicht bei sich hatte, erkannte sie sofort. Sicher wollte er sie schonen, ihr Zeit lassen. Dicht vor ihm blieb sie stehen. Wie in Zeitlupe hob sie die Arme.

»Alex«, sagte sie und tat einen weiteren Schritt auf ihn zu, um ihn zu berühren.

»Lass das bitte!«, fuhr er sie an und wich ihr aus. »Meinst du nicht, du hättest genug angerichtet?«

Erschreckt zuckte sie zusammen. »Ja ... sicher ...«, stammelte sie. »Aber Doktor Radolf sagt, dass ich stabil bin, dass ich Ende nächster Woche entlassen werde. Dann kann ich endlich wieder bei dir und Finja sein.« Sie forschte in seinem Gesicht, ob sich dort nicht wenigstens ein Hauch der Vorfreude spiegelte, die sie empfand. Aber da war nichts außer Groll. Das Atmen fiel ihr schwer. Wie sollte sie ihm nur klarmachen, dass doch noch alles gut werden konnte, wenn er ihr nur verzieh?

Er verschränkte die Arme vor der Brust. »Hör mir gut zu, Gesa, ich werde mich nicht wiederholen: Solltest du dich Finja jemals wieder nähern, und sei es nur für Sekunden, werde ich dafür sorgen, dass du wegen versuchten Mordes für die nächsten Jahre hinter Gittern landest. Hast du mich verstanden?«

Gesa wurde es kalt. Sie erstarrte. »Aber Finja ist meine Tochter, deine und meine, sie ...«

»Sie ist besser dran ohne eine Mutter, die versucht hat, sie umzubringen.«

Es war unendlich schwer, sich aus dieser Starre zu lösen. Mehr als ein Kopfschütteln brachte sie nicht zustande.

»Ich habe in der besagten Nacht nur deshalb nicht die Polizei gerufen, weil ich verhindern möchte, dass meine Tochter mit einem solchen Makel aufwächst. Allerdings werde ich auch zu verhindern wissen, dass sie mit dir aufwächst. Schon in dem Moment, als du das Kissen in die Hand genommen hast, hast du jedes Recht auf sie verwirkt.«

»Das kannst du nicht tun«, brach es aus Gesa heraus. Um sie herum schien sich alles zu drehen. »Du kannst mir doch mein Kind nicht wegnehmen.«

»Darf ich dich daran erinnern, dass du diejenige warst, die diesem Kind das Leben nehmen wollte? Wäre ich nicht dazugekommen, würde es keine Finja mehr geben.«

Gesa fühlte sich, als würde ihr Leben zum zweiten Mal zu Bruch gehen. Als stünde sie vor Scherben, die kein Kleister der Welt je wieder würde kitten können. »Was soll denn jetzt werden?«

»Ich werde dir Geld geben, um woanders neu anzufangen. Mehr kannst du von mir nicht erwarten.«

»Wie soll das denn gehen … ein Leben ohne Finja?«

»Diese Frage stellst du dir tatsächlich erst jetzt?«

»Wie geht es ihr? Wo ist sie? Was …?«

»Ihr geht es gut. Sie ist bei Freia und mir. Wir werden sie als unsere Tochter großziehen. Und wenn du dich an unsere Abmachung hältst, wird sie nie erfahren, was du getan hast.«

Gesa knickten die Knie ein. Sie stützte sich an dem Baumstamm ab. »Ich soll mein Kind nie wiedersehen?«

»Du wirst dein Kind nie wiedersehen!« Der Blick, den er ihr zuwarf, bohrte sich in ihre Haut wie ein Pfeil, der mit einem schnell wirkenden Gift versehen war.

9

Amelies Beerdigung zwei Tage später prägte sich mir ein wie ein Film. Später würde ich im Geiste auf einen Knopf drücken und ihn abspulen können. Es war ein Film ohne Ton – als habe ich der Beerdigungszeremonie mit tauben Ohren beigewohnt, um damit wenigstens einen meiner Sinne auszuschalten. Während ich neben Adrian stehend Sand und Blumen auf ihren Sarg warf, spürte ich tief in mir einen unfassbaren Schmerz. Mein Schwager und ich versuchten, uns gegenseitig Kraft zu geben, und hielten uns an den Händen. Als wir zur Seite traten, um meine Eltern vorzulassen, bückte ich mich, hob einen kleinen, flachen Stein auf und ließ ihn in meine Tasche fallen. Dann drückte ich noch einmal Adrians Hand und flüsterte ihm zu, dass ich jetzt gehen und ihn von Berlin aus anrufen würde.

Nach einem letzten Blick auf Amelies offenes Grab löste ich mich aus der Gruppe der Trauernden und ging den von der Sonne beschienenen schmalen Kiesweg entlang. An seinem Ende standen die beiden Kriminalbeamten, die im Haus meiner Eltern gewesen waren und denen ich gestern im Kommissariat noch einige Fragen beantwortet hatte: Ob es abgesehen von dem Brief unter der Windschutzscheibe noch besondere Vorkommnisse gegeben habe? Ob meine Schwester mit jemandem Streit gehabt habe? Ob sie sich durch irgendjemanden bedroht gefühlt habe? Ob sie möglicherweise ein Verhältnis mit einem anderen Mann gehabt habe? Mein Nein war gebetsmühlenartig gekommen. Ebenso wie ihres auf meine Fragen: Ob die Ermittlungen zu dem Graszhoffschen Unfall wieder aufgenommen würden? Ob sich bei Kerstins vermeintlichem Unfall Verdachtsmomente ergeben hätten? Ob sie bei einer solchen Häufung von Unfällen nicht endlich mal grundsätzlich Verdacht schöpfen wollten? Nein. Nein. Nein.

Jetzt wäre der Moment gewesen, um ihnen von Gesa Minke zu erzählen. Aber all das war noch viel zu frisch, um es vor diesen beiden Männern auszubreiten, die das Bild einer Künstlerin mit überbordender Phantasie verinnerlicht zu haben schienen. Und so ging ich mit einem Nicken an ihnen vorbei und wandte mich in die Richtung, in der das Grab meiner leiblichen Mutter lag.

Während ich auf das Holzkreuz starrte, fragte ich mich, warum sie sich geweigert hatte, mich abzutreiben, nur um dann zu versuchen, mich umzubringen. Wie labil musste sie gewesen sein, um von einem Extrem ins andere zu fallen? Als mir bewusst wurde, dass ich hier keine Antwort finden würde, wandte ich mich zum Gehen.

Über den knirschenden Kies lief ich Richtung Parkplatz. Im Vorbeigehen warf ich einen Blick auf die Autos der Partner und atmete auf, als an keiner der Windschutzscheiben ein Brief klemmte. Dann stieg ich in meinen aufgeheizten Wagen und schaltete die Klimaanlage auf die höchste Stufe, bevor ich losfuhr.

Meine Sachen hatte ich vor der Beerdigung gepackt und meinem Vater auf seinem Schreibtisch eine Nachricht hinterlassen. Von Elly hatte ich mich auf dem Weg von der Trauerfeier zum Grab bereits verabschiedet. Während ich mich im Stop-and-go-Tempo durch den Freitagnachmittagsverkehr bewegte, hatte ich das Bild meiner Mutter vor Augen, wie sie – von meinem Vater und Johannes Schormann gestützt – am Grab ihrer Tochter gestanden hatte. Es war ein intimer Moment gewesen, der nur ihr und Amelie gehörte. Ihr Gesicht entblößt und nackt, den Blicken der Umstehenden schutzlos ausgesetzt. Ich hatte schnell weggesehen.

Während des ersten längeren Staus rief ich Richard an. Er machte es mir leicht und erwähnte unsere Begegnung am See mit keinem Wort. Wer immer ihn mit Informationen belieferte, hatte ihm gesagt, dass meine Schwester an diesem Tag beerdigt werden würde. Seine Stimme war Balsam für mich, ganz besonders die Zärtlichkeit, die darin anklang. Ich fragte ihn, ob ich am Montagmorgen meine Arbeit bei ihm wieder aufnehmen könnte. Am Montagmorgen und auch sonst jederzeit, lautete seine Antwort.

Dieses Jederzeit war es, das ein kleines Gegengewicht zu allem anderen schuf und mich die lange Fahrt irgendwie überstehen ließ. Als ich am späten Abend endlich in Berlin eintraf, völlig erschöpft und überdreht meine Tasche aus dem Wagen nahm und die Straße überquerte, fiel mir ein Wagen auf, in dem zwei Männer saßen und mich beobachteten. Ich blieb stehen und sah mich um. Mein erster Impuls war: weglaufen, so schnell wie möglich. Als einer der Männer ausstieg und auf mich zukam, ließ ich die Reisetasche fallen und rannte los.

»Frau Benthien, warten Sie!«, hörte ich den Mann hinter mir rufen, um nur noch schneller zu rennen. »Wir sind im Auftrag Ihres Vaters hier. Laufen Sie bitte nicht weg.«

Ich stoppte und drehte mich um, wobei ich eine Hand ausstreckte und ein unmissverständliches Stoppzeichen gab. »Bleiben Sie stehen! Ich rufe meinen Vater an.« Ohne ihn aus den Augen zu lassen, wählte ich mit zitternden Fingern die Nummer. Kaum hörte ich seine Stimme, überschlugen sich meine Worte. Er verstand sofort, worum es ging, und bestätigte, dass die beiden in seinem Auftrag vor meiner Tür stünden.

»Die haben mir einen riesigen Schrecken eingejagt«, warf ich ihm vor, machte einen Schritt zu der Hauswand und lehnte mich dagegen, während sich der Mann mit einer beschwichtigenden Geste in das Auto zurückzog. Nicht ohne zuvor meine Reisetasche vor meinem Hauseingang abzustellen.

»Die beiden und zwei ihrer Kollegen werden in den nächsten Tagen noch ein wenig auf dich aufpassen, Finja. Ich möchte kein Risiko eingehen. Verhalte dich bitte kooperativ und versuche nicht, sie abzuhängen.«

»Das ist doch nicht nur Kettenrasseln. Was …?«

»Mach dir keine Gedanken«, unterbrach er mich. »Wir kümmern uns darum. In deinem Briefkasten findest du übrigens einen Umschlag. Darin ist ein kleiner Alarmsender. Stell bitte sicher, dass du ihn immer bei dir trägst. Wenn du den Alarm auslöst, sind unsere Leute in null Komma nichts zur Stelle.«

»Hatte Amelie auch einen solchen Sender?«, fragte ich mit einem beklommenen Gefühl im Bauch.

Er schwieg so lange, dass ich schon dachte, die Leitung sei unterbrochen. »Ja, sie hatte einen.«

»Hat sie den Alarm ausgelöst?«

»Ja … vermutlich hat sie das.« Seine Stimme klang gepresst. »Die Männer, die vor deinem Haus stehen, sind gewappnet. Sie werden sich nicht ablenken lassen wie ihre Kollegen. Dafür garantiere ich.« Mein Vater sprach, als habe er es mit einem verunsicherten Kunden zu tun. Es gab keinen hundertprozentigen Schutz, das hatte er oft genug betont, wenn über so etwas in den Medien diskutiert wurde.

»Werdet ihr erpresst?«, fragte ich zum wiederholten Mal.

»Finja, ich habe dir gesagt, ich kümmere mich darum. Mehr musst du nicht wissen.«

Die Hauswand gab die Wärme ab, die sie den Tag über gespeichert hatte. Ich presste mich dagegen, da mir kalt war. »Gibt es Briefe, die Adrians oder meinen Tod ankündigen?«

»Nein. Darauf gebe ich dir mein heiliges Ehrenwort.«

»Du hast mir mal gesagt, dir sei nichts heilig. Mit dem Begriff könntest du nichts anfangen.«

»Aber mein Ehrenwort gilt.«

Noch immer klopfte mein Herz bis zum Hals. »Mein Gott, Paps, was sind das für Leute, die vier Menschen umbringen? In was seid ihr da hineingeraten?« Als er nicht antwortete, sagte ich: »Mir macht all das fürchterliche Angst, verstehst du?«

»Das verstehe ich. Und ich bin froh, dass du in Berlin bist. Bleib dort, hörst du? Und nimm den Alarmsender an dich.«

Ich würde das kleine, viereckige schwarze Gerät hüten wie andere ihr lebenswichtiges Insulin. Es lag griffbereit unter meinem Kopfkissen, als ich an diesem Abend schlafen ging, und es landete in der Tasche meiner Jeans, als ich am nächsten Tag auf der Bergmannstraße einkaufen ging. Darüber hinaus vergewisserte ich mich, dass die beiden Männer in meiner Nähe waren. Wann immer ich ein Geschäft verließ, setzte ich meinen Weg erst fort, nachdem ich Blickkontakt mit ihnen aufgenommen hatte. Gedanken daran, wie leicht es war, mir unter ihren Augen im Gedränge ein Messer zwischen die Rippen zu stoßen oder mich vor ein Auto zu schubsen, verdrängte ich. Sie zuzulassen, hätte es mir unmöglich gemacht, meine Wohnung zu verlassen. Und letztendlich wäre auch das keine Lösung gewesen, wie Amelies Tod bewies.

Nach dem Einkaufen igelte ich mich in meiner Wohnung ein, versuchte, etwas zu essen, brachte nichts herunter, überlegte, Richard anzurufen, nur um den Gedanken gleich wieder zu verwerfen. Ich war heilfroh, als Eva-Maria am Abend auf einen Sprung bei mir vorbeikam. Mit einer prall gefüllten Tüte voller Schokoladentafeln stand sie vor der Tür und drückte sie mir mit den Worten in die Hand, das sei Nervennahrung.

Nachdem ich ihr einen Kuss auf die Wange gedrückt hatte, schenkte ich ihr einen bewundernden Blick. Sie trug eine enganliegende, kurzärmelige Seidenbluse in Dunkelgrün mit Stehkragen und stoffbezogenen Knöpfen über einer schwarzen, schmal geschnittenen Jeans und passenden Ballerinas. Ihre roten Locken wirkten wie das Tüpfelchen auf dem i.

Wir setzten uns in die Küche an den Holztisch, in dessen Platte Kacheln mit wasserblauen Motiven eingelassen waren. Eva-Maria liebte diesen Tisch, den ich bei einem Antiquitätenhändler am Prenzlauer Berg erstanden hatte. Wann immer wir um ihn herumsaßen, strich sie mit den Fingern darüber.

Ich füllte ihr Apfelsaftschorle in ein Glas und mir Weißwein und öffnete eine Tafel Vollmilchschokolade mit ganzen Haselnüssen. Während ich mir einen Riegel abbrach, erzählte ich ihr von meinen Bewachern.

Meine Freundin sah mich an, als säßen dort unten im Auto Schwerverbrecher. »Schießen die etwa Fotos von allen deinen Besuchern?«, fragte sie.

Ich musste lachen. »Eva, sei mir nicht böse, aber in dieser Hinsicht hast du eine echte Macke. Was wäre Schlimmes daran, wenn sie ein Foto von dir machten?« Ich schob ihr die Tafel hin.

Sie schüttelte den Kopf. »Wenn ich damit erst anfange, kann ich nicht wieder aufhören. Ich bin dick genug. Schau nur.« Sie zeigte auf die Knopfleiste ihrer Bluse, die im Sitzen um die Taille herum einen Hauch spannte. »Um aber deine Frage zu beantworten: Man nie weiß, was mit solchen Fotos geschieht. Werden sie einfach gelöscht, oder landen sie in irgendeiner Datenbank?« Als sie meinen Gesichtsausdruck sah, lenkte sie ein. »Okay, Schluss damit. Erklär mir, warum diese Leute dich überhaupt bewachen. Hat dein Vater Sorge, auch dir könnte etwas zustoßen?« Allein die Vorstellung schien ihr einen Schreck zu versetzen.

Und nicht nur ihr. Ich zündete eine Zigarette an und blies den Rauch durch das geöffnete Fenster. »Er bezeichnet das als reines Kettenrasseln und hat geschworen, dass es keine weiteren Todesbotschaften gegeben hat.«

»Als du mir von diesem Brief erzählt hast, habe ich tatsächlich geglaubt, der sei von einem Spinner.«

Ich streifte die Asche im Aschenbecher ab. »Ich denke, es geht entweder um Erpressung oder Rache. Aber weder aus meinem Vater noch aus Carl ist etwas herauszubekommen. Sie wollen die Sache selbst in die Hand nehmen. Ist das nicht absurd? Vier Männer, die längst im Rentenalter sind und sich jahrzehntelang auf Wirtschaftsverbrechen spezialisiert haben.«

»Was heißt die Sache selbst in die Hand nehmen?«

»Mein Vater meinte, *BGS&R* habe ermittlungserfahrene Mitarbeiter, die sich darum kümmern würden.«

Jetzt brach sich Eva-Maria doch ein Stück Schokolade ab und schob es in den Mund. »Das heißt, sie tappen völlig im Dunkeln, oder?« Sie sah mich besorgt an und zog dabei die Schultern hoch, als friere sie. »Könntest du nicht ins Ausland gehen, bis sichergestellt ist, dass dieser entsetzliche Spuk ein Ende hat? Wer immer hinter den Todesfällen steckt, meint seine Drohungen ja ganz offensichtlich ernst.«

»Und er muss sich mit unseren Familienverhältnissen sehr gut auskennen.« Ich nahm einen Schluck Wein und drehte das Glas zwischen meinen Händen. »In Amelies Todesanzeige stand, ich sei ihre Halbschwester und …«

»Was?«, entfuhr es Eva-Maria. »Was stand da?« Sie machte eine ruckartige Bewegung mit dem Kopf, als habe sie sich verhört.

Ich drückte die Zigarette aus. »Da stand, ich sei ihre Halbschwester. Als ich meinen Vater darauf ansprach, hat er es zunächst als Spinnerei abgetan. Trotzdem hat es mir keine Ruhe gelassen, und ich bin zu Elly gefahren.«

Während ich Eva-Maria erzählte, was ich über meine leibliche Mutter erfahren hatte, schüttelte sie immer wieder den Kopf. »Wie ist sie gestorben?«, fragte sie schließlich.

»Mein Vater meinte, er wisse nicht, ob es ein Suizid oder ein Unfall war. Sie hat wohl im Bett geraucht und dadurch einen Brand verursacht, bei dem sie umgekommen ist. Aber ich kann mir nicht vorstellen, dass sich jemand auf diese Weise umbringt. Andererseits …« Ich machte eine Pause und sah durchs Fenster in den Hof, wo der Kater aus dem Erdgeschoss dem Studenten, der über mir wohnte, um die Beine strich und sich von ihm kraulen ließ. »Andererseits hat sie auch versucht, ihr Baby mit einem Kissen umzubringen.«

Eva-Maria stand auf und lief in der Küche umher, wobei sie mit den Fingern über alle möglichen Gegenstände strich. »Starker Tobak«, sagte sie. »Und sehr traurig. Was für eine unglückliche junge Frau sie gewesen sein muss.«

»Ich hätte so gerne ein Foto von ihr gesehen, um eine Vorstellung von ihr zu bekommen, aber mein Vater sagte, es gebe keine.«

»Deine Mutter wird sie vernichtet haben.«

Ich schob mir noch ein Stück Schokolade in den Mund. »Weißt du, was seltsam ist, Eva? Als ich all das erfahren habe, war ich irgendwie auch erleichtert. Weil etwas

Schwelendes, nicht Fassbares endlich in eine Form gefunden hat. Natürlich hat es mich ziemlich mitgenommen, aber es hat mich nicht wirklich überrascht. Irgendwie wusste ich immer, dass es einen Grund geben muss, warum meine Mutter eine unsichtbare Wand zwischen uns beiden errichtet hat. Nur dafür, dass meine leibliche Mutter versucht hat, mich umzubringen, finde ich keine Entsprechung. Dass sie mir ein Kissen aufs Gesicht gedrückt hat, müsste doch Spuren in mir hinterlassen haben.«

Eva-Maria stoppte ihre Wanderung, setzte sich wieder und schüttelte den Kopf. »Du warst ein Baby, du konntest die Situation doch gar nicht begreifen.«

»Meinst du nicht, dass ein Baby, das keine Luft mehr bekommt, in Todesangst verfällt?«

Sie sah mich irritiert an. »Worauf willst du hinaus?«

»Bisher war ich immer überzeugt, dass alles im Leben Spuren hinterlässt und dass in jedem Menschen ein unbewusstes Wissen darüber existiert.«

»Ja, und häufig bleibt dieses Wissen eben auch unbewusst. Es gibt viele, die sich an traumatische Ereignisse in ihrem Leben nicht mehr erinnern können, weil sie sie auf die eine oder andere Weise verdrängt haben. Möglicherweise gibt es nämlich auch eine unbewusste Weisheit darüber, wie viel du selbst ertragen kannst. Wenn du mich fragst, dann lass die Sache ruhen. Du hast großes Glück gehabt, dass du das damals überlebt hast. Ich an deiner Stelle wäre dankbar und würde versuchen, ihr zu verzeihen.«

Aber ich konnte das Thema nicht so schnell abhaken wie Eva-Maria. »Könntest du dein eigenes Kind umbringen?«

»Du weißt doch gar nicht, in welcher Verfassung sie damals war. Vielleicht war es eine Kurzschlusshandlung, vielleicht hat sie keinen anderen Ausweg gesehen. Sie war doch noch so jung, als du auf die Welt kamst. Denk mal an all diese Fälle von erweitertem Suizid, über die immer wieder etwas in den Zeitungen steht. Es heißt, diese Mütter seien keine Monster, die ihren Kindern bewusst etwas antun wollen. Sie liebten ihre Kinder und wollten sie vor etwas bewahren, das in ihren Augen weit schlimmer sei als der Tod. Sie wollten sie nicht allein und schutzlos zurücklassen, wenn sie sich selbst das Leben nehmen.«

»Ich habe aber auch schon von Müttern gelesen, die sich dadurch an ihrem Partner rächen wollen.«

Eva-Maria winkte ab. »Ja, natürlich, die gibt es auch. Genauso die, die überfordert oder psychisch krank sind. Ich weiß. Es mag seltsam in deinen Ohren klingen, aber ich empfinde Mitgefühl mit diesen Frauen. Ganz besonders mit denen, denen es zwar gelingt, ihr Kind zu töten, aber nicht sich selbst. Für die muss das Weiterleben die Hölle sein. Eine lebenslange Strafe ist nichts dagegen, wenn du mich fragst.«

Theoretisch konnte ich dem folgen, was sie sagte, aber in der Praxis? »Da liegt ein Baby vor dir in der Wiege«, insistierte ich leise. »Es sieht dich an, vielleicht verzieht es sogar gerade den Mund zu einem Lächeln. Es streckt seine Ärmchen nach dir aus. Und dann nimmst du ein Kissen und drückst es auf sein Gesicht?« Ich schüttelte den Kopf. »Niemals könnte ich so etwas tun. Unter gar keinen Umständen.«

»Dann hast du keine Vorstellung von den Umständen, in die du geraten kannst. Ich glaube, man kann sich nur wünschen, nicht so zu handeln. Und froh sein, wenn man nie in solche gefährdenden Situationen gerät.«

»Mein Vater ist überzeugt, sie habe sich an ihm rächen wollen.«

»Vielleicht kommt er mit dieser Erklärung am besten zurecht. Mir klingt sie zu einfach. Vielleicht hat sie tatsächlich keinen anderen Ausweg gesehen.«

»Dass sie sich in einer Notlage nicht anders zu helfen wusste, als sich und mich umzubringen, könnte ich ihr vielleicht sogar verzeihen. Aber als es ihr besserging, wollte sie von meinem Vater nur Geld für einen Neuanfang. Für mich hat sie sich nicht mehr interessiert.«

Eva-Maria schenkte sich Apfelsaftschorle nach und nahm einen Schluck. »Das ist eine mögliche Interpretation. Eine weitere wäre, dass sie sich nicht mehr in deine Nähe getraut hat. Vielleicht hatte sie Angst, sie könnte es noch einmal versuchen.« Sie zog einen Fächer aus ihrer Tasche und fächelte sich kühle Luft zu. »Ich kann verstehen, dass dich das beschäftigt, trotzdem solltest du dich da nicht hineinsteigern. In den letzten drei Wochen ist so viel Schlimmes geschehen. Sei gut zu dir und lade dir nicht noch mehr auf.«

Als in diesem Moment im Vorderhaus eine Sopranstimme ein Wiegenlied anstimmte, sahen wir uns an und liefen wie auf Kommando zum Fenster.

»Ist das diese Opernsängerin?«, fragte Eva-Maria.

Ich nickte. »Wenn sie ihrem Baby abends vorsingt, kommt es mir immer so vor, als würden alle Nachbarn innehalten und lauschen. Wahrscheinlich erinnert es sie genauso wie mich an ihre Kindheit. Elly hat mir immer vor dem Einschlafen *Guten Abend, gute Nacht* oder *Der Mond ist aufgegangen* vorgesungen.«

»Wie schön«, meinte Eva-Maria mit einem Lächeln und schloss die Augen, um sich ganz dieser wunderschönen Stimme hinzugeben.

Die Nacht verbrachte ich mit meinen Erinnerungen an Amelie. Ich sog diese inneren Bilder auf, um das eine Bild fernzuhalten, das ich nicht ertragen würde. Wann immer es sich mir zu weit näherte, leistete ich heftigen Widerstand. Ich hätte gerne Musik gehört, aber ich wagte es nicht. Sollte jemand versuchen, bei mir einzubrechen, wollte ich ihn rechtzeitig hören, um den Alarm auszulösen.

Gegen Morgen schlief ich endlich ein, nur um in kurzen Abständen immer wieder schweißgebadet aufzuwachen. Mein Körper fühlte sich an, als sei ich untrainiert einen Marathon gelaufen. In dem Gefühl, mich nicht bewegen zu können, blieb ich den ganzen Sonntag über im Bett und trank Unmengen von Wasser, nur um sie gleich wieder auszuschwitzen. Am frühen Nachmittag klingelte einer meiner Bewacher, um sich zu vergewissern, dass bei mir alles in Ordnung sei. Er musste mich nur ansehen, um zu begreifen, dass nichts in Ordnung war, dass es in meiner derzeitigen Verfassung aber auch nichts gab, was in seinen Zuständigkeitsbereich gefallen wäre.

Als ich mich gegen Abend ein wenig besser fühlte, vergegenwärtigte ich mir aus der Erinnerung alles, was mit den mysteriösen Todesfällen in Zusammenhang stehen konnte. Ich hatte an Carls Arbeitszimmertür gelauscht und gehört, wie Kerstins Vater sagte, sie hätten den ersten Brief nicht als üblen Scherz abtun dürfen. Carl hatte gebrüllt, wer immer hinter diesen Briefen stecke, habe die beiden umgebracht. Er und Johannes hatten eine Front gegen meinen Vater und Tobias gebildet, die keinerlei Beweise für ein Verbrechen sahen. Nichtsdestotrotz müsse Schluss sein mit diesen Briefen, hatte Tobias gesagt und versprochen, er werde mal einen seiner Leute darauf ansetzen.

»Einen *seiner* Leute«, murmelte ich vor mich hin. Mein Vater sprach stets nur von *unseren* Leuten.

Und noch etwas fiel mir ein. Johannes hatte Tobias gefragt, ob er gerade etwas Brisantes am Laufen habe. Und dann hatte Johannes nach einem Brand gefragt.

Ich rief Adrian auf seinem Handy an und fragte ihn, ob

er ungestört sprechen könne. Als ich gerade loslegen wollte, hörte ich seinen Vater im Hintergrund reden.

»Kannst du bitte hinausgehen, so dass er nicht mithören kann?«, bat ich ihn.

Adrian meinte resigniert, sein Vater sei wieder mal völlig zugedröhnt und werde ganz bestimmt nichts mitbekommen. Trotzdem erklärte er sich bereit, auf die Terrasse zu gehen. Wenige Sekunden später hörte ich an dem Vogelgezwitscher, dass er draußen war.

Obwohl ich mir die Antwort vorstellen konnte, fragte ich ihn, wie es ihm gehe. Von sich selbst erzählte er so gut wie nichts, dafür umso mehr über den Zustand seines Vaters. Er habe den Eindruck, der versuche, sich mit Unmengen von Whiskey in Raten den Todesstoß zu versetzen. »Und wenn er dann zwischendurch mal nüchtern ist«, meinte er in einem resignierten Tonfall, »hämmert er ununterbrochen etwas in seinen Laptop.«

»Und was?«, fragte ich.

»Keine Ahnung. Was wolltest du mit mir besprechen, was mein Vater nicht hören darf?«

»Weißt du, ob Tobias eigene Leute beschäftigt?«

»Ganz sicher nicht«, antwortete er, ohne auch nur eine Sekunde darüber nachdenken zu müssen. »Alle vier Partner greifen auf dieselben Leute zu. Einige sind fest angestellt, wir beschäftigen aber auch jede Menge freie Mitarbeiter.«

»Was könnte er damit gemeint haben, als er sagte, er setze *seine* Leute darauf an? Wenn sie tatsächlich alle auf dieselben Mitarbeiter zugreifen, warum dann diese Abgrenzung?«

»Da hast du vielleicht einfach etwas falsch verstanden.«

In diesem Moment erinnerte ich mich an etwas, dem ich bisher in diesem Zusammenhang keine Bedeutung zugemessen hatte. Das ich als Tagesgeschäft in dem ganz speziellen Metier unserer Väter abgetan hatte. »Mein Vater hat zu Tobias am Telefon gesagt, dessen Abteilung sei die einzige, die ihnen wirklich gefährlich werden könne.«

Adrian schwieg. Sekundenlang war nur sein Atmen zu hören, das sich in das Vogelgezwitscher im Hintergrund mischte. »Ich kann mir das nicht erklären«, meinte er schließlich.

»Du nimmst doch sicher hin und wieder an den Partnermeetings teil. Hat es da schon einmal ähnliche Andeutungen gegeben?«

»Nein, nie. Daran würde ich mich sicher erinnern.«

»Und weißt du etwas über einen Brand? Irgendwo muss es einen Brand gegeben haben.«

Von drinnen schrie Carl nach Adrian, woraufhin mein Schwager seinen Vater um einen Moment Geduld bat. »Ich könnte mich im Büro umhören. Ich melde mich bei dir, ja?«

Ich legte das Handy beiseite, schaltete den Laptop ein und lud die Internetseite von *BGS&R* hoch. Kaum hatte sich die Seite geöffnet, wurde mir bewusst, wie lange es her war, dass ich sie mir zuletzt angesehen hatte. Was ich hier las, ließ mich an meine Unterhaltung mit Amelie während unseres Bootsausflugs denken. Die Detektei präsentierte sich im Internet als Unternehmen, das auf einen Pool von Experten zurückgreifen konnte, um gegen Korruption, Wirtschaftsspionage, Wettbewerbsverletzungen, Versicherungsbetrug, Erpressung und Schwarzarbeit zu ermitteln. Mit seiner Abteilung Erbensuche schien mein Schwager bei *BGS&R* eine kleine sonnige Insel in einem Meer voller Schmutz zu bewohnen.

Während ich auf den Bildschirm starrte, saugte sich mein Blick an dem Firmennamen fest. Die einzelnen Buchstaben standen für Benthien, Graszhoff, Schormann und Rech. Die Partner hatten sich für diese Form des Firmennamens entschieden, um sich in diesem sensiblen Gewerbe dezent im Hintergrund zu halten. Zum ersten Mal wurde mir bewusst, dass ich mir nie Gedanken über die Reihenfolge der Namen gemacht hatte. Bei den drei ersten sah es aus, als habe das Alphabet die Reihenfolge vorgegeben. Wäre diese Vorgehensweise allerdings konsequent durchgehalten worden, hätten die Namen Schormann und Rech ihre Positionen tauschen müssen. Was nicht der Fall war.

Noch einmal rief ich Adrian an. Er hatte schnell eine Antwort parat, weil er sich selbst einmal dafür interessiert und seinen Vater danach gefragt hatte. Die Partner hätten seinerzeit um die Positionen im Firmennamen gewürfelt.

»Also kann diese Aufteilung kein Hinweis auf eine Sonderstellung von Tobias sein?«, fragte ich.

»Nein«, antwortete Adrian, »ganz sicher nicht.«

Als ich um kurz nach neun am Montagmorgen Richards Klingelknopf drückte, spürte ich mein Herzklopfen bis zum Hals. Am liebsten wäre ich an den Punkt zurückgekehrt, an dem wir uns vor Amelies Tod verabschiedet hatten. Aber so einfach würde er es mir vermutlich nicht machen.

Als mir Richard die Tür öffnete, positionierte er sich so im Rahmen, dass ich hätte drängeln müssen, um an ihm vorbeizukommen. »Guten Morgen, Finja.«

»Hallo.« Ich trat von einem Fuß auf den anderen und versuchte, seinem Blick standzuhalten.

Betont langsam bewegte er sich mit einer einladenden Geste von der Tür weg. »Der Kaffee ist schon fertig.«

»Dann kann ich ja gleich loslegen. Lass dich durch mich nicht stören.«

Er folgte mir ins Esszimmer. »Stört es dich, wenn ich dir ein wenig zuschaue?«

»Ehrlich gesagt ja.«

»Dann mache ich es kurz.« Er setzte sich auf den Esstisch und ließ die Füße baumeln.

»Wie meinst du das?«, fragte ich irritiert.

Er lachte. »Ich bleibe nur kurz. Entschuldigung, war blöd ausgedrückt.«

Während ich seine Blicke in meinem Rücken spürte, packte ich meine Utensilien aus.

»Stört dich das?«

»Es ist deine Wohnung, du bist der Auftraggeber.«

»Bedeutet das, du siehst dich selbst als Auftragsarbeiterin?«

Ich atmete auf. Das war Terrain, auf dem ich mich bewegte wie ein Fisch im Wasser. »Wenn du den Auftrag meinst, überhaupt tätig zu werden, dann ja«, antwortete ich, ohne mich zu ihm umzudrehen. »Aber bei der Durchführung nehme ich mir alle Freiheiten. Leute, die gerne ›etwas Blaues‹ an ihrer Wand hätten, weil es gut zur Couch-Garnitur passt, sind bei mir falsch.«

Er schwieg so lange, dass ich schon glaubte, er habe sich zurückgezogen. »Weißt du, dass da draußen Leute in einem Auto sitzen, die dir hierhergefolgt sind? Ich habe es vom Fenster aus beobachten können.«

Ich fuhr fort, die Pinsel auszupacken. »Das hat nichts zu bedeuten.«

»Also handelt es sich um die Schutztruppe deines Vaters. Interessant. Jetzt sag nur bitte nicht, dass die beiden da unten dich vor möglichen Übergriffen beschützen sollen. Dann kennen sie dich schlecht.« Ein leiser Unterton in seiner Stimme ließ die Verletzung ahnen, die ich ihm zugefügt hatte.

Ich drehte mich um. »Was am See passiert ist, tut mir leid. Es wäre schön, wenn du meine Entschuldigung annehmen könntest.« Ich sah ihn abwartend an.

»Jeder verarbeitet Trauer auf seine Weise. Die eigene

Schwester auf so entsetzliche Weise zu verlieren, rechtfertigt einiges. Das muss sehr schwer für dich sein.« Er sagte es in einem so mitfühlenden Ton, dass ich all meine Konzentration benötigte, um die Tränen zurückzuhalten und mich gegen die Nähe abzugrenzen, die er aufbaute.

Ich betrachtete meine Pinsel, als hätte ich sie nie zuvor gesehen, und versuchte, gleichmäßig zu atmen. Ich wollte ungestört arbeiten, abtauchen, vergessen. Warum konnte er das nicht spüren? Ein leises Geräusch ließ mich aufblicken. Richard war verschwunden und hatte nur den Duft seines Rasierwassers zurückgelassen.

Bis zu seinem Besuch hatte Gesa Tag für Tag gehofft, bald entlassen zu werden. Jetzt war es ihr gleichgültig. Welchen Sinn hatte ihr Leben ohne ihre Tochter, ohne Alexander? Er hatte ihr Geld versprochen. Genug für einen bescheidenen Neuanfang. Genug, um weit fortzugehen, fort von seiner Familie, von ihrem Kind.

Seine Familie, diese Worte stießen ihr bitter auf. Seine Familie war auch ihre Familie. Finja, ihre gemeinsame Tochter, und Freia, ihre zwölf Jahre ältere Schwester, die versucht hatte, ihr die Eltern zu ersetzen. Getrieben von der Vorstellung, dass Freia ihr verzeihen würde, wählte sie deren Nummer. Sie hatte eine der Schwestern um die Erlaubnis gebeten. Nach dem vierten Freizeichen meldete sich die Haushälterin. Gesa redete aufgeregt, als sie nach ihrer Schwester fragte. Die Frau am anderen Ende der Leitung bat sie um Geduld, sie werde Frau Benthien ans Telefon holen. Die Sekunden summierten sich zu einer Minute. Sie hörte auf die Geräusche im Hintergrund, spitzte die Ohren bis zum Äußersten, um vielleicht einen Laut ihrer Tochter zu hören. Und dann war die Stimme wieder da und sagte, Frau Benthien lasse ihr ausrichten, sie sei nicht zu sprechen und wünsche keinen weiteren Kontakt zu ihrer Schwester.

»Wie geht es Finja?«, rief sie ins Telefon. Aber da hatte die Frau bereits den Hörer aufgelegt.

Mit hängenden Schultern und Tränen in den Augen ging sie zum Gespräch mit Doktor Radolf. Von seinem Schreibtisch aus sah er ihr entgegen, als sie die Tür schloss und sich ihm gegenübersetzte. In seinem Blick lag kein Staunen über ihren Zustand, als hätte er ihn so und nicht anders erwartet.

»Ich hätte Sie gerne zu dem Gespräch begleitet, Gesa.«

Sie ließ die Tränen laufen, wischte sie nur von den Händen. »Alexander hat gedroht, mich anzuzeigen, sollte ich mich einem von ihnen auch nur nähern.« Sie zog die Nase hoch und schloss für einen kurzen Moment die Augen. »Wissen Sie, Doktor Radolf, ich kann es ihm gar nicht verübeln. Was ich getan habe, muss ihn sehr getroffen haben. Ich verstehe es doch selbst immer noch nicht. Wenn ich versuche, mich daran zu erinnern, schnürt es mir die Kehle zu.« Sie drosselte ihre Lautstärke bis zu einem Flüstern. »Er muss denken, ich sei ein Ungeheuer.«

Sein Blick umfing sie voller Wärme und schien zu sagen, dass sie in seinen Augen nie ein Ungeheuer gewesen sei.

»Sie haben sich so große Mühe mit mir gegeben«, sagte sie. »Und doch ist diese Nacht in einem nebligen Dunkel geblieben. Warum kann ich mich an diese Begegnung am Bootshaus erinnern, aber nicht an das, was danach geschah? Es ist wie ausradiert.«

»Sie meinen diesen Traum mit dem Beichtstuhl, Gesa«, korrigierte er sie.

»Wenn es wirklich ein Traum war, Doktor Radolf, dann hat er sich wie die Wirklichkeit angefühlt. Wie kann denn das sein? Ich habe das doch früher noch nie verwechselt.«

Er lehnte sich in seinem Stuhl zurück und betrachtete sie, als sei das Bild, das er sich von ihr gemacht hatte, immer noch nicht vollständig. »Vielleicht waren Sie auch noch nie zuvor in einer solchen Ausnahmesituation – so jung mit einem Kind dazustehen, dessen Vater die Beziehung mit Ihnen bricht.«

»Und Sie glauben, in einer solchen Ausnahmesituation würde ich mich dann an so viele Details eines Traums erinnern?«

»Diese Details beschützen Sie vor der Wahrheit, Gesa«, erklärte er ihr. »Immer noch.«

»Vielleicht sogar für immer?«, fragte sie mit einem bangen Gefühl.

»Das kann niemand so genau sagen. Die Zeit wird es weisen.«

10

Seit Amelies grausamem Tod konnte mich bereits ein Klingeln an der Tür in Angst versetzen. Als kurz nach zweiundzwanzig Uhr jemand unten vor dem Haus bei mir Sturm klingelte, griff ich als Erstes nach dem Alarmsender und meldete mich dann über die Sprechanlage. Es dauerte Sekunden, bis ich begriff, dass es Adrian sein musste, der unten wartete. Nachdem ich den Türöffner gedrückt hatte, lehnte ich mich übers Treppengeländer und schaute, ob es tatsächlich mein Schwager war. Zum ersten Mal war ich froh darüber, dass es im Haus keinen Aufzug gab, in den unten jemand ungesehen verschwinden konnte, um mir kurz darauf vor meiner Wohnungstür gegenüberzustehen.

»Was machst du hier?«, fragte ich, als er wenig später die letzte Stufe der vier Stockwerke erreichte und nach Luft schnappte, als sei er ein alter Mann und kein sportlicher Mittdreißiger.

»Ich wollte mit dir reden«, sagte er.

»Warum hast du nicht angerufen?«

Er schüttelte den Kopf und folgte mir in den Flur, wo er seine Tasche fallen ließ und wie ein Hochleistungssportler nach einem anstrengenden Sprint die Hände in die Hüften stemmte. Während er wieder zu Atem kam, betrachtete er meine bis zur Decke reichenden Bücherregale. Und ich nahm mir Zeit, ihn anzusehen. Früher hatte Adrian als Kontrast zu seinen dunklen Haaren oft kräftige Farben gewählt, inzwischen trug er nur noch schwarz. In meinem aubergine und türkis gemusterten Kleid musste ich ihm wie ein unerträglicher Farbklecks vorkommen. Doch selbst nach Amelies Tod konnte ich mich nicht gegen Farben entscheiden, sie waren ein essenzieller Bestandteil meines Lebens.

»Möchtest du etwas trinken?«, fragte ich.

»Am liebsten ein Glas Wein.« Er folgte mir in die Küche.

»Hast du Hunger?«

Er schüttelte den Kopf.

Ich holte eine Flasche Wein aus dem Kühlschrank, entkorkte sie und lotste ihn in mein Wohnzimmer. Adrian und Amelie hatten so oft davon gesprochen, mich hier zu besuchen, aber es hatte nie geklappt. Jetzt versuchte ich, das Zimmer mit seinen Augen zu sehen. Mein Schwager war konventionell und liebte eine gewisse Ordnung. Deshalb heftete sich sein Blick sofort an die Kommode, die trotz ihrer vier Füße einen Meter über dem Boden an die Wand gedübelt war. In die oberste Schublade konnte ich nur schauen, wenn ich auf einen Tritt stieg. Sein Blick wanderte weiter zu einem Hocker, der auf der Sitzfläche stand und dessen Beine eine Glasplatte hielten. Von der Decke hing eine Schaukel. Darunter lag ein quadratisches Ölgemälde. In einem alten, offen stehenden Kühlschrank hatten meine Lieblingsbücher ihren Platz gefunden.

Adrian sah mich an wie jemand, der Mozart liebte und plötzlich mit Zwölftonmusik konfrontiert wurde.

»Das hält meinen Kopf flexibel«, erklärte ich ihm.

»Hast du Sorge, frühzeitig zu verkalken?«

Es war weniger seine Frage als sein Gesichtsausdruck, der mich zum Lächeln brachte. »Ich möchte verhindern, dass sich meine Kreativität irgendwann nur noch in ausgetretenen Pfaden bewegt.«

»Und das lässt sich verhindern, indem du eine Kommode an die Wand hängst?«, fragte er erstaunt.

»Das macht dich nervös, oder?«

Er drehte sich einmal um die eigene Achse, nur um schließlich zu nicken. »Ja«, sagte er, »ich glaube schon. In diesem Raum hätte ich ständig das Gefühl, etwas gerade rücken zu müssen. Fühlst du dich tatsächlich wohl hier?«

»Sehr.« Ich zeigte auf die Sitzkissen, die um meinen Hockertisch herum drapiert waren. »Wenn du es aushältst, bleiben wir drinnen. Auf dem Balkon komme ich mir im Augenblick wie eine Zielscheibe vor.«

Er setzte sich in den Schneidersitz und sah zu, wie ich ihm ein Glas Wein einschenkte.

»Warum hast du nicht angerufen?«, fragte ich, schob die neueste CD von Anna Ternheim in den Player und drehte die Lautstärke so weit herunter, dass die Musik im Hintergrund blieb.

»Unser Gespräch gestern ist mir nachgegangen«, begann er, nachdem er einen großen Schluck genommen hatte. »Erst wollte ich warten, bis mein Vater wieder nüchtern ist. Aber abgesehen davon, dass er diesen Zustand derzeit nicht sehr oft erreicht, habe ich mir den Alkohol zum Verbündeten gemacht. Ich habe ihn auf Amelies Todesanzeige angesprochen, habe versucht herauszufinden, ob jemand die Partner erpresst. Aber er hat nur vor sich hin gestarrt, den Kopf hin- und herbewegt und immer wieder gesagt: ›Dieses Schwein ist an allem schuld. Er hat sie alle auf dem Gewissen.‹ Wen er damit meinte, habe ich nicht aus ihm herausbekommen. Dann wollte ich wissen, ob Tobias noch ein Geschäft nebenher betreibt. Bei dieser Frage hat er einen hochroten Kopf bekommen. Seine Augen sind fast aus den Höhlen getreten. ›Es war Tobias' Auftrag‹, hat er gebrüllt. ›Anstatt die DVDs sofort zurückzugeben, behält dieser Idiot sie.‹ Welcher Auftrag, welche DVDs, wollte ich wissen.«

Adrian war der Schneidersitz offensichtlich unbequem. Es dauerte einen Moment, bis er in eine bequemere Sitzhaltung gefunden hatte. »Es war, als hätte ihn diese Frage von einer Sekunde auf die andere nüchtern werden lassen«, fuhr er fort. »Dabei verzerrte er das Gesicht wie jemand, der gerade feststellt, dass er einen Fehler begangen hat. Und er sagte nur noch, er sei betrunken, ich solle ihn in Ruhe lassen.«

Ich reckte mich zu der alten Reisetruhe, in der ich meine Süßigkeiten aufbewahrte, holte eine von Eva-Marias Schokoladen hervor und öffnete sie. Während ich mir ein Stück abbrach, erinnerte ich mich an etwas. »Weißt du zufällig, ob *BGS&R* für einen dieser Discounter arbeitet?«

»Keine Ahnung, das ist nicht mein Gebiet, aber ich kann mich erkundigen. Wieso ausgerechnet ein Discounter?«

»An dem Tag, als deine Mutter und dein Bruder beerdigt wurden, kam ein Bericht im Radio. Mein Vater wollte ihn unbedingt hören und hat deswegen sogar einen Streit mit meiner Mutter vom Zaun gebrochen. Dabei ging es um illegale Bespitzelungen von Mitarbeitern durch eine Detektei. Einmal angenommen, Tobias hätte auf eigene Rechnung einen solchen Auftrag durchgezogen und vielleicht Mitschnitte aus den Personalräumen zurückgehalten. Was könnte an solchen Mitschnitten so brisant sein, dass jemand deswegen vier Menschen umbringt?«

»Wenn darauf zum Beispiel ein Kapitalverbrechen zu sehen ist. Aber in einem solchen Fall wären sofort die Behörden eingeschaltet worden. Wir sind eine der renommiertesten Wirtschaftsdetekteien, Finja, da wird so etwas nicht mal eben unter den Teppich gekehrt. Da gibt es ganz klare Direktiven. Wenn du die nicht einhältst, kann es ziemlich schnell steil bergab gehen.«

»Klare Direktiven nützen überhaupt nichts, wenn einer der Partner sie unterläuft, um vielleicht einen nicht ganz legalen Auftrag anzunehmen.«

Von innerer Unruhe getrieben stand Adrian auf und machte Anstalten, sich auf die Schaukel zu setzen, traute sich jedoch nicht, über das Bild zu laufen, das aus der Vogelperspektive New Yorker Häuserschluchten zeigte.

»Keine Sorge«, beruhigte ich ihn, »das ist Panzerglas.«

Vorsichtig setzte er einen Fuß vor den anderen und ließ sich dann auf dem Holzbrett nieder. Mit einem Blick zur Decke prüfte er, ob die Haken auch sein Gewicht halten würden. Erst als er sich dessen sicher war, verschränkte er die Füße unter dem Sitz und schaukelte vor und zurück. Seinem Gesichtsausdruck nach zu urteilen, schien er wegen irgendetwas mit sich zu ringen. »So, wie es aussieht«, sagte er, ohne mich anzusehen, »kocht Tobias tatsächlich sein eigenes Süppchen. Zumindest beschäftigt er eigene Leute. Ich habe mich heute Morgen mit unserer Buchhalterin unterhalten. Sie hat mir eine Liste aller Mitarbeiter gegeben und mich an den Aktenschrank unserer Personalfrau, die nur an zwei Vormittagen in der Woche im Büro ist, gelassen. Ich hatte etwas gut bei ihr«, sagte er und hob den Blick. »Bei den festangestellten Leuten konnte ich nichts Ungewöhnliches entdecken. Die kenne ich inzwischen auch alle, genauso wie die freien Mitarbeiter. Aber darüber hinaus gibt es ein paar Freie, denen für ihre Dienste immer mal wieder Geld überwiesen wird, über die jedoch keine Personalakten existieren. Wenn jemand einoder zweimal für uns tätig wird, ist das auch ganz normal, aber die Leute, um die es hier geht, scheinen über Jahre hinweg ganz regelmäßig im Einsatz zu sein. Sie …«

»Hast du mal eine der Rechnungen gesehen, die sie an *BGS&R* stellen?«, unterbrach ich ihn. »Darin müsste doch stehen, was genau sie für die Detektei tun.«

»Sollte man annehmen. Aber aus den Rechnungen, die sie mir gezeigt hat, kannst du so gut wie nichts entnehmen. Die sind so allgemein gehalten, dass alles Mögliche dahinterstecken könnte. Und genau das ist es, was mir Sorgen macht.« Er setzte die Füße auf, um die Schaukel zu stoppen. »Jeder Detektiv muss in seiner Rechnung seine Tätigkeit exakt beschreiben. Sobald er jedoch den rechtlichen Rahmen verlässt, wird alles sehr allgemein gehalten. Damit muss sich der Auftraggeber natürlich einverstanden erklären, vor allem hinterher, wenn es ans Bezahlen geht. Zwar gibt es kaum einen Detektiv, der ohne Vorkasse arbeitet, aber damit lässt sich ja längst nicht alles abdecken.«

»Das heißt, die Tätigkeiten, die sich hinter eher allgemein gehaltenen Rechnungen verbergen, sind nicht legal?«

Er nickte. »Da, wo es in den strafbaren Bereich geht, gibt es allerdings überhaupt keine Rechnungen. Da wird ausschließlich schwarzgearbeitet und bar bezahlt.«

»Das heißt, wir sollten dankbar sein, dass überhaupt Rechnungen existieren und *BGS&R* sich allem Anschein nach nur in einer Grauzone bewegt«, meinte ich trocken.

Adrian machte einen großen Schritt über das Bodenbild und setzte sich in den türkisfarbenen Sitzsack vor dem Fenster. »Die Buchhalterin meinte, diese Mitarbeiter tauchten nie in den Büros auf und würden ausschließlich an Tobias berichten. Und nur er würde deren Rechnungen abzeichnen. Sie habe ihn mal gefragt, was es mit diesen Leuten auf sich habe, und er habe geantwortet, die Detektei sei auf Gesichter angewiesen, die auch den anderen Mitarbeitern nicht bekannt seien. Eine reine Sicherheitsmaßnahme, sozusagen ein Trumpf im Ärmel.«

Ich zündete mir eine Zigarette an und dachte an die Bootsfahrt über den Tegernsee, die für Amelie und mich im Streit geendet hatte. Eine realitätsblinde Idealistin hatte sie mich genannt. Hatte sie von diesem Trumpf in Tobias' Ärmel gewusst?

Adrian drehte sein Weinglas zwischen den Händen. »Ich habe noch etwas herausgefunden«, meinte er zögernd. »Du hast doch einen Brand erwähnt. Mag sein, es ist zu weit hergeholt, aber als ich die Liste der Mitarbeiter durchgegangen bin, ist mir ein Name aufgefallen: Hartwig Brandt. Bei ihm handelt es sich wohl auch um einen von Tobias' Leuten. Möglicherweise haben die Partner also gar nicht über ein Feuer gesprochen, sondern über diesen Mitarbeiter.« Adrians Miene verdüsterte sich immer mehr. »Ich habe immer angenommen, *BGS&R* mache einen Bogen um den Schmutz, von dem die schwarzen Schafe der Branche leben.«

»Vielleicht ziehen wir die völlig falschen Schlüsse. Es könnte sich in Tobias' Abteilung doch auch einfach um besonders sensible Thematiken drehen.«

»In unserer Branche ist jede Thematik sensibel, Finja, das weißt du so gut wie ich. Auch wenn es mir schwerfällt, aber vielleicht müssen wir uns wirklich mit der Tatsache vertraut machen, dass die Westen unserer Väter nicht ganz so weiß sind, wie wir es uns immer vorgestellt haben.«

Jetzt war ich diejenige, die aufsprang, um sich auf die Schaukel zu setzen. »Würde ich dieser Logik folgen, wären unsere Väter an dem, was geschehen ist, nicht schuldlos. Aber sie opfern doch nicht ihre Familienmitglieder für irgendeinen ominösen Auftrag. Zumal damit ja ganz offensichtlich nur Tobias befasst war, der wiederum der Einzige ist, der niemanden zu betrauern hat.« Ich nahm so viel Schwung, dass die Seile knarrten und Adrian skeptisch zur Decke schaute. »Vielleicht ist sogar er derjenige, der hinter alldem steckt. In Amelies Todesanzeige stand, ich sei ihre Halbschwester. Wer immer das so formuliert hat, muss unsere Familienverhältnisse sehr genau kennen.«

»Was ist denn das für ein Blödsinn?«, fragte Adrian. »Ihr und Halbschwestern? Lächerlich!«

»So ähnlich hat es mein Vater auch ausgedrückt«, entgegnete ich, um ihm die Geschichte zu erzählen, die sich vor knapp vierunddreißig Jahren zugetragen hatte.

Während Adrian zuhörte, wurde sein Blick immer ungläubiger, bis er mich in einer Weise ansah, als habe man mir einen Bären aufgebunden. »Wenn das wirklich stimmt, hätte doch irgendjemand in unseren Familien in all den Jahren mal ein Wort darüber verloren. Zuallererst meine Mutter. Sie hat solche Geschichten aufgesogen.«

»Hat sie mal davon erzählt, dass Tobias' Verlobte umgebracht wurde?«

»Ich wusste nicht einmal, dass er eine hatte. Eigentlich dachte ich immer, er interessiere sich nicht für Frauen.«

»Allem Anschein nach hat er sich nur für diese eine interessiert. Mathilde hieß sie. Und sie war sehr hübsch. Vor ein paar Jahren hat er mir ein Foto von ihr gezeigt, damit ich sie auf seine Schlafzimmerwand male. Allerdings hat er mir gegenüber behauptet, es handle sich um eine Fremde.«

Adrian war der Alkohol allmählich anzuhören, als er mir entgegenhielt, dass Tobias nie und nimmer für die Todesfälle verantwortlich sein konnte. Er gehöre quasi zur Familie. Dass niemand von seiner Seite zu Tode gekommen sei, liege schlicht und einfach daran, dass er weder Frau noch Kinder habe, geschweige denn Geschwister. »Wen hätten sie da umbringen sollen?« Er schüttelte den Kopf. »Weißt du was, Finja, vielleicht verrennen wir uns da ganz fürchterlich in etwas. Vielleicht verbindet alle vier Todesfälle doch nur der Zufall.«

»Hätte ich die Briefumschläge an den Windschutzscheiben nicht gesehen und einen davon aufgemacht, würde ich dem vielleicht sogar zustimmen, aber …«

»Singular«, unterbrach er mich. »Sicher weißt du nur von einem. In dem anderen Brief könnte alles Mögliche gestanden haben.«

»Der, den Johannes bekommen hat, war mit Sicherheit auch so einer. Und ich vermute, es hat schon einen gegeben, bevor deine Mutter und Hubert verunglückt sind. Das würde bedeuten, dass jeder der Todesfälle angekündigt wurde.« Ich sprang von der Schaukel, ging zu Adrian, kniete mich vor ihn auf den Boden und suchte seinen Blick. »Einmal angenommen, es war alles genau so, dann stellt sich die Frage, wie Johannes nach dem, was deiner Familie widerfahren war, überhaupt noch an einer ernst gemeinten Drohung zweifeln konnte … Oder mein Vater. Vielleicht weil sie sich genauso wenig wie du vorstellen konnten, dass Tobias zu so etwas fähig sei?«

»Das glaube ich einfach nicht. Vielleicht war ihnen klar, worauf diese Drohungen abzielten. Und vielleicht war es ihnen unmöglich, darauf einzugehen.« Adrian wurde es zu viel, er wischte sich Tränen aus den Augenwinkeln.

Aber ich konnte es nicht gut sein lassen. »Hätten sie es tatsächlich gewusst, hätten sie für den bestmöglichen Schutz ihrer Familien sorgen müssen.«

»Kannst du dir vorstellen, wie das ist, mit diesem Anblick zu leben?«, fragte Adrian mit brüchiger Stimme. »Als ich in unser Schlafzimmer kam und sie da liegen sah …«

Ich wich zurück und wandte ihm den Rücken zu. »Sei still, ich will das nicht wissen!«

»Amelie hat so viel Blut verloren«, sprach er weiter, als habe er mich nicht gehört. »Ihr Hals war …«

Ich schoss herum und hielt ihm den Mund zu. »Wenn du es mir beschreibst, werde ich dieses Bild nie wieder los. Es wird sich für immer einbrennen, verstehst du?«

Er zog meine Hand von seinem Mund. »Es verfolgt mich Tag und Nacht, Finja«, flüsterte er. »Und unser Baby …«

»Nein! Hör auf!« Ich holte ein gerahmtes Porträtfoto von Amelie und setzte mich so neben ihn, dass wir es beide ansehen konnten. »Schau dir das Foto an, Adrian. So sah Amelie aus.«

Stumm lehnten wir uns aneinander und betrachteten meine Schwester, die selbstbewusst in die Kamera schaute.

»Manchmal habe ich sie mir weniger ehrgeizig gewünscht«, sagte er nach einer Weile. »Sie hatte vor, ein paar Wochen nach der Geburt unseres Kindes wieder zu arbeiten. Ich habe ihr immer wieder vorgerechnet, dass unser Geld auch so reichen würde, aber es ging ihr nicht ums Geld. Und auch nicht um Bestätigung.«

»Sondern darum, ein wenig an den Stellschrauben der Macht herumzudrehen? So hat Kerstin es jedenfalls ausgedrückt.«

»Mir war diese Art von Ehrgeiz immer fremd. Wenn wir uns stritten, hat Amelie mir vorgeworfen, ich hätte meiner Mutter zu viel beim Stricken zugesehen und ihre Hausmütterchenzufriedenheit übernommen. Dabei habe ich meine Mutter nie so empfunden. Sie hat sich zwar zu Hause um alles gekümmert, aber sie wusste sehr genau, was draußen vor sich ging.« Er stöhnte. »Diese blöden Streitereien waren eine einzige Zeitverschwendung. Hätte ich gewusst, dass uns nur so wenig Zeit bleibt …«

Ich legte meinen Finger auf seine Lippen. »Mach dir keine Vorwürfe. Amelie wird das schon richtig eingeschätzt haben.« Ich küsste ihn auf die Wange.

Mit einer unerwarteten Bewegung drehte er den Kopf und küsste mich auf den Mund. Im ersten Augenblick erstarrte ich, doch dann spürte ich, wie gut sich das anfühlte. Ich legte ihm die Arme um den Nacken und erwiderte seinen Kuss.

»Kann ich bei dir übernachten? Oder herrscht in deinem Schlafzimmer auch kreatives Chaos?«

»Nur auf dem Meeresboden. Aber wenn du die Augen schließt, vergisst du ihn.«

Als wir am Morgen aufwachten, sahen wir uns an wie ein Geschwisterpaar, das Hand in Hand ein gefährliches Abenteuer überstanden hatte und dankbar war, unterwegs nicht allein gewesen zu sein. Keiner von uns beiden suchte nach Worten, um diese Nacht zu rechtfertigen. Sie besaß ihre eigene Logik.

Ich öffnete das Schlafzimmerfenster, um die Sonne hereinzulassen, und deponierte das Frühstückstablett auf der Bettritze. Adrian saß mir im Schneidersitz gegenüber und ließ seinen Blick über die Wandmalerei gleiten.

»Das meintest du also mit Meeresboden«, sagte er nach einer Weile.

»Gefällt dir das Bild? Ein ehemaliger Kommilitone hat es gemalt.«

»Es hat etwas. Obwohl ich es nicht gerne jeden Morgen als Erstes sehen möchte.« Er betrachtete mich stumm über seinen Kaffeebecher hinweg. »Ich wollte immer nur Amelie.«

»Ich weiß«, sagte ich leise.

Er setzte den Kaffeebecher ab und begann zu reden. Dabei lebten so viele Erinnerungen wieder auf, dass wir bald nicht mehr zu zweit in meinem Schlafzimmer waren, sondern inmitten der vier Menschen, die wir in den vergangenen Wochen verloren hatten. Für jeden von uns gab es den Moment, in dem wir am liebsten die Zeit angehalten hätten, um der Traurigkeit zu entkommen. Aber sie holte uns ein.

Adrian stand gerade unter der Dusche, als mein Handy klingelte. Richards Stimme ließ mein Herz schneller schlagen. Ich wollte ihm gerade zuvorkommen und sagen, dass ich mich ein wenig verspäten würde, als er mir für den Rest der Woche absagte. Eine dringende Recherche sei ihm dazwischengekommen. Er versprach, sich zu melden, sobald er zurück sei. Ein wenig enttäuscht fragte ich ihn, ob ich nicht auch während seiner Abwesenheit weiterarbeiten könne, aber er vertröstete mich bis zu seiner Rückkehr.

Kaum hatten wir das Gespräch beendet, rief mein Vater

an, um sich zu erkundigen, wie es mir gehe. Ich sagte ihm nichts von Adrian, sondern fragte stattdessen nach meiner Mutter. Er meinte, sie müsse noch eine Zeitlang im Jägerwinkel bleiben, Amelies Beerdigung habe ihre Kraftreserven vollständig aufgebraucht. Bevor wir auflegten, riet mein Vater mir, bis auf weiteres keine neuen Aufträge anzunehmen. Ich könne nicht wissen, wer sich dahinter verberge. Das könne ich nie, hielt ich ihm entgegen, nur um mir anhören zu müssen, es sei kein guter Moment, um Risiken einzugehen.

»Letztlich kann mir überall etwas geschehen«, meinte ich. »Hast du eigentlich inzwischen eine Erklärung dafür, dass vier Menschen sterben mussten?«, fragte ich und spürte einen tiefen Groll meinem Vater gegenüber.

»Finja, die Dinge sind nicht immer so einfach, wie wir sie uns wünschen.«

»Dafür sind sie entsetzlicher, als ich es mir je habe vorstellen können.«

»Hast du den Sender bei dir?«

»Was habt ihr nur getan?«, fragte ich.

»Unsere Arbeit, nichts weiter.«

In jeder wachen Minute sehnte Gesa sich danach, ihre Tochter im Arm zu halten. Eine Zeitlang hatte sie gehofft, das Vertrauen in sich zurückzugewinnen. Doktor Radolf hatte ihr geholfen und sie immer wieder darin bestärkt, diese Hoffnung nicht zu begraben. Aber seit Alexanders Besuch wusste sie, dass alles vergebens gewesen war. Sie hatte versucht, ihr Kind zu töten. Dafür gab es kein Verzeihen, nicht einmal eine Erklärung. Gesa war das Monster, das Alexander in ihr sah. Sie war die Zeitbombe, die nicht entschärft werden konnte, weil ihr Zündmechanis-

mus unauffindbar blieb. Sie hatte die Worte von Finjas Vater im Ohr: »Du hast jedes Recht auf sie verwirkt.« Dabei ging es gar nicht um ein Recht, sondern um die Gefahr, die sie für ihr Kind darstellte. Da sie sich nicht erinnerte, konnte sie sich nicht sicher sein, dass es nicht noch einmal geschah.

Alexander hatte sich geweigert, ihr etwas über Finja zu erzählen. Wäre Doktor Radolf nicht gewesen, wüsste sie immer noch nicht, dass es ihr gutging, dass jene Nacht keine bleibenden Schäden bei ihr hinterlassen hatte. Jetzt blieb Gesa nur, auf ihre Schwester zu vertrauen. Freia hatte sich lange vergebens ein Kind gewünscht. Sie würde für Finja sorgen, vielleicht sogar besser, als sie selbst es konnte. Dieser Gedanke hätte sie beruhigen sollen, versetzte ihr jedoch einen Stich.

»Ich hätte gerne mehr für Sie getan, Gesa«, sagte Doktor Radolf an ihrem letzten Tag.

Sie konnte die Tränen nicht zurückhalten. »Sie haben so viel für mich getan, Sie haben mich nie so angesehen, als wäre ich ein Monster. Ohne Sie hätte ich die Zeit hier nicht durchgestanden.«

»Was werden Sie tun, Gesa? Welche Pläne haben Sie jetzt?«

Pläne?, hallte es in ihr nach. Sie war achtzehn Jahre alt, war entwurzelt und hatte keine Vorstellung, was aus ihr werden sollte – ohne ihre Tochter, ohne den Mann, der sie einmal geliebt hatte und der sie nun hasste. »Ich werde wohl erst einmal in einer Pension unterkommen und dann weitersehen«, antwortete sie mit hängenden Schultern.

Doktor Radolf sah sie lange an mit diesem wärmenden Blick, in den sich an diesem Tag unverhohlene Sorge mischte.

»Nein!« Gesa schüttelte den Kopf und versuchte, sich aufrecht hinzusetzen. »Ich komme da draußen zurecht.«

»Sie wissen, wo Sie mich finden können, außerdem haben Sie meine Telefonnummer. Wenn es Ihnen nicht gutgeht, wenn Sie in Not sind, rufen Sie an oder kommen Sie vorbei. Es lassen sich immer Lösungen finden.«

Sie lächelte schwach. »Sie meinen bessere Lösungen als die, für die ich mich in jener Nacht entschieden habe, nicht wahr?«

Er stützte sein Kinn auf die gefalteten Hände und schien nach den richtigen Worten zu suchen. »Irgendwann kehrt vielleicht die Erinnerung zurück, Gesa. Bis dahin ist alles, was Ihre Entscheidung in dieser Nacht betrifft, Spekulation.«

Gesa verließ die Klinik mit dem Gefühl, dass es hier einen Menschen gab, der hinter ihr stand – egal, was sie getan hatte. Bevor sie in das Taxi stieg, wanderte ihr Blick hinauf zu seinem Fenster. Doktor Radolf hob zum Abschied die Hand und wartete, bis sie abgefahren war.

Von dem Taxi ließ sie sich zwei Orte weiterfahren bis zu einer Pension, in der sie für eine Woche ein Zimmer mietete. Da sie kaum Gepäck dabeihatte, musste sie im Voraus bezahlen. Ihr Zimmer sah nicht viel anders aus als das in der Klinik. Sie verließ es nur, wenn es draußen bereits dunkel war. Orte, an denen sie jemandem hätte begegnen können, der sie kannte, mied sie.

Doch trotz aller Vorsicht dauerte es nur wenige Tage, bis Alexander sie aufgespürt hatte. Er brachte ihr zwei Koffer mit ihren Sachen. Und er gab ihr Unterlagen, aus denen hervorging, dass er auf ihren Namen in Hamburg eine möblierte Wohnung gemietet und ein Konto eröffnet hatte.

»Warum Hamburg?«, fragte sie ihn. Die Vorstellung von der unermesslich großen Entfernung zwischen ihr und Finja erschreckte sie zutiefst.

»Warum nicht?«, lautete seine gleichgültige Antwort, bevor er die Tür hinter sich ins Schloss zog.

11

Drei Stunden später setzte unser Flugzeug auf der Landebahn des Münchener Flughafens auf. Adrian und ich hatten die Halle von Terminal 1 kaum durchquert, als mein Vater auf meinem Handy anrief. Ich ignorierte das Klingeln, nur um kurz darauf eine SMS von ihm zu erhalten, in der er mir vorwarf, Berlin gegen seinen ausdrücklichen Wunsch verlassen zu haben. Ich spürte, wie meine Aversion gegen diese Form der Überwachung wuchs. Auf dem Weg zum Parkhaus, wo Adrians Auto stand, hielt ich Ausschau nach meinen Beschützern. Dieses Mal war es ein Paar, das sich bereitwillig zu erkennen gab. Sie folgten uns bis zur Privatklinik Jägerwinkel.

An diesem Tag hatte ich kaum einen Blick für das schöne Ambiente, das sich von der Halle aus in jeden Winkel dieses Hauses fortzusetzen schien und vergessen machte, dass es sich um eine Klinik handelte. Am Empfang fragte ich nach meiner Mutter und ließ mich hinaus in den weitläufigen Garten dirigieren, wo ich sie an einem Tisch auf dem Rasen entdeckte.

Zuletzt hatte ich meine Mutter vor vier Tagen auf Amelies Beerdigung gesehen. Jetzt saß sie perfekt zurechtgemacht unter einem ausladenden Sonnenschirm im Garten der Klinik, vor sich am Tisch ein noch volles Glas mit Fruchtsaftschorle. Besonders jetzt nach Amelies Tod fragte ich mich, ob es überhaupt etwas gab, das diese eiserne Disziplin ins Wanken bringen konnte, ob sie noch auf ihrem Sterbebett Make-up und Designer-Kleidung tragen würde – oder ob diese Disziplin möglicherweise nur ein Halt war.

Ihr schwarzes kurzärmeliges Kleid ließ sie dünn und durchscheinend wirken. Als ich sie begrüßte und mich zu ihr setzte, hob sie nur kurz den Kopf, um ihn gleich darauf wieder zu senken. Minutenlang betrachtete ich diese Frau, die meine Tante war und deshalb wohl nie einen ernstzunehmenden Versuch unternommen hatte, meine Mutter zu werden. Aber warum hatte sie mich nicht wenigstens wie eine Tante geliebt, anstatt sich darauf zu beschränken, mich ausgewogen zu ernähren, stets nach der neuesten Mode einzukleiden, mir ein Höchstmaß an Bildung zukommen zu lassen und für mich eine Kinderfrau zu engagieren? Zu meinem großen Glück eine, die mir all das hatte geben können, wozu sie nicht fähig gewesen war. Die mich in ihren Armen gehalten hatte, wenn ich krank war. Die meine Schulaufgaben beaufsichtigt und versucht hatte, mich über den ersten Liebeskummer hinwegzutrösten.

»Was war es, was dich daran gehindert hat, mich liebzugewinnen? Habe ich meiner Mutter zu sehr geähnelt? Oder war es allein die Tatsache, dass dein Mann und deine Schwester dich betrogen haben?«

Sie sah nicht einmal hoch. Nichts in ihrem Gesicht deutete darauf hin, dass sie mir zuhörte. Dennoch war ich mir sicher, sie hatte jedes Wort mitbekommen.

»Ich war ein sechs Monate altes Baby, wie alle anderen ganz sicher rosig und mit Speckbeinchen. Und gegenüber so einem kleinen Wesen konntest du dein Herz verschließen? Wie war das möglich?«

Wie in Zeitlupe hob sie den Kopf und sah mich an. »Möchtest du nicht viel eher wissen, wie es deiner Mutter möglich war, dir ein Kissen aufs Gesicht zu drücken?« Ihre Stimme klang eine Spur verwaschen. »Ich weiß es bis heute nicht. Dabei kannte sie niemand so gut wie ich.«

»Wie war sie?«, fragte ich.

»Deine Kreativität hast du von ihr – Gesa sprühte vor Ideen. Aber sie hatte nicht deinen Biss, ließ sich oft treiben und schwänzte die Schule, wenn sie bis tief in die Nacht gemalt hatte.«

Ich wusste, es war sinnlos, trotzdem musste ich die Frage stellen. »Hast du noch Bilder, die sie gemalt hat?«

Ihr Kopfschütteln hatte etwas seltsam Zufriedenes, so als spüre sie noch nach all den Jahren die Genugtuung, sie vernichtet zu haben.

»Wie hat sie gemalt?«

»Gut genug, dass sie davon hätte leben können.«

»Und ich sollte wohl keinesfalls in Gesas Fußstapfen treten. Hast du dich deshalb geweigert, mir Farben zu kaufen? Und hast du dich deshalb so dermaßen quergestellt, als ich Kunst studieren wollte?« Ich musste mich zusammenreißen, um ihr meine Fragen nicht ins Gesicht zu schreien.

»Du warst immer ihre Tochter«, meinte sie, als sei damit alles erklärt.

»Hast du deine Schwester nie geliebt?« Auch wenn es eine Zeit gegeben hatte, in der ich mir voller Neid gewünscht hatte, Amelie würde sterben, hatte sie mir unendlich viel bedeutet.

»Stell dir vor, Amelie hätte dir deinen Mann genommen.«

»Sie hat ihn dir nicht genommen, sondern …«

»Ihn sich nur für kurze Zeit ausgeliehen? Wolltest du das sagen?« Sie strich mit den Fingern über den Saum ihres Kleides, als könne sie damit unliebsame Erinnerungen vertreiben. »Sie hat mein Vertrauen in ihn zerstört. Der Mann, der bei mir geblieben ist, war für mich ein anderer als der, den ich geheiratet hatte. Nach Gesa war er für mich einer, dem ich allem Anschein nach nicht genug gewesen war.«

»Und das lastest du allein ihr an? Sie war siebzehn, Paps immerhin vierunddreißig.«

Sie versuchte, die Schultern zu straffen, gab jedoch auf halbem Weg auf. »Dafür, dass sie ihm zu Kopf gestiegen ist, konnte sie nichts. Ich bin mir auch nach wie vor sicher, dass die Initiative von ihm ausging und es nicht umgekehrt war, wie dein Vater immer wieder behauptet hat. Aber meine Schwester hätte nein sagen können. Ein schlichtes, entschiedenes Nein hätte genügt, und alles wäre anders gekommen.« Sie sprach zunehmend langsamer, als zöge in ihrem Kopf Nebel auf, der sich mit jeder Minute verdichtete.

»Ich wäre nicht auf der Welt«, zog ich den naheliegenden Schluss.

Es gab so vieles, das sie in diesem Moment hätte sagen können. Wie immer wählte sie die schlechteste Alternative. »Wir waren glücklich, bevor deine Großeltern verunglückten und Gesa bei uns einzog. Es war eine gute Zeit.«

»Du hast versucht, schwanger zu werden.«

»Was ich schließlich auch wurde.« In diesem einen Satz lagen eine Traurigkeit und eine Verzweiflung, die mir den Hals zuschnürten. Ihr hingegen schien der Brustkorb eng zu werden. »Amelie«, flüsterte sie den Namen meiner Schwester, deren Tod ihrer Zukunft jeden Sinn geraubt zu haben schien.

»Hast du eine Ahnung, warum sie sterben musste?«, fragte ich.

»Warum sie sterben musste?«, wiederholte sie meine Worte fassungslos. »Weil ihre Mörder eine Gefahr in ihr sahen. Dabei hätten sie sich die Wertsachen einfach nehmen können. Amelie hätte sich ihnen sicher nicht in den Weg gestellt. Dazu war sie viel zu vernünftig.«

»Und die anderen drei Toten?«

»Unfälle«, antwortete sie mit aufkeimender Irritation.

Also wusste sie nichts von den Todesanzeigen. »Hast du jemals einen tieferen Einblick in die Arbeit der Detektei bekommen? Weißt du vielleicht etwas über eine Sonderabteilung, die von Tobias geführt wird?«

Bei diesen Fragen verlor sie das Interesse. Sie zog sich in ihre Gedankenwelt zurück.

»Mutter, bitte, es ist wichtig. Hat Paps in letzter Zeit mal erwähnt, dass es Schwierigkeiten mit jemandem gab?«

Sie sah mich an wie einen Störenfried. »Du weißt, dass dein Vater zu Hause nicht übers Büro redet. Sollte es Schwierigkeiten geben, werden er und seine Partner damit fertig. Außerdem war die Zahlungsmoral der Kunden in diesem Gewerbe schon immer schlecht, dafür braucht es nicht erst eine Wirtschaftskrise.« Ihr Blick bekam etwas Abweisendes. »Deine Schwester ist gerade erst beerdigt worden, und du interessierst dich für die Geschäfte deines Vaters?« Mit einem überaus beredten Kopfschütteln stand sie auf und wandte sich zum Gehen. Sekundenlang musste sie sich an einem der Gartenstühle festhalten. Offensichtlich war ihr schwindelig geworden.

Ich sprang auf, um sie zu stützen, aber sie wehrte meine Hand ab. Obwohl ich sie nicht anders kannte, gelang es ihr in solchen Momenten immer noch, mir einen Stich zu versetzen. Mit gemischten Gefühlen sah ich ihr nach, wie sie, ohne sich noch einmal nach mir umzudrehen, auf das Klinikgebäude zuging.

»Auf Wiedersehen, Tante Freia«, murmelte ich, als die Tür längst hinter ihr zugefallen war.

Um meinem Vater aus dem Weg zu gehen, begleitete ich Adrian nach Holz. Als wir dort eintrafen, fanden wir Carl in seinem Arbeitszimmer. Er nahm uns jedoch kaum wahr. Es schien, als habe er beschlossen, mit Hilfe des Alkohols seiner Frau und Hubert so schnell wie möglich ins Jenseits zu folgen. Bei seinem jammervollen Anblick wurde mir schnell klar, dass es zumindest an diesem Abend keinen Sinn machte, ihn nach den Strukturen der Detektei zu fragen.

Die Nacht verbrachte ich im Gästezimmer. Die Toten geisterten durch meine Gedanken und machten mir das Herz schwer. Erst als ich mir vorstellte, Cornelia sitze an meinem Bett und halte meine Hand, fiel ich in einen unruhigen Schlaf, der bis zum Morgengrauen währte. Mit dem Erwachen der ersten Vögel schlich ich die Treppe hinunter zu der Hintertür, die in den Garten führte. Barfuß lief ich durchs Gras auf das hintere Baumhaus zu. Es war zweifellos Cornelia zu verdanken, dass die beiden windschiefen Holzbauten noch immer so gut in Schuss waren. Vermutlich hatte sie sie über die Jahre hinweg für ihre Enkelkinder erhalten. Adrian, Hubert, Kerstin, Amelie und ich hatten in den Baumhäusern einen Großteil unserer Abenteuer erlebt.

Am Fuße der alten Eiche machte ich mich daran, über das dicke Tau mit den Knoten hinaufzuklettern. Zuletzt hatte ich es vor elf Jahren erklommen. Damals war ich noch geübt darin gewesen, inzwischen musste ich immer wieder innehalten. Oben angekommen setzte ich mich in die Öffnung und erinnerte mich an den Karfreitag, an dem ich hier oben mit Adrian geschlafen hatte. Sein Bruder hatte uns erwischt, aber geschworen, uns nicht zu verraten. Ich war nach wie vor überzeugt, dass er diesen Schwur nicht gebrochen hatte. Wie Cornelia es herausgefunden hatte, war mir schleierhaft. Aber vielleicht hatte sie sich von ihren unvergleichlichen Sensoren leiten lassen und war uns heimlich gefolgt.

Ich wanderte noch weiter in meinen Erinnerungen zurück und sah uns hier oben zu fünft Streiche aushecken. Es war unsere eigene kleine Welt gewesen, zu der Erwachsene keinen Zutritt hatten. Einige Meter über dem Boden und dennoch seltsam geerdet wurde mir bewusst, zu welch starkem Fundament Erinnerungen sich fügen konnten.

Mit diesem Gefühl kehrte ich zurück ins Haus, bereitete das Frühstück vor und sagte Adrian, der kurz darauf herunterkam, dass sein Vater dringend jemanden brauchte, der sich um ihn kümmerte. Ohne tatkräftige Hilfe würde er über kurz oder lang immer mehr verwahrlosen. Vor allem sollte Adrian ihm den Autoschlüssel wegnehmen, damit er nicht auf die Idee kam, im betrunkenen Zustand zu fahren.

»Das ist zwecklos, Finja«, meinte mein Schwager resigniert. »Vater trägt die Schlüssel immer in der Hosentasche. Ein einziges Mal habe ich versucht, ihn zu bewegen, sie herauszurücken. Das war am Tag von Amelies Beerdigung. Er hat so laut gebrüllt und sich in einer Weise gebärdet, dass ich kurz davor war, einen Notarzt zu rufen. Mir ist bewusst, dass es verantwortungslos ist, aber ich kann auch nicht riskieren, dass er einen Herzinfarkt bekommt.«

»Weißt du, ob es einen Ersatzschlüssel gibt?«, fragte ich.

Er zeigte auf einen kleinen Holzkasten im Küchenregal.

»Ich schlage vor, wir nehmen später sein Auto mit und stellen es in unsere Garage. Soll dein Vater glauben, es sei gestohlen worden.«

»Er muss sich nur die Bänder von den Außenkameras ansehen, um zu wissen, wer eingestiegen und damit losgefahren ist.«

»Umso besser«, meinte ich, »mich wird er wohl kaum bei der Polizei anzeigen.«

Adrian sah mich zweifelnd an. »Finja, ich weiß nicht, ob wir das tun können. Das ist, als würden wir ihn entmündigen.«

»Das tut er schon selbst mit seiner Trinkerei. Willst du die Verantwortung übernehmen, wenn er jemanden überfährt?«

Immer noch widerstrebend stand Adrian auf und legte den Schlüssel vor mich hin.

»Hast du dir eigentlich Hartwig Brandts Adresse geben lassen?«

»Was willst du von ihm?«

»Mit ihm reden.«

»Was glaubst du, wird dieser Mann bereit sein zu sagen? Gar nichts, wenn du mich fragst.«

»Ich will ihn wenigstens sehen, ich will einen Eindruck von ihm bekommen, wissen, wie er reagiert. Das genügt vielleicht für den Anfang.«

Ich sah auf die Uhr: Um diese Zeit würde mein Vater längst im Büro und die Haushälterin in den oberen Stockwerken beschäftigt sein. »Wenn du fertig bist, fahren wir nach Rottach-Egern, und ich stelle euren Wagen in unsere Garage. Dann schließe ich die Haustür auf, damit mein Vater von der Alarmanlage per SMS informiert wird, dass ich im Haus bin. Ich gehe aber nicht hinein, sondern ziehe die Tür von außen einfach wieder zu. Der Vorplatz ist von der Straße aus nicht einzusehen. Wenn du in deinem Auto bis zur Garage fährst, lege ich mich auf die Rückbank, und du nimmst mich wieder mit hinaus, ohne dass meine Beschützer mich entdecken. Dann können wir in aller Ruhe zu Hartwig Brandt fahren.«

Obwohl Adrian meine Pläne nicht überzeugten, machte er mit. Nachdem wir Carls BMW in der Garage meines Vaters abgestellt hatten, fuhren wir zu einer der Hochhaussiedlungen in Neuperlach im Münchener Südosten. Während der ersten zehn Minuten unserer Fahrt blieb ich auf der Rückbank liegen und bat Adrian, ein paar Testmanöver auszuführen, um sicherzugehen, dass uns meine

Beschützer nicht im Nacken saßen. Erst als ich überzeugt war, dass sie meiner Täuschung aufgesessen waren, kletterte ich auf den Beifahrersitz.

Als wir in die Straße bogen, in der Hartwig Brandt wohnte, wurde mir bewusst, dass ich genau so eine Adresse wählen würde, wollte ich in die Anonymität abtauchen. Ein Gebäude sah wie das andere aus, jedes beherbergte über hundert Wohnungen. Es dauerte einen Moment, bis wir unter unzähligen Namen den des Mitarbeiters von Tobias ausfindig machten. Ich drückte in zumutbaren Abständen mehrmals auf die Klingel, doch es geschah nichts. Gerade wollte ich es bei jemand anderem versuchen, als eine junge Mutter die Tür öffnete. Sie fragte nicht einmal, was wir im Haus wollten, sondern ging desinteressiert an uns vorbei.

Der Aufzug brachte uns in den achten Stock. Auf dem Weg über den langen Flur achtete Adrian auf die Namensschilder, während ich die unterschiedlichsten Fußmatten bestaunte. Sie kamen mir vor wie kleine rechteckige Charakterstudien ihrer Besitzer. Vor einer grauen ohne jede Abbildung blieben wir stehen. Ich legte mein Ohr an Hartwig Brandts Tür und lauschte, hörte jedoch nur die dröhnende Schlagermusik aus der angrenzenden Wohnung. Wieder klingelte ich, wieder tat sich nichts. Also probierte ich es nebenan.

»Das kannst du vergessen«, war Adrians Kommentar. »Wie soll bei dem Lärm jemand eine Klingel hören?«

Er hatte es kaum gesagt, als sich die Tür einen Spalt auftat und eine circa ein Meter sechzig große Frau mit unzähligen Altersflecken im Gesicht hindurchblinzelte. Die Musik dröhnte unvermindert weiter und erfüllte jetzt auch noch den Hausflur. Ganz offensichtlich war die alte Frau schwerhörig. Kurzerhand zog ich Zettel und Stift aus der Tasche und schrieb, wir seien auf der Suche nach ihrem

Nachbarn Hartwig Brandt. Als sei dies die Zauberformel, wurde der Türspalt breiter, und sie winkte uns in ihr Wohnzimmer. Trotz ihres Alters war sie flink auf den Beinen und hatte in null Komma nichts die Musik ausgeschaltet. Mit einer einladenden Geste bat sie uns, links und rechts von ihr auf dem Sofa Platz zu nehmen. Obwohl das Zimmer mit allen möglichen Möbelstücken vollgestellt war, gab es nur diese eine Sitzgelegenheit.

In beachtlicher Lautstärke fragte ich sie, ob sie wisse, wann ihr Nachbar zurückkomme.

»Sie müssen nicht so schreien, ich bin nicht schwerhörig«, meinte sie mit einem verschmitzten Lächeln. »Meine Lieblingsstücke höre ich nur gerne laut. Der Herr Brandt hat damit zum Glück kein Problem. Aber die Frau Meilinger auf der anderen Seite – die hat es am liebsten grabesstill. Töricht, oder?« Sie drehte den Kopf von der einen zur anderen Seite und sah uns der Reihe nach vielsagend an. »Still hat man es doch noch die längste Zeit. Mein Lieblingssänger ist der Hansi Hinterseer. Den kennen Sie doch bestimmt, oder? Der …«

»Frau …?« Ich hatte ihr Klingelschild nicht gelesen.

»Kogler. Das ist mein Mädchenname, ich war nie verheiratet.« Es klang, als sei es in ihren Augen eine Leistung.

»Kennen Sie den Herrn Brandt gut, Frau Kogler?«, fragte ich.

»Ist ein netter Mann, nur viel zu viel unterwegs. Kein Wunder, dass er da keine Frau hat. Das macht ja keine mit. Die jungen schon gar nicht. Aber er sagt immer, er sei froh, überhaupt eine gute Arbeit zu haben, auch wenn es ein harter Job sei und ihm nichts geschenkt werde. Er ist Vertreter für ein Pharmaunternehmen.«

Ich nickte, als erzähle sie mir damit nichts Neues.

»Na, mir ist auch nichts geschenkt worden«, fuhr sie

fort, »ich war Postbotin, aber ich war wenigstens abends immer zu Hause. Das ist nichts, wenn Sie nicht im eigenen Bett schlafen können. Sie sind noch jung, da …«

»Frau Kogler«, unterbrach ich ihr Mitteilungsbedürfnis, »wissen Sie vielleicht, wann Herr Brandt zurückkommt?«

Sie schob die Unterlippe vor und sah zum Fenster, das fast völlig von Grünpflanzen zugewuchert war. »Eigentlich müsste er längst zurück sein. So lange wie dieses Mal war er noch nie fort. Aber vielleicht ist er in einer schönen Gegend und hängt mal einen Urlaub dran. Zu gönnen wär's ihm. Wer so viel arbeitet, muss auch ausspannen. Obwohl ich auch Jahre hatte, in denen ich auf Urlaub verzichten musste. Das Geld, wissen Sie. Jetzt könnte ich fahren, aber …«

»Wie lange ist Herr Brandt denn schon weg?«, fragte ich.

Sie hatte eine ganz eigene Art der Zeitrechnung. Adrian und ich bekamen eine Zusammenfassung der letzten sechs Folgen ihrer Lieblingsserie im Fernsehen. Da sie wöchentlich ausgestrahlt wurde, bedeutete es, dass Hartwig Brandt vor sechs Wochen zu seiner Vertreterreise aufgebrochen war. Ich fragte sie, ob er möglicherweise zwischendrin zurückgekehrt sein könnte, ohne dass sie etwas davon mitbekommen hatte. Theoretisch wäre das möglich, antwortete sie, aber er habe es sich zur Angewohnheit gemacht, sich bei ihr ab- und wieder anzumelden. Damit sie keinen Schreck bekomme, wenn in der Wohnung nebenan plötzlich Geräusche zu hören wären. Hartwig Brandt sei ein überaus sensibler und höflicher Mann. Vielleicht ein wenig zu unscheinbar für die Frauen von heute. Sie habe ihm schon das eine oder andere Mal geraten, ein wenig mehr aus sich zu machen, aber da habe er nur abgewinkt.

»Wer schaut denn nach den Pflanzen von Herrn Brandt, wenn er auf Reisen ist?«, fragte Adrian.

»Er hat keine Pflanzen«, antwortete sie.

»Also hat er Sie schon einmal in seine Wohnung eingeladen, das ist aber nett.«

Sie schüttelte den Kopf. »Nein, ich war noch nie nebenan. Herr Brandt sagt immer, er habe zu wenig Zeit zum Aufräumen, und seine Unordnung wolle er mir nicht zumuten.«

»Wer kümmert sich denn um seine Post, wenn er unterwegs ist?«, fragte ich.

»Ich. Herr Brandt sagt immer: ›Meine Post könnte nirgends besser aufgehoben sein als bei Ihnen, Frau Kogler, Sie als ehemalige Postbotin …‹« Sie gestikulierte Richtung Flur. »Da draußen stapeln sich seine Briefe inzwischen. Daran können Sie sehen, wie lange er schon unterwegs ist. Wenn Sie mich fragen, wird es Zeit, dass er sich etwas anderes sucht. In der Pharmabranche wird mit viel zu harten Bandagen gekämpft. Man sieht ja so einiges im Fernsehen. Aber ich sage ihm immer: Lassen Sie sich bloß nichts gefallen, Herr Brandt.«

»Haben Sie eventuell seine Handynummer?«

Sie schüttelte den Kopf. »Wieso fragen Sie mich das eigentlich alles? Kommen Sie von der Behörde?« Sie hatte das Wort kaum ausgesprochen, als ihr Blick misstrauisch wurde.

»Nein«, winkte ich ab und zog dabei ein Gesicht, als würde ich lieber tot umfallen, als für eine Behörde zu arbeiten. »Wir kommen vom hiesigen Tischtennisverein. Herr Brandt ist passives Mitglied bei uns. Er war einmal einer unserer Besten. Nur ist er, wie Sie wissen, wegen seines Jobs viel zu selten da. Na ja, langer Rede kurzer Sinn: Nächste Woche findet ein großes Turnier statt. Leider hat sich einer unserer wichtigsten Spieler ein Bein gebrochen. Und da wollten wir Herrn Brandt fragen, ob er ausnahmsweise einspringen kann. Er hat nämlich mal erzählt, dass er auch auf Reisen hier und da eine kleine Runde spielt, um im Training zu bleiben. Unglücklicherweise haben wir seine Telefonnummer falsch notiert, deshalb sind wir hergekommen.« Ich staunte selbst, wie leicht mir die Lügen inzwischen über die Lippen kamen. Und ich fragte mich, woher ich das Recht nahm, über meinen Vater zu urteilen.

»Soll ich ihm etwas ausrichten, wenn er zurückkommt?«, fragte sie. Ihr Misstrauen war wie weggefegt.

»Nicht nötig«, winkte ich ab, »wir schieben ihm einfach eine Nachricht unter der Tür durch.«

»Hätte ich ihm gar nicht zugetraut, dass er so sportlich ist.« Ihrem Tonfall nach zu urteilen, stieg er dadurch noch mehr in ihrem Ansehen. Sie dachte nach. »Was ist, wenn er nicht rechtzeitig zum Turnier zurück ist? Verliert Ihr Verein dann?«

»Das ist zu befürchten.«

Der Himmel war an diesem Nachmittag mit Wolken verhangen, es sah nach einem Gewitter aus, das hoffentlich die ersehnte Abkühlung bringen würde. Noch war die Luft erfüllt von drückender Hitze. Adrian und ich saßen vor dem Kaiser Otto, meinem Lieblingscafé im Glockenbachviertel, das ein beliebter Treffpunkt junger Familien war und Statistiken über mangelnden Nachwuchs Lügen strafte.

Während jeder von uns ein Eis löffelte, überlegten wir uns eine Strategie für ein Gespräch mit Tobias. Am besten würde es sein, ein Treffen in seinem Haus zu vereinbaren. Im Büro würden die anderen Partner sofort Wind davon bekommen, und in einem Restaurant oder Café konnte er jederzeit aufstehen und gehen. Also rief ich ihn an, sagte, ich müsse dringend etwas mit ihm besprechen und bat ihn, zu ihm nach Hause kommen zu dürfen. Wie erwartet, schlug er ein Treffen im Büro vor. Es gelang mir jedoch, ihn umzustimmen. Er habe noch einige Anrufe zu erledigen und würde mich dann in circa eineinhalb Stunden in Bogenhausen erwarten.

Also blieb uns noch etwas Zeit. Während um uns herum das Leben tobte, sprachen wir leise über zerstörte Lebenspläne. Mit feuchten Augen betrachtete Adrian die Paare mit ihren Kindern. Als unsere gemeinsame Nacht in Berlin zur Sprache kam und er sagte, dass er sich Amelie gegenüber deswegen schuldig fühle, setzte ich alles daran, ihm das aus dem Kopf zu schlagen. In dieser Nacht sei letztlich nichts anderes geschehen, als dass sich zwei verstörte Menschen für kurze Zeit an der Hand genommen und sich einen Halt gegeben hatten. Zumindest für den Moment schien ihn diese Vorstellung zu erleichtern.

Wegen des einsetzenden Feierabendverkehrs kamen wir zehn Minuten zu spät bei Tobias an. Sein Haus wirkte in diesem imposanten Viertel eher zurückhaltend, dennoch war es mit Sicherheit mehrere Millionen wert. Auch hier waren diverse Kameras in Stellung gebracht worden. Ich schaute in die nicht einmal handtellergroße neben der Klingel und wartete auf das Summen des Türöffners. Wie von Geisterhand öffnete sich das zwei Meter hohe, schmiedeeiserne Tor.

Tobias empfing uns in einem anthrazitfarbenen Sommeranzug aus Leinen, zu dem er dunkelbraune Wildlederschuhe trug. Seine Miene war wie immer zurückhaltend. Früher hatte ich diesen Gesichtsausdruck für abweisend gehalten, bis ich über die Jahre begriffen hatte, dass er einfach nur nicht wie andere auf seine Mitmenschen reagierte. Die Tatsache, dass Adrian mich begleitete, schien er als selbstverständlich zu nehmen, er kommentierte sie mit keinem Wort.

Im Inneren des Altbaus war es angenehm kühl. Wir

folgten Tobias in einen Raum, den Cornelia immer als Besucherzimmer bezeichnet hatte. Er enthielt nichts Persönliches, sondern beherbergte lediglich einen eckigen Glastisch, um den sechs schwarzlederne Corbusier-Stühle gestellt waren. Bis zum Boden reichende Fenster gaben den Blick frei auf Terrasse, Garten und Isar. Tobias entschuldigte sich für einen Moment, um Getränke zu holen.

»An seinem Minimalismus hat sich tatsächlich nichts geändert«, meinte Adrian, während er sich erstaunt um die eigene Achse drehte. »Ich kann mich gar nicht erinnern, wann ich zuletzt hier war, ich weiß nur, dass schon damals alles ganz genauso aussah.« Er deutete ein Lächeln an. »Meine Mutter hat sich immer wieder darüber ausgelassen, dass diese Terrasse die reinste Verschwendung sei. Keine Liege, kein Deckchair. Dabei leide Tobias nicht einmal unter einer Lichtallergie. Aber er sei eben auch kein Genießer.«

Genuss war tatsächlich das Letzte, woran ich bei Tobias' Anblick dachte. Er war asketisch schlank, hielt seinen Körper durch tägliches Joggen in Schuss und machte mit seinen eingefallenen Wangen stets einen leicht unterernährten Eindruck, der sich durch seine Glatze nur noch verstärkte. Ich setzte mich in einen der Stühle und ließ meinen Blick über die Wände wandern. Zwei Wochen in diesem Raum, und er hätte ein anderes Gesicht. Ich hatte gleich mehrere Ideen, die ich liebend gerne auf diesem glattgeschliffenen Putz verewigt hätte.

»Existiert eigentlich das Bild in deinem Schlafzimmer noch?«, fragte ich Tobias, als er mit einem Tablett zurückkam und es auf dem Glastisch abstellte.

Sein Nicken fiel eher beiläufig aus, während er die Gläser mit Mineralwasser füllte.

»Wenn ich mich recht entsinne, war es das Foto einer unbekannten Frau, das ich damals abgemalt habe. In

Schwesterntracht, oder? Magst du es überhaupt noch ansehen nach all den Jahren?«

»Vielleicht gerade weil es das Bildnis einer Unbekannten ist.« Er setzte sich zu uns an den Tisch, schlug ein Bein über das andere und lehnte sich zurück. »Worum geht's?«, fragte er mit einem Blick, der genauso unpersönlich war wie dieser Raum. »Du hast es vorhin am Telefon sehr dringend gemacht.«

Ich stützte die Ellbogen auf die Knie und beugte mich nach vorne. »Um deine Sonderabteilung.«

Seine Mimik entsprach der eines völlig Ahnungslosen. »Um was bitte?«

»Vielleicht hat das Ganze einen anderen Namen. In jedem Fall muss es bei *BGS&R* eine Abteilung geben, die von den übrigen Bereichen getrennt ist und die vermutlich Spezialaufträge übernimmt.«

Er verzog den Mund zu einem spöttischen Lächeln. »Deshalb seid ihr hier? Wem seid ihr denn da aufgesessen?« An Adrian gewandt fragte er: »Für einen solchen Blödsinn habt ihr mich aus dem Büro gerufen? Konntest du ihr das nicht ausreden?« Sein Interesse an uns schien rapide zu schwinden.

»Weißt du von den Todesanzeigen?«, fragte ich.

»Selbstverständlich.«

Dass er deren Existenz nicht leugnete, brachte mich sekundenlang aus dem Konzept. »Und bezeichnest du die auch als Blödsinn, Tobias?«

»Sie entstammen einem perversen Hirn.«

»Vielleicht kannst du uns dann ja sagen, in wessen Kopf dieses Hirn zu solchen Hochtouren aufläuft?«

»Das halte ich für irrelevant«, antwortete er gelassen. »In unserer Branche kommt es häufiger zu solchen Auswüchsen. Es gibt Menschen, die sich durch unsere Arbeit auf die Füße getreten fühlen und sich auf diese Weise versuchen zu revanchieren. Ich kann mich darüber längst nicht mehr aufregen.«

Mir stieg die Galle hoch. »Dann muss dein Erregungsniveau ja eine ziemlich hohe Schwelle erreicht haben. Immerhin reden wir von mittlerweile vier angekündigten unnatürlichen Todesfällen. Damit …«

»Du scheinst da etwas in den völlig falschen Hals bekommen zu haben«, fiel er mir ins Wort, wobei er mich mit einem mitleidigen Blick ansah. »Es ist schwer, jemanden zu verlieren, den man liebt, deshalb sehe ich dir deine Unverschämtheiten nach, Finja, und schlage vor, dass wir dieses Gespräch hier abbrechen.«

»Hast du gerade etwas Brisantes am Laufen?«

Er machte ein Gesicht, als habe er es mit einer Verrückten zu tun, deren Ansinnen zu absurd war, um überhaupt einen weiteren Gedanken daran zu verschwenden.

»Welchen Auftrag hat Hartwig Brandt?«, fragte Adrian.

Tobias zuckte mit keiner Wimper, als dieser Name fiel. »Keinen, der über das Übliche hinausginge.«

»Kannst du dieses *Übliche* für uns etwas genauer umreißen?«

»Eine Ermittlung im Auftrag eines Prominenten.«

»Um wen handelt es sich dabei?«, fasste mein Schwager nach.

»Wir garantieren diesen Leuten absolute Anonymität – und das auch nach innen.«

»Also doch eine Sonderabteilung?«, warf ich dazwischen.

»Für meinen Geschmack wäre das zu viel der Ehre für eine so unbedeutende Sache. Wir haben diesen Bereich lediglich von den anderen separiert und setzen dort besonders geschulte und absolut unbestechliche Leute ein. Spezifische Erfordernisse haben uns zu dieser Maßnahme gezwungen.«

»Was meinst du mit spezifischen Erfordernissen?«, fragte Adrian.

»Es geht um den Personenschutz für sogenannte A-Promis. Euch dürfte es nicht ganz unbekannt sein, dass manche Medienvertreter eine Menge Geld in die Hand nehmen, um Einblick in das Privatleben dieser Leute zu bekommen. Würden unsere Mitarbeiter da schwach, hätten wir ein Problem.«

»Die gleiche Problematik kann dir im Wirtschaftsleben begegnen, im Lobbybereich – überall dort, wo mit Informationen viel Geld zu verdienen ist«, wandte Adrian völlig unbeeindruckt ein. »Im Umkehrschluss hieße das nämlich, dass alle anderen Mitarbeiter von *BGS&R* unsichere Kandidaten, sprich bestechlich, wären. Und das ist tatsächlich Blödsinn. Natürlich kann es in jedem Korb ein faules Ei geben, dagegen bist du nie gefeit, aber …«

Mit einer unmissverständlichen Handbewegung wischte Tobias seinen Einwand vom Tisch. »Ich war nie dagegen, junge Leute ins Unternehmen zu holen, sie bringen frischen Wind und neue Sichtweisen. Aber die Jungen sollten die Erfahrung der alten Hasen nicht unterschätzen. *BGS&R* ist damit in all den Jahren hervorragend gefahren.«

Mit dem Effekt, dass jetzt vier Menschen tot waren. Es fiel mir schwer, mich zusammenzunehmen. Adrian schien es ähnlich zu gehen. Seine Kiefermuskeln hatten ganz offensichtlich einiges zu tun. Wir verständigten uns mit Blicken, während für Tobias unsere Unterhaltung beendet war – er stellte Gläser und Wasserkaraffe zurück auf das Tablett und stand auf.

»Ich habe gehört, deine Abteilung sei die einzige, die euch allen wirklich gefährlich werden könne. Im offiziellen Teil sei nichts, was irgendwie außergewöhnlich wäre«, sagte ich, ohne ihn auch nur eine Sekunde aus den Augen zu lassen. »Dazu habe ich zwei Fragen. Erstens: Was kann den Personenschutz für A-Promis gefährlich machen? Und zweitens: Warum ist deine Abteilung inoffiziell? Mit der Leistung, die ihr da anbietet, könntet ihr doch ganz offiziell werben.«

Mit einem arroganten Blick sah er auf mich herab und blies Luft durch die Nase. »Genauso gut könntest du einen Feuerwehrmann fragen, was seinen Beruf gefährlich macht. Mit solch naiven Fragen stiehlst du mir ehrlich gesagt meine Zeit. Sei froh, dass du Alexanders Tochter bist und nicht …«

»Und du beleidigst uns, solltest du allen Ernstes davon ausgehen, dass wir deine Erklärungen schlucken. Wenn es in deiner Abteilung um Personenschutz für Promis geht, wieso wurde Hartwig Brandt dann mit einer Ermittlung beauftragt?«

»Weil der Auftraggeber an ihn gewöhnt ist und ihm absolut vertraut.« Tobias sprach mit mir in einem Ton, als sei ich begriffsstutzig.

»Und diese Ermittlung läuft seit sechs Wochen?«

»Nein, sie hat nur zwei in Anspruch genommen. Danach hat Herr Brandt sich einen lange überfälligen Urlaub genommen.«

»Und wann erwartest du ihn zurück?«

»Glaubst du allen Ernstes, dass ich die Urlaubspläne meiner Leute im Kopf habe?« Er griff nach dem Tablett und bewegte sich Richtung Tür.

»Werdet ihr von Hartwig Brandt erpresst?«, fragte Adrian. »Die Informationen, auf die er zugreifen kann, müssten einiges wert sein. Außerdem böte ihre Preisgabe sicherlich genügend Zündstoff, um den guten Ruf von *BGS&R* ins Wanken zu bringen. Eine kleine Indiskretion reicht ja oft schon. Vielleicht hat er eine solche Indiskretion auf DVD aufgenommen …«

Mit dem Ellbogen drückte Tobias die Klinke hinunter und verschwand im Flur. Wir hörten ihn nur noch rufen, wir seien alt genug, um ohne seine Hilfe die Tür zu finden.

*

Hunderte Kilometer vom Tegernsee entfernt versuchte Gesa, sich in Hamburg zurechtzufinden, nachdem sie wochenlang ihre lieblos möblierte Einzimmerwohnung nur verlassen hatte, um in dem kleinen Laden zwei Straßen weiter etwas zu essen zu kaufen. Auf ihren Streifzügen durch das Viertel, das Alexander für sie ausgesucht hatte, kam sie sich verloren vor. Sie hatte nicht nur das Vertrauen in sich selbst eingebüßt, sondern auch das in andere. Hinter jedem freundlichen Lächeln vermutete sie einen von Alexanders Spionen. Er hatte keinen Zweifel daran gelassen, dass er sie im Auge behalten würde – damit sie sich an die Abmachung hielt, sich keinem von ihnen je wieder zu nähern. Eine einseitige Abmachung, die er ihr aufgezwungen hatte und die ihr das Gefühl gab, über eine unsichtbare Fessel von ihm kontrolliert zu werden.

Tagelang konnte sie an nichts anderes denken als an Finja. Zahllose Stunden hatte sie an die Wohnungstür gelehnt verbracht, bereit zum Bahnhof zu fahren und in den nächsten Zug Richtung Süden zu steigen. Wenigstens einen Blick wollte sie auf ihr Kind werfen. Aber ihr Mut hatte keine Chance gegen die Angst vor dem, was passieren würde, sollte Alexander sie dabei erwischen.

In ihrer Verzweiflung versuchte sie, Doktor Radolf anzurufen, aber man sagte ihr, er komme erst in drei Wochen aus dem Urlaub zurück. Während sie wie ein eingesperrtes Tier den ihm gesteckten Rahmen abschritt, kamen ihr die Worte in den Sinn, die ihr Arzt ihr zum Abschied mit auf den Weg gegeben hatte. Wenn sie sich einsam und verlassen fühle, solle sie malen. Ihr Talent sei wie ein stabiles Seil, an dem sie sich auf dem Weg aus einer dunklen Höhle entlanghangeln könne.

Mit dieser Vorstellung im Kopf zog Gesa los, um Farben, Leinwand und eine Staffelei zu kaufen. Als sie die Sachen in ihrer Wohnung auspackte, schien zum ersten Mal ein winziger Lichtstrahl in diese düsteren vier Wände zu fallen. Gesa musste keine Sekunde über ein Motiv nachdenken, es drängte sich mit ungeheurer Kraft auf: Finja, immer wieder Finja – so, wie sie ihr in Erinnerung geblieben war.

Der Anblick dieser Bilder schien jedoch das Seil, von dem Doktor Radolf gesprochen hatte, zum Reißen zu bringen. Sie warf die Farben in den Müll und schob die Mappe mit den Bildern unter ihr Bett, nur um wieder in diese von tiefer Traurigkeit durchzogene Unruhe zu verfallen.

Sie begann zu laufen. Erst nur durch die Straßen ihres Viertels dann immer weiter darüber hinaus bis ans Hafenbecken und die Ufer der Elbe. So verbrachte sie zahllose Stunden ungezählter Tage. Erst lief sie, ohne links und rechts etwas wahrzunehmen. Bis sich ihr Horizont erweiterte und sie nicht mehr nur innen etwas spürte, sondern auch endlich wieder außen etwas sah. Eine Hausfassade, eine Katze in einem Fenster, einen Zaunkönig im Gebüsch. Nur über Babys und Kinder sah sie hinweg.

Und schließlich war es nur ein kleiner Schritt, diesen Entschluss zu fassen. Er hatte lange in ihr rumort und sie eine große Anstrengung gekostet, aber er schien ihr die ersehnte Ruhe zu versprechen. Sie wollte ihre Vergangenheit überleben. Sie wollte durchhalten – um Finja wiederzusehen. Eines Tages. Irgendwann.

12

Es gab einen einfachen Grund, der Adrian und mich an dem zweifeln ließ, was Tobias uns als Wahrheit hatte verkaufen wollen: Wäre diese Spezialabteilung tatsächlich für den Personenschutz von Prominenten gegründet worden, hätte sicherlich keiner der Partner im Kreise der Familien ein Geheimnis daraus gemacht. Diskretion über die Identität der Auftraggeber war eine Sache, aber warum hätte die Abteilung an sich verschwiegen werden sollen?

Als wir in das Haus seines Vaters zurückkehrten, trafen wir Carl ausnahmsweise einmal weniger alkoholisiert an. Adrian sagte ihm auf den Kopf zu, dass er von der Spezialabteilung wisse. Es sei also sinnlos, deren Existenz zu leugnen. Das Einzige, was ihn jetzt noch interessiere, sei, womit sich diese Abteilung befasse.

Wie ein Getriebener lief Carl vor unseren Augen auf und ab und murmelte Unverständliches vor sich hin. Bis Adrian ihn festhielt und ihn anschrie, er solle ihm endlich die Wahrheit sagen. Der alte Mann riss sich los, wich vor seinem Sohn zurück und sah ihn unglücklich an. Es gehe um höchst vertrauliche Ermittlungen, davon müsse er nichts wissen, das sei allein Sache der Partner. Und genau wie die anderen drei würde auch er schweigen. Dabei fuhr er mit Daumen und Zeigefinger an seinen Lippen entlang, als verschließe er sie mit einem Reißverschluss. Bis ein Schluckauf dieses Bild zerstörte.

Adrian schien sekundenlang blockiert zu sein, als

brauche er Zeit, die Worte seines Vaters richtig einzuordnen. Dann ging er ohne Vorwarnung auf ihn los, trommelte auf dessen Brustkorb und schrie ihn an, er wolle wissen, in was für Machenschaften die Partner verwickelt seien. Als ich dazwischenging, bekam ich eine seiner Fäuste am Oberarm ab und schrie vor Schmerz auf. Bei meinem Schrei ging Carl weinend in die Knie. Wie eine Litanei wiederholte er immer wieder die gleichen Sätze. Sie hätten alles gemacht wie immer, sich abgesichert, um ein Gleichgewicht zu schaffen. Es sei reine Routine gewesen. Routine.

Ich half ihm hoch und geleitete ihn zu einem Sessel. Er blieb dort jedoch nur Sekunden sitzen, faselte, er sei gleich wieder da, und floh aus dem Zimmer. Adrian ließ Kopf und Schultern hängen und prophezeite, sein Vater werde sich jetzt mit der nächsten Flasche Whiskey in seinem Arbeitszimmer einschließen. Und am besten werde er es ihm gleichtun, dann könne er vielleicht endlich vergessen. Nachdem ich vergeblich versucht hatte, mit ihm zu reden, gab ich auf und überließ beide Männer sich selbst. Jeder von uns musste auf seine eigene Weise mit der Trauer umgehen.

Ich lieh mir Adrians Auto und fuhr durch die Dunkelheit nach Rottach-Egern. Ohne meinen Schwager an meiner Seite fühlte ich mich schutzlos. Die Angst, mir könne genau wie den vier anderen etwas zustoßen, war immer noch da. Selbst dem Alarmsender gelang es nicht, mir ein gewisses Gefühl von Sicherheit zu geben. Als mein Handy klingelte, zuckte ich erschreckt zusammen. Bis Richards Stimme mich erleichtert ausatmen ließ.

»Täusche ich mich, oder freust du dich, mich zu hören?«, fragte er.

War es tatsächlich erst drei Tage her, dass wir uns in Berlin gesehen hatten? In der Zwischenzeit war so vieles geschehen. »Wo steckst du gerade?«, stellte ich die Gegenfrage.

»Bin unterwegs.«

»Was macht deine dringende Recherche?«

»Die hält mich in Atem. Und du, Finja, wo bist du gerade?«

»Auch unterwegs.« Ich zögerte und sagte dann: »In Kreuzberg.« Die Frage, warum ich log, hätte ich nicht zu beantworten gewusst. »Wann kommst du zurück?«

»Das steht noch nicht fest. Ich rufe dich rechtzeitig an.«

»Ich würde das Bild gerne zu Ende malen.«

»Und ich würde dich gerne wiedersehen.« Er schwieg einen Moment. »Wie geht es dir?«

»Den Umständen entsprechend. Es ist eine blöde Redewendung, aber sie trifft es ziemlich genau.«

Sekundenlang war nur sein Atmen zu hören. »So hat das Leben es eigentlich nicht vorgesehen, dass die Jungen sterben und die Alten weitermachen wie bisher.«

»Was meinst du mit ›weitermachen wie bisher‹?«, fragte ich alarmiert.

»Das war auch nur eine Redewendung.«

»Für mich klang es eher nach einem Vorwurf.«

»Wenn überhaupt, dann ist es ein Vorwurf an das Leben. Eigentlich sollten die Alten vor den Jungen sterben.«

»Kannst du mir sagen, warum ich das Gefühl nicht loswerde, dass du eigentlich etwas ganz anderes gemeint hast?«

»Nein, das kann ich nicht. Pass auf dich auf, Finja. In Kreuzberg oder wo immer du gerade bist.«

Bevor ich noch etwas erwidern konnte, hatte er die Verbindung unterbrochen und mich mit einem seltsamen Gefühl zurückgelassen. Den letzten Kilometer bis zu meinem Elternhaus verbrachte ich grübelnd, bis ich den Wagen kurz hinter der Einfahrt am Straßenrand abstellte und ausstieg. Kaum hatte ich den Code fürs Tor eingegeben, öffnete sich auch schon die Haustür. Mein Vater schien auf mich gewartet zu haben. Im ersten Moment wirkte er bei meinem Anblick erleichtert, doch dann gewann seine Wut die Oberhand.

»Warum hast du keine einzige meiner SMS beantwortet?«, donnerte er los.

Ich sah ihn stumm an und lief an ihm vorbei in die Halle. Gerade wollte ich die Treppe hinaufgehen, als er mich zurückhielt.

»Bis du eigentlich von allen guten Geistern verlassen, die Leute auszutricksen, die ich zu deinem Schutz abgestellt habe? Und was ist in dich gefahren, bei Tobias einen solchen Auftritt hinzulegen? Hast du Adrian diesen Floh ins Ohr gesetzt?«

Mit einem Kopfschütteln setzte ich mich auf die Stufen und legte meine Tasche neben mich. »Glaubst du, wir warten stillschweigend ab, bis wir auch noch umgebracht werden?«, fragte ich ihn.

»Amelie wurde umgebracht, die anderen drei Todesfälle waren tragische Unfälle.« Vielleicht hoffte er, diese Version selbst irgendwann zu glauben, wenn er sie nur oft genug wiederholte.

»Vier Menschen mussten vielleicht wegen der Existenz dieser Spezialabteilung sterben. Und jetzt erzähle du mir nicht auch noch, dass ihr da irgendwelchen Promis Personenschutz anbietet. Das glaube ich nämlich nicht!«

»Es ist völlig irrelevant, was du glaubst, wichtig ist allein ...«

»Was die Kripo glaubt?« Ich sah ihn herausfordernd an. »Selbst wenn denen diese Häufung von Unfällen nicht aufstößt, gibt es immer noch den Mord an Amelie. Und da werden sie dranbleiben müssen, solch eine Akte wird nicht einfach geschlossen. Das Verbrechen an meiner Schwester wird sie dann vielleicht irgendwann auch mit der Nase auf die ungeklärten Todesfälle stoßen.«

Mein Vater griff nach seinem Stock und tat ein paar ausgreifende Schritte auf mich zu. Dicht vor mir blieb er stehen. »Finja, du wirst morgen früh deine Sachen packen und nach Berlin zurückreisen. Haben wir uns verstanden?«

Ich wich keinen Millimeter vor ihm zurück und hielt seinem Blick stand. »Gute Nacht, Paps«, sagte ich, um gleich darauf die Treppe hinaufzulaufen.

In meinem Zimmer angekommen, gab ich der Tür einen solchen Stoß, dass sie mit einem lauten Knall ins Schloss fiel. Ich riss das Fenster auf, zündete mir eine Zigarette an und versuchte, meiner Wut Herr zu werden. Was war nur mit meinem Vater los? So kannte ich ihn einfach nicht. Selbst wenn er und seine Partner erpresst wurden, selbst wenn es eine besondere Abteilung innerhalb der Detektei gab – warum konnte er mir das nicht sagen? Aber vielleicht hatte er sich gar nicht groß verändert, sondern war sich selbst treu geblieben, indem er auch in dieser Situation genau das tat, was er schon immer getan hatte: über ganz essenzielle Tatsachen schweigen.

Dem Zirpen der Grillen und dem friedlich daliegenden See gelang es schließlich, mich so weit zu beruhigen, dass die Müdigkeit die Oberhand gewann. Ich löschte das Licht und schlief fast augenblicklich ein. Es war jedoch ein unruhiger Schlaf, aus dem ich immer wieder hochschreckte. Erst weckten mich zwei Kater, die ihren lautstarken Kampf ausgerechnet unter meinem Fenster austragen mussten, einige Zeit später dann ein paar Betrunkene, die sich grölend am Seeufer vergnügten. Jedes Mal schoss so viel Adrenalin durch meine Adern, dass ich eine ganze Weile wach dalag.

Hätte ich fest geschlafen, hätte ich mit Sicherheit nicht das leise Knarren der Treppenstufen gehört. Voller Angst starrte ich in die Dunkelheit, wagte nicht, mich zu rühren, und versuchte, mich damit zu beruhigen, dass die Alarmanlage eingeschaltet war, also eigentlich niemand ins Haus eingedrungen sein konnte. Im Geiste verfolgte ich denjenigen, der sich auf der Treppe bewegte, bis ich begriff, dass die Geräusche immer leiser wurden, er also hinunter- und nicht hinaufging. Mit zitternden Fingern tastete ich nach dem Wecker. Es war kurz nach drei. Ich spürte meinen Puls im Hals, setzte mich auf und versuchte, klar zu denken. Das Wahrscheinlichste war doch, dass mein Vater hinuntergegangen war, um sich etwas zum Trinken zu holen. Oder er konnte nicht schlafen und war auf dem Weg in sein Arbeitszimmer.

Ich nahm all meinen Mut zusammen, schlich aus meinem Zimmer, um mich kurz vor dem Geländer im zweiten Stock auf den Boden zu legen. In dem dämmrigen Licht der Halle entdeckte ich die Silhouette meines Vaters, der gerade die Haustür öffnete. Seltsamerweise schaltete sich die Außenbeleuchtung nicht ein, als er einen Schritt vor die Tür tat. In diesem Moment war ein Motorengeräusch zu hören, das gleich darauf erstarb. Wer immer vor der Eingangstür hielt, hatte die Scheinwerfer ausgeschaltet.

Sekundenlang war es völlig still, bis Schritte auf dem Kies zu hören waren und gleich darauf jemand auf meinen Vater zutrat. Auch von demjenigen sah ich nur eine Silhouette, aber ich hätte schwören können, dass es sich um Tobias handelte. Die beiden Männer standen dicht beieinander und redeten im Flüsterton. Sosehr ich mich auch anstrengte, ich konnte nicht einmal einen Wortfetzen verstehen. Lediglich an ihren Gesten war zu erkennen, dass sie nicht gerade einer Meinung waren. Der Mann, den ich für Tobias hielt, wedelte mit etwas herum, das wie ein größerer Papierumschlag aussah. Er versuchte, ihn meinem Vater in die Hand zu drücken, doch der schien sich zu weigern. Also warf er ihn ihm vor die Füße, machte auf dem Absatz kehrt und verschwand in die Dunkelheit.

Mein Vater bückte sich, hob ihn auf und schloss geräuschlos die Tür. Dann wandte er sich um und schaute hinauf, als wolle er sich vergewissern, dass es keine Zeugen für diese nächtliche Begegnung gab. Einen Moment lang schien er zu horchen, bis er schließlich durch die Halle davonging. Am liebsten wäre ich ihm sofort gefolgt, aber ich ließ erst zehn Minuten verstreichen, bevor ich die Treppen hinunterging, mir in der Küche eine Flasche Wasser holte und an die Tür seines Arbeitszimmers klopfte. Ich wartete seine Antwort gar nicht erst ab.

»Ich habe Licht gesehen«, gab ich ihm zur Erklärung, als ich sein Zimmer betrat.

Mein Vater saß vor dem geöffneten Laptop und sah mich gelassen an. Neben dem Gerät lag ein aufgerissener brauner DIN-A5-Umschlag, darauf eine leere DVD-Hülle. »In den vergangenen Wochen ist jede Menge Arbeit liegengeblieben«, erklärte er mir. »Ich versuche, ein wenig aufzuholen.«

Ich deutete auf die DVD-Hülle neben seinem Laptop. »Überwachungsaufnahmen?«

»Auch diese Arbeit muss gemacht werden«, antwortete er.

»Ich dachte, so etwas würdest du längst delegieren.«

»Sporadische Kontrollen haben noch nie geschadet. Leg dich wieder schlafen, Finja.«

Mit einem halbherzigen Nicken sagte ich ihm gute Nacht und zog seine Tür hinter mir zu. Auf dem Weg zurück in mein Zimmer fragte ich mich, wie der Inhalt einer DVD aussehen mochte, die mitten in der Nacht übergeben und sofort danach in einen Laptop geschoben wurde.

Man konnte tatsächlich die Uhr nach ihm stellen. Pünktlich um sechs ging mein Vater hinunter zum See, um dort seine tägliche Runde zu schwimmen. Ich wartete, bis er den Gürtel seines Bademantels löste, um gleich darauf die Treppe hinunterzuspringen und in sein Arbeitszimmer zu stürmen. Blitzschnell durchsuchte ich nun bereits zum zweiten Mal seinen Schreibtisch und gab mir größte Mühe, die Ordnung, die ich dort vorfand, nicht zu zerstören.

Die Chance war sehr gering gewesen, dass er die DVD zwischen seinen Papieren oder in einem der beiden Rollcontainer verwahrt hatte, geschweige denn vergessen hatte, sie aus seinem Laptop herauszunehmen. Trotzdem hatte ich es prüfen müssen. Blieb der kleine Tresorraum. Ich wollte gerade nach dem Schalter tasten, um das Bild zur Seite fahren zu lassen, als ich in kurzen Abständen ein stetig wiederkehrendes Geräusch hörte, das mir einen gehörigen Schrecken versetzte. Mein Vater war im Anmarsch, das Klacken wurde von seinem Stock verursacht. Ich machte mehrere Hechtsprünge, um von dem einen Bild zum gegenüberliegenden zu gelangen und davor Aufstellung zu nehmen.

»Was tust du hier?«, hörte ich seine Stimme hinter mir.

»Ich wollte mir das Bild noch einmal anschauen«, antwortete ich und versuchte, gleichmäßig zu atmen.

»Wer sollte es besser kennen als du – du hast es gemalt.« Seine Stimme klang nach unterdrücktem Ärger. Er räusperte sich. »Erinnerst du dich, dass mein Arbeitszimmer tabu ist? Daran hat sich nichts geändert.«

Ich sah ihn an, als sei ich mir keiner Schuld bewusst. »Wieso bist du überhaupt hier und nicht im See?«

»Weil mir etwas eingefallen ist, das ich noch schnell nachsehen wollte.« Er setzte sich an seinen Schreibtisch und öffnete den Laptop.

Ich richtete den Blick wieder auf das Bild. »Wie sind

eure Sitzpositionen in dem Ruderboot eigentlich zustande gekommen?«

»Wir haben gewürfelt. So, und jetzt …«

»Und wie ist es zu der Buchstabenreihenfolge von *BGS&R* gekommen?«

»Auf die gleiche Weise.«

»Warum habt ihr nicht einfach die Reihenfolge aus dem Boot übernommen? Das hätte doch eine wunderbare Symbolik ergeben.« Ich drehte mich zu ihm um.

Seine Gesichtszüge hatten sich ein wenig entspannt. »Uns kam es nicht auf die Sitzposition an, sondern darauf, überhaupt gemeinsam in einem Boot zu sein.«

»Und es hat nie etwas eure Partnerschaft gefährdet?«

Er deutete auf mein Bild. »Wenn es Sturm gibt, stemmen wir uns dagegen. Gemeinsam. Das hast du schon ganz richtig eingeschätzt.«

»Was ist mit dem Sturm, der vor mehr als drei Wochen aufgezogen ist und vielleicht immer noch anhält? Er hat immerhin vier Menschen das Leben gekostet. Carl scheint es im Moment schwerzufallen, sich gemeinsam mit euch dagegenzustemmen. Er wird sich zu Tode saufen, wenn er so weitermacht. Und er redet kryptisches Zeug.«

»Was?«, fragte mein Vater in scharfem Ton.

»Gestern Abend hat er zu Adrian und mir gesagt, ihr hättet alles gemacht wie immer, euch abgesichert, um ein Gleichgewicht zu schaffen. Reine Routine. Das Ganze klang so, als wäre diese Routine aus dem Ruder gelaufen. Was habt ihr nur getan, Paps?« Alles in mir sträubte sich dagegen, in meinem Vater und seinen Partnern Kriminelle zu sehen. Aber wenn sie nichts Kriminelles getan hatten, was war es dann, worüber sie so verbissen schwiegen?

»Finja, ein für alle Mal: Du gehst jetzt hinauf, packst deine Sachen und buchst dir einen Flug. Ich werde dafür sorgen, dass du zum Flughafen gebracht wirst. Anschließend kümmere ich mich um Carl.« Allem Anschein nach ging er davon aus, dass ich seine Befehle ohne Widerworte ausführte, denn er setzte seine Lesebrille auf und vertiefte sich in das, was er auf dem Bildschirm sah.

Ohne ein weiteres Wort rannte ich die Treppe hinauf und zog mich in Windeseile an, damit ich es schaffte, das Haus zu verlassen, solange mein Vater noch in seinem Arbeitszimmer saß. Bevor ich die Haustür hinter mir ins Schloss zog, schob ich den Alarmsender in die Hosentasche.

Auf dem Weg nach Holz fuhr ich zur Hofpfisterei und kaufte Brötchen. Als auch nach dem dritten Klingeln niemand öffnete, versuchte ich es über Adrians Handy. Es dauerte nicht lange, bis er sich meldete. Seine Stimme klang seltsam gepresst.

»Habe ich dich etwa geweckt?«, fragte ich und bekam augenblicklich ein schlechtes Gewissen.

»Nein ... mein Vater hatte heute Nacht einen Herzinfarkt. Er liegt auf der Intensivstation.« Adrian atmete schwer. »Ich bete, dass er es schafft.«

»Wo bist du?«

»In Hausham, im Krankenhaus Agatharied. Kannst du herkommen, Finja?«

»Bin schon unterwegs«, rief ich in mein Handy und rannte zum Auto.

Unterwegs verfluchte ich den dichten Berufsverkehr. Mehr als einmal drückte ich auf die Hupe, nur um festzustellen, dass ich dadurch auch nicht schneller vorankam. Während ich hektisch zwischen Gas und Bremse hin- und herwechselte, war es ein Gedanke, der mich nicht losließ: Wenn Carl jetzt starb, hatte Adrian seine gesamte Familie verloren.

Zum Glück fand ich schnell einen Parkplatz und lief im

Eilschritt auf das moderne Gebäude zu, das eher wie ein Wellnesshotel anmutete denn wie ein Krankenhaus. Am Empfang fragte ich nach der Intensivstation, nahm den Aufzug und schlüpfte kurz darauf in die vorgeschriebene Schutzkleidung. Auf leisen Sohlen näherte ich mich Carls Bett. Der alte Mann lag mit geschlossenen Augen da und schien zu schlafen.

Adrians Gesicht war ebenso fahl wie das seines Vaters. Und es war voller Kummer. Wie brüchiger Fels, der durch nichts zu stabilisieren war, fiel seine Welt immer mehr in Stücke. »Danke, dass du gekommen bist«, flüsterte er über das Bett hinweg.

Ich zog mir einen Stuhl zur anderen Seite und setzte mich.

»Ich mache mir solche Vorwürfe«, flüsterte er. »Hätte ich ihn gestern nicht so aufgeregt, wäre vielleicht gar nichts passiert.« Todunglücklich und in sich zusammengesunken saß er da und starrte vor sich hin. »Wenigstens habe ich ihn rufen gehört. Sonst …«

»Adrian, dein Vater hat sich in den vergangenen Wochen systematisch zugrunde gerichtet. Es ist nicht deine Schuld, dass es so weit gekommen ist. Und hier ist er jetzt in guten Händen, hörst du?«

Er zeigte keinerlei Reaktion, deshalb wusste ich nicht, ob ihn meine Worte erreicht hatten. »Hast du überhaupt schon etwas gegessen?«

Er schüttelte den Kopf. »Ich kann nicht.«

»Wenn du so weitermachst, klappst du irgendwann auch noch zusammen. Geh in die Cafeteria und trink wenigstens einen Tee. Ich bleibe so lange bei deinem Vater. Bitte!«

Adrian schluchzte so sehr, dass sein gesamter Körper davon ergriffen wurde. Ich lief um das Bett herum, ging in die Hocke und nahm seine Hand in meine. Er murmelte etwas, das ich erst verstand, als er es wiederholte.

»Was soll ich denn nur tun, Finja? Ich kann einfach nicht mehr. Es ist alles zu viel.«

Sanft strich ich über seinen Rücken. »Du hast alles getan, was in deiner Macht steht. Ohne dich wäre dein Vater schon viel eher zusammengebrochen.«

»Und wenn er jetzt stirbt?«

Dann hat irgendjemand dort draußen dafür gesorgt, dass du deine ganze Familie verloren hast, beantwortete ich die Frage im Stillen. »Dein Vater ist hier gut aufgehoben. Und ihm ist nicht damit gedient, wenn du schlappmachst. Also geh bitte und iss etwas!« Ich zog ihn vom Stuhl hoch und schob ihn zur Tür.

Nach einigem Zögern ging er schließlich hinaus. Ich setzte mich wieder und sah mich in dem Raum um, in dem zwei Intensiveinheiten belegt waren. Einerseits wirkte dieses Aufgebot an Apparaten erschreckend auf mich, andererseits empfand ich es als einen Segen, dass es im Notfall zur Verfügung stand. Als ich über Carls Hand strich, öffnete er die Augen und sah mich stumm an. In seinen Augenwinkeln sammelten sich Tränen, die schließlich über seine Wangen liefen und auf das Kopfkissen tropften. Sein Blick hatte nichts Flehendes wie der seines Sohnes, der Trost suchte. Carl schien sich auf einem völlig anderen Terrain zu bewegen – als habe er eine Grenze überschritten und sich zuvor von Wünschen befreit, auf deren Erfüllung er längst nicht mehr hoffen konnte.

»Du musst mir etwas versprechen, Finja.« Das Sprechen strengte ihn an. »Kümmere dich um Adrian, wenn ich nicht mehr da bin. Wenigstens für eine Weile, bis er sich von alldem erholt hat. Wirst du das tun?« Nach jedem Satz machte er eine Pause und holte Luft.

Ich erwiderte seinen Blick und nickte.

»Wir sind schuld, dass das geschehen ist. Wir hätten dafür büßen müssen. Nicht unsere Kinder. Nicht Cornelia.«

Die feuchten Stellen auf seinem Kopfkissen schienen zu wachsen.

»Was habt ihr getan?«, fragte ich leise.

Er wandte den Kopf zum Fenster. »Wir haben das Boot aus dem Ruder laufen lassen. Keiner von uns ist auf die Idee gekommen, dass eines Tages Unschuldige dafür mit dem Leben bezahlen müssten.« Sein Atem ging stoßweise, sekundenlang schloss er die Augen. »Ihr müsst aufhören, Fragen zu stellen. Versprich mir das, Finja. Zu wissen, warum all das geschehen ist, bringt niemanden zurück.«

»Wenn ihr wisst, wer das getan hat, warum legt ihr dann bei der Polizei nicht die Karten auf den Tisch? Ich verstehe das nicht, Carl.«

Er packte meine Hand und versuchte, sich daran hochzuziehen, gab jedoch schnell auf. »Wir haben einen fürchterlichen Fehler begangen.«

»Was für einen Fehler?«

Er drehte den Kopf zur Seite und schwieg minutenlang, während nur ein Röcheln zu hören war. »Cornelia und meinen Kindern habe ich oft von den Anfängen von *BGS&R* vorgeschwärmt. Sie sollten stolz auf mich sein, ganz besonders meine Frau. Cornelia hat viel Anstand besessen. Erinnerst du dich noch an ihren Leitspruch? Wenn du eines Tages stirbst, sollst du dich für nichts schämen müssen in deinem Leben.« Er schien diesen Worten nachzulauschen, als hätte Cornelia sie ihm gerade ins Ohr geflüstert. »Ihr und den Kindern«, fuhr er fort, »habe ich immer die hehren Ziele beschrieben, die uns die Detektei hatten gründen lassen – wir wollten dem Recht zu seinem Recht verhelfen, berechtigte Interessen vertreten. Aber damit lässt sich längst nicht so viel Geld verdienen.« Wieder machte er eine Pause. »Merk dir eines, Finja, das ganz große Geld machst du nicht mit legalen Mitteln.«

»Sondern?«, fragte ich beklommen. Auf der Suche nach

Erklärungen hatte ich so viele Fragen gestellt und mir kein einziges Mal Gedanken darüber gemacht, ob ich die Antworten überhaupt verkraften konnte. Tauchten jetzt die Geister auf, die wir besser nicht gerufen hätten?

»Männer wie uns gibt es viele. Aber etwas Schlechtes wird nicht gut, nur weil es in der sogenannten besseren Gesellschaft geschieht. Wie viele andere haben wir das rechte Maß aus den Augen verloren. Und das schon vor langer Zeit. Damals waren wir so alt wie ihr. Wir waren hungrig und glaubten, einen Anspruch auf die größten Stücke des Kuchens zu haben. Wir waren eitel, wollten Erfolg und Anerkennung – diesen besonderen Kick, der aus großen Erfolgen erwächst. Dieser Kick hat etwas von einem Belohnungssystem, genau wie Macht. Dafür haben wir Tabus gebrochen. Fängst du bei einem an, lösen sich die anderen mit einem Mal in Luft auf. Von da an lässt sich jede Schranke überwinden.« Sein Brustkorb hob und senkte sich in einer Weise, als habe ihn das Reden zu sehr angestrengt.

Ich schüttelte den Kopf. »Nicht so viel sprechen, Carl.«

Eine Weile hielt er sich daran und sah aus dem Fenster. Aber seine Augen schienen dabei nichts zu erfassen. Es war mehr ein Blick nach innen. »Es heißt immer, Wissen sei Macht, Finja. Aber es gibt Menschen, die sind mächtiger. Und skrupelloser.«

*

Die Hoffnung auf ein gutes Leben hatte Gesa längst aufgegeben. Sie verdiente es nicht. Nicht nach dem, was sie getan hatte. Dennoch gab es etwas, das sie sich wünschte: unbeobachtet zu sein, in die Anonymität abtauchen und selbst entscheiden zu können, wo und wie sie lebte. Um zu sich zu finden oder sich vielleicht ganz neu zu erfinden.

Um eines Tages einen Zug zu besteigen, der sie in die Nähe ihrer Tochter brachte. Wenigstens sehen wollte Gesa sie.

Damit ihr das gelang, musste sie Alexander entkommen. Ihr Plan würde Zeit in Anspruch nehmen, denn er durfte keinesfalls auffliegen. Eine zweite Chance würde sich ihr vielleicht nicht so schnell wieder bieten.

Allen Plänen zum Trotz gab es immer wieder Momente, in denen sie sich auch nach Alexander sehnte, in denen sich ihre Phantasien verselbständigten und ihr wider jede Vernunft eine gemeinsame Zukunft ausmalten. In solchen Momenten versuchte sie mit aller Macht, sich auf andere Gedanken zu bringen. Wollte sie Finja jemals wiedersehen, musste Alexander sie aus den Augen verlieren.

Ihr Plan war ebenso einfach wie effektiv. Und es war nicht schwer, ihn in die Tat umzusetzen. Er forderte ihr bloß Geduld und Zeit ab. Letztlich ging es darum, regelmäßig Geld von ihrem Konto zu holen und es scheinbar mit vollen Händen auszugeben. Hob sie allerdings zweihundert D-Mark ab, blieben einhundertfünfzig in ihrem Portemonnaie und wanderten zu Hause in ihren Sparstrumpf. Mögliche Beobachter sollten glauben, sie habe alles Geld ausgegeben, wenn sie mit prall gefüllten Tüten von ihren Streifzügen durch die Kaufhäuser zurückkehrte. Dass sich in den Tüten nur billigste Waren befanden, war ihnen von außen nicht anzusehen.

Alexander überwies ihr regelmäßig Geld auf dieses Konto. Da sie nicht wusste, ob er auch Einblick in die Kontobewegungen hatte, setzte sie ihren Plan, so viel Bargeld wie möglich anzusparen, nur ganz langsam in die Tat um. Sie fing mit kleinen Beträgen an, um sie nach und nach zu erhöhen. Es sollte so aussehen, als sei sie auf den Konsumgeschmack gekommen.

Manchmal fragte sie sich, ob es diese Beobachter tatsächlich gab, oder ob Alexander sich darauf verließ, Gesa durch reines Vorgaukeln an unsichtbaren Fäden lenken zu können. Vielleicht hatte er seine Leute längst abgezogen. Gesa wusste, sie würde mit dieser Ungewissheit leben müssen, wenn sie nichts riskieren wollte.

An dem Tag, an dem sie überzeugt war, genügend Geld für einen Neuanfang zusammengespart zu haben, ging sie dazu über, den zweiten Teil ihres Planes umzusetzen. Sie kaufte eine Zeitung, setzte sich damit sichtbar in ein Café und studierte die Stellenangebote. Es sollte so aussehen, als sei sie auf der Suche nach einer Arbeit als Kellnerin. Und so tat sie schließlich tagelang nichts anderes, als sich in verschiedenen Kneipen als ungelernte Kraft zu bewerben. Sie betrat die Lokale, brachte die Bewerbungsgespräche hinter sich und ging wieder. Bis sie eines der Lokale durch den Hinterausgang verließ. In ihrer Tasche das Bargeld, ihren Ausweis und die zusammengefalteten Bilder von Finja.

13

Den zweiten Herzinfarkt, den Carl in der folgenden Nacht erlitt, überlebte er nicht. Er starb in der halben Stunde, die Adrian und ich an der frischen Luft verbrachten. Als habe er seinem Sohn die Last nicht aufbürden wollen, seinen Vater sterben zu sehen. Vielleicht war es aber auch einfach der Wunsch gewesen, gehen zu können, ohne dass jemand versuchte, ihn zu halten.

Bis zu seinem Tod hatte Carl kaum noch gesprochen. Und wenn, dann nur, um Adrian zu versichern, dass er und sein Bruder das Beste seien, das er in seinem Leben vollbracht hätte. Und dass er sich wünsche, Adrian könne ihm eines Tages verzeihen.

Wir blieben bis zum Morgengrauen. Während wir an Carls Bett saßen, kam es mir vor, als lösten wir uns damit gleichzeitig noch einmal von den vier Menschen, die ihm vorausgegangen waren. Ich stellte mir vor, ihre Seelen seien mit uns im Raum und holten ihn ab. Adrian konnte damit nichts anfangen. In seinen Augen löschte der Tod alles aus.

Hand in Hand verließen wir die Klinik. Keiner von uns beiden nahm etwas von dem wahr, was um uns herum vorging. Wir fühlten uns betäubt, unfähig, den Schmerz an uns heranzulassen. Auf die eine oder andere Weise hätte er uns in die Knie gezwungen. So gaben wir uns Mühe, zu funktionieren, sprachen über das, was jetzt zu tun sei, und stellten voll bitteren Humors fest, dass sich nach vier Todesfällen eine gewisse Routine eingestellt hatte.

Als wir schließlich Adrians Elternhaus in Holz betraten, drohte dessen Stille, uns zu überwältigen. Verloren blieben wir in der Halle stehen. Bis ich begann, unablässig zu reden. Wie unter Strom zählte ich Adrian eine Erinnerung nach der anderen auf, als habe er selbst nicht genug davon. Irgendwann schnitt er mir das Wort ab und bat mich, ihn einen Moment allein zu lassen.

Ich verzog mich in die Küche und machte Frühstück. Selbst wenn keiner von uns beiden einen Bissen herunterbekommen würde, gab es immerhin diesen kleinen Teil einer Tagesstruktur, an der wir uns festhalten konnten. Nur nicht der Trauer nachgeben, nicht jetzt. Sie würde alles lähmen.

»Seine Tasche ist weg«, sagte Adrian. Er stand im Türrahmen und sah mich an, als sei er auf dem Weg in die Küche einem Geist begegnet.

»Welche Tasche?«

»Mein Vater hatte eine Aktentasche, die er ständig mit sich herumgetragen hat. Am Abend bevor ich ihn ins Krankenhaus brachte, stand sie noch neben seinem Schreibtisch.«

»Was bewahrt er denn darin auf?«, fragte ich.

»Laptop und Unterlagen, die er immer in seiner Nähe wissen wollte.«

»Vielleicht hat er sie weggeschlossen, als er merkte, dass es ihm nicht gutging.«

»Zu dem Zeitpunkt saß er an seinem Laptop. Ich hatte ihn nach mir rufen hören und bin gleich in sein Arbeitszimmer gelaufen. Er bestand noch darauf, selbst den Laptop in seiner Tasche zu verstauen. Ich durfte nichts anrühren. Wir haben dann gemeinsam das Zimmer verlassen.«

»Hat jemand einen Schlüssel zu eurem Haus?«

»Keine Ahnung, wem mein Vater einen gegeben haben könnte«, meinte er tonlos.

»Hast du die Alarmanlage eingeschaltet, als du ihn ins Krankenhaus gebracht hast?«

Er schüttelte den Kopf. »Aber selbst bei ausgeschalteter Alarmanlage kommst du nur mit einem Schlüssel in dieses Haus.«

»Ich dachte, Profis könnten so ziemlich jedes Schloss knacken, ohne Spuren zu hinterlassen.«

»Diese nicht, mein Vater hat an allen Außentüren Bohrmuldenschlösser anbringen lassen. Es gibt nur eine Handvoll Leute in Deutschland, die solche Schlösser aufbekommen, ohne Spuren zu hinterlassen. Das sind angesehene Profis, die ihr Können wenn überhaupt in den Dienst von Sicherheitsunternehmen oder Behörden stellen. Kriminelle wirst du dort vergebens suchen.«

»Hast du nachgesehen, ob jemand durch eines der Fenster eingestiegen ist?«

»Hab ich. Wer immer die Tasche genommen hat, muss einen Schlüssel benutzt haben.«

»Und die Kameras?«, fragte ich.

Sein Gesichtsausdruck sprach Bände. »Die Aufzeichnungen der letzten achtundvierzig Stunden sind gelöscht.«

Ich versuchte, eine naheliegende Erklärung dafür zu finden. Vielleicht hatte das Gerät einfach gesponnen. Keine Technik funktionierte hundertprozentig. Oder vielleicht hatte Carl einen der Partner gebeten, die Tasche zu holen, damit sie sicher verwahrt blieb und uns nicht in die Hände fiel. All das war möglich. Ich weigerte mich, zu glauben, dass hier hochprofessionelle Einbrecher am Werk gewesen sein sollten.

Die Türklingel ließ uns beide erschreckt zusammenzucken. Wir liefen in die Halle und blickten auf dem Monitor ins Gesicht meines Vaters. Ich schaute auf die Uhr: Um diese Zeit hätte er eigentlich im See schwimmen müssen.

»Mein Beileid, Adrian«, sagte er, als er uns Sekunden später gegenüberstand. Mich bedachte er lediglich mit einem strafenden Blick. »Können wir uns trotz alledem kurz unterhalten?«

Adrian ging voraus in die Küche. »Von wem hast du es erfahren?«, fragte er und bot meinem Vater einen Kaffee an.

»Ich bin in die Klinik gefahren, um ihn zu besuchen.«

»Um diese Zeit?«, fragte ich ungläubig.

»Carl war einer meiner besten Freunde.« Er nahm einen Schluck Kaffee und räusperte sich. »Habt ihr seine persönlichen Dinge aus der Klinik mitgenommen?«

»Wieso interessiert dich das?«, wollte Adrian wissen.

»Ich habe deinem Vater vor kurzem einen USB-Stick mit vertraulichen Informationen gegeben. Er wollte sie sich ansehen und mir den Stick dann zurückgeben.«

»Und du nimmst an, er habe deinen Stick mit in die Klinik genommen? Was könnte so wichtig sein, dass er trotz Herzinfarkt nichts Besseres zu tun hat, als so ein Ding einzustecken?«

Mein Vater schien nicht gewillt, auf diese Frage zu antworten. Er sah Adrian ausdruckslos an.

»Er könnte den Stick genauso gut hiergelassen haben.«

»Unwahrscheinlich«, war der knappe Kommentar.

»Wann warst du in der Klinik?«

»Adrian, ich bitte dich, lass uns das Ganze abkürzen. Gib mir den USB-Stick, dann lasse ich dich in Ruhe.«

»Wieso bist du dir so sicher, dass der Stick nicht hier ist? Hast du das Haus bereits durchsucht? Und hast du bei der Gelegenheit auch gleich Vaters Aktentasche mitgehen lassen und die Aufzeichnungen der Kameras gelöscht?«

Dies war einer der seltenen Momente, in denen mein Vater die Beherrschung verlor. Er hob seinen Stock und ließ ihn mit einer blitzschnellen Bewegung auf den

Küchenboden niedersausen. »Zeig mir seine persönlichen Dinge, die du aus der Klinik mitgenommen hast! Sofort!«

Adrian stand auf und bedeutete meinem Vater, sich ebenfalls zu erheben. »Ich zeige dir den Weg hinaus, Alexander.«

»Lass Finja da raus, hörst du!« Sein Tonfall hatte etwas Drohendes, das sich auch nicht verlor, als er mich aufforderte, ihn zu begleiten.

»Dazu ist es zu spät«, sagte ich. »Du und deine Partner – ihr habt uns da hineingezogen. Was sind das für Tabus, die ihr gebrochen habt? Und wer ist euer Gegenspieler, der sich nicht an die Spielregeln hält, der mächtiger ist als ihr, und skrupelloser?«

»Was hat Carl noch gesagt?«, fragte er ohne jede sichtbare Regung. Allem Anschein nach hatte er sich wieder in der Gewalt.

»Dass ihr das rechte Maß aus den Augen verloren hättet. Und das schon vor langer Zeit.«

»Und? Weiter?«

»Er hat von eurer Spezialabteilung erzählt«, bluffte ich. »Seine Version klang allerdings ein wenig anders als die von Tobias. Wie Carl sagte, habt ihr über Jahrzehnte hinweg brisante Informationen zu Erpressungen genutzt.« Es war ein Schuss ins Blaue, der jedoch völlig verpuffte.

Meinem Vater waren diese Anschuldigungen nicht mal einen Kommentar wert. Mit einem knappen Nicken drehte er sich um und ging. Kaum hatte er das Haus verlassen, wollte Adrian wissen, wann sein Vater all das gesagt haben sollte. Dabei wirkte er so erschüttert, dass ich entschied, ihm die Wahrheit erst einmal vorzuenthalten und so zu tun, als wäre alles ein einziger Bluff gewesen. Es würde einen geeigneteren Zeitpunkt geben, ihm davon zu erzählen. Adrian gab sich so bereitwillig mit meiner Antwort zufrieden, dass ich mir sicher war, richtig entschieden zu haben.

Während ich jedem von uns einen Kaffee eingoss, durchsuchte mein Schwager die persönlichen Sachen seines Vaters nach dem USB-Stick. Aber offensichtlich hatte Carl ihn nicht bei sich getragen.

Sowohl Adrian als auch ich waren überzeugt, dass mein Vater gelogen hatte. Es ging nicht um seinen USB-Stick, sondern vermutlich um Informationen, die Carl in den letzten Tagen seines Lebens niedergeschrieben hatte.

Mit dem Schlüssel von Carls Bund öffneten wir den alten Tresor in dessen Arbeitszimmer, nur um festzustellen, dass hinter der fünfzehn Zentimeter dicken Stahltür Whiskeyflaschen, Goldmünzen, ein paar Bündel Bargeld, zwei wertvolle Herrenuhren und Cornelias Schmuckschatulle verborgen waren. Ich fragte Adrian, ob es in diesem Haus möglicherweise auch so einen geheimen Raum gab wie in unserem. Aber er wusste nichts davon. So liefen wir vom Keller bis zum Dachgeschoss und tasteten mit den Fingern Bilderrahmen und Regale ab. Nach einer Stunde gaben wir schließlich auf.

Ich hatte so viel über die Toten nachgedacht, die Adrian zu beklagen hatte, dass mir erst allmählich die Erkenntnis kam, selbst auch fast meine gesamte Familie verloren zu haben. Meine leibliche Mutter war im Feuer umgekommen, meine Schwester ermordet worden. Meine Tante hatte sich in ihre eigene Welt zurückgezogen, und mein Vater – ja, was war mit meinem Vater? Mein Bild von dem integren Geschäftsmann hatte tiefe Risse bekommen. Ich wusste nicht mehr, wer er wirklich war und was er tat, wenn er in sein Büro ging.

Elly war zum Glück zu Hause, als ich an ihrer Tür klingelte. Sie fragte mich nichts, sondern stellte mir ganz selbstverständlich einen Teller auf den Tisch, damit ich mit ihr und Ingo zu Mittag essen konnte. Die Kabbeleien der beiden, die sich darum drehten, dass Ingo mehr Gemüse nehmen sollte, anstatt so viel Schweinebraten und Klöße zu essen, waren wie Balsam für mich. Sie entführten mich für kurze Zeit in einen Alltag, in dem weder Tod noch Trauer oder infame Lügen eine Rolle spielten.

Als sich Ingo schließlich zu einem Nickerchen zurückzog, ging Elly mit mir in den Garten. Da die Temperaturen leicht gesunken waren, ließ es sich in der Sonne gut aushalten. Wir setzten uns in die beiden Liegestühle neben dem Rosenbeet, das einen lieblichen Duft verbreitete. Ich ließ den Kopf zurücksinken und schloss die Augen. Als gebe es in diesem Augenblick nichts Wichtigeres auf der Welt, erzählte Elly mir, wie schwierig es sei, die Läuse von den Rosen fernzuhalten.

Ich lauschte mehr auf ihre Stimme als auf das, was sie sagte. Bis mir die Tränen übers Gesicht liefen und sie meine Hand in ihre nahm.

»Elly?«, fragte ich, als es mir besserging. »Sind dir schon einmal Gerüchte über Machenschaften von *BGS&R* zu Ohren gekommen?«

»Was denn für Machenschaften?«, fragte sie.

»Das weiß ich auch nicht so genau«, gab ich offen zu.

Elly gab ein Brummen von sich, als sie aufstand, um mit den Fingern ein paar Blattläuse zu zerdrücken, die sie an einem der Rosenstiele entdeckt hatte. »Wie kommst du dann überhaupt auf die Frage? Etwa wegen all der Todesfälle?« Für einen kurzen Moment unterbrach sie die Suche nach den winzigen grünen Tieren und sah mich an.

»Es muss doch einen Grund für all das geben.«

»Und wenn? Was würde das ändern? Würde dich das weniger traurig machen?« Sie schien sich meiner Antwort ganz sicher zu sein. »Siehst du!« Als sei ihr gerade eine wunderbare Idee gekommen, klatschte sie in die Hände. »Komm! Ich zeig dir mal was.« Sie lotste mich zu der Gartenbank an der Hauswand, klappte deren Sitzfläche hoch und holte eine Zeitschrift hervor. Dann gab sie mir ein Zeichen, mich neben sie zu setzen. »Hier, sieh mal«, meinte sie, als sie die Seite gefunden hatte, die sie suchte. Sie legte mir das bunte Blatt auf die Knie und deutete auf ein kleines Foto. »Das ist der Thomas Niemeyer. Wenn du mir den Namen nicht gesagt hättest, hätte ich ihn gar nicht entdeckt.« Sie beugte sich darüber, als wolle sie sich noch einmal eines gewissen Eindrucks versichern. »Er hat sich schon ziemlich verändert, obwohl er immer noch attraktiv aussieht. Aber mehr als dreißig Jahre gehen eben an keinem spurlos vorüber.«

Ich betrachtete das Foto des Steuermanns, der – wie der Bildtext erklärte – in Begleitung seiner Frau eine Spendengala besuchte. Beide waren sehr elegant gekleidet und lächelten in die Kamera. Hätte dort nicht sein Name gestanden, hätte ich mit seinem Bild auch nichts anzufangen gewusst. Auf dem Foto des Vierers im Schlafzimmer meines Vaters war er nur von hinten zu sehen.

»Ist immer noch ein fescher Mann, findest du nicht?« Elly sah mich von der Seite an.

»Dein Ingo aber auch«, antwortete ich grinsend, woraufhin sie mich in die Seite stupste.

»Trotzdem war ich ganz froh, dass ich ihn damals dann irgendwann nicht mehr zu Gesicht bekommen habe. Wegen der Flausen in meinem Kopf – wenn du weißt, was ich meine …«

»Hast du eine Ahnung, warum der Kontakt zu meinen Eltern abgebrochen ist? Ist er eingeschlafen oder …?«

»Nein, nein«, fiel sie mir ins Wort. »Wenn es ja nur das gewesen wäre. Es hing mit dem Mord an der jungen Frau zusammen. Cornelia Graszhoff hat mir einmal erzählt, dass sich der Thomas Niemeyer wohl sehr schwer damit getan hat, dass ihm die Mathilde so kurz vor der Heirat weggelaufen ist und sich ein paar Tage später mit dem Tobias Rech verlobt hat. Als sie dann umgebracht wurde, hat der ihn verdächtigt, sich an ihr gerächt zu haben. Was natürlich Unsinn war. Aber der Thomas Niemeyer hatte kein Alibi und hat sich wohl irgendwie in Widersprüche verstrickt, bis endlich klar war, dass er es nicht gewesen sein konnte. Wenn du mich fragst, war er genauso fertig mit der Welt wie Tobias Rech. Und als wäre es nicht genug, haben sich dann auch noch die Freunde entzweit. Dein Vater und die beiden anderen haben sich hinter ihren Partner gestellt. Wenn du mich fragst, weil die vier die Detektei zusammen geführt haben. Da hätten sie Risse im Gebälk nicht gebrauchen können. Nicht schön, so eine Haltung, aber …« Elly winkte ab, als wolle sie sagen, das sei alles Schnee von gestern, und nahm die Zeitschrift in die Hand. »Und wenn du ihn hier jetzt siehst, dann hat er seine Vergangenheit besser bewältigt als Tobias Rech, der sich nie wieder gebunden hat. Und ganz offensichtlich war er klug genug, sich eine Frau zu suchen, die dieser Mathilde nicht ähnlich sieht.«

»Meine Mutter meinte neulich etwas boshaft, er habe sich hochgeheiratet.«

»Besser hoch als gar nicht«, lautete Ellys trockener Kommentar. »Und wo wir gerade beim Thema sind: Wann machst du dir endlich mal Gedanken übers Heiraten?«

Ich zuckte die Schultern. »Wenn ich einen passenden Mann gefunden habe.«

»Willst du damit sagen, dass von all den Männern in Berlin kein einziger passt?«

»Ich habe noch nicht jeden Einzelnen ausprobiert«, konterte ich möglichst ernst.

Zum Abschied hatte Elly gesagt, ich solle die Toten auf den Friedhöfen ruhen lassen und in mein Leben zurückkehren.

Mein Leben – vier Wochen zuvor hatte es sich noch gut angefühlt, und nichts hatte darauf hingedeutet, dass es so sehr aus den Fugen geraten sollte. Jetzt fuhr ich von Osterwarngau nach Rottach-Egern und hatte im Schlepptau einen silbernen Golf mit zwei Beschützern darin.

Den Gedanken, Amelie auf dem Friedhof zu besuchen, verwarf ich sofort wieder. Die zahllosen Kränze und Blumengestecke würden sich noch auf ihrem Grab türmen – wie die Wulste einer ganz frischen Wunde, die noch nicht einmal genäht war.

Als ich die Tür zu meinem Elternhaus aufschloss, kam mir Helga Reichelt entgegen und erzählte, Adrian sei gekommen und habe den Wagen seines Vaters abgeholt. Er habe mich auf dem Handy nicht erreichen können und inzwischen mehrfach hinterlassen, ich solle ihn anrufen. Erst jetzt fiel mir ein, dass ich mein Handy bei Elly ausgeschaltet und vergessen hatte, es wieder einzuschalten. Gerade wollte ich seine Nummer wählen, als er mir zuvorkam. Ich solle mich sofort ins Auto setzen und nach Holz kommen, er müsse mir dringend etwas zeigen.

So war ich ein paar Minuten später bereits wieder unterwegs, nicht ohne mich meines Begleitschutzes zu versichern. Als an einer Baustelle die Ampel auf Rot schaltete, rief ich einer spontanen Eingebung folgend Richard an.

Er war bereits nach dem ersten Klingeln in der Leitung. »Finja!« Seine Stimme war nur ein Flüstern.

»Störe ich dich gerade?«

»Bleib dran, ich gehe schnell hinaus.« Ein paar Sekunden später fragte er: »Was hast du auf dem Herzen?«

»Klinge ich so?«

»Ja.«

»Du hast neulich in Berlin gesagt, in der Branche meines Vaters tummelten sich jede Menge schwarzer Schafe, die sich keinen Deut um Gesetze scheren würden und davon überzeugt seien, dass Moral etwas sei, das der Auftraggeber zu verantworten habe. Wie kamst du darauf?«

»Wie kommst du jetzt darauf?«, stellte er die Gegenfrage.

»Richard, bitte, es ist mir ernst damit. Erklär es mir bitte.«

Er schien nachzudenken, denn es dauerte, bis er endlich antwortete. »Es kursiert immer mal wieder das Gerücht, es gebe Detekteien, über die man an so ziemlich jede schmutzige Information herankomme. Für den entsprechenden Preis natürlich. Und ich meine damit wirklich schmutzige Informationen, solche, an die du ganz sicher nicht mit legalen Mitteln gelangst und die du keinesfalls in den Händen deiner Feinde wissen möchtest.«

»Illegale Informationsgewinnung?«

Richard lachte. »So, wie du es ausdrückst, klingt es natürlich feiner. Aber gleichgültig, welche Worte du wählst, hier geht es darum, Menschen für die unterschiedlichsten Zielsetzungen auf skrupelloseste Weise auszuspionieren. Immer vorausgesetzt, an den Gerüchten ist etwas dran.«

Ich nahm all meinen Mut zusammen. »Hast du ein solches Gerücht auch schon einmal im Zusammenhang mit *BGS&R* gehört?«

»Nein.«

»Du wolltest also auch nichts in dieser Richtung andeuten, als du neulich meintest, die Partner würden weitermachen wie bisher?«

Er flüsterte mit irgendjemandem, es war jedoch nicht zu verstehen, was er sagte. »Finja, es tut mir leid, ich muss zurück in meine Besprechung. Wir reden ein anderes Mal, ja?«

Adrian erwartete mich an der Tür. Anstatt jedoch mit mir hineinzugehen, zog er mich hinter sich her in den Garten.

»Was ist denn los?«, fragte ich und versuchte, ihm meine Hand zu entziehen.

Er blieb jedoch erst stehen, als wir unter einer der alten Eichen angekommen waren. »Ich habe ihn gefunden.«

»Wen? Den Stick?« Ich setzte mich auf die Holzbank, die um den Stamm herum gebaut worden war.

Er nickte und setzte sich neben mich. »Vorhin habe ich doch Vaters Wagen bei euch abgeholt. Da er immer so aufgebracht reagiert hat, wenn ich ihm den Autoschlüssel abnehmen wollte, dachte ich, er könnte darin möglicherweise Unterlagen versteckt haben und gar nicht, wie ich immer angenommen habe, einfach nur seine Mobilität verteidigt haben.« Adrian forschte in meinem Gesicht, ob ich ihm folgen konnte.

»Und?«, fragte ich ungeduldig.

»Nachdem ich erst das Wageninnere komplett durchsucht hatte, wollte ich mir im Anschluss den Kofferraum vornehmen und habe den entsprechenden Knopf an seinem Schlüssel gedrückt. Und siehe da!« Er hielt den BMW-Schlüssel in der geöffneten Hand. »Drück mal darauf«, forderte er mich auf.

Ich tat es und sah staunend dabei zu, wie vorne aus dem Schlüssel ein USB-Stecker herausfuhr.

»Allem Anschein nach ist das einer der Orte, an denen mein Vater seine Geheimnisse versteckt hat.«

»Hast du dir die Daten schon angesehen?«, fragte ich.

»Ich hab's versucht, aber ich muss erst jemanden finden, der mir hilft, das Passwort zu knacken.« Adrian lehnte sich mit einem Stöhnen gegen den Stamm und streckte die Füße aus. Über uns stritten zwei Elstern lautstark um Beute. Die Siegerin der ersten Runde breitete schließlich die Flügel aus und landete im Nachbarbaum, nur um von ihrer Widersacherin dorthin verfolgt zu werden.

Ich löste den Blick von diesem Schauspiel und wandte mich wieder Adrian zu. »Warum hast du mich hier herausgeführt?«

»Tatsache ist, dass jemand im Haus war, um sich die Tasche zu holen. Warum sollte dieser Jemand nicht auch gleich ein paar Wanzen installiert haben, um herauszufinden, ob ich diesen Stick habe?«

»Aber dabei hast du nicht meinen Vater in Verdacht, oder?«

»Du hast ihn doch genauso in Verdacht. Ihn und die beiden anderen. Aber keiner von ihnen wird sich selbst die Finger schmutzig gemacht haben.«

Ich versuchte, dem beklommenen Gefühl auf die Spur zu kommen, das mir den Hals zuschnürte. »Adrian, meinst du, Amelie könnte von dieser Abteilung gewusst haben?«

»Wie kommst du denn darauf?«, fragte er in einem Ton, der nach einem entschiedenen Nein klang.

»Es ist nur so ein Gefühl ... die Art, wie sie über die Arbeit der Detektei gesprochen hat ...« Ich hob die Schultern und ließ sie wieder fallen.

»Amelie hätte niemals bei etwas mitgemacht, das sie ihre Zulassung als Anwältin hätte kosten können. Das weißt du so gut wie ich.«

Sekundenlang schloss ich die Augen. Ich spürte die rauhe Rinde der Eiche in meinem Rücken und versetzte mich zurück in unser altes Baumhaus. Ich sah uns fünf Kinder. Was wir damals von unserer Persönlichkeit in unsere Spiele eingebracht hatten, unterschied sich nicht wesentlich davon, wie wir uns heute verhielten. Unsere Charaktereigenschaften hatten sich mit den Jahren nur stärker herausgebildet.

Der einzige Mensch, der in meiner Schwester ein zartes Püppchen hatte sehen wollen, war meine Mutter. Alle anderen hatten Amelie realistischer betrachtet: als durchsetzungsstark und ehrgeizig. Meine Schwester hatte gewusst, was sie wollte. Und sie hatte stets einen Weg gefunden, ihr Ziel zu erreichen.

Adrian kreuzte die Arme über dem Bauch und krümmte sich leicht zusammen. »Lass uns über etwas anderes reden, bitte, ja? Ich halte das nicht aus.«

»Entschuldige!«

Wir schwiegen eine ganze Weile, bis er fragte, was wir jetzt tun sollten.

Als wäre dies der Startschuss, sprang ich auf und zog ihn mit mir hoch. »Du kümmerst dich darum, dass uns jemand das Passwort knackt, und ich werfe einen Blick in die geheime Kammer meines Vaters.« Noch während ich es sagte, hoffte ich, darin nicht Carls Aktentasche zu finden.

Da Adrian auf keinen Fall allein bleiben wollte, beschlossen wir, gemeinsam nach Rottach-Egern zu fahren. Noch war der Zeitpunkt günstig: Die Haushälterin meiner Eltern würde bereits fort und mein Vater noch nicht aus dem Büro zurück sein.

Seit dem heimlichen Diebstahl der Aktentasche war mein Schwager so misstrauisch, dass er darauf bestand, den BMW seines Vaters statt seines eigenen Autos zu benutzen, da es inzwischen mit einem Peilsender versehen worden sein könnte. Ich versuchte, mich nicht davon anstecken zu lassen, und reagierte mit leiser Hähme auf seine Bitte, mein Handy auszuschalten. Als es aber darum ging, den Alarmsender zurückzulassen, protestierte ich. Im Notfall wollte ich wenigstens Hilfe herbeirufen können. Jetzt war Adrian derjenige, der spottete: Dieser Alarmsender gebe mir lediglich ein Gefühl von Sicherheit, meinem Vater jedoch die Möglichkeit, mich überallhin zu verfolgen.

»Das übernehmen schon meine Beschützer da draußen«, entgegnete ich. »Außerdem erfährt mein Vater ohnehin per SMS, wenn ich das Haus betrete. Die Alarmanlage ist so programmiert.«

»Lass das Ding trotzdem hier. Mir ist es nicht geheuer. Wir verstehen beide viel zu wenig davon, um beurteilen zu können, was es alles kann.«

Widerstrebend lenkte ich schließlich ein, hatte jedoch ein mulmiges Gefühl dabei. Und das nicht etwa deswegen, weil ich mich ohne den Alarmsender unsicher fühlte, sondern weil Adrians Vorsichtsmaßnahme nichts anderes bedeutete, als dass wir uns vor meinem eigenen Vater in Acht nehmen mussten.

Als wir zwanzig Minuten später in dessen Arbeitszimmer standen und ich gerade auf den Schalter im Bilderrahmen drücken wollte, hielt Adrian mich zurück.

»Was ist, wenn dein Vater auch beim Betätigen dieses Mechanismus eine SMS bekommt?«, fragte er.

»Bekommt er nicht«, beruhigte ich ihn. »Ich war neulich schon einmal hier drin.« Ich drückte und sah dabei zu, wie das Ölgemälde zur Seite fuhr.

Mit Carl waren es inzwischen fünf Tote – eine Zahl, die unsere Skrupel, hier herumzuschnüffeln, fast vollständig zum Schwinden gebracht hatte. Es ging nur noch um eines – herauszufinden, warum sie alle hatten sterben müssen. Sobald sich die Öffnung vor uns auftat, schnappte Adrian nach Luft. Ich folgte seinem Blick.

»Ist sie das?«, fragte ich und starrte auf die Aktentasche, die am Boden gegen das Regal gelehnt stand.

Er nickte, stieg über die circa dreißig Zentimeter hohe Schwelle in den kleinen Raum und bückte sich nach der Tasche seines Vaters. Während er sich in einen der Freischwinger fallen ließ und den Inhalt in Augenschein nahm, schaute ich mir den Inhalt der Regale näher an. Beim letzten Mal hatte ich nach nichts anderem als nach Amelies Todesanzeige gesucht. Zu dem Zeitpunkt hatte ich noch nicht einmal etwas von einer Spezialabteilung geahnt.

Hier und da griff ich DVDs von den Stapeln. Sie waren mit genauen Angaben über Orte, Zeiträume und Namen der überwachten Personen versehen. Ich wechselte zu einem Regal, in dem ausschließlich Ordner standen. Sie waren teilweise so vergilbt, dass sie aus Zeiten stammen mussten, in denen man von digitalen Datenträgern nur hatte träumen können.

Ich las die Beschriftungen. Es waren allesamt Namen, mit denen ich jedoch nichts anzufangen wusste. Bis auf einen. Ich zog den Ordner heraus, auf dessen Rücken GESA geschrieben stand. Mit klopfendem Herzen schlug ich ihn auf und suchte nach Fotos. Ich blätterte vor und zurück, fand jedoch kein einziges. Dafür stieß ich auf eine Fülle eng beschriebener Blätter, die in der Kopfzeile den Schriftzug einer Nervenklinik trugen.

Ich überflog die ersten Seiten, bis ich begriff: Es handelte sich um die Gespräche zwischen meiner leiblichen Mutter und ihrem behandelnden Arzt, einem Doktor Wendelin Radolf. An den Rand hatte er hier und da Anmerkungen mit der Hand geschrieben: *Patientin flüchtet sich in Träume. Patientin hat panische Angst vor ihrer Erinnerung. Patientin fragt ständig nach ihrem Kind. Patientin ist stark depressiv. Patientin suizidal?*

Einen dieser Sätze las ich mehrmals – *Patientin fragt ständig nach ihrem Kind.* Es war, als würde er tief in meinem Inneren eine Sehnsucht in Worte fassen. Und er wollte so gar nicht zu dem Bild passen, das mir meine Eltern von Gesa gezeichnet hatten.

In diesen Zeilen offenbarten sich weder Verantwortungslosigkeit noch Desinteresse, sondern ausschließlich tiefe Qual und Verzweiflung. Völlig davon gefangen genommen las ich immer weiter und blieb schließlich an einem Traum hängen, von dem meine leibliche Mutter erzählt hatte. Er handelte von Tabus, die man nicht brechen dürfe. Da war es wieder, dieses Wort, von dem auch Carl auf seinem Sterbebett gesprochen hatte. Wie hatte er sich ausgedrückt? Sie hätten Macht gewollt und dafür Tabus gebrochen.

Sie hatte es geschafft, sie war Alexander entkommen – mit nichts als den paar Sachen, die sie auf dem Leib trug, ihren Papieren und dem Geld. Im Nachhinein hätte sie nicht mehr sagen können, wie oft sie sich umgedreht hatte auf der Flucht vor dem Vater ihrer Tochter. Selbst den Zug hatte sie mehrmals gewechselt. Größere Umwege hatte vor ihr sicher noch niemand auf dem Weg von Hamburg nach Berlin gemacht.

Und dann war sie in der geteilten Stadt angekommen und hatte sich auf die Suche nach einem Zimmer gemacht. Am Tag ihres neunzehnten Geburtstags fand sie eines in einer Wohngemeinschaft. Der möblierte Raum sah nicht viel besser aus als der, den sie gerade erst hinter sich gelassen hatte, aber das spielte keine Rolle. Wichtig war allein, dass ihr Name nicht am Klingelschild auftauchte und die anderen Mieter sie in Ruhe ließen.

Selbst Wochen nach ihrem Einzug bildete Gesa immer noch einen Fremdkörper inmitten ihrer Mitbewohner. Fragen wich sie ebenso geschickt aus wie Freundschaftsangeboten. Sie gab sich verschlossen, um ihre tiefe Verstörtheit zu kaschieren. Nicht einmal ihrer direkten Zimmernachbarin, die ebenso sympathisch wie geduldig war, gelang es, Gesas Schutzschild zu durchbrechen.

Zum Freund wurde ihr ein Schreibheft mit wunderschönem Fotoeinband, das ihr auf einem ihrer Streifzüge wegen seiner Ablichtung ins Auge gefallen war. Es zeigte den Tegernsee im Abendlicht. Gesa begann, diesem Tage-

buch selbst kleinste Vorkommnisse anzuvertrauen. Anfangs geschah es nur aus dem Gefühl heraus, dringend einen Halt zu brauchen. Bis sie feststellte, dass es ihr einen noch viel größeren Dienst erwies. Es gab ihr die Gewissheit, bei dem, was sie sah und hörte, keiner Täuschung zu erliegen und nicht einen Traum mit der Wirklichkeit zu verwechseln.

Einen Halt gab ihr auch die Arbeit, die sie nach langem Suchen endlich gefunden hatte. Ein Kirchenmaler hatte sie, ohne ihr allzu viele Fragen zu stellen, bei sich in die Lehre genommen. Sie dankte es ihm mit ebenso viel Gewissenhaftigkeit wie Zuverlässigkeit, zwei Eigenschaften, die ihr hin und wieder frotzelnde Kommentare der beiden anderen Lehrlinge eintrugen. Aber das scherte Gesa nicht weiter. Sie liebte die Atmosphäre in den Kirchen, die Stille, die Gerüche von abbrennenden Kerzen und von Weihrauch. Wann immer es jedoch darum ging, sich mit den anderen auch nach der Arbeit zu treffen, sagte Gesa nein, was ihr den Ruf von Unnahbarkeit einbrachte. Aber auch das berührte sie nicht.

Abends und an den Wochenenden betrachtete sie jetzt oft Finjas Bilder, die sie aus der Erinnerung gemalt hatte und die so lange in der Mappe verborgen gewesen waren. Ein halbes Jahr alt war ihre Tochter gewesen, als sie sie zum letzten Mal gesehen hatte, als sie versucht hatte … Nein! Sie verbot sich jeden weiteren Gedanken daran. Ein Jahr war seitdem vergangen. Auf der Straße betrachtete sie Kinder in dem Alter, versuchte, sich Finja vorzustellen. Lief sie bereits an der Hand ihrer Schwester? Brabbelte sie einzelne Worte? Sagte sie Mama zu Freia?

Es gab keine Antworten auf diese Fragen, nur Phantasien. Und die Hoffnung, dass sich die Ereignisse jener Nacht nicht in die Seele ihrer Tochter eingegraben hatten.

14

Beim Lesen der Mitschriften hatte ich alles andere um mich herum vergessen. Als sei ich die Dritte in dieser Gesprächsrunde, diejenige, die nur zuhörte und jedes einzelne Wort aufsaugte. Bis eine Stimme an mein Ohr drang, die mit jeder Sekunde drängender wurde.

»Finja, komm endlich, dein Vater wird gleich hier sein. Ich habe gerade gehört, dass ein Wagen draußen vorgefahren ist.« Die Aktentasche unter dem Arm stand Adrian bereits im Türrahmen und schaute immer wieder in den Flur.

Mit ein paar Schritten war ich bei ihm und drückte ihm den Ordner in die Hand. »Bring ihn hoch in mein Zimmer und warte dort auf mich!« Doch anstatt sich in Bewegung zu setzen, sah er mich zweifelnd an. »Beeil dich, ich komme gleich nach!«, insistierte ich und schubste ihn kurzerhand in den Flur hinaus. Dann schnappte ich mir meine Umhängetasche, lief damit zurück in den Tresorraum und warf eine willkürliche Auswahl von DVDs hinein. Ich wollte gerade gehen, als ich den Zipfel eines braunen Umschlags hinter einem der Stapel hervorragen sah. Ich zog ihn hervor. An einer Seite aufgerissen ähnelte er verdächtig dem, den Tobias in der Nacht meinem Vater übergeben hatte. Er landete ebenfalls in meiner Tasche, bevor ich mit klopfendem Herzen den Schalter drückte und mich beim Durchqueren des Arbeitszimmers vergewisserte, dass sich das Bild wieder vor die Öffnung schob. Dann schloss ich die Tür und rannte in den ersten Stock. Kaum hatte ich neben einem Schrank Stellung bezogen, hörte ich meinen Vater die Haustür aufschließen. Mein Gesicht schien vor Aufregung zu glühen, und ich war froh, dass er mich so nicht sehen konnte. Wenn er seiner Routine treu blieb, würde er sich eine Flasche Wein aus dem Kühlschrank holen, sich in die Bibliothek verziehen und die Nachrichten sehen. Aber es sollte anders kommen. Dem Klacken seines Stockes nach zu urteilen, bewegte er sich Richtung Arbeitszimmer. Ich betete, dass es sich nur um einen kleinen Umweg handelte und er nicht etwa vorhatte, die geheime Kammer zu betreten. Ich lauschte so angestrengt, dass das Rauschen in meinen Ohren alles andere zu übertönen schien. Als nichts geschah, wollte ich schon aufatmen, doch dann hörte ich ihn die Tür aufreißen und meinen Namen rufen.

Ich schlich, so schnell es ging, die Treppe hoch in den zweiten Stock und in mein Zimmer, wo Adrian auf meinem Bettrand wie auf heißen Kohlen saß.

»Er hat es entdeckt. Zieh dich aus und leg dich ins Bett! Sofort!«, flüsterte ich in einem Ton, der nicht den geringsten Widerspruch erlaubte, um gleichzeitig den Gesa-Ordner, Carls Akten- und meine Umhängetasche in einem Koffer in der Abseite zu verstauen. Nachdem ich in Rekordgeschwindigkeit Leggings und Wickelkleid ausgezogen hatte, landete ich neben Adrian im Bett. Ich fühlte mich, als hätte ich ungeübt einen Hundertmetersprint hingelegt, um rechtzeitig zu meiner Hinrichtung zu kommen.

Ohne anzuklopfen, riss mein Vater die Tür auf. Da lag ich jedoch bereits auf meinem Schwager und küsste ihn.

»Ich erwarte euch in fünf Minuten in meinem Arbeitszimmer!«, war das Einzige, was er hervorpresste, bevor er die Tür mit einem Knall hinter sich zufallen ließ.

»Und jetzt?«, fragte Adrian, während er in seine Jeans schlüpfte. »Wie sollen wir die Sachen aus dem Haus bekommen? Dein Vater wird uns ganz bestimmt nicht ohne weiteres damit abziehen lassen.«

Genau das war der Knackpunkt. Sowohl zu Fuß als auch mit dem Auto würden wir es vielleicht bis zum Tor schaffen, aber nicht hindurch, wenn er vom Haus aus den Toröffner blockierte. Das Gleiche galt für das Bootshaus. Nachdem ich mich wieder angezogen hatte, holte ich die Sachen aus der Abseite, stopfte Ordner, Datenträger und Umschlag in Carls Aktentasche und warf die Tasche in den Rhododendron schräg unter meinem Fenster. Dann füllte ich den Koffer mit Kleidungsstücken und Schuhen, ließ die Schlösser einschnappen und verstellte das Zahlenschloss.

Ich sah Adrian mit einem Blick an, der dazu gedacht war, uns beiden Mut zu machen, bevor wir hinuntergingen und ich Koffer und Umhängetasche neben der Haustür abstellte. Blieb zu hoffen, dass mein Vater unserer Täuschung auf den Leim ging.

»Ich mache es kurz«, sagte er mit beachtlicher Schärfe in der Stimme, als wir ihm gleich darauf in seinem Arbeitszimmer gegenüberstanden. »Was immer ihr in diesem Raum entwendet habt, lasst ihr hier, bevor ihr geht. Ihr setzt euch damit einer Gefahr aus, die ihr überhaupt nicht abschätzen könnt.«

»Entwendet?«, fragte Adrian im Tonfall eines Ahnungslosen, der mir Staunen abverlangte, und sah sich um, als wisse er gar nichts von dem Raum hinter dem Bild.

»Lass den Unsinn!«

»Bist du sicher, dass hier auch etwas verschwunden ist, wie bei Carl?«, meldete ich mich zu Wort. »Ehrlich gesagt hatten wir dich in Verdacht, seine Aktentasche genommen zu haben, da du dich an diesem Morgen so seltsam benommen hast.« Ratlos zuckte ich die Schultern. »Jedenfalls, wer immer in Carls Haus war, muss einen Schlüssel benutzt haben, denn es wurde nicht eingebrochen. Was ist denn hier gestohlen worden?« Suchend sah ich mich im Arbeitszimmer um.

Mein Vater ging mit keiner Silbe darauf ein. »Was habt ihr jetzt vor?«

»Finja hat angeboten, mir bei der Organisation der Beerdigung zu helfen«, meinte Adrian.

»Außerdem werde ich ihm Gesellschaft leisten, damit er in diesem Totenhaus nicht ganz allein ist.«

»Wann fliegst du zurück nach Berlin?«

»Gleich nach Carls Beerdigung.«

Mein Vater stand auf und kam um seinen Schreibtisch herum. »Ich begleite euch zur Tür.«

Auf dem Weg durch die Halle hörte ich hinter mir das Klacken des Stockes. Mein Vater folgte mir auf dem Fuße. Ohne ihn anzusehen, griff ich nach Umhängetasche und Koffer.

»Hast du etwas dagegen, wenn ich einen Blick in deine Tasche werfe?«, fragte er.

»Eigentlich schon.«

Mit einer provozierend langsamen Bewegung nahm er sie mir von der Schulter, durchsuchte sie und gab sie mir zurück. Dann deutete er mit einer knappen Kopfbewegung Richtung Koffer.

»Findest du nicht, dass das zu weit geht? Was soll das werden?« Ich nahm den Koffer und hielt ihn hinter meinen Rücken. »Egal, wonach du suchst, da drin wirst du es ganz sicher nicht finden.«

Mit zwei Schritten war ich an der Haustür. Den Koffer fest in der einen Hand, drückte ich mit der anderen die Klinke hinunter und öffnete die Tür, nur um in das Gesicht eines meiner Beschützer zu sehen. Er nickte mir freundlich zu, bevor er den Koffer ebenso sanft wie bestimmt aus meiner Hand löste, um ihn schließlich seinem Chef zu übergeben.

»Öffne ihn bitte«, sagte mein Vater.

»Darauf kannst du lange warten.«

»Dann bleibt er hier. Es ist zu deiner eigenen Sicherheit.«

Ich sah meinen Vater an, als begegnete er mir zum ersten Mal. »Wirst du uns eigentlich irgendwann sagen, was hier vorgeht?«

Sein Blick verriet nichts. »Ich rate dir dringend, den Alarmsender wieder an dich zu nehmen, Finja. Ich kann dich sonst nicht schützen. Und dich, Adrian, ersuche ich, deinen Arbeitsplatz bis auf weiteres zu räumen.«

»Warum sollte ich das tun?«

»Weil die Vertrauensbasis nachhaltig zerstört ist.«

»Du …«, versuchte er, sich Luft zu machen, aber ich zog ihn Richtung Auto.

»Es hat keinen Sinn«, flüsterte ich ihm zu und lenkte seine Aufmerksamkeit auf den BMW seines Vaters. »Hältst du es für möglich, dass dieser Typ da in der Zwischenzeit unser Auto präpariert haben könnte?«

Adrian nickte und schilderte mir seinen Plan, mit dem wir uns sowohl eines Peilsenders als auch möglicher Verfolger entledigen konnten.

Als wir die Autotüren öffneten, erntete ich einen letzten Blick meines Vaters, bevor er im Haus verschwand. Mein Beschützer hob kurz die Hand zum Gruß und lief dann die Auffahrt hinunter. Er würde uns mit seinem Kollegen sicher gleich startbereit auf der Straße erwarten.

Adrian ließ den Motor an und vollführte ein sehr umständliches Wendemanöver, während ich ums Haus herumrannte und die Aktentasche aus dem Rhododendron holte. Kaum saß ich im Auto, redeten wir kein Wort mehr.

Wir mussten durch das Tor fahren, bevor mein Vater den Koffer geöffnet hatte. Ich hielt die Luft an, da ich es immer noch für möglich hielt, dass er das Täuschungsmanöver durchschaut hatte. Als sich die Flügel des Tors automatisch öffneten und wir hindurchfuhren, atmeten wir beide auf. Der Golf, der uns folgte, war das geringere Problem.

Entlang der Uferstraße beschleunigte Adrian so stark, dass sich der Abstand zu unseren Verfolgern schnell vergrößerte. Dann bog er in kurzen Abständen immer wieder ab, wobei er mindestens zwei Ampeln bei Rot überfuhr, um schließlich in entgegengesetzter Richtung in eine Einbahnstraße zu fahren. Bei diesem Manöver wagte ich es kaum zu atmen und betete, dass uns niemand entgegenkam. An der nächsten Ampel hielt er an, ließ mich schnell aussteigen und gab sofort wieder Gas. Mit der Aktentasche in der Hand lief ich in einen kleinen Fußweg, der zwei Parallelstraßen miteinander verband. Um nicht aufzufallen, bewegte ich mich gerade so schnell wie der Strom der übrigen Passanten.

Hinter der nächsten Ecke betrat ich eine Autovermietung, um sie zehn Minuten später mit dem Schlüssel für einen VW-Passat wieder zu verlassen. Ich fuhr nach Tegernsee zum Hotel Leeberghof und erwartete Adrian auf dem Parkplatz. Er wollte den BMW seines Vaters im Ort abstellen und dann einen der Fußwanderwege bis zum Hotel nehmen.

Während der halben Stunde, die ich auf ihn wartete, wurde ich immer nervöser. Ich stellte mir alles Mögliche vor. Vielleicht hatten sie ihn erwischt. Vielleicht hatte er auch bei einem dieser waghalsigen Manöver einen Unfall gebaut. Als ich ihn endlich kommen sah, war ich so erleichtert, dass mir die Tränen kamen. Ich wischte sie schnell fort und entriegelte die Türen.

Adrian schien ebenso froh über meinen Anblick zu sein. Er ließ sich in den Beifahrersitz fallen und sah mich sekundenlang nur an, ohne etwas zu sagen. »Wo wird uns dein Vater am ehesten suchen?«, fragte er schließlich.

»In Holz, in eurer Wohnung in München, bei Elly in Osterwarngau«, zählte ich die möglichen Orte auf.

»Und fünfhundert Meter von seinem Haus entfernt?«

Ich ließ den Motor an. »Sehr gute Idee!«

Eine Viertelstunde später durchschritten wir zu den Klängen von leisem Klavierspiel die Marmorhalle des Seehotels Überfahrt in Rottach-Egern. Einen Moment lang wünschte ich mir nichts sehnlicher, als mich hier in einen der Clubsessel fallen zu lassen, mir einen Cocktail zu bestellen und dem Aufziehen der Dämmerung über dem See zuzusehen, wie die meisten anderen Gäste es hier taten. Aber sie hatten auch sicher leichteres Gepäck als wir.

Ich mietete uns für eine Nacht ein Doppelzimmer, ließ mir den Schlüssel aushändigen und folgte Adrian durch die weitläufige Halle zum Aufzug. Bis wir in unserem Zimmer angekommen waren, sprachen wir kein Wort. Als die Tür hinter uns ins Schloss gefallen war, atmete ich auf und hängte meine Tasche über eine Stuhllehne. Adrian setzte sich auf das französische Bett und sah sich suchend in dem komfortablen Zimmer um. Als er die Minibar entdeckte, stand er auf und nahm sich ein Bier heraus.

»Möchtest du auch eines?«, fragte er.

Ich schüttelte den Kopf. »Lieber einen Apfelsaft.«

Er füllte mir ein Glas und reichte es mir. Dann stellte er sich ans Fenster. Entlang des Seeufers gingen nach und nach die Lichter an, wie Leuchtperlen an einer Kette. Ich trat neben ihn und erzählte ihm mit leiser, stockender Stimme von den Gesprächsprotokollen, aus denen hervorging, dass sich meine leibliche Mutter sehr wohl um mich gesorgt hatte. Warum immer sie mich in jener Nacht versucht hatte umzubringen – sie hatte es allem Anschein nach später zutiefst bereut. Das erfahren zu haben, empfand ich als großen Schatz.

»Ich frage mich, wie mein Vater überhaupt darangekommen ist. Immerhin unterliegt so etwas der ärztlichen Schweigepflicht. Das war damals sicher nicht anders als heute.«

Adrian zuckte die Schultern, als gebe es im Augenblick Wichtigeres. »Lass uns die anderen Sachen sichten.«

Ich sah dabei zu, wie er die Aktentasche seines Vaters auf dem Bett ausleerte. Dabei fiel der braune aufgerissene Umschlag heraus, den ich aus dem Regal mitgenommen hatte. Ich griff hinein und zog eine unbeschriftete DVD hervor.

»Hier«, sagte ich und hielt sie ihm hin. »Lass uns die zuerst ansehen.«

Es dauerte einen Moment, bis Carls Laptop hochgefahren war und Adrian den Datenträger eingelegt hatte. Wie gebannt starrten wir auf den Bildschirm. Bereits nach den ersten Sequenzen sahen wir uns jedoch zweifelnd an. Der Inhalt der DVD stand in keinem Verhältnis zu der nächtlichen Aktion und ihrem guten Versteck. Mit jeder Minute, die verstrich, fragte ich mich, warum mein Vater ein solches Bohei um einen Seminarraum gemacht hatte, in dem zwanzig Männer und Frauen ganz offensichtlich im Rahmen einer Mitarbeiterschulung den Ausführungen eines Motivationstrainers lauschten. Ich betrachtete die Leute der Reihe nach.

»Sind das Mitarbeiter von *BGS&R*?«, fragte ich Adrian.

»Wenn, dann sind es Tobias' Leute. Aber ich kann es mir beim besten Willen nicht vorstellen. Warum sollte er denn seine Leute zu so einem Training schicken? Das sind doch keine Verkäufer.« Adrian ließ die DVD noch ein

Stück vorlaufen, aber die Kamera blieb auf den Seminarraum gerichtet. Er nahm den Datenträger heraus und legte einen von denen in den Schlitten, die stapelweise im Regal gelegen hatten.

Derweil inspizierte ich die übrigen Dinge aus Carls Aktentasche – blätterte sein Adressbuch und seinen Terminkalender durch, gab jedoch schnell wieder auf, da ich nicht einmal wusste, wonach ich suchen sollte. »Kommen wir an die Informationen, die dein Vater auf seinem Laptop gespeichert hat, eigentlich heran?«, fragte ich.

»Nein. Die sind genau wie der USB-Stick mit einem Passwort geschützt«, antwortete er abwesend, wobei seine Stimme in diesem Moment von einer weiblichen übertönt wurde, die aus dem Laptop kam und einen Befehl bellte.

Ich setzte mich neben Adrian, um der Szene zu folgen, die sich vor unseren Augen abspielte. In einem hellen, etwas spießig möblierten Raum lag ein ungefähr fünfundsechzigjähriger Mann mit Halbglatze auf dem Boden. Ziemlich dicht über seinem Gesicht hockte mit bloßem Hintern eine ansonsten in Lackleder gekleidete Frau. Wenn mich nicht alles täuschte, handelte es sich um eine Domina in Aktion. Und diese Aktion bestand darin, dass sie ihrem Kunden ins Gesicht pinkelte.

»Golden Shower heißt das glaube ich im Fachjargon«, meinte Adrian lakonisch.

»Das macht es auch nicht appetitlicher. Wer interessiert sich denn für solche Aufnahmen?« Doch wohl hoffentlich nicht mein Vater.

»Menschen mit ähnlich gelagerten Bedürfnissen würden sie ganz sicher gefallen«, sagte Adrian und riss mich aus meinen Gedanken. »Aber um die geht es hier nicht. Wenn ich mich nicht täusche, handelt es sich um Material, mit dem du den Mann dort auf dem Boden in der Hand hast.

Und zwar sehr fest. Der wird weder wollen, dass seine Frau davon erfährt, noch seine Aufsichtsratskollegen oder gar die Medien.«

»Wie bitte? Kennst du ihn etwa?«

»Nicht persönlich. Ich weiß aber, dass er gleich in zwei Aufsichtsräten nicht unbedeutender Unternehmen sitzt. Außerdem ist er gern gesehener Vortragsredner.«

Ich konnte dem Geschehen auf dem Bildschirm nicht länger zusehen und drehte den Kopf zur Seite. Adrian schien es ähnlich zu gehen, er stoppte die Wiedergabe und nahm die DVD heraus.

»Sag jetzt nur nicht, dass *BGS&R* für diese Aufnahmen verantwortlich ist«, meinte ich mit einem beklemmenden Gefühl im Hals.

»Wer sonst?«, lautete Adrians Kommentar. Seine Verachtung für diese Art der Detektivarbeit war unüberhörbar.

»Meinst du allen Ernstes, Tobias' Abteilung hat da die Finger im Spiel, um Leute damit zu erpressen?«

Anstatt mir zu antworten, schob er die nächste DVD ein. Ich spürte, dass das beklemmende Gefühl in meinem Hals in Abwehr umschlug. »Hör auf, ich will nicht noch mehr davon sehen«, bat ich Adrian.

»Dann sieh weg und hör nicht hin. Ich muss wissen, warum Amelie umgebracht wurde.« In diesem Tonfall hatte ich ihn noch nie reden hören.

»Es ist doch gar nicht gesagt, dass diese Aufnahmen überhaupt etwas damit zu tun haben.« Ich öffnete das Fenster und zündete eine Zigarette an. Als ich den Rauch inhalierte, wurde mir für einen Moment schwindelig.

»Und es ist nicht gesagt, dass sie nichts damit zu tun haben«, entgegnete er und konzentrierte sich auf den Bildschirm.

Ich sah auf den See hinaus und gab mir Mühe, meine

Gedanken in andere Bahnen zu lenken. Natürlich war der Versuch zum Scheitern verurteilt. Wie sollte ich an etwas anderes denken als an das, was sich da vor unseren Augen abspielte? Der Blick auf den Bildschirm hatte etwas von einem Reflex.

Die Kamera war auf einen eher kräftigen Mann mittleren Alters gerichtet, der, während er sich vor dem Badezimmerspiegel die Smokingschleife band, einen Disput mit seiner Frau vom Zaun brach, weil sie ihn mal wieder auf unbotmäßige Weise warten lasse. Anstatt zum vereinbarten Zeitpunkt fertig angezogen zu sein, liege sie immer noch faul in der Wanne. Sie zuckte sichtlich zusammen und versuchte sich damit zu rechtfertigen, dass ihre Schwester krank geworden sei, sie noch schnell etwas für sie eingekauft und sich deshalb verspätet habe. Als sie sich beeilte, um aus der in den Boden eingelassenen runden Wanne zu steigen, zog er sie ohne jede Vorwarnung an den nassen Haaren und versetzte ihr einen so kräftigen Schlag, dass sie stürzte und sich auf den Terrakottafliesen den Kopf aufschlug. Mit schmerz- und angstverzerrtem Gesicht setzte sie sich vorsichtig auf. Blut floss ihr über Gesicht und Oberkörper, sie wimmerte, nur um sich von ihm anhören zu müssen, das habe sie sich selbst zuzuschreiben, sie solle gefälligst den Mund halten und die Sauerei wegwischen. Als er mit dem Fuß ausholte, wurde mir übel.

Ich sah weg und hielt mir die Ohren zu, bis Adrian mich an der Schulter berührte und mir zu verstehen gab, dass er die DVD herausgenommen hatte.

»So ein elendes Schwein«, keuchte ich und schluckte gegen die Übelkeit an. Ich stand vom Bett auf und lief auf der Flucht vor diesen erschreckenden Bildern durchs Zimmer. Als ich Adrian etwas in die Tastatur tippen hörte, blieb ich stehen. »Was machst du da?«

»Der Name, der auf der DVD steht, sagt mir nichts,

aber Google kennt ihn ganz bestimmt.« Es dauerte keine Minute, bis er murmelte, dass es sich bei dem Schläger um ein hohes Tier in der Versicherungsbranche handelte.

Während der nächsten zwei Stunden schoben wir DVD um DVD in den Laptop. Dabei war unter anderem die Ehefrau eines bekannten Medienvertreters zu sehen, die ihrer Psychotherapeutin erzählte, dass ihr Mann vor mehr als zwanzig Jahren in betrunkenem Zustand zwei Menschen auf einem Zebrastreifen überfahren, die beiden dabei tödlich verletzt und anschließend Fahrerflucht begangen hatte. Sie habe neben ihm im Auto gesessen und könne diesen Unfall nicht vergessen. Von Jahr zu Jahr leide sie stärker darunter. Ihrem Mann helfe der Alkohol, sie habe es lange Zeit mit Schlaftabletten versucht, bis eine Sucht daraus geworden sei.

Das folgende Gespräch wurde in einem Beichtstuhl aufgenommen. Im Dämmerlicht erzählte eine etwa achtzigjährige Frau, die ihren Rosenkranz wie einen Rettungsanker in der Hand hielt, über ihren Sohn. Er sei Richter am Arbeitsgericht und habe sich in alkoholisiertem Zustand verraten, als sie ihn gefragt habe, wie er mit seinem Gehalt seinen aufwendigen Lebensstil bezahlen könne: mit der finanziellen Unterstützung von Unternehmen, die auf diese Weise Einfluss auf seine Urteile nahmen. Die tiefgläubige Frau konnte diese Last nicht mehr allein tragen und hatte sich einem Priester anvertraut.

Und so ging es endlos weiter: Aus dem Mund einer Geliebten erfuhren wir in der Sitzung mit ihrem Therapeuten von den wenig solidarischen Machenschaften ihres Gönners, eines Gewerkschaftsfunktionärs. Schließlich erzählte ein junges Mädchen einem unsichtbaren Gegenüber von ihrem Vater, der sie über Jahre hinweg missbraucht hatte. Wie sich herausstellte, fand dieses Gespräch in einem psychiatrischen Krankenhaus statt und handelte vom Gründer eines Pharmakonzerns.

Ich wusste nicht, was ich schlimmer fand: die sexuellen Abweichungen, Vergehen und Verbrechen, von denen wir auf diesem Wege erfuhren, oder die Tatsache, dass, wer auch immer diese Aufnahmen zu verantworten hatte, vor keinem Raum, in dem Menschen ihre Privat- und Intimsphäre ganz selbstverständlich für geschützt hielten, haltgemacht hatte. »Damit haben aber doch unsere Väter nichts zu tun«, sagte ich immer noch fassungslos. »Wer macht denn so etwas?«

»Jemand, der durch und durch skrupellos ist und vor absolut nichts zurückschreckt«, meinte er erschüttert, klappte den Laptop zu und starrte sekundenlang darauf, um schließlich so tief Luft zu holen, als sei der Sauerstoff, den er einatmete, eine Art Gegengift.

»Ist dir auch aufgefallen, dass die wenigsten DVDs bei den Leuten zu Hause aufgenommen wurden?«, fragte ich in die Stille hinein.

»Wir leben im Zeitalter von Kunden- und Kreditkarten, von digitalen Spuren im Netz, von Mobiltelefonen und GPS-Technik – alles Mittel, mit denen du ausgefeilte Profile erstellen kannst und …«

»Dagegen kann ich mich ja noch irgendwie zur Wehr setzen, wenn ich es möchte«, fiel ich ihm ins Wort. »Das hat doch aber mit diesen DVDs nichts zu tun.«

»Mittelbar schon, denn auch die Leute, die hier bespitzelt wurden, gehen inzwischen vorsichtiger und selektiver mit der modernen Technik um und lassen beispielsweise ihre Handys abhörsicher machen. Telefongespräche und eine Wohnraumüberwachung per Handy fallen damit also flach. Wenn sie dann noch ihr Privathaus mit einer hochwertigen Alarmanlage abgesichert haben, stehst du als Krimineller, der sich fürs Eingemachte interessiert und seine Technik installieren will, vor einem Problem.« Die Hände zu Fäusten geballt lief er im Zimmer umher. »Also wird auf Orte ausgewichen, die längst nicht so gut gesichert sind wie Privaträume – auf Arzt- und Psychotherapiepraxen, Anwaltskanzleien, Bordelle, Beichtstühle.«

»Könnte es nicht auch sein, dass es weniger mit der Absicherung dieser Räume zu tun hat, sondern vielmehr damit, was dort besprochen wird?«

»Gut möglich.« Adrian fuhr sich mit beiden Händen übers Gesicht, ließ sich aufs Bett fallen und legte die Unterarme über die Augen. Diese unerträglichen Bilder ließen sich damit jedoch kaum wegwischen.

Ich nahm ein paar der DVDs in die Hand und betrachtete sie. »Selbst wenn solche Räume nicht gut gesichert sind«, dachte ich laut, »führt doch trotzdem kein Weg daran vorbei, dass die Wanzen und Kameras heimlich dort installiert werden müssen. Gelingt das denn so problemlos?«

»Einem Profi schon. Und mit Profis haben wir es hier zweifellos zu tun. Die brechen entweder ein, ohne die geringste Spur zu hinterlassen, oder sie betreten die Räume unter einem Vorwand.«

»Das klingt gerade so, als bestünde die einzige Schwierigkeit darin, sich zu entscheiden, welchen Raum man überwachen will. Und als sei alles andere ein Kinderspiel.«

»Mir musst du deshalb keinen Vorwurf machen«, sagte Adrian und setzte sich auf.

»Aber es ist doch so, oder?« Ich baute mich vor ihm auf und schleuderte die DVDs neben ihn aufs Bett. »Diese Dinger geben mir das Gefühl, nirgendwo mehr sicher zu sein, wenn es jemand auf meine intimsten Gedanken abgesehen hat.« In einer hilflosen Geste hob ich die Hände und ließ sie wieder fallen. »Wie kann es denn sein, dass jemand im Besprechungszimmer eines psychiatrischen Krankenhauses bespitzelt wird? Wie machen die das?«

Adrians Miene war voller Mitgefühl. Er schien sich zu fragen, ob er mir diese Frage überhaupt beantworten oder besser schweigen sollte.

»Erklär es mir, bitte!«

»Wenn du herausfinden willst, was eine bestimmte Person in diesem Besprechungszimmer über sich preisgibt, statten zuvor zwei Leute dieser Klinik einen Besuch ab. Einer von ihnen vereinbart einen Termin für sich selbst. Während er sich mit dem Arzt in dem jeweiligen Zimmer unterhält, erleidet sein Komplize vor der Tür zum Beispiel einen Schwächeanfall oder bricht lauthals einen Streit vom Zaun, so dass der Arzt aus dem Zimmer gelockt wird. Bei so etwas bleibt in der Regel keiner ruhig sitzen, ohne nachzusehen, was draußen vor sich geht. Währenddessen wird drinnen die entsprechende Technik installiert, beispielsweise eine Wanze.«

»Und auf genau diese Weise wird die Wanze auch wieder abgeholt?«, fragte ich.

Adrian schüttelte den Kopf. »Eine von einem Profi versteckte Wanze ist unsichtbar und bleibt, wo sie ist. Kein Profi geht das Risiko ein, sie wieder zurückzuholen. Wenn jemand sein Handwerk versteht, helfen nur Messgeräte, um die Dinger aufzuspüren.« Sein Lachen hatte nichts Fröhliches, als er sagte, Leute würden Wanzen immer noch unterm Tisch oder im Kronleuchter vermuten. Und das, obwohl die Technik so immense Fortschritte gemacht habe. Diese Art von Spionen würde in Kleinstserien produziert und auf den Anwendungsbereich zugeschnitten.

»Und was ist mit den Kameras?«, fragte ich. »Da die mich sehen müssen, muss ich sie doch auch entdecken können.«

»Könntest du, wenn du ein Auge dafür hättest und wüsstest, wo du zu suchen hast. Sie sind in Alltagsgegenständen versteckt – in Baudosen, Bewegungsmeldern, Buchrücken, Wassersprenklern, Radioweckern. Der Phantasie sind da keine Grenzen gesetzt. Das Problem bei den Kameras ist allerdings, dass sie sehr energieaufwendig sind und nur kurze Batteriezeiten haben. Günstiger ist es, wenn du sie ans Stromnetz anschließen kannst, zum Beispiel in einer abgehängten Decke. Aber um sie dort zu installieren, musst du den Raum mal einen Tag lang für dich haben. Allerdings gibt es auch Kameras mit Funkübertragung, da stellt sich das Problem dann nicht.«

Ich sah meinen Schwager von der Seite an. »Woher weißt du das alles?«

Er kaute auf seiner Unterlippe. »Weil ich mich natürlich über die Branche informiert habe, bevor ich bei *BGS&R* angefangen habe.« Er fasste sich an den Kopf. »Es ist paradox. Ich habe nicht ein einziges Mal daran gezweifelt, dass mein Vater und seine Partner weiße Westen haben. Aber ich wollte wissen, worum es genau geht, wenn von den schwarzen Schafen in diesem Gewerbe die Rede ist.«

»Und du hast es dir von deinem Vater erklären lassen?«

Adrian nickte mit offenem Mund, wobei er den Unterkiefer von einer Seite zur anderen bewegte, als sei er völlig verkrampft und müsse ihn entspannen. »Meine Mutter war sogar bei einem dieser Gespräche dabei. Sie hat meine Entscheidung, in die Detektei einzusteigen, sehr unterstützt. Sie war so stolz auf Vaters Arbeit und schwärmte mir vor, dass *BGS&R* für absolute Seriosität stehe.«

»Willst du damit behaupten, dass so etwas wie diese Aufnahmen bei den schwarzen Schafen üblich ist?«

»Vielleicht nicht gerade üblich, vor allem nicht in diesem Ausmaß, aber möglich.« Er sah auf die Datenträger, die neben ihm lagen. »Was wir da gesehen haben, ist das Ergebnis eines enormen Aufwands und nicht zuletzt eine Geduldsprobe. Du landest ja nicht sofort einen Treffer, nachdem du deine Technik an Ort und Stelle angebracht hast.«

Minutenlang saßen wir beide völlig erschöpft da, als hätten wir einen anstrengenden Kampf hinter uns gebracht. Was wir letztlich auch hatten. Aber der eigentliche Kampf – nämlich die Auseinandersetzung damit, dass unsere Väter ganz offensichtlich Kriminelle waren – stand uns noch bevor.

»Erpressung«, sagte ich leise. »Das ist es doch, worum es hier geht, oder? Tobias' Spezialabteilung kümmert sich nicht etwa um den Personenschutz von Prominenten, sondern um die Beschaffung von schmutzigen Details. Und die Leute auf diesen DVDs müssen für die Wahrung ihrer Geheimnisse mit Sicherheit tief ins Portemonnaie greifen.«

Adrian schlang die Arme wie zum Schutz um seinen Brustkorb. »Was glaubst du, in welcher Weise wir alle davon profitiert haben? Ich meine, hat mein Vater mein Studium mit solchen Erpressungsgeldern finanziert? Oder das Auto, das er mir zum achtzehnten Geburtstag geschenkt hat? Die Stereoanlage, die ich mir mit vierzehn zu Weihnachten gewünscht hatte?« Er gab ein gurgelndes Geräusch von sich. »Wenn es irgendetwas bringen würde, würde ich jetzt kotzen.«

Ich ging zu ihm und legte die Arme fest um ihn. Adrian ließ seine Stirn auf meine Schulter sinken und blieb einen Moment lang so stehen, bis er sich aus meinen Armen löste und ruhelos auf und ab ging.

»Die müssen sich völlig sicher gefühlt haben«, meinte er mit einem Anflug von Staunen. »Keiner von denen, die hier ausspioniert wurden, würde je Anzeige erstatten. Die haben alle viel zu viel zu verlieren. Zwar kannst du theoretisch mit Strafverschonung rechnen, wenn das, was du selbst getan hast, vor dem Gesetz weniger schwer wiegt als dieses Ausspionieren und die Erpressung. Aber die Öffentlichkeit wird dich nicht verschonen. Wenn ruchbar wird, was du zu verbergen hast, kannst du einpacken. Deine Karriere geht den Bach hinunter, dein Ruf ist dahin, und deine bisherigen Weggefährten fassen dich nicht mehr mit der Kneifzange an. Nicht zuletzt dreht es sich bei solchen Leuten aber auch um sehr viel Geld.«

Wir sahen uns an und dachten beide das Gleiche, wobei ich es in Worte kleidete: »Eines dieser zahllosen Bänder handelt von jemandem, der sich nicht hat erpressen lassen, der Gegendruck aufgebaut hat. Und zwar mit angekündigten und schließlich auch ausgeführten Morden. Es muss jemand sein, der noch skrupelloser ist als unsere Väter. Das meinte jedenfalls dein Vater.«

»Noch skrupelloser?«, fragte Adrian. »Wann hat er das gesagt?«

»Als wir uns im Krankenhaus unterhielten. Du warst gerade in der Cafeteria.«

»Was genau hat er gesagt?«

»Dass es ihnen um Macht gegangen sei und sie dafür Tabus gebrochen hätten. Sie …«

»Das war doch ein Bluff deinem Vater gegenüber gewesen.«

Ich hob die Schultern und legte den Kopf schief. »Hätte ich es dir direkt nach Carls Tod sagen sollen?«

*

Finja würde bald ihren siebten Geburtstag feiern. Sechseinhalb Jahre lang hatte Gesa ihre Tochter nun nicht mehr gesehen. Es verging kein Tag, an dem sie nicht an ihr Kind dachte, an dem sie nicht betete, dass es ihm gutging und es ein unbeschwertes Leben führte. Unbelastet von den Schatten der Vergangenheit.

Für Gesa hatten sich diese Schatten nie aufgelöst. Im Gegenteil: Sie hatten sich das Drohende bewahrt, das ihnen aus Gesas Unfähigkeit sich zu erinnern erwachsen war. Kein einziges Bild aus jener Nacht hatte es je aus ihrem Unterbewusstsein bis an die Oberfläche geschafft. Sosehr sie selbst immer noch an diese Erinnerungen heranwollte, sosehr wünschte sie sich, dass sie Finja erspart blieben.

Längst hatte sie ihre Lehre als Kirchenmalerin beendet und war von ihrem Lehrmeister fest angestellt worden. Ihre Kollegen hatten sich mit der Zeit daran gewöhnt, dass sie nicht viel redete und an einem Kontakt fernab ihrer Arbeit kein Interesse zeigte. Sie verdiente genug für ein bescheidenes Leben in einer der Zweizimmerwohnungen eines wenig ansehnlichen Wohnsilos. Alles in allem war es genau das, was sie sich von ihrem Untertauchen erhofft hatte.

Nur dem Plan, ihre Tochter wiederzusehen, war sie nicht viel näher gekommen. Ihr fehlte ganz einfach der Mut. Zu groß war immer noch die Angst, Alexander könne sie entdecken und alle ihre Hoffnungen zunichtemachen. Bis zu dem schicksalhaften Tag, an dem Eva-Maria Toberg ihren Weg kreuzte und sich in ihr Leben drängte. Das neunzehnjährige ehemalige Heimkind finanzierte seinen Drogenkonsum mit seltenen Gelegenheitsjobs und häufiger Straßenprostitution. Für Essen und ein Zimmer blieb so gut wie nichts übrig.

An dem Tag, an dem sie der sechs Jahre jüngeren Frau begegnete, hatte Eva-Maria Grippe und konnte sich kaum auf den Beinen halten. Zusammengekauert und am ganzen Körper zitternd hockte sie in Gesas Hauseingang neben einem Koffer, der all ihre Habseligkeiten enthielt. Gesa wollte schon an ihr vorbeigehen, als etwas in ihrer Haltung, in ihrem Gesichtsausdruck sie an eine ihrer damaligen Mitpatientinnen in der Nervenklinik erinnerte. So blieb sie stehen, während die andere in ihrem erbarmungswürdigen Zustand die Hand nach ein wenig Geld ausstreckte.

Anstatt ihr jedoch Geld zu geben, ergriff sie die Hand und zog die junge Frau hinter sich her in ihre Wohnung, wo sie ihr auf ihrem Sofa ein Bett herrichtete und ihr heißen Tee einflößte. Gesa hatte fest vorgehabt, Eva-Maria nur so lange bei sich wohnen zu lassen, wie sie mit der Grippe kämpfte. Es sollte jedoch Wochen dauern, bis sie wieder einigermaßen hergestellt war.

Gesa merkte sehr schnell, dass ihre neue Mitbewohnerin ihr regelmäßig Geld aus dem Portemonnaie stahl und sich während ihrer Abwesenheit aus der Wohnung schlich, um Drogen zu besorgen. Immer wieder sprach sie mit ihr darüber, versuchte, sie zu einem Entzug zu überreden. Und immer wieder versicherte Eva-Maria ihr, dieses Vorhaben gleich am nächsten Tag in Angriff zu nehmen. Nur um ihr am Abend des nächsten Tages eine wortreiche Erklärung für ihr Scheitern aufzutischen.

Bis Gesa eines Abends nach Hause kam und Eva-Maria dabei erwischte, wie sie ihren Kleiderschrank durchprobierte. Schuldbewusst zog ihre Mitbewohnerin sie neben sich vor den Spiegel.

»Findest du nicht, dass wir uns ähnlich sehen?«, fragte sie und lächelte Gesas Spiegelbild an.

Und in diesem Moment war der Gedanke geboren. Sie und Eva-Maria waren tatsächlich der gleiche Typ, der Altersunterschied fiel nicht ins Gewicht, er würde niemandem auffallen. Gesa würde sich eine Woche Urlaub nehmen und mit Eva-Maria die Ausweise tauschen, damit sie sich in Rottach-Egern in einer Pension einmieten konnte. Anstatt als Gesa Minke würde sie sich als Eva-Maria Toberg in den Meldebogen eintragen.

15

Adrian und ich taten kein Auge zu in dieser Nacht. Anfangs suchten wir noch nach Ausflüchten und Erklärungen, die andere Schlussfolgerungen zuließen. Bis wir uns dem erdrückenden Gewicht der DVDs ergaben und uns die Köpfe zermarterten, wie es dazu hatte kommen können, dass vier nach außen hin ehrenwerte Geschäftsmänner, drei von ihnen Ehemänner und Väter, seit Jahren im Verborgenen eines der wohl widerwärtigsten Geschäfte betrieben und damit ihren Reichtum vermehrt hatten.

Kerstins Mutter hatte mehrfach zu ihrer Tochter gesagt, die Partner stünden mit einem Bein im Gefängnis. Was hätten wir getan, wenn unsere Mütter uns mit solch einer Feststellung konfrontiert hätten? Sie genau wie Kerstin bagatellisiert? Oder hätten wir mit unseren Vätern gebrochen, sie bei der Polizei angezeigt? Es gab keine einfachen Antworten auf diese Fragen, sondern nur einen schwer zu ertragenden Konflikt. Ich verurteilte meinen Vater, gleichzeitig versuchte ich immer noch verzweifelt, ihn in Schutz zu nehmen. Adrian hingegen verfluchte Carl für das, was er allem Anschein nach getan hatte. Wie aber sollte er gleichzeitig um ihn trauern können?

Nachdem wir in aller Herrgottsfrühe geduscht und auf dem Zimmer gefrühstückt hatten, verstauten wir Laptop und DVDs im Wandsafe und verlängerten unseren Aufenthalt um eine weitere Nacht. Auf dem Weg zum Parkplatz sahen wir uns nach allen Seiten nach möglichen Beobachtern um und ließen uns schließlich in die Sitze des Mietwagens fallen.

Der Weg zu Johannes führte uns über die Dörfer, wo an diesem frühen Sonntagmorgen noch alles zu schlafen schien. Wir hofften, Kerstins Vater zu Hause anzutreffen und auch ihm all die Fragen stellen zu können, auf die uns die anderen Partner bislang die Antworten verweigert hatten. Der Verlust seines einzigen Kindes würde ihn vielleicht zugänglicher machen. Als wir zwischen den Holzzäunen hindurch auf das alte Bauernhaus zufuhren, hielt ich vergeblich Ausschau nach Kerstins Pferden. Eigentlich hätten sie auf den Weiden stehen müssen, da sie bei dieser Witterung auch die Nächte im Freien verbrachten, wie sie mir einmal erklärt hatte.

Nachdem wir mehrmals geklingelt hatten, gingen wir um das Haus herum zu den Stallgebäuden. Aus dieser Entfernung hätten wir längst eines der Pferde schnauben hören müssen und nicht nur das Gezwitscher der Vögel und das Krähen eines Hahnes auf dem Nachbarhof. Ich drückte die Klinke der Stalltür hinunter und ging nach einem kurzen Zögern hinein, um gleich darauf eine Erklärung für die Stille zu finden: Die Boxen waren allesamt leer.

»Johannes muss die Pferde verkauft haben«, sagte ich traurig zu Adrian, der neben mir auftauchte. »Dabei war Kerstin so stolz auf ihre Zuchterfolge. Wie hat er das nur tun können? Es ist gerade so, als würde er ihre Spuren vernichten wollen.« Ich ging die Stallgasse entlang und las die Namenstafeln an den Boxentüren. Vor der von Robina, Kerstins Fuchsstute, blieb ich stehen. »Dieses Pferd hatte sie gerade erst gekauft. Sie war so glücklich ...« Als ich in die Box sah, erstarrte ich. Unfähig, auch nur ein Wort herauszubringen, stand ich da.

»Was ist?«, fragte Adrian. Mit wenigen Schritten war er bei mir und sah über meine Schulter. »Oh, nein!«

Ich wollte die Tür öffnen und Johannes berühren, mich vergewissern, ob stimmte, was ich befürchtete. Gleichzeitig wollte ich fortlaufen. Weit weg von diesem Ort, an dem Kerstins Vater halb über dem Hals ihrer toten Stute hing, neben sich im Stroh eine Pistole. Adrian ertrug den Anblick nicht, er lehnte sich mit dem Rücken an die gegenüberliegende Boxentür. Aus seinem Gesicht war alle Farbe gewichen.

Ich nahm all meinen Mut zusammen, drückte mich an der Boxenwand entlang um Robina herum, damit ich Johannes' Gesicht sehen konnte. An seiner linken Schläfe entdeckte ich ein dunkel umrandetes Loch. Auch der Stute war in den Kopf geschossen worden. Ich bückte mich und berührte den Körper des Tieres. Er war noch warm. Wie in Zeitlupe streckte ich die Hand nach Johannes' Hals aus und legte für Sekunden meine Finger darauf.

Ich wollte etwas sagen, aber meine Stimme versagte.

»Wir müssen sofort hier weg«, sagte Adrian. »Auf der Stelle!«

Aber ich konnte mich nicht bewegen, mich nicht von Johannes' Anblick lösen. Bis Adrian mich packte, hinter sich herzog und zum Auto bugsierte. Während er Gas gab, drehte ich mich noch einmal um. Ein unbeteiligter Beobachter würde beim Anblick dieses Anwesens an eine Idylle denken. Eine Idylle, die dazu angetan war, eine heile Welt vorzugaukeln. Von außen deutete nichts auf die Scherbenhaufen, die sich im Inneren türmten.

Auf den ersten Metern sprachen wir kein einziges Wort, bis es aus mir herausbrach, und ich schluchzte. »Er war noch ganz warm, Adrian. Es kann gerade erst geschehen sein. Wenn wir vielleicht eher …« Sekundenlang verbarg ich mein Gesicht in den Händen. »Wir müssen die Polizei verständigen. Die müssen erfahren, dass schon wieder jemand umgebracht wurde. Dann …«

Mit seiner rechten Hand umschloss er fest meinen Unterarm, als könne er mir dadurch einen Halt geben. »Ich glaube, er hat erst das Pferd und dann sich selbst erschossen. Diejenigen, die die Morde begangen haben, würden sich nicht damit aufhalten, ein Pferd zu töten. Wozu auch? Nein, die ganze Situation sieht eher danach aus, als habe er die Mitschuld an Kerstins Tod nicht ertragen.«

»Vielleicht sollte es genau so aussehen.«

»Finja, überleg mal: Mit meiner Mutter, Hubert, Amelie und Kerstin sollten die Partner getroffen werden. Warum sollten diese Leute jetzt dazu übergehen, sich an den Partnern zu vergreifen? Das ergibt keinen Sinn.«

»Warum mussten wir dann so schnell dort weg? Du hast mir Angst gemacht mit deiner Eile. Ich dachte plötzlich, die würden irgendwo lauern und …«

»Ich wollte vermeiden, dass wir dort jemandem begegnen.«

»Aber wir können ihn doch nicht einfach so liegen lassen.«

»Wir fahren jetzt zu Alexander. Am besten überlassen wir es ihm, sich um seinen Freund zu kümmern. Er wird uns ohnehin einiges erklären müssen.«

Plötzlich packte mich ein ganz anderer Gedanke. »Die Polizei wird erst einmal untersuchen, ob Johannes sich tatsächlich umgebracht hat. Und dabei werden die sich nicht auf das Stallgebäude beschränken. Was ist, wenn in seinem Haus ähnliches Material gefunden wird wie das, das mein Vater in seinem Tresorraum hortet?«

»Aus genau dem Grund soll er sich ja darum kümmern.«

»Das ist, als würden wir sie decken und auch noch gemeinsame Sache mit ihnen machen«, sagte ich leise.

Adrian schwieg und atmete dabei schwer, als trage er einen inneren Kampf aus. »Willst du diejenige sein, die den Stein ins Rollen bringt? Die Inhalte der DVDs müssten dir doch eine Vorstellung davon vermittelt haben, was wir lostreten, würden wir all das an die Öffentlichkeit bringen.«

»Aber es deshalb einfach unter den Teppich kehren? Dann wird es niemals aufhören …«

»Mein Vater ist tot, Finja«, fiel mein Schwager mir ins Wort. »Bei ihm geht es nur noch um seinen Nachruf. Aber dein Vater lebt. Wie willst du damit leben, ihn ans Messer geliefert zu haben?«

Um diese Zeit würde er sein Bad im See längst hinter sich haben und auf der Terrasse bei einem Kaffee die Sonntagszeitung lesen. Und so trafen wir ihn auch an. Bis auf den kleinen Unterschied, dass er sein Handy ans Ohr hielt und leise mit jemandem sprach.

Auf halbem Weg durchs Wohnzimmer hielt ich Adrian am Arm zurück und legte den Zeigefinger an die Lippen. Einen Moment lang wollte ich meinen Vater beobachten, als sehe ich ihn zum ersten Mal, nur um festzustellen, dass es unmöglich war. Der Mann, der dort mit übergeschlagenen Beinen in einem weißen Bademantel saß und mit seiner freien Hand gestikulierte, war mir zutiefst vertraut und auf erschreckende Weise auch wieder nicht. Als hätte ich vierunddreißig Jahre lang eine Münze vor Augen gehabt und doch immer nur deren eine Seite zu sehen bekommen.

Er musste meinen Blick gespürt haben, denn er wandte den Kopf in unsere Richtung und verabschiedete sich gleich darauf von seinem Gesprächspartner. Erst zögernd, dann immer entschlossener ging ich mit meinem Schwager im Schlepptau auf ihn zu.

»Finja … Adrian …« Mit einer knappen Geste wies er uns an, links und rechts von ihm Platz zu nehmen.

Aber ich zog Adrian ostentativ neben mich, nahm den Laptop, den er unter dem Arm trug, stellte ihn vor uns auf den Tisch und schaltete ihn ein. »Johannes ist tot«, sagte ich anstelle einer Begrüßung. »Er wurde erschossen.«

Mein Vater sah zwischen uns hin und her, wobei seinem Blick nichts zu entnehmen war. Lediglich die Ringe unter seinen Augen ließen etwas von dem Druck ahnen, unter dem er stand. »Er hat mir eine SMS geschickt. Es war ein Suizid.«

»Woher willst du das wissen?«

»Er hat mir eine SMS geschickt«, wiederholte er geduldig seine Worte, als habe er es mit einem Kind zu tun.

»Zeig sie mir!«

Ganz kurz hob er eine seiner Augenbrauen, drückte dann jedoch ein paar Tasten seines Blackberrys und reichte mir das Gerät.

Ich las den Satz mehrmals, bis ich ihn für Adrian laut wiederholte: »Ich mache Schluss, Hannes.«

»Er könnte genauso gut gezwungen worden sein, das zu schreiben«, sagte Adrian.

»In dem Fall hätte er mit Johannes unterschrieben.«

»Wann hat er sie geschickt?«, forschte er weiter.

»Vor eineinhalb Stunden.«

»Und da hast du dich nicht sofort ins Auto gesetzt und bist zu ihm gefahren?« Adrian sah ihn entgeistert an.

»Solch eine SMS ist kein Hilferuf. Ich wäre in jedem Fall zu spät gekommen.«

Sein kalter Pragmatismus war erschreckend. »Was geschieht jetzt?«, fragte ich.

»Ich habe zwei unserer Leute hinausgeschickt. Sie werden sich um alles kümmern. Macht euch keine Sorgen.«

»Worüber sollten wir uns denn Sorgen machen, Paps?«, platzte ich heraus. »Etwa darüber, dass es in den vergangenen vier Wochen ein Massensterben im Dunstkreis von

BGS&R gegeben hat? Immerhin reden wir mittlerweile von sechs Toten. Vielleicht sollten wir uns aber auch damit beruhigen, dass unsere zweifellos kriminellen Väter in letzter Konsequenz nicht ganz so skrupellos sind wie ihr Gegenspieler.« Nun konnte ich die Tränen nicht mehr zurückhalten. Wütend wischte ich sie fort und sah über das Stofftaschentuch hinweg, das er mir über den Tisch reichte. »Hast du eigentlich eine Vorstellung davon, was …?«

In diesem Moment schlug er mit der flachen Hand auf den Tisch. »Schluss damit! Ich habe mir diese haltlosen Beschuldigungen jetzt lange genug angehört. Weißt du überhaupt noch, mit wem du redest?«

»Mit meinem Vater. Das macht die ganze Sache für mich besonders schlimm. Ich habe mit eigenen Augen gesehen, worum es hier geht. Um so ziemlich die widerwärtigste Art, Menschen auszuspionieren.« Ich wählte das Laufwerk der DVD, die ich zuvor in den Schlitten des Laptops gelegt hatte, und suchte im Schnelldurchlauf die Stelle, auf die es mir ankam. Als ich sie gefunden hatte, drehte ich das Gerät so, damit mein Vater auf den Bildschirm sehen konnte. Die Lautstärke war auf Maximum gestellt.

Mit leiser, stockender Stimme erzählte die ungefähr zwanzigjährige junge Frau, deren kurzärmeliges T-Shirt die zahllosen Narben ihrer Selbstverletzungen auf den Unterarmen zum Vorschein brachte, von den ebenso zahllosen Vergewaltigungen durch ihren Vater. Sie musste immer wieder eine Pause machen, bevor sie fortfahren konnte.

Ich stoppte die Wiedergabe und sah meinen Vater an. »Weißt du, was ich neben allem anderen so menschenverachtend finde? Dass eure Aufnahmen nicht etwa dazu dienen, einem solchen Schwein das Handwerk zu legen, sondern nur dazu, euch zu bereichern. Hast du auch nur annähernd eine Vorstellung davon, welche Überwindung es diese junge Frau gekostet haben muss, sich ihrem Arzt anzuvertrauen? Immerhin hat sie die Erfahrung gemacht, dass man nicht einmal einem der engsten Familienmitglieder trauen kann. Und dann nehmt ihr das mit eurer Scheißkamera alles auf?«

Ich hatte mit allem gerechnet, nur nicht mit diesem mitfühlenden Blick, mit dem mein Vater mich ansah. »Ich verstehe sehr gut, dass du durcheinander bist, Finja. Aber ich kann mir beim besten Willen nicht erklären, warum du von einem Tag auf den anderen das Vertrauen in mich verloren hast. Nur weil ich dir manche Fragen nicht beantworten kann?«

»Weil vier Menschen umgebracht wurden«, entgegnete ich leise. »Und weil Adrian und ich einen Filmabend der besonderen Art hinter uns haben. Ihr habt Leute im Beichtstuhl belauscht, beim Anwalt, bei ihrem Therapeuten.« Ich deutete auf den Laptop. »Gibt es überhaupt irgendeinen Ort, vor dem ihr haltgemacht habt?«

Mein Vater streckte die Hand über den Tisch, um meine zu berühren, aber ich zog sie zurück. Er atmete tief ein und aus, als wappne er sich für einen schweren Gang. »Mir ging es ähnlich wie dir, als ich mir ein paar von diesen Dingern angesehen habe. Sie sind widerwärtig, das hast du schon ganz richtig ausgedrückt.« Er fuhr sich übers Gesicht und schloss für einen Moment die Augen. »Ich bin lange genug in dem Geschäft, um zu wissen, was alles möglich und an der Tagesordnung ist. Wenn dich jemand durchleuchten möchte und sich an die entsprechende Detektei wendet, bekommt er Einblick in deine Konten, in deine Kranken- und Personalakten, in deine gesamte Kommunikation. *BGS&R* hat sich immer mit aller Entschiedenheit gegen so etwas verwahrt. Wir prüfen sehr sorgfältig, ob ein potenzieller Auftraggeber ein berechtigtes Interesse hat und wägen dann noch genauer die schutzwürdigen Interessen der Zielperson ab. In keinem einzigen Fall haben wir rechtswidrige Ziele durch unsere Arbeit unterstützt. Mitarbeitern, die sich daran nicht halten, wird fristlos gekündigt.«

»Ich glaube dir nicht.« Ich lehnte mich zurück und verschränkte die Arme vor der Brust.

»Finja, bitte ... ich werde versuchen, es euch zu erklären.« Er sah zu Adrian. »Ich hätte dir das wirklich gerne erspart, mein Junge, aber ihr lasst mir keine Wahl. Das, was ich euch über unsere Arbeit gesagt habe, stimmt – bis auf eine Ausnahme. Carl scheint wohl schon vor Jahren ausgeschert zu sein, ohne dass wir anderen etwas davon mitbekommen haben. Ich kann mir jede Menge Gründe vorstellen, warum sich jemand zu so etwas entschließt. Meine Lebenserfahrung sagt mir jedoch, dass es in aller Regel um Geld geht. Um die Gier nach immer noch mehr. So muss es Carl ergangen sein. Leider. Wie wir seit kurzem wissen, stammt ein nicht unbeträchtlicher Teil seines Vermögens aus Erpressungen. Seine Druckmittel sind die Aufnahmen, die ihr euch angesehen habt.« Mein Vater legte eine Pause ein und schwieg, während sein Blick zwischen Adrian und mir hin- und herwanderte. Dann blies er Luft durch die Nase, als kommentiere er damit einen Gedanken, der ihm gerade gekommen war.

»Carl sagte, es sei letztlich nicht schwer gewesen, an all diese Informationen zu gelangen. Er hat sich im Gespräch mit uns sogar ein wenig gebrüstet. Da werde technisch alles getan, um ein Privathaus einbruchsicher zu machen, und was täten die Leute? Sie trügen die Geheimnisse hinaus in die Welt.«

»In die Welt?« Eine derartige Verharmlosung war unerträglich. »Diese Kameras waren nicht irgendwo installiert, sondern hauptsächlich in geschützten Räumen.«

Mein Vater nickte betroffen. »Ich weiß, Finja. Ich finde das auch alles in jeder Hinsicht verheerend. Nicht zuletzt trägt Carl dadurch eine erhebliche Mitschuld an diesen grauenvollen Verbrechen.«

»Wie ist es dazu gekommen?«, fragte Adrian tonlos.

Mein Vater antwortete nicht gleich, sondern schien zu überlegen, wie viel er Adrian zumuten konnte. »Vor ein paar Wochen wurde Carl eine Todesanzeige zugespielt, in der Huberts Tod angekündigt wurde. Er hat sie zunächst als leere Drohung angesehen, bis dann der Unfall geschah.«

»Der vermeintliche Unfall«, korrigierte ich ihn.

Mein Vater nickte. »Da er uns kein Sterbenswort davon gesagt hat, hielten wir die Anzeige, die Kerstins Tod vorausging, einfach nur für geschmacklos und ihren Unfall für ein unglückliches Zusammentreffen. Als dann Amelies Tod angekündigt wurde, waren wir in höchstem Maße alarmiert. Nur wussten wir nicht, woher diese Bedrohung kam. Carl hatte zu dem Zeitpunkt auch immer noch nicht den Mund aufgemacht. Er …«

»Warum habt ihr nicht die Polizei eingeweiht?«, fragte Adrian.

In einer resignierenden Geste breitete mein Vater die Arme aus. »Sag mir: Was hätte die Polizei ausrichten können, was uns nicht selbst gelungen wäre?«

»Die Todesanzeigen auf Fingerabdrücke untersuchen, zum Beispiel«, mischte ich mich ein.

Das sei selbstverständlich alles geschehen, versuchte mein Vater, mich zu beruhigen. Sie hätten die Briefe sogar auf DNA-fähiges Material untersucht. Leider ohne Erfolg. Ich fragte ihn, mit welcher Datei er denn mögliche Fingerabdrücke überhaupt hätte abgleichen wollen. Seine Antwort kam ohne Zögern: Er habe einen zuverlässigen Kontakt bei der Kripo, über den der Abgleich möglich gewesen wäre.

Was er sagte, hätte durchaus plausibel klingen können. Und in Adrians Ohren tat es das wohl auch, denn er schien am Boden zerstört zu sein. Mir stießen die Ungereimtheiten auf. Immerhin hatten die vier sich beim Gespräch in Carls Arbeitszimmer wegen der Briefe in zwei Lager gespalten. Carl und Johannes hatten sie als ernstzunehmende Drohungen dargestellt, Tobias und mein Vater als üble Scherze. Mein Vater hatte also schlichtweg gelogen.

Adrian saß erschüttert in seinem Stuhl und starrte vor sich hin. Dabei bewegte er den Kopf von einer Seite zur anderen. Ich nahm seine Hand in meine und hielt sie fest.

»Was sollte mit den Todesanzeigen eigentlich erreicht werden?«, fragte ich. »Wäre es dabei um einen dieser Mitschnitte gegangen, hätte Carl den doch spätestens nach Cornelias und Huberts Tod herausgerückt. Ich kann mir nicht vorstellen, dass er in aller Ruhe abgewartet haben soll, bis auch noch Kerstin und Amelie umgebracht wurden.«

»Carl konnte das Material nicht aushändigen«, sagte mein Vater, »denn er hatte es gar nicht. Über all die Jahre hinweg hat er seine heimlichen Geschäfte mit Hilfe eines Mannes getätigt, dessen Aufgabe es war, für ihn die Schmutzarbeit zu erledigen. Dieser Mann besitzt eine kleine Detektei und muss sich irgendwann gesagt haben, dass es ganz lukrativ sein könne, hin und wieder an Carl vorbei in die eigene Tasche zu wirtschaften. Mit den Mitschnitten hatte Carl nichts zu tun. Aber sein Kompagnon hat es ihm in die Schuhe geschoben, bevor er sich aus dem Staub gemacht hat. Als wir ihn schließlich aufgespürt und zur Herausgabe des Materials an die ausspionierte Person gezwungen haben, war es für Amelie bereits zu spät.«

»Ich will wissen, wer für ihren Tod verantwortlich ist«, presste Adrian hervor. »Ich will, dass dieses Monster bis an sein Lebensende hinter Gitter kommt.«

»Leider haben wir nicht erfahren, wer die Morde in Auftrag gegeben hat. Das war eine der Bedingungen gewesen, dass das Töten ein Ende hat«, schloss mein Vater. »Selbstverständlich haben wir uns daran gehalten«, fügte er nach einer kurzen Pause noch hinzu.

Ich sehnte mich danach, allein zu sein, um in Ruhe über all das nachdenken zu können. Um die Puzzlesteine logisch zusammenzusetzen. Es gab so vieles, das gegen die Version meines Vaters sprach. Warum zum Beispiel hatte Carl im Krankenhaus ausschließlich in der Mehrzahl gesprochen? *Wir* wollten Erfolg und Anerkennung. *Wir* wollten Macht. Dafür haben *wir* Tabus gebrochen. Hätte er mir in dem Zusammenhang nicht von den hehren Zielen bei der Gründung von *BGS&R* erzählt, hätte er mit *wir* auch diese andere Detektei meinen können, die mein Vater erwähnt hatte. Aber ich hätte schwören können, er hatte von sich und seinen drei Partnern gesprochen.

Ich betrachtete meinen Vater und vergegenwärtigte mir sein schauspielerisches Talent. »Womit beschäftigt sich Tobias' Spezialabteilung eigentlich?«, fragte ich.

»Mit dem Personenschutz von Prominenten«, antwortete er ohne Zögern.

»Warum haben dann weder Adrian noch ich jemals davon gehört?«

»Bisher hat sich keiner von euch explizit dafür interessiert.«

Adrians Lachen hatte etwas Ungläubiges. »Ich soll mich nicht dafür interessiert haben? Ich habe euch allen ein Loch in den Bauch gefragt, bevor ich bei *BGS&R* angefangen habe. Warum hat damals keiner etwas von dieser Abteilung gesagt?«

»Mein Gott, Adrian, ihr drückt da einer Sache einen Stempel auf, den sie einfach nicht verdient. Tobias ist irgendwann einmal von einem Bekannten aus der Promiszene um Hilfe gebeten worden. Eigentlich hatten wir Partner ganz klare Abmachungen: Den Personenschutz überlassen wir anderen. Diese Sparte hat uns schlichtweg nicht interessiert. Bis auf Tobias, er hat seltsamerweise einen Narren daran gefressen. Also haben wir ihm dieses Steckenpferd gelassen. Es war und ist seines. Dein Vater, Johannes und ich haben uns da immer völlig herausgehalten. Deshalb haben wir so gut wie nichts davon mitbekommen, geschweige denn, dass wir es für erwähnenswert hielten.«

Es klang so verblüffend plausibel, was er sagte. Sollten Adrian und ich uns so sehr getäuscht haben?

»Wenn es stimmt, dass allein mein Vater für diese dreckigen Mitschnitte verantwortlich war – wieso haben sie dann in deinem Tresorraum gelagert, Alexander? Wieso hat er sie nicht in seinem Haus versteckt?«, fragte Adrian mit brüchiger Stimme.

»Sie waren dort. Aber als abzusehen war, dass es mit ihm zu Ende geht, habe ich entschieden, sie von dort wegzuholen. Ich wollte nicht, dass sie dir in die Hände fallen. Glaube mir, Adrian, ich hätte dir gerne dein positives Vaterbild bewahrt. Außerdem – auch das muss ich ehrlich zugeben – ist mir sehr an dem Ruf von *BGS&R* gelegen.«

»Und Carls Aktentasche?«, fragte ich. »Hättest du die nicht mitgenommen, wäre es Adrian gar nicht aufgefallen, dass jemand im Haus war.«

»Ich wusste nicht, ob Carl auch auf seinem Laptop dieses Material gespeichert hatte. Also blieb mir nichts anderes übrig, als die Tasche mitzunehmen.«

»Warum hat mein Vater diese DVDs nicht einfach vernichtet, nachdem er die Leute damit erpresst hatte?«, wollte Adrian wissen.

»Diese Frage habe ich ihm selbstverständlich auch gestellt. Er sagte, es sei ihm unmöglich, einmal gewonnene Informationen zu vernichten.«

»Du hättest sie vernichten können«, hielt ich meinem Vater vor.

»Das ist inzwischen geschehen. Und hättet ihr nicht einige davon mitgehen lassen, gäbe es auch die nicht mehr. Deshalb gebe ich euch den gutgemeinten Rat, die Dinger zu zerstören und in die nächstbeste Mülltonne zu werfen.«

Die Sonne war so weit gewandert, dass sie mich blendete. Ich kniff die Augen zusammen. »Kannst du uns das beweisen?«

Ohne auch nur einen Moment zu zögern, erhob sich mein Vater und bedeutete uns, ihm ins Arbeitszimmer zu folgen. Er drückte den Schalter im Bilderrahmen und wartete, bis das Ölgemälde zur Seite gefahren war. Dann machte er eine einladende Geste Richtung Durchgang. Ich warf einen Blick hinein. Alles war, wie wir es zuletzt vorgefunden hatten. Sogar die Lücke klaffte noch dort, wo ich Gesas Ordner herausgezogen hatte. Was fehlte, waren die Stapel von DVDs.

»Ich habe übrigens kein Problem damit, wenn du die Unterlagen über deine Mutter behältst«, sagte mein Vater von seinem Schreibtisch aus.

»Wie bist du an die Gesprächsprotokolle gekommen?«

»Ich habe eine Krankenschwester bestochen.«

Ich sah ihn stumm an. Die Frage, die sich aufdrängte, stand mir ins Gesicht geschrieben.

»Weil ich wissen wollte, warum Gesa versucht hat, dich zu töten.«

*

In der Pension trug sich Gesa als Eva-Maria Toberg ein. Am ersten Tag hatte sie noch Angst, entdeckt zu werden. Bereits am zweiten siegte die Sehnsucht nach ihrer Tochter, und sie begann, aus sicherer Entfernung Alexanders und Freias Haus zu beobachten. Als schließlich eine ihr unbekannte Frau in einem Dirndl durchs Tor trat, an jeder

Hand ein Kind, dachte Gesa zunächst an eine Besucherin und schenkte ihr keine große Aufmerksamkeit. Lediglich im Augenwinkel bekam sie mit, wie die Frau mit den beiden Mädchen am Seeufer entlanglief. Das größere der beiden begann damit, ein Rad nach dem anderen zu schlagen – bis die Frau es in gutmütigem Ton aufforderte, eine Pause zu machen. Gesa hörte ihre Worte genau, der Wind trug sie ihr zu: »Hör lieber auf damit, Finja, sonst wird dir noch schwindelig.«

Gesa vergaß zu atmen. Sie versuchte, ihr Kind mit einem Blick zu erfassen, doch sie scheiterte an den Kleinigkeiten. An der Art, wie Finja den Kopf hielt oder die Füße setzte. Wie sie wild mit den Händen gestikulierte. Wie sie lachte und das kleinere Mädchen in die Seite petzte, um sie damit zu einem Wettrennen aufzufordern.

Eine kostbare Woche lang nutzte Gesa jede Gelegenheit, Finja aus der Ferne zu beobachten. Schnell hatte sie begriffen, dass die Dirndl-Frau das Kindermädchen und das jüngere Kind Finjas Halbschwester war. Hielt ihre Tochter sich in der Schule auf, unternahm Gesa lange Spaziergänge, um sich abzulenken. Etwas mehr als zwei Jahre hatte sie nach dem Tod ihrer Eltern in dieser Gegend verbracht – Zeit genug, um sich immer noch zurechtzufinden.

Auf einer ihrer Wanderungen gelangte sie schließlich zu dem Bootshaus. So, als sei sie durch ein unsichtbares Band dorthin geführt worden. Sie musste an Doktor Radolfs eindringliche Worte denken, daran, dass ihr Erlebnis direkt vor jener Nacht mit der Wirklichkeit nichts zu tun gehabt hatte. Es war erschreckend für Gesa, wie lebendig dieser Traum noch immer vor ihrem inneren Auge stand, als hätte er kein bisschen an Intensität eingebüßt.

Auf der Suche nach einem Fenster lief sie um das Bootshaus herum. Die Scheiben waren schmutzig und verwehrten den Blick ins Innere. Mit geschlossenen Augen lehnte sie sich gegen die Holzwand und versetzte sich zurück in den Traum. Darin trug sie ihr braunes Etuikleid mit den cremefarbenen Grafiken. Um noch einmal mit Alexander zu sprechen, folgte sie ihm und sah ihn in diesem Bootshaus verschwinden. Durch das Fenster beobachtete sie ihn im Kreis seiner Freunde. Sie schienen sich zu streiten. Es waren jedoch nur Wortfetzen, die Gesa hören konnte. Einer der Männer hatte offensichtlich den Unmut der anderen auf sich gezogen. Sie redeten auf ihn ein, sagten, er solle ihre gemeinsame Sache nicht verraten. Es sei wie beim Rudern: Es gehe darum, im Team konzentriert das Ziel zu verfolgen. Aber der Mann schüttelte immer wieder den Kopf. Er schrie die anderen an, es gebe Tabus, die man nicht brechen dürfe. Was in einem Beichtstuhl gesprochen werde, sei tabu. Schließlich hatte sie an die Tür geklopft. Alexander hatte geöffnet und ihr gesagt, sie solle nach Hause gehen und dort auf ihn warten. Er würde gleich nachkommen.

Ein Traum, den sie für Wirklichkeit gehalten hatte. Nur warum? Auf diese Frage hatte sie nie eine befriedigende Antwort gefunden. War Doktor Radolfs Vermutung richtig, und sie hatte davon geträumt, im Beichtstuhl von ihrer Schuld loszukommen? Weil sie tief in ihrer Seele fest davon überzeugt gewesen sei, ein Tabu zu brechen, indem sie etwas mit dem Mann ihrer eigenen Schwester angefangen hatte? Hatte sie deshalb in der Nacht vorgehabt, erst ihr Kind und dann sich selbst zu töten?

16

Es war ein strahlend blauer Tag mit genau dem richtigen Wind für die Segler. Einige von ihnen hatten sich bereits mit ihren Booten aufgemacht. In der Sonne erschienen die gesetzten Segel noch weißer, noch leuchtender. Es war ein Kalenderblattbild, das in seiner Schönheit fast schmerzte. Hätte es nur diesen Anblick gegeben, dazu das Summen der Insekten um uns herum und den Duft der Rosen in dem Terrakottakübel, hätte es ein entspannter Sonntagvormittag werden können, wie wir früher viele erlebt hatten.

Aber von alldem schienen wir Lichtjahre entfernt zu sein, nachdem so viele Menschen hatten sterben müssen. Und das nur, weil Adrians Vater angeblich den Hals nicht hatte voll bekommen können? Mein Vater war überzeugt, der materielle Erfolg habe Carls Ego befriedigt und sein eher schwach ausgeprägtes Selbstwertgefühl aufgewertet. Vielleicht habe er in seinem Reichtum auch ein sekundäres Geschlechtsmerkmal gesehen, das ihn, den eher unscheinbaren, äußerlich wenig attraktiven Mann für Frauen interessanter hatte werden lassen.

»Aber Carl hatte immer nur Augen für Cornelia«, hielt ich ihm entgegen und versuchte damit, mich für Adrians Mutter starkzumachen.

Mein Vater enthielt sich eines Kommentars, lediglich sein mitleidiger Blick sprach Bände.

»Und wo sind diese erpressten Gelder?«

»Darüber hat Carl sich nicht ausgelassen. Das hat auch letztlich keinen von uns interessiert. Aber ich vermute mal, dass er sie auf einem Auslandskonto deponiert hat.«

Adrian schien von alldem so gut wie nichts mehr mitzubekommen. Am ganzen Körper zitternd saß er in seinem Stuhl und schluchzte. Meinem Vater war es ganz offensichtlich unangenehm, seinen Schwiegersohn in so einem aufgelösten Zustand zu sehen. Er wandte sich ab, goss sich Kaffee in einen Porzellanbecher und fragte mich, ob ich auch einen wolle. Aber ich schüttelte nur den Kopf und strich über Adrians Rücken.

Als das Blackberry meines Vaters klingelte, nahm er das Gespräch sofort an und erhob sich, um sich in den Garten zurückzuziehen. Allem Anschein nach wollte er ungestört telefonieren. Ich flüsterte Adrian zu, er solle sitzen bleiben, ich sei gleich zurück. Dann rannte ich hoch in mein Zimmer, packte frische Wäsche, Jeans, T-Shirt und Pulli in einen Rucksack und bediente mich schließlich ein Stockwerk tiefer für Adrian im Schrank meines Vaters. Nachdem ich Boxershorts und ein schwarzes Polohemd zu meinen Sachen gestopft hatte, rannte ich hinunter, ließ den Rucksack neben der Haustür und ging wieder hinaus auf die Terrasse.

Mein Vater telefonierte immer noch. Inzwischen hatte er den Bootssteg erreicht, wo er auf seinen Stock gestützt auf und ab wanderte. In kurzen Abständen vergewisserte er sich, dass wir noch da waren. Als er sich gerade dem See zuwandte, schob ich den Laptop in meine Umhängetasche und brachte sie ins Wohnzimmer. Gleich darauf lief ich zum Bootssteg, um meinem Vater zuzuflüstern, dass es Adrian nicht gutgehe. Ich würde ihn ins Gästezimmer bringen, damit er sich ein wenig hinlege, und sei gleich zurück. Ich hätte noch ein paar Fragen an ihn und hoffte, er würde sich nach seinem Telefonat Zeit dafür nehmen. Mit einem Nicken setzte er seine Wanderung fort.

Dann nahm ich den völlig verstörten Adrian bei der Hand und zog ihn hinter mir her durchs Wohnzimmer. Nachdem ich Tasche und Rucksack eingesammelt hatte, verließen wir das Haus. Ich betete, dass die Schergen meines Vaters noch nicht wieder bereitstanden, um sich an meine Fersen zu heften. Während wir die Kiesauffahrt entlangliefen, verfluchte ich das Geräusch, das die kleinen Steinchen bei jedem unserer Schritte verursachten. Und das, obwohl es mein Vater vom Bootssteg aus keinesfalls hören konnte. Aber meine Nerven waren zum Zerreißen gespannt.

Adrian lief wie ein Schaf neben mir her. Er fragte nicht einmal, wohin wir gingen. Anstatt den Uferweg zum Seehotel Überfahrt einzuschlagen, wählte ich den Weg, der uns von hinten an das Hotel heranführte. Das Gehen schien meinem Schwager gutzutun, denn nach fünf Minuten hob er endlich ein wenig den Kopf. Er sagte immer noch nichts, schien aber zumindest ein paar Lebensgeister zu spüren. Als uns eine junge Familie entgegenkam, betrachtete er sie so voller Sehnsucht, dass es mir fast das Herz zerriss.

Im Hotel wollte Adrian sich sofort auf unser Zimmer zurückziehen, aber ich schlug vor, dass wir uns erst noch einen Moment auf die Terrasse in die Sonne setzten. Ich musste etwas trinken und auch etwas essen, sonst würde ich in der nächsten halben Stunde aus den Latschen kippen. Adrian hatte keinen Hunger und wollte am liebsten einen Whiskey trinken, woraufhin ich ihm einen Vogel zeigte. Er sei bisher nicht in die Fußstapfen seines Vaters getreten und solle es auch jetzt nicht tun. Während ich uns bei der Kellnerin Croissants, Marmelade und Kaffee bestellte, starrte er auf den See hinaus.

Um uns herum waren einige Tische besetzt, aber niemand saß so nah, dass er unsere Unterhaltung hätte mithören können. Die Leute, die in dieser sonntäglich entspannten Atmosphäre frühstückten, schienen allesamt Pläne für ihren von der Sonne beschienenen Urlaubstag zu schmieden. Wie gerne hätte ich mich zu ihnen gesellt und nur für ein paar Stunden alles andere vergessen.

Nachdem die Kellnerin unser Frühstück gebracht hatte, machte ich mich mit knurrendem Magen darüber her, während Adrian nach wie vor alles verweigerte.

»Wie konnte er nur?«, presste er schließlich hervor.

Im Gegensatz zu ihm nahm ich die Frage wörtlich und überlegte, wie diese ominöse Detektei, die für Carl die Drecksarbeit erledigt haben sollte, all das überhaupt zustande gebracht hatte. Bei den DVDs handelte es sich um eine reichhaltige Ernte. Dafür mussten zahlungskräftige Opfer ganz gezielt ausgesucht worden sein, um sie dann so lange zu beschatten, abzuhören und heimlich zu filmen, bis etwas Verwertbares dabei herausgekommen war. Für Medien würden derartige Informationen einem Lottogewinn gleichkommen. Dementsprechend tief hatten die Bespitzelungsopfer ganz sicher in die Tasche greifen müssen.

Adrian war gedanklich an einem ähnlichen Punkt angelangt. Nur war er mir insofern einen Schritt voraus, als er bereits eine Entscheidung getroffen hatte. »Dein Vater hat recht: Das Beste wird sein, alles zu vernichten. Und zwar gleich hier im Hotel.« Während er das sagte, kamen ihm die Tränen. Er fuhr sich mit der weißen Stoffserviette über das Gesicht. »Lass uns gleich hochgehen, Finja. Bitte. Ich habe das Gefühl, dass ich erst dann wieder ein wenig zur Ruhe kommen kann, wenn wir das hinter uns haben.« Er sah mich hilfesuchend an.

»Einverstanden«, sagte ich nach einem Moment des Zögerns. »Aber lass uns bitte erst in Ruhe zu Ende frühstücken, ja?«

Während er ein winziges Stück von dem Croissant abbrach, es mit Himbeermarmelade bestrich und sich eher widerwillig in den Mund schob, wühlte ich in meiner Tasche nach meinem Portemonnaie und meinem Kosmetiktäschchen.

»Entschuldige mich einen Moment, ich muss kurz zur Toilette.«

Kaum war ich Adrians Sicht entkommen, lief ich im Eilschritt auf den Empfang zu, fragte nach dem Zimmerschlüssel und bat um einen großen Briefumschlag und um eine Schere. Dann stürmte ich hinauf, öffnete den Safe, nahm den Umschlag mit der einzelnen DVD sowie eine Auswahl der anderen Datenträger heraus und schob alles in den neuen Briefumschlag. Versehen mit meiner Berliner Anschrift übergab ich ihn keine zwei Minuten später der Empfangsdame. Ich bat sie, den Brief in jedem Fall am Montag zur Post zu bringen und per Einwurfeinschreiben abzuschicken. Dann drückte ich ihr zwanzig Euro in die Hand und begab mich zurück auf die Terrasse.

»Wo warst du so lange?«, fragte er.

»Ich habe mir am Empfang gleich unseren Zimmerschlüssel und eine Schere geben lassen, damit wir die DVDs zerschneiden können.«

Er erhob sich. »Wollen wir dann?«

Ich nickte und folgte Adrian, der es gar nicht abwarten konnte, unser Zerstörungswerk in Angriff zu nehmen.

Kaum waren wir oben, ließ er sich von mir die Schere geben.

»Adrian, warte, willst du nicht erst duschen? Ich habe dir von meinem Vater frische Sachen mitgebracht. Wir könnten …«

»Nein!«, schnitt er mir das Wort ab. »Ich habe mir das gut überlegt, Finja, die Sachen müssen weg. Und zwar so schnell wie möglich.«

Ich sah ihn eindringlich an. »Hast du nicht selbst gesagt, bei deinem Vater gehe es nur noch um seinen Nachruf? Außer den Partnern weiß niemand von dem Material und …«

Er ließ mich jedoch nicht ausreden. »Dieser Dreck gehört in den Müll. Warum willst du das nicht verstehen?«

»Weil ich es in dem Fall mit dem halte, was dein Vater gesagt haben soll. Wozu Informationen vernichten?«

»Wozu sie aufbewahren? Sie haben unendliches Leid erzeugt.«

Ich schwieg einen Moment. Er sollte glauben, dass ich Zeit brauchte, um darüber nachzudenken. »In Ordnung«, sagte ich schließlich. »Dann zerschneiden wir sie eben.« Ich ließ mich neben ihm auf dem französischen Bett nieder, legte ein paar der DVDs in meinen Schoß, nahm ihm die Schere aus der Hand und begann damit, eine davon in Stücke zu schneiden. »Aber etwas musst du mir versprechen, Adrian. Sieh dir die Dateien auf dem Laptop und dem USB-Stick zuerst an, bevor du sie vernichtest.«

»Wozu?«, fragte er schwach.

»Ich an deiner Stelle würde lesen wollen, was mein Vater kurz vor seinem Tod geschrieben hat. Und wenn es nur dazu dient, seine Sicht der Dinge zu erfahren.«

»Alexander hat die Sicht meines Vaters ziemlich plastisch wiedergegeben.«

»Mein Vater lügt, Adrian, glaub mir. Da ist einiges, was sich mit seiner Version der Geschehnisse nicht erklären lässt. Carl war ganz bestimmt nicht unschuldig, aber ich glaube, seine Partner sind es auch nicht. Wenn wir jetzt alles vernichten, wird es keine Beweise mehr geben. Und …«

»Ich brauche keine Beweise, ich will mit alldem nichts zu tun haben, sondern es nur so schnell wie möglich vergessen.« Er nahm mir die Schere aus der Hand.

»Keiner von uns beiden wird es je vergessen. Und ich für mein Teil brauche Gewissheit. Ich möchte wissen, was tatsächlich dahintersteckt, und ich möchte diese Vernichtungsaktion hier nicht eines Tages bereuen. Lass uns wenigstens warten, bis die Passwörter geknackt sind und du dir alles angesehen hast. Dann kannst du immer noch alles auf den Müll werfen.«

Allem Anschein nach war es mir gelungen, ihn umzustimmen. Zumindest für den Moment. Er legte die Schere zur Seite. »Aber ich nehme die Sachen mit, in Ordnung?«

Ich nickte. »Bis auf den Ordner über Gesa.« Ich holte ihn aus dem Safe und nahm ihn an mich. »Was wirst du jetzt tun?«

»Erst einmal in unsere Wohnung nach München zurückkehren. Dann muss ich mich weiter um Vaters Beerdigung kümmern. Sie ist für kommenden Mittwoch festgesetzt. Bleibst du so lange?«

Ich schüttelte den Kopf. »Wenn es für dich okay ist, dass ich nicht daran teilnehme, würde ich am liebsten noch heute zurück nach Berlin fliegen. Ein wenig Abstand wird mir, glaube ich, guttun.«

Adrian nahm mich in den Arm und legte seine Wange an meine. »Mach dir keine Gedanken deswegen. Ich weiß selbst noch nicht, ob ich überhaupt hingehe. Nach dem, was er getan hat, ist es mir fast unmöglich, ihm die letzte Ehre zu erweisen.«

Eine Weile standen wir schweigend da, bevor ich mich von ihm löste. Er schlug vor, mich zum Flughafen zu bringen, aber ich hatte vorher noch etwas zu erledigen. In den Gesprächsprotokollen meiner leiblichen Mutter war der Name des Arztes genannt, der sie damals behandelt hatte. Vielleicht konnte ich ihn ausfindig machen und ihn fragen, ob er sich an meine Mutter erinnerte. Und ob er eine nachvollziehbare Erklärung für mich hatte.

Nachdem Adrian gegangen war, duschte ich und zog frische Sachen an. Anschließend rief ich in der Nervenklinik an, um nach Doktor Wendelin Radolf zu fragen. Er musste inzwischen ein hochbetagter Mann sein, aber vielleicht gab es in der Klinik noch jemanden, der sich an ihn erinnerte. Ich fragte mich von einem zum Nächsten, bis mir schließlich eine nette Krankenschwester den Namen einer früheren Kollegin nannte, die ihn noch gekannt haben könnte. Zum Glück erreichte ich diese Frau, deren Stimme so klang, als gehöre sie einer jung gebliebenen Rentnerin. Sie wusste noch, dass er vor mehr als dreißig Jahren seine Anstellung in der Klinik gekündigt hatte, um sich in Hamburg niederzulassen. Mehr könne sie mir jedoch nicht erzählen. Ich bedankte mich, holte den Laptop aus der Tasche und gab kurz darauf seinen Namen in eine Suchmaschine im Internet. Dort fand ich allerdings nichts über ihn. Endstation, dachte ich enttäuscht und beruhigte mich damit, dass ich immerhin den Ordner besaß.

Bevor ich auscheckte, verließ ich das Hotel für einen Gang, der mir ebenso schwerfiel, wie er mir gleichzeitig am Herzen lag. Ich wollte nicht abreisen, ohne noch einmal die Gräber von Amelie und Gesa auf dem Alten Friedhof zu besuchen. Zuerst ging ich zum Grab meiner Schwester. Den kleinen, flachen Stein, den ich am Tag ihrer Beerdigung an der Stelle aufgehoben hatte, an der ich jetzt stand, würde ich mit nach Berlin nehmen. Das provisorische Kreuz würde bald einem Findling weichen, den meine Eltern kurz vor der Beerdigung ausgesucht hatten. Als sich mein Blick auf die Erde richtete, unter der meine Schwester lag, krampfte sich alles in mir zusammen. Es war ein Schmerz, wie ich ihn mir nicht hätte vorstellen können. Schnell wandte ich mich dem Teil des Friedhofs zu, auf dem meine leibliche Mutter begraben war. An ihrem Grab stehend versprach ich ihr, das verwitterte Holzkreuz gegen einen Stein einzutauschen. Sobald sich alles etwas beruhigt hatte, würde ich mich darum kümmern. Nachdem ich in der Kirche für beide eine Kerze angezündet hatte, lief ich zurück zum Hotel.

Adrian hatte mir den Mietwagen dagelassen und war mit einem Taxi nach Holz gefahren. Und so machte ich vor meinem Abflug noch einen Abstecher zu Elly. Auf dem Weg dorthin rief ich meinen Vater an und sagte, wir würden ein anderes Mal reden. Ich müsse all das erst einmal verdauen. Ich wollte das Telefonat gerade beenden, als er mich nach den Datenträgern fragte. Wir hätten sie auf seinen Rat hin zerstört, lautete meine Antwort.

Nachdem Elly mich kurz darauf inmitten ihrer Beete mit ihren kräftigen Armen umfangen hatte, forschte sie lange in meinem Gesicht, stellte mir jedoch keine Fragen. Sie schien auch so zu wissen, was in mir vorging.

»Ich fliege am Spätnachmittag zurück«, sagte ich, als würde das irgendetwas erklären.

Sie ließ mich los, rieb sich die Hände und sah sich im Garten um. Nachdem sie zu dem Schluss gekommen war, dass sie ihre blühenden Schützlinge getrost für eine Weile sich selbst überlassen konnte, fragte sie mich, was ich von Pfannkuchen hielte.

»Ich habe vorhin schon ein Croissant gegessen.«

»Mein Gott, so viel?« Ihr Lächeln hatte etwas Verschwörerisches. »Dann schaust du halt nur zu, während ich für mich welche backe. Einverstanden?«

»Und Ingo?«

»Der hat heute tatsächlich schon genug gegessen. Ich habe ihn auf den Berg geschickt.« Sie zog mich an der Hand hinter sich her in die Küche.

Während Elly sich am Herd zu schaffen machte, setzte ich mich auf die Küchenbank, um ihr zuzusehen. Es hatte etwas ungeheuer Beruhigendes, sie Eier, Mehl, Milch und einen Spritzer Sprudelwasser mischen zu sehen, dass ich mit einem Mal meine Augen kaum noch offen halten konnte und mich für einen Moment auf die Bank legte.

Als ich sie wieder öffnete, waren mehr als zwei Stunden vergangen. Elly hatte in der Zwischenzeit eine dünne Decke über mich gebreitet und sich mit einem Buch neben mich gesetzt, um meinen Schlaf zu bewachen.

»Es ist Zeit, meine Kleine«, sagte sie, als ich versuchte, allmählich wieder zu mir zu kommen. »Du musst los. Ich hab dir ein paar Pfannkuchen eingepackt. Du kannst sie am Flughafen essen.« Sie strich mir eine verschwitzte Haarsträhne aus der Stirn und ließ einen Moment lang ihre Hand an meiner Wange ruhen. »Zum ersten Mal bin ich froh, dass du nach Berlin zurückfliegst.«

Ich legte meine Hand über ihre und hielt mich einen Moment lang an ihrem liebevollen Blick fest.

»Geh zurück in dein Leben, Finja«, sagte sie, »und nimm dir Zeit, mit alldem zurechtzukommen.«

Beim Betreten meiner Wohnung kam es mir vor, als kehrte ich von einer unendlich langen Reise zurück. Dabei war ich nur eine Woche fort gewesen. Meine Blicke saugten sich an den Dingen fest, die mir viel bedeuteten. So auch an meinen Pflanzen in der Küche und auf dem Balkon, die in der Zwischenzeit von Eva-Maria gepflegt worden waren. Im Wohnzimmer drückte ich die Starttaste des CD-Players und hörte gleich darauf die sanfte Stimme von Anna Ternheim. Ich stellte die Musik so laut, dass sie im Schlafzimmer noch zu hören war. Dann legte ich mich völlig erschöpft ins Bett und öffnete den Gesa-Ordner. Es dauerte keine fünf Minuten, bis ich ihn wieder zur Seite legte. Die Qual und Verzweiflung, die meine leibliche Mutter allem Anschein nach nicht zur Ruhe hatte kommen lassen, war wie eine Hürde, die mir in meiner gegenwärtigen Verfassung unüberwindlich schien. Ich stellte den Ordner zwischen Nachttisch und Bett und löschte das Licht, um fast augenblicklich einzuschlafen.

Als ich aufwachte, hatte ich fast zwölf Stunden geschlafen und kam um vor Hunger. Ich musste gar nicht erst in meinen Kühlschrank sehen, um zu wissen, dass ich von dem wenigen, das sich darin befand, nicht satt werden würde. Nachdem ich geduscht und mich angezogen hatte, zog ich die Wohnungstür hinter mir ins Schloss und lief die Treppen hinunter. Ich war schon fast aus der Haustür, als mir der Brief einfiel. Mit etwas Glück würde er bereits in meinem Postkasten liegen.

Mit klopfendem Herzen nahm ich ihn heraus, wobei ich den Anflug von schlechtem Gewissen Adrian gegenüber verscheuchte. Immerhin bestand die Möglichkeit, dass er seine Meinung änderte, wenn er erst einmal zu sich gekommen war.

Ich verstaute den Umschlag in meiner Tasche und ging zum Frühstücken ins Barcomi's auf der Bergmannstraße. Es war der 1. September und immer noch sehr warm. Nachdem ich einen freien Platz vor dem Café ergattert hatte, sog ich die entspannte, quirlige Atmosphäre auf der Straße wie einen lang ersehnten Duft durch die Nase. Je länger ich dort saß, desto freier konnte ich wieder atmen.

Während ich einen Muffin zu meinem Milchkaffee aß, ließ ich mir das Gespräch mit meinem Vater noch einmal durch den Kopf gehen. Inzwischen war ich felsenfest davon überzeugt, dass er die Gunst der Stunde genutzt und alles auf Carl geschoben hatte, der keinen Einspruch mehr erheben konnte. Ich versuchte mich jedoch damit zu beruhigen, dass er sicher nicht gelogen hatte, was die Rückgabe der DVDs an denjenigen betraf, der für die Morde verantwortlich war. Ich wollte keine Angst mehr haben, auf dem Weg durch meinen Kiez vor ein Auto gestoßen zu werden.

Der Alptraum, der letztlich sechs Menschen das Leben gekostet hatte, hatte mich in einer Art Betäubung zurückgelassen. Nach dem, was geschehen war, hätte ich eigentlich unablässig weinen müssen, aber es kam mir vor, als hätte ich meine Trauer in ein Sieb mit winzigen Löchern, das nur kleine Mengen hindurchließ, verpackt. Gerade so viel, wie ich im Augenblick ertragen konnte.

Zum ersten Mal seit vier Tagen schaltete ich mein Handy wieder ein und hörte eine Nachricht von Richard ab, der sich in Berlin zurückmeldete. Ein paar Stunden später hatte er mir noch einmal auf die Mailbox gesprochen: »Finja?«, hörte ich ihn in leicht angetrunkenem Zustand sagen. »Wenn du mich nicht bald zurückrufst, komme ich um vor Sehnsucht. Wo steckst du nur?« Und noch ein drittes Mal war er zu hören, dieses Mal nüchtern. »Ich hoffe, ich habe dir heute Nacht keinen Unsinn auf dein Band gesprochen. Ruf mich an, wenn du es abgehört hast.«

Ich zögerte keine Sekunde. Ohne ihn zu Wort kommen zu lassen, schlug ich vor, in der nächsten halben Stunde bei ihm vorbeizukommen. Sein »Prima, dann mach dich auf den Weg!« hatte die Kraft, meinen Puls zu beschleunigen. Ich ging jedoch nicht auf direktem Weg zu ihm, sondern lief erst noch einmal nach Hause, um mich umzuziehen. Keine zehn Minuten später stand ich in fast demselben Outfit wieder auf der Straße: in Jeans, Trägertop und einer knappen petrolfarbenen Wickelbluse. Lediglich meine Haare sahen anders aus. Sie waren nicht mehr mit einer Spange zusammengefasst, sondern fielen locker auf meine Schultern.

Nachdem ich an Richards Tür geklingelt hatte und ihm kurz darauf an seiner Wohnungstür gegenüberstand, fragte ich mich sekundenlang, ob er auch ratlos vor dem Spiegel gestanden hatte, bis seine Entscheidung für ein dunkelblaues Polohemd und khakifarbene Jeans gefallen war.

Es war eine wortlose Begrüßung. Er sah mich in einer Weise an, die einer Berührung sehr nah kam. Und ich tat es ihm gleich. Bis er mich an der Hand in die Wohnung zog, mit dem nackten Fuß die Tür schloss, die Hände in meinen Haaren vergrub und mich küsste. Immer wieder schob er mich ein Stück von sich und betrachtete mich, als könne er nicht glauben, dass er keiner Täuschung erlag. Bis ich lachte, ihn mit den Armen umschlang und flüsterte, er brauche keine Angst zu haben, ich würde kein zweites Mal über ihn herfallen. Als er entgegnete, das sei eigentlich schade, war der Bann gebrochen, und ich lernte endlich auch sein Schlafzimmer kennen. Wir liebten uns in einer Intensität, die mich für eine kostbare Weile alles um mich herum vergessen ließ.

Nachdem ich geduscht und mich in seinen viel zu großen Bademantel gehüllt hatte, folgte ich dem Kaffeeduft in die Küche. Richard saß im geöffneten Fenster, zeigte auf den Latte macchiato, den er für mich vorbereitet hatte, und betrachtete mich in aller Seelenruhe.

»Bist du mit deiner dringenden Recherche eigentlich inzwischen fertig?«, fragte ich.

»Noch nicht ganz.«

»Verrätst du mir, worum es dabei geht?«

Er schüttelte den Kopf. Ihm war anzusehen, dass er mir gerne eine andere Antwort gegeben hätte. Mit dem Handballen fuhr er sich über seinen Dreitagebart.

Ich streute Zucker über den Milchschaum. »Du bist mir noch eine Antwort schuldig«, sagte ich, ohne ihn anzusehen. »In unserem letzten Telefonat hast du von Detekteien erzählt, die Menschen auf skrupelloseste Weise ausspionieren, um sie dann zu erpressen. Ich …«

Er hob den Zeigefinger und formulierte damit ein entschiedenes Nein. »Keine Erpressung. Bei diesen ganz speziellen Detekteien geht es um den Handel mit Informationen, die jemanden erpressbar machen. Es wird nicht der Banker erpresst, der mit Insidergeschäften Gewinne macht, nicht das Aufsichtsratsmitglied, dessen Frau als Kleptomanin die Boutiquen abklappert, und auch nicht der Politiker, der sich gerne mal einen Kinderporno reinzieht. Die Informationen werden gesammelt, um sie an die Widersacher dieser Leute zu verkaufen. Also zum Beispiel an jemanden, der einen unbequemen Aufsichtsratskollegen loswerden will. Oder an denjenigen, der einen Politiker unter Druck setzen will, um ihn so in den Dienst der eigenen Lobbyarbeit zu stellen. An jemanden, der eine illegale Preisabsprache unter Wettbewerbern durchdrücken will, oder an ein Unternehmen, das beabsichtigt, seinen Finanzchef zu unlauteren Praktiken zu bewegen. Diese Liste kannst du endlos fortsetzen.« Richard sah auf seine nackten Füße, bevor er wieder den Kopf hob und durchatmete, als müsse er sich von einem Band befreien, das ihm den Brustkorb zusammenschnürte. »Für solche Informationen gibt es einen beachtlichen Markt. Und dort fließt richtig viel Geld.«

»Aber wie soll denn das überhaupt vonstattengehen? Ich meine, so ein Lobbyist wird nicht einfach eine Detektei damit beauftragen, jemanden zu bespitzeln, der seinem Erfolg im Weg steht. Das ließe sich doch ganz leicht zurückverfolgen, und die Detektei wäre mit einer Flut von Prozessen konfrontiert. Gerüchte verbreiten sich nicht selektiv. Wenn sie potenziellen Interessenten zu Ohren kommen können, dann auch staatlichen Ermittlern. Und schon wäre der Laden dicht.«

Richard zuckte die Schultern. »Wenn du intelligent und skrupellos genug bist, um ein solches Geschäftsmodell zu entwickeln und durchzuführen, findest du auch Wege, um den Gesetzeshütern aus dem Weg zu gehen. Außerdem besteht immer die Möglichkeit, sie sich vom Hals zu halten. Entweder durch Bestechung oder durch Erpressung.«

Ich sah ihn lange an, ohne ein Wort zu sagen. »Was ist das nur für eine Welt, die du da beschreibst?«

»Eine Parallelwelt.«

»Ist das neu?«, fragte ich Eva-Maria in einem bewundernden Tonfall, während ich den Salat putzte.

Ihr Kleid erinnerte entfernt an eine Berliner Hauswand. Über einem eng geschnittenen, wasserblauen Tanktopkleid, das bis zu den Knöcheln reichte, trug sie einen seitlich geschlitzten Kaftan aus hauchdünnem durchsichtigen Stoff, der mit Graffitimotiven bedruckt war.

Sie sah zufrieden an sich herunter. »Schrill, oder? Der Laden hat erst vor ein paar Tagen aufgemacht. Und ich konnte einfach nicht widerstehen, obwohl es maßlos überteuert war, wenn du mich fragst.« Sie drehte sich einmal um sich selbst und brachte damit den unteren Teil des Kaftans zum Fliegen. »Aber es war es mir wert. Macht doch eine gute Figur, oder?«

»Du hast eine gute Figur, Eva, egal, wie oft du das Gegenteil behauptest! Hör endlich auf, aussehen zu wollen wie ein Hungerhaken. Daran ist nichts schön.« Ich goss noch Essig und Öl über den Salat, mischte ihn gut durch, verteilte ihn auf zwei Teller und drapierte überbackenen Ziegenkäse darauf. Dann schnitt ich ein Baguette in Stücke. »Und deshalb gibt es jetzt auch etwas Leckeres zu essen. Du kannst Teller und Besteck schon nach nebenan bringen. Ich komme gleich nach.«

Mit Brotkorb, Gläsern und einer Flasche Wasser folgte ich ihr. Nachdem ich alles auf dem Tisch verteilt hatte, zündete ich im Raum verteilt drei Kerzen an und ließ mich dann Eva-Maria gegenüber auf eines der Bodenkissen fallen. Mit einem Seufzer nahm ich mir ein Stück Baguette und biss hungrig hinein.

Während Eva-Maria den Ziegenkäse unter den Salat mischte, betrachtete sie mich unverhohlen. »Bist du verliebt?«

Ich kaute auf dem Brot herum und zerteilte den Ziegenkäse. »Glaub schon.«

»Und?«

Die Ellbogen auf die Knie gestützt breitete ich die Hände aus und hob die Schultern. »Ich weiß es nicht … es ist alles noch viel zu frisch.«

»Ist es der Typ, für den du gerade malst?«

»Heute habe ich ehrlich gesagt eher weniger für ihn gemalt«, meinte ich grinsend.

»Klingt vielversprechend, wenn es ihm gelingt, dich vom Malen abzulenken.« Eva-Maria holte tief Luft und ließ sie langsam entweichen. Sie sah mich ernst an. »Ich habe mir ziemliche Sorgen um dich gemacht, nachdem ich deine kryptische Nachricht erhalten hatte. ›Muss das Handy vorübergehend ausschalten. Melde mich‹«, wiederholte sie meine SMS. »Was war denn da bloß los?«

Ich wusste nicht, wo ich beginnen sollte, deshalb erzählte ich völlig ungeordnet von den Ereignissen der vergangenen Woche, während ich mit der Gabel in meinem Salat herumstocherte, ohne einen einzigen Bissen zu essen.

»Das klingt alles wie ein entsetzlicher Spuk«, sagte sie leise, als ich geendet hatte.

Am liebsten hätte ich diesen Spuk hinter mir gelassen und ihn für immer vergessen. Aber das war nicht möglich. Deshalb musste ich mit jemandem sprechen, der einen objektiven Blick auf all das werfen konnte. Mit einer entschlossenen Bewegung schob ich meinen Teller beiseite und stand auf, um meine Tasche zu holen. Als ich wieder saß, zog ich den Umschlag daraus hervor und riss ihn auf. Ein paar der DVDs legte ich zwischen uns auf den Tisch und beschrieb ihr einzelne Szenen.

Eva-Marias ohnehin schon blasse Haut schien noch um eine Nuance heller zu werden. Sie starrte mich an, als erzählte ich Märchen. Also schaltete ich meinen Laptop ein, um ihr zu beweisen, dass es keine Hirngespinste waren.

Nachdem sie sich mehrere Ausschnitte angesehen hatte, stand sie abrupt auf und versetzte der Schaukel einen kräftigen Schubs. »Was sind das nur für elende Schweine«, meinte sie schließlich und starrte dabei auf das schlingernde Holzbrett. »Und da mache ich mir Gedanken über den gläsernen Menschen.« Sie fuhr sich mit beiden Händen durch ihre roten Locken. »Dabei kann immer noch ich entscheiden, welche Informationen ich preisgebe. Ob ich zum Beispiel im Internet mein Innerstes nach außen kehre, mein Handy nicht besser mal ausschalte oder in den Geschäften bar bezahle. Ich kann viel tun, um mich nicht allzu gläsern werden zu lassen. Aber diese Leute zapfen Orte an, an denen du dich ganz selbstverständlich sicher fühlst. An denen es völlig überflüssig erscheint, Vorsichtsmaßnahmen zu ergreifen. Weißt du, was die tun, Finja?« Sie ließ sich auf der Schaukel nieder und schlang die Arme um den Brustkorb. Dabei sah sie mich an wie ein Mensch, der gerade aus einem Alptraum erwachte, nur um festzustellen, dass er Wirklichkeit war. »Die zerstören die letzten sicheren Inseln, die so unglaublich wertvoll sind. Das ist der absolute Vertrauensverlust. Die Vorstellung, sich nicht einmal mehr bei seinem Psychotherapeuten oder im eigenen Schlafzimmer in Sicherheit wiegen zu können, ohne dabei von einem unsichtbaren Dritten belauscht zu werden, der sich einen Dreck um einen richterlichen Beschluss schert, macht mir totale Angst.«

»Die haben sogar Beichtstühle verwanzt«, sagte ich und trank in wenigen Schlucken mein Wasserglas leer.

»Beichtstühle, sagst du?« Eva-Maria wechselte von der Schaukel in den Sitzsack, umschlang ihre Knie und schwieg. »Beichtstühle«, wiederholte sie schließlich das Wort, als habe sie es mit einer Halluzination zu tun.

»Wenn ich mir vorstelle, mir würde so etwas passieren … Ich würde mich völlig nackt fühlen. Komplett ausgeliefert. Ich würde wahrscheinlich nie wieder in meinem Leben darauf vertrauen, dass es Grenzen gibt, die eingehalten werden.«

Eva-Maria sah mich an wie einen Geist. »Stimmt das wirklich mit den Beichtstühlen?«

»Ja.« Während ich auf das Essen starrte, von dem wir so gut wie nichts angerührt hatten, und ich uns schließlich die Gläser mit Wasser nachfüllte, erzählte ich ihr von der Auseinandersetzung mit meinem Vater. Als ich aufsah, stellte ich fest, dass sie mir nicht zuhörte. »Eva?«

Es dauerte eine Weile, bis sie reagierte. »Entschuldige, was hast du gesagt?«

Ich begann noch einmal von vorne, um damit zu schließen, dass ich ihm nicht glaubte. »Meine gesamte Kindheit hindurch war mein Vater mein Fels in der Brandung. Das beschreibt am besten die Stärke, die er mir vermittelt hat. Ich habe mich bei ihm geborgen gefühlt. Hättest du mich gefragt, ob mein Vater ein anständiger Mensch ist, hätte ich bis vor kurzem immer mit Ja geantwortet.«

Eva-Maria zeigte auf die DVDs. »Du musst ihn und diesen Tobias anzeigen, Finja.«

Jetzt war ich diejenige, die die Arme vor der Brust verschränkte. »Das kann ich nicht. Er ist mein Vater.«

»Und wie willst du sicherstellen, dass die beiden damit aufhören?«, fragte sie. »Meinst du, die Gier nach Macht und Geld hört im Alter auf? Das Alter akzentuiert Charakter und Temperament eher noch. Und ich glaube kaum, dass sich dein Vater und sein feiner Partner durch Adrian und dich in die Schranken weisen lassen. Nach allem, was ich heute Abend gehört habe, gebe ich dir Brief und Siegel darauf, dass sie das Material nicht vernichtet haben. Und sie werden versuchen, die von euch geklauten DVDs zurückzubekommen. Übergib sie so schnell wie möglich der Polizei. Du kannst die beiden damit nicht ungeschoren davonkommen lassen.« Sie setzte sich wieder mir gegenüber auf das Bodenkissen. »Glaubst du, deine Mutter weiß, was da in all den Jahren vor sich gegangen ist?«

»Ich kann es mir nicht vorstellen.« Aber was hieß das schon? »Apropos Mutter …«, sagte ich und holte den Gesa-Ordner aus meinem Schlafzimmer. »Den hat mein Vater all die Jahre vor mir versteckt.« Ich strich kurz darüber, bevor ich ihn aufschlug und meiner Freundin reichte.

Sie blätterte vor, dann wieder zurück, um ganze Passagen zu lesen. Es war völlig still im Raum, nur ihr Atmen war zu hören, immer wieder durchbrochen durch ein Stöhnen. Auf halber Strecke schlug sie den Ordner zu und starrte mich sprachlos an.

»Das sind Kopien von Gesprächsprotokollen aus der Nervenklinik, in der meine leibliche Mutter ein paar Wochen lang war«, sagte ich überflüssigerweise. »Ich weiß, was du jetzt denkst. Dass mein Vater schon vor über dreißig Jahren keine Skrupel hatte, sich höchst vertrauliche Informationen zu beschaffen. Aber für mich bedeuten sie sehr viel. Meine Eltern sind nur darauf herumgeritten, dass Gesa versucht hat, mich zu töten. Aber niemand hat mir gesagt, dass sie sich um mich gesorgt hat. Dass sie mich vermisst hat. In den Gesprächen mit ihrem Arzt klingt sie überhaupt nicht so, wie die beiden sie beschrieben haben.« Ich nahm ihr den Ordner aus der Hand und drückte ihn an mich wie einen Schatz. »Ich habe versucht, diesen Doktor

Radolf ausfindig zu machen, aber er hat die Klinik schon vor langer Zeit verlassen und ist nach Hamburg gezogen. Im Internet habe ich leider nichts weiter über ihn finden können. Dabei hätte ich so gerne mit ihm gesprochen. Das, was er über Gesa schreibt, klingt neben aller berufstypischen Distanz nach viel Sympathie.«

»Darf ich das irgendwann einmal lesen?«, fragte Eva-Maria.

Ich zögerte einen Moment, gab ihr den Ordner dann aber wieder. »Nimm ihn ruhig mit, mich überfordert er im Augenblick eher. Aber pass bitte gut auf ihn auf.«

Insgesamt fünf Mal bekam Gesa ihre Tochter in dieser Woche zu sehen. Ihr fotografisches Gedächtnis half ihr, Finjas Gesicht abends in ihrem Pensionszimmer auf Papier zu bannen. Die Bilder, die so entstanden, machten ihr den Abschied kein bisschen leichter. Sie hätte etwas dafür gegeben, ihren Aufenthalt in die Länge ziehen zu können. Aber Alexanders Drohungen wirkten immer noch nach. Sie wollte nicht zu viel riskieren. Wenn Eva-Maria mitspielte, konnte sie vielleicht bereits im Herbst wiederkommen.

Zurück in Berlin stieg sie mit bleischweren Beinen die Treppe hinauf – in ihr anonymes, von Alexanders Aufsicht befreites Leben. Sie war so tief in Gedanken, dass sie den Brandgeruch nicht gleich bemerkte. Sie begann flach zu atmen und sich zu fragen, woher er kam. Bis sie ihm bis vor ihre Wohnung folgte, deren Tür nur angelehnt war. Sie stellte ihren Koffer ab und gab der Tür einen leichten Stoß. In dem kleinen Flur stand ein Polizist, der sich Notizen machte, ohne sie zu bemerken. Mit ängstlich klopfendem Herzen sah Gesa sich um. Von dort, wo sie stand, konnte sie einen Spaltbreit in ihr Schlafzimmer sehen. Es war pechschwarz.

»Guten Tag!«, drang die tiefe Stimme in ihr Bewusstsein. »Suchen Sie jemanden?«

»Was ist denn hier geschehen?«, fragte Gesa, ohne den Blick von dieser Schwärze in ihrem Schlafzimmer lösen zu können.

»Die Mieterin ist letzte Nacht bei einem Zimmerbrand ums Leben gekommen. Schlimm.« Er musterte Gesa, als wolle er sichergehen, dass sie nicht im nächsten Moment ohnmächtig zusammenbrach.

Gesa stützte sich an der Flurwand ab. »Aber wie …?«

»Das arme Ding muss mit brennender Zigarette eingeschlafen sein.« Er schüttelte den Kopf und schien sich daran zu erinnern, weswegen er dort war. »Und Sie sind eine Freundin der Toten?«

Gesa nickte. Obwohl ihr Körper sich anfühlte, als sei er erstarrt, spürte sie, dass ihr Kopf noch funktionierte. »Ich heiße Eva-Maria Toberg. Gesa hat mich hin und wieder bei sich wohnen lassen. Ich …« Sie schluckte.

Er sah sie mitfühlend an. »Tut mir leid für Sie. Ist sicher nicht leicht, eine Freundin auf diese Weise zu verlieren.«

»Nein.« Gesa biss auf ihrer Unterlippe herum. »Dann gehe ich wohl besser wieder. Darf ich vorher noch meinen Koffer holen, den Gesa für mich aufbewahrt hat?«

»Wo steht er denn?«

»Im Wohnzimmer neben dem Sofa.« Gesa wies mit dem Finger in die Richtung.

Der Polizist ging hinein und kam gleich darauf mit dem wenig ansehnlichen Koffer zurück. »Damit das alles seine Ordnung hat, zeigen Sie mir aber Ihren Ausweis, ja?«

Gesa war froh, im dämmrigen Teil des Flurs zu stehen. Sie zog Eva-Marias Ausweis aus ihrer Handtasche und reichte ihn dem Beamten, der einen flüchtigen Blick daraufwarf und ihn ihr dann zurückgab.

»Können Sie mir noch sagen, wo Gesa Minkes Eltern

wohnen? Wir müssen sie noch heute vom Tod ihrer Tochter unterrichten.«

Sie zog ein Taschentuch aus ihrer Hosentasche und trocknete sich damit die Augenwinkel. »Gesas Eltern sind bei einem Unfall ums Leben gekommen. Sie hat nur noch eine ältere Schwester. Sie lebt am Tegernsee, in Rottach-Egern, glaube ich. Aber so genau weiß ich es auch nicht.«

»Wissen Sie zufällig noch, wie diese Schwester heißt?«

»Freia Benthien.«

Er schrieb den Namen auf seinen Notizblock und nickte in einer Weise, als sei seine Arbeit damit abgeschlossen.

»Na dann ...«, sagte Gesa und verabschiedete sich schnell von dem Beamten. Ohne sich noch einmal umzusehen, floh sie aus ihrer Zweizimmerwohnung und aus ihrem bisherigen Leben – den Koffer mit Eva-Marias Habseligkeiten fest in der Hand.

17

Inmitten unzähliger Bücherstapel saß Richard im Schneidersitz auf dem Esszimmertisch und hatte beide Hände hinter sich aufgestützt. Seit einer halben Stunde gab ich mir Mühe, mich beim Malen nicht von ihm ablenken zu lassen. Meine halbherzige Frage, ob er nicht etwas Besseres zu tun habe, als mir zuzusehen, hatte er mit einem vielsagenden Lächeln quittiert. Also malte ich mit seinem Blick im Rücken und widerstand der Versuchung, meine Utensilien aus der Hand zu legen und zu ihm auf den Tisch zu klettern.

Da er mich immer wieder mit Fragen unterbrach, machte mein Bild nur winzige Fortschritte. Er wollte wissen, ob die Wände meines Elternhauses vom Keller bis zum Dachboden mit meinen Bildern bemalt seien. Ob meine Schwester ein ähnliches Talent gehabt habe. Ob ich mich gut mit ihr verstanden hätte. Irgendwann drehte ich den Spieß um und fragte im Gegenzug ihm ein Loch in den Bauch. Ich erfuhr, dass er sich als Einzelkind immer einen Bruder gewünscht habe. Dass sein Vater Arzt gewesen war, seine Mutter eine leidenschaftliche Hausfrau mit den besten Kochkünsten weit und breit. Dass er in der Schule für die Schülerzeitung verantwortlich war und schon früh beschlossen hatte, später einmal Journalist zu werden.

Ein Anruf auf seinem Handy unterbrach unser Gespräch, so dass ich für eine Weile ungestört arbeiten konnte. Als er zurückkam, setzte er sich wieder auf den Tisch.

»Dein Vater und seine Partner haben sich beim Rudern kennengelernt, stimmt's?«, fragte er, nachdem er mir ein paar Minuten schweigend zugesehen hatte.

»Woher weißt du das?«

»Das stand in einem Artikel, den ich kürzlich gelesen habe. Mein erster Eindruck war, dass es sich um eine PR-Geschichte handelt: Erfolgreiche Rudermannschaft gründet Detektei. Mit diesem Sport wird viel Positives verbunden – Ausdauer, Teamfähigkeit, Sportsgeist, Disziplin. Damit lässt sich ein Gewerbe, das nicht überall den besten Ruf genießt, auf subtile Weise aufwerten.«

»Sie haben einen Vierer gerudert«, sagte ich.

»Ja, das habe ich auch herausgefunden.«

»Warum recherchierst du über meinen Vater?« Befremdet ging ich zum Fenster und lehnte mich mit dem Rücken gegen die Fensterbank.

»Das ist eine Berufskrankheit, Finja. Entschuldige. Ich wollte lesen, was ich über dich finde, und dabei ist natürlich auch immer wieder der Name deines Vaters aufgetaucht. Ich wäre ein Heiliger, hätte ich das alles weggeklickt.«

Mein Gefühl sagte mir, dass er log oder sich zumindest nicht ganz an die Wahrheit hielt. »Also weißt du jetzt, wie die Partner zusammengefunden haben. Was hast du bei deinen Recherchen noch herausgefunden?« Ich verschränkte die Arme vor der Brust.

»Dass sie ursprünglich zu fünft im Boot gesessen haben.«

»Ja, der Fünfte war der Steuermann. Er hatte jedoch kein Interesse daran, Mitbegründer einer Detektei zu werden.«

»Vielleicht haben sie ihn zu oft ins Wasser geworfen«, sprach Richard mit einem schiefen Grinsen auf die Tradition an, den Steuermann eines siegreichen Bootes nach dem Ende des Rennens ins Wasser zu werfen. »Oder vielleicht gab es unterschiedliche Vorstellungen über die einzuschlagende Richtung. Vielleicht wollten sich die vier Ruderer sozusagen freirudern.« Er neigte den Kopf Richtung Schulter und schien über seine Theorien nachzudenken. »In jedem Fall ist aus allen fünf etwas geworden. Ohne den entsprechenden Biss wirst du wohl auch nicht so erfolgreich – weder im Sport noch im Berufsleben. Allerdings hat sich der Steuermann ja dann für ein völlig anderes Gewerbe entschieden.«

»Thomas Niemeyer ... ich weiß.«

»Er ist Aufsichtsratsvorsitzender der Unternehmensgruppe Carstens. Die Gruppe hat vergangene Woche *Drehse Biotech* übernommen, vielleicht hast du davon gehört. Diese Übernahme hat für ziemlichen Wirbel gesorgt. Und für das Gerücht, es könne dabei nicht mit rechten Dingen zugegangen sein, da dem Mitbewerber um *Drehse Biotech* im Vorfeld die besseren Chancen eingeräumt worden waren.«

Es dauerte einen Moment, bis ich begriff, was Richard da andeutete. Ich gab mir Mühe, mein Lachen überzeugend klingen zu lassen. »Und jetzt glaubst du, *BGS&R* habe ein wenig nachgeholfen, um die Konkurrenzsituation dieser Carstens-Gruppe zu verbessern? Vergiss es! Mein Vater hat schon lange keinen Kontakt mehr zu Thomas Niemeyer. Außerdem würde er bei so etwas nicht mitmachen.« Solche Worte kamen mir immer noch leicht über die Lippen. Ich hätte etwas dafür gegeben, wenn sie der Wahrheit entsprochen hätten.

»Woher willst du wissen, dass die früheren Sportskumpane keinen Kontakt mehr haben?«, fragte Richard.

»Weil mein Vater das sagt. Reicht dir das als Information?« Wütend und enttäuscht packte ich meine Utensilien zusammen, schob sie in die Ecke und hängte meine Tasche über die Schulter.

Richard sprang vom Tisch und kam mit ausgebreiteten Armen auf mich zu. Aber ich wich ihm aus. Ohne ein weiteres Wort schlug ich die Tür hinter mir zu.

Zurück in meiner Wohnung schaltete ich Klingel, Festnetztelefon und Handy aus und setzte mich auf meine Schaukel. Ich nahm Schwung und sehnte mich nach dem Gleichgewicht, das mir in den vergangenen Wochen abhandengekommen war. Aber so sehr ich es mir auch herbeisehnte, es wollte sich nicht einstellen. Ich ärgerte mich über Richards Fragen und im gleichen Atemzug über mein kindisches Verhalten.

Als ich darüber nachdachte, dass ich am liebsten Amelie von Richard erzählt hätte, traf mich die Endgültigkeit ihres Todes voller Wucht. Ich wusste nicht, wohin mit diesem Gefühl, und lief wie ein Tier auf der Flucht durch meine Wohnung. Bis mir in einem der Bücherregale im Flur ein kleines, noch unbeschriebenes Notizbuch ins Auge fiel. Ich nahm es und verzog mich damit in mein Bett. Meine Decke wie ein Nest um mich herumdrapiert begann ich, meine Erinnerungen an Amelie aufzuschreiben. Jede Träne, die ich dabei vergoss, schien mich meiner Schwester näherzubringen. Schließlich musste ich nur die Augen schließen, um sie mit mir im Raum zu spüren. Sie fehlte mir so sehr, dass es körperlich weh tat. Nie wieder würde mir jemand auf diese Weise vertraut sein, nie wieder würde mich jemand mit ihren Augen sehen. Ihr Mörder hatte nicht nur ihr Leben zerstört, sondern eine große Lücke in meines gerissen. Wie eine klaffende Wunde, die einfach zu groß war, um sich jemals wieder vollständig schließen zu können.

Nachdem ich stundenlang geschrieben hatte, setzte ich mich wieder auf die Schaukel und schwang mit geschlossenen Augen hin und her. Die Bewegung brachte meine Seele so weit in ein Gleichgewicht, dass ich es ertrug, Fotos von Amelie anzusehen. Ich suchte mehrere heraus, breitete sie neben mir auf dem Boden aus, zündete eine Kerze an und füllte den Raum mit leiser Klaviermusik. Irgendwann war ich so müde, dass ich mich auf dem Boden zusammenrollte und einschlief.

Ich träumte wirres Zeug, von dem ich immer wieder aufwachte. Irgendwann gegen Morgen stand ich mit schmerzendem Rücken vom Boden auf, lief im Halbschlaf ins Schlafzimmer und legte mich wieder hin. Bis mich ein Geräusch aufschrecken ließ. Kerzengerade im Bett sitzend versuchte ich herauszufinden, was es gewesen war. Mein Herz klopfte so stark, dass es mir vorkam, als müsse es jeden Moment seinen Geist aufgeben. Die DVDs, schoss es mir durch den Kopf. Eva-Maria war überzeugt, mein Vater und Tobias würden versuchen, die Datenträger zurückzubekommen. In diesem Augenblick hörte ich das Geräusch wieder. Jemand klopfte an meine Tür. Ich sah auf die Uhr: Es war noch nicht einmal sieben.

Ich schlich in den Flur und versuchte, aus sicherer Entfernung die Silhouette meines Besuchers durch die Bleiglasfenster in der Tür zu erkennen. Wieder klopfte es. Gleich darauf war eine männliche Stimme zu hören.

»Finja, bist du da?«

Ich riss die Tür auf und wetterte los. »Hast du verdammt noch mal eine Ahnung, wie sehr du mich erschreckt hast?«

Mit der Brötchentüte in der Hand schien Richard nicht zu wissen, wie ihm geschah. »Dein Handy ist ausgeschaltet«, verteidigte er sich. »Ich habe mir Sorgen um dich gemacht und wollte mich vergewissern, dass alles in Ordnung ist. Als du auf mein Klingeln nicht reagiert hast, habe ich eine Nachbarin gebeten, mich ins Haus zu lassen. Ist deine Klingel kaputt?«

Ich schüttelte den Kopf und trat einen Schritt zur Seite, um ihn hereinzulassen. »Abgestellt.« Nachdem ich den Schalter wieder herumgedreht hatte, folgte ich Richard, der sich bereits staunend in meinem Wohnzimmer umsah.

»Soll ich dir die Brötchen abnehmen?«, fragte ich. Ohne seine Antwort abzuwarten, nahm ich ihm die Tüte aus der Hand. Im Hinausgehen schnappte ich mir meine Tasche mit den DVDs und ließ sie im Bad im Korb für die dreckige Wäsche verschwinden. Dann setzte ich Wasser für den Kaffee auf.

Richard schien die Lektion vom Vortag verinnerlicht zu haben, denn er erwähnte weder meinen Vater noch *BGS&R* oder die Übernahme von *Drehse Biotech* durch die Carstens-Gruppe. Stattdessen betrachtete er die Fotos von Amelie, die immer noch auf dem Boden lagen. Als er sich gerade danach bücken wollte, zog ich ihn fort in die Küche, wo wir uns über das bis auf die Brötchen nicht gerade reichhaltige Frühstück hermachten. In Anbetracht des schönen Wetters versuchte er, mich zu einem Ausflug an den Schlachtensee zu überreden.

Eine halbe Stunde später saßen wir bereits in seinem alten Volvo. Der für den frühen Morgen schon warme Fahrtwind drang durch die heruntergedrehten Scheiben und ließ meine Haare fliegen. Ich schloss die Augen und ließ mich von Amy Macdonalds »Don't Tell Me That It's Over«, das gerade im Radio gespielt wurde, davontragen. Zwischendurch blinzelte ich zu Richard, der konzentriert auf die Straße sah. Ich betrachtete sein Profil und stellte fest, dass es zu ihm passte. Es hatte etwas sehr Sensibles, gleichzeitig aber auch etwas Ungeschliffenes. Kurz bevor wir auf den Parkplatz einbogen, nahm er meine Hand und küsste sie in die Innenfläche.

Um diese Uhrzeit waren hauptsächlich Jogger und Hundebesitzer unterwegs. Hand in Hand liefen wir den

Uferweg entlang, um immer wieder innezuhalten und uns in wechselnder Reihenfolge zu küssen oder einfach nur auf den See zu schauen, der in der Morgensonne zu leuchten schien. Vielleicht kam es mir aber auch nur so vor, weil sich etwas in mir wie ein Leuchten anfühlte.

Auf halbem Weg um den See herum zog ich Richard hinter mir her in einen schmalen, verborgenen Trampelpfad. Mit beiden Händen schob ich die Äste der Büsche beiseite. Als ich mich zu Richard umdrehte und seinen Gesichtsausdruck sah, schüttelte ich lachend den Kopf.

»Nicht, was du denkst!«

»Was denke ich denn?«, fragte er, schlang von hinten die Arme um mich und zwang mich, stehen zu bleiben. Er küsste mich in den Nacken und schob seine Hände tastend unter mein T-Shirt.

Sanft löste ich mich aus seinen Armen. »Das hier ist ein besonderer Ort für mich. Komm!« Ich beschleunigte meinen Schritt und lief ihm voraus.

Das Knacken kleiner Äste verriet mir, dass er dicht hinter mir war. »Wohin willst du?«

»Das wirst du gleich sehen.« Zwanzig Meter weiter wandte ich mich nach rechts und stieg über einen dicken, von Moos überwucherten Baumstamm.

Dahinter verborgen standen im Abstand von einem Meter zwei Steinmännchen, die noch längst nicht vollendet waren. Eines setzte sich aus fünf Steinen zusammen, das andere aus sieben. Richard trat neben mich, sah zu den kleinen Figuren und dann zu mir.

Ich spürte seinen fragenden Blick. »Als ich einmal Liebeskummer hatte und irgendwie zu einer Entscheidung finden wollte, bin ich hier durch den Wald gelaufen, um allein zu sein. Ich habe bestimmt zwei Stunden auf diesem Baumstamm gesessen und nachgedacht. Bevor ich gegangen bin, habe ich so ein Männchen gebaut. Monate später bin ich wiedergekommen, um nachzusehen, ob es noch da steht. Und siehe da, irgendjemand hat seines danebengebaut.«

»Welches ist deines?«, fragte Richard.

Ich zeigte auf das mit den fünf Steinen, holte aus meiner Hosentasche den von Amelies Grab und balancierte ihn so lange aus, bis er auf der kleinen Steinpyramide liegen blieb.

»Was hat der zu bedeuten?«, fragte Richard.

»Das ist ein Stück von Amelies Grab.«

Nach einer traumlosen Nacht wachte ich genauso auf, wie ich eingeschlafen war: in Richards Armen. Er stupste mich an und murmelte, ich solle denjenigen fortjagen, der da gerade auf meiner Klingel herumturne. Das sei unerträglich. Ich schlüpfte in eine bunte Tunika und betätigte die Sprechanlage.

»Finja, mach bitte auf! Ich bin's, Adrian.« Eine Minute später stand er mir atemlos gegenüber. Er musste in einem beachtlichen Tempo zwei Stufen auf einmal genommen haben. Anstelle einer Begrüßung wollte er wissen, warum mein Handy ausgeschaltet sei und ich nicht ans Telefon ginge.

»Was machst du hier?«, stellte ich ihm die Gegenfrage. »Es ist erst Viertel nach sechs.«

»Das erkläre ich dir drinnen.« Er schob mich vor sich her in die Wohnung, gab der Wohnungstür einen Stoß, dass sie in Schloss fiel, und ließ im Flur seine Reisetasche fallen. »Ich bin die Nacht durchgefahren.« Er war immer noch außer Atem. »Alles ist weg …«

Blitzschnell hielt ich den Zeigefinger vor den Mund und machte leise »Pst!«.

Adrian sah sich um. »Hast du Besuch?« In seinem Ton schwang ein *etwa* mit.

Mit einem Nicken lotste ich ihn in mein Wohnzimmer,

bedeutete ihm, dort auf mich zu warten, und schloss die Tür. Im Schlafzimmer erklärte ich Richard, mein Schwager sei gerade eingetroffen, deshalb müsse er jetzt leider aufstehen und gehen. Er sah mich an, als sei ich von allen guten Geistern verlassen. Um diese Uhrzeit stehe er gewöhnlich nur dann auf, wenn es irgendwo brenne. Mit einem Stöhnen zog er sich das Kopfkissen übers Gesicht und drehte sich auf die andere Seite. Ich zog ihm Kissen und Decke weg, gab ihm einen Kuss und meinte, er solle sich einfach vorstellen, es brenne. Mein Schwager habe gestern erst seinen Vater zu Grabe getragen und sei nicht gerade in bester Verfassung. Als unmissverständliche Aufforderung hielt ich ihm seine Sachen hin. Während er sich verschlafen anzog, murmelte er etwas von einem Dragoner, womit offensichtlich ich gemeint war. Ich küsste ihn zum Abschied und schob ihn zu Tür hinaus.

»Wer war das?«, fragte Adrian, als ich ins Wohnzimmer kam.

»Mein derzeitiger Auftraggeber.«

»Der übernachtet bei dir?«

Ohne darauf einzugehen, fragte ich, was passiert sei.

»Der Laptop meines Vaters und die DVDs sind aus meiner Wohnung verschwunden«, antwortete er. »Bevor ich zur Beerdigung gefahren bin, lag alles noch auf dem Schreibtisch. Es gibt keinerlei Einbruchspuren. Außer Amelie und mir hatte niemand einen Schlüssel.« Er fuhr sich durch seine Haare, schloss für einen Moment die Augen und schluckte hart. »Ich habe dann ein Sicherheitsunternehmen damit beauftragt, unsere Wohnung nach Wanzen abzusuchen.« Sein Gesichtsausdruck sprach Bände.

»Das haben sie nicht gewagt, oder?«

»Jedes Zimmer war verwanzt.«

»Mir ist schlecht«, murmelte ich und stand auf, »bin

gleich wieder da.« Ich lief ins Bad, holte meine Tasche aus dem Wäschekorb und starrte entgeistert hinein. Sie waren weg. Mein erster Gedanke galt Richard. Er hätte die Gelegenheit gehabt, die Datenträger zu entwenden. Aber dazu hätte er meine Wohnung durchsuchen müssen. In meiner Anwesenheit wäre ihm das kaum möglich gewesen. An diesem Punkt riss ich mich zusammen. Mein Vater und Tobias waren diejenigen, die ein Interesse an den Mitschnitten hatten. Richard hatte ein Interesse an mir – und möglicherweise auch ein berufliches an meinem Vater. Trotzdem waren das zwei verschiedene Baustellen.

Ich ließ die Tasche zu Boden gleiten und setzte mich kraftlos auf den Deckel der Toilette. Wer immer die DVDs gestohlen hatte, hatte sie erst einmal finden müssen, hatte also meine Schubladen und Schränke durchsuchen müssen. Und ich hatte nichts davon bemerkt. Alles stand an seinem Platz, nichts deutete auf heimliche Besucher hin. Aber es war jemand hier gewesen. Bei dieser Vorstellung kroch mir eine Gänsehaut die Wirbelsäule hinauf. Ich fühlte mich wie versteinert. Hätten sie wenigstens meine Wohnung sichtbar auf den Kopf gestellt. Das wäre längst nicht so beängstigend gewesen wie die Vorstellung, dass sie sie betreten und wieder verlassen konnten, wie es ihnen passte.

Ich stellte mich unter die Dusche und ließ Mengen heißen Wassers über mich laufen. Aber das beklemmende Gefühl ließ sich damit nicht wegwaschen. Nachdem ich mich in Windeseile angezogen hatte, ging ich zurück ins Wohnzimmer, wobei ich meinen Blick aufmerksam über jeden einzelnen Gegenstand wandern ließ. Alles stand auf erschreckende Weise exakt an seinem Platz.

»Bei mir waren sie auch«, sagte ich tonlos und gestand Adrian, dass ich im Hotel einige der Datenträger eingesteckt hatte, damit wenigstens noch ein paar Beweise erhalten blieben.

»Dann rate ich dir, so schnell wie möglich jemanden zu beauftragen, der deine Wohnung nach Wanzen absucht.«

Während ich mich in meinem Wohnzimmer umsah, wandelte sich mein Schreck zunächst in Wut und dann in eine tiefe Traurigkeit. Der Vater, dem ich noch bis vor ein paar Wochen vertraut hatte, schien mir für immer verlorengegangen zu sein. »Ich frage mich, ob er überhaupt noch den Hauch eines Unrechtsbewusstseins besitzt. Schämt er sich wie ich, wenn ich ihm hinterherschnüffele? Tut er sich wenigstens schwer damit, oder geht es ihm so selbstverständlich von der Hand wie seine widerwärtigen Bespitzelungen?« Ich zündete mir eine Zigarette an und blies den Rauch zur Decke. Während ich einen Zug nach dem anderen nahm, sahen Adrian und ich uns stumm an.

»Ich brauche frische Luft«, sagte er schließlich in die Stille hinein und stand auf. »Magst du eine Runde mit mir um den Block gehen?«

Obwohl ich wusste, dass nichts zu sehen sein würde, suchte ich beim Öffnen der Wohnungstür den Rahmen nach Beschädigungen ab. Dann zog ich die Tür hinter uns zu.

Adrian sprang die Treppen der vier Stockwerke hinunter, als sei er auf der Flucht. Im Eilschritt durchquerte er den Hinterhof, lief durchs Vorderhaus und hielt mir dort ungeduldig die Tür auf. »Weißt du einen Ort, an dem wir ungestört und unbeobachtet sind? Es gibt etwas, das ich dir dringend zeigen muss«, sagte er außer Atem.

»Dann gehen wir um die Ecke in ein Café«, schlug ich vor.

Er schüttelte den Kopf. »Wer meine und vielleicht auch deine Wohnung verwanzt hat, dem ist auch zuzutrauen, dass er uns an einem öffentlichen Ort mit einem Richtmikrofon belauscht.«

»Wozu dieser Aufwand? Sie haben doch alles«, sagte ich niedergeschlagen.

»Solche Leute gehen auf Nummer sicher, glaub mir.«

Angesteckt von seinem Misstrauen, sah ich in beide Richtungen die Straße entlang, wobei ich auf alles achtete, was als unauffällig galt: jemand auf dem Beifahrersitz eines Autos, ein Jogger, der Dehnungsübungen machte, oder eine Mutter mit einem Kinderwagen. Ich überlegte, wohin wir gehen konnten. »Ich kenne da ein kleines Hotel ...«

»Gute Idee«, schnitt Adrian mir das Wort ab. »Dann geben wir uns mal Mühe, sie abzuschütteln, sollten sie hier irgendwo herumschwirren.« Für Sekunden entspannte ein Lächeln seine Gesichtszüge.

Ich musste ihn nur ansehen, um zu wissen, dass er vorhatte, der Überwachungsmacht von *BGS&R* ein weiteres Mal ein Schnippchen zu schlagen. Mit Hilfe dessen, was sich zwei Jungen und drei Mädchen vor vielen Jahren für eines ihrer Detektivspiele von ihren Vätern hatten beibringen lassen.

Adrian umarmte mich auf eine Weise, die jedem Beobachter vorgaukeln würde, dass er sich von mir verabschiedete. Dabei flüsterte er mir ins Ohr, er würde mich um zehn Uhr im KaDeWe erwarten, an einem Treffpunkt meiner Wahl. Ich entschied mich für einen ganz bestimmten Fischstand in der Foodabteilung. Bevor wir uns voneinander lösten, schärfte er mir ein, diese Leute keinesfalls zu unterschätzen. Gleich darauf ging er mit einem Winken Richtung Bergmannstraße davon. Ich sah ihm noch einen Moment nach und lief dann zurück ins Haus.

Nachdem ich meine Umhängetasche aus der Wohnung geholt hatte, ging ich hinunter in den Keller. Dort gab es eine Tür, die in einen winzigen Hinterhof führte, in dem die älteren Hausbewohner im Sommer ihre Wäsche aufhängten. Vorbei an noch feuchten Bettlaken gelangte ich schließlich durch einen Durchlass in der Mauer in den Hinterhof des angrenzenden Hauses der Parallelstraße. Von dort aus schlug ich einen Bogen zur Bergmannstraße, mischte mich unter die vielen Menschen und ließ mich von ihrem Strom bis zur nächsten U-Bahn-Station treiben. Ich fuhr eine Station, stieg wieder aus und wanderte gemessenen Schrittes so lange, bis ich eine fast menschenleere Straße erreichte. Ich lief bis zur ersten Kreuzung, machte auf dem Absatz kehrt in die Richtung, aus der ich gekommen war, und achtete ganz genau auf die wenigen Passanten. Niemand schien meine Richtungswechsel mitzumachen.

Im Laufschritt landete ich in einem Park, wo ich in ein langsames Tempo wechselte. Dabei sah ich mich immer wieder um und änderte auch hier mehrfach abrupt die Richtung. Obwohl mir der Gedanke an mögliche Verfolger ein mulmiges Gefühl verursachte, spürte ich, wie gut mir die Bewegung tat. Noch eine weitere Stunde wechselte ich zwischen Bus und U-Bahn und drängelte mich schließlich durch das Kaufhaus, bis ich ein wenig atemlos und verschwitzt an dem Fischstand ankam. Adrian wartete dort bereits auf mich und verdrückte gerade ein Heringsbrötchen.

In der Pension, die in der Nähe des Ku'damms lag, hatte ich vor zwei Jahren über mehrere Wochen hinweg in jedem Zimmer eine Wand bemalt. Die Besitzerin war überglücklich gewesen, hatte keine Sekunde lang mit meinem Honorar gehadert und mir versichert, für mich würde stets ein Zimmer bereitstehen, sollte meine Wohnung einmal überschwemmt sein.

Die Darmstädter Straße wurde auf Stadtplänen leicht übersehen, da sie nur ganz kurz war. Dabei lohnte es, sie sich genauer anzusehen. Mit ihren aufwendig restaurierten Altbauten war sie ein kleines Schmuckstück. Ich blieb vor einem dieser Häuser stehen und sah mich noch einmal nach allen Seiten um, bevor ich mit Adrian in den zweiten Stock stieg. Die Pensionswirtin erkannte mich sofort wieder und kam mir mit ausgebreiteten Armen entgegen. Falls ich gekommen sei, um nach meinen Bildern zu sehen, müsse sie mich enttäuschen. Alle Zimmer seien gerade belegt. Seitdem ich mich ihrer Wände angenommen hätte, sei ihre Pension wegen des künstlerischen Ambientes zum Geheimtipp geworden.

Meine Enttäuschung war wohl unübersehbar, denn sie gestikulierte aufgeregt und versicherte mir, für Notfälle gebe es immer noch ein Reservezimmer. Eigentlich eine Kammer, aber gemütlich. Ob wir sie wollten? Nach einhelligem Nicken geleitete sie uns über knarrende Dielen ein Stockwerk höher ans Ende des Flurs, wo sie mir den Schlüssel in die Hand drückte. Ob wir Lust auf ein spätes Frühstück hätten? Bei ihrer Frage meldete sich mein Magen mit einem lauten Knurren. Also ja, meinte sie mit einem Lachen. Sie würde es uns aufs Zimmer bringen, wir sollten ihr zehn Minuten geben.

Kaum hatte ich die Zimmertür geschlossen, drängte ich Adrian, endlich mit der Sprache herauszurücken, aber er wollte zuerst unter die Dusche. Er sei die ganze Nacht unterwegs gewesen und sehne sich nach Wasser. Während ich auf ihn wartete, setzte ich mich ins geöffnete Fenster, das zum Innenhof hinausging. Im obersten Stockwerk des Hinterhauses machte sich gerade eine kleine mollige Frau in Kittelschürze daran, die Treppenhausfenster zu putzen. Ich beobachtete, wie sie auf eine Leiter stieg, den Wassereimer an einen Haken hängte und einen Lappen aus ihrer Schürze zog. Mein Blick wanderte zu den Wolken, die am Himmel aufgezogen waren und diesem Spätsommertag etwas Düsteres verliehen. Einmal mehr machte ich mir bewusst, wer dafür verantwortlich war, dass ich mich in meiner eigenen Stadt in ein Hotel flüchten musste, um meiner Privatsphäre sicher zu sein.

Nachdem die Pensionswirtin uns mit Frühstück versorgt hatte, setzten wir uns um den kleinen Tisch.

»Sie haben alles mitgenommen«, begann Adrian, »die DVDs, Vaters Laptop. Nur den USB-Stick, den hatte ich glücklicherweise die ganze Zeit in der Hosentasche. Nachdem der Mann von diesem Sicherheitsunternehmen alle Wanzen entfernt hatte, habe ich einen Bekannten besucht, der sich mit dem Entschlüsseln von Passwörtern auskennt. Als ich bei *BGS&R* anfing, meinte er mal, falls sie dort findige IT-Leute suchten, wäre er vielleicht genau der Richtige.« Adrian runzelte die Stirn und fuhr sich mit einer Hand durch die noch feuchten Locken. »In jedem Fall ist es ihm gelungen, es zu knacken. Es befanden sich nur zwei Dateien auf dem Stick. Eine ist eine Excel-Datei, in der alle Kunden dieses Auswuches von *BGS&R* aufgelistet sind. Mir sind schon beim Überfliegen der Namen die Augen übergegangen.« Er zog mehrere zusammengefaltete Blätter aus der Gesäßtasche seiner Jeans. »Die andere Datei ist eine Word-Datei und enthält einen Brief an mich. Es ist so eine Art Lebensbericht meines Vaters. Ich würde gerne behaupten, es sei eine Lebensbeichte oder zumindest eine Lebensbilanz, aber dafür ist er immer noch viel zu stolz auf das, was sie geleistet haben.« Adrian faltete die Blätter auseinander und legte sie neben meinen Teller.

Mein Sohn, stand da geschrieben, *du hast mich immer wieder gebeten, dir eine Erklärung für die unerträglichen Geschehnisse der vergangenen Wochen zu nennen. Als seien all die Todesfälle dadurch leichter zu verschmerzen. Das sind sie nicht. Der Zerstörungsprozess, den sie in meinem Geist in Gang gesetzt haben, sollte dir eigentlich Beweis genug sein. Aber ich will deiner Bitte dennoch nach-*

kommen, zumal du diese Zeilen erst dann zu lesen bekommen wirst, wenn dieser Zerstörungsprozess vollendet ist.

Um Adrian die Hintergründe der Morde verständlich machen zu können, müsse er ein wenig ausholen, fuhr Carl fort und beschrieb ausführlich seine studentische Rudermannschaft, deren Zusammenhalt und Ehrgeiz, die vielen Erfolge, die sie sich hart erkämpft hätten. Ihr Team sei so phantastisch gewesen, dass vier von ihnen kurz vor Abschluss ihrer Studienzeit beschlossen hätten, gemeinsam etwas auf die Beine zu stellen. Die Idee, *BGS&R* zu gründen, sei ihnen gekommen, nachdem eine Bekannte aus dem Ruderclub, die von ihrem Mann betrogen wurde, sie um Hilfe gebeten hatte. Sie hätten es als eine Herausforderung empfunden, diesen Mann zu beschatten und Fotos als Beweismaterial für die Scheidung zu liefern. Und es hätte ihnen Spaß gemacht, dem Recht zu seinem Recht zu verhelfen. Warum daraus also nicht eine Profession machen? So hätten sie sich voller Enthusiasmus in dieses Vorhaben gestürzt. Ein Enthusiasmus, mit dem sie ihren Steuermann jedoch nicht hätten anstecken können. Er habe andere Ambitionen gehegt. Und so hätten sich damals ihre Wege getrennt.

Wir wurden in kürzester Zeit überaus erfolgreich, schrieb Carl mit kaum verhohlenem Stolz. *Dabei gelang es uns, BGS&R den Stempel untadeliger Seriosität aufzudrücken. Sehr viel mehr war in diesem Gewerbe eigentlich nicht zu erreichen. Aber wenn auch nur einer von uns dazu geneigt hätte, sich vorschnell mit Erreichtem zufriedenzugeben, hätten wir schon damals, als wir alle in einem Boot saßen, kein zweites Rennen gewonnen. Also stand irgendwann die Idee im Raum, unseren Erfolgen noch eins draufzusetzen. Es fiel uns nicht schwer – wir hatten die besten Voraussetzungen: Wir waren ehrgeizig und hatten Spaß daran, unsere Kräfte zu messen. Der Moment, wenn du etwas fast Unmögliches geschafft hast, wenn du der Sieger bist, hat etwas sehr Erhabenes, Adrian. Er hält in seiner Intensität kaum etwas anderem stand.*

Um diesen erhabenen Moment, diesen Kick, immer wieder auskosten zu können, hatten sie, wie ich Carls Zeilen verstand, neben dem klassischen Detektivgeschäft eine kleine, sehr exklusive Spezialabteilung aus der Taufe gehoben, die nichts anderes tat, als im Kundenauftrag unter der Hand Informationen zu beschaffen.

Das Prinzip ist denkbar einfach. Kontaktiert uns jemand wegen eines zwielichtigen Auftrags, dann lehnen wir diesen Auftrag ganz entschieden ab. Die ernsthaft Interessierten geben sich damit jedoch nicht zufrieden und bohren weiter. Verpackt als Negativ-Beispiel erwähnen wir schließlich sichtlich entnervt den Namen einer Detektei, über die gemunkelt werde, sie könne jede beliebige Information beschaffen. Gleichzeitig warnen wir davor, solche Leute zu beauftragen. In der Regel wird diese Warnung in den Wind geschlagen.

Wendet sich derjenige also an diese Detektei, wird von dort der Auftrag mündlich an eine zweite Detektei weitergeleitet, die sich auch wieder nur mündlich an unsere Spezialabteilung wendet. Es versteht sich von selbst, dass beide Detekteien von unseren Leuten geführt werden, aber nicht bis zu uns zurückverfolgt werden können. So konnten wir den Ruf von BGS&R über Jahrzehnte hinweg absolut sauber halten. Niemals ist auch nur der leiseste Verdacht auf uns gefallen.

Die Informationen würden den Kunden der Spezialabteilung generell nur gegen Barzahlung ausgehändigt. An dieser Stelle nannte Carl die Ziffernfolge des Schweizer Nummernkontos, auf dem sich sein Anteil der Gelder befand.

Um unserem Anspruch gerecht zu werden, wirklich jede

Art von Information beschaffen zu können, mussten und müssen wir uns selbstverständlich immer wieder über eine Reihe von Gesetzen hinwegsetzen. Und da sich Gerüchte nun einmal in alle Richtungen verteilen, besteht immer die Gefahr, einer staatlichen Behörde oder einem dieser Enthüllungsjournalisten ins Messer zu laufen und an einem fingierten Auftrag zu scheitern. Deshalb haben wir es uns zur unumstößlichen Regel gemacht, jeden Kunden ganz genau unter die Lupe zu nehmen, bevor wir die gewünschten Informationen für ihn beschaffen. Von dieser Regel gibt es keine Ausnahme. Das Ganze hat allerdings nicht nur den Sinn, vermeintliche Kunden von echten unterscheiden zu können. Es geht auch darum, Material über den Kunden in die Hand zu bekommen, sollte er irgendwann einer späten Reue erliegen und versuchen, uns auffliegen zu lassen. Wohlgemerkt: Wir sind Händler, keine Erpresser. Wir benötigen lediglich Druckmittel, um im Zweifel jemanden einnorden zu können.

Mein Lachen klang eher wie ein Bellen. »Wenn ich das lese, kommt mir die Galle hoch. Sie sind Händler, keine Erpresser. Klingt, als würden sie sich mit ehrenwerten Kaufleuten auf eine Stufe stellen. Dabei tun sie nichts anderes, als Erpresser mit den erforderlichen Informationen zu versorgen. Und mein Vater hat alles auf deinen geschoben. Ist wirklich bequem: Wer stirbt, ist der Sündenbock, und die anderen sind fein raus.«

»Bevor ich das da gelesen habe, habe ich Alexander tatsächlich geglaubt. Es klang so überzeugend, was er gesagt hat.« Adrian trank einen Schluck Kaffee.

»Ja, darin ist er gut«, meinte ich bitter und suchte die Stelle in Carls Bericht, an der ich abgebrochen hatte.

Falls du dich jetzt übrigens fragst, Adrian, ob wir in jedem Fall erfolgreich waren, unseren Auftraggebern also immer das gewünschte Material liefern konnten, lautet die

Antwort nein. Es gibt tatsächlich Menschen, denen überhaupt nichts anzulasten ist. Nicht einmal das kleinste verwertbare Vergehen, das ihre Karriere ins Trudeln bringen könnte, mit dem sie erpressbar wären. Anders verhält es sich bei den Auftraggebern selbst. Wer den Auftrag erteilt, mit jedem verfügbaren Mittel nach der Schwachstelle eines Widersachers zu suchen, hat so gut wie keine Skrupel, dafür aber umso mehr kriminelle Energie. Solche Leute haben in aller Regel selbst eine Leiche im Keller. Und in der Überzeugung, jeder habe etwas zu verbergen, schließen sie von sich auf andere. Unsere Kunden wissen übrigens nichts von unserer Geschäftspraktik, uns in jedem einzelnen Fall abzusichern.

Alles sei jahrzehntelang gutgegangen, fuhr Carl fort. Nie sei ihnen jemand auf die Spur gekommen. Lediglich ein einziges Mal seien sie unvorsichtig gewesen und wären Gefahr gelaufen, entdeckt zu werden. Diese Geschichte gehe ihm noch heute nach, da sie sich in seinem privaten Umfeld abgespielt und seine professionelle Distanz unterminiert habe.

Gesa, Freias Schwester, habe damals zufällig eines ihrer Treffen belauscht. Es sei heiß hergegangen an diesem Abend in Alexanders Bootshaus. Sie hätten sich gestritten. Johannes hätte kalte Füße bekommen, als er erfuhr, dass die Jungs der Spezialabteilung auch vor dem Abhören von Beichtstühlen nicht zurückschreckten, um an die geforderten Informationen zu kommen.

Vielleicht hatte Gesa die Brisanz unserer Unterhaltung gar nicht erfasst, schrieb Carl. *Sie war noch so jung. Achtzehn, wenn ich mich recht entsinne. Alexander hatte seine Affäre mit ihr – Finja ist übrigens ihr gemeinsames Kind – kurz zuvor beendet. An dem besagten Abend muss sie ihm bis zum Bootshaus gefolgt sein, um noch einmal mit ihm zu reden. Als sie an die Tür des Bootshauses klopfte, wussten wir nicht, ob und wenn ja, wie viel sie belauscht hatte. Aber wir durften auch kein Risiko eingehen. Alexander befürchtete vielleicht nicht ganz zu Unrecht, Gesa könnte versuchen, ihn mit dem Belauschten unter Druck zu setzen. Also mussten wir sie aus dem Verkehr ziehen.*

Mir stockte der Atem, als ich diesen Satz las: *Wir mussten sie aus dem Verkehr ziehen.* Wenn sie tatsächlich getan hatten, was ich befürchtete, sollten sie dafür in der Hölle schmoren. Es drängte mich, weiterzulesen, gleichzeitig fürchtete ich mich davor. Ich zündete eine Zigarette an und inhalierte den Rauch so tief, dass ich husten musste. Als sich meine Bronchien endlich beruhigt hatten, nahm ich die Blätter erneut zur Hand.

Alexander hat Gesa noch am Abend ein starkes Schlafmittel verabreicht, das sie in einen fast todesähnlichen Schlaf fallen ließ. Als er sie gegen Morgen weckte, behauptete er, sie habe in der Nacht versucht, erst ihr Kind und dann sich selbst zu töten. Aus unerwiderter Liebe. Gesa, die kurz darauf in eine Nervenklinik verfrachtet wurde, konnte sich an nichts erinnern. Ihr Kind blieb bei ihm und Freia. Später ist Finjas leibliche Mutter dann bei einem Wohnungsbrand in Berlin ums Leben gekommen. Ein Jammer, ich habe das Mädchen wirklich gemocht.

*

Weit entfernt von ihrem früheren Viertel begann Gesa als Eva-Maria Toberg ein neues Leben. Von einem Tag auf den anderen war sie nun nicht mehr fünfundzwanzig Jahre alt, sondern neunzehn, eine Tatsache, die leicht zu vertuschen sein würde. Die erste Woche verbrachte sie in einem heruntergekommenen Hotel in der Nähe des Bahnhofs. Hier schien niemand auf den anderen zu achten, und das kam ihr gerade recht. So scherte sich auch niemand darum, dass sie ihr Äußeres innerhalb weniger Tage von Grund auf veränderte. Als Gesa hatte sie in den vergangenen Jahren nichts mehr aus sich gemacht, sondern ihre Unscheinbarkeit gepflegt, um nicht aufzufallen. Als Eva-Maria erfand sie sich neu. Angefangen bei ihren Haaren, die sie bis zu den Ohrläppchen kürzte, hennarot färbte und denen sie eine Dauerwelle verpasste. Bis hin zu ihrer Kleidung, die sich von nun an stets an aktueller oder ausgefallener Mode orientieren würde.

Eva-Marias alten, zerkratzten Koffer entsorgte sie in einer entlegenen Mülltonne. Ebenso die wenigen Habseligkeiten, die ihre ehemalige Mitbewohnerin darin verwahrt hatte. Sie behielt lediglich Ausweis, Geburtsurkunde und Schulzeugnisse. An dem Tag, an dem sie die Zusage für ein Zimmer in einer WG erhielt, packte sie alles in eine neu erstandene Reisetasche, bezahlte ihre Rechnung in dem Hotel und betrat auf dem Weg in ihr neues Leben eine katholische Kirche.

Im Seitenflügel kniete sie nieder und zündete unter den Augen einer Marienfigur eine Kerze für Eva-Maria an. In einer stummen Zwiesprache verabschiedete sie sich von ihr. Sie versprach, etwas aus dem Leben zu machen, das ihr auf so tragische Weise geschenkt worden war, und sorgsam damit umzugehen.

Zwei Wochen nach ihrem Einzug in die WG nahm Eva-Maria zunächst eine Hilfsarbeit in einem Museum an, bis sie sich ein Vierteljahr später um einen Ausbildungsplatz zur Restauratorin bewarb und ihn kurz darauf bekam. Auch in ihrem neuen Leben traute sie sich nicht, als kreative Künstlerin zu arbeiten. Doch sie wollte der Malerei unbedingt treu bleiben. Und so lernte sie, die Bilder anderer Künstler zu restaurieren. Etwas, das ihr mit der Zeit eine große Befriedigung verschaffte.

Immer noch war sie voll von Sorge, auf der Straße je-

mandem zu begegnen, der Gesa Minke gekannt hatte. Als es tatsächlich geschah, war es ein Gefühl, als müsse sie jeden Moment zur Salzsäule erstarren. In einer Schlange beim Bäcker stehend, hatte sie sich zufällig umgedreht. Nur drei Wartende standen zwischen ihr und einem ihrer ehemaligen Kirchenmalerkollegen. Doch er schien völlig desinteressiert an allem, was um ihn herum vor sich ging. Ohne das geringste Stocken huschte sein Blick über sie hinweg. Eva-Maria atmete auf. Er hatte sie nicht erkannt.

Am Abend trug sie dieses Erlebnis in ihr Tagebuch ein. Bereits einen Tag nach ihrem Identitätswechsel hatte sie ein neues erworben. Denn auch als Eva-Maria Toberg beschrieb sie die weißen Seiten regelmäßig mit dem, was sie den Tag über erlebt hatte. Sollte ihr die Erinnerung noch einmal verlorengehen, konnte sie sich sicher sein, sie hierin wiederzufinden. Damit es nicht in fremde Hände fiel, trug sie das Heft stets bei sich.

Nach all dem, was hinter ihr lag, war es ihr leichtgefallen, Gesa Minke zurückzulassen. Zentnerschwer war ihr das Herz nur geworden, als sie Finjas Bilder gezwungenermaßen in winzige Fetzen gerissen hatte. In einer WG mit unverschlossenen Türen und der Neigung ihrer Mitbewohner, sich aus fremden Schubladen das eine oder andere auszuleihen, hätten sie nur unliebsame Fragen aufgeworfen.

18

Minutenlang hielt ich Carls Brief in Händen und starrte darauf. Meine Augen hatten sich mit Tränen gefüllt, so dass die Buchstaben auf den Blättern verschwammen. Ich versuchte, Adrian meine Gefühle zu beschreiben, aber ich fand keine Worte dafür. Was die Männer getan hatten, bewegte sich jenseits meiner Vorstellungskraft. Meiner Mutter hatten sie das Kind genommen und mir die Mutter. Unwiederbringlich. Sie hatten Gesa für verrückt erklärt und vorübergehend weggesperrt. Und das alles nur, weil der Hauch einer Gefahr bestanden hatte, sie könne etwas über ihre Geschäftspraktiken erfahren haben.

Ich ging zum Fenster und versuchte, nicht völlig die Fassung zu verlieren. Auf der Suche nach einem Halt wanderte mein Blick durch den Innenhof und an der Fassade des Hinterhauses hinauf. Die Frau, die dabei war, die Treppenhausfenster zu putzen, machte gerade eine Zigarettenpause. Sie hatte sich halb auf die Fensterbank gesetzt und schnippte die Asche in den Hof. Sekundenlang begegneten sich unsere Blicke, bevor sie sich abwandte.

Ich wollte tief Luft holen, hatte aber das Gefühl in einem viel zu engen Panzer zu stecken. Die Rolle, die mein Vater in jener Nacht gespielt haben sollte, brachte mich an den Rand dessen, was ich ertragen konnte. Meine Gedanken überschlugen sich auf der Suche nach Erklärungen, nach Entschuldigungen. Vielleicht war er von den anderen gezwungen worden, vielleicht war er betrunken gewesen.

Gleichzeitig war mir bewusst, wie sinnlos diese Gedanken waren. Sie beschrieben lediglich einen Umweg. Am Ziel wartete die immer gleiche Erkenntnis, dass mein Vater auf unvorstellbare Weise in das Leben meiner Mutter und in meines eingegriffen hatte.

Adrian hatte geahnt, dass mich ganz besonders dieser Teil von Carls Ausführungen umhauen würde. Er saß neben mir, strich über meinen Rücken und flüsterte Worte, die mich beruhigen sollten. Aber es gab keinen Trost. Meine leibliche Mutter war tot. Und das nicht etwa, weil sie zur falschen Zeit am falschen Ort gewesen war, wie es immer so lapidar hieß. Sie war tot, weil vier Egomanen in einer Nacht-und-Nebel-Aktion die Weichen ihres Lebens verstellt hatten.

Es dauerte seine Zeit, bis ich fähig war, mit dieser zutiefst bedrückenden Lektüre fortzufahren. Für Sekunden spürte ich den Impuls, die Blätter zu zerreißen und schließlich zu verbrennen. Damit nichts von ihnen übrig blieb. Aber ich überwand ihn und las weiter.

Von Jahr zu Jahr wurden wir versierter und gleichzeitig erfolgreicher. Und das sicher nicht zuletzt wegen der sich ständig verbessernden Technik. Schon wenige Jahre nach Gründung unserer Sonderabteilung konnten wir uns zugutehalten, tatsächlich an jede Information heranzukommen – vorausgesetzt, sie existierte. Wir häuften Dossier auf Dossier und sammelten damit eine beachtliche Macht. Bis schließlich alles aus dem Ruder lief. Es traf uns völlig unvorbereitet.

Tobias habe einen Routineauftrag angenommen. In dem bewährten Procedere sei seine Abteilung dafür angeheuert worden, einem Stammkunden Informationen über die Angebotsabgabe eines Wettbewerbers zu liefern. Der Auftraggeber habe seinen Konkurrenten bei der Übernahme eines Unternehmens überbieten und damit aus dem Feld schlagen wollen. Routine, wie Carl ein weiteres Mal betonte. Innerhalb kürzester Zeit seien die Informationen geliefert und bezahlt worden. Gleichzeitig hätte Hartwig Brandt, der zuständige Mitarbeiter, damit begonnen, das Dossier des Stammkunden auf den neuesten Stand zu bringen.

Auch das ist eine Maxime, schrieb Carl. *Sich nie begnügen, nie in Sicherheit wiegen, selbst bei Stammkunden nicht oder Leuten, die einem persönlich bekannt sind. Immerhin könnte über deren bislang dokumentierte Verfehlungen inzwischen so viel Gras gewachsen sein, dass sich damit im Notfall kein Druck mehr erzeugen ließe. Inhaltlich interessieren wir uns übrigens für die Dossiers über unsere Auftraggeber nur dann, wenn sie selbst einmal zum Zielobjekt eines anderen Kunden werden. Solch ein Auftrag ist richtig lukrativ, wie du dir vorstellen kannst. Immerhin wurde die notwendige und meist sehr aufwendige Arbeit bereits geleistet. Aber das nur am Rande.*

Zurück zum eigentlichen Thema: Das Material, das wir über unseren Stammkunden gesammelt hatten, war zuletzt vor zwei Jahren aktualisiert worden. Es enthielt jede Menge Informationen über Korruption und Erpressung. Der Mann, um den es hier geht, mischt seit Jahrzehnten erfolgreich an der Spitze der Wirtschaft mit, seine Firmensitze sind ebenso gut gesichert wie seine privaten Domizile. Ihn auszuspionieren, ist schon eine beachtliche Herausforderung. Und der sollten sich unter anderem zwei vielversprechende Kolleginnen von Hartwig Brandt stellen, die kurz vor dem Abschluss ihrer internen Ausbildung standen und denen noch die praktische Prüfung fehlte. Die Aufgabe lautete: Besorgt etwas Verwertbares über die Zielperson, in diesem Fall den Stammkunden.

Die jungen Mitarbeiterinnen sollten in eines der Ferienhäuser des Mannes eindringen, das genau wie sein Haupt-

domizil bis zum Schornstein gesichert ist. In solche Häuser gelangst du nur unter einem Vorwand und mit Ablenkungsmanövern. Dazu muss nur ein einziger Mensch dort arbeiten. Das ist der menschliche Faktor, der jede noch so taugliche Alarmanlage überlistet. In diesem Fall begegnete er unseren Leuten in Gestalt der Zugehfrau, die während der Abwesenheit ihres Arbeitgebers einmal in der Woche nach dem Rechten sieht, jedes Mal ausgiebig lüftet und die Blumen gießt. Also hat eine der Mitarbeiterinnen geklingelt, völlig aufgelöst behauptet, sie sei ein paar Häuser weiter bei Familie Soundso zu Besuch, und ihr Hund sei ihr durch die Gärten entwischt. Es sei ein Malteserwelpe, er sei noch so klein, dass ihn kein Zaun aufhalten könne. Möglicherweise habe er sich erschreckt und sitze jetzt voller Angst irgendwo im Gebüsch. Ob sie nicht einmal gemeinsam im Garten nachsehen könnten ... Du kannst dir vorstellen, wie einfach es schließlich für die zweite Mitarbeiterin war, durch eines der geöffneten Fenster ins Haus einzusteigen.

Wir stellen sehr hohe Ansprüche an die Ausbildung unserer Mitarbeiter, wie du weißt. Und das gilt erst recht für die Leute, die in Tobias' Abteilung aufgenommen werden. Da sie in einer sehr viel härteren, vor allem gefährlicheren Liga spielen, unterliegen sie ganz besonderen Auswahlkriterien. Sie sind absolute Profis, stressresistent, über jeden Zweifel erhaben, und vor allem haben sie ihre wunden Punkte im Griff. So jemand darf nicht schwach werden, sonst könnte er unser gesamtes Gerüst ins Wanken bringen. Die Leute werden nach außen hin wie alle anderen Mitarbeiter von BGS&R bezahlt, bekommen allerdings beträchtliche Boni, die auf Schweizer Nummernkonten eingezahlt werden und ihnen nach Ausscheiden aus der Detektei übereignet werden. So ein Vertrag läuft in der Regel über zehn Jahre. Wenn die Leute uns verlassen und gelernt haben, vernünftig zu wirtschaften, sind sie bis an ihr Lebensende saniert. Aber ich schweife ab.

Während der Hausherr an seinem Hauptwohnsitz im Kreise von Ehefrau und riesigem Freundeskreis seinen siebzigsten Geburtstag gefeiert habe, habe die junge Mitarbeiterin sein Ferienhaus nach verwertbarem Material abgegrast. Dabei habe sie sich vorrangig auf Verstecke konzentriert, die nicht als solche ins Auge gefallen seien, wie zum Beispiel eine DVD-Sammlung, die offen im Regal stand. Immerhin gebe es Männer, die ihre kleinen schmutzigen Geheimnisse auf Datenträgern vermeintlich langweiligen Inhalts abspeicherten. Inhalte wohlgemerkt, für die sich die eigene Ehefrau keinesfalls interessiere. Bei dieser Art, seine Geheimnisse zu verbergen, komme noch der Kitzel hinzu, sie für alle sichtbar zu präsentieren.

Die junge Frau hat sich also eine der DVDs, die als Mitschnitt eines Mitarbeitermotivationsseminars getarnt war, herausgegriffen, hat sie in ihr mobiles Lesegerät geschoben und im Schnelldurchlauf bis fast zum Ende gespult. Bei dem, was sie dort zu sehen bekam, handelte es sich jedoch nicht wie sonst üblich um Filmmaterial über ausgefallene Sexspiele, sondern um die Bild gewordenen Phantasien eines Sadisten, der sich am Morden während des Geschlechtsverkehrs berauschte.

Die beiden Mitarbeiterinnen übergaben die DVD – mit den Fingerabdrücken des Stammkunden darauf – Hartwig Brandt, womit der Auftrag für sie erledigt und die Prüfung bestanden war. Bevor er den Datenträger dem Dossier hinzufügte, vergewisserte er sich der Qualität des Materials.

»Wie menschenverachtend muss man eigentlich sein, um sich bei solchen Aufnahmen der Qualität des Materials zu vergewissern?«, fragte ich Adrian über die Blätter hinweg. »Die kommen mir vor wie Roboter, denen es einzig darum geht, ihren Job runterzuspulen, ohne einen einzigen Gedanken daran zu verschwenden, was diese Arbeit beinhaltet. Solche Leute bezeichnet Carl als absolute Profis.«

Adrian war seine Erschöpfung anzusehen. Er schloss die Augen und massierte sich den Nacken. »Als ich das gelesen habe, habe ich mir die gesamte Zeit über gewünscht, der Mann, der das geschrieben hat, sei ein Fremder. Letztlich ist er das ja auch. Aber er war auch mein Vater. Selbst wenn ich wollte, könnte ich ihn nicht aus meinem Leben ausblenden. Dir brauche ich wohl nicht zu beschreiben, was für ein Gefühl das ist.«

Ich legte die Blätter auf den Tisch, ging ins Bad und trank kaltes Wasser aus der Leitung. Dann formte ich meine Hände zu einer Schale, ließ Wasser hineinlaufen und benetzte mein Gesicht damit. Schließlich sah ich in den Spiegel. Die Wassertropfen auf meinen Wangen hätten genauso gut Tränen sein können. Ich verbarg mein Gesicht in einem Handtuch und blieb sekundenlang so stehen. Bis ich das Rauschen in meinem Kopf nicht mehr ertrug und zurück ins Zimmer ging. Ich setzte mich auf die Fensterbank und sah Adrian stumm an. In meinem Kopf ging es drunter und drüber. Es war ein Gedankenkarussell, das sich immer schneller zu drehen schien. Als sich ein Gedanke in den Vordergrund schob, setzte ich mich wieder an den Tisch.

Ich ging noch einmal ein Stück zurück in Carls Ausführungen. »Hier schreibt dein Vater, dass der Stammkunde seine DVD als Mitschnitt eines Mitarbeitermotivationsseminars getarnt hat. Erinnerst du dich an die DVD, auf der wir überhaupt nichts Interessantes entdecken konnten?«

Adrian nickte. »Daran musste ich auch sofort denken. Ich bin froh, dass wir sie nicht bis zum Ende gespult haben.« Er zeigte auf die Blätter. »Lies weiter, Finja.«

Hätte Hartwig Brandt einfach nur seine Arbeit getan,

fuhr Carl fort, *hätte er sich an die Vorschriften gehalten und das Material ohne jede moralische Wertung gesichtet, wären Cornelia, Hubert, Amelie und Kerstin noch am Leben. Aber zum ersten Mal in all den Jahren, in denen er für BGS&R wirklich hervorragende Arbeit geleistet hat, haben ihm seine Gefühle einen Streich gespielt. Zugegeben: Ein solches Video ist starker Tobak, wenn man so etwas zum ersten Mal sieht. Andererseits ist es genau das Material, nach dem wir suchen.*

Immer noch fiel es mir schwer zu glauben, dass diese Zeilen von Carl geschrieben worden waren, von diesem Menschen, der seine Frau über alles geliebt hatte, der nach ihrem Tod zusammengebrochen war. *Starker Tobak, wenn man so etwas zum ersten Mal sieht.* Als könne das Entsetzen darüber von Mal zu Mal abflachen. Aber dann wurde mir bewusst, dass Carls Wortwahl mit Entsetzen nicht das Geringste zu tun hatte. Er hatte in einer Welt gelebt, in der das Grauen als Superlativ gehandelt wurde.

Hartwig Brandt hat sich diese Filmaufnahme wohl einen Moment zu lang angesehen. Schließlich glaubte er, in dem Mann, der da gerade eine junge Frau ermordete, unseren Stammkunden zu erkennen. Er ist damit zu Tobias gegangen und hat ihn dafür gewinnen wollen, dem Mann das Handwerk zu legen. Er schlug vor, die DVD anonym mit einem entsprechenden Hinweis auf den Täter an die Staatsanwaltschaft zu schicken. Damit hätte er jedoch eine unserer ehernsten Regeln verletzt, die da besagt: Nie, unter gar keinen Umständen werden Behörden eingeschaltet. Fängst du erst einmal an, eine Ausnahme zu machen, Adrian, wird das gesamte System aufgeweicht. Dann kommt morgen eine Mitarbeiterin und stößt sich an sexistischem Verhalten eines Kunden. Dem Nächsten gefällt es nicht, wenn Abermillionen von Steuern hinterzogen werden. Jeder hat seinen eigenen kleinen moralischen See, den er nicht getrübt sehen will. Also musst du dem Ganzen einen Riegel vorschieben, und zwar ausnahmslos.

Nach Sichtung des Materials ist Tobias zum Schein auf Hartwig Brandts Vorschlag eingegangen. Er hat ihn damit beauftragt, in dem Ferienhaus nach weiteren DVDs ähnlichen Inhalts zu suchen. Als Grund hat er angegeben, er wolle erst ganz sichergehen, dass es sich tatsächlich um einen von dem Stammkunden selbstproduzierten Film und nicht um einen gekauften handelte. Was Hartwig Brandt nicht wusste: Tobias verfolgte lediglich eigene Interessen.

Hartwig Brandt habe die beiden Mitarbeiterrinnen ein paar Tage später noch einmal losgeschickt, um dem Ferienhaus des Stammkunden einen weiteren Besuch abzustatten. Dieses Mal ausgerüstet mit einem Kuchen für die Zugehfrau als Dankeschön für die Beteiligung an der Welpen-Suchaktion. Die Auslese dieser Aktion seien sechs weitere DVDs fast identischen Inhalts gewesen – wechselnde Frauen, die immer demselben Mörder zum Opfer fielen.

Die Rekonstruktion der Ereignisse hat ergeben, dass der Stammkunde von den Diebstählen Wind bekommen haben muss. Wie, kann ich dir nicht sagen. Wir haben jedoch vermutet, dass der Raum, in dem die DVDs im Regal lagerten, von einer versteckten Kamera überwacht wurde. Nach dem ersten Diebstahl muss der Kunde sein Überwachungsaufgebot aufgestockt haben. Denn unsere beiden Mitarbeiterinnen haben sich sofort nach ihrem zweiten Besuch in dem Haus mit Hartwig Brandt in Verbindung gesetzt. Sie hatten den Verdacht, verfolgt zu werden, und wollten auf Nummer sicher gehen. Also verursachten sie an einer Stelle, die sie zuvor mit Hartwig Brandt verabredet hatten, einen leichten Auffahrunfall mit ihm und übergaben ihm während des vorgetäuschten Streits die DVDs. Schließlich parkten sie ihren Wagen am Straßenrand und machten sich zu Fuß aus dem Staub.

Von unterwegs meldete Hartwig Brandt sich bei Tobias und teilte ihm mit, dass das Täuschungsmanöver nicht gefruchtet habe. Wer immer sich ihm an die Fersen geheftet habe, sei ein absoluter Profi. Er werde deshalb versuchen, die DVDs vom nächsten Postamt aus an Tobias zu schicken. Den Umschlag hat Tobias zwei Tage später tatsächlich erhalten, aber von Hartwig Brandt fehlt seitdem jede Spur.

Kurz darauf erhielt ich eine Todesanzeige, die Huberts Tod ankündigte. Als letzter Satz stand ganz unten, anstelle von zugedachten Blumen und Kränzen sei das Diebesgut an den rechtmäßigen Besitzer zurückzugeben. Ich habe das Ganze tatsächlich für einen schlechten Scherz gehalten. Bis deine Mutter und dein Bruder bei diesem Unfall ums Leben kamen.

Als dann auch Kerstins Tod eine Ankündigung vorausging, rückte Tobias endlich mit der Sprache heraus. Er berichtete uns von der Sache mit den DVDs, von Hartwig Brandts Verschwinden und sprach die Vermutung aus, unser Mitarbeiter könne kassiert und enttarnt worden sein. Keinen Moment lang bezweifelte er die Zuverlässigkeit dieses Mannes. Sein Verschwinden könne also nur bedeuten, dass er nicht mehr am Leben sei, dass man ihm vor seinem Tod jedoch Informationen über seinen Auftraggeber abgerungen habe.

Ich ließ die Blätter sinken und versuchte, meine Schultern zu lockern. »Wie bringst du einen hartgesottenen Mitarbeiter dieser Schmutzabteilung zum Reden?«, fragte ich Adrian. »Durch Folter?« Mein gesamter Körper schien von einer Gänsehaut überzogen zu sein. Was ich da Zeile um Zeile las, schien einem Alptraum zu entstammen, aber nicht dem Umfeld, in dem ich aufgewachsen war.

Adrian saß stumm da, hatte die Ellbogen auf die Knie gestützt und das Gesicht in den Händen verborgen. Ich wusste nicht, ob er mir überhaupt zugehört hatte.

»Das heißt, dem Absender der Todesanzeigen ging es einzig und allein um die DVDs, oder?«, fragte ich leise.

Adrian nickte. »Nach Kerstins Tod hat Tobias sie diesem Stammkunden geschickt. Vorher hat er allerdings Kopien gemacht. Ich nehme an, dass sich eine davon in dem Umschlag befand, den wir bei deinem Vater gefunden haben.«

Einen Moment lang hatte ich das Gefühl, mir würde der Boden unter den Füßen weggezogen. »Aber warum hat der Kerl dann noch Amelie umbringen lassen? Er hat die DVDs doch zurückbekommen.«

Meinem Schwager standen Tränen in den Augen. Er deutete auf die Blätter in meiner Hand. »Da steht, dass zwei DVDs nicht wieder bei ihrem Eigentümer angekommen sind. Hartwig Brandts Mitarbeiterinnen haben bestätigt, dass sie beim zweiten Besuch in dem Ferienhaus sechs Datenträger entwendet haben. Mit dem ersten waren es also insgesamt sieben. Zurückgegeben wurden aber nur fünf. In dem Umschlag, den Hartwig Brandt an Tobias geschickt hat, befanden sich vier. Mit der einen, die sich bereits in Tobias' Besitz befand, waren es fünf. Die zwei fehlenden kann Hartwig Brandt jedoch nicht bei sich gehabt haben, als sein Verfolger ihn zu fassen bekam, sonst hätte der Eigentümer ja Ruhe gegeben.«

Ich versuchte nachzuvollziehen, was Adrian mir da erklärte, und runzelte die Stirn. »Das bedeutet?«

»Wie mein Vater schreibt, hat Tobias wohl vermutet, dass Hartwig Brandt bewusst zwei DVDs zurückbehalten hat, um sie an sich selbst oder eine Vertrauensperson zu schicken und dann anonym Anzeige erstatten zu können, sollte Tobias sich nicht dazu durchringen. Tobias hat Hartwig Brandts Wohnung durchsuchen und den Briefkasten öffnen lassen, aber nichts gefunden. Die Datenträger müssen irgendwo anders gelandet sein.« Adrian holte tief Luft und legte dabei eine Hand auf die Brust, als habe er Schmerzen. Er sah mich mit einem Blick an, der mir ins Herz schnitt. »Mein Vater nimmt an, Amelies Tod sei schließlich eine einzige Machtdemonstration gewesen«, fuhr er mit leiser Stimme fort. »Zu verstehen als Botschaft, dass dieser Mann in jedem Fall stärker ist als die Partner von *BGS&R* – gleichgültig, ob die beiden fehlenden DVDs sich noch in deren Besitz befinden oder nicht.«

Minutenlang saß ich da und wünschte mir, mein Gehirn gleiche einer Festplatte, deren Dateien sich bei Bedarf löschen ließen. Wie sollten wir je damit fertig werden, dass vier Unschuldige hatten sterben müssen, weil vier geld- und machthungrige Männer an den Falschen geraten waren? An einen, der skrupelloser war, an einen Sadisten und Mörder?

Wie sollte ich damit umgehen, dass mein Vater ein Verbrecher war? Ich sah ihn vor mir, diesen Mann, den ich bis vor kurzem mit großer Selbstverständlichkeit geliebt hatte, den ich als liebevoll und beschützend wahrgenommen hatte. Hätte ich die Seiten aufzählen sollen, die mich an ihm störten, wären mir als Erstes sicherlich seine bedingungslose Leistungsorientierung eingefallen und seine Arroganz, die er an den Tag legen konnte. Aber Begriffe wie Gewinnmaximierung und Machtstreben um jeden Preis wären mir im Zusammenhang mit ihm nicht in den Sinn gekommen.

Mir kam es vor, als hätte ich einen völlig anderen Menschen kennengelernt als den, von dem Carls Bericht unter anderem handelte. Hatte ich ihn idealisiert, um wenigstens bei einem Elternteil Geborgenheit zu finden? Ich wusste keine Antwort darauf. Ich spürte nicht einmal mehr diese tiefe Verbundenheit. Sie schien verschüttet zu sein wie das Fundament eines Hauses nach einem schweren Erdbeben.

Es war kurz vor zwei, und ich brauchte eine Pause. Lang waren wir um diese engbedruckten Blätter gekreist, ohne dass ein Ende in Sicht war. Minutenlang stellte ich mich unter die Dusche, als könne ich damit den Schmutz und das Grauen wegwaschen, die sich wie ein klebriger Film auf meine Haut gelegt zu haben schienen. Ich hielt das Gesicht in den Wasserstrahl und versuchte, an nichts zu denken. Genauso gut hätte ich versuchen können, die Schwerkraft auszuschalten.

Mein Schwager lag auf dem Bett, als ich ins Zimmer zurückkehrte. Er hatte die Arme über die Augen gelegt.

Ich setzte mich auf den Bettrand. »Weißt du, was mir nicht in den Kopf will, Adrian? Dass unsere Väter bei der ersten Todesanzeige an einen schlechten Scherz geglaubt haben wollen. Sie müssen sich im Lauf der Jahre so viele Menschen zu Feinden gemacht haben und kommen nicht als Erstes auf die Idee, eines ihrer Bespitzelungsopfer könne doch auf irgendeinem Weg herausgefunden haben, wer hinter alldem steckt, und es auf Rache abgesehen haben? Kein System funktioniert hundertprozentig. Was ist das? Selbstherrlichkeit? Die Überzeugung, grandios zu sein? Als könne niemand ihnen etwas anhaben? Sie müssen vollkommen die Bodenhaftung verloren haben.«

Adrian nahm die Arme vom Gesicht und drehte den Kopf in meine Richtung. »Ich glaube, dass sie sich mit jedem Jahr, in dem sie nicht aufgeflogen sind, unantastbarer gefühlt haben. Und mächtiger. Nach dem Motto: Uns bringt niemand zu Fall. Irgendwann wird diese Vorstellung ihr Denken bestimmt haben.« Er klang wie jemand, der noch nicht einmal den beschwerlichsten Teil seiner Reise hinter sich gebracht hatte und sich zu fragen schien, wie er in seinem Zustand den Rest bewältigen sollte.

»Aber Tobias hätte wissen müssen, was da vor sich ging«, gab ich zu bedenken. »Selbst in seiner Abteilung wird es nicht zum Tagesgeschäft gehören, dass Mitarbeiter einfach spurlos verschwinden, wenn sie gerade erst solch explosives Material in ihren Besitz gebracht haben. Und er wusste, wie explosiv es ist. Immerhin wäre dieser Stammkunde für sehr lange Zeit hinter Gittern gelandet, sollte er tatsächlich auf den Filmen zu erkennen sein. Deshalb hätte schon bei der ersten Todesanzeige klar sein müssen, worum es hier geht.«

»Das war es wohl auch«, sagte Adrian und setzte sich auf, um sich gegen das Kopfende des Bettes zu lehnen. »Aber Tobias war etwas anderes wichtiger«, sagte er in einem Tonfall, der seine tiefe Erschütterung ahnen ließ. »Mein Vater schreibt, Tobias habe auf der DVD, die Hartwig Brandt ihm vorgespielt hatte, etwas erkannt, was er durch den Diebstahl weiterer Datenträger zu verifizieren hoffte. Und …«

»Ja, den Stammkunden«, unterbrach ich ihn.

Er nickte. »Aber eben nicht ausschließlich. Lies es selbst, dann verstehst du, was ich meine.«

Ich stand auf, um mir Carls Bericht vom Tisch zu holen. *Wir sind mit Tobias hart ins Gericht gegangen*, las ich. *Hätte er uns rechtzeitig eingeweiht, hätten wir auch nur die leiseste Ahnung davon gehabt, womit er sich da gerade befasste, wäre allen Beteiligten viel Leid erspart worden. Wir hätten dafür gesorgt, dass die DVDs unverzüglich zurückgegeben werden. Vielleicht hätte dieses Schwein trotz alledem seine Macht über uns alle demonstriert, so wie er es schließlich bei Amelie getan hat. Aber dann hätte es einen Toten gegeben und nicht vier.*

Nur einen anstatt vier – wie simpel das klang. Ich fragte mich, ob die Unmengen von Whiskey, die Carl vor seinem Tod konsumiert hatte, zu dieser Abstumpfung beigetragen hatten, oder ob er schon immer so gewesen war.

Es ist nicht so, dass wir anderen völlig blauäugig waren.

Nach Huberts und Cornelias Tod hat Johannes Tobias gefragt, ob es irgendetwas gebe, was wir anderen wissen sollten. Das war der Zeitpunkt, zu dem Johannes die Todesanzeige für Kerstin unter seinem Scheibenwischer gefunden hatte. Tobias gab uns zur Antwort, es gebe nichts, das über das übliche Tagesgeschäft hinausgehe. Erst als auch Kerstin umgebracht worden war und wir ihn massiv unter Druck gesetzt hatten, hat er uns in die Vorgänge eingeweiht.

Die Umstände, die hier aufeinandertrafen, lassen sich nur als fatal bezeichnen. Beginnend bei Hartwig Brandt, der dieses Filmmaterial nicht mit seinem Gewissen vereinbaren konnte. Und endend bei Tobias, der nicht nur diesen Stammkunden, einen früheren Freund von uns allen, darauf erkannt hatte, sondern auch ein Detail, das für ihn alles andere in den Schatten stellte. Das ihn die Todesdrohungen gegen unsere Kinder ignorieren ließ. Unvorstellbar. Und dennoch nachvollziehbar, so schwer es mir fällt, dies so zu Papier zu bringen.

Letztlich drehte sich für ihn alles um Mathilde, seine Verlobte, die ein paar Wochen vor ihrer gemeinsamen Hochzeit vor fast vierunddreißig Jahren einem Verbrechen zum Opfer gefallen ist. Tobias hat ihren Tod nie verwunden. Er hat nie aufgegeben, nach Spuren zu suchen, die ihn zu dem Täter hätten führen können, dem in den Folgejahren wegen der jeweils gleichen Handschrift noch zwei weitere Morde angelastet wurden. Bei den Opfern handelte es sich ausnahmslos um junge, blonde, grazile Frauen, die auf die immer gleiche Weise umgebracht wurden: erwürgt mit einer schmalen Gliederkette, die eigentlich als Würgehalsband für Hunde konstruiert war. Dieses Detail spielte auch bei den Morden, die auf den DVDs festgehalten waren, eine entscheidende Rolle. Und auch dort waren die Opfer jung, blond, zart.

Es ist mir unmöglich, Tobias für das, was er uns allen mit seinem langen Schweigen angetan hat, nicht zu verdammen. Ich kann nachvollziehen, was in ihm vorgegangen sein muss, als er die erste der DVDs sah. Aber in meinen Augen wird es niemals zu einer Rechtfertigung reichen. Keine der Frauen, die zu Tode gekommen sind, hätte er wieder lebendig machen können. Weder Mathilde noch die anderen.

Aber er ist besessen. Seitdem er sich diese DVDs angesehen hat, ist er nicht mehr zur Ruhe gekommen. Die einzigen Fragen, die ihn seither beschäftigen, sind die: Stellt das Detail in dem Film nur zufällig eine Übereinstimmung mit den früheren Morden dar? Hat sich der Mann, um den es hier geht, also möglicherweise von den früheren Morden inspirieren lassen? Oder handelt es sich bei ihm und Mathildes Mörder um ein und dieselbe Person? Beweisen ließe sich das nur durch Vergleiche von Spurenmaterial dieser früheren Morde mit beispielsweise der DNA dieses Mannes. Aber dafür müsste Tobias ihn anzeigen. Insofern ist er in einem Teufelskreis gefangen. Sollte er das tatsächlich tun, würde der Mann keine Sekunde lang zögern und BGS&R mit in den Abgrund reißen. Daran besteht weder für uns noch für Tobias auch nur der geringste Zweifel.

Er wird also mit dieser Ungewissheit leben müssen, denn er wird es nie mit letzter Gewissheit herausfinden können. Vielleicht wird dir Ungewissheit als eine vergleichsweise geringe Strafe erscheinen, Adrian, aber ich kenne Tobias: Diese Last wird ihn mehr und mehr erdrücken. Sie hat ihr Werk vor langer Zeit begonnen und wird es irgendwann vollenden.

Als ich diese letzte Zeile gelesen hatte, ließ ich die Blätter auf meine Oberschenkel sinken und sah Adrian fassungslos an. »Ist das nicht eine Ironie des Schicksals? Hartwig Brandts Auftrag ging tatsächlich zunächst nicht über deren übliches Tagesgeschäft hinaus. Hätte er den

Mann nicht erkannt, wäre die erste DVD in dem Dossier gelandet, und niemand in der Detektei hätte sich auch nur einen Deut dafür interessiert. Und es hätte keine Rolle gespielt, dass da jemand mordet und seine perversen, sadistischen Phantasien auslebt.« Ich atmete gegen die Übelkeit an, die von meinem Magen aufstieg und meine Speiseröhre zu verbrennen schien.

Adrian starrte vor sich hin. »Wenn ich versuche, die vier irgendwie einzuordnen, komme ich immer wieder auf den Begriff Monster«, sagte er kraftlos. »Aber sie entstammen keiner Horrorvision. Sie sind Menschen. Und diese Tatsache finde ich noch viel beängstigender.«

*

Bis zu Finjas Abitur hatte Eva-Maria jedes Jahr Urlaub am Tegernsee gemacht. Sie hatte ihre Tochter aus der Ferne betrachtet und sich jede Veränderung eingeprägt. Manchmal hatte sie Glück und hörte ihre Stimme. Mehr gestand sie sich nicht zu. Es war weniger die Furcht vor Alexander – die war mit den Jahren schwächer geworden –, sondern die Sorge um ihr Kind, das sie nicht in eine Gefühlsverwirrung stürzen wollte. Finja hatte eine Mutter. Und das war genug.

Aber sie wollte ihren Lebensweg weiter aus der Ferne mitverfolgen. Dazu musste sie wissen, welchen Studienort ihre Tochter gewählt hatte. Also ging sie zum Friseur, und zwar in den Laden, den sie Finja einmal hatte betreten sehen. Nachdem eine der Angestellten ihr die Haare gewaschen hatte, begann sie ein Gespräch mit ihr. Ob sie als Touristin hier sei. Ob es ihr gefalle. Ob sie nicht ein Glück mit dem Wetter habe?

Eva-Maria nickte. »Besser könnte es wirklich nicht sein, um in dieser wunderschönen Landschaft auf Entdeckungs-

tour zu gehen. Ganz besonders gefällt mir der See. Ich bin aber auch ganz begeistert von den Häusern hier. Am Seeufer habe ich gestern eines entdeckt, das sogar einen eigenen Bootssteg hat.«

»Ja«, sagte die junge Frau mit einem Lächeln, »das gehört den Benthiens. Eine der Töchter lässt sich bei uns regelmäßig die Haare schneiden. Leider nicht mehr lange. Sie geht nämlich bald zum Studium weg.«

Eva-Maria nahm eine Zeitschrift zur Hand und blätterte darin. »Vielleicht bleibt sie ja in der Nähe«, sagte sie in einem beiläufigen Ton.

»Nein, leider nicht. Sie geht nach Berlin. Aber das kann ich verstehen. Dort würde ich auch gerne mal eine Zeitlang leben.«

Berlin. Ausgerechnet Berlin. Eva-Maria hatte ihr Glück kaum fassen können. Aber sie hatte es auch nicht auf die Probe gestellt. Vorsicht war ihr zur zweiten Natur geworden. Und so hielt sie sich auch in Berlin jahrelang nur in Finjas Hintergrund. Sie widerstand unzähligen Versuchungen, sich ihrer Tochter zu nähern. Nur manchmal wagte sie es, sich in derselben Kneipe einen Tisch zu suchen oder im selben Supermarkt einzukaufen. Das, worauf es ihr ankam, hatte sie längst herausgefunden: Ihre Tochter hatte schnell Freunde gefunden, sie konnte lachen, sie meisterte ihr Leben. Und sie war begabt.

Bis sie schließlich ihre Zurückhaltung aufgab und einen kleinen Vorstoß wagte. Finja hatte ihr Studium beendet und war gerade dabei, sich in der Kunstszene einen Namen zu machen. Eva-Maria gab vor, durch eine Galerie auf sie aufmerksam geworden zu sein, und beauftragte sie, eine Wand ihres Arbeitszimmers zu bemalen. Den ersten Moment, als sie sich in ihrer Wohnung gegenüberstanden, würde ihr wohl bis an ihr Lebensende in Erinnerung bleiben. Sie fühlte sich sprachlos, überwältigt und war kurz davor, in Tränen auszubrechen. So lange hatte sie sich diesen Moment herbeigesehnt. Und dann war er da. Nur zwei Meter trennten sie von ihrer Tochter. Sie konnte mit ihr sprechen, ihre Mimik aus der Nähe beobachten. Nur berühren durfte sie sie nicht.

Drei Wochen lang ließ Eva-Maria Finja bei deren Arbeit nicht aus den Augen und sah immer schnell weg, wenn ihre Tochter sich durch ihre Blicke gestört zu fühlen schien. Wortreich bewunderte sie das Bild, das im Entstehen war, und sprach doch eigentlich nur über ihr Kind. Bis sie eine Entscheidung traf. Wollte sie Finja nicht wieder aus ihren Leben gehen lassen, musste sie ihr etwas anderes bieten als Bewunderung. Also bot sie ihr ihre Freundschaft an. Sie tat es in kleinen, vorsichtigen Schritten. Doch ein jeder von ihnen fühlte sich an wie ein Meilenstein.

19

Während Adrian vor Erschöpfung eingeschlafen war, hielt mich das Adrenalin in meinem Körper wach. Es war kurz nach vier, als ich in dem winzigen Büro der Pensionswirtin von der Kundendatei und Carls Bericht Kopien machte. Ich wollte sie zur Sicherheit an Eva-Maria schicken. Zurück im Zimmer deponierte ich die Originalausdrucke dort und hinterließ eine Nachricht für Adrian, dass ich etwas zu erledigen hätte und gegen Abend zurück sei. Er solle in jedem Fall in der Pension auf mich warten.

Erst auf dem Ku'damm schaltete ich mein Handy ein und checkte die Nachrichten. Eine war von Eva-Maria, drei von Richard und eine von meinem Vater. Sie beschränkte sich auf das Kommando, mich unverzüglich mit ihm in Verbindung zu setzen. Ich verzog mich in einen Hinterhof, um ihn von dort aus anzurufen.

Ich weiß nicht, was ich mir von diesem Telefonat erwartet hatte, eine Erklärung vielleicht oder den Versuch einer Annäherung. Zu hören bekam ich lediglich den Befehl, ihm so schnell wie möglich das restliche Material auszuhändigen.

»Ich weiß nicht, wovon du sprichst«, sagte ich. »Ihr wart doch sowohl bei Adrian als auch bei mir und habt euch bedient.« Oder hatte er etwa inzwischen erfahren, dass wir den USB-Stick hatten?

»Es fehlen DVDs, und zwar exakt acht. Ich bin gerade in Berlin gelandet und werde im Hotel de Rome wohnen.

Von dir erwarte ich, dass du sie mir noch heute dort ablieferst. Hast du mich verstanden?«

Acht? Die Zahl konnte nicht stimmen. Es waren nur drei gewesen, die wir im Seehotel zerschnitten hatten. »Drei haben Adrian und ich zerstört. Drei, nicht acht. Alle anderen habt ihr bereits wieder.«

Einen Moment lang war es still in der Leitung. Mein Vater räusperte sich, als habe er einen Frosch im Hals. »Carl hat sehr genau Buch geführt über seine Arbeit. Wir haben alles nachgeprüft, es fehlen fünf. Das ist kein Spaß, Finja. Das ...«

»Spaß?«, fuhr ich ihn an, wobei sich meine Stimme in die Höhe schraubte und von den Hauswänden zu mir zurückgeworfen wurde. »Weißt du, was für ein Gefühl es ist, den eigenen Vater nicht mehr wiederzuerkennen, sich von ihm bedroht zu fühlen? Festzustellen, dass er Leute losschickt, um sie in meine Wohnung eindringen und alles durchsuchen zu lassen? Hast du bei mir auch Wanzen verstecken lassen wie bei Adrian?«

»Finja, ich erwarte dich heute Abend um zwanzig Uhr in meinem Hotel. Mit den DVDs. Haben wir uns verstanden?«

Ich lachte. »Womit willst du mir denn drohen? Etwa damit, dass du mich sonst in meinem Versteck besuchst?«

»Das würde ich dir gerne ersparen.«

»Netter Versuch«, spottete ich ins Handy.

»Vielleicht schaust du einmal in deine Tasche.«

Als meine Finger den schwarzen Kasten von der Größe einer Streichholzschachtel berührten, wurde mir übel. Ich nahm ihn und warf ihn in das von Unkraut überwucherte Blumenbeet neben mir. Und ich hatte alles darangesetzt, mögliche Verfolger abzuschütteln. Dabei hatten sie nichts weiter tun müssen, als das Signal meines Zickzackkurses bis zu der Pension zu verfolgen.

Mit zitternden Fingern hielt ich mein Handy. »Im Moment kann ich mir nicht vorstellen, jemals wieder etwas anderes als Verachtung für dich zu empfinden«, sagte ich, bevor ich sekundenlang die Taste mit dem roten Hörer drückte.

Mein erster Impuls war es wegzurennen. Nur fort. Nachdem ich jedoch eine Zigarette geraucht und mir blitzschnell alle Möglichkeiten vor Augen geführt hatte, die mir jetzt blieben, schaltete ich mein Handy aus und verließ den Hinterhof. Mit dem Gefühl, von unsichtbaren Augen verfolgt zu werden, suchte ich mir eine Telefonzelle, fand jedoch nur eine Telefonsäule. Von dort aus rief ich in der Pension an und bat die Wirtin, Adrian an den Apparat zu holen. Noch völlig außer mir erzählte ich ihm von dem Sender, hielt dabei eine Hand über den Mund und sah mich ständig um, ob mir jemand auffällig nahe kam.

»Du darfst weder die Ausdrucke noch den USB-Stick aus den Augen lassen. Nicht einmal für eine Sekunde. Hörst du?«, bedrängte ich meinen Schwager.

»Aber du hast doch alles mitgenommen.« Er klang irritiert.

»Nein«, entgegnete ich, »ich habe die Sachen auf dem Tisch liegen lassen.«

Adrian verstummte, lediglich sein Atmen war zu hören. »Dann muss jemand ins Zimmer gekommen sein, während ich unter der Dusche stand.« Er klang völlig niedergeschlagen, als ich ihn die Pensionswirtin fragen hörte, ob sich jemand nach uns erkundigt habe.

Klein und mollig?, lautete die Gegenfrage. Die Frau hätte gesagt, sie sei eine Freundin, als sie ihr auf dem Flur begegnet sei. Ob sie denn nicht geklopft habe? Sekundenlang war mir zum Lachen zumute.

Ich versprach Adrian, spätestens in einer Stunde zurück

zu sein. Mein zweiter Anruf galt Eva-Maria. Als ich ihre Stimme hörte, begann ich zu weinen. Ich lieferte ihr eine wortreiche Erklärung dafür, dass ich unsere Verabredung für diesen Abend absagen musste. Sie stellte immer wieder Zwischenfragen, bis sie ungefähr auf dem Stand war, auf dem Adrian und ich uns gerade befanden.

»Finja, auf die Gefahr hin, dass ich mich wiederhole – aber ihr müsst denen das Handwerk legen«, sagte sie schließlich. »Und zwar nicht nur deinem Vater und diesem Tobias, sondern auch all den Auftraggebern. Ganz besonders diesem einen. Nimm deine Kopien und geh damit zur Polizei.«

Noch immer liefen mir Tränen über die Wangen. »Meinem Vater ist es gelungen, mir Angst zu machen, Eva. Irgendwo hier um mich herum lauern seine Leute. Die werden mich nicht auf zehn Meter an eine Polizeidienststelle herankommen lassen.«

»Dann ruf die Polizei dorthin, wo du gerade stehst.«

»Nein«, sagte ich mit einer Stimme, die alles andere als fest klang. »Wenn Carl seinen Bericht mit der Hand geschrieben hätte, gäbe es sicher eine Chance, dass man mir glaubt. Aber bei Kopien …? Nachdem mein Vater der Kripo am Tegernsee schon etwas von meiner überbordenden Phantasie erzählt hat, würde er sich nicht scheuen, nach Vorlage von Carls Bericht zu behaupten, dass seine Tochter unter geistiger Verwirrung und Verfolgungswahn leidet. Er würde einen dezenten Hinweis auf Gesa geben. Nach dem Motto: Der Wahnsinn liegt leider in der mütterlichen Linie. Meiner Mutter hat es auch nichts geholfen, dass sie bei klarem Verstand war.«

»Was meinst du damit?«

»Sie hat weder versucht, mich noch sich selbst umzubringen«, schluchzte ich und konnte einen Moment lang nicht weitersprechen. »Das alles war eine einzige Lüge.

Mein Vater hat sie in die Psychiatrie verfrachtet, weil die Möglichkeit bestand, dass sie etwas belauscht hatte, was sie nicht wissen durfte. Was die feinen Partner in Gefahr hätte bringen können.«

»Was?«, fragte Eva-Maria.

Ich erzählte ihr von der Auseinandersetzung im Bootshaus.

»Die Beichtstühle«, sagte sie in einem Ton, als fiele es ihr wie Schuppen von den Augen. »Ihr Arzt hat angenommen, es handle sich um einen Traum. Ich habe es in den Gesprächsprotokollen gelesen.«

»Kannst du dir vorstellen, wie sie sich gefühlt haben muss, als ihr unterstellt wurde, zu phantasieren? Niemand hat ihr geglaubt. Das muss sie zutiefst verstört haben. Ich meine, sie war noch so jung ...«

Es war so lange still in der Leitung, dass ich schon meinte, sie sei unterbrochen. »Eva?«

»Du hast den Ordner noch nicht bis zum Ende gelesen, oder? Weiter hinten steht nämlich, dass dieser Doktor Radolf mehr und mehr zu der Überzeugung gelangt ist, dass seiner Patientin nichts fehlte. Er wollte sich darüber mit deinem Vater auseinandersetzen. Das ist einer der letzten Einträge. Es folgt nur noch eine kurze Notiz über Gesas Entlassung. Wenn ich das, was du gerade erzählt hast, mit der Tatsache kombiniere, dass sich in diesem Ordner ausschließlich Originale befinden ...«

»Originale?«, unterbrach ich sie.

»Ja, du fühlst und siehst es auf den Rückseiten der Blätter. Sie wurden mit Schreibmaschine geschrieben.«

»Mein Vater hat gesagt, er habe eine Krankenschwester bestochen, um an den Ordner zu kommen.«

»So jemand hätte allenfalls Kopien gemacht, aber nicht die Originale mitgehen lassen. Doktor Radolf selbst muss sie ihm gegeben haben.«

»Du meinst, er wurde von meinem Vater bestochen?«

»Schwer vorstellbar«, antwortete sie mit einiger Verzögerung. Ihre Stimme war so leise, dass ich genau hinhören musste, um sie zu verstehen. »Finja, versprich mir etwas: Sorge dafür, dass dein Vater keinesfalls an deine Kopien von dem USB-Stick kommt. Sonst kann er tatsächlich alles abstreiten.«

»Ich wollte sie eigentlich an dich schicken.«

»Keinesfalls«, sagte Eva-Maria sehr bestimmt.

»Okay. Ich lasse mir etwas einfallen«, versprach ich, bevor ich einhängte und mich einen Moment lang an die Telefonsäule lehnte. Dann wühlte ich in meiner Tasche nach einem Papiertaschentuch und trocknete mir das Gesicht.

Ich gab es auf, die Straße nach den Schergen meines Vaters abzusuchen, und machte mich stattdessen daran, meinen Plan in die Tat umzusetzen. Dazu gehörte ein Schaufensterbummel entlang des Ku'damms. Den Riemen meiner Umhängetasche fest im Griff betrat ich schließlich eine Boutique und bat, ein T-Shirt anprobieren zu dürfen. In der Umkleidekabine nahm ich die Kopien aus der Tasche, schob sie zur Sicherheit zwischen Jeans und Panty, ging zu der Verkäuferin und ließ mir das T-Shirt einpacken. Im nächsten Geschäft kaufte ich ein Lipgloss, nachdem ich ungefähr zwanzig verschiedene Farben auf meinem Handrücken ausprobiert hatte.

Anschließend betrat ich hundert Meter weiter ein Ledergeschäft, das ebenso exklusiv wie teuer aussah. Im hinteren Verkaufsraum probierte ich mehrere Sommerstiefel an. Während die Verkäuferin damit beschäftigt war, mir ein weiteres Paar in meiner Größe aus dem Lager zu holen, nahm ich eine Handtasche aus dem Regal und versteckte in einer der Reißverschlussinnentaschen die Kopien. Als die Frau zurückkam, erklärte ich ihr, ich hätte mich zwischenzeitlich entschieden: für Stiefel und Handtasche. Nachdem ich beides bezahlt hatte, bat ich sie, die Tasche als Geschenk zu verpacken und eine Woche für mich aufzubewahren. Ich würde dann als Überraschung mit meiner Mutter, für die das Geschenk gedacht sei, vorbeikommen. Nachdem ich zugesehen hatte, wie die Tasche verpackt und unter der Kassentheke verstaut worden war, verabschiedete ich mich.

Es kostete mich einige Überredungskunst, Adrian zu bewegen, mich ins Hotel de Rome zu begleiten. Für ihn gebe es keine offenen Fragen mehr. Und inzwischen bereue er, den Brief überhaupt gelesen zu haben. Letztlich habe sein Vater recht behalten: Zu wissen, warum all das geschehen sei, mache es nicht leichter. Und es bringe niemanden zurück. Außerdem seien die Unterlagen und der USB-Stick gestohlen worden. Insofern sei er nicht einmal mehr vor die Frage gestellt, was er letztlich damit hätte anfangen sollen. Die Entscheidung sei ihm abgenommen worden. Dass sie mir noch bevorstand, verschwieg ich ihm.

Wir verließen die Pension und machten einen kurzen Abstecher zu meiner Wohnung, um uns umzuziehen. Das Bewusstsein, dass auch meine Räume verwanzt sein könnten, machte es mir fast unmöglich, mich frei dort zu bewegen. Adrian und ich beschränkten unsere Unterhaltung auf Allgemeinplätze. Ich schaltete mein Handy ein und schrieb Richard eine SMS, dass ich mich so bald wie möglich bei ihm melden würde. Ich schickte ihm einen Kuss und das Versprechen, meine Arbeit bei ihm in den nächsten Tagen wieder aufzunehmen. Prompt erhielt ich zur Antwort, er hoffe, ich würde nicht nur die Arbeit bei ihm wieder aufnehmen.

Zehn Minuten später waren wir in Adrians Wagen unterwegs zum Hotel de Rome. Das in einem wunderschön restaurierten historischen Gebäude untergebrachte Hotel nicht weit entfernt vom Gendarmenmarkt erschien mir wie eine unverzeihliche Verschwendung für ein solches Gespräch. Ich hätte mir einen anderen Anlass gewünscht, um einen Eindruck von den Farben zu bekommen, mit denen das Innenleben des Gebäudes so virtuos gestaltet worden war.

Am Empfang bat ich darum, meinem Vater auszurichten, ich würde im Restaurant im Innenhof auf ihn warten. Adrian und ich hatten uns gerade erst gesetzt, als sich zeigte, dass nicht nur ich für Begleitschutz gesorgt hatte. Tobias begrüßte uns mit einem knappen Nicken, bevor mein Vater den Kellner um einen anderen Tisch bat.

»Glaubst du, wir hätten Wanzen in der Blumenvase versteckt?«, fragte ich in einem Anfall von Galgenhumor.

Ohne eine Reaktion wandte sich mein Vater um und wies mit seinem Stock zu einem Tisch am anderen Ende des Innenhofs. Er und Tobias gingen voraus, Adrian und ich folgten ihnen in geringem Abstand. Alles an ihnen drückte Souveränität aus, ihre Haltung, ihr Gang, ihre eleganten Anzüge. Sie wirkten wie Männer, die sich ihrer Macht bewusst waren, es jedoch nicht nötig hatten, dieses Attribut zu betonen.

Zuletzt hatte ich meinen Vater am Tegernsee gesehen, kurz nachdem sich Johannes umgebracht hatte. Sein Gesichtsausdruck an jenem Vormittag war mir noch deutlich in Erinnerung – man hatte ihm die Erschütterung angesehen. Jetzt war nichts mehr davon zu erkennen. Ich betrachtete ihn mit einer Mischung aus Abwehr und Traurigkeit.

Nachdem wir unsere Bestellungen aufgegeben hatten – Adrian und ich widerstrebend, die beiden Partner mit großer Selbstverständlichkeit – rutschte mein Vater näher an den Tisch heran und beugte sich vor.

»Es ist wohl am besten, wir klären die unangenehmen Dinge, bevor das Essen serviert wird«, sagte er. »Habt ihr die Datenträger mitgebracht?«

»Ich habe dir bereits am Telefon gesagt, dass wir nur drei hatten. Wenn euch acht fehlen, habt ihr euch entweder verzählt, oder es gibt so etwas wie natürlichen Schwund in euren Reihen.«

»Kann es sein, das du die Angelegenheit nicht ernst genug nimmst, Finja?«, fragte Tobias. »Die Ereignisse der vergangenen Wochen sollten dich eigentlich eines Besseren belehrt haben.«

Allein die Tatsache, dass ich keine Chance gegen sie haben würde, wenn ich meine Fassung verlor, half mir, nach außen hin Ruhe zu bewahren. »Carls Bericht nach zu urteilen, bist du an den Ereignissen der vergangenen Wochen nicht ganz unschuldig, Tobias. Was hast du gefühlt, als du an all den Gräbern gestanden hast? Hast du überhaupt etwas gefühlt? Oder hast du immer nur an Mathilde gedacht? Diese wunderschöne, zarte, blonde Krankenschwester.« Ich ließ einen Moment verstreichen, bevor ich weitersprach. »Wie muss man gestrickt sein, um einer Toten mehr Gewicht zu verleihen als den Lebenden? Möglicherweise hättest du alle vier retten können, hättest du nur rechtzeitig den Mund aufgemacht. Kommt da ein irgendwie geartetes Gefühl einer Mitschuld auf?« Mein Herz klopfte bis zum Hals.

»Finja, es reicht«, sagte mein Vater in freundlichem Ton.

Ich beachtete ihn nicht, schluckte gegen meinen hohen Puls an und nahm all meinen Mut zusammen. »Wie kommst du damit zurecht, dass die Frau, die du heiraten wolltest, vermutlich von eurem Steuermann umgebracht wurde? Von einem, der nicht nur mit dir und den anderen in einem Boot gesessen hat, sondern der auch noch den Kurs bestimmt hat. Der damals sogar in Verdacht geraten ist, dem man jedoch nichts nachweisen konnte.« Ich sah zwischen beiden Männern hin und her. Es war nur ein kurzer Moment, in dem der Schreck in ihren Augen zu sehen war, dann hatten sie sich wieder gefangen. Aus dem Augenwinkel nahm ich Adrians irritierten Blick wahr.

»Was ist das für ein Unsinn?«, fragte mein Vater schließlich.

»Vielleicht ist es tatsächlich Unsinn, vielleicht aber auch nicht. Carl hat geschrieben, der Stammkunde, der ganz offensichtlich ein perverses Vergnügen daran hat, sich seine eigenen Morde immer wieder auf DVD anzusehen, sei euch persönlich bekannt. Natürlich wird er bis vor kurzem genauso wenig wie alle anderen Kunden eurer Spezialabteilung gewusst haben, wen er da eigentlich über Mittelsmänner damit beauftragt hat, ihm Informationen zu beschaffen. In seinem Fall ging es um Informationen über einen Wettbewerber, den er aus dem Feld zu schlagen hoffte. Und welche nachrichtenträchtige Übernahme hat es in jüngster Vergangenheit gegeben?« Ich sah zwischen beiden hin und her. »Die von *Drehse Biotech* durch die Carstens-Gruppe. Und das, obwohl dem Konkurrenten im Vorfeld die besseren Chancen eingeräumt worden waren.« Ich ließ ein paar Sekunden verstreichen und wandte mich Adrian zu.

»Der Aufsichtsratsvorsitzende dieser Carstens-Gruppe«, klärte ich ihn auf, »ist übrigens Thomas Niemeyer und war, wie du bestimmt weißt, Steuermann in der Rudermannschaft unserer Väter. Zu dem Zeitpunkt, als das mit Gesa geschah, standen alle noch in engem Kontakt miteinander. Er wird also zweifellos mitbekommen haben, dass ich meiner Mutter weggenommen und an meine Tante weitergegeben wurde. Nur wer unsere Familienverhältnisse sehr gut kennt, konnte wissen, dass ich Amelies Halbschwester bin. Und Thomas Niemeyer kannte unsere

Familienverhältnisse.« Als hätte ich alle Zeit der Welt, wandte ich den Kopf zu den beiden Männern, die uns gegenübersaßen. »Ist das alles so weit korrekt?«

»Wer versorgt dich mit derartigen Informationen?«, fragte mein Vater.

»Vielleicht habe ich ja das angeblich so kranke Hirn meiner leiblichen Mutter geerbt und im Wahn die Wahrheit erkannt.« Ich ballte die Hände zu Fäusten, so dass sich meine Nägel in die Handinnenflächen gruben. »Wie konntest du ihr das nur antun? Und mir … du hast mir meine Mutter genommen, einfach so, als hättest du nur mal eben mit den Fingern geschnippt, um ein lästiges Insekt zu vertreiben.«

Mein Vater lehnte sich mit vor der Brust verschränkten Armen zurück und betrachtete mich ausdruckslos. Er ließ sich nicht provozieren.

»Du hast so viel verloren: Amelie und deine Frau, die in einer Klinik dahinvegetiert, zwei deiner Partner«, zählte ich ihm auf. »Deine gewissenlose Form der Informationsbeschaffung hat unglaublich viel Leid verursacht. Im Gegenzug hast du Geld und Macht angehäuft. Wie lautet der Untertitel eurer Drecksabteilung? Wo Geheimnisse Höchstpreise erzielen, ist ein Tabu nichts mehr wert?« Mein Magen krampfte sich zusammen, ich presste die Unterarme dagegen. »Es heißt, Wissen ohne Macht sei nichts wert. Was nichts anderes bedeutet, als dass erst durch Macht aus dem Wissen auch ein Druckmittel entsteht. Ich glaube, man vergisst bei solchen Gleichungen diejenigen, die nichts zu verlieren haben.«

»Worauf willst du hinaus, Finja?«, fragte Tobias in gefährlich leisem Ton.

»Die Leute, die ihr mit Material für ihre Erpressungen versorgt habt, hatten genau wie ihre Opfer viel zu verlieren. Deshalb ist niemand ausgeschert. Und deshalb ist es bis jetzt gutgegangen. Im Gegensatz zu denen habe ich nichts zu verlieren. Nicht mehr. Meine Schwester und meine leibliche Mutter sind tot, meine Tante hat sich noch nie wirklich für mich interessiert, und den Vater, den ich glaubte zu kennen, habe ich durch einen sehr schmerzhaften Erkenntnisprozess verloren.«

Sein Blick kam einem Scanner gleich. »Du könntest noch mehr verlieren. Vergiss nicht den Namen, den du dir als Künstlerin gemacht hast. Ist er dir gar nichts wert, oder vertraust du darauf, dass ein Skandal deine Popularität noch steigern würde? Solltest du das tatsächlich glauben, verkennst du die Folgen völlig. Ich kann mir kaum vorstellen, dass dich noch irgendjemand in seine Wohnung lassen würde, sollte dein Vater in die Schlagzeilen geraten.«

»Glaubst du, meine Karriere ist mir so viel wert, dass ich dafür meine Überzeugungen verraten würde?« Ich schüttelte den Kopf. »Es ist schon schlimm genug, dass ich im Zuge all dessen selbst zu einer Schnüfflerin mutiert bin. Inzwischen frage ich mich allerdings, ob es nicht besser gewesen wäre, ich hätte mich mit euren Lügen zufriedengegeben. Aber diese Frage führt letztlich zu nichts.« Meine Kehle war so trocken, dass ich husten musste. Ich trank einen Schluck Wasser. »Ich bin nicht so naiv zu glauben, der Untergang von *BGS&R* könne Machenschaften wie eure in Zukunft verhindern. Es wird wieder jemanden geben, der den Hals nicht voll bekommt und seine kriminelle Energie einsetzt, um für sich selbst das größtmögliche Stück des Kuchens zu ergattern. Aber eine Parallelwelt wäre zumindest zerstört, nämlich eure.« Ich sah von einem zum anderen. »Was ist das für eine Bilanz? War es das alles wert, wenn ihr dafür euren Lebensabend hinter Gittern verbringen müsst?«

Während zwei Kellner unser Essen brachten, wurde

kein Wort am Tisch gesprochen. Erst als die beiden außer Hörweite waren, räusperte sich mein Vater.

»Finja, willst du dich selbst zum Narren machen? Was glaubst du, lässt sich mit ein paar DVDs anfangen?« Er hob die Schultern und ließ sie wieder sinken. »Nichts. Keine einzige lässt sich mit uns in Verbindung bringen.«

»Ich habe Vaters Bericht im Kopf«, meldete Adrian sich mit kaum unterdrückter Wut zu Wort. »Vielleicht nicht jeden einzelnen Satz, aber es würde ausreichen, um euch in erhebliche Erklärungsnot zu bringen.«

Tobias' mitleidige Miene war nur schwer zu ertragen. »Adrian, hast du schon vergessen, wie sehr dein Vater unter den drei Todesfällen gelitten hat? Sie haben ihn gebrochen. Er stand wochenlang unter Alkohol und hat sich Dinge zusammenphantasiert. Um diesen entsetzlichen Ereignissen eine Ursache zuordnen zu können. Menschen kommen sehr schlecht damit zurecht, wenn das Unglück ohne Grund über sie hereinbricht.« Er legte den Kopf schief und musterte Carls Sohn. »Du siehst, was das alles bei dir angerichtet hat. Und bei Finja. Ihr seid außer euch. Was wirklich verständlich ist.« Er lehnte sich zurück, als ließe sich sein Zerstörungswerk aus größerer Distanz genauer betrachten.

Als ich meine Hand auf Adrians legte, spürte ich ihn zittern. Tränen liefen mir über die Wangen und ließen meinen Vater sekundenlang vor meinen Augen verschwimmen. »Es wäre eine Lüge, zu behaupten, du seist ein schlechter Vater gewesen. Für mich warst du ein sehr guter. Vielleicht werde ich mir das Bewusstsein dafür sogar bewahren können. Aber ich werde dir nichts von dem verzeihen können, was du getan hast. Nicht das Verbrechen an meiner Mutter, nicht die Mitschuld an Amelies Tod und am Tod der anderen. Und nicht eure unvorstellbaren Tabubrüche, die jedes selbstverständliche Gefühl von

Sicherheit zerstören. Ich würde mir wünschen, dass du all das mit einer großen Einsamkeit und Leere zu bezahlen hättest, denn das würde mir als eine gerechte Strafe erscheinen. Aber vielleicht sind sie sogar die Ursache für all das. Wolltest du etwas spüren und hast deshalb immer nach Superlativen gesucht?« Ich schob meinen Teller zur Tischmitte, da ich den Essensgeruch nicht mehr ertragen konnte. »Welche Gefühle vermitteln dir Geld und Macht? Grandiosität? Die Vorstellung, sich über alle anderen erheben zu können? Oder geht es um den Siegestaumel? Sitzt du gedanklich immer noch in eurem Vierer und hast nichts anderes im Sinn, als zu gewinnen? Geht es um das darwinistische Prinzip, dass der Stärkste sich durchsetzt – gewissermaßen als höchste Form der Konkurrenz?« Ich versuchte, die Tränen zurückzudrängen, die in einem steten Strom aus meinen Augen liefen. »Bist du nie auf die Idee gekommen, dass du dadurch noch einsamer wirst?« Dieses Mal war Adrian es, der nun meine Hand drückte. Ich warf ihm einen schnellen dankbaren Blick zu, wandte mich dann jedoch gleich wieder meinem Vater zu.

»Hast du jemals auch nur einen einzigen Gedanken daran verschwendet, was du Menschen damit antust, wenn du ihre intimsten Geheimnisse raubst und an Erpresser verkaufst? Carl schreibt, dass diese Erpressungen deshalb so erfolgreich sind, weil allem Anschein nach keines eurer Bespitzelungsopfer Karriere, Ansehen oder Macht aufs Spiel setzen will. Aber vielleicht wollen sie auch ganz schnell vergessen, dass ihre Intimsphäre nicht besser geschützt ist als Waren, die im Supermarkt ausgelegt sind. Ich will diese Leute nicht entschuldigen. Einige von ihnen haben selbst Dreck am Stecken. Aber ich möchte dir sagen, dass es nicht nur deine Sicht auf die Welt gibt, wenn du behauptest, dass letztlich jeder etwas zu verbergen habe. Das ist ein Ansatz, der jeden Menschen in die Nähe eines Vergehens rückt. Und daraus hast du vermutlich die Rechtfertigung gezogen, diesem Verborgenen auf den Grund gehen zu dürfen. Für mich war diese Aussage lange Zeit eine Selbstverständlichkeit, bis ihn eine meiner Freundinnen einmal hinterfragt hat. Ihr Ansatz erscheint mir weitaus erstrebenswerter zu sein. Sie ist überzeugt, dass jeder etwas zu schützen hat, nämlich seine Intim- und Privatsphäre.«

Anfangs hatte Eva-Maria noch befürchtet, sich Finja gegenüber zu verraten, wenn ihre Tochter von ihrer Familie erzählte – und das obwohl sie seit Jahren daran gewöhnt war, ihre Reaktionen unter Kontrolle zu behalten. Aber nichts sollte die Beziehung zu Finja gefährden. Erst mit der Zeit begann Eva-Maria, sich mehr und mehr zu entspannen.

Je größer der Raum wurde, den Finja in ihrem Leben einnahm, desto mehr konnte sie die Vergangenheit ruhen lassen. Keine Zeit hatte sie stärker geprägt und keine hatte sie so nah an einen Abgrund geführt. Aber es war ihr gelungen, sich meilenweit von diesem Abgrund fortzubewegen.

Und er tat sich auch nicht wieder vor ihr auf, als Finja ihr die Datenträger und den Gesa-Ordner zeigte. Von den Beichtstühlen zu erfahren, hatte sie zunächst in Verwirrung gestürzt und ihr den lange zurückliegenden Traum wieder vergegenwärtigt. Der Traum, der keiner gewesen war. Doktor Radolf hatte sich geirrt. Aber was für eine Rolle spielte das jetzt noch?

Als Eva-Maria gewahr wurde, womit Alexander und seine Partner seit Jahren ihr Geld verdienten, hatte sich ihre Verwirrung in Abscheu verwandelt. Alexander, den sie einmal geliebt hatte, mit dem sie ihr Leben hatte verbringen wollen, der Vater ihres Kindes war. Wie hatte er so tief sinken können?

Irgendwann im Lauf des Abends gelang es ihr, dieses Material losgelöst von Finja und sich selbst zu betrachten – es als eine Bedrohung für die letzten geschützten Räume zu sehen. Räume, die von diesen Männern für ihre Interessen missbraucht wurden. Der Entschluss, ihnen das Handwerk zu legen und sie nicht ungestraft davonkommen zu lassen, war schnell gefasst. Nur wie sie ihn umsetzen sollte, wusste sie erst, als Finja zur Toilette ging.

Sie zögerte keine Sekunde. Blitzschnell griff sie in Finjas Umhängetasche und schnappte sich fünf der DVDs, um sie gleich darauf in ihrer eigenen Tasche verschwinden zu lassen. Die Datenträger, die auf dem Tisch lagen, rührte sie nicht an.

Als Finja zurückkam und sich auf die Schaukel setzte, behauptete Eva-Maria, müde zu sein. Mit dem Gesa-Ordner unter dem Arm verabschiedete sie sich.

Zu Hause angekommen, versteckte sie die DVDs in einem ihrer Bücherschränke. Sie würde sich an einem der nächsten Tage damit befassen. Wichtiger war ihr im Augenblick der Ordner mit den Gesprächsprotokollen. Die ganze Nacht über katapultierte er sie zurück in eine Zeit, die sie weit hinter sich gelassen zu haben glaubte. Um mit einem Mal wieder die Stimme ihres Arztes zu hören. Seinen wärmenden Blick zu spüren, der ihr geholfen hatte, diese Zeit zu überstehen. Und um schließlich zu erfahren, dass er ihr letzten Endes jedes Wort geglaubt hatte.

20

Adrian und ich verbrachten die Nacht in meiner Wohnung. Bevor wir dicht aneinandergedrängt einschliefen, wechselten wir so gut wie kein Wort mehr. Und das nicht allein wegen möglicher Wanzen in meinem Schlafzimmer. Das Treffen mit meinem Vater und Tobias hatte uns sprachlos zurückgelassen.

Obwohl die Temperaturen über Nacht abgekühlt waren, frühstückten wir am nächsten Morgen auf dem Balkon. Er bot gerade genug Platz für den winzigen runden Tisch, zwei Klappstühle und Tontöpfe mit einem Olivenbäumchen, Lavendel und einem Oleander. Mit den Fingern strich ich über den Lavendel und roch daran. Adrian hielt mit geschlossenen Augen das Gesicht in die Morgensonne. Seine Miene war jedoch alles andere als entspannt.

Als wir nicht mehr so tun konnten, als wäre dies ein Morgen wie jeder andere, ließ er sich von mir die Sache mit dem Steuermann genauer erklären. Er hörte sich alles ohne einen einzigen Kommentar an, um gleich darauf zu betonen, er wolle von nun an nichts mehr davon hören. Er spüre, wie sehr das alles an ihm zehre und ihm seine letzte Kraft raube. Und die bräuchte er, um auf dem wenigen, das ihm geblieben sei, ein neues Leben aufzubauen.

Von einer Anzeige riet er mir dringend ab. Ich solle an mich denken, an mein eigenes Seelenheil. Aber dadurch führte er mir lediglich meine Ambivalenz vor Augen. Meinem Vater und Tobias gegenüber hatte ich so getan, als habe ich mich längst entschieden, dieser Parallelwelt und damit *BGS&R* den Garaus zu machen. Aber es war nichts anderes als eine Drohung gewesen. Sie in die Tat umzusetzen, hätte mir Unmögliches abverlangt. Alexander Benthien war in erster Linie mein Vater und erst in zweiter ein Krimineller. Ich brachte es nicht über mich, ihn anzuzeigen, selbst wenn ich mir noch so sehr wünschte, seinen üblen Machenschaften ein Ende setzen zu können. Aber tatenlos hinzunehmen, dass alles so weiterging, erschien mir ebenso unmöglich. Denn dadurch würde letzten Endes auch Thomas Niemeyer seiner Strafe entgehen.

Der Mann, der meine Schwester, Cornelia, Hubert und Kerstin hatte umbringen lassen, der mehrere junge Frauen auf sadistische Weise getötet hatte – dieser Mann sollte dafür nicht zur Rechenschaft gezogen werden, nur um möglicherweise noch weitere Verbrechen begehen zu können? Ich wusste, dass mich dieses Bewusstsein nach und nach zermürben würde, und spürte, wie meine Gedanken begannen, sich im Kreis zu drehen.

Adrian meinte, Thomas Niemeyer hätte seine Macht zur Genüge demonstriert. Für keinen von uns stelle er jetzt noch eine Gefahr dar. Außerdem sei der Mann inzwischen siebzig Jahre alt. Kaum vorstellbar also, dass er in seinem Alter noch einmal ein solch grauenvolles Verbrechen begehen würde. Aber selbst wenn es dafür eine Garantie gegeben hätte, reichte mir das nicht.

Nachdem ich Adrian verabschiedet hatte, rief ich bei einem Sicherheitsunternehmen an und verabredete für den Nachmittag einen Termin in meiner Wohnung. Die nächste Stunde verbrachte ich damit, im Internet über Thomas Niemeyer zu recherchieren. Ich sah mir sämtliche Fotos an, die ich über ihn finden konnte, nur um festzustellen, wie nichtssagend sie waren. Es war mir unmöglich, dieses

Gesicht mit den Morden in Verbindung zu bringen. Die Berichte, die ich über ihn las, brachten mich diesem Monster in Menschengestalt auch nicht näher.

Ich schaltete den Laptop aus, zog mein lilafarbenes Lieblingskleid an und machte mich auf den Weg zu Richard. Ich wollte ihn überraschen. Während ich den Finger auf seinen Klingelknopf hielt, wünschte ich mir nichts sehnlicher, als dass er zu Hause war und öffnete. Für ein paar Stunden wollte ich an nichts anderes denken als daran, dass neben all den Türen, die in den vergangenen Wochen zugeschlagen worden waren, sich eine ganz besondere für mich aufgetan hatte.

Als der Türsummer ertönte, lächelte ich und sprang erwartungsvoll die Treppe hinauf. Im Türrahmen erwartete mich ein sehr verschlafen wirkender Fremder.

»Oh, Entschuldigung«, stammelte ich, streckte ihm die Hand entgegen und stellte mich vor. »Finja Benthien. Sie sind bestimmt ein Freund von Richard. Tut mir leid, wenn ich Sie geweckt haben sollte.« Ich trat von einem Fuß auf den anderen. »Ist Richard zufällig zu Hause?«

Er nickte und betrachtete mich neugierig.

»Darf ich dann vielleicht hereinkommen?«

Wieder nickte er und wich ein paar Schritte zurück in den Flur. Dort lehnte er sich mit vor der Brust verschränkten Armen gegen die Wand und fuhr darin fort, mich unverhohlen zu mustern.

»Wo ist er denn?«

»Richard?« So, wie er die Frage stellte, schien er an meinem Verstand zu zweifeln.

»Ja, Richard Stahmer.«

»Steht leibhaftig vor Ihnen«, meinte er lakonisch, um sich gleich darauf Richtung Küche zu bewegen. »Wollen Sie auch einen Kaffee?«

Einen Moment lang hoffte ich, mich verhört zu haben,

und stand wie ein begossener Pudel im Flur. Dann folgte ich ihm. »Sie sind Richard Stahmer?«

»Seit ziemlich exakt neununddreißig Jahren.«

»Und wer ist dann der Mann, den ich hier mehrmals getroffen habe?«

»Das muss Nick gewesen sein. Ich habe ihm meine Wohnung für ein paar Wochen überlassen.«

»Nick?«

»Niklas Radolf.«

»Niklas wie?«, fragte ich völlig perplex.

In der einen Hand die Kaffeekanne, in der anderen einen halbgefüllten Becher drehte sich der Mann, der sich Richard Stahmer nannte, in offensichtlicher Seelenruhe zu mir um. »Radolf. Möchten Sie, dass ich Ihnen den Namen buchstabiere?«

»Nicht nötig«, antwortete ich leise, während sich in meinem Kopf eine Frage auf die andere türmte. Einen Moment wandte ich den Blick ab, um meine Tränen in den Griff zu bekommen. Dann wies ich mit dem Kopf Richtung Esszimmer. »Die Wand da drinnen – ich werde sie Ihnen selbstverständlich wieder herrichten.«

»Sie sind Finja?« Zum ersten Mal hellten sich seine Gesichtszüge auf. »Mir wäre es lieber, sie würden Ihr Bild fertigmalen.« Er griff an mir vorbei, um das Fenster zu öffnen, und nahm eine Schachtel Zigaretten vom Tisch. »Sie auch eine?«

Ich schüttelte den Kopf.

»Sie können gleich loslegen, wenn Sie wollen«, bot er an.

»Ein andermal«, vertröstete ich ihn. »Ich rufe Sie an.«

Der Mitarbeiter des Sicherheitsunternehmens war pünktlich. Ich war sein letzter Auftrag an diesem Freitagnachmittag, und den wollte er so schnell wie möglich hinter sich bringen. Ohne ihm einen Grund für meinen Verdacht zu nennen, bat ich ihn, meine Wohnung nach Wanzen abzusuchen. Eine Viertelstunde lang durchstöberte er mit seinem Detektor jeden einzelnen Raum, bis er mir versicherte, dass alles absolut clean sei. Ich hatte damit gerechnet, dass er mich für überspannt halten würde, aber so, wie er sich gab, schien er an diesem Auftrag nichts Ungewöhnliches zu finden.

Nachdem er gegangen war, setzte ich mich auf meine Schaukel und versuchte, Gedanken an Richard, der eigentlich Niklas hieß, zu entkommen. Sie taten zu sehr weh. Als es klingelte, wusste ich intuitiv, wer unten vor der Haustür stand. Wären nicht so viele Fragen offen gewesen, wäre er einfach nur irgendein Niklas gewesen, in den ich mich verliebt hatte, und nicht jemand, der den Nachnamen Radolf trug, hätte ich sicherlich nicht geöffnet, sondern dieses Kapitel so schnell wie möglich abgeschlossen. Aber so blieb mir keine Wahl.

Nachdem ich den Türöffner betätigt hatte, verzog ich mich wieder auf meine Schaukel und wartete. Mein Herzschlag war überdeutlich zu spüren. Ich konnte mich aber auch nicht erinnern, wann er zuletzt zur Ruhe gefunden hatte.

Niklas alias Richard brauchte nicht lange, um mich zu finden. Ohne ein Wort zu sagen, blieb er im Türrahmen stehen und sah mich eine kleine Ewigkeit lang nur an. »Hallo, Finja«, sagte er schließlich. »Richard ist mir leider zuvorgekommen. Ich hätte mich dir gerne selbst noch einmal vorgestellt. Ich …«

»Stell dich vor«, unterbrach ich ihn. »Ich bin sehr gespannt, was dabei herauskommen wird.«

Er ging ein paar Schritte auf mich zu, stoppte dann jedoch so abrupt, als sei er gegen eine Wand gelaufen. »Ich heiße Niklas Radolf, Nick für meine Freunde, bin neununddreißig Jahre alt, arbeite in Hamburg als Wirtschaftsjournalist, bin derzeit schwer verliebter Single und …«

»Ein schwer aktiver Lügner.« Es gelang mir kaum noch, meine Tränen zurückzudrängen.

»Ja, stimmt, das bin ich auch. Aber vielleicht kannst du mich verstehen, wenn ich dir erkläre, warum …«

»Warum du als Richard Stahmer Kontakt mit mir aufgenommen hast, warum du so getan hast, als interessiertest du dich für meine Bilder? Für mich?«

Er zog sich einen Stuhl heran und setzte sich so, dass wir uns ansehen konnten. »Lass es mich erklären, Finja, bitte. Vor kurzem ist meine Mutter in ein Pflegeheim umgesiedelt. Sie ist demenzkrank und kam zu Hause nicht mehr allein zurecht. Also habe ich damit begonnen, ihre Wohnung auszuräumen. Dabei sind mir Tagebücher meines Vaters in die Hände gefallen. Er ist vor fünf Jahren gestorben. Sagt dir der Name Wendelin Radolf etwas?«

Ich hob die Schultern, um sie gleich darauf wieder sinken zu lassen.

»Er war mein Vater und hat mehrere Jahre als Nervenarzt in einer Klinik am Tegernsee gearbeitet, bevor er sich in Hamburg niederließ, um dort noch fast zwei Jahrzehnte zu praktizieren. Erst durch die Tagebücher habe ich erfahren, warum meine Eltern damals die Zelte am Tegernsee abgebrochen haben. Weder mein Vater noch meine Mutter hatten je mit mir darüber gesprochen.«

»Ich schätze, mein Vater hatte deinem genügend Geld für einen Neuanfang in den Rachen geschoben und sich damit einer gewissen Gegenleistung versichert.«

Niklas schüttelte den Kopf. »Ich glaube kaum, dass Geld ihn so nachhaltig geprägt hätte, wie es die Entführung seines Sohnes schließlich getan hat«, hielt er mir in schneidendem Ton entgegen.

Unfähig ein Wort herauszubringen, starrte ich ihn einfach nur an.

»Eine junge Frau namens Gesa Minke war für ein paar Wochen Vaters Patientin gewesen, wie er in einem seiner Tagebücher schreibt. Sie war achtzehn damals, er beschreibt sie als sehr sympathisch, allerdings habe sie ihm lange Zeit Rätsel aufgegeben. Angeblich habe sie aus unerwiderter Liebe zum Vater ihres Kindes versucht, erst ihr Baby und dann sich zu töten. Aber je länger er sie behandelt habe, desto stärker seien ihm an der Version ihrer Familie Zweifel gekommen. Deshalb habe er den ehemaligen Liebhaber der jungen Frau und Vater des Kindes, der die Tat angeblich entdeckt haben wollte, zu einem Gespräch gebeten. Der Mann habe jedoch an dem, was er gesehen zu haben glaubte, nicht rütteln lassen. Zwei Tage später sei dann ich für acht Stunden verschwunden. Eben hätte ich noch im Garten gespielt, im nächsten Moment sei ich unauffindbar gewesen.« Niklas ließ den Blick sekundenlang auf seinen Händen ruhen.

»Für meine Eltern müssen es endlos lange Stunden gewesen sein«, fuhr er fort. »Sie sind fast verrückt geworden. Hätten sie nicht so extrem reagiert, als ich wieder vor unserer Haustür stand, würde ich mich heute wahrscheinlich gar nicht mehr an den Tag erinnern. Ich habe ihn mit einem netten Mann verbracht, der sich wirklich Mühe gegeben hat, dass mir nicht langweilig wurde. Ein paar Tage darauf kreuzten sich die Wege unserer Väter ein weiteres Mal. Alexander Benthien hat laut Tagebucheintrag sein Bedauern über diesen schrecklichen Vorfall ausgedrückt, bevor er meinem Vater zu verstehen gab, so etwas könne jederzeit und an jedem Ort wieder geschehen – mit ungewissem Ausgang. Zum Schluss trug er ihm noch auf, ihm die Unterlagen über die Gespräche mit Gesa Minke zukommen zu lassen.«

»Gesa war meine leibliche Mutter. Sie ist im Alter von fünfundzwanzig Jahren bei einem Wohnungsbrand ums Leben gekommen«, sagte ich mit rauher Stimme.

»Oh, ich wusste nicht, dass sie gestorben ist. Das tut mir sehr leid. So, wie es aussieht, war deinem Vater sehr daran gelegen, sie schon vorher aus dem Weg zu räumen.« Er schwieg einen Moment und beobachtete dabei jede meiner Regungen. »Das scheint dich nicht zu überraschen.«

»Ich glaube, ich bin inzwischen immun gegen Überraschungen, in der letzten Zeit hat es zu viele gegeben.« Ich stieß mich mit den Füßen ab, um die Schaukel wieder in Bewegung zu setzen.

»Wieso entledigt sich ein Mann seiner jungen Geliebten, behält jedoch ihr Baby?«, fragte er.

»Wozu hast du mich ausfindig gemacht? Was wolltest du von mir?«

»Ich dachte, ich könnte über dich vielleicht ganz unauffällig deinen Vater kennenlernen. Ich wollte dem Mann gegenübertreten, der meinem Vater einen solchen Schock versetzt hat. Er hat diesen Schock lange nicht überwinden können, genauso wenig wie meine Mutter. Es hat Jahre gedauert, bis sie nicht mehr ständig diese Bedrohung gespürt haben. Und es muss sie übermenschliche Kräfte gekostet haben, mich ihre Angst nicht spüren zu lassen. Außerdem hat mein Vater sehr damit gehadert, dass er nicht anders konnte, als sich dieser Drohung zu unterwerfen und Alexander Benthien nicht anzuzeigen. Nachdem Gesa Minke entlassen wurde, wollte er sich immer wieder mit ihr in Verbindung setzen, um ihr zu sagen, dass er ihr glaubte. Aber er hat sich nicht getraut. Er hat versucht, darauf zu vertrauen, dass ihr stabiler Kern schließlich die Oberhand gewinnen würde.«

»Vielleicht ist das sogar geschehen. Ich wünsche es ihr jedenfalls.« Von ganzem Herzen wünschte ich es ihr. Die

Vorstellung, sie könnte in der Überzeugung gestorben sein, beinahe meinen Tod verursacht zu haben, tat unendlich weh. »Was hättest du meinem Vater gesagt, wärst du ihm begegnet?«

»Nichts. Es war eine ziemlich blöde Idee und auch nur aus einem ersten Impuls heraus geboren. Jemand, der ein kleines Kind entführen lässt, um seine Macht zu demonstrieren, hätte mir wohl kaum auf meine Fragen geantwortet. Entschuldige, wenn ich das so offen sage, er ist dein Vater. Aber um was für einen Menschen es sich bei Alexander Benthien handelt, kann ich mir letztlich vorstellen, nachdem ich eine Weile darüber nachgedacht habe.«

Tränen liefen über mein Gesicht. »Mein Vater ist intelligent, humorvoll, gebildet, großzügig, tolerant …« Und er ist zutiefst verdorben, machtbesessen und skrupellos. Tabus, Grenzen und Hürden sieht er lediglich als Herausforderungen, die es zu überwinden gilt.

Niklas kam auf mich zu, zog mich von der Schaukel und umarmte mich.

»Ich bin so unendlich traurig«, stammelte ich. »Und ich kann mir überhaupt nicht vorstellen, wie das jemals wieder anders werden soll.«

Seine Arme hielten mich umschlungen. Nicht fest, aber fest genug. Und dann küsste er mich. Wieder und wieder. Und endlich ließ ich mich fallen.

Es war weit nach Mitternacht, als Niklas mit dem Zeigefinger Mandalas auf meinen Rücken malte und dabei leise eine Melodie summte, die ich nicht kannte. Ich lag mit geschlossenen Augen auf dem Bauch und konzentrierte mich auf seinen Finger, um die Fragen zurückzudrängen, auf die ich irgendwann Antworten finden musste. Aber es waren immer nur Momente, in denen ich im Hier und Jetzt und nicht bei diesen Fragen war. Ich sehnte mich nach Antworten, mit denen ich würde leben können. Doch die schien es nicht zu geben.

Nicht zuletzt trieb mich die Frage um, ob ich Niklas irgendwann von den Ereignissen der vergangenen Wochen erzählen konnte. Entschied ich mich dagegen, musste ein ganz entscheidender Teil meines Lebens ausgespart bleiben. Entschied ich mich dafür, lief ich Gefahr, dass er sich von mir abwendete. Gerade er würde sich schwer damit tun, wenn ich meinen Vater nicht anzeigte. Oder vielleicht doch nicht? Immerhin hatte sich sein eigener Vater gegen eine Anzeige entschieden. Alles war viel zu verwoben und verworren.

»Ich wollte Alexander Benthien drankriegen«, sagte Niklas in meine Gedanken hinein. »Wer das tut, was mein Vater in seinem Tagebuch beschrieben hat, ist durch und durch verdorben.« Er hörte auf, Mandalas zu malen, und ließ seine Hand auf meinem Rücken ruhen. »Was er meinen Eltern angetan hat, ist längst verjährt. Ich wollte ihm irgendetwas anderes nachweisen, um ihn zu Fall zu bringen. Ich war mir ganz sicher, dass jemand mit so ausgeprägter krimineller Energie nicht von einem Tag auf den anderen ins Lager der Guten hinüberwechselt. Insofern war ich mir sicher, es bei deinem Vater in jedem Fall mit einem Täter zu tun zu haben. Also habe ich versucht, ihm etwas nachzuweisen oder ihn zumindest in Verruf zu bringen. Ein Freund hat mich tatkräftig dabei unterstützt. Er ist ebenfalls Journalist, aber nicht wie ich für die Wirtschaft zuständig, sondern für die etwas härteren Recherchen. Trotzdem ist es ihm nicht gelungen, *BGS&R* und damit deinem Vater einen illegalen Bespitzelungsauftrag zu erteilen. Sein berechtigtes Interesse an der Klärung der von ihm vorgebrachten Angelegenheit sei nicht zu erkennen, wurde ihm entgegengehalten. Außerdem ermittle *BGS&R* nur mit legalen Mitteln. Als er nicht lockerließ, haben sie ihn an eine Detektei verwiesen, die seinen Ansprüchen möglicherweise eher gerecht werden könne. Endstation«, sagte Niklas mit einem Seufzer. »Erst fiel es mir sehr schwer, mich damit abzufinden, aber inzwischen bin ich froh darüber.« Er strich mit dem Finger über meinen Nacken. »Sehr froh sogar.«

Ich drehte mich auf den Rücken und sah ihn im Licht der Nachttischlampe an. »Was, wenn dein Freund herausgefunden hätte, dass *BGS&R* eine dieser üblen Detekteien ist, die für Geld jede nur mögliche Information mit jedem nur möglichen Mittel besorgen? Wärst du dann jetzt auch hier bei mir?«

»Darauf kannst du wetten.«

»Ohne jeden Anflug von Sippenhaft?«

Er nickte und küsste mich.

»Warum warst du dann froh, nichts herausgefunden zu haben? Das ist nicht logisch.«

»Ich war froh, dass mein Freund nichts herausgefunden hat. Wir hatten einen Deal: Sollte er bei seiner Recherche fündig werden, würde er das Material in jedem Fall für eine Story verwenden. Ab einem gewissen Punkt wollte ich jedoch nicht mehr mitverantwortlich dafür sein, deinen Vater und seine Partner ins Licht der Behörden und der Öffentlichkeit zu zerren.« Er sah mich ernst an. »Ich bin nach wie vor überzeugt davon, dass dort jede Menge Dreck zu finden ist, wenn man nur lange genug schürft. Aber ich möchte mir nicht die Chance verbauen, dich näher kennenzulernen.«

»Was versprichst du dir davon?«

»Vielleicht Liebe. Irgendwann.« Wieder küsste er mich. »Und vielleicht traust du dich dann eines Tages, mir auch diese andere Seite deines Vaters zu beschreiben. Ich kann sehr gut zuhören, ich kann Geheimnisse bewahren, und ich könnte eine Frau lieben, deren Vater ich verabscheue.«

Niklas hatte meine Wohnung erst verlassen, nachdem ich ihm versprochen hatte, am Abend unsere Unterhaltung dort fortzusetzen, wo ich sie gerade beendet hatte. Ich sollte ihn anrufen, sobald ich zurück sei.

Blitzschnell zog ich mich um, schnappte meine Tasche und rannte zur U-Bahn-Station, um mit gehöriger Verspätung im Café Einstein anzukommen, wo Eva-Maria mich bereits erwartete. Meine Entschuldigung geriet zu einem solchen Wirrwarr, dass sie lachend meinte, ich sollte doch noch einmal von vorn anfangen, mir aber vielleicht erst von drinnen etwas zu trinken holen.

Ich stieg über einen Berner Sennenhund hinweg, der seine Besitzer, die am Nebentisch saßen, in einer Weise um ihr Essen anbettelte, als habe er seit Tagen nichts zu fressen bekommen. Im Café stellte ich mich in die Schlange an der Theke und merkte in diesem Moment, wie groß mein eigener Hunger war. Ich besorgte mir ein Mozzarella- und ein Schinkensandwich, bestellte noch eine Flasche Wasser dazu und trug auf einem Tablett alles nach draußen.

Nachdem ich das erste Sandwich verdrückt hatte, erzählte ich Eva-Maria, wie aus Richard über Nacht Niklas geworden war und was ihm und seinen Eltern vor über drei Jahrzehnten angetan worden war. Erst war da nur Unglaube in ihrem Blick und dann eine Mischung aus Entsetzen und Wut. Jede einzelne Regung konnte ich nur allzu gut nachempfinden. Meiner Freundin schien es die Sprache verschlagen zu haben.

»Du musst kein Blatt vor den Mund nehmen. Du kannst ruhig sagen, dass mein Vater ein Verbrecher ist«, meinte ich leise, wobei ich mich vergewisserte, dass uns an den Nachbartischen niemand zuhören konnte. »Ich sage mir das selbst jeden Tag. Und ich weiß, dass ich eine Entscheidung treffen muss, je eher, desto besser. Aber tue das mal – zeige mal deinen eigenen Vater an. Für Adrian ist es einfacher. Ihm ist die Entscheidung abgenommen worden, er hat keinerlei Beweise mehr in Händen. Aber ich müsste nur diese Tasche in dem Ledergeschäft abholen. Außerdem habe ich eine Ahnung, wo die beiden DVDs gelandet sein könnten, die Hartwig Brandt nicht an Tobias geschickt hat. Ich habe mir überlegt, dass er sie vielleicht an sich selbst geschickt haben könnte, um etwas in der Hand zu haben, falls Tobias von einer Anzeige absehen sollte. Als wir Hartwig Brandts Nachbarin nach ihm ausgefragt haben, hat sie uns den Poststapel gezeigt, den sie für ihn aufbewahrt.« Ich biss von dem zweiten Sandwich ab und kaute auf dem Schinken herum, während Eva-Maria dem Treiben auf dem Ku'damm zusah.

»Weißt du was?«, meinte sie nach einer Weile. »Ich finde, das eilt alles überhaupt nicht. Dein Vater und dieser Tobias werden dich von jetzt an in Ruhe lassen, weil sie überzeugt sind, euch alle Beweise abgejagt zu haben. Und deine Entscheidung solltest du auf keinen Fall übers Knie brechen, immerhin wirst du sehr lange mit den Konsequenzen leben müssen. Also nimm dir Zeit dafür. Allerdings fände ich es besser, du würdest die Tasche abholen und die Kopien bei dir aufbewahren.«

»Findest du nicht, sie sind in dem Geschäft sicherer aufgehoben?«

»Du weißt nicht, wann du sie brauchst. Und willst du dann etwa an Geschäftszeiten gebunden sein? Noch einmal werden die sich deine Wohnung nicht vornehmen.«

Ich dachte darüber nach. »Dann mache ich es jetzt gleich, bevor ich es mir anders überlege. Kommst du mit?«

Eva-Maria nickte, stellte unser Geschirr auf das Tablett und brachte es ins Café. Währenddessen beugte ich mich zu dem Berner Sennenhund und streichelte ihn, woraufhin er sich sofort wohlig auf den Rücken rollte. Was die, die Adrians und meine Wohnung ohne sichtbare Spuren betreten und wieder verlassen hatten, wohl getan hätten, wenn in einer unserer Wohnungen ein Hund gewacht hätte?

»Er ist ein Kampfschmuser. Ich glaube, er würde sich selbst von Einbrechern ausgiebig kraulen lassen«, sagte die Besitzerin, als könne sie meine Gedanken lesen. Mit einem Lächeln streckte sie die Hand nach dem Hund aus und fuhr ihm liebevoll durchs Fell. »Aber das ist auch gut so, vielleicht rettet ihm das einmal das Leben.«

Ich erwiderte ihr Lächeln, stand auf und gesellte mich zu Eva-Maria, die auf dem Bürgersteig auf mich wartete. Gemeinsam gingen wir die paar Schritte bis zu dem Ledergeschäft. Wir hatten den Laden kaum betreten, als die Verkäuferin schon auf mich zukam und mich begrüßte. Gleich darauf ging sie zur Kassentheke und holte das Geschenkpaket darunter hervor.

»Das ist aber nicht Ihre Mutter«, meinte sie mit einem irritierten Blick zu Eva-Maria.

»Nein«, winkte ich lachend ab. »Meine Mutter konnte nicht mitkommen, sie ist krank. Ich werde ihr die Tasche vorbeibringen.« Das Geschenkpaket unter dem Arm verließ ich mit Eva-Maria das Geschäft.

*

Die Bürde, ihren Vater angezeigt zu haben, würde Finja erdrücken. Noch schlimmer würde das Schuldgefühl auf ihr lasten, nicht dafür gesorgt zu haben, dass Thomas Niemeyer für immer hinter Gittern verschwand. Eva-Maria war nicht in dieser Zwickmühle gefangen. Sie konnte handeln, ohne sich eines Tages dafür zu hassen. Und sie würde die Genugtuung haben, dass Alexander nicht ungestraft davonkam.

Am Sonntagabend würde Finja nach München fliegen, um an der Beerdigung von Johannes Schormann am Te-

gernsee teilzunehmen. Finja wollte in München übernachten und ihren Aufenthalt nutzen, um Hartwig Brandts Nachbarin gleich am Morgen einen zweiten Besuch abzustatten. Sollten sich in dem Poststapel tatsächlich die beiden DVDs finden, wollte Finja sie stehlen und an sich selbst adressieren.

Eva-Marias Plan war einfach, setzte aber ein Timing voraus, das sich nicht exakt planen ließ. Sie konnte nur hoffen, dass alles so kam, wie sie es sich ausgerechnet hatte. Kurz vor Finjas Rückkehr nach Berlin würde sie ihrer Wohnung ganz offiziell einen Besuch abstatten, um die Blumen zu gießen.

Carls Bericht und die Auflistung der Auftraggeber von BGS&R *würde sie aus der Ledertasche nehmen und sie zweimal kopieren. Sollte Finja bei Hartwig Brandts Nachbarin tatsächlich fündig werden, würde sie den Umschlag aus dem Briefkasten holen und die DVDs gegen unbespielte austauschen. Hartwig Brandts Kopien hingegen würde sie mit beschrifteten Aufklebern versehen, aus denen hervorging, dass Thomas H. Niemeyer als Mörder auf den Mitschnitten zu sehen war – selbstverständlich nicht ohne einen Hinweis, dass die entscheidenden Sequenzen am Ende der DVDs zu sehen sein würden.*

Schließlich würde sie Umschlag und Geschenkpaket in den jeweiligen Ursprungszustand zurückversetzen. Ihr Plan war, eine Kopie an die Staatsanwaltschaft München und eine weitere an ein seriöses Nachrichtenmagazin zu schicken. Jedem der beiden Umschläge würde sie DVDs beifügen.

Sie würde Einmalhandschuhe benutzen, die sie zu diesem Zweck bereits gekauft hatte. Sowohl die benutzten als auch die unbenutzten würde sie später in verschiedenen Müllcontainern entsorgen. Eine wirkliche Herausforderung würde es sein, den Briefumschlag ohne Beschädigung zu öffnen und genauso wieder zu verschließen, damit Finja nichts davon bemerkte. Ihre handwerkliche Begabung, ihre ruhige Hand und ihre Geduld bei filigranen Tätigkeiten würden ihr dabei zugutekommen.

Allerdings durfte sie währenddessen nicht an Alexander denken. Der Hass auf ihn würde ihre Finger genauso zum Zittern bringen wie die Frage, wie ihr Leben verlaufen wäre, hätte er es nicht auf so unvorstellbar brutale Weise in eine andere Richtung gezwungen. Sollte ihr Plan jedoch klappen, würde sie sich Zeit nehmen, an ihn zu denken. Und Zeit für die Genugtuung, dass seine Taten ihn schließlich eingeholt hatten.

21

Niklas brachte mich am Sonntagabend zum Flughafen und begleitete mich bis zur Kontrolle. Ihn dort stehen und mir einen Kuss hinterherschicken zu sehen, tat unendlich gut. Genauso würde er auf mich warten, wenn ich zurückkehrte. Jedenfalls versprach er das.

Drei Stunden später fiel ich im Glockenbachviertel in mein Hotelbett. Ich hätte Adrian anrufen können, aber ich wollte nicht reden, ich wollte einfach nur schlafen.

Am nächsten Morgen fuhr ich mit meinem Mietwagen nach Neuperlach. Dieses Mal klingelte ich direkt bei Hartwig Brandts Nachbarin und stellte mich ihr durch die Sprechanlage als die Frau aus dem Tischtennisverein vor. Sie schien sich zu erinnern, denn sie drückte sofort den Türsummer. Ich fuhr mit dem Aufzug in den achten Stock.

In einem dunkelroten Hausmantel aus Samt und mit Lockenwicklern in den Haaren empfing Frau Kogler mich an ihrer Wohnungstür. »Sie müssen entschuldigen.« Sie zeigte an sich herunter. »Aber so früh habe ich noch gar nicht mit Besuch gerechnet. Kommen Sie herein.« Sie nahm meinen Arm und zog mich in die Wohnung. »Haben Sie etwas von Herrn Brandt gehört?«

Ich schüttelte den Kopf. »Nein, eigentlich wollte ich Sie das fragen.«

»So langsam mache ich mir ja ein klein wenig Sorgen um ihn.«

»Ist er denn immer noch nicht von seiner Reise zurück?« Vorbei an der kleinen Kommode mit dem Postberg, der in der Zwischenzeit noch ein wenig gewachsen war, folgte ich ihr in die Küche. Mein schlechtes Gewissen dieser alten Frau gegenüber, der ihre Mitmenschen alles andere als gleichgültig waren, machte es mir nicht gerade leicht.

»Nein, wohl nicht«, sagte sie. »Außer, ich hätte ihn nicht gehört.« Sie legte den Kopf schief und dachte nach. »Aber ich kann mir nicht vorstellen, dass er dann nicht mal nach seiner Post gefragt hätte.« Sie füllte Kakaopulver in eine Tasse und goss Milch darüber. »Mögen Sie auch einen?«

»Dürfte ich vielleicht vorher kurz Ihre Toilette benutzen?«, fragte ich sie, während ich von einem Fuß auf den anderen trat.

»Warum haben Sie denn nicht gleich etwas gesagt?« Sie huschte an mir vorbei und gab mir ein Zeichen, ihr in den Flur zu folgen. »Ich kenne das, wenn's pressiert.«

Ich öffnete die Toilettentür, wartete, bis sie wieder in der Küche verschwunden war und tastete mich dann in Windeseile durch Hartwig Brandts Postberg. Ziemlich weit unten stieß ich auf einen DIN-A5-Umschlag, dessen Inhalt sich nach Datenträgern anfühlte. Ich nahm ihn mit in die Toilette, schloss leise die Tür und schob den Umschlag hinten in meine Jeans. Dann schlang ich meinen Pulli wieder um die Hüften. Gegen die gekachelte Wand gelehnt, wartete ich, bis mein Herzschlag sich einigermaßen beruhigt hatte. Bevor ich den winzigen Raum verließ, drückte ich die Taste der Toilettenspülung.

Nachdem Frau Kogler mir bei einer Tasse Kakao eine halbe Stunde lang ihr Herz ausgeschüttet hatte, fuhr ich zurück ins Hotel, ließ mir einen Umschlag geben, schob den gestohlenen hinein und adressierte ihn an mich. Vielleicht würde irgendwann Hartwig Brandts Leiche entdeckt. Vielleicht würde die Polizei dann auch seine Post genauer unter die Lupe nehmen. Aber ich konnte mich nicht darauf verlassen, dass tatsächlich jemand die DVDs bis zum Ende spulte, um sich deren gesamten Inhalt anzusehen.

Es musste einen Weg geben, Thomas Niemeyer für die Auftragsmorde an meiner Schwester und den anderen dranzukriegen. Und er musste für die Verbrechen an den jungen Frauen zur Rechenschaft gezogen werden. Die Vorstellung, er würde mit alldem durchkommen, war unerträglich. Trotzdem sah ich noch immer keine Möglichkeit, ihn einer gerechten Strafe zuzuführen, ohne gleichzeitig meinen Vater ans Messer zu liefern. Ich zermarterte mir den Kopf nach einer Lösung, kam aber keinen Schritt voran.

Als ich Adrian am Nachmittag besuchte, erzählte ich ihm nichts von meinem Besuch in Neuperlach. Wir redeten ausschließlich über Amelie und sparten alles andere aus. Bevor ich ging, bat ich ihn, mir etwas von ihren Sachen aussuchen zu dürfen. Und zwar den kleinen Kompass, um den ich sie schon als Kind beneidet hatte. Der sei in ihrer Nachttischschublade, meinte er, ich könne ihn mir dort herausnehmen. Als ich ins Schlafzimmer ging, wäre ich beim Anblick der winzigen Söckchen, die noch neben Amelies Kopfende lagen, fast zurückgeprallt. Während ich daraufstarrte, spürte ich einen Schmerz, der sich nicht lokalisieren ließ. Er hatte meinen gesamten Körper erfasst. Ich setzte einen Fuß vor den anderen, bückte mich steif und öffnete die Schublade. Der Kompass lag gleich obenauf. Ich wusste noch genau, was mein Vater damals zu ihr gesagt hatte, als er ihn ihr geschenkt hatte: »Damit du immer weißt, wo du bist und auf welchem Weg du dein Ziel erreichst.«

Die Tränen, die ich auf dem Ringbergfriedhof in Kreuth an Johannes' Grab vergoss, galten nicht diesem vertrauten und doch so fremden Menschen aus Kindertagen, sondern denen, die ihm in den letzten Wochen vorangegangen waren. Ich weinte um Amelie und ihr Baby, um Cornelia, Hubert und Kerstin, die ihrem Vater in diese Grube vorausgeschickt worden war. Während der Sarg in die Tiefe gelassen wurde, hatte ich ihre Gesichter vor Augen und wünschte mir, die Zeiger der Uhr zurückdrehen zu können. Aber auch das hätte nichts geändert, denn keinem von uns wäre es möglich gewesen, auch nur einen dieser Tode zu verhindern. Und dem, der es hätte tun können, war eine Tote wichtiger gewesen. Ich betrachtete diesen Mann, dem ich nichts als Abscheu entgegenbrachte und dem ich die Pest an den Hals wünschte. Ja, sicher, auch er hatte leiden müssen. Aber kein einziger Moment seines Leidens rechtfertigte, was er daraus hatte entstehen lassen.

Über das Grab hinweg wanderte mein Blick von Tobias zu meinem Vater. Würde ich mich jemals an den Gedanken gewöhnen können, einen Verbrecher zum Vater zu haben? Und würde ich irgendwann den Menschen, der er lange Zeit für mich gewesen war, wiederentdecken können?

Eine Hand legte sich von hinten auf meine Schulter. Erschreckt drehte ich mich um und blickte Elly ins Gesicht. Sie zog mich hinter sich her zu einer Bank. Während wir zusahen, wie sich die Trauergemeinde allmählich auflöste, strich sie über meine Hand.

»Vorgestern habe ich deine Mutter im Jägerwinkel besucht. Sie tut sich schwer, Amelies Tod anzunehmen. Willst du sie nicht mal besuchen, bevor du wieder abfährst? Sie würde sich bestimmt freuen.«

»Wem willst du das weismachen, Elly?«

»Was immer sie dir angetan hat, Finja, sie hat einen hohen

Preis dafür bezahlt. Genauso wie dein Vater. Die beiden haben ihr Kind verloren. Es gibt nichts Schlimmeres.«

»Glaubst du tatsächlich, da oben sitzt einer mit einer Rechenmaschine?«

Sie schüttelte den Kopf. »Versuch, ihr zu verzeihen. Dann kannst du all das auch irgendwann zurücklassen und musst es nicht dein Leben lang mit dir herumschleppen.«

Einen Moment lang ließ ich den Kopf auf Ellys Schulter ruhen, bevor ich mich erhob. »Das mit dem Verzeihen ist so eine Sache«, sagte ich leise. »Sollte dem nicht wenigstens die Bitte vorausgehen, dass einem verziehen wird?«

»Mag sein. Denk trotzdem darüber nach, ja?«

Ich nickte und umarmte Elly zum Abschied, lud sie zum x-ten Mal zusammen mit ihrem Mann nach Berlin ein und malte ihr mit Tränen in den Augen aus, wie viel Furore ihre Dirndl dort machen würden.

Auf dem Weg zu meinem Auto holte ich Adrian ein. Er wirkte in sich gekehrt und brachte kaum ein Wort heraus. Während ich neben ihm herging, nahm ich seine Hand in meine und drückte sie. Wann immer er ein Ohr brauche, sagte ich, solle er anrufen, denn auf absehbare Zeit würde ich nicht an den Tegernsee zurückkehren. Wenn er mich allerdings in Berlin besuchen wolle, wisse er ja inzwischen, wo ich zu finden sei.

Mein Vater wartete neben meinem Mietwagen auf mich. Ich verabschiedete mich von Adrian, der froh zu sein schien, einen großen Bogen um seinen Schwiegervater machen zu können. Ein paar Meter vor meinem Vater blieb ich stehen. Ich wollte ihm nicht näher kommen als unbedingt nötig.

»Auf dem Weg zum Flughafen werde ich noch im Haus vorbeifahren und meine restlichen Sachen holen«, sagte ich. Als er die Sonnenbrille abnahm und seine Hand nach mir ausstreckte, trat ich noch weiter zurück und schüttelte den Kopf.

»Finja, ich bitte dich, lass uns …«

»Nein!«, wehrte ich ihn ganz entschieden ab. »Ich will nicht reden. Nicht mehr.«

Als verstünde er mich nur zu gut, trat er mit einem Nicken ein paar Schritte beiseite, um mich in mein Auto steigen zu lassen. Ich ließ mich in den Sitz fallen, schlug die Tür zu und drehte den Zündschlüssel, um die Scheibe herunterzulassen.

»Eine Frage habe ich noch. Und wenn du nur noch einen Funken Anstand in dir hast, lüg mich nicht an. Wusste Freia von der Sache mit Gesa? Wusste sie, was du ihrer Schwester angetan hast?«

Er sah mich stumm an, schüttelte dann den Kopf und setzte seine Sonnenbrille wieder auf. Ohne noch einmal in den Rückspiegel zu sehen, gab ich Gas und bog am Ende der Ausfahrt Richtung Rottach-Egern ab.

Ich wusste, er würde noch an dem geplanten Traueressen teilnehmen. Insofern würde ich sein Arbeitszimmer lange genug ungestört für mich haben, um das Bild, das ich ihm vor vielen Jahren an die Wand gemalt hatte, der Realität anzupassen. Zu diesem Zweck hatte ich aus Berlin ein paar Farben mitgebracht.

Ich brauchte knapp zwei Stunden, um aus dem Bild von vier Männern, die ein Ruderboot über ihren Köpfen trugen und sich damit gegen einen Sturm stemmten, ein anderes entstehen zu lassen.

In der überarbeiteten Version zeigte es vier Männer, deren Köpfe unter dem Körper eines riesigen Kraken verborgen waren. Die Enden der Tentakel bildeten Augen und Ohren, die so eklig aussahen, dass in jedem Betrachter unweigerlich der Impuls entstehen musste, sich angewidert abzuwenden.

Als ich fertig war, zog ich fest die Tür hinter mir ins Schloss und fuhr zum Alten Friedhof, um meiner Schwester und meiner Mutter Blumen zu bringen. Amelies Kompass in meiner Hand machte ich mich schließlich auf den Heimweg.

Beim Start des Flugzeugs wurde ich in meinen Sitz gedrückt. Es tat gut, sich diesem Druck zu überlassen, loszulassen – wenigstens für den Moment. Ich schloss die Augen und dachte an Niklas. Als die Flughöhe erreicht war, öffnete ich sie wieder und sah hinunter auf die Wolken.

»Schön, nicht?«, meinte der Mann neben mir mit einem Lächeln, um den Blick gleich wieder im Wirtschaftsteil seiner Zeitung zu versenken.

Ich folgte seinem Blick, wobei mir ein paar Schlagzeilen ins Auge sprangen und mir bewusst machten, wie sehr ich von den Inhalten der DVDs infiziert worden war. Wie lange würde es dauern, bis ich nicht mehr von jeder Nachricht über einen Personalwechsel, eine Preisabsprache oder erfolgreiche Lobbyarbeit auf skrupellose Machenschaften im Hintergrund schließen würde?

Ich wollte mich gerade abwenden, als mein Blick wie magisch von drei kleinen Porträtfotos angezogen wurde. Das mittlere zeigte Thomas Niemeyer. Meinem Sitznachbarn war mein Interesse nicht entgangen. Er schlug die Zeitung zu und reichte sie mir mit den Worten, er könne sie auch später noch lesen.

Ich suchte die Seite mit dem Foto und las den dazugehörigen Bericht. Angekündigt wurde darin ein Unternehmergespräch zu den Folgen und Auswirkungen der Globalisierung, das zwei Tage später im Adlon in Berlin stattfinden sollte. Während des restlichen Fluges überlegte ich, was sich mit dieser Information anfangen ließ, kam jedoch zu keiner Entscheidung und verschob jeden weiteren Gedanken daran auf den nächsten Tag.

Nach der Landung stand mir der Sinn nur nach Niklas, der mich wie versprochen abholte und in seine Arme schloss. Am nächsten Morgen würde er für ein paar Tage nach Hamburg aufbrechen müssen. Bis dahin verbrachten wir Stunden, in denen sich tatsächlich für kurze Zeit das Gestern in den Hintergrund verzog und ich eine Ahnung davon bekam, dass es auch für mich irgendwann wieder unbeschwerte Momente geben würde.

Nie wieder jedoch würde es diese Unbeschwertheit sein, die noch vor zwei Monaten möglich gewesen war. Dafür war zu viel geschehen. Die tiefen Wunden würden irgendwann hoffentlich vernarben. Aber der Schmerz würde bleiben. Wie ein Phantomschmerz, der einen Verlust tief im Bewusstsein verankerte.

Bevor ich Niklas am nächsten Morgen verabschiedete, nahm er mir das Versprechen ab, mein Bild bei seinem Freund Richard zu vollenden. Also nahm ich meine Arbeit in dessen Esszimmer wieder auf. Im Gegensatz zu Niklas überließ er mich dabei völlig mir selbst. Und ich war ihm dankbar dafür, denn ich spürte, wie gut meine Arbeit mir tat und wie ruhig sie mich werden ließ.

Trotzdem klopfte mein Herz bis zum Hals, als ich am Abend des übernächsten Tages die Lobby des Adlon betrat. Auch wenn ich mir immer wieder sagte, dass mir unter den vielen Menschen hier keine Gefahr drohte, schien mein Unterbewusstsein die gegenteilige Botschaft zu senden.

Nachdem ich herausgefunden hatte, wo das Unternehmergespräch stattfand, wartete ich in der Nähe der Tür, durch die die Teilnehmer irgendwann den Raum verlassen würden. Mehr als einmal war ich kurz davor, meinen Plan zu verwerfen und das Hotel zu verlassen. Was schließlich siegte, war der fast zwanghafte Wunsch, diesem Mann wenigstens ein einziges Mal ins Gesicht zu sehen. Nach zwei an meinen Nerven zerrenden Stunden öffnete sich endlich die Tür, und die Teilnehmer kamen heraus.

Ich erkannte Thomas Niemeyer sofort, er sah nicht anders aus als auf den Fotos: perfekt geschnittenes eisgraues Haar, eine hohe Stirn, die durch die Geheimratsecken noch betont wurde, sehr wache Augen und hervorstehende Wangenknochen. Er trug einen anthrazitgrauen Anzug, darunter ein weißes Hemd und Krawatte.

In unauffälligem Abstand folgte ich ihm und zwei anderen in die Lounge, wo ich mir in ihrer Nähe einen Platz suchte. Nur wenige Meter von mir entfernt saß der Mann, der meine Schwester hatte umbringen lassen. Und ich konnte nichts anderes tun als zusehen, wie er sein Glas Rotwein hob und mit seinen Begleitern auf den gelungenen Abend anstieß. Als wäre nichts geschehen. Als wäre es ganz selbstverständlich, dass er sich in Freiheit bewegte. Und als habe er nicht einmal einen Anflug von Angst, dass sich dieser Zustand noch einmal in sein Gegenteil verkehren könnte.

Mir war bewusst, dass ich all das in ihn hineininterpretierte. Trotzdem war ich mir sicher, dass die Allmachtsgefühle, die er mit den Jahren entwickelt haben musste, für Angst keinen Raum ließen. Je länger ich ihn betrachtete, desto größer war das Erschrecken darüber, dass absolut nichts an diesem Mann das Grauen ahnen ließ, das er verbreitet hatte. Er strahlte Selbstbewusstsein aus und machte den Eindruck eines Managers, der sich seines Einflusses bewusst ist. Mehr nicht.

Als ich begriff, dass ich ihn noch stundenlang beobachten konnte, ohne auch nur einen Hauch dessen an ihm zu entdecken, was er getan hatte, stand ich auf und ging. Erst als ich eine Dreiviertelstunde später meine Wohnungstür aufschloss, hatte ich das Gefühl, wieder freier atmen zu können.

Die Sonne schien auf mein Bett, als ich im Halbschlaf mitbekam, dass jemand meinen Anrufbeantworter besprach. Ich sah auf meine Uhr: Es war kurz vor zehn. Vor noch nicht allzu langer Zeit wäre ich liegen geblieben und hätte mich auf die andere Seite gedreht, um weiterzuschlafen. Aber die vergangenen sechs Wochen hatten mein Unterbewusstsein darauf trainiert, beim Klingeln des Telefons Adrenalin auszuschütten.

Ich lief ins Wohnzimmer und hörte das Band ab. Adrians Stimme klang aufgeregt. Ich solle die neuesten Nachrichten im Internet lesen und ihn danach sofort zurückrufen. In der Küche schaltete ich kurz hintereinander Kaffeemaschine und Laptop ein. Ich wusste nicht, wonach ich suchen sollte, deshalb scrollte ich durch die Meldungen, bis ich mir sicher war, gefunden zu haben, was er meinte.

»Über Jahrzehnte hinweg haben die Partner einer angesehenen, bundesweit agierenden Wirtschaftsdetektei ein erschreckendes Bespitzelungsnetzwerk aufgebaut und dabei vor keiner Tür haltgemacht«, war dort zu lesen. »Das gesamte Ausmaß zu ermitteln, wird einige Zeit in Anspruch nehmen.« Das war jedoch nicht alles. Die Nachricht, die folgte, lautete: »Thomas H. Niemeyer, Aufsichtsratsvorsitzender der Unternehmensgruppe Carstens ist heute in den frühen Morgenstunden unter dem dringenden Verdacht, mehrere junge Frauen auf grausame Weise getötet zu haben, in Berlin festgenommen worden.«

Im ersten Moment spürte ich nichts anderes als Erleichterung darüber, dass dieser Mann nie wieder jemandem gefährlich werden konnte. Dann drängte sich der Gedanke an meinen Vater in den Vordergrund. Bis ich mich schließlich fragte, wie all das hatte herauskommen können.

Ich sprang auf und holte die immer noch in Geschenkpapier verpackte Handtasche aus dem Schrank. Ich riss das Geschenkpapier auf, öffnete den Reißverschluss im

Inneren der Tasche und zog erleichtert die gefalteten Blätter daraus hervor. Dann riss ich den Briefumschlag auf, den ich nach meinem Besuch bei Frau Kogler an mich selbst adressiert hatte. Ich nahm Hartwig Brandts Kuvert heraus und hielt Sekunden später zwei DVDs in der Hand. Wer immer für die Aufdeckung verantwortlich war, hatte sich nicht bei meinem Material bedient.

Ich griff zum Hörer und rief Adrian an.

»Hast du das gemacht, Finja?«, fragte er vorwurfsvoll ins Telefon, ohne mich überhaupt zu Wort kommen zu lassen. »Ich habe dich doch inständig gebeten, die Finger davon zu lassen. Jetzt wird all das hochkochen. Und wofür?«

Ich nutzte den Moment, als er Luft holte. »Eine Stimme in mir wäre es gerne gewesen, daraus habe ich nie einen Hehl gemacht. Aber ich war es nicht, Adrian. Das schwöre ich dir. Wer immer das Ganze ans Licht gebracht hat, muss genauso wie wir einen Zugang zu dem Beweismaterial gehabt haben.«

»Wer sollte das sein?« Sein Tonfall machte deutlich, dass er nicht bereit war, mir zu glauben.

»Wir wissen doch überhaupt nicht, was die ganze Zeit über im Hintergrund abgelaufen ist. Möglicherweise gibt es Kollegen von Hartwig Brandt, die nicht bereit sind, nach seinem Verschwinden einfach zur Tagesordnung überzugehen.«

»Die hätten sich auf den Steuermann konzentriert, aber *BGS&R* außen vor gelassen.«

»Das stimmt«, gab ich ihm recht und zermarterte mir das Hirn, wer dahinterstecken könnte. Niklas hatte mir versichert, er habe all seine Versuche, meinen Vater dranzukriegen, gestoppt. Aber wer sagte mir, dass auch sein Kollege nicht weitergeforscht hatte?

»Hast du irgendjemandem davon erzählt?«, fragte Adrian in meine Überlegungen hinein.

»Nur Eva, meiner Freundin. Aber keine Sorge«, kam ich seinem Einwand zuvor, »sie ist einer der verschwiegensten Menschen, die ich kenne.«

»Und wenn du dich täuschst?«

Mit einem Ohr hörte ich mein Handy klingeln. »Vergiss es! Eva hat nichts damit zu tun«, sagte ich auf dem Weg ins Schlafzimmer, wo ich einen Blick auf das Display warf. Niklas versuchte, mich anzurufen. »Glaub mir, Adrian, das ist die völlig falsche Fährte.«

»Apropos Fährte. Hast du mal aus dem Fenster geschaut? Stehen sie bei dir auch schon mit ihren Kameras vor der Tür?«

Ich rannte ins Wohnzimmer, sah von dort hinunter auf die Straße und atmete erleichtert aus. »Nein.«

»Dann pack so schnell du kannst ein paar Sachen und verschwinde für die nächsten Tage.«

»Was wirst du tun?«, fragte ich.

Er antwortete nicht.

»Adrian?«

»Ich weiß es noch nicht«, sagte er schließlich. »Ich habe mich so sehr nach Ruhe gesehnt. Jetzt werden die Medien alles bis ins Kleinste durchkauen. Es wird nicht lange dauern, bis die Kripo hier auftaucht und Fragen stellt ...« Wieder schwieg er. »Und vielleicht werden wir die Schatten nie mehr los, die unsere Väter geworfen haben.«

Ich hätte ihn so gerne damit getröstet, dass ein Schatten auch sein Gutes haben konnte, dass kein Mensch es ausschließlich in der Sonne aushielt. Aber er hatte recht: Dem Dunkel, das unsere Väter produziert hatten, haftete nur Ungutes an.

Kaum hatte ich aufgelegt, packte ich in Windeseile eine Reisetasche, verschloss meine Tür und lief eilig die Treppen hinunter. Ohne mich umzusehen, lief ich zu meinem

Auto, warf die Reisetasche auf den Rücksitz und startete den Motor. Erst als ich aus meiner Straße bog, ohne dass mir jemand folgte, atmete ich erleichtert auf.

Zwei Kilometer weiter suchte ich mir eine Parklücke, um in Ruhe telefonieren zu können. Als Erstes rief ich Eva-Maria an, erklärte ihr aufgeregt, was los war, und fragte sie, ob ich für ein paar Tage bei ihr wohnen konnte. Dann war Elly an der Reihe. Ich atmete auf, als ich ihre Stimme hörte. Es brauchte mehrere Anläufe, bis sie bereit war zu glauben, was ich ihr da auftischte. Als es endlich so weit war, wusste sie, was ich von ihr wollte. Sie versprach, sich um meine Mutter zu kümmern. Ihr würde schon etwas einfallen, damit sich nicht Horden von Reportern auf die kranke Frau stürzten. Auf Elly war Verlass.

Mein nächster Anruf galt Niklas. Ich hatte mich kaum gemeldet, als er mir schwor, weder er noch sein Freund hätten damit auch nur das Geringste zu tun. Zwar könne er nicht gerade behaupten, dass es ihm um diese Verbrecher leidtäte, aber mir gelte sein ganzes Mitgefühl. Er wünsche sich nichts sehnlicher, als in diesem Moment bei mir zu sein. Ob ich nicht zu ihm nach Hamburg kommen wolle? Seine Stimme hüllte mich in einen Kokon von Wärme, die ich so nötig brauchen würde, um all das durchzustehen. Ich versprach, ihn am Wochenende zu besuchen.

Schließlich machte ich mich auf den Weg zu Eva-Maria. Sie nahm mich an der Tür wortlos in den Arm und schob mich dann auf direktem Weg zu ihrem dunkelgrünen Sofa, um mich zwischen den vielen Kissen wie inmitten eines Schutzwalls zu plazieren.

»Magst du etwas trinken?«, fragte sie.

Ich schüttelte den Kopf und sah dabei zu, wie sie sich neben mich setzte.

»Die ganze Zeit über habe ich geglaubt, ich müsste nur

endlich eine Entscheidung fällen«, sagte ich leise, »dass dann alles besser sein würde, leichter. Jetzt hat jemand anderes diese Entscheidung für mich gefällt, und ich fühle mich immer noch nicht viel anders. Einerseits bin ich froh darüber, dass Thomas Niemeyer in Haft ist. Aber meinen eigenen Vater mag ich mir in einer vergitterten Zelle nicht vorstellen. Ich weiß, was er getan hat, ich kann für keine einzige seiner Taten eine Entschuldigung finden. Aber ich kann auch keine Genugtuung spüren.«

»Niemand erwartet das von dir. Egal, was er getan hat, er wird immer auch der Mensch bleiben, der er dir gegenüber war.«

»Dieser Mensch hat mir meine Mutter genommen«, sagte ich und versuchte gar nicht erst, die Tränen zurückzudrängen, die sich hinter meinen Augen sammelten.

Eva-Maria stand auf und verließ das Zimmer. Kurz darauf legte sie mir den Gesa-Ordner in die Hände. »Sie ist nicht verloren, Finja. Lies, was Doktor Radolf nach jeder Begegnung mit ihr geschrieben hat. Lies es Wort für Wort, gib aber auch dem Raum, was zwischen den Zeilen steht. Du wirst sie darin finden. Glaub mir.«

Nicht nur Finja hatte mit unlösbaren Konflikten zu kämpfen. Auch Eva-Maria fühlte sich in einem gefangen, aus dem sie nicht herausfand. Je länger sie ihrer Tochter von nun an die Wahrheit verschwieg, desto heftiger würden eines Tages ihre Vorwürfe ausfallen.

Sie machte sich nichts vor: Zu erfahren, dass ihre Mutter noch lebte, würde alles nur noch mehr verwirren. Zu erkennen, dass sie seit acht Jahren eine intensive Freundschaft mit ihrer Mutter verband, würde nichts einfacher machen. Festzustellen, dass diese totgeglaubte Mutter ihren Vater ins Gefängnis gebracht hatte, würde das Maß des Erträglichen sprengen.

Vielleicht würde ihre Freundschaft daran zerbrechen. Vielleicht würde es ihnen nicht gelingen, eine neue Beziehung auf den Scherben aufzubauen. Eva-Maria hatte ihre Tochter schon einmal verloren. Mit dieser Erfahrung ein zweites Mal konfrontiert zu werden, würde ihr all ihre Kräfte rauben.

Sie fühlte sich wie in einem Labyrinth, dessen Ausgang sie nicht fand. Bis sie sich daran erinnerte, was ihr schon einmal geholfen hatte. Jahrelang hatte sie Seite um Seite ihrer Tagebücher gefüllt, um sich dessen zu versichern, was in der Realität geschehen war. Um das Geschehene nicht noch einmal aus dem Gedächtnis zu verlieren.

Jetzt begann sie, Seiten zu füllen, um sie eines Tages ihrer Tochter zum Lesen zu geben. Es war eine Möglichkeit, ihr die Vergangenheit aus ihrer Sicht zu schildern, ihr begreiflich zu machen, warum sie die Umschläge abschicken musste.

Während Finja das Wochenende bei Wendelin Radolfs Sohn verbrachte, schrieb sie Stunden um Stunden. Bis sie das Buch schloss und es mit einem Gefühl der Erleichterung zur Seite legte.

Was tust du, wenn dir alles genommen wird –
und du weißt nicht, von wem?

CHRISTIAN KRAUS

NICHTS WIRD DIR BLEIBEN

Psychothriller

Der Psychoanalytiker Thomas Kern ist geschockt, als er den Freitod einer jungen Patientin mit ansehen muss, ohne eingreifen zu können. Doch es kommt noch schlimmer: Kurz darauf erhält er Besuch von der Polizei. Ihm wird vorgeworfen, das Mädchen missbraucht und so erst in den Tod getrieben zu haben. Thomas' Frau setzt ihn vor die Tür, Freunde und Kollegen wenden sich ab, seine Tochter Natascha will nichts mehr mit ihm zu tun haben. Erst als Thomas herausfindet, dass Nataschas neuer Freund Mitglied in einer gefährlichen Sekte ist, ahnt er, welches perfide Netz sich Stück für Stück um ihn zusammenzieht.

Ein atemberaubend spannender Psychothriller über einen Psychoanalytiker und seinen Wettlauf gegen die Zeit von dem Psychotherapeuten und Psychoanalytiker Christian Kraus.